O CHÃO QUE ELA PISA

SALMAN RUSHDIE

O CHÃO QUE ELA PISA

Tradução:
JOSÉ RUBENS SIQUEIRA

COMPANHIA DAS LETRAS

O tradutor agradece a gentil colaboração dos que, de uma ou outra maneira, contribuíram para seu trabalho: Brian Stirner, Zero Freitas, Sandra Regina Sproesser, Lúcia Merlino, Lenita Maria Rimoli Esteves.

Título original:
The Ground Beneath Her Feet

Capa:
Victor Burton

Preparação:
Eliane de Abreu Maturano Santoro

Revisão:
Cláudia Cantarin
Isabel Jorge Cury

Dados Internacionais de Catalogação na Publicação (CIP)
(Câmara Brasileira do Livro, SP, Brasil)

Rushdie, Salman
O chão que ela pisa / Salman Rushdie ; tradução José Rubens Siqueira. — São Paulo : Companhia das Letras, 1999.

Título original: The Ground Beneath Her Feet.
ISBN 85-7164-893-X

1. Ficção indiana (Inglês) I. Título.

99-1594 CDD-823

Índice para catálogo sistemático:
1. Ficção indiana em inglês 823

1999

EDITORA SCHWARCZ LTDA.
Rua Bandeira Paulista, 702, cj. 72
04532-002 — São Paulo — SP
Telefone: (011) 866-0801
Fax: (011) 866-0814
e-mail: coletras@mtecnetsp.com.br

Para Milan

Não ponham lápide em sua memória.
A rosa é que todo ano há de florescer por ele.
Pois ela é Orfeu. A metamorfose dele
em uma coisa e outra. Não devemos nem pensar

em outros nomes. De uma vez por todas
ela é Orfeu quando se ouve canto.

R. M. Rilke, *Sonetos para Orfeu*

ÍNDICE

1
O tratador de abelhas *11*
2
Melodias e silêncios *30*
3
Lendas da Trácia *62*
4
A invenção da música *91*
5
Canções do bode *118*
6
Desorientações *152*
7
Mais que amor *191*
8
O momento decisivo *210*
9
Membrana *250*
10
Tempo de bruxa *277*
11
Amor superior *314*
12
Transformador *346*

13
No Ilha do Prazer *373*

14
Toda a catástrofe *411*

15
Sob seus pés *454*

16
Vina divina *479*

17
Espelho, espelho meu *514*

18
Dies Irae 553

Créditos *577*

1
O TRATADOR DE ABELHAS

No Dia dos Namorados de 1989, último dia de sua vida, a legendária cantora popular Vina Apsara acordou chorando de um sonho em que era a vítima de um sacrifício humano. Homens de torso nu, parecidos com o ator Christopher Plummer, prendiam-lhe os pulsos e tornozelos. Estava estendida, nua, se retorcendo, em cima de uma pedra polida entalhada com a imagem do pássaro-serpente Quetzalcoatl. A boca aberta da serpente emplumada circundava uma reentrância escura da pedra, e embora sua própria boca estivesse escancarada, gritando, o único barulho que ouvia era o espoucar de flashes; mas antes que pudessem cortar sua garganta, antes que sua vida borbulhasse para aquele cálice terrível, ela acordou, ao meio-dia, na cidade de Guadalajara, México, numa cama desconhecida, com um estranho meio morto a seu lado, um mestiço nu de pouco mais de vinte anos, identificado pela interminável cobertura da imprensa posterior à tragédia como Raúl Páramo, o playboy herdeiro de um conhecido barão da construção civil local, dono, entre outras, da empresa que possuía o hotel.

Tinha suado muito e os lençóis ensopados recendiam ao vazio sem sentido daquele encontro noturno. Raúl Páramo estava inconsciente, a boca branca, o corpo sacudido, a cada poucos minutos, por espasmos que Vina reconheceu idênticos ao seu retorcer do sonho. Momentos depois, ele começou a fazer uns barulhos assustadores com a traquéia, como se alguém estivesse lhe cortando a garganta, como se seu sangue fosse escorrer pelo sorriso escarlate de uma ferida invisível para dentro de um cálice fantasma. Em pânico, Vina saltou da cama e agarrou as roupas, a calça de couro e o bustiê de lantejoulas douradas com que, na noite anterior, tinha encerrado sua apresentação no palco de um centro de convenções da cidade. Arrogante, desesperada, entregara-se a esse joão-ninguém, a esse menino com menos da metade de sua idade, pescado, mais ou menos ao acaso, da multidão de trás do palco, os conquistadores de sala de espera, os admiradores caprichados com buquês de flores, os magnatas da indústria, os aristotrastes, os reis da droga, os príncipes da tequila, todos com limusines e champanhe e cocaína e talvez até diamantes para oferecer à estrela da noite.

O sujeito se apresentou, exibido, abanando o rabo, mas ela não queria saber nem o nome dele, nem o tamanho de sua conta bancária. Colheu-o como se fosse uma flor que queria prender entre os dentes, como se fosse uma refeição para viagem, e alarmou-o com a ferocidade de seus apetites, porque começou a devorá-lo assim que a porta da limo se fechou, antes mesmo que o chofer tivesse tempo de levantar a divisória que garantia a privacidade dos passageiros. Depois, ele, o chofer, falou com reverência de seu corpo nu e, quando os jornalistas o dobraram com tequila, murmurou coisas sobre aquela nudez possessiva e predatória como se fosse um milagre, quem diria que já passou dos quarenta, acho que alguém lá em cima queria que ela ficasse sempre do jeitinho que era. Eu faria qualquer coisa por uma mulher dessas, gemeu o chofer, dirigia a duzentos por hora se ela quisesse velocidade, batia numa parede de concreto se o desejo dela fosse morrer.

Só quando saiu para o corredor do décimo primeiro andar do hotel, semivestida e confusa, tropeçando nos jornais não recolhidos, cujas manchetes sobre testes nucleares franceses no Pacífico e inquietação política na província sulista de Chiapas mancharam as solas de seus pés descalços com o gemido da tinta, só então ela entendeu que o apartamento que tinha deixado era o seu mesmo, que havia batido a porta e estava sem a chave, e foi sorte dela, naquele momento de vulnerabilidade, topar com uma pessoa que era eu, mr. Umeed Merchant, fotógrafo, apelidado "Rai", seu camarada, por assim dizer, desde os velhos dias de Bombaim, e o único fotógrafo num raio de mil e um quilômetros que nem sonharia em fotografá-la num tal estado adorável e escandaloso, todo o seu ser momentaneamente fora de foco, e, pior ainda, aparentando a idade, o único ladrão de imagens que nunca roubaria dela aquele ar assustado e perseguido, aquele desamparo congestionado e indiscutivelmente empapuçado, o chafariz embaraçado dos cabelos ressecados, tingidos de vermelho, sacudindo num topete de pica-pau, a boca adorável tremendo, insegura, com os pequenos fiordes impiedosos dos anos descendo, fundos, pelos cantos, o próprio arquétipo da louca deusa do rock a meio caminho da ruína e da desolação. Ela decidira ficar ruiva para essa turnê porque à idade de quarenta e quatro estava começando de novo: uma carreira solo, sem Ele, pela primeira vez nos muitos anos em que estava na estrada com Ormus, de forma que não era mesmo de surpreender que ela ficasse desorientada, desequilibrada quase o tempo todo. E solitária. Não tinha como não admitir. Vida pública ou vida privada, não faz diferença, esta é a verdade: quando ela não estava com ele, não importava com quem estivesse, estava sempre sozinha.

Desorientação: perda do Leste. E de Ormus Cama, seu sol.

E não era só pura sorte ela topar comigo. Eu estava sempre ali, à sua disposição. Sempre cuidando dela, sempre à espera de seu chamado. Se ela quisesse, haveria dúzias como eu, centenas, milhares. Mas acho que era só eu. E da última vez que me pediu socorro eu não pude atender, e ela morreu. Encerrou no meio a história de sua vida, uma canção inacabada, abandonada na ponte, roubada do direito de acompanhar a letra de sua vida até a rima final e plena.

Duas horas depois que a resgatei do abismo sem fundo do corredor do hotel, um helicóptero nos levou para Tequila, onde don Ángel Cruz, dono de uma das maiores plantações de cacto agave azul e da famosa destilaria Ángel, um cavalheiro famoso pela amplitude de sua voz de contratenor, pelo volume da barriga e pela generosidade de sua hospitalidade, ia oferecer um banquete em homenagem a ela. Enquanto isso, o playboy amante de Vina tinha sido levado para o hospital, vítima de um ataque induzido por drogas que, de tão grave, acabou sendo fatal, e durante os dias seguintes, por causa do que aconteceu com Vina, o mundo recebeu análises detalhadas do conteúdo da corrente sanguínea, estômago, intestinos, escroto, órbitas, apêndice, cabelos do morto, na verdade de tudo, menos do cérebro, que não devia conter nada de interessante, e estava tão completamente diluído em narcóticos a ponto de ninguém entender suas últimas palavras, proferidas durante o delírio comatoso final. Alguns dias depois, porém, a informação chegou à Internet, onde um tarado por ficção fantástica de apelido <elrond@rivendel.com>, transmitindo do bairro Castro de San Francisco, explicou que Raúl Páramo estava falando *orcish*, a língua infernal inventada pelo escritor Tolkien para os criados do Senhor do Escuro Sauron: *Ash nazg durbatulûk, ash nazg gimbatul, ash nazg thrakatulûk agh burzum-ishi krimpatul.* Depois disso, os boatos sobre práticas satânicas, talvez saurônicas, espalharam-se incontrolavelmente pela Rede. O que circulava era que o amante mestiço seria adorador do diabo, servidor do Submundo jurado de sangue, que havia dado a Vina Apsara um anel sem preço, porém maligno, que provocou a tragédia e arrastou-a para o Inferno. Mas a essa altura Vina já estava passando para a lenda, transformando-se num recipiente em que qualquer idiota podia derramar suas bobagens, ou, digamos, um espelho da cultura, e podemos melhor entender a natureza dessa cultura se dissermos que encontrava o seu espelho mais verdadeiro num cadáver.

Um anel para a todos governar, um anel para encontrá-los, um anel para a todos trazer e na escuridão aprisioná-los. Sentei ao lado de Vina Apsara no helicóptero até Tequila, e não vi anel nenhum no dedo dela, a não ser o talismã de pedra da lua que ela sempre usava, seu elo com Ormus Cama, sua lembrança do amor.

Ela despachara a equipe por terra e me escolheu como único acompanhante aéreo, "de todos vocês, filhos da puta, ele é o único em que posso confiar", rosnara. Partiram uma hora antes da gente, o zoológico todo, o serpentino gerente de viagem, a hiena do assistente pessoal, os gorilas da segurança, o pavão do cabeleireiro, o dragão da publicidade, mas, quando o helicóptero começou a voar acima da caravana de carros, a escuridão que a envolvia desde nossa partida pareceu se levantar, e ela mandou o piloto fazer uma série de rasantes em cima dos carros lá embaixo, cada vez mais baixo, e vi os olhos dele se arregalarem de medo, as pupilas parecendo furinhos de agulha, escuros, mas assim como nós ele também estava enfeitiçado por ela e fez o que ela queria. Era eu que gritava *suba, suba mais* no microfone dos protetores de ouvido com a risada dela matraqueando em meu ouvido, como uma porta batendo ao vento, e quando olhei para ela para dizer que estava com medo, vi que estava chorando. A polícia fora surpreendentemente gentil com ela ao chegar ao cenário da overdose de Raúl Páramo, contentando-se em avisar que poderia também estar sujeita a uma investigação. Seus advogados encerraram o encontro nesse ponto, mas ela depois parecia tensa, instável, esperta demais, como se estivesse a ponto de explodir, como uma lâmpada, como uma supernova, como o universo.

Então, ultrapassamos os veículos e voamos por cima de montanhas e vales azuis-enfumaçados por causa das plantações de agave, e o humor dela mudou de novo, começou a rir ao microfone, insistindo que estava sendo levada para um lugar que não existia, um cenário fantasma, um país das maravilhas, porque não era possível existir um lugar chamado Tequila, "é como dizer que uísque vem de um lugar chamado Whisky, ou gim de um lugar chamado Gin", gritava. "Vodca é algum rio da Rússia? Será que fazem rum em Rúm?" E, de repente sombria, a voz soando baixa, quase inaudível debaixo do barulho das hélices, "e a heroína vem dos heróis, e o crack de *Crack of Doom*". Era possível que eu estivesse ouvindo o nascimento de uma canção. Depois, quando o capitão e o co-piloto foram entrevistados sobre a viagem de helicóptero, eles, por lealdade, se recusaram a divulgar detalhes do monólogo voador em que ela oscilara de momento a momento entre excitação e desespero. "Estava animada", disseram os dois, "e falava inglês, então a gente não entendeu."

Não só inglês. Como estava só comigo, podia tagarelar no dialeto-lixo de Bombaim, *Mumbai ki kachrapati baat-chit*, em que uma frase começava numa língua, pulava para uma segunda e até uma terceira e voltava para a primeira. O nome acrônimo que usávamos para isso era *Hug-me*. Hindi Urdu Gujarati Marathi English. Bombainitas como eu falavam cinco línguas mal e nenhuma bem.

Separada de Ormus Cama nessa turnê, Vina tinha descoberto os limites musicais e verbais de sua própria produção. Escrevera novas canções para exibir aquela voz celestial que tinha, aquele instrumento de múltiplas oitavas, como uma yma-sumáquica escada para o céu que, segundo reclamava, nunca fora suficientemente solicitada pelas composições de Ormus; mas em Buenos Aires, São Paulo, Cidade do México e Guadalajara ela ouviu muito bem a reação morna do público a essas canções, apesar da presença de seus três ensandecidos percussionistas brasileiros e da dupla de violonistas argentinos que duelava e ameaçava terminar cada apresentação com uma luta de facas. Nem a participação especial do veterano superastro mexicano Chico Estefan conseguiu entusiasmar a platéia; ao contrário, sua cara esticada de plástica e o bocado de dentes falsos só chamavam a atenção para o declínio da juventude dela, espelhado na média de idade das multidões. Os jovens não vieram, ou não em quantidade suficiente, nem de longe.

Mas aplausos retumbantes ressoavam depois de cada velho sucesso do catálogo antigo do VTO, e a verdade inelutável é que durante esses números a loucura dos percussionistas beirava o divino, a dupla de violonistas chegava perto do sublime, e até o velho sem-vergonha do Estefan parecia voltar de seu refúgio nas montanhas. Vina Apsara cantava letra e música de Ormus Cama, e imediatamente os jovens da platéia acordavam e enlouqueciam, os milhares de mãos da multidão gesticulando juntas, formando em linguagem de sinais o nome da grande banda, ao ritmo do aplauso trovejante:

V! T! O!

V! T! O!

Volte para ele, diziam. Queremos vocês dois juntos. Não jogue fora o seu amor. Em vez de se separarem, queríamos era que vocês ficassem de bem.

Vertical Take-Off [Decolagem Vertical]. Ou *Vina To Ormus* [De Vina para Ormus]. Ou, *We two* [Nós dois] traduzido para Hug-me como *V-to*. Ou uma referência ao foguete V2. Ou V da paz que eles almejavam, e o *T for two* [T para dois ou Chá para dois], eles dois, e o Oh de amor, do amor deles. Ou uma homenagem a um dos grandes edifícios da cidade natal de Ormus: Victoria Terminus Orchestra. Ou um nome inventado muito tempo antes, quando Vina viu um luminoso de néon de um antigo refrigerante, Vimto, só com três letras acesas, Vimto sem o *im*.

V... T... Ohh.

V... T... Ohh.

Dois guinchos e um suspiro. O orgasmo do passado cujo anel ela usava no dedo. Ao qual ela talvez soubesse que, apesar de mim, devia retornar.

O calor da tarde era seco e feroz, como ela gostava. Antes de pousarmos, o piloto foi informado de tremores de terra brandos na região, mas já tinham passado, ele nos garantiu, e não havia razão para abortar o pouso. Ele então xingou os franceses. "Depois de cada teste desses, basta contar cinco dias, um, dois, três, quatro, cinco, e a terra treme." Pousou o helicóptero num campo de futebol poeirento, no centro da cidadezinha de Tequila. A força policial devia estar inteira ali para manter a população local a distância. Quando Vina Apsara desembarcou, majestosa (sempre uma princesa, ela estava virando uma rainha), ouviu-se um grito, *Viiinaaa*, as vogais prolongadas de puro desejo, e eu percebi, não pela primeira vez, que apesar de todo o excesso de agitação e exposição pública da vida dela, apesar de todas as extravagâncias de estrela, de sua *nakhras*, ninguém se zangava com ela, alguma coisa em seu jeito desarmava as pessoas, e o que borbulhava neles, em vez de bile, era um afeto milagroso, incondicional, como se ela fosse o filho recém-nascido da terra inteira.

Pode chamar de amor.

Meninos furando o cordão de isolamento, perseguidos por policiais suarentos, e lá estava don Ángel Cruz com seus dois Bentleys prateados combinando perfeitamente com a cor de seus cabelos, se desculpando por não nos receber com uma ária, mas a poeira, essa maldita poeira, é sempre difícil, e agora, com o tremor de terra, o ar fica cheio dela, por favor, señora, señor, e, com uma pequena tosse contra as costas da mão, levou-nos para o Bentley da frente, vamos imediatamente, por favor, para começar a programação. Ele sentou no segundo carro, se enxugando com lenços gigantescos, o imenso sorriso mantido no rosto por uma grande força de vontade. Dava quase para ver a crescente inquietação por baixo da superfície do *host* perfeito. "Esse homem está preocupado", eu disse para Vina enquanto nosso carro rodava para a plantação. Ela deu de ombros. Em outubro de 1984, Vina atravessara a ponte de Oakland Bay, indo para o oeste, testando um carro de luxo para um artigo promocional na *Vanity Fair*, e no fim da ponte parou num posto de gasolina, desceu do carro e viu o veículo ser levantado do chão, com as quatro rodas, ficar pendurado lá no ar como alguma coisa do futuro, ou de *De volta para o futuro*, quem sabe. Nesse momento, a ponte estava caindo como se fosse um brinquedo de criança. Portanto, "Não me venha com terremoto", ela disse com voz de durona, de veterana em desastres, assim que chegamos à plantação, onde os empregados de don Ángel esperavam, com chapéus de palha estilo caubói para se proteger do sol, os mestres do facão preparados para demonstrar como se corta um pé de agave para ficar parecendo um grande "abacaxi" azul, pronto para a máquina de despolpar. "Não me venha com Richter, Rai, meu bem. Essa escala eu já vi."

Os animais estavam inquietos. Cachorros na coleira corriam em círculos, latindo, e havia um relinchar de cavalos. Pássaros oraculares circulavam, ruidosos, lá no alto. A atividade sísmica subcutânea aumentou também por baixo da afabilidade cada vez mais tensa de don Ángel Cruz, enquanto nos mostrava a destilaria, estes são nossos tradicionais barris de madeira, e aqui nossas novas, cintilantes maravilhas tecnológicas, nosso investimento capital para o futuro, nosso enorme investimento, nosso investimento inestimável. O medo começara a brotar dele na forma de glóbulos de suor rançoso. Distraído, ele batia seus lenços encharcados no rio odoroso, e seus olhos se arregalaram na fábrica engarrafadora, ainda mais desesperados, ao ver a fragilidade de sua fortuna, líquido aninhado em vidro, e o medo de um terremoto começou a vazar umidamente pelo canto de seus olhos.

"Desde que os testes começaram, a venda de vinhos e bebidas franceses caiu talvez vinte por cento", murmurou, sacudindo a cabeça. "Os produtores de vinho do Chile e o nosso pessoal aqui em Tequila se beneficiaram com isso. Os pedidos de exportação dispararam a tal ponto que não dá para acreditar." Enxugou os olhos com as costas da mão incerta. "Por que Deus haveria de nos dar um tal presente só para tirar de volta? Por que Ele tem de testar a nossa fé?" Olhou para nós, como se pudéssemos efetivamente lhe dar uma resposta. Quando entendeu que não tinha resposta nenhuma, agarrou, de repente, as mãos de Vina Apsara, transformando-se em suplicante de sua corte, levado a esse ato de excessiva familiaridade pela força de sua grande privação. Ela não fez a menor tentativa de se livrar.

"Não sou um homem mau", don Ángel disse a Vina, em tom de súplica, como se estivesse rezando para ela. "Sou justo com meus empregados e atencioso com meus filhos e até fiel a minha mulher, exceto, para ser honesto, por uns dois pequenos incidentes, e isso vinte anos atrás, señora, a senhora é uma mulher sofisticada, pode entender as fraquezas da meia-idade. Por que esse dia haveria de chegar para mim?" Ele inclinou a cabeça diante dela, soltando-lhe as mãos e juntando as suas para pousá-las, aflito, sobre os dentes.

Ela estava acostumada a dar absolvição. Colocando as mãos libertadas nos ombros dele, começou a lhe falar com Aquela Voz, começou a murmurar para ele como se fossem amantes, afastando o temido terremoto como se afasta uma criança malcriada, mandando que ficasse de pé no canto, proibindo-o de causar qualquer problema para o excelente don Ángel, e era tão milagroso o seu poder vocal, o som de sua voz, mais do que qualquer coisa que pudesse estar dizendo, que o sujeito aflito realmente parou de suar, e, com um renascer hesitante e incerto dos bons humores, levantou a cabeça de querubim e sorriu. "Ótimo", disse Vina Apsara. "Agora vamos almoçar."

Na velha hacienda da empresa da família, hoje só usada para grandes festas como esta, encontramos uma longa mesa posta no claustro que dava para um pátio com fonte, e assim que Vina entrou um conjunto de *mariaches* começou a tocar. Então chegou a caravana e despejou a mais horrenda, agitada e barulhenta miscelânea do mundo do rock, a derrubar a tequila especial de seu hospedeiro como se fosse cerveja de lata, ou vinho de caixinha, contando vantagens da viagem pelo meio dos tremores, o assistente pessoal sibilando seu ódio contra a terra instável, o gerente de turnê rindo com a satisfação que só demonstrava quando tinha acabado de assinar um novo contrato em termos destrutivamente exploradores, o pavão desfilando cheio de exclamações, os gorilas grunhindo monossílabos, os violonistas argentinos se agredindo como sempre, e os percussionistas — argh, os percussionistas! — lubrificados a tequila, combatendo a lembrança do próprio pânico com uma série de críticas em voz alta à banda de mariaches, cujo líder, resplandecente numa roupa preta-e-prata, jogou o sombrero no chão e estava a ponto de sacar o revólver prateado preso na coxa quando don Ángel interferiu e, para promover o espírito de festa, ofereceu, benevolente: "Por favor, se permitirem, vou tentar cantar para divertir a todos".

Uma genuína voz de contratenor silencia qualquer argumento, sua doçura sideral envergonha nossa mesquinharia, como a música das esferas. Don Ángel Cruz nos brindou com o *Trionfi Amore*, de Gluck, e os cantores mariaches se saíram bem como Coro para o Orfeu dele.

"Trionfi Amore!
E il mondo intiero
Serva all'impero
Della beltà."
[Triunfe, Amor!
E o mundo inteiro
sirva ao império
da beleza.]

O final infeliz da história de Orfeu, Eurídice perdida para sempre porque Orfeu deu uma olhada para trás, sempre foi um problema para compositores e seus libretistas. — Ô, Calzabigi, que fim é esse que você me fez aqui? Pra baixo desse jeito, vou mandar o pessoal de volta pra casa com a cara comprida feito uma salsicha. *Alô?* Alegre isso, *ja!* — Claro, Herr Gluck, não fique tão *agitato*. Sem problema! O amor é mais forte que o Hades. O amor deixa os deuses misericordiosos. Que tal eles mandarem ela de volta de qualquer jeito? "Volte lá, menina, o cara é louco por você! Que é que tem uma olhadinha?" Aí, os amantes dão uma festa, e que festa! Dança, vinho, tudo a que têm direito. Taí seu grande final, todo mundo sai cantarolando. — Pra mim está bom. Muito bem, Raniero. — Certo, Willibald. Não pense mais nisso.

E ali estava, o *finale* arrebatador. O triunfo do amor sobre a morte. *O mundo inteiro serve ao império da beleza.* Para perplexidade de todos, minha inclusive, Vina Apsara, a estrela do rock, pôs-se de pé e cantou os dois papéis de soprano, Amore e Eurídice também, e, mesmo eu não sendo nenhum perito, soava perfeita em letra e música, a voz num êxtase de satisfação parecia estar dizendo, afinal, você entendeu para que é que eu sirvo.

"... E quel sospetto
Che il cor tormenta
Al fin diventa
Felicità."

[E aquela suspeita
que ao coração transtorna
por fim se transforma
em felicidade.]

O coração atormentado não só encontra felicidade, não: ele *se transforma* em felicidade.

Essa é a história, pelo menos. É o que diz a música.

A terra começou a tremer assim que ela terminou, aplaudindo seu desempenho. A grande natureza-morta do banquete, os pratos de carnes e tigelas de frutas e as garrafas da melhor tequila Cruz, e até a própria mesa de banquete começaram a pular e dançar à moda Disney, objetos inanimados animados pelo pequeno aprendiz de feiticeiro, aquele rato presunçoso; ou como se fossem movidos pelo mero poder do canto dela para se juntar à *chaconne* de encerramento. Quando tento me lembrar da seqüência exata de acontecimentos, descubro que minha memória virou um filme mudo. Deve ter havido barulho. Pandemonium, a cidade dos diabos e seus tormentos, dificilmente seria mais barulhenta que aquela cidade mexicana, com rachaduras correndo feito lagartos pelas paredes dos prédios, separando com seus longos dedos as paredes da hacienda de don Ángel até ela simplesmente tombar feito uma ilusão, uma fachada de cinema, e atravessando as vastas nuvens de poeira de sua queda nos virmos de volta às ruas sacolejantes, ondulantes, correndo pela vida, sem saber para que lado ir, mas correndo mesmo assim, enquanto caíam telhas dos telhados e árvores voavam pelo ar, e os esgotos jorravam das ruas e casas explodiam e malas havia muito guardadas em sótãos começavam a chover do céu.

Mas só me lembro do silêncio, o silêncio do grande horror. O silêncio, para ser mais exato, da fotografia, porque essa era a minha profissão, então foi para isso que me voltei no momento em que o terremoto começou. Tudo em que eu pensava era nos quadradinhos de filme passando pelas minhas velhas câmeras, Voigtländer Leica Pentax, nas formas e cores registradas lá dentro pelos acasos dos eventos e movimentos, e, é claro, pela habilidade ou não com que eu conseguia apontar a lente na direção certa ou errada no momento certo ou errado. Ali estava o silêncio eterno de rostos e corpos e animais, e até da própria natureza, presos — sim, pela minha câmera —, mas presos também pelo punho do medo do imprevisível e pela angústia da perda, pela garra dessa odiosa metamorfose, o silêncio aterrorizador de um modo de vida no momento de seu aniquilamento, de sua transformação em um passado dourado que nunca poderia ser inteiramente reconstruído, porque, uma vez tendo estado num terremoto, você sabe que, mesmo sobrevivendo sem um arranhão, ele permanece no seio da terra, como um ataque cardíaco, horrivelmente potencial, sempre prometendo retornar, para atingi-lo de novo com força ainda mais devastadora.

Uma fotografia é uma decisão moral tomada em um oitavo de segundo, ou em um dezesseis avos, ou em um cento e vinte avos. Estale os dedos: um instantâneo é mais rápido. A meio caminho entre voyeur e testemunha, entre grande artista e escória, foi aí que construí minha vida, fazendo minhas escolhas num piscar de olhos. Tudo bem, é legal. Ainda estou vivo, e só me cuspiram na cara e me xingaram umas duzentas vezes. Com os palavrões posso conviver. São os homens com armas pesadas que me preocupam. (E são homens, quase sempre, todos esses arnolds portando exterminadores, todos esses suicidas dedicados com suas barbas de escova de privada e nenhum pêlo no lábio superior mais liso que de bebê; mas, quando mulher faz esse trabalho, elas quase sempre são piores.)

Virei um viciado em acontecimentos, eu. Ação é o estimulante de minha preferência. Sempre gostei de meter a cara bem no meio da superfície quente e suarenta do que está acontecendo, com os olhos abertos, sorvendo, os outros sentidos todos desligados. Nunca me importei se a coisa fedia, ou se o seu contato pegajoso dava vontade de vomitar, nem com qual seria seu efeito sobre as papilas gustativas se desse uma lambida, ou mesmo se os gritos eram muito altos. Só com a aparência. Aí é que eu, durante muito tempo, fui em busca de sensação e verdade.

O Fato Real: nada melhor, quando se está grudado nele, contanto que você não se deixe estraçalhar. Não há sensação melhor na Terra.

Há muito tempo eu desenvolvi um talento para a invisibilidade. Foi isso que me permitiu ir direto aos atores do drama do mundo, aos doentes, moribundos, enlouquecidos, sofredores, ricos, gananciosos, extáticos, perdidos, furiosos, assassinos, secretos, maus, crianças, bons, aos que valem notícia; me infiltrar em seu espaço encantado, no meio de sua raiva ou dor ou rompante transcendental para penetrar naquele instante que define o seu estar-no-mundo, e fazer a porra da minha foto. Em muitas ocasiões esse dom de desmaterialização me salvou a vida. Quando as pessoas diziam para mim não vá por essa estrada infestada de atiradores, não entre nessa fortaleza de guerrilheiro, seria melhor você contornar aquele território da milícia, eu me sentia irresistivelmente atraído. Ninguém nunca entrou nesses lugares com uma câmera e saiu vivo, alguém me avisava, e imediatamente eu ultrapassava aquele ponto sem volta. Quando retornava, as pessoas me olhavam de um jeito esquisito, como se estivessem vendo um fantasma, e perguntavam como eu tinha conseguido. Eu sacudia a cabeça. Para falar a verdade, muitas vezes eu não sabia. Talvez se soubesse não conseguisse mais fazer aquilo e acabasse morto em alguma zona de combate maluca. Um dia pode acontecer.

O máximo que consigo imaginar é que sei como ficar pequeno. Não fisicamente pequeno, porque sou meio alto, pesado, mas psiquicamente. Eu só dou um sorriso autodepreciativo e me recolho à minha insignificância. Desse jeito convenço o atirador de que não mereço sua bala, minha postura física convence o guerrilheiro a conservar limpo seu machado. Faço entenderem que não sou digno da sua violência. Talvez funcione porque sou sincero, porque realmente me deprecio. Certas experiências eu levo dentro de mim, lembranças a que posso recorrer quando quero me lembrar da minha pouca valia. Assim, uma espécie de modéstia adquirida, produto de minha juventude e de minhas culpas, conseguiu manter-me vivo.

"Besteira", era opinião de Vina Apsara. "Isso aí é só outra versão da sua técnica de pegar mulher."

Modéstia funciona com as mulheres, é verdade. Mas com as mulheres eu finjo. Meu sorriso bonzinho, tímido, minha linguagem corporal reticente. Quanto mais eu recuo com minha jaqueta de camurça e botas de combate, sorrindo timidamente debaixo da careca (quantas vezes me disseram que tenho uma cabeça linda!), mais insistentes elas avançam. No amor se avança recuando. Mas o que eu quero dizer com amor, e o que Ormus Cama, por exemplo, queria dizer com a mesma palavra, são duas coisas diferentes. Para mim, sempre foi uma habilidade a *ars amatoria*: a primeira abordagem, o desviar as ansiedades, o despertar do interesse, a simulação da partida, a lenta volta inexorável. A serena e divertida espiral do desejo. *Kama.* A arte do amor.

Enquanto para Ormus Cama era só uma questão de vida ou morte. Amor era para a vida inteira, e enfrentado além da morte. Amor era Vina, e além de Vina não havia nada senão o vazio.

Mas nunca fui invisível para as criaturinhas da Terra. Esses terroristas anões de seis pernas sabem me encontrar, sem dúvida nenhuma. Me mostre (ou, de preferência, não me mostre) uma formiga, me leve (não me leve) até uma vespa, uma abelha, um mosquito, uma pulga. Eles me comem de café da manhã; e também como outros repastos, mais substanciais. Tudo que é pequeno e pica, me pica. A certo momento, no coração do terremoto, quando eu estava fotografando uma criança perdida chorando pelos pais, fui picado na face, com força, como se fosse pela consciência, e afastei o rosto da câmera (devo agradecer, quem sabe, a seja lá o que for a coisa horrível que manejava aquele *aguijón*; não a consciência, provavelmente, mas um sexto sentido de fotógrafo) bem a tempo de ver o começo da inundação de tequila. Os muitos e gigantescos barris de armazenamento tinham se rompido.

As ruas pareciam chicotes, serpenteando e estalando. A destilaria Ángel foi uma das primeiras a sucumbir ao açoitamento. A madeira velha arrebentou, o metal novo entortou e se partiu. O rio urinário de tequila abria seu caminho espumoso pelas alamedas da cidade, a primeira onda da torrente arrebatou o populacho que fugia e virou-o de pernas para o ar, e tal era a potência da poção que aqueles que engoliam goles daquele vagalhão angélico se punham de pé não só molhados e sem ar, mas também bêbados. A última vez que vi don Ángel Cruz, ele estava percorrendo as praças afogadas em tequila com uma panela na mão e duas chaleiras penduradas por barbantes em volta do pescoço, tentando, pateticamente, salvar o que podia.

É assim que as pessoas se comportam quando seu ganha-pão é destruído, quando por alguns momentos vêem, clara e sem enfeites, uma das grandes forças modeladoras da vida. A calamidade os encara com seu olho hipnótico, e elas começam a cavar com a mão a ruína de seus dias, tentando desenterrar a memória do cotidiano — um brinquedo, uma roupa, até uma foto — dos montes de lixo do irrecuperável, de sua perda avassaladora. Don Ángel Cruz com a panela na mão era a imagem fabulosa, infantil, de que eu precisava, uma figura assustadora reminiscente do surrealista Homem-Panela de alguns dos livros favoritos de Vina Apsara, a série *Faraway Tree*, de Enid Blyton, que viajava com ela aonde quer que fosse. Envolto em invisibilidade, comecei a fotografar.

Não sei quanto tempo durou. A mesa sacudindo, o desmoronar da hacienda, as ruas montanhas-russas, as pessoas engasgadas se debatendo no rio de tequila, o baixar da histeria, a risada mortal dos desabrigados, os falidos, os desempregados, os órfãos, os mortos... peça uma estimativa e eu não tenho nada a oferecer. Vinte segundos? Meia hora? Me pergunte. O manto da invisibilidade e o meu outro truque de desligar todos os sentidos e canalizar todo meu poder de percepção pelo olho mecânico — essas coisas têm, como se diz, um efeito colateral. Quando estou diante das enormidades do real, quando esse grande monstro está rugindo pela minha lente, perco o controle das coisas. Que horas são? Onde está Vina? Quem morreu? Quem sobreviveu? Isso aí é um abismo se abrindo debaixo da minha bota de combate? O que você disse? A equipe médica quer chegar perto desta mulher morta? Do que é que está falando? Você está na minha frente, quem pensa que é para me empurrar desse jeito? *Não está vendo que estou trabalhando?*

Quem estava vivo? Quem estava morto? Onde estava Vina? Onde estava Vina? Onde estava Vina?

Despertei de repente. Insetos me picavam o pescoço. A torrente de tequila cessou, o rio precioso se esvaiu na terra rachada. A cidade parecia um cartão-postal rasgado por uma criança zangada e meticulosamente remontado por sua mãe. Tinha adquirido a qualidade do partido, fazia parte da grande família dos quebrados: pratos quebrados, bonecas quebradas, inglês quebrado, promessas quebradas, corações partidos. Vina Apsara correu para mim pelo meio da poeira. "Rai, graças a Deus." Apesar dos sábios budistas (Rinpoche Hollywood e o Guinsberg Lama) e dos tocadores de címbalos da Consciência de Krishna e dos gurus tântricos (esses *flashers* da kundalini) e dos *rishis* Transcendentais® e mestres desta ou daquela sabedoria maluca, Zen e a Arte da Negociação, o Tao do Sexo Promíscuo, Auto-Amor e Iluminação, apesar de todo seu modismo espiritual, eu sempre, à minha maneira atéia, achei difícil acreditar que ela realmente acreditasse num deus existente de fato. Mas é provável que acreditasse; eu talvez estivesse errado sobre isso também; e, de qualquer jeito, que outra palavra existe? Quando você sente gratidão por dentro pela mera sorte da vida, quando não tem ninguém a quem agradecer e precisa agradecer a alguém, o que é que você diz? Deus, Vina dizia. A palavra me soava como uma forma de se desvencilhar da emoção. Era um lugar onde colocar alguma coisa que não tinha nenhum outro lugar.

Do céu, um inseto maior começou a nos perseguir, assolando-nos com o vento insistente de suas asas ruidosas. O helicóptero tinha decolado bem a tempo de escapar da destruição. O piloto foi baixando até quase nível zero e acenou um chamado para nós, planando. "Vamos sair daqui", Vina gritou. Eu sacudi a cabeça. "Vá você", gritei para ela. Trabalho em primeiro lugar. Tinha de botar minhas fotos no ar. "Até mais tarde", berrei. "O quê?" "Mais tarde." "O quê?"

O plano era o helicóptero nos levar para um fim de semana de descanso em uma mansão distante na costa do Pacífico, a Villa Huracán, cujo co-proprietário era presidente da gravadora Colchis, e que ficava ao norte de Puerto Vallarta, em privilegiado isolamento, espremida como um reino mágico entre a selva e o mar. Agora, não havia como saber se a mansão ainda estava de pé. O mundo tinha mudado. Porém, como as pessoas que se apegam a suas fotografias emolduradas, como don Ángel com suas panelas, Vina Apsara se apegava à idéia de continuidade, de um itinerário preestabelecido. Ela ficava com a programação. Mas até que as minhas imagens raptadas fossem despachadas para as mesas de redação do mundo para serem resgatadas não haveria Xangrilá tropical para mim.

"Então eu vou", ela berrou.

"Não posso ir."

"O quê?"

"Vá."

"Foda-se."

"O quê?"

E ela estava dentro do helicóptero, que estava subindo, e eu não tinha ido com ela, e nunca a veria de novo, nenhum de nós veria, e as últimas palavras que ela gritou para mim me partem o coração cada vez que penso nelas, e penso nelas centenas de vezes por dia, todo dia, e depois nas noites infindáveis, sem sono.

"Adeus, Esperança."

Comecei a usar o nome de trabalho "Rai" quando fui contratado pela famosa agência Nebuchadnezzar. Pseudônimos, nomes de palco, nomes de trabalho: para autores, atores, espiões, são máscaras úteis, escondendo ou alterando a verdadeira identidade do sujeito. Mas quando comecei a me chamar de *Rai*, príncipe, senti como se tivesse tirado um disfarce, porque estava revelando ao mundo meu mais querido segredo, esse apelido que Vina usava para mim desde criança, o emblema do meu amor infantil. "Você anda feito um rajazinho", ela me disse, carinhosa, quando eu tinha apenas nove anos e usava aparelho nos dentes, "só os seus amigos sabem que você não passa de um tonto que não presta para nada."

Isso era Rai: um menino-príncipe. Mas chega o fim da infância, e na vida adulta Ormus Cama é que acabou sendo o Príncipe Encantado de Vina, não eu. Mesmo assim, o apelido grudou em mim. E Ormus tinha a bondade de usá-lo também, ou digamos que ele pegou isso de Vina como se fosse uma infecção, ou digamos que ele nem sonhava que eu pudesse competir com ele, que eu pudesse ser uma ameaça, e por isso podia pensar em mim como amigo... Mas não falemos nisso agora. *Rai*. Significa também desejo: o pendor pessoal de um homem, a direção que ele escolhe seguir; e vontade, a força do caráter de um homem. Eu gostava de tudo isso. Gostava de que fosse um nome que viajava bem, todo mundo conseguia dizer, soava bem em qualquer língua. E se por acaso aparecia um "*Hey, Ray*" naquela poderosa democracia da pronúncia errada que são os Estados Unidos, eu não tinha disposição para discutir, só pegava os melhores trabalhos e saía da cidade. E em outra parte do mundo, Rai era música. Na terra natal dessa música, veja só!, fanáticos religiosos começaram ultimamente a matar músicos. Acham que a música insulta deus, que nos deu vozes, mas não quer que a gente cante, que nos deu livre-arbítrio, *rai*, mas prefere que a gente não seja livre.

Bom, hoje todo mundo diz: Rai. É só um nome a mais, é fácil, tem estilo. A maioria das pessoas nem sabe o meu nome verdadeiro. Umeed Merchant, já contei? Umeed Merchant, criado num universo diferente, numa dimensão de tempo diferente, em um bangalô de Cuffe Parade, Bombaim, que se incendiou faz muito tempo. O nome Merchant, talvez seja melhor eu explicar, quer dizer "mercador". As famílias de Bombaim têm nomes derivados da linha de trabalho de algum ancestral falecido. Engenheiros, Empreiteiros, Médicos. E não esqueçamos os Readymoney (*Dinheirojá*), os Cashondelivery (*Paganaentrega*), os Fishwala (*Peixeirowala*). E um Mistry é um pedreiro e um Wadia é um construtor de navios e um advogado é um Vakil e um banqueiro é um Shroff. E do longo caso amoroso da cidade sedenta com as bebidas gasosas vem não só Batliwala (*Garrafawala*), mas também Sodawaterbatliwala (*Garrafadessodawala*), e não só Sodawaterbatliwala, mas também Sodawaterbatli*opener*wala (*Abridordegarrafadessodawala*).

Juro. Que um raio caia na minha cabeça.

"Adeus, Esperança", Vina gritou, e o helicóptero subiu depressa e foi embora.

Umeed, sabe? Substantivo, feminino, quer dizer esperança.

Por que a gente gosta de cantores? Onde se esconde o poder das canções? Talvez se origine da mera estranheza de existir canto no mundo. A nota, a escala, o acorde; melodias, harmonias, arranjos; sinfonias, ragas, óperas chinesas, jazz, blues: o fato de essas coisas existirem, de termos descoberto os intervalos mágicos e as distâncias que produzem o pobre punhado de notas, todas ao alcance da mão humana, com as quais construímos nossas catedrais sonoras, é um mistério tão alquímico quanto a matemática, ou o vinho, ou o amor. Talvez os pássaros tenham nos ensinado. Talvez não. Talvez sejamos, simplesmente, criaturas em busca de exaltação. Coisa que não temos muito. Nossas vidas não são o que merecemos. De muitas dolorosas maneiras elas são, temos de admitir, deficientes. A música as transforma em outra coisa. A música nos mostra um mundo que merece os nossos anseios, ela nos mostra como deveriam ser os nossos eus, se fôssemos dignos do mundo.

Cinco mistérios detêm as chaves do invisível: o ato do amor, e o nascimento de uma criança; a contemplação da grande arte, e estar em presença da morte ou da tragédia, e ouvir a voz humana se alçar em canto. São essas as ocasiões em que as trancas do paraíso se abrem e nos dão um lampejo do que está oculto; um efe do inefável. A glória se despeja sobre nós nessas horas: a glória sombria dos terremotos, a escorregadia maravilha da vida nova, o esplendor de Vina cantando.

Vina, de quem se aproximavam até estranhos, atrás de sua estrela, na esperança de serem redimidos por sua voz, por seus grandes olhos úmidos, por seu toque. Como uma mulher tão explosiva, até amoral, veio a ser considerada um emblema, um ideal, por mais de metade da população da Terra? Porque ela não era nenhum anjo, isso eu posso lhe dizer, mas experimente dizer isso a don Ángel. Talvez fosse melhor mesmo ela não ter nascido cristã, senão teriam tentado fazer dela uma santa. Nossa Senhora dos Estádios, nossa madona da arena, expondo as cicatrizes para a massa como Alexandre, o Grande, motivando seus soldados para a guerra; nossa Desvirgem de gesso, sangrando lágrimas vermelhas dos olhos e música quente da garganta. Ao nos afastarmos da religião, nosso antigo opiáceo, estamos sujeitos ao aparecimento de sintomas de abstinência, haverá muitos efeitos colaterais desse tipo apsariano. Não se perde com facilidade o hábito da adoração. Nos museus, as salas de ícones estão lotadas. Sempre preferimos nossas figuras icônicas machucadas, espetadas de flechas ou crucificadas de cabeça para baixo, precisamos delas esfoladas e nuas, queremos ver sua beleza se desmanchar devagar e assistir à sua tristeza narcisista. Não é a despeito de suas falhas, mas *por causa* de suas falhas que nós as adoramos, venerando sua fraqueza, sua mesquinharia, seus maus casamentos, seus abusos de drogas, seu rancor. Olhando-nos no espelho de Vina e perdoando a ela, perdoamos a nós mesmos. Nós nos redimimos com os seus pecados.

Comigo não era diferente. Sempre precisei dela para botar as coisas no lugar: um trabalho frustrado, um arranhão no orgulho, uma mulher que ia embora e que conseguia me tocar com suas últimas palavras. Mas foi só bem perto do fim da vida dela que tive coragem de pedir seu amor, de fazer o meu lance, e por um momento embriagador acreditei mesmo que eu ia conseguir arrancá-la das garras de Ormus. Aí ela morreu, me deixando com uma dor que só o seu toque mágico poderia aplacar. Mas ela não estava mais lá para beijar minha testa e dizer tudo bem, Rai, seu idiota, já vai passar, deixe eu pôr o meu ungüento mágico nessas picadas feias, doloridas, venha aqui com a mamãe e veja como tudo vai melhorar.

É isso o que sinto agora quando penso em don Ángel Cruz chorando na frente dela em sua frágil destilaria: inveja. E ciúmes também. *Queria ter feito aquilo, ter aberto o coração e implorado a ela antes que fosse tarde demais*, e também *queria que ela não tivesse tocado você, com essa voz esganiçada de verme capitalista falido e chorão.*

Todos íamos procurar paz ao lado dela, e, no entanto, ela própria não estava em paz. E por isso resolvi escrever aqui, publicamente, o que não posso mais sussurrar em particular ao seu ouvido; ou seja, tudo. Escolhi contar a nossa história, dela e minha e de Ormus Cama, tudo, até os mínimos detalhes, e aí quem sabe ela possa encontrar aqui, na página, neste submundo de tinta e mentiras, aquele respiro que lhe foi negado pela vida. E aqui estou às portas do inferno da linguagem, com um cachorro latindo e um barqueiro esperando, com uma moeda para pagar a passagem debaixo da língua.

"Não sou um homem mau", don Ángel Cruz choramingou. Tudo bem, também quero choramingar. Escute, Vina: eu também não sou um homem mau. Embora, confesso sinceramente, tenha sido traidor no amor, e sendo filho único ainda não tenha tido filho, e em nome da arte tenha roubado imagens dos flagelados e dos mortos, e prevaricado, e dado de ombros (desalojando do poleiro dos meus ombros os anjos que me protegiam), e coisas piores também, mesmo assim me considero um homem entre homens, um homem como são os homens, nem melhor nem pior. Mesmo condenado a ser picado por insetos, não levei uma vida perversa de vilão. Pode acreditar: não levei.

Conhece a Quarta *Geórgica* do bardo de Mântua, P. Vergilius Maro? O pai de Ormus Cama, o respeitável sir Darius Xerxes Cama, classicista e apreciador do mel, conhecia seu Virgílio e por meio dele aprendi um pouco também. Sir Darius era admirador de Aristeu, claro; Aristeu, o primeiro criador de abelhas da literatura mundial, cujos avanços, nada bem-vindos pela dríade Eurídice, levaram-na a pisar numa cobra, razão pela qual a ninfa da floresta pereceu e as montanhas choraram. O tratamento que Virgílio dispensou à história de Orfeu é extraordinário: ele a narra em setenta e seis versos brilhantes, escritos a pleno vapor, e depois, em outros trinta versos displicentes, permite que Aristeu celebre o seu rito de expiação, e pronto, fim do poema, não é mais preciso se preocupar com aqueles amantes bobos, amaldiçoados. O herói real do poema é o criador de abelhas, o "mestre arcadiano", o autor de um milagre bem maior que a arte daquele infeliz cantor da Trácia, que não era nem capaz de trazer sua amada do reino dos mortos. Eis o que Aristeu sabia fazer: *ele era capaz de, por geração espontânea, produzir novas abelhas da carcaça de uma vaca.* Tinha "o dom celestial de fazer mel do ar".

Bom. E don Ángel produzia tequila de agave azul. E eu, Umeed Merchant, fotógrafo, posso, por geração espontânea, produzir novos significados da carcaça putrefata de um assunto em pauta. Tenho o dom infernal de conjurar a reação, o sentimento, talvez até a compreensão, de olhos desinteressados, colocando diante deles as faces silenciosas do real. E também estou comprometido, ninguém sabe melhor do que eu o quanto, irremediavelmente. E não existem sacrifícios que eu possa celebrar, nem deuses que eu possa aplacar. E mesmo assim meu nome quer dizer "esperança" e "vontade", e isso conta, certo? Vina, estou certo?

Claro, baby. Claro, Rai, meu bem. Conta, sim.

Música, amor, morte. Sem dúvida um triângulo e tanto; talvez até eterno. Mas Aristeu, que chamava a morte, também chamava a vida, um pouco como o Senhor Shiva, lá na minha terra. Não só um dançarino, mas Criador e Destruidor, ao mesmo tempo. Não só picado por abelhas, mas um produtor de picadas de abelhas. Portanto, música, amor e vida-morte: essas três coisas. Como também éramos três. Ormus, Vina e eu. Nós não nos poupávamos. Nesta narrativa, portanto, nada será poupado. Vina, tenho de trair você, para deixar você ir embora.

Comece.

2

MELODIAS E SILÊNCIOS

Ormus Cama nasceu em Bombaim, Índia, às primeiras horas de 27 de maio de 1937, e momentos depois do nascimento começou a fazer estranhos movimentos rápidos com ambas as mãos, que qualquer guitarrista teria identificado como *chord progressions* [seqüência de acordes]. Porém não havia nenhum tocador de guitarra entre os convidados a arrulhar em cima do recém-nascido na Casa de Saúde das Irmãs de Maria Gratiaplena, em Altamound Road, ou, mais tarde, no apartamento da família em Apollo Bunder, e o milagre teria passado despercebido não fosse um único carretel de filme monocromático de 8 mm. rodado em 17 de junho com uma câmera Paillard Bolex, sem tripé, propriedade de meu próprio pai, mr. V. V. Merchant, um empenhado amador dos filmes domésticos. O "filme Vivvy", como passou a ser conhecido, sobreviveu, felizmente, em razoáveis condições até que, muitos anos depois, as novas tecnologias computadorizadas para melhoria de filmes permitiram que o mundo visse, em closes ampliados digitalmente, as mãos gordinhas de baby Ormus incontestavelmente tocando uma guitarra de ar, deslizando por uma complexa série de *monster riffs* e *dizzy licks* com uma velocidade e uma sensibilidade que deixariam orgulhosos os grandes executantes do instrumento.

De volta ao começo, porém, a música era a última coisa que as pessoas tinham em mente. A mãe de Ormus, lady Spenta Cama, fora informada na trigésima quinta semana de gravidez que a criança que carregava morrera em seu útero. Nesse momento tão tardio, não lhe restava escolha senão passar pela agonia do trabalho de parto, e quando ela viu o corpo natimorto do irmão mais velho de Ormus, Gayo, seu gêmeo não idêntico, bizigótico, tão grande foi seu sofrimento que considerou o movimento que continuava lá dentro dela sua própria morte tentando nascer, para que pudesse se unir imediatamente ao filho sem vida.

Até aquele momento infeliz, fora uma mulher plácida, endomorfa, astigmática, com óculos e corpo pesados, dada a uma certa rotação bovina do queixo, que seu marido falante, irascível e caótico, sir Darius Xerxes Cama, alto, ectomorfo, de bigode extravagante e olhos penetrantes debaixo do fez vermelho com pingente dourado, muitas vezes confundia deliberadamente com burrice. Não era burrice. Era a inflexibilidade de uma alma inteiramente ocupada no nível espiritual, ou, mais exatamente, uma alma que encontrava em sua rotina diária um meio de comungar com o divino. Lady Spenta Cama era íntima de dois anjos parses, Amesha Spenta, em honra de quem fora batizada: o Anjo Bons Pensamentos, cujas conversas silenciosas ocupavam-lhe uma hora toda manhã (ela se recusava terminantemente a revelar a natureza dessas conversas a seu marido e a qualquer outra pessoa); e o Anjo Ordeira Retidão, sob cuja tutela ela se tornou minuciosamente atenta às questões domésticas, cuja supervisão lhe ocupava a maior parte das tardes. Dos vários Spenta sobrenaturais, essa era a dupla com quem lady Spenta Cama sentia maior afinidade. O Anjo Excelência e o Anjo Imortalidade estavam muito além de seu alcance, ela admitia humildemente, e quanto ao Anjo Perfeita Soberania e ao Anjo Divina Piedade, seria imodesto alegar proximidade com eles.

O conceito cristão e muçulmano de anjo, ela gostava de se vangloriar, era "derivado" desses originais zoroastrianos, assim como os diabos descendiam dos "nossos devas"; era tal a sua sensação de propriedade, o seu orgulho da primazia parse, que ela falava dessas forças malignas como se fossem bichos de estimação pessoais, ou um dos muitos ornamentos de louça com que entulhava o atulhado apartamento dos Cama em Apollo Bunder, esse belvedere muito cobiçado de Bombaim, com suas cinco janelas dando salgadamente para o mar. Era surpreendente, portanto, que alguém tão próximo da virtude se entregasse tão espetacularmente aos devas Miséria, Falsa Aparência e Mente Perversa, chorando desesperadamente de tristeza.

"*Arré*, vamos, me leve, por que não, oh, morte seja o meu domínio", lady Spenta berrava. As duas grandes damas valquirianas ao lado da cama franziam as testas, reprovando. Ute Schaapsteker, a consultora ginecológica chefe do Maria Gratiaplena (conhecida nos altos escalões da cidade como "*Snooty* Utie" [Esnobe Utie] ou "Irmã Adolf"), fez uma série de duras repreensões relativas à impropriedade de se desejar prematuramente a morte, que com toda certeza viria, indesejada, a seu próprio tempo. A ajudante dela, a parteira irmã John, ainda era jovem nessa época, mas já a caminho de se transformar no galeão escuro cuja presença formidavelmente sombria ao pé da cama, com uma verruga no lábio superior, assombrou muitos nascimentos em Bombaim ao longo dos cinqüenta anos seguintes. "Grandes ondas de contentamento e alegria!", ela trovejou amarga. "Pois Aquele que é Poderoso colheu para Si a alma dessa venturosa criança, como se fosse um grão de arroz abençoado." As duas teriam, sem dúvida, continuado nesse tom por um bom tempo, se lady Spenta não acrescentasse de repente em tom completamente e, de fato, compreensivelmente perplexo: "Que pressão na minha abertura de trás, eu devo estar correndo o risco de me esvaziar inteira ou então algum outro *chokra* está querendo sair".

Evidentemente, não era a morte dela se retorcendo lá dentro. Nem os intestinos ameaçando se abrir. Rapidamente ela deu à luz um bebê pequeno, mas saudável, uma enguia de menino pesando menos de dois quilos e meio, cuja forma vital havia sido escondida dos exames da dra. Schaapsteker durante a gravidez e o parto pelo corpo maior do gêmeo morto. É de se notar que os Cama tinham já uma dupla de gêmeos bizigóticos de cinco anos de idade, Khusro e Ardaviraf, conhecida por todos como "Cyrus e Virus". Sir Darius Xerxes Cama, que possuía lá seus conhecimentos de mitologia grega, estava familiarizado com o costume dos deuses olímpicos de introduzir um bebê (Idas, Polideuces) de origem semidivina em um útero preparado para dar à luz uma criança inteiramente humana (Linceu, Castor). No caso do precoce, multitalentoso Khusro — uma criança genuinamente maligna e impiedosa como um verdadeiro herói — e do lerdo e doce Ardaviraf, os antigos gregos teriam pouca dificuldade em identificar quem era filho de um deus. Nessa segunda ocasião, era de se presumir, o morto Gayo era a criança terrena e o vivo Ormus aquela com o pedigree, além do anseio, imortal. Sir Darius, portanto, estava fadado a ser pai de um pateta e de um cadáver, destino ingrato. Mas academismo é uma coisa, paternidade outra bem diferente, e sir Darius Xerxes Cama, "o apolíneo de Apollo Bunder", era um sólido racionalista cambridgiano e eminente advogado que "jantara seus jantares" em Middle Temple, e havia, posteriormente, dedicado sua vida ao que chamava, num flash de humor involuntário, de "o milagre da razão". Ele não cedeu seus direitos de progenitor a nenhum deus, fosse qual fosse sua origem, assumiu as rédeas da paternidade e, para ser justo, oprimiu igualmente todos os filhos.

O bebê sobrevivido foi levado para a incubadeira pela furiosa irmã John, que achava mais difícil celebrar um nascimento do que uma "colheita". O menino morto foi removido (certas coisas são fortes demais para os meros olhos de um homem) e finalmente sir Darius Xerxes Cama recebeu permissão de entrar na sala de parto. Spenta estava nas garras do remorso. "Na hora do nascimento deixei que os servos da Mentira dominassem minha língua", confessou. Sir Darius havia muito achava as diversas manifestações da religiosidade literal da mulher difíceis de manejar. Fez o possível para esconder sua inquietação, mas não conseguiu evitar a imagem da língua de lady Spenta sendo manuseada por pequenas criaturas de asas de morcego despachadas por Angra Mainyu, aliás, Ahriman em pessoa. Ele fechou os olhos e teve um arrepio.

Lady Spenta continuou. "De quem foi a idéia de chamar o coitado de Gayo, afinal?", perguntou, esquecendo, na ambigüidade emocional e no calor do momento, que a idéia fora dela mesma. O marido, galante demais para relembrá-la, baixou a cabeça e assumiu a culpa. O Primeiro Homem Criado, Gayomart, tinha efetivamente sido morto por Angra Mainyu, muito tempo antes. "*Mal* escolhido o nome", lady Spenta gritou, explodindo em lágrimas de novo. Sir Darius Xerxes Cama baixou ainda mais a cabeça; lady Spenta viu-se falando para o pingente do topo de seu fez. Bateu nele com os dedos, firme. Fez um som oco. "A única maneira de compensar", ela insistiu, soluçando, "é batizar imediatamente o outro menino com o nome de Deus."

Hormuz ou Ormazd, derivações locais de Ahura Mazda, foram as opções oferecidas, que sir Darius Xerxes Cama, o classicista, imediatamente latinizou para Ormus. A esposa se acalmou. Enxugou os olhos e o casal foi visitar a sala incubadora, onde Ute Schaapsteker confirmou que a criança ia viver. "Meu pequeno Ormie", lady Spenta Cama ronronou através do vidro incubador para o sujeitinho subdesenvolvido. "Meu camarãozinho de menino. Agora você está livre do inferno. Agora, eles não podem abrir o chão e levar você para baixo."

Assim que recebeu de Snooty Utie garantias sobre os prospectos do pequeno Ormus, sir Darius pediu licença, chegou a dar um beijo em sua mulher, e saiu depressa, um tanto ansioso demais para o gosto de lady Spenta, para jogar críquete. Era uma grande partida. Naquele ano, o Torneio Quadrangular anual entre os times britânico, hindu, muçulmano e parse da cidade tinha se tornado Pentangular, e naquele dia sir Darius fora convocado para jogar pelos parses contra os meninos novos, The Rest, um time reunido nas fileiras dos cristãos, anglo-indianos e judeus de Bombaim. Aos quarenta e três anos, sir Darius Xerxes Cama ainda possuía a força física e a musculatura divinal de um herói esportista, levantador de pesos e ex-campeão amador de luta livre. Sua elegância canhota como batedor ainda era muito solicitada; sua marca registrada era um *late cut* executado com lentidão, portanto alarmante, mas ainda altamente eficiente. E em lances curtos ainda era capaz de produzir *bowling* de incômoda velocidade, "os raios de Darius", como eram conhecidos havia muito. Quando enfiou o uniforme branco, despindo o casaco comprido e o fez alto de cavalheiro parse após as ansiosas horas noturnas na maternidade, sentiu um alívio orgulhoso baixar sobre si. Não era mais obrigado a ficar rondando questões femininas! Era um tigre solto, e seu grande orgulho por ser o pai de um terceiro filho homem logo se abateria sobre o inimigo na forma de atos valentes com bola e taco. Essa transformação de cidadão em esportista, na privacidade de uma barraca-vestiário à margem do grande Maidan, era, de todos os rituais de sua vida, o que sir Darius mais apreciava. (Quando, depois da feroz advocacia do dia ele tirava a toga e a peruca da Lei e pegava seu taco de críquete, sentia-se como se entrasse em sua melhor natureza, um eu mais fino, de graça e fibra olímpicas.) Seu parceiro, primeiro batedor, um ousado jovem chamado Homi Catrack, perguntou se ele se sentia capaz de jogar depois de uma noite sem dormir. "*Pish*!", sir Darius fez, e foi em frente para batalhar por sua raça.

No Maidan, uma grande multidão barulhenta aguardava sua chegada. Sir Darius sempre reprovara a conduta dos espectadores de Bombaim. Era o pequeno defeito daqueles dias adoráveis. As vaias, os gritos, o estridor das cornetas de metal, a batida dos *dhols*, o canto que se levantava quando um treinador entrava correndo no campo, a balbúrdia da torcida, os gritos dos vendedores de lanches, o rugir da risada, em resumo o clamor incessante criava, na opinião de sir Darius, um ambiente inadequado para a prática das nobres artes do jogo. Ao ver a vulgaridade do populacho, os senhores imperiais do país só podiam ficar decepcionados com o permanente atraso daqueles que tão sabiamente dominavam havia tanto tempo. Ao avançar para bater, sir Darius Xerxes Cama sentiu vontade de gritar: "Força! Mostrem do que são capazes! Os Britânicos estão olhando".

Era um "dia bom", o dia do nascimento de Ormus Cama. Esse velho termo de Bombaim, que há muito caiu em desuso, indicava um dia em que uma inesperada capa de nuvens trazia alívio ao calor. Os escolares eram dispensados num "feriado de dia bom", conforme costume desse tempo longínquo. Esse dia bom, porém, tinha má estrela. Claro, uma criança havia nascido viva, mas outra nascera morta. Demônios, devas tinham sido conjurados e havia reprovações paradas no ar. Na Casa de Saúde das Irmãs de Maria Gratiaplena, a reprovação de Snooty Utie

Schaapsteker à autopiedade de lady Spenta misturou-se à reprovação de sir Darius àquilo que, em outras ocasiões, ele teria chamado de "superstições" de sua mulher, criando uma atmosfera pouco comemorativa. Ali, no campo de críquete, também havia ruído de reprovação. Um bando de simpatizantes nacionalistas chegara com uma variedade de instrumentos musicais ensurdecedores, e desde o começo do jogo pusera-se a perturbar a concentração dos jogadores com um tipo de incômodo musical que sir Darius considerou de particular mau gosto.

"É só bater com o pau", os perturbadores da ordem cantavam, ao som de tambores e toque de cornetas, "Fora o críquete colonial". Sir Darius Xerxes sabia que Mahatma Gandhi e seus seguidores haviam denunciado o torneio Pentangular como atraso antinacionalista divisor da comunidade, no qual homens de mentalidade colonizada se apresentavam como macacos para o divertimento dos britânicos e fortaleciam a política do dividir-para-dominar. Sir Darius não era partidário da Independência. Nacionalistas! Ele nutria sérias dúvidas sobre a conveniência de se entregar o governo da Índia a homens de tão limitado senso musical. A mr. Gandhi, em termos pessoais, concedia um respeito resmungão, mas sentia que, se pudesse ao menos convencer o grande homem a usar roupa de flanela e aprender a base do jogo, o Mahatma acabaria convencido do valor do torneio no aprimoramento daquele espírito de competição sem o qual nenhum povo pode assumir seu lugar na vanguarda da comunidade mundial.

Quando ele chegou à linha, um dos agitadores cantou "Lady Daria veio jogar!". Na hora um setor incomodamente grande da multidão — deviam ser cristãos, anglos ou judeus, bufou sir Darius, insatisfeito — passou a cantar o refrão insultuoso. "Lady Cama, queremos drama! Pega a bola e faz a fama!" Tu-tu, reque-reque, tum. "Queremos drama, lady Cama."

Sir Darius notou, então, que seus dois gêmeos de cinco anos, Cyrus e Virus, estavam sentados na grama com a *ayah*, perto dos agitadores nacionalistas, sorrindo, contentes, parecendo estar se divertindo muito com a barulheira dos desmancha-prazeres. Ele deu uns passos na direção dos dois, acenando com o taco. "Khusro! Ardaviraf! Saiam daí!", gritou. Os meninos e a *ayah* não conseguiram ouvi-lo na balbúrdia e acharam que ele estava cumprimentando. Acenaram todos de volta. Os agitadores, achando que sir Darius estava sacudindo o taco para eles, contentes de ter conseguido provocá-lo, redobraram seus esforços. A música de sua alegre hostilidade ressoava nos ouvidos dele. Sir Darius Xerxes encarou o *bowling* com concentração imperfeita.

Mr. Aaron Abraham, abrindo o *bowling* para The Rest, conseguiu fazer a bola nova oscilar incomodamente naquele tempo nublado. Sir Darius teve sorte de sobreviver aos três primeiros tiros dele. Vendo seu esforço, a claque nacionalista ficou ainda mais ruidosa. Tum, reque-reque, tu-tu. Os tocadores de tambor e cornetas improvisaram uma melodia, e os torturadores cantavam insistentemente "lady Daria, qué-qué-qué, quem faz *duck* pato é". E depois uma variante, evidentemente popular: "Lady Donald, faz um duck".

Sir Darius foi até o *wicket*, conferenciar com seu parceiro.

"Então é qué-qué-qué?", fumegou, agitando o taco. "Já dou um qué neles, mas que Donald é esse?" Assim que fez a pergunta, porém, lembrou-se de uma visita recente ao cinema, com os gêmeos, para ver *Tempos modernos*, de Chaplin, filme que sir Darius admirava, entre outras coisas, por ser "mudo". No complemento assistira a um desenho animado, *Para os órfãos*, apresentando um anti-herói novo, anárquico e violento, de pés chatos e horrivelmente barulhento. Sir Darius ficou mais leve. "Donald, é?", rugiu. "Ha! Ha! Ha! Esses malcriados vão ver quem é o pato."

Em vão Homi Catrack tentou acalmá-lo. "Não ligue para o público. Não perca a concentração; vamos mostrar para eles." Mas sir Darius tinha perdido a cabeça. A quarta bola do *over* de Aaron Abraham era uma jogada solta, eminentemente acertável, e sir Darius aproveitou a oportunidade. Bateu com toda a força, e não havia dúvidas de que estava querendo acertar a bola bem na direção do grupo de músicos nacionalistas agitadores. Depois, nas garras de um remorso insuperável, ele concordou que sua vaidade ferida fora mais forte que a prudência paterna, que deveria ter sido sua maior preocupação, mas já era tarde demais, a bola de críquete já voava para a platéia em alta velocidade e não podia ser chamada de volta.

Ela não ia atingir os agitadores e não havia como corrigir o seu curso, mas muitos espectadores mergulharam para se desviar dela, pois estava voando a velocidade efetivamente assustadora, e ali, direto em seu caminho, sem desviar nem para a direita nem para a esquerda, estavam os gêmeos não idênticos filhos de sir Darius Xerxes Cama, de pé para aplaudir o grande lance do pai, sem medo, porque como o seu querido pai poderia causar a qualquer dos dois o menor dano?

Sem dúvida a lentidão de reações da *ayah* foi em parte responsável pelo acidente, mas, a partir do momento em que viu o que estava para acontecer, sir Darius nunca culpou ninguém a não ser a si próprio. Berrou um alerta o mais alto que pôde, mas os tambores e cornetas eram mais altos que seus gritos, a música impediu-o de soar o alarme, e um minuto depois o doce, lerdo Ardaviraf Cama era atingido por uma bola de críquete feito um foguete, bem no meio dos olhos, e caiu de costas como se fosse feito de madeira, como se fosse um toco.

Talvez no exato instante em que a história da família Cama estava sendo reescrita para sempre com o acréscimo dessa linha cruel, a trajetória de uma bola de críquete vermelha do taco do pai para a testa do filho, minha mãe e meu pai estivessem se encontrando pela primeira vez na Casa de Saúde das Irmãs de Maria Gratiaplena.

Quando se trata de amor, não há como dizer o quanto as pessoas são capazes de acreditar. Apesar de todas as provas de que a vida é descontínua, um vale de penhascos, e que o acaso desempenha um grande papel em nossos destinos, continuamos acreditando na continuidade das coisas, na causação e no significado. Mas vivemos num espelho quebrado, e novas rachaduras aparecem em sua superfície todos os dias. Pessoas (como Virus Cama) podem escorregar nessas rachas e se perder. Ou, como meus pais, podem ser atirados um no braço do outro pelo acaso, e se apaixonar. Em direta contradição com suas filosofias de vida predominantemente racionais, porém, meu pai e minha mãe sempre acreditaram que foram atraídos pelo Destino, tão determinado em uni-los que se manifestou em nada menos que quatro formas diferentes: ou seja, social, genealógica, gastronômica e irmã John.

Os dois foram visitar lady Spenta Cama, e estavam ambos inadequadamente vestidos de luto, porque não sabiam do nascimento do pequeno Ormus, e com simplicidade e gentileza tencionavam consolar lady Spenta por ter de suportar a experiência de um natimorto. Meus pais eram uma geração mais novos que sir Darius e lady Spenta, e eram ambos amigos relativamente recentes da família. Uma amizade improvável havia se desenvolvido entre os dois homens, que acharam algo em comum na questão da própria Bombaim; Bombaim, a grande criação metropolitana dos britânicos, cujo mais importante cronista meu pai — o arquiteto retornado da Inglaterra e devotado historiador local, V. V. Merchant (que logo seria o discreto *auteur* de um filme doméstico posteriormente celebrado) — viria a se tornar. Sir Darius Xerxes Cama, homenageado com um título de baronete por seus serviços na Corte de Justiça Indiana, gostava de dizer, com uma grande risada, que ele também era uma grande criação metropolitana dos britânicos e se orgulhava disso. “Quando escrever a história desta cidade, Merchant”, ele rugiu, uma noite, no clube, diante de um jantar de *mulligatawny* e *pomfret*, "pode ser que descubra que foi a minha autobiografia que você escreveu." Quanto a minha mãe, ela viera a conhecer lady Spenta nas reuniões da Sociedade Literária de Bombaim. Lady Spenta era a menos lida das mulheres, mas sua serena despreocupação diante da própria himalaica ignorância inspirou em Ameer, a mais jovem (e imensamente mais brilhante), uma espécie de fascínio divertido que, tivessem os acontecimentos seguido rumo diferente, podia ter se aprofundado em amizade.

Na sala de espera da Casa de Saúde, cercada pelos parentes sorridentes dos recém-nascidos homens, e os parentes deliberadamente sorridentes das recém-nascidas mulheres, meu futuros pais formavam um par esquisito, ele vestindo terno escuro e expressão lúgubre, ela num sári branco liso, sem jóias, e um mínimo de maquiagem. (Muitos anos depois, ela me confiou que "sempre tive certeza do amor de seu pai, porque ele ficou caído por mim num momento em que eu estava menos atraente que um búfalo".) Como únicos enlutados num lugar de alegria, era natural que se aproximassem e se apresentassem.

Ambos deviam estar se sentindo esquisitos diante da perspectiva de encarar lady Spenta e sir Darius no que acreditavam ser um momento de profunda dor. Meu pai, suave, de coração mole, estaria mudando o peso do corpo de um pé para o outro, sorrindo seu sorriso embaraçado e dentuço devido a uma sufocante desarticulação emocional que tornava muito difícil para ele revelar ao mundo exterior as grandes profundidades de sentimento que havia dentro de seu peito, e um temperamento desapegado que o levava a preferir a mesmice dos escritórios de registros à incompreensível confusão da vida em Bombaim. Ameer, minha mãe — "rica de nome, e dona do dinheiro de verdade na família", em sua própria sardônica descrição posterior —, também devia estar pouco à vontade, porque nem condolências nem congratulações lhe vinham com facilidade aos lábios. Não é minha intenção sugerir que ela fosse insensível ou fria; muito pelo contrário. Minha mãe era uma altruísta decepcionada, que caiu no colo do luxo e nunca se recuperou da desilusão da descoberta de que sofrimento desalentador e não alegria fácil é que era a regra na vida humana. Nem sua filantropia, nem seus ataques de temperamento — embora fossem ambos impressionantes — bastavam para aplacar sua decepção com o planeta e com a própria espécie. Suas reações ao nascimento e à morte, moldadas e coloridas como eram pela sensação de ter sido traída pelo cosmos, podiam, portanto, parecer, para ouvidos desavisados, um tantinho, bem, cínicas. Ou, para ser franco, cruéis, brutais, e mortalmente ofensivas também. *Bebê morto? O que mais se pode esperar? Ele está livre, pelo menos. Bebê vivo? Coitado. Pense no que está à sua espera.* Esse era o seu estilo natural.

Porém, antes que pudesse embarcar num discurso desses e afastar meu pai para todo o sempre, ela se viu detida por uma descoberta surpreendente, e a história deslizou, como um trem desviado por uma súbita mudança de trilhos, para um caminho inteiramente diferente.

"Meu nome é Merchant", meu pai se apresentou. "Como Vijay, mas sem parentesco, embora eu também seja V. Na verdade V. V." Ameer franziu a testa, não porque não soubesse que Vijay Merchant era a estrela ascendente do críquete indiano, mas porque...

"Como pode ser 'Merchant'?", protestou. "Você não pode ser 'Merchant'. Eu", e ela apontou para o próprio peito com ênfase, "*eu* sou Merchant. Ameer."

"Você?" (Espantado.)

"Eu." (Enfática.)

"É Merchant?" (Um sacudir de cabeça.)

"*A.* Merchant. Miss." (Um encolher de ombros.)

"Então nós dois somos Merchant", confirmou V. V., admirado.

"Não seja bobo", Ameer acrescentou.

Então V. V. Merchant emitiu uma longa fala. "Até a época do meu avô, nosso nome era Shetty ou Shetia ou Sheth. Ele inglesou o nome, padronizou. E se converteu também. Virou uma espécie de mau muçulmano. Estritamente não praticante, como somos todos até agora. Você pode perguntar, então para que se dar ao trabalho? Ao que eu respondo, Por que não?"

"Sheth, você disse", Ameer meditou, sem perder o fio da meada.

"E agora Merchant."

"Então você *é* Merchant", ela acedeu.

"Às suas ordens."

"Mas sem parentesco."

"Infelizmente."

Minha mãe chegara a uma importante, mesmo que ainda provisória, decisão durante a conversa acima. Por baixo da timidez de V. V. Merchant e por trás de seus dentes para a frente, ela adivinhou a existência de uma grande alma, uma alma de profunda constância, uma rocha sobre a qual, como ela, blasfema, gostava de se gabar, podia construir a sua igreja. Portanto, e com grande ousadia, declarou, numa voz que não aceitava discussão: "De *merchant* para *merchant* não dá para ficar no meio do caminho. Ou temos de ser rivais ou temos de nos juntar, como sócios".

Meu pai corou tão profundamente que seu cabelo despenteado e já rareando começou a tremer de satisfação.

O que a circunstância social e a coincidência de nomenclatura encorajaram veio a se confirmar com os presentinhos de consolação que haviam trazido para lady Spenta. Surpreso, mr. V. V. Merchant viu o saquinho na mão de miss Ameer Merchant; com igual surpresa, miss Ameer Merchant notou que mr. V. V. Merchant estava levando um saco idêntico. Proeminente em ambos os sacos o nome de certa loja de alimentos altamente respeitada, perto de Kemp's Corner; e dentro dos sacos estavam escondidos frascos de vidro idênticos.

"Mel", explicou V. V. Merchant. "Mel do vale de Caxemira. Para ela lembrar a doçura da vida."

"Como pode ser mel de Caxemira?", Ameer protestou. "*Isto* é que é mel de Caxemira."

Ela mostrou o seu pote, ele mostrou o dele. Ela começou a ficar brava, mas então, em vez disso, começou a rir. Meu pai também riu.

A obra de abelhas distantes abriu o caminho do amor.

Finalmente, para concluir, o destino dos dois encarnou-se em uma freira zangada, pois naquele momento viram-se frente a frente com a presença volumosa e severa de uma mulher que parecia a penumbra de um eclipse parcial do sol. "Pois não?", latiu a irmã John, tão selvagem que jogou os dois Merchant já excitados num ataque de riso. "Estamos aqui", V. V. Merchant explicou, quase arrebentando, "para consolar lady Spenta nesta hora trágica."

"Que coisa terrível", minha mãe lamentou enxugando lágrimas de riso. "Uma criança nascer morta."

"Cuidado", disse a irmã John com uma voz de Juízo Final. "Senão vocês vão queimar no inferno por seus pecados."

A sala de espera ficou silenciosa. Os dois Merchant, picados pela repreensão da parteira, instintivamente se aproximaram um do outro, cerrando fileiras. Uma mão (dele, dela) roçou outra mão (dela, dele). Nos anos seguintes, os dois sempre discordariam, divertidos, sobre quem tinha feito o primeiro gesto, quem estendera os dedos para quem, qual deles tinha pegado e qual tinha sido pego. O que não se pode negar — "avançado" e "solto" como se poderia sem dúvida chamar esse comportamento — é que a irmã John uniu as mãos deles, que não se desuniram muitas vezes mais depois disso. Até, muitos anos depois, os dois serem afastados por um terceiro. Sim, uma espécie de amante, ou, pelo menos, uma Amada. Uma velha que nem sequer era um ser humano. Estou falando da cidade em si.

"Temos um nascimento também", acrescentou a irmã John, encolhendo os ombros.

Os dois Merchant receberam então da irmã John a notícia da chegada inesperada que ninguém sabia muito bem como comemorar, porque seu nascimento estava tão mesclado à tragédia de Gayomart Cama que se acabou antes de começar. Na ausência de sir Darius, a freira mal-humorada assumira o controle, e ali estava barrando a passagem de meus pais. "Lady Spenta agora está descansando. Voltem mais tarde." Depois de muita insistência, esse qüinqüerreme de guerra dessa parteira concordou em levar Vivvy e Ameer para ver o pequeno, mas indubitavelmente dedilhador Baby Ormus, dormindo em sua incubadeira de vidro cheia de luz, deitado de costas, com um joelho levantado, não muito diferente de um deus, com uma manchinha roxa na pálpebra esquerda, como a sombra de um globo ocular. Quando minha mãe o viu rebrilhando naquela caixa, não conseguiu deixar de dizer "O Pequeno Polegar mais parece a Branca de Neve nesse esquife de vidro", diante do que duas ásperas aspirações a informaram de que a malfadada comparação havia chocado não apenas a irmã John, mas também a própria lady Spenta Cama, lady Spenta que havia levantado para saudar os visitantes e cambaleara atrás deles para ser atingida por essa ducha verbal gelada bem no meio dos olhos. "Ai", lady Spenta disse, piscando, chocada, pregada no chão, rolando o queixo mole. "Um esquife, você disse. Ai, nossa, nossa. Uma bruxa veio amaldiçoar o meu filho."

Meu pai tentou desajeitadamente acalmá-la, mas era tarde demais. Tarde demais para salvaguardar alguma coisa naquele dia não-tão-bom.

Repito: até o dia do nascimento de Ormus, lady Spenta foi, por natureza, quase sobrenaturalmente calma. A nova estranheza de suas formulações era portanto uma indicação da natureza transformadora, escrita nas estrelas, daquele momento. Desse momento em diante, a sua personalidade mudou, tornando-se nervosa, instável, facilmente excitável. E depois de ouvir a tal "maldição" de minha mãe, Spenta sentiu-se incapaz de amar devidamente a criança amaldiçoada. Em vez disso, afastou-se dela como se tivesse uma doença.

Foi graças ao afeto tipo *Ratty-and-Mole* entre sir Darius Cama e V. V. Merchant — o mais velho um esportista flamboaiã, *bon vivant*, sempre de blazer, o mais novo um retraído da vida — que surgiu uma oportunidade de reparação, rapidamente aceita, três semanas depois. Já então Ameer e Vivvy tinham se tornado inseparáveis. Foram para Apollo Bunder de braços dados. V. V. Merchant levou sua Paillard Bolex, filmou o bebê Ormus em seu berço e deu o filme de presente a lady Spenta como oferenda de paz, que ela, externamente reabilitada à sua natureza serena, aceitou prontamente. Minha mãe e a mãe de Ormus, porém, nunca chegaram a ser realmente próximas.

Mas não devo avançar demais com minha história.

Depois do *faux pas* involuntário de miss Ameer Merchant, meu pai acompanhou rapidamente minha envergonhada mãe para longe da cena. Lady Spenta Cama foi se deitar num frenesi de superstição. O dia do nascimento de seu filho Ormus, que já era um evento ambíguo, ficou ainda mais marcado pela imagem de morte num esquife usada por Ameer. E quando, pouco depois, a irmã John lhe trouxe a notícia dolorosa de que sir Darius Xerxes fora correndo da partida de críquete no Oval Maidan para o pronto-socorro do Hospital de Internação Parse com o corpo inerte do filho Virus nos braços, lady Spenta perdeu temporariamente o controle de sua sanidade.

Ardaviraf Cama voltou a si na unidade de tratamento intensivo poucas horas depois, aparentemente sofrendo de nada mais que concussão e visão dupla. Os médicos atribuíram ao choque a sua relutância em falar. Logo, porém, ficou claro que sua cabeça tinha sido afetada. Ele parou por completo de falar e respondia a perguntas com acenos lentos e tristes, ou melancólicas sacudidas de cabeça. Gradualmente, porém, até esses gestos cessaram, e Virus se recolheu a um silêncio impassível do qual jamais emergiu. Como se tivesse se transformado em uma fotografia de si mesmo. E se fosse um filme, seria um "sonoro" inexplicavelmente desprovido da trilha sonora, restaurado à era antes do som, sem nem mesmo o acréscimo de cartelas com legendas ou acompanhamento de piano. Como se o lance mal dirigido de seu pai tivesse afetado sua fé em todos os pais, sua confiança na própria confiança, a ponto de precisar desse retiro permanente.

Embora não pudesse falar, ele reagia a pedidos e ordens simples. Se lhe diziam que a comida estava na mesa, ia se sentar para comer, quieto. Quando informado de que era hora de dormir, ia para seu quarto sem dizer uma palavra e se deitava virado para a parede. Não demorou muito para a melhor opinião médica da cidade se declarar incapaz de ajudá-lo. Ele voltou aos estudos na Cathedral School onde, durante as aulas, sentava-se em sua carteira exatamente como antes, mas nunca levantava a mão para falar, nem se dignava a responder a perguntas de nenhum professor. Depois de um período inicial de adaptação, a escola aceitou o novo estado de coisas. Virus sempre fora uma criança lenta, e agora estava ainda mais lenta, mas os professores estavam dispostos a deixá-lo ficar e assistir às aulas na esperança de que pudesse melhorar com o tempo.

Ficou óbvio também que Virus não queria mais participar de jogos de nenhum tipo. Na escola, nos intervalos, sentava-se de pernas cruzadas num canto do pátio, no rosto o ar da perfeita calma meditativa de um iogue, aparentemente alheio ao pandemônio à sua volta. Sem uma palavra, enquanto crescia, foi se retirando de todas as atividades esportivas, do hóquei de campo assim como do críquete e do atletismo também. Foi nesse ano que o marajá de Patiala encontrou tempo entre as suas várias ligações extraconjugais para inaugurar o grande Brabourne Stadium, e o Dia do Esporte Escolar passou a ser realizado nesse augusto local desde então. No Dia do Esporte, porém, Virus ficava na cama, com seu costumeiro ar de serena ausência, e ninguém tinha coragem de forçá-lo a sair. Depois do horário escolar, seu irmão gêmeo Cyrus e os amigos muitas vezes tentavam, sem sorte, atraí-lo para seus jogos de rua, pedrinhas e *gilli-danda*. Até mesmo os jogos de cartas e de tabuleiro foram banidos da vida de Virus: *carrom* e *rummy*, *totopoly* e Mico-Preto, xadrez chinês e rouba-monte. Ele se retirara para um misterioso espaço interior e não tinha tempo para jogar.

Diante de um filho que aos cinco anos de idade havia decidido afastar tudo o que era infantil, sir Darius Xerxes castigou a si próprio desistindo para sempre de seu adorado jogo de críquete; e também de seus amores menores, luta livre, esgrima, natação e squash. E como além de si mesmo ele culpava a música por haver causado o acidente, a música de todos os tipos foi banida do apartamento dos Cama sem esperança de volta. Sir Darius vendeu a radiola, quebrou todos os discos de sua coleção e quando, durante a temporada de casamentos, ruidosas procissões passavam por Apollo Bunder a caminho das recepções no Taj, ele corria feito louco, batendo janelas, para calar as canções dos convidados do casamento. Cyrus e Virus haviam começado a ter aulas de piano e de flauta indiana. Elas foram suspensas. O professor foi dispensado e o piano de meia cauda da saleta foi trancado. A pedido do marido, lady Spenta Cama colocou a chave num pingente de prata que durante muitos anos usou em volta do pescoço.

O silêncio de Virus tornou-se familiar, até agradável. Sir Darius percebeu que, na verdade, estava aliviado por seu filho afetado nunca perturbar o sossego à mesa do café da manhã trinando sabe-se lá qual observação infantil sem sentido. Seu silêncio tinha *gravitas*. Era, sir Darius concluiu, eloqüente. A história ia contra a corrente. O silêncio de Virus começou a parecer uma grande recusa. O carro de som da Independência estava em marcha — Independência cujo exército de agitadores havia levado sir Darius a machucar o próprio filho! — e a *Pax Britannica* logo terminaria. "Vamos ter mau tempo", sir Darius passou a dizer. "Gente demais vomitando palavras demais, palavras que vão acabar virando balas e pedras. O silêncio de Ardaviraf fala por todos nós que temos medo do poder dessas palavras metamórficas."

E foi assim que sir Darius Xerxes Cama se persuadiu de que a mudez de seu filho Virus era de fato uma fala sofisticada. Isso fez com que se sentisse um pouco melhor, mas curiosamente, ao se eximir de pelo menos uma parte da culpa, sua retórica antimusical ficou ainda mais extrema. Ele começou a responsabilizar a música pelos males do mundo, e chegava a defender, quando bebia, que quem a praticava devia ser eliminado, erradicado, como uma doença. A música era um vírus, uma infecção, e os amantes da música, comparáveis àqueles viajantes sexualmente imorais cujas atividades inomináveis resultaram na disseminação global da sífilis. Eles eram doentes, e Virus Cama, com seu digno silêncio, é que era são.

Depois que Virus se retirou ao silêncio, lady Spenta bateu em sua própria retirada para aquele mundo espiritual que agora, mais do que nunca, parecia uma habitação melhor que a dela. "Sei para onde foi o meu filho", ela anunciou ao marido num tom que não admitia discussão. "Ele cruzou a Ponte Chinvat na jornada de sua alma. A nós cabe manter seu corpo sadio até sua alma voltar." Com a ajuda de seu aliado, o Anjo Ordeira Retidão, ela se empenhou nessa tarefa, lavando o corpo de Virus no banho como se fosse um bebê, alimentando-o na boca às refeições como se ele não soubesse usar as próprias mãos. "Toda a sua força está empenhada na portentosa jornada pelo Outro Mundo", ela explicava. "Por isso nós devemos poupar o menino de qualquer esforço." Virus Cama submetia-se passivamente a esses empenhos, sem demonstrar prazer nem desprazer. Com sua pesada carga de culpa, sir Darius Cama não conseguia achar um meio de protestar.

O banho e a alimentação do bebê Ormus, porém, foram deixados nas mãos dos empregados domésticos.

Virus Cama fora batizado em honra de um místico zoroastriano que viveu em algum momento entre os séculos III e VII da era cristã e que deixou um relato detalhado da jornada na qual, lady Spenta tinha certeza, seu filho também embarcara. Se ela tivesse razão, na Ponte Chinvat para o mundo dos espíritos, Virus Cama testemunharia o encontro de uma alma morta com a encarnação de seus bons atos, uma bela moça cujos enormes seios "pesavam para baixo, o que é encantador para o coração e para a alma", depois seria guiado pelo Anjo Divina Obediência e pelo Anjo Fogo Flamejante do Pensamento em um giro por grandes regiões, o limbo dos Permanentemente Imobilizados, onde aqueles que eram bons e pecadores em igual medida viam-se transformados em estátuas; o lugar das estrelas e da lua, onde terminavam aqueles que não tinham religião, mas eram bons de outras maneiras; passando por níveis mais altos de virtude e radiância até a pura luz do próprio Ahuramazda; e daí — pois tratava-se de uma jornada na direção oposta à de Dante — ele daria uma boa olhada no Inferno, onde cobras se enfiavam pelo cu dos homens e saíam por suas bocas etc. Ele haveria de notar a extraordinária concentração nos seios femininos e também nos excrementos, e a feroz delícia com que as legiões de pecadores eram mastigadas pelas Feras Abomináveis. Adúlteras eram penduradas pelos seios, ou forçadas a lacerar os seios com pentes de ferro; mulheres que não tinham amamentado seus filhos eram obrigadas a usar os seios para cavar montanhas rochosas. Urinar de pé recebia punição especialmente dura, e as mulheres que se aproximavam da água ou do fogo durante a menstruação eram forçadas a consumir taça após taça de mijo e merda masculinos. Não é de admirar nem um pouco que lady Spenta, ao imaginar seu Ardaviraf seguindo o místico de mesmo nome nessa excursão, acabasse obcecada com a idéia de mantê-lo limpo, alimentando-o de taças cheias de coisas menos vis.

Quanto mais durava o silêncio de Virus Cama, mais desesperada ficava lady Spenta. Ela passou a se apoiar tanto na fantasia da jornada do filho, da qual ele certamente retornaria, que isso começou a devorá-la, como se fosse ela a alma a cruzar a Ponte Chinvat para ver as grandes e terríveis visões, para deparar com os seios caídos da prova de seus bons atos e a supurada manifestação de seus pecados. Quando não estava ocupada com Virus e suas necessidades, exibia um ar ausente, mas mesmo assim inquieto, e se comportava de maneira ao mesmo tempo agitada e remota. (Ela continuava distante, nunca afeiçoada a Ormus. Os acontecimentos haviam neutralizado seus sentimentos maternais por ele. Criado por empregados, ele foi abandonado a buscar amor onde pudesse.)

O que uma bola de críquete iniciara não podia ser detido. Um por um, os membros da família Cama estavam se seccionando da realidade para mundos privados.

O próprio sir Darius Xerxes Cama foi o próximo membro da família a se retirar da vida cotidiana. A Lei, que havia lhe dado tanto sustento moral durante toda sua vida adulta, tornara-se, como muitos de seus colegas passaram a proclamar abertamente, "uma besta". Nesse período, a administração imperial começara a usar toda a força do sistema legal contra os nacionalistas, e embora sir Darius fosse um importante defensor da civilização britânica e oponente do Congresso, começou a experimentar uma sensação de profunda intranqüilidade diante do que estava ocorrendo. Muitos de seus respeitados colegas tinham se juntado aos *johnnies* da Independência, cujo líder, mr. Gandhi, era, afinal de contas, um águia das leis bastante habilidoso. Tomado de surpresa pela tormenta dentro de si mesmo, sir Darius Xerxes Cama desistiu da profissão e retirou-se para a suntuosa biblioteca de textos clássicos que era a glória do apartamento de Apollo Bunder, buscando nos bosques do academismo aquela paz de espírito que fora tão completamente destruída pela história pública e privada de sua época.

Ao lado de seu colega maçom William Methwold, sir Darius começou uma investigação dos mitos indo-europeus. Methwold era um rico inglês de uma família de donos de terra e diplomatas, e como incorporador tinha dado um toque em muitas das novas mansões e blocos de apartamento que brotavam em Malabar Hill e Warden Road. Careca como um ovo em decorrência de alopecia, estado que escondia debaixo de uma peruca, ele era também um brilhante estudioso do grego, e mergulhou na biblioteca de sir Darius com a sede de um peregrino ressecado que topa com a mais pura fonte de montanha. Em seus dias de juventude, sir Darius Xerxes Cama fora influenciado pelo estudioso alemão de nascimento Max Müller, cuja obra sobre mitologia comparada o levara à conclusão de que todos os antigos mitos das culturas proto-indo-européias ou arianas — zoroastrianos, indianos, gregos — eram, na essência, histórias sobre o sol. Essa teoria agradava a um parse secularizado como sir Darius, que via nela a fonte racional da frivolidade espiritual que dominara quase completamente a sua querida esposa.

(Ahuramazda, Ormazd, Hormuz eram, afinal, nada mais que Luz; e Apolo também era o sol.) No entanto, depois que os discípulos de Müller tentaram provar que Jesus Cristo e seus discípulos não eram nada mais que versões de conto de fadas do sol e dos doze signos do zodíaco, William Methwold voltou-se contra a "mitologia solar", e nas reuniões da loja maçônica de Malabar Hill, a que ambos pertenciam, ele deixou sir Darius ultrajado com uma série de brilhantes monólogos absurdos em que provou, primeiro, que o imperador Napoleão e seus doze generais eram, como Cristo e seus seguidores, nada mais que ficções zodiacais; e, segundo, que a Universidade de Oxford e o próprio professor Müller não podiam existir tampouco. Methwold lançou à filosofia de Müller os ataques formulados pelo jornalista escocês Andrew Lang, que afirmava não haver necessidade dessas teorias arianas improváveis; os deuses dos gregos tinham apenas emergido de um grande número de crenças selvagens de todo o mundo. "Crenças selvagens?", sir Darius rugira, pondo-se de pé, conhaque na mão, silenciando a loja. "Inclusive as nossas, claro?" William Methwold defendeu seu terreno. "Existem bárbaros no mundo inteiro, meu caro", ele respondeu sereno. "Com exceção dos presentes, claro."

Durante algum tempo, os dois homens se encontraram pouco. As coisas se acertaram quando William Methwold apareceu, alguns meses antes do nascimento de Ormus e do acidente de Virus, para aplaudir a vitória de sir Darius no torneio local de badminton. Diante de copos de *scotch*, Methwold admitiu ter sido atraído de volta à postura ariana pela obra do francês Georges Dumézil, que "demonstrara" que o deus grego Urano não era outro senão o indiano Varuna, provando assim a herança comum de toda a cultura ariana. "Muito bem", sir Darius disse, contente. "Então acabamos sendo ambos bárbaros afinal."

Durante os anos seguintes, sir Darius e Methwold se encontraram de quando em quando para explorar as relações entre as tradições mitológicas homérica e indiana. O rapto de Helena de Tróia por Páris e o de Sita de Ayodhya pelo rei-demônio Ravana; a relação entre Hanuman, o voluntarioso deus-macaco, e o errante Odisseu; os paralelos entre a tragédia da casa de Atreu e a do clã Rama; essas e muitas outras questões, eles discutiram e saborearam como os dois cavalheiros estudiosos que eram. Sir Darius sentiu-se particularmente atraído pela chamada "teoria tripartite" de Dumézil. Seria verdade que todas as culturas arianas se apoiavam no triplo conceito de soberania religiosa, força física e fertilidade — que essa era a real Trindade que definira tanto a civilização Oriental quanto a Ocidental, o elo comum? Depois que desistiu da carreira na Justiça, essa se tornou a grande questão da vida de sir Darius Xerxes Cama. Com William Methwold a seu lado, ele mergulhou mais e mais fundo nos aspectos técnicos do problema, e quanto mais longe da superfície da vida iam, mais felizes ficavam. Fora da biblioteca, as últimas fases da história colonial da Inglaterra e da Índia tomaram seu bem conhecido curso, e uma grande guerra, maior que as guerras por Helena e Sita, estava se preparando. Mas sir Darius e William Methwold haviam se apartado do contemporâneo, buscando refúgio no eterno. Dentro da biblioteca Cama, Odisseu transformou-se num deus-macaco e Páris num rei-demônio, e o cavalheiro parse e o *wallah* das incorporadoras ficaram tão próximos que era difícil distinguir os dois. Sir Darius perdeu grande parte de seu cabelo; William Methwold despia a peruca preta e pendurava no encosto da cadeira. E na privacidade do universo de livros, a uma mesa de carvalho que gemia com o peso de antigos conhecimentos, eles trabalhavam juntos em alegre solidão, eternamente isolados, a não ser, às vezes, pela figura fantasmagórica e silenciosa de Virus Cama sentado solenemente num banco-escada em um canto.

Um dia, porém, sir Darius tirou os meios-óculos, bateu o punho na mesa e gritou: "Não basta!".

William Methwold levantou os olhos de seus livros, assustado. O que não bastava? Será que sir Darius teria se cansado daquela existência idílica que dera aos dois tanto prazer? "T-talvez você deva repensar essa opção de renúncia", ele gaguejou, "e a gente possa jogar uma partida de squash. *Mens sana*, sabe, *in* bendito *corpore sano*." Sir Darius fez um som de negação. Estava tremendo à beira de um novo conhecimento, e não era hora para squash.

"Três funções não bastam", disse, fervoroso. "Tem de haver uma quarta."

"Não pode ser", disse Methwold. "Esses três conceitos do velho Georges preenchem todo o quadro social."

"Sei", disse sir Darius. "Mas e a *marginalidade*? E aqueles que estão além do pálido, acima do frágil, abaixo do notável? E os rejeitados, os leprosos, os párias, os exilados, os inimigos, os fantasmas, os paradoxos? E aqueles que são remotos? Droga", e virou-se para olhar o filho calado sentado nas sombras da sala, "*e Virus?*"

"Não sei se entendo." William Methwold estava fora do seu terreno.

"E as pessoas que simplesmente não se vinculam?"

"A quê? Se vinculam a quê?"

"A qualquer lugar. A qualquer coisa, a qualquer um. Os psiquicamente desligados. Cometas que voam pelo espaço, livres de todos os campos gravitacionais."

"Se existe gente assim", Methwold propôs, "não serão, bem, *avis rara*? Poucos e distantes uns dos outros? Será que é preciso um quarto conceito para explicar esses casos? Eles não serão, bem, como papel usado, e tudo o que se joga fora? Não são simplesmente excedente do que é necessário? Indesejados na viagem? Nós não nos limitamos a riscá-los da lista? A cortá-los? Eliminá-los do clube?"

Mas sir Darius Xerxes Cama não estava ouvindo. Estava de pé diante da grande janela da biblioteca, olhando para o mar da Arábia. "Os únicos que enxergam o quadro inteiro", murmurou, "são os que saem da moldura."

Tente imaginar a cena: o grão-senhor parse no santuário de sua biblioteca, com o fantasma vivo do filho e o amigo inglês, um homem que a vida conduzira aos livros, de pé diante de uma janela aberta. Portanto ele não está completamente trancado, a biblioteca não é uma tumba fechada, e pela janela entra a tumultuosa sensação da cidade, os aromas de *channa* e *bhal*, de tamarindo e jasmim; as vozes que gritam, porque ninguém nunca diz nada nessas partes sem primeiro levantar a voz; e a batalha do tráfego, e os cascos, os canos de descarga ruidosos, as campainhas das bicicletas; a luz brilhante do sol no porto, o apito dos navios de guerra, e a eletricidade de uma sociedade no momento de transformação.

Agora imagine um sopro de vento, levantando uma página amassada de jornal da rua imunda, fazendo-a subir em lentas espirais como uma borboleta suja; até que finalmente atravessa a janela, o mundo exterior penetra o mundo interior, e vai pousar direitinho nos sapatos Oxford engraxados de sir Darius, exigindo atenção. Essa é imagem que eu sempre vejo, mas não pode ter sido assim, pode?, que aconteceu de verdade. Talvez alguém tenha escrito uma carta a sir Darius, ou ele tenha topado por acaso com um jornal bom que continha a informação que lhe partiu o coração. Prefira, se quiser, uma versão assim prosaica, mas eu fico com a minha. Pela janela entrou o jornal, e sir Darius o pegou, incomodado, e estava a ponto de jogá-lo fora quando quatro palavras chamaram sua atenção. *Ariano, nazista, Müller, Dumézil.*

Nem sir Darius Xerxes Cama, nem William Methwold jamais pensaram por um momento que qualquer dos grandes estudiosos difamados, o falecido Max ou o vivo Georges, tivesse em seu corpo uma única célula de partidário da supremacia racial. Mas quando a linguagem é roubada e envenenada, o veneno penetra para trás no tempo e para os lados, atingindo a reputação de homens inocentes. A palavra "ariano", que para Max Müller e sua geração tinha um sentido puramente lingüístico, estava agora nas mãos de pessoas menos acadêmicas, envenenadores, que falavam de raças de homens, raças de senhores e raças de servidores e outras raças também, raças cuja impureza fundamental exigia medidas drásticas, raças que não eram desejadas na viagem, excedentes ao necessário, raças a serem cortadas, expulsas e depositadas na lata de lixo da história. Por uma daquelas loucas improbabilidades que, tomadas coletivamente, representam a história da raça humana, o arcano campo de pesquisa ao qual sir Darius e William Methwold haviam escolhido se seqüestrar tinha sido distorcido e forçado a serviço do grande mal da era. A história capturou o campo deles, e seu amor por esse campo os colocara do lado errado, do lado dos envenenadores, do impronunciável, daqueles cujos crimes estão além de palavras.

No momento em que as coisas mudaram para eles, sir Darius e Methwold estava cheios de delícia por examinar os paralelos entre a Visão das Muralhas na *Ilíada* (quando os troianos observam o exército que os cerca e Helena identifica para eles Agamenon, Odisseu, Idomeneu e o grande Ajax) e a cena equivalente no *Ramayana* (em que uma dupla de espiões, ao lado do raptor Ravana nas plataformas de sua fortaleza, identifica os heróis Rama, Lakshmana, Vibhishana e Hanuman). Sir Darius leu o recorte de jornal que voara pela janela e passou-o para Methwold sem dizer uma palavra. Ao terminar de ler, o inglês se sacudiu, como se saísse de um longo sono, e disse: "Vamos dar por encerrado". Sir Darius inclinou a cabeça e começou a fechar os livros queridos. Era setembro de 1939. Rip van Cama e William Winkle cambalearam para a luz, para o rugido, para o fedor do mundo real.

"Um dia desses", sir Darius resmungou quando Methwold colocou a peruca na cabeça e foi saindo, "vamos jogar aquela partida de squash."

Quando desistiu do estudo de mitologia comparada, sir Darius Xerxes Cama começou a mudar. Via pouco William Methwold, que, comentava-se, tinha desenvolvido uma predileção por mulheres indianas do fundo da escala social. Quebrando o juramento que havia feito quando feriu o filho Ardaviraf, sir Darius também voltou a perseguir a excelência esportiva: não no críquete, claro, mas em luta livre, badminton, squash. Seu oponente regular era o muito mais jovem Homi

Catrack, e, embora sir Darius fosse o atleta mais dotado dos dois, e uma alma atormentada precisando do alívio proporcionado pelo esforço físico, os anos cobraram seu preço, e ele perdia mais do que ganhava. Os dois indivíduos que mais sofreram com o declínio de sir Darius foram seus filhos, Cyrus e Ormus, que ele passara a repreender regularmente pela decadência da juventude parse, cuja suposta fraqueza sir Darius começara a desprezar. Quanto pior jogava, mais ferozmente acusava a geração seguinte de decadência, derrotismo, fraqueza, homossexualidade. Fazia os meninos tirarem quedas-de-braço com ele e ria deles ao vencer. Naquele apartamento, que se acostumara com muitos tipos diferentes de silêncio trágico, com aqueles silêncios contidos que afastaram amigos, colegas, até meus próprios pais, esse novo som bombástico e truculento era sem dúvida chocante.

Três anos se passaram. Sir Darius Xerxes Cama deu para beber. (Era uma época de proibição total, mas para homens com a origem e as ligações de sir Darius sempre se encontrava uma garrafa.) Adotou a maconha e o ópio. Homi Catrack o levou para o lado escuro da cidade e mostrou-lhe um mundo de cuja existência ele nunca suspeitara. Quanto mais baixo descia, mais alto se manifestava. Ao voltar das jaulas de Kamathipura, dos salões das prostitutas dançantes, muitas vezes sacudia os filhos até acordarem para acusá-los de baixeza moral, de estarem indo para o inferno, para o ralo, para o esgoto. Cyrus, de dez anos, e Ormus, de cinco, ouviam e não diziam uma palavra. Sendo Cama, sabiam como se defender na couraça da mudez. O que quer que dissessem teria abanado aquele fogo hipócrita; os meninos mais velho e mais novo sabiam muito bem que deviam ficar mudos.

Os primeiros anos de Ormus Cama o aprisionaram num isolamento emocional tão opressivo que ele temporariamente perdeu a habilidade de cantar. Desde o momento de seu nascimento, dera extraordinárias demonstrações da precocidade de seu talento musical — não apenas as *chord progressions* do movimento de seus dedos, mas também a batida sincopada dos pezinhos contra o berço, e os gorgolejos perfeitamente afinados que subiam e desciam a escala musical, *saregama padanisa, sanidapa magaresa*. Mas sua mãe estava perdida em misticismo, seu irmão Virus encapsulado em silêncio, e seu pai não ouvia. Só Cyrus Cama, o irmão mais velho, prestava atenção, e o coração de Cyrus estava cheio de ódio.

Irritado com a transformação do irmão gêmeo Ardaviraf em um zumbi de lábios selados, e não querendo culpar nem o pai nem o coitado do próprio Virus pela calamidade, Cyrus resolvera culpar o irmão menor. "Se papai não tivesse ficado acordado a noite inteira esperando Ormus nascer", ele escreveu no diário que guardava escondido embaixo do colchão, "é certeza-certa que a bola teria ido direto goela abaixo de um daqueles bagunceiros." Naquela época, Cyrus idolatrava o pai e não poupava esforços para agradá-lo. Mas, quando foi primeiro da classe, voltou para casa com o boletim na mão e ouviu um discurso sobre o declínio do intelecto das crianças parses; quando foi a estrela da corrida júnior no dia do discurso no Brabourne Stadium, seu pai se recusou a ir assistir. Depois, quando Cyrus voltou para casa carregado de pequenos troféus de prata, sir Darius desprezou seus adversários. "Devem ser uns fracotes frouxos que você enfrentou na corrida e no salto, não é de admirar que tenha vencido todos." Incapaz de culpar o pai por essas crueldades, Cyrus dirigia sua raiva ao irmão Ormus.

Uma noite, em 1942, Cyrus Cama acordou no meio da noite com o irmão Ormus, os dois ainda dormiam no mesmo quarto, cantando no sono, tão docemente que os passarinhos acordaram, achando que a manhã tinha chegado, e se reuniram no parapeito da janela para ouvir. Essa melodia do adormecido tinha tanta alegria de viver, tal otimismo e esperança, que Cyrus Cama ficou maluco, e agarrando o travesseiro foi para a cama de Ormus, decidido a matar. A *ayah* da família, Roxana, estava dormindo num tapete no chão do quarto. A mesma *ayah* de reações lentas que estava ao lado de Virus Cama quando foi atingido pela bola de críquete, mas dessa vez ela mais que se redimiu, porque também despertou com o canto de Ormus, ficou deitada pacificamente no tapete no quarto enluarado, apreciando a canção da criança adormecida, quando viu Cyrus colocar o travesseiro na cara do irmão e apertá-lo. A canção parou, os pássaros gritaram, o pequeno Ormus começou a agitar braços e pernas, e Roxana jogou-se em cima de Cyrus Cama e levou embora o menino, que começou a chorar.

"Não agüentei", foi a única explicação de Cyrus aos pais, lady Spenta, de cabelos soltos e olhos loucos, e sir Darius em seu roupão, esfregando a cabeça careca. "Não agüentei o barulho."

Som e silêncio, silêncio e som. Essa é a história de vidas juntadas e separadas pelo que acontece dentro (e entre) nossas orelhas. Cyrus Cama foi mandado para um colégio interno, ainda com crime nos olhos, banido para um implacável estabelecimento numa estação de montanha que baseava seus métodos nos comprovados e verdadeiros princípios britânicos de banho frio, comida ruim, espancamentos regulares e instrução acadêmica de alta qualidade, e que o ajudou a se transformar no psicopata completo que veio a ser depois.

E Ormus? Ormus Cama não mais cantou por catorze anos. Nem uma cantiga, nem um gorjeio, nem uma nota. Nada, até Vina Apsara libertar sua música.

O declínio gradual de sir Darius Xerxes Cama lentamente descascou o rígido verniz de decoro debaixo do qual sua verdadeira natureza se escondera durante a maior parte de sua vida, revelando a prodigiosa vaidade que havia sob aquele exterior formal, soltando o freio do amor ao exibicionismo que era seu calcanhar-de-aquiles. Na rica Loja Maçônica de Malabar Hill, onde passava boa parte de seu tempo de lazer entre os altos funcionários do desgastado Raj e seus companheiros locais, sobravam oportunidades para auto-exibição. Em 1942, em um dos grandiosos jantares bimestrais só para homens servido na Loja, sir Darius Xerxes Cama, embriagado, fez uma exibição que todos que assistiram jamais esqueceram. Depois de comer copiosamente, de um modo que ignorava decididamente a escassez de alimentos e as leis de racionamento, os membros se retiraram para uma nobre sala de fumar, completa, com umidificador de charutos e quarteto de cordas, onde as cortinas de *blackout* nas janelas eram as únicas concessões às realidades do momento; à guisa de compensação, uma excelente variedade de conhaques e uísques importados estava à disposição dos filiados, a despeito das leis de proibição. Nesse ambiente agradável, os grandes homens relaxavam contando piadas vulgares, demonstrando mágicas de baralho, lubrificando as rodas dos negócios e do Império e fazendo truques de festa. Sir Darius — bêbado, entorpecido de ópio, cheio de ódio a si mesmo — mandou os músicos de casaca "mandarem ver" na canção cinematográfica "*We're Off To See The Wizard* (*The Wonderful Wizard of Oz*)" [Vamos ver o mágico (o magnífico Mágico de Oz)]. Sir Darius, o inimigo da música! Sir Darius, o declamador de intermináveis jeremiadas contra qualquer coisa melodiosa, fazendo um pedido musical! Bom, *isso* chamou a atenção de todos.

Quando o conjunto atacou, sir Darius Xerxes Cama despiu a camisa social e brindou a nata da Bombaim britânico-indiana — a Bombaim do tempo da guerra, na qual o movimento nacionalista estava ganhando força, e cada uma dessas grandes noites coloniais se parecia mais com a última valsa do que a noite anterior — com a idiossincrática arte do Controle Muscular Musical. Com os músculos peitorais e abdominais pulando ao ritmo da música como dançarinos de tango com rosas entre os dentes, ou como rainhas do *jitterbug* ou do *lindy-hop* com saias esvoaçantes, deslizando, girando, ele gritou: "Isto é que nós sabíamos fazer em nossos melhores dias! Vejam a mente e o corpo trabalhando juntos! Vejam a união perfeita das esferas intelectual e física!". Ao final da apresentação, abotoando a camisa, ele se inclinou e declarou, como um fabulista pronunciando a moral da história: "*Mens sana in corpore sano*". Seus colegas maçons reagiram com uma cansada polidez que escondia o brando *ennui* do fim-do-Império.

Só posso imaginar que sir Darius tenha sido apresentado a essa espalhafatosa prática por algum companheiro sinistro de seu colega maçom Homi Catrack, num antro de Falkland Road. O fato de ele não ter se afastado da demonstração com uma risada superior, de ter voltado semana após semana até efetivamente aprender o truque, demonstra bem até que ponto decaíra, e quanta vulgaridade entrara naquela alma antes nobre. Ou, em outras palavras: demonstra que, apesar de toda a fanfarronice, ele era de fato pai de seu filho. De seu filho Ormus, estou falando, a futura estrela das estrelas.

Em tempos imperiais mais robustos, uma apresentação assim tão extravagante — extrema até para padrões maçônicos — teria, sem dúvida, manchado a reputação de sir Darius e poderia prejudicar sua prática legal, mas ele se aposentara e, portanto, não era vulnerável; além disso, eram dias desmoralizados e desnorteados para a gente elegante que orbitava em torno da Presença Britânica na Índia. Suicídios e colapsos nervosos não eram raros. Um grão-senhor parse fumador de charutos tirando a camisa e retorcendo os músculos ao ritmo da música parecia coisa relativamente branda em comparação. Todos os presentes entenderam sua dor e podiam prever o futuro: o dele, o deles próprios. A anglofilia, há tanto tempo base da ascendência dessa gente, passaria doravante a ser como a marca de Caim. Seria a estrela negra pairando sobre o seu declínio interminável, e também irreversível.

Um dia, em 1942, logo depois que a Resolução *Quit India* [Deixem a Índia] foi lançada do *maidan* de Gowalia Tank, levando à erupção de violentas demonstrações, saques e incêndios criminosos por toda a cidade no rastro da recente prisão de mr. Gandhi, sir Darius Xerxes Cama pronunciou palavras acaloradas sobre a questão de "o país se render ao domínio da plebe e dos incendiários", e acrescentou, pela primeira vez, uma idéia que viria a se tornar uma obsessão. "Bombaim não é a Índia. Foi construída pelos britânicos e quem deu seu caráter foram os parses. Que eles tenham lá a independência deles em outras partes se quiserem, mas nos deixem nossa Bombaim sob o benéfico comando britânico-parse."

Sir Darius foi convencido por Homi Catrack, a quem dirigiu esse *cri de coeur*, a se aventurar além de seu ambiente anglocêntrico e "conhecer o futuro". Homi era um jogador de cartas-e-cavalos e produtor de cinema, que — apesar de maçom e das atividades "francas" — tinha um surpreendente compromisso com o movimento nacionalista escondido por trás da aparência de playboy ou gigolô de Brylcreem-e-gravata. Sir Darius tinha começado a considerá-lo algo como um traidor da raça (pois não eram os interesses dos parses inseparáveis dos interesses dos britânicos, cuja presença tinham tão vigorosamente apoiado, cuja cultura tinham tão bem-sucedidamente integrado à sua própria?). Mas o charme do sujeito era irresistível, e sua capacidade em badminton, squash e até no golfe era igual — e muitas vezes dolorosamente mais que igual! — à de sir Darius. "Raquetes e tacos", Homi Catrack disse, ofegante, enquanto suavam juntos na democracia nua do vestiário do Clube Wellesley, "esse é o tipo de sujeito com que você está lidando." *Clubman,** *par excellence.* E um jogador em todos os sentidos. Ele chegou a piscar para sir Darius, para enfatizar o jogo de palavras.

Com piscada ou sem piscada, Homi estava dizendo a verdade, pois, além de ser sócio de todos os clubes que valiam a pena na cidade desde o (agora fechado) Wellesley até o Governors da Pista de Corrida Mahalaxmi, ele tinha também, durante aqueles dias de escassez, feito uma fortuna desonesta com o monopólio de cimento no mercado e também com uma rede de destilarias de bebidas e bares ilegais. Dizem que Homi Catrack foi o primeiro homem a usar o termo "economia paralela", e que suas montanhas de dinheiro do mercado negro, se empilhadas, formariam um edifício mais alto que o Portal da Índia. Um dos paradoxos da natureza humana é que esse mesmo Homi, que se beneficiou tanto com o torvelinho dos anos 40, tenha sido um dos maiores admiradores dos "homens honestos que limpariam a Índia", conforme ele chamava a liderança do Congresso. Sua raiva pela prisão de Gandhi foi genuína e intensa.

No vestiário, depois de uma acirrada disputa que, para variar, havia quase vencido, sir Darius Xerxes Cama estava se sentindo generoso, imaginando a si mesmo na antiga Grécia ou Pérsia, suando entre filósofos, discóbolos, cocheiros de corrida, *sprinters*, magos e reis. Nos braços de tal devaneio, sentia-se inclinado a perdoar uma piscada, e um convite para o futuro pareceu apropriado. "Muito bem", disse, reluzen-

(*) *Club*: pode ser traduzido, alternativamente, por " clube" e "taco". (N.T.)

te e tolerante. "Vamos ver que tipo de escória está agora subindo ao poder."

O futuro revelou-se uma turma de boêmios, pintores, escritores e gente de cinema que se reuniu para beber uísque e discutir a desobediência civil no substancial apartamento de Homi (com vista para o mar parcialmente obstruída) num prédio *art déco* chamado *Côte d'Azur* na Warden Road. Em poucos minutos sir Darius Xerxes Cama entendeu que tinha sido um erro comparecer. Sentiu-se como um visitante da lua, um alienígena alienado, incapaz de respirar aquele ar embriagador, ilícito. Deslizou incerto pelas bordas da noite, quase inteiramente ignorado, apesar de sua presença física notável — o fez, o bigode, o casaco comprido, a graça física natural dos movimentos, o feroz brilho de poder nos olhos: quer dizer, poder humano, aquela força que vem da natureza de um homem e não pode ser aprendida, nem comprada, nem atribuída.

Formaram-se pencas de intelectuais em volta de certas mulheres bonitas — a aspirante a atriz Pia Aziz, a artista plástica Aurora Zogoiby —, enquanto a maior parte das outras mulheres na sala se sentava aos pés de um bêbado, mas celebrado, escritor muçulmano de histórias libertinas que estava chocando a todas ao fornecer, no mais requintado e ornado urdu que sir Darius Xerxes Cama jamais ouvira, descrições detalhadas, de arrepiar os cabelos, das piores coisas do mundo, sem o disfarce de circunvoluções, em nada afetadas pelo bom gosto. Ele falava com naturalidade naquela famosa prosa cintilante que, de alguma forma, era ao mesmo tempo voluptuosa e precisa, delicada e horrenda, contando histórias das degradações que aconteciam dentro dos hospícios locais, de assassinatos brutais e estupros casuais que constituíam as notícias secretas da cidade, da corrupção das autoridades e da violência nos corações dos pobres, de casos amorosos incestuosos na alta sociedade e do assassinato de filhas nas favelas, das prostitutas enjauladas de Falkland Road e das máfias que controlavam o crime organizado da cidade, assim como a prostituição, e que mandavam decepar os pênis dos homens com a mesma simplicidade com que pediam uma penca de bananas no mercado. A contradição entre o trabalho altamente ornamentado da linguagem do escritor e a natureza pornográfica do conteúdo deixou sir Darius mais chocado e revoltado do que era capaz de demonstrar. Claro que estava também bastante mais familiarizado com algumas fontes dos assuntos do contador de histórias do que gostaria de revelar.

Virou-se e quase colidiu com o único inglês presente à reunião. Era William Methwold, que ele não via fazia anos. "E o que *você* está fazendo aqui?" Em sua irritação, sir Darius se viu falando mais francamente do que seria polido, e em seguida tentou se desculpar. "Eu temo que esteja fora do meu ambiente", começou a dizer, mas Methwold o deteve e cumprimentou-o com evidente afeição.

"Eu também estou um pouco desorientado", disse. "Mas, afinal, esse é o nosso destino, como a maior parte dos aqui presentes afirmaria prontamente. Respondendo à sua pergunta, eu possuo uma casa que mr. Catrack está querendo comprar. E vai chegar um momento em que vou querer vender."

Deixaram as coisas por aí e começaram a beber a sério. A história humana seguiu e as estrelas cegas, quentes rodaram no céu. Eles não mencionaram nem Homero, nem Max Müller, nem o *Ramayana*, nem Dumézil. Foi uma noite de uísque e derrota. Sir Darius Xerxes Cama esqueceu que sua mulher o esperava no apartamento de Apollo Bunder, esqueceu os filhos adormecidos, esqueceu onde estava, esqueceu quem era, bebeu demais, e a certo ponto abriu a camisa e, berrando a letra de "*Let's Do It (Let's Fall in Love)*" [Vamos fazer aquilo (vamos nos apaixonar)], apresentou o grupo à suave arte do Controle Muscular Musical. Os outros convidados ficaram em silêncio; até a narrativa oral do escritor obsceno cessou; e quando sir Darius Xerxes Cama terminou, vomitando seu "*Mens sana in corpore sano*", entendeu, apesar do estupor alcoólico, que o que era aceitável para os homens de Eton-e-Oxford, que guerreavam com pãezinhos, alegres, piadistas e mijões da maçonaria exclusivamente masculina dos últimos anos da Índia britânica, tinha-o levado, na presente ocasião, em uma sociedade mais radical e mista, a fazer uma besta de si mesmo. Ninguém falou nada durante um longo momento, embora ocorressem vários risos sufocados e roncos de alegria altos e irreprimidos. Então, Aurora Zogoiby, aquela maldita pintora de língua afiada, falou alto e bom som, e apunhalou o coração dele.

"Não esqueça as aspas na sua citação latina, Daryush querido", ela disse, com voz arrastada, "mas a opinião geral por aqui é que esse seu *corpore* está completamente *insano*. Como você, sir Circus Camasaurus, também deve estar."

Sir Darius Xerxes Cama nunca mais encontrou Aurora Zogoiby. Viviam numa cidade grande, uma metrópole em que muitas narrativas convergiam brevemente e depois se separavam para sempre, descobrindo seus diferentes destinos naquela multidão de histórias através da qual cada um de nós, seguindo nossos destinos, tem de fazer força para abrir caminho de entrada ou saída. Em Bombaim, as histórias se acotovelavam com você na rua, você passava por cima de suas formas adormecidas nas calçadas ou nas portas das farmácias, elas se dependuravam dos trens locais e despencavam para a morte às portas dos ônibus B.E.S.T. ou — era uma vez, mas nunca mais — debaixo de um bonde passando. Aurora, a pintora, logo esqueceu o advogado inebriado, nunca mais pensou nele, mas sir Darius levou as palavras dela para o túmulo, como uma lança.

Ele tomou uma decisão. Homi Catrack e seu gabado "futuro" não tinham nada a lhe oferecer. Ia se afastar dos dois. Afinal, não passava de um palhaço, de um dinossauro, de uma espécie à beira da extinção. Uma coisa imensa estava a ponto de atingir o seu mundo e a nuvem provocada pelo impacto ia extinguir seus semelhantes. Muito bem. Assim seja. Ele faria do resto de seus dias um lamento pelos erros do progresso e pelo fracasso dos jovens em aprender as lições do passado. Ele seria um terror, como tinham sido os grandes lagartos, o terror da terra, até que caísse a longa noite.

Era um líder natural colhido num beco sem saída da história e privado de seguidores. Conduzia para trás, para uma direção que ninguém queria seguir. Era um pai que amava os filhos e veio a ser odiado por todos eles por causa das arengas que não acabavam nunca, por causa da crítica que não chegava nunca ao resumo final, renascendo todos os dias de sua juventude, enquanto eles, nadadores colhidos pela forte onda da decepção, lutavam para respirar e a todo momento temiam se afogar.

E Ormus Cama, o que mais fugia de sua sombra, era o filho mais moldado por ele, o único de toda a família que iria sempre reconhecer secretamente o próprio parentesco com o traço exibicionista do pai, e, evidentemente, a vulnerabilidade dos músculos à música barata, que os fazia mexer e pular.

Foi minha mãe, mrs. Ameer Merchant, quem profetizou corretamente um outro problema de Ormus. Enquanto todo mundo focalizava a atenção no acidente de Virus, na tendência assassina de Cyrus, na ausência mística de lady Spenta e na decadência de sir Darius, foi Ameer quem ficou de olho na bola. "Nem Cyrus nem Virus são gêmeos daquele menino", ela observou. "O desastre que selou seu destino não aconteceu em nenhum campo de críquete, mas dentro da mãe dele, antes mesmo de ele nascer." Durante muitos anos, depois que Ormus e eu inesperadamente ficamos amigos, apesar da diferença de dez anos de nossas idades, minha mãe sempre voltava ao tema. "Nasceu à sombra do irmão morto", ela dizia, estalando a língua e sacudindo a cabeça. "Não vai se safar nunca. Por mais que corra, a sombra do menino morto vai estar grudada no calcanhar dele. Não adianta fazer a volta ao mundo cento e uma vezes. O destino dele ficou selado ali mesmo, antes de dar o primeiro passo no seu caminho sem rumo."

Esses foram os fatores que afastaram Ormus Cama dos laços usuais da vida familiar. Laços que nos sufocam, a que chamamos de amor. Com o relaxamento desses laços ele se tornou, junto com toda a previsível dor que isso provoca, livre.

Mas é amor que nós queremos, não liberdade. Quem é então o homem de menor sorte? Aquele que é amado, que recebe aquilo que o coração deseja e tem de temer para todo o sempre a sua perda, ou o homem livre, com a liberdade não procurada, nu e sozinho entre os exércitos cativos da terra?

A intuição de minha mãe provou ser correta. Nascido à sombra do irmão gêmeo morto, Ormus Cama acabou se revelando, como diziam os antigos, um psicopompo, uma pessoa preocupada com a recuperação de almas perdidas, das almas dos mortos amados. Quando ficou mais velho, começou a sofrer da doença familiar do silêncio, da introversão. No começo, até acontecer o milagre da música, ele teve medo, mas não podia fazer nada para resistir a esses ataques do que chamava de "Cama obscura". Durante esses "escuros", Ormus deitava imóvel, de olhos fechados, durante horas sem fim, enquanto a mancha roxa de sua pálpebra parecia buscar os impérios do invisível, experimentando as profundezas dos mundos escondidos abaixo da superfície do aparente, caçando (e acabando por encontrar) Gayomart.

Depois que uma lança matou o mortal Castor, Polideuces, o filho de Zeus, passava um dia sim, um dia não embaixo da terra com seu irmão morto, em um lugar chamado Terapne; e em troca era permitido ao gêmeo morto passar um dia sim, um dia não com seu irmão na superfície, com o chão sob os seus pés em vez de em cima da cabeça. Gayomart Cama, porém, não retornou; a não ser na forma que minha mãe apontou, como sombra de Ormus, concebido como algo semelhante àquela silhueta independente e malandra que uma vez escapou de Peter Pan até ser costurada aos seus pés por Wendy Darling. Porque na verdade Ormus tinha eus-sombra, os muitos Outros que empestearam e vieram a definir sua vida. Talvez não seja exagerado falar (minha natureza tem um fraco pelo exagero) que, na forma mutável da sombra monocromática, protéica, de Ormus, seu irmão gêmeo morto ainda vivia.

"*Meu pequeno Ormie*", lady Spenta Cama dissera uma vez ao filho inesperado. "*Meu camarãozinho de menino. Agora você está livre do inferno. Agora, eles não podem abrir o chão e levar você para baixo.*" Mas lady Spenta estava errada a respeito do chão que ela pisava. Não estou dizendo que o menino foi levado por demônios para algum antigo inferno sobrenatural. Não, não. Mas abriram-se abismos. É possível, e aconteceu. Eles consumiram seu amor, roubaram dele sua Vina e não desistiriam dela. E o mandaram, como veremos, até o Inferno e o trouxeram de volta.

O chão, o chão que nós pisamos. Meu pai, a toupeira, podia ter contado a lady Spenta uma ou duas coisas sobre a falta de solidez do chão sólido. Os túneis de respiro e fiação, os cemitérios afundados, a incerteza, em camadas, do passado. As falhas da terra nas quais se infiltra nossa história e de imediato se perde, retida em forma metamorfoseada. Os submundos que não ousamos adivinhar.

Nós encontramos um chão onde nos fincar. Na Índia, esse lugar obcecado com lugar, com vincular-se ao seu lugar, saber o seu lugar, quase sempre nos atribuem esse território, e pronto, nada de discussão, siga em frente. Mas Ormus, Vina e eu não podíamos aceitar isso, nós nos soltamos. Dentre as grandes lutas do homem, bem/mal, razão/desrazão etc., há também esse poderoso conflito entre a fantasia do Lar e a fantasia do Mundo, o sonho das raízes e a miragem da viagem. E se você fosse Ormus Cama, se você fosse Vina Apsara, cujas canções podiam atravessar todas as fronteiras, até mesmo as fronteiras do coração das pessoas, então você talvez acreditasse que se pode pular sobre qualquer chão, que qualquer fronteira pode desmoronar diante do feitiço da melodia. E lá iria você, sem chão, para além da família e do clã e da nação e da raça, voando, intocável, por cima dos campos minados do tabu, até se ver finalmente no último portal, na mais proibida de todas as portas. Onde seu sangue canta nos ouvidos, *nem pense nisso.* E você pensa, você atravessa a fronteira final, e talvez, talvez — veremos como funciona essa história — você tenha finalmente ido longe demais, e seja destruído.

At the frontier of the skin [Na fronteira da pele]. Fizeram uma música assim, como fizeram músicas sobre tudo. Você se lembra. Você se lembra da prolongação anasalada do fraseado dele, e acima e atrás dele a pureza de tom da voz dela. Você se lembra das palavras dele, das palavras dela. Se você se lembra da música, a letra é impossível de esquecer. *At the frontier of the skin no dogs patrol. That was it. At the frontier of the skin. Where I end and you begin. Where I cross from sin to sin. Abandon hope and enter in. And lose my soul. At the frontier of the skin no guards patrol.* [Na fronteira da pele não tem cão patrulha. É assim. Na fronteira da pele. Você começa é no meu fim. De pecado em pecado eu passo, sim. Perca a esperança, entre dentro de mim. Ponha minha alma a perder. Na fronteira da pele, não tem patrulha para me deter.]

Yeah, mas havia uma segunda estrofe. *At the frontier of the skin mad dogs patrol. At the frontier of the skin. Where they kill to keep you in. Where you must not slip your skin. Or change your rôle. You can't pass out I can't pass in. You must end as you begin. Or lose your soul. At the frontier of the skin armed guards patrol.* [Na fronteira da pele, loucos cães patrulham. Na fronteira da pele, sim. Te matam para você ser sempre assim. Pra você não mudar, ser sempre igual até o fim. Eu não passo até você, você não passa até mim. Tem de acabar como começou pra não pôr a alma a perder. Na fronteira da pele tem patrulha armada para me deter.]

Vina Apsara, a bela, a morta. Seu próprio nome, bom demais para este mundo. Vina, a lira indiana. Apsara, de *Apsaras*, uma ninfa aquática em forma de cisne. (Em termos ocidentais, uma náiade, não uma dríade.) Cuidado, Vina. Ninfa, olhe onde pisa. Cuidado com o chão sob seus pés.

3

LENDAS DA TRÁCIA

Ninguém na minha família conseguia cantar uma nota, muito menos sustentar uma harmonia ou acompanhar uma melodia. Nenhum de nós era capaz de produzir um seqüência aceitável de sons musicais por nenhum outro meio. Não se tocava nenhum instrumento de corda, não se sopravam flautas, não se batia em teclados. Não sabíamos nem assobiar. Do fundo do empoeirado baú da infância ainda posso desencavar a lembrança de minha mãe Ameer quando moça, Ameer na nossa varanda de Cuffe Parade, sentada num banco baixo, de frente para o mar, com uma batedeira antiga entre os joelhos, fazendo sorvete de manga e tentando, imprudentemente, assobiar enquanto trabalhava. Bater e assobiar era trabalho duro, afogueado, que franzia e umedecia sua testa alta e arqueada, mas quando experimentei o resultado daquele esforço engasguei e quase vomitei; sua *sitibajana* desafinada tinha talhado minha sobremesa favorita. Implorei que desistisse no futuro, sabendo que não desistiria. "Mãe, calar, não coalhar." "Sorvete silencioso é muito mais gostoso." "Eu sorveto, e não tu sorvetas." E, parodiando o slogan famoso da marca Kwaility, *A dream without scream.** Era assim que falávamos, minha mãe e eu: em trocadilhos e jogos e versos. Pode-se dizer, em letra. Essa era a nossa tragédia. Éramos como gralhas da linguagem por natureza, roubando tudo o que soasse brilhante e luminoso. Éramos gatos das latas de lixo do beco, mas o dom da música nos fora negado. Não podíamos acompanhar canções, mesmo sabendo as letras. Ainda assim, desafiantes, rugíamos nossos rugidos desafinados, despencando nas notas altas e tropeçando nas baixas. E, se o resultado eram sorvetes amargos, bom, havia no mundo destinos piores que esse.

(*) Um sonho sem grito.

Villa Thracia, onde fui criado, era um de uma série de bangalôs de fantasia-bolos-de-noiva que antigamente se alinhavam naquele gracioso passeio como orgulhosos cortesãos enfileirados diante de sua Rainha, o mar. Na Cuffe Parade, nas noites frias de Bombaim, os transeuntes da cidade, completos com filhos e cachorros, saíam para passear e flertar e "tomar a brisa". Dos vendedores ambulantes compravam *channa* para as crianças, cigarros Gold Flake para os cavalheiros e frágeis guirlandas de flores de *chambeli* para trançar nos cabelos das damas. Minhas lembranças daquela casa da infância parecem agora sonhos do Olimpo, de uma estada com os deuses nos dias antes de eu ser jogado no mundo. Agarrado ao que resta do passado, ouço o seu riso assustado que me escapa. Agarro farrapos de vestidos de fadas, mas as criaturas de ontem não voltam mais. Tenho de fazer o melhor possível com ecos.

Aquela Cuffe Parade desapareceu, e o processo de seu desaparecimento foi ajudado, se acreditarmos em certas não comprovadas sugestões relativas a uma fogueira, pela jovem Vina Apsara; e o que Vina pode ou não ter facilitado foi completado por minha mãe, que amava a cidade, mas para quem o futuro era uma força mais poderosa que o amor. Cidades não são imortais; nem lembranças; nem deuses. Das divindades do Olimpo da infância, quase nenhuma restou.

Para muitos indianos, os pais são como deuses. Vina, que tinha muita razão para negar sua paternidade, deu para dizer, no auge da fama, depois de ter lido Erich von Däniken, que seus verdadeiros ancestrais eram entidades divinais que chegaram do espaço exterior em carruagens de prata, criaturas altas, luminosas, andróginas, uma das quais a tinha expelido sem dor através do umbigo. "Eles olham por mim, sempre", ela disse a mais de um perplexo repórter. "Estou em contato permanente. Permanente." Nessa época, ela se apresentava como uma alienígena andrógina dentro e fora do palco, e esse papo sem dúvida era bom para os negócios. Mas eu podia ouvir a perversidade debaixo da citação boboca. Podia ouvir as canções de bode do seu passado.

("Canção de bode?" — Desculpe. Uma tradução literal, do grego, de uma palavra mais familiar: "tragédia". E a história de Vina, com seus ecos das antigas lendas de oh, Helena, Eurídice, Sita, Rati e Perséfone — lendas da lendária Vina, que à minha maneira circunvolutória estou me apressando a contar, certamente tinham uma dimensão trágica, mas tinham também muita coisa a ver com bodes.)

Se nossos pais devem ser considerados divinos, podem os deuses ser de fato nossos pais? As lendas de paternidade divina, temos de concordar, começaram no começo de tudo, e só terminarão no final dos tempos. Conforme aprendi com meu pai na infância, os próprios deuses discutiam as "intervenções procriativas putativas" das outras divindades. Shiva, suspeitando que o recém-nascido Ganesha pudesse não ser seu filho, arrancou a cabeça do bebê; depois baixou o remorso e, em pânico, ele substituiu a cabeça perdida com a primeira que encontrou, o coco de tromba que conhecemos e amamos hoje. E quem era o pai de Orfeu, por falar nisso; Apolo, o glorioso Deus Sol, ou simplesmente Oeagrus, governante da remota, e mais que provinciana, província da Trácia? E, por falar nisso, quem era o pai de Jesus Cristo?

Ao crescermos, perdemos nossa fé na natureza sobre-humana de nossos progenitores. Eles encolhem ao tamanho de homens e mulheres mais ou menos impressionantes. Apolo se revela Oeagrus, Deus e José, o carpinteiro, acabam sendo um e o mesmo homem. Os deuses que veneramos, acabamos descobrindo, não são diferentes de nós mesmos.

Estou nesse clima afetado por Deus porque chegou a hora de desvendar os mistérios centrais de minha vida familiar. Sem mais demora, portanto, apresento-lhe uma imagem infantil de meu, naquela época, aparentemente divino pai, mr. V. V. Merchant. Na praia de Juhu, *circa* 1956, nos seus quarenta e tantos anos; magro como uma desculpa, empenhado como uma promessa, alegre como um nascimento, sorrindo seu sorriso tímido e dentuço; descalço, com o peito sem pêlos nu, e as barras das calças enroladas; chapéu de palha na cabeça, suor escorrendo pelas faces, pá na mão, cavando.

Como meu pai adorava cavar! Outros pais ficavam ali, entediados, enquanto seus dedicados filhos escavavam a areia; ou então deixavam o mundo do silício para os ouriços e as *ayahs*, e saíam passeando para tomar (ou expelir) vento. Em meu caso, era uma questão de ter de me esforçar para acompanhar meu fervoroso e escavador pai. Com a idade de nove anos eu estava, devo admitir, desejando formas de vida praieira que existiam além do balde e da pá. A praia Juhu era um ponto idílico naquele tempo, não a urbanizada Bombaim-Bondi em que se transformou. Uma excursão para lá era como uma viagem além da fronteira da cidade para um espaço encantado. E lentamente, à medida que fui crescendo e levantando os olhos da areia para além dos prazeres de fim de semana convencionais dos vendedores de guloseimas, e meninos brilhando em cima de coqueiros e camelos de corrida, ouvi uma voz nova me falando, não em nenhuma linguagem que eu tivesse aprendido, mas na linguagem secreta do coração.

Era o mar. Seu murmúrio de venha-cá, seu rugido sedutor. Aquela era a música que podia lavar minha alma. A atração de um elemento diferente, suas promessas de outros lugares, deram-me uma primeira intimação de algo escondido dentro de mim que me atraía para a água, deixando meus pais encalhados. O mar, o escuro de vinho, o rico de peixes. O ir-e-vir das ondas morrendo na areia. Rumores de sereias. Toque o mar e imediatamente você está em contato com sua costa mais distante, com a Arábia (era o mar da Arábia), com Suez (era o ano da crise), e com a Europa além. Talvez até mesmo — lembro-me da emoção da palavra sussurrada em meus lábios jovens — com a América. América, o abre-te-sésamo. América, que se livrara dos britânicos muito antes de nós. Que sir Darius Xerxes fique sonhando seus sonhos colonialistas de Inglaterra. Meu sonho-oceano levava à América, minha terra particular, não descoberta.

(Permitam-me acrescentar: quando você está no mar, os insetos não picam.)

Eu era, e ainda sou, um bom nadador. Mesmo a minha pessoa de nove anos dava audaciosas braçadas além do ponto onde dava pé, ignorando o perigo. Minha mãe chapinhava ansiosa atrás de mim, o sári inflando na água como uma água-viva. Quando eu nadava em segurança de volta à praia, ela me batia na orelha. "Esqueceu que o Velho do Mar está lá esperando para puxar você para o fundo?" — Eu sei, mãe, eu sei.

Aquela costa arenosa, onde meu pai descalço cavava como um coveiro sobrecarregado, aquela amada terra natal veio a me parecer uma prisão. O mar — sobre o mar, no fundo do mar, parecia não fazer diferença —, o mar e só o mar me levaria aonde eu pudesse ser livre.

V. V. Merchant, porém, sonhava com o passado. Essa era a sua terra prometida. O passado era a verdade e, como todas as verdades, estava escondido. Tinha de ser escavado. Não qualquer passado; só o da cidade. V. V. era um bombainita completo. E, sim, muitos bombainitas agora associam essas iniciais com aquele financista bilionário patife, V. V. "Crocodilo" Nandy, mas meu pai não deve em nenhuma circunstância ser confundido com esse grande velhaco. De todos os desfalques, calotes e roubos que praticou, a sua apropriação das iniciais de Vivvy Merchant é a que mais me irrita. Mas assim é a vida, acho. Um grande bandido conta mais para o mundo do que um homem pequeno e honesto.

O nome de meu pai era Vasim Vaqar, no caso de você estar curioso, com os Ws incorretos das transliterações tradicionais desses nomes do urdu substituídos por Vs foneticamente corretos. No entanto, apesar da troca, meu pai, fortemente secularista, não gostava nada dos "iambos religiosos inaceitáveis" de seu nome e não teria gostado de vê-los revelados aqui; o "Vivvy" mais informal e ideologicamente neutro sempre lhe bastou. Porém ele era o Escavador de Bombaim e, mesmo que escolhesse enterrar seus nomes, não teria como reclamar que eu os tenha desenterrado.

(Ele já morreu. Não pode reclamar.)

O resto da Índia não tinha nenhum interesse para Vivvy, enquanto sua cidade natal — aquele grão de areia único rolando na imensidão do cosmos — continha, para ele, todos os mistérios do universo. Como seu filho único, eu, claro, era seu repositório de conhecimento favorito, sua conta corrente, seu cofre de segurança. Todo pai quer que o filho herde o melhor dele mesmo, e Bombaim foi o que meu pai me deu. Em vez de livros de crianças, eu ganhava lendas locais. As *Crônicas de Bimb*, ou *Bimbakyan.*

Afinal, fugi para quilômetros de distância dali. Centenas de quilômetros. Milhares.

Bombaim? Não me pergunte. Eu passo em qualquer exame que você resolva fazer. Posso ver os fantasmas dos velhos tempos descendo as ruas. Leve-me a Churchgate e eu lhe mostro onde ficava o Portão Church. Mostre-me Rampart Row e eu lhe mostro o Ropewalk, onde os fabricantes de corda da marinha britânica torciam e enrolavam por profissão. Sou capaz de lhe contar onde os corpos estão enterrados (F. W. Stevens, o arquiteto supremo da cidade, morto em 5 de março de 1900, está no cemitério Sewri), onde as cinzas foram espalhadas, onde voam os abutres. Cemitérios, *ghats* de cremação, *doongerwadis.* Posso até localizar os corpos de ilhas, incorporadas há muito à península da cidade. A ilha da Velha — pesquise a origem desse nome e você chega a *Al-Oman* — é hoje um pequeno promontório no lado leste do Colaba Bazaar. Meu pai gostava de pesquisar nomes de lugares, portanto, fique você sabendo, só porque sim, que Chinchpokli é "buraco do tamarindo" e que o monte Cumballa foi batizado em honra da flor de lótus e o Bhendi Bazaar está situado onde antes cresciam esponjas.

Dessa salada de jardim-da-infância, essa "quitutimologia" urbana, como dizia Vivvy Merchant, passamos para território mais adulto. Vivvy está escavando a praia Juhu, mas e a "Chowpatty"? Sem problema. "Quatro regatos", embora ninguém saiba para onde poderiam correr... E Foras Road? Se você já foi lá, sabe que é uma rua de putas. Mas V. V. escavou abaixo dos bordéis, escavou no tempo e na terra, descendo de um sentido a outro, e me mostrou a construção dos "diques *foras*" que haviam resgatado do mar esse velho pântano. Onde hoje existe um pântano moral, houve um dia simplesmente um pântano... E "Apollo Bunder", onde Ormus Cama cresceu? Originalmente, Palva Bunder, claro. "Apolo", meu pai promulgou, "é uma intrusão de nomenclatura." Ele falava assim. Intrusão de nomenclatura, intervenções procriativas putativas, veracidade subterrânea. "Os deuses gregos, iguais a todo o resto do mundo, também invadiam a Índia de quando em quando."

Apolo conquistou o Bunder [doca], mas foi Dioniso que realmente deixou aqui a sua marca. Veio para cá na juventude, conquistando, embebedando, e ensinou a nós, indianos, a fazer vinho. (Mas eis que esquecemos suas lições e tivemos de nos contentar com araca e grogue, até que os britânicos nos apresentaram, muito depois, a cerveja, o rum e *yo-ho-ho*.) Dioniso venceu todas as suas batalhas, fez lá as suas matanças e destruições e partiu com muitos elefantes; o de sempre. Esse tipo de comportamento exibicionista não nos impressiona mais. Para mim soa como a velha vaidade colonial. Não tem lugar para isso no mundo de hoje.

Deusas dionisíacas: isso já está mais perto da minha experiência pessoal. O que eu sei sobre Vina. Vina, que nos veio do estrangeiro, que arrasava tudo o que via, que conquistava e depois devastava todos os corações. Vina como feminino de Dioniso. Vina, a primeira bacante. Isso eu podia aceitar.

Mais e mais meu pai cavava debaixo da ferocidade do sol de Juhu, talvez esperando encontrar *moidores* portuguesas (ele escavou o nome, naturalmente. *Moedas de ouro*, se quiserem saber), ou quem sabe apenas esqueletos petrificados de peixes primevos. Veja como ele raspa o presente, observe as areias do tempo se amontoando em torno dele, formando dunas surpresas, fervilhantes de caranguejos transparentes! Ouça seus gritos acadêmicos, "Aha! Oho!", quando eia! topa com uma garrafa enterrada, vazia, quebrada, sem mensagem dentro, ele pula em cima dela como se fosse uma relíquia de reinos antigos, Roma, Mohenjo-Daro, Gondwana, talvez até Gondwanalândia, o protocontinente que nenhum homem pisou, e onde muito menos se soprou vidro em forma de garrafa, ou se verteu líquido dionisíaco dentro dela; mas Gondwanalândia ainda é o lugar onde a Índia começou, se você cavar o bastante no tempo, a Índia se separou dela, flutuou no oceano e chocou-se com o que restava do protocontinente do norte, fazendo assim surgir o Himalaia. (Meu pai gostava de me chocar dizendo "a colisão ainda está acontecendo, a Índia continua sofrendo as conseqüências do impacto, quer dizer, as montanhas estão crescendo".) Logo, ele está invisível da cintura para baixo, reluzindo, contente; e logo mais só dá para ver seu chapéu; mais e mais fundo ele cava, na direção do Inferno ou das Antípodas, enquanto eu chapinho no futuro, mais e mais fundo no mar até minha mãe, a água-viva, chamar-me de volta.

Durante vinte anos, ao longo de um dos maiores levantes da história das nações, o fim do Império Britânico, meu pai, arquiteto, escavador e historiador local, enterrou-se na memória subterrânea da cidade que os britânicos construíram, transformando-se no senhor absoluto de um assunto que não interessava o mínimo a mais ninguém; porque Bombaim esquece sua história a cada pôr-do-sol e a reescreve de novo com a chegada da aurora. Será que suas preocupações o cegaram para a natureza portentosa daqueles anos, para a greve da marinha e para a *Partition* e para tudo o que veio depois? Naqueles dias de agitação, o próprio solo parecia incerto, a terra, a terra física parecia chorar por reconstrução, e antes de dar um passo era preciso testar a terra para ver se ela agüentava seu peso. Uma grande transformação estava a caminho; e se meu pai achava excessivo agüentar a incerteza, se afundava no passado, buscando fixidez no conhecimento, procurando chão firme debaixo das areias movediças da época, bem, isso não é vergonha nenhuma.

Todos temos de lidar com a incerteza do moderno. O chão treme e nós sacudimos. Até hoje, quando estou passeando por uma calçada, sempre evito as junções. Pise em cima dessas rachaduras e elas podem se abrir, de repente podem engolir você num bocejo preguiçoso. E é claro que sei que a superstição é uma fuga, uma forma de não encarar o real. Mas o real era Vina, e ainda é difícil olhar de frente o fim dela.

Vou conseguir. Quando for capaz, vou conseguir.

Finalmente, meu exausto pai desistiu de cavar. Nós o ignoramos por uma eternidade, o indolente mundo praiano desviara os olhos de sua absurda hiperatividade. Exausto, ele precisou de ajuda para sair do buraco que havia cavado. Sorridentes vendedores de coco lhe estenderam as mãos, sem desequilibrar os cestos em cima das cabeças. Mesmo ainda não conhecendo a palavra, percebi, com certa vergonha, o quanto era *kitsch* essa imagem. Meu pai continuou cansadamente alheio. Contente, batendo a areia do corpo com o chapéu, comprou de seus auxiliares cocos para nós, esperou enquanto cortavam a parte de cima com suas grandes facas, depois bebeu a água-de-coco com gorgolejos altos, como se fosse uma banheira. Um minuto depois, estava dormindo à sombra de um coqueiro; diante disso, minha mãe, aproximando um dedo dos lábios para pedir silêncio, sorrindo secretamente, embarcou em uma loucura sua na areia.

Como Michelangelo, que acreditava que suas figuras de titãs estavam presas dentro de blocos de mármore de Carrara dos quais era seu dever de artista libertá-los, que esculpiu o *Davi* simplesmente removendo da pedra tudo o que não era Davi, Ameer Merchant detectou uma forma escondida dentro do grande monte de areia escavada pela arqueologia praiana de V. V. Mas minha mãe não era artista. Era uma empreendedora, uma "incorporadora", para usar uma palavra que era nova naqueles dias. Ela não viu nenhuma figura divina no morro de areia escura e úmida. "Vou construir", declarou, "minha mansão dos deuses, mas para homens morarem." Enquanto V. V. roncava, Ameer modelou a maquete dessa mansão na areia. Enquanto ele sonhava com profundidades desconhecidas, ela deu origem a um sonho de alturas. Diligentemente, foi trabalhando de cima para baixo, à moda dos mestres construtores do grande templo de Kailash em Ellora, aquele impressionante monólito recortado na rocha viva por sucessivas gerações. E, sim, foi um prédio que apareceu, mas inteiramente livre de conteúdo devocional. É verdade que o que se viu primeiro foi um alto pináculo, mas tratava-se de uma antena de rádio. E embora o edifício parecesse brotar da areia como uma torre, a profusão de delicadas endentações sugerindo janelas mostrava que era um projeto em escala muito maior do que a de qualquer local sagrado. Gravetinhos, inseridos cuidadosamente por Ameer em sua frágil visão, serviam como gárgulas, e as superfícies do edifício se distinguiam pela decoração geométrica abundante, colocada por seu arquiteto em vários planos. O excesso de areia caía da criação dela como roupas redundantes, até que finalmente ali estava diante de mim magnificamente desnudado.

"Arranha-céu", ela batizou. "Você gostaria de ter um apartamento de cobertura?" Arranha-o-quê? O que é que o apartamento de cobertura cobria? Eram palavras que eu não conhecia. Descobri que não gostava delas: das palavras e do edifício ao qual pertenciam. Além disso, eu estava entediado e queria nadar.

"Para mim parece uma caixa de fósforos grande", dei de ombros. "Morar aí? Até parece."

Ameer ficou ofendida com esse ataque ao seu trabalho. Achei que era um bom momento para ir para a água. "Você não entende nada", gritou, reagindo comigo como se tivesse oito anos de idade. "Espere para ver. Um dia, vai haver prédios por todo lado." Então, percebeu que estava emburrada e começou a rir. "Aqui", fez um gesto alegre com o braço. "E ali." Isso me animou também. "Arranha-praia", eu disse. "Arranhareia", ela concordou. "Arranha-camelo, arranha-coco, arranha-peixe." Estávamos ambos rindo agora. "E arranha-chows na praia Chowpatty", imaginei. "E arranha-hills em Malabar Hill. E na *Cuffe Parade*?"

"Arranha-cuffes", minha mãe riu. "Agora vá nadar e pare de ser tão mal-*tameez*."

"Onde é que você vai colocar os prédios?" Estimulado pelo bom humor dela, fiz uma última pergunta, irrespondível. "Aqui ninguém vai querer, e na cidade já tem casa para todo lado."

"Não tem espaço, então", ela disse, pensativa.

"Exatamente", confirmei, virando na direção da água. "Espaço nenhum."

Nesse dia portentoso na praia, tive o meu primeiro lampejo inesquecível de Vina. Foi o dia de minha paixão instantânea, do começo de uma servidão de vida inteira... mas me detenho já. É possível que eu esteja vertendo o vinho de diversos fins de semana na garrafa de um dia só. Droga, são coisas de que não posso me lembrar. Foi nesse dia ou em outro dia? Em novembro, ou em janeiro seguinte? Enquanto meu pai estava cochilando, ou depois que eu fui nadar? Tanta coisa se perde. Difícil de acreditar que toda essa areia se acumulou, obscurecendo os anos. Difícil acreditar que faz tanto tempo, que a carne é mortal, que tudo desliza para o fim. Houve tempo em que eu pertencia ao futuro. O amado futuro de minha amada mãe; era isso que contava, o presente era um meio, e o passado nada mais que um corriqueiro caco de cerâmica, uma garrafa desenterrada por meu pai na praia. Agora, porém, pertenço a ontem.

Será que isso é letra de alguma canção? Não me lembro. É?

De qualquer forma: nessa tarde dourada, ou em outra, bronzeando de tarde nesse ou naquele instante, o celebrado mr. Piloo Doodhwala e sua "magnificomitiva" marcharam pelas areias de Juhu. Devo dizer que nessa época eu não sabia absolutamente nada sobre ele. Ignorava totalmente que crescia na cidade o seu renome como uma "figura" e "homem de futuro" e fornecedor estadual de leite; não fazia idéia de que seu nome verdadeiro fosse Shetty — como a nossa família tinha sido até se inglesar anos antes —, mas ninguém mais o chamava assim, porque, como ele próprio dizia, "leiteiro de renome, tenho Milkman [Leiteiro] como nome"; eu nunca ouvira o termo que ele forjara para descrever o grupo de membros da família e servidores de que gostava de se cercar — termo adotado alegremente pelos jornais locais, e muito satirizado ("magnificometida", "ricomitiva" etc.); mas Piloo Shetty, aliás Doodhwala, era impermeável à sátira. Eu vi apenas um homem pequeno, gordinho, de *kurta* branco, de seus vinte e tantos anos, com tamanho sentido do próprio valor que já parecia estar na meia-idade, um sujeito de andar pomposo como um pavão e fartos cabelos escuros tão empastados e brilhantes de óleo que pareciam um mangusto adormecido. Ele tinha a pose de um rei, Calígula ou Akbar, monarcas que alimentavam fantasias de serem divinos. Atrás dele, ia um alto carregador *pathan* com vestimenta completa, turbante e tudo, levando um grande guarda-sol multicolorido, rebrilhando de lantejoulas e espelhinhos, acima da cabeça do pequeno imperador.

À frente de Piloo iam músicos — um tamboreiro, um flautista estridente, um corneteiro tão ruidosamente agressivo como um motorista e uma dupla de dançarinas-cantoras mudas e rebolantes que eram provavelmente *hijras* contratadas, transexuais, cuja agitação foi um ataque irresistível aos freqüentadores de fim de tarde da praia. Saltitando à direita e à esquerda iam secretários, inclinando-se para ouvir as palavras do grande homem e tomando rápidas notas taquigráficas. Atrás desse grupo excepcional ia uma dama minúscula, quase esférica, a esposa de Piloo de nome raro, mas muito adequado, Golmatol, protegendo sua pele malhada debaixo de um guarda-chuva preto; duas meninas pequenas, de sete e oito anos, cujos nomes, Halva e Rasgulla, testemunham o gosto por doces de seus pais; e uma outra menina, muito mais alta, morena, de seus doze ou treze anos, cujo rosto estava inteiramente coberto por um enorme chapéu de palha de aba baixa, de forma que tudo o que vi foi seu maiô de listras e estrelas, e o *lungi* branco que usava por cima, amarrado na cintura. Havia uma *ayah* e duas domésticas levando grandes cestas de piquenique. Uma trindade de guardas de segurança derretia nos uniformes militaristas. A responsabilidade primordial desses guardas — que eles cumpriam com entusiasmo, vigor, e uso liberal de seus longos cassetetes — era espancar o bando de indivíduos ansiosos que enxameavam e se agitavam no rastro da magnificomitiva, pois um grande homem sempre atrai suplicantes e aproveitadores, e tem de ser protegido deles quando tenta passar um dia agradável ao ar livre.

Quem era esse ricaço, esse super-rato? Qual poderia ser a fonte de tal exibição? De onde vinha seu poder, sua riqueza? Com o bom humor estragado pelo ruidoso advento do grupo de Doodhwala, Ameer Merchant não estava a fim de perguntas. "Bodes", foi sua resposta seca. Eu não sabia o que significava aquilo. Ele tinha provocado um bode *nela*, isso estava claro. "Mamãe? Como é?" Ela baliu para mim. "Não sabe o que é bode? *Mé-é-é*? Cabrito, cabra. Não seja bobo. *Bakra-bakri*, só isso." E foi essa a explicação que consegui.

V. V. Merchant acordou confuso, arrancado do sono profundo pelo barulho; e para sua maior perplexidade, sua amada esposa atirou-lhe: "Malditos *tamasha*", roncou, explosiva. "Parece que um lado dessa família nunca aprende a se comportar."

Bom, *aquilo* era uma bomba. "Eles são parentes? Como? Onde?"

O bando de Piloo tinha parado a menos de quinze metros, e seus membros menos exaltados estavam ocupados em estender lençóis e arrumar doces, obedecendo às ordens berradas por Golmatol, e erguendo sobre estacas uma alegre barraca *shamiana* acima da festa. Começou um jogo de cartas, e Piloo logo demonstrou ser um feroz apostador e grande vencedor, embora talvez os seus servidores, sabendo onde estavam seus interesses, deixassem que ele vencesse. De uma grande garrafa térmica um criado serviu para Piloo uma grande caneca de alumínio de ralo leite de cabra branco-azulado. Ele bebeu de boca aberta, sem se importar de babar. Halva e Rasgulla começaram a choramingar diante de seu leite, mas a menina de chapéu de palha e maiô afastou-se e estava agora a certa distância, de costas para os Doodhwala, abraçando o próprio corpo, sacudindo lentamente uma cabeça desencantada (e em grande parte ainda invisível). Com o ruído dos músicos, os pedidos dos suplicantes, o bater dos cassetetes, os gritos dos feridos, o choro das meninas pequenas e as ordens berradas por Golmatol Doodhwala, era preciso levantar a voz; minhas perguntas sobre essa família de muitos decibéis foram feitas em volume máximo.

Ameer pôs a mão na testa. "Ai, meu Deus, Umeed, não me amole agora", ela disse. "Eu não tenho nada a ver com eles, pode ter certeza. Pergunte a seu pai sobre seus parentes."

"Parentes distantes", V. V. Merchant gritou, defensivo.

"Parentes pobres", Ameer Merchant gritou, rude.

"Eles não parecem pobres", protestei, no máximo da minha voz.

"Ricos de cabras", Ameer berrou bem numa pausa da música, e suas palavras ficaram flutuando irrecuperavelmente no ar, indisfarçáveis, como se fossem de néon aceso como naquele anúncio de jipe em Marine Drive, "mas pobres de qualidade. Humanos de baixa qualidade."

Baixou um horrível silêncio. Foi um ano quente, 1956, um dos mais quentes da história; a tarde estava bem avançada, mas o calor não tinha diminuído. Então, a temperatura pareceu subir, o ar começou a zunir do jeito que dizem zunir antes de cair um raio, e *shri* Piloo Doodhwala começou a inchar no calor, a ficar vermelho, a exsudar líquido por todos os poros, como se estivesse se enchendo de palavras tão depressa que não havia lugar para mais nada dentro dele. Sua filha mais nova, Halva, deu uma risadinha nervosa, levou dois tapas secos da mãe, começou a chorar, viu a mão de Golmatol Doodhwala subir de novo e calou a boca depressa. A guerra estava muito próxima. A areia entre o acampamento dos Doodhwala e o nosso tinha se tornado uma terra de ninguém. Artilharia pesada se colocando em posição. E nesse momento a menina alta, de doze ou treze anos, de maiô de estrelas e listas, caminhou preguiçosamente pela zona de combate, olhou, interessada, dos Doodhwala para os Merchant e dos Merchant para os Doodhwala, e derrubou para trás o grande chapéu de palha. Lamento informar que não consegui me controlar quando vi o rosto dela. Aquele perfil egípcio que, muitos anos depois, tornei a ver em um retrato da faraó mulher, a rainha Hatshepsut, primeira mulher da história, a quem a desdenhosa Vina, indiferente a monarcas divinas, embora ela própria fosse se tornar uma espécia de deusa-rainha, referia-se como *Hat Cheap Suit* [Chapéu Terno Barato]; aqueles olhos sardônicos, aquela boca tão secamente torcida me fizeram dar um suspiro. Não, foi mais que um suspiro. Foi um ruído alto, estrangulado, engasgado, sem forma, que terminou numa espécie de soluço. Em resumo, eu fiz, pela única vez em minha vida, o barulho de um ser humano do sexo masculino seriamente ferido, apaixonando-se instantaneamente, pesadamente, dolorosamente. E eu só tinha nove anos de idade.

Deixe-me tentar lembrar o grande momento com o máximo de precisão. Eu tinha, acho, acabado de sair do mar, meu aparelho nos dentes estava machucando e eu estava um pouco irritado — ou então estava planejando nadar quando fui distraído pela chegada da magnificomitiva — de todo modo, quando Ameer Merchant falou a frase que Piloo Doodhwala escutou como uma declaração de guerra, eu havia acabado de enfiar a mão no saco de frutas e estava pegando uma suculenta maçã. De maçã na mão, olhei a bela menina morena no maiô de bandeira, de maçã na mão emiti um horrível e nu ruído de adoração; e quando meus pés começaram a se mexer sozinhos e me levaram até eu estar na frente dela, fascinado pela luz de sua beleza, ainda segurava a maçã diante de mim, como uma oferenda, como um prêmio.

Ela sorriu, divertida. "É para mim?" Antes que eu pudesse articular uma resposta, as outras duas meninas — droga, as duas irmãs feias! — vieram correndo com as caras brilhando, ignorando os chamados da *ayah*. "Cãçã", disse Halva Doodhwala, fazendo olhos de bebê e fingindo fala de bebê, numa desesperada tentativa de parecer atraente; e Rasgulla Doodhwala, mais velha, mas não mais sábia, confirmou com um biquinho, "Açã". A menina alta riu, bem cruel, e armou uma pose, cabeça inclinada, mão na cintura. "Está vendo, tem de escolher, rapaz. Para qual de nós vai dar o presente?"

Sem concurso, eu queria dizer, o presente é o meu coração. Mas Piloo e (principalmente) Golmatol estavam me fuzilando em feroz expectativa pela minha decisão, e então, hesitando um momento, dei uma olhada para meus pais, e vi que eles não podiam me ajudar a fazer uma escolha que afetaria a vida deles tanto quanto a minha. Eu ainda não sabia (embora fosse fácil de adivinhar) que a menina alta não era irmã das mais novas, que seu lugar na comitiva era mais de Cinderela que de Helena; ou um curioso amálgama das duas, uma espécie de Cinderela de Tróia. Mas não teria feito a menor diferença se eu soubesse; pois embora minha boca não dissesse nada, meu coração falava alto e bom som. Sem dizer uma palavra, estendi a maçã para minha adorada; que, com um ligeiro aceno de cabeça, aceitou o presente um tanto deselegantemente e deu uma bela mordida.

Assim foi que os Doodhwala somaram o meu deliberado desdém pelos encantos de Halva e Rasgulla, aquelas senhorinhas de piscadas insinceras, ao insulto mais acidental de minha mãe, e pronto. A palavra hindustani *kutti* é inadequada para os meus propósitos, uma vez que sugere um nível de conflito bastante petulante, quase infantil. Aquilo não era *kutti*. Era *vendetta*. E eu havia feito de Piloo Doodhwala — que agora, para meu horror, fazia sinal para me aproximar — um inimigo poderoso, e para toda a vida.

"Menino!"

Agora que já estava ultrapassado o ponto sem retorno, Piloo estava milagrosamente relaxado. Tinha perdido aquele ar congestionado de homem cheio de vocabulário furioso, tinha parado até de suar. Eu, porém, me vi picado por insetos. Era aquele momento do fim da tarde em que os exércitos picantes do ar se manifestam, surgindo como pequenas nuvens de algum dormitório aéreo. Quando me aproximei de Piloo, reclinado no esplendor de almofadas *gao-takia* debaixo de sua barraca de espelhinhos, eu me vi obrigado a ficar batendo e esfregando rosto e pescoço, como se estivesse me punindo pelo julgamento da questão da maçã. Piloo sorriu seu sorriso cintilante e mortal e continuou chamando.

"Como é seu nome, por phawor?" Eu disse meu nome. "Umeed", ele repetiu. "Esperans. Muito bom. Todas pessoas dewem ter esperans, mesm quando sua situação é desesperada." Ele entrou num período de contemplação, mastigando um bocado de *bummelo* seco; depois falou de novo, acenando com um pedaço do peixe na mão. "*Bombay duck*" [Pato de Bombaim], sorriu. "Sabe que é isto? Sabia que este pexe *bombil* não quis ajudar Senhor Rama construir ponte de Lanka para buscar Senhora Sita? E por isso ele apertou pexe phorte-phorte, amassou todos ossos, por causa disso agora não tem mais osso? Não, como você podia saber, porque wocês são conwertidos." Essa palavra levou a muitas balançadas de cabeça e a muitos outros bocados do peixe, antes de ele retomar a arenga. "Conwertido", disse. "Sabe que é isso? Eu conto. Conversão religiosa é que nem tomar trem. Depois, wocê só é mesmo do trem. Não é mais da plataphorma de ida, não é mais da plataphorma de wolta. Em todos lugares wocê é totalmente desprezado. Isso que é conwertido. É o awô do seu pai."

Eu abri a boca; ele indicou que eu devia fechá-la. "Boca phechada não entra mosca", disse. "É melhor." Mordeu uma manga. "Quando homem se conwerte", ponderou, "é igual corte de energia. Queda de carga. Ele deixa cair, entende?, a Carga do Destino Humano de um jeito basicamente cowarde. De jeito phundamentalmente pouco sério. Phazendo isso, se separa de história de sua raça, não é? Como desligar tomada, certo: aí torradeira não phunciona. Que é a wida, menino? Wou dizer. Wida é nenhum phio de cabelo arrancado da cabeça de Deus, certo? Wida é um ciclo. Nesta pobre wida da gente nós temos de pagar os pecados de nossas existências passadas, e se phor o caso também receber recompensa por bom comportamento de antes. Conwertido é que nem hóspede num hotel que não quer pagar a conta. Portanto, não pode também esperar benephícios se tem erro na conta a phawor dele."

A tese de Piloo não era fácil de compreender, com todos aqueles trens, torradeiras, ciclos e hotéis misturados, mas eu entendi o essencial: ele estava insultando meu pai, e o ramo (muçulmano) da família de meu pai, e, portanto, por extensão, a mim. Agora, porém, quando meu ser adulto observa a cena através dos meus olhos e ouvidos de nove anos, vejo e escuto outras coisas também: as diferenças de classe, por exemplo, a nota de esnobismo no desdém de minha mãe pelo comportamento grosseiro e pronúncia vulgar; e, é claro, as diferenças de comunidade. O velho abismo hindu-muçulmano. Meus pais me deram de presente a não-religião, o crescer sem me dar ao trabalho de perguntar às pessoas que deuses elas adoravam, presumindo, como meus pais, que na verdade elas não estão interessadas em deuses; e que esse desinteresse é "normal". Você pode argumentar que esse presente é um cálice envenenado, mas mesmo assim é um cálice do qual eu beberia de novo com alegria.

Embora meus pais não tivessem deus, a velha separação familiar persistia. Era tão profunda que os dois ramos da família, convertidos e não convertidos, tinham apagado um ao outro de seus mapas sociais. À idade de nove anos, eu nem sabia da existência dos Doodhwala, e tenho certeza de que Halva e Rasgulla eram igualmente ignorantes de terem um primo distante, Umeed Merchant. Quando à menina alta, a rainha de maiô com minha maçã na boca, eu ainda não tinha a menor pista de como e onde ela se encaixava.

"Umeed", minha mãe chamou, e sua voz estava zangada, "volte aqui, agora."

"Wá, pequeno Esperans", Piloo me dispensou. Ele tinha começado a jogar preguiçosamente um conjunto de dados de pôquer em cima do carpete. "Mas imagino, quando phor grande Esperans, o que é que wai ser."

Eu já sabia a resposta para aquilo. "*Ji*, fotógrafo, *ji*."

"Sei", ele disse. "Então precisa aprender como photo pode ser phalsa. Tira minha photo agora, não é? O que wai wer? Só grande sahib phazendo pose de grande. Mas isso é mentira cowarde. Eu sou homem do meu powo, Esperans. Sujeito simples, origem humilde, e, porque estou acostumado com trabalho duro, então sei aproweitar também. Hoje, estou aproweitando. Mas wocê, Esperans, wocê e seu papai-mamãe, wocês é que estão phazendo pose. Pose demais, quem sabe, para o que têm." Ele fez uma pausa. Havia meias-luas leitosas em torno das pupilas de seus olhos. "Acho que já brigamos antes, em outras widas. Hoje não wamos brigar. Mas um dia decerto wamos brigar de nowo."

"Umeed!"

"Diga também para sua mamãe", murmurou Piloo Doodhwala, o sorriso desaparecendo de seus lábios, "que esse ediphício de areia, igual um *Shiv-lingam*, é uma blasphêmia imunda. Para todos olhos decentes é ophensiwo e obsceno."

Mentalmente, me vejo de novo aos nove anos, um mensageiro deixando o campo inimigo e voltando ao seu. Mas sou capaz de ver também o que está acontecendo de fato, o processo pelo qual o poder, como o calor, está lentamente vazando do mundo de minha zangada mãe para o mundo de Piloo, o novo dominador. E isso não é um capricho, mas um entendimento tardio. Ele nos odiava; e acabaria herdando — se não *a* terra — pelo menos *nossa* terra.

"Odeio a Índia", disse a minha rainha de maiô, feroz, quando passei por ela. "E tem muita coisa para odiar aqui. Odeio o calor, está sempre quente, até quando chove, e odeio quando chove. Odeio a comida, a água não dá para beber. Odeio os pobres, tem pobre em todo lugar. Odeio os ricos, estão sempre muito contentes com eles mesmos. Odeio multidão, a gente está sempre no meio da multidão. Odeio o jeito que as pessoas falam alto e se vestem de roxo e fazem muita pergunta e mandam na gente. Odeio sujeira e odeio o cheiro e odeio principalmente ter de ficar agachada para cagar. Odeio dinheiro, porque ele não compra nada e odeio loja porque não tem nada para comprar. E odeio os filmes, odeio a dança, odeio a música. Odeio as línguas porque não são inglês simples e odeio inglês porque também não é inglês simples. Odeio carros, menos os carros americanos e odeio eles também porque estão sempre dez anos atrasados. Odeio escola porque é como prisão e odeio férias porque a gente não tem liberdade nem nas férias. Odeio gente velha e odeio criança. Odeio rádio e não tem TV. Mais do que tudo, odeio todos os deuses." Era uma declaração assustadora, pronunciada num tom monótono, casual e cansado do mundo, com os olhos fixos no horizonte. Eu não fazia idéia do que responder, mas parece que não havia necessidade de resposta. Naquela época, eu não entendi a raiva dela, e fiquei profundamente chocado. Era essa a menina por quem eu tinha ficado tão desesperadamente apaixonado? "Odeio maçã também", ela acrescentou, enfiando uma espada em meu coração. (Mas comeu a minha maçã, eu notei.) Perdido de amor, estapeando os mosquitos, virei para seguir meu difícil caminho. "Quer saber o que eu gosto, a única coisa que eu gosto?", ela disse. Parei e virei para olhar para ela.

"Quero, sim", eu disse, humildemente. Posso até ter inclinado a cabeça em meu desespero.

"Gosto do mar", ela disse, e correu para nadar. Meu coração quase explodiu de alegria.

Ouvi os dados de Piloo começarem a tilintar e rolar; e então, a uma ordem de Golmatol Doodhwala, os músicos começaram a tocar de novo, e não ouvi mais nada.

Durante muito tempo acreditei — essa é talvez a minha versão da crença de sir Darius Xerxes Cama em uma quarta função de *marginalidade* — que em toda geração há algumas almas, felizardas ou malditas, que simplesmente *nascem sem vínculo*, que vêm ao mundo semi-soltas, se quiser, sem laços fortes de família, ou lugar ou nação ou raça; que pode até haver milhões, bilhões dessas almas, tantos desvinculados quantos vinculados, talvez; que, em resumo, o fenômeno pode ser uma manifestação tão "natural" da natureza humana quanto o seu contrário, mas que foi frustrado, ao longo de toda a história humana, por falta de oportunidade. E não só por isso: porque aqueles que valorizam a estabilidade, que temem o transitório, a incerteza, a mudança, essa gente erigiu um sistema poderoso de estigmas e tabus contra a falta de raízes, essa força anti-social, dissociadora, de forma que nós em geral nos conformamos, fingimos nos motivar por lealdades e solidariedades que não sentimos realmente, escondemos nossas identidades secretas debaixo das peles falsas de nossas identidades que levam o selo de aprovação dos vinculados. Mas a verdade vaza em nossos sonhos; sozinhos em nossas camas (porque estamos absolutamente sozinhos de noite, mesmo quando não dormimos sozinhos), flutuamos, voamos, fugimos. E nos sonhos acordados que nossas sociedades permitem, em nossos mitos, nossas artes, nossas canções, celebramos os desvinculados, os diferentes, os fora-da-lei, os *freaks*. Aquilo que nos proibimos, pagamos bom dinheiro para assistir num teatro ou num cinema, ou para ler entre as capas secretas de um livro. Nossas bibliotecas, nossos palácios de entretenimento revelam a verdade. O vagabundo, o assassino, o rebelde, o ladrão, o mutante, o renegado, o delinqüente, o diabo, o pecador, o viajante, o gângster, o fugitivo, a máscara. Se não reconhecêssemos neles nossas necessidades menos atendidas, não os teríamos inventado insistentemente, em toda parte, em todas as línguas, em todos os tempos.

Assim que inventamos navios, corremos para o mar, navegando os oceanos em barcos de papel. Assim que inventamos carros, nós nos pusemos na estrada. Assim que inventamos aviões, voamos para os cantos mais distantes do globo. Agora desejamos o lado escuro da lua, as planícies rochosas de Marte, os anéis de Saturno, as profundezas interestelares. Colocamos fotógrafos mecânicos em órbita, ou em viagens sem volta para as estrelas, e choramos diante das maravilhas que eles transmitem, humilhados pelas imagens poderosas de galáxias distantes eretas como colunas de nuvens no céu, e damos nomes a rochas alienígenas, como se fossem nossos bichos de estimação. Temos fome de espaço curvo, da borda externa do tempo. E essa é a espécie que brinca de gostar de ficar em casa, que se prende com — como é mesmo o nome? — *vínculos*.

É isso que eu penso. Você não precisa concordar. Talvez não haja tantos de nós, afinal. Talvez a gente seja anti-social e dissociador e não devêssemos ser aceitos. Você tem direito à sua opinião. Só digo o seguinte: durma tranqüilo, *baby*. Durma bem e bons sonhos.

De acordo com a versão Doodhwala do universo, tudo começou porque meu bisavô "abraçou o Islã", como eles dizem; Islã, a menos abraçável das fés. Como resultado desse abraço espinhoso, Vivvy Merchant (e Ameer também, e na verdade todos os muçulmanos do subcontinente, pois somos todos filhos de convertidos, admitamos ou não, cada um de nós) perdeu sua ligação com a história. Podemos, portanto, interpretar as escavações desesperadas de meu pai no passado da cidade como uma busca pela identidade de sua personalidade perdida; e Ameer Merchant, sonhando com arranha-Cuffes e que tais, estava, da mesma forma, buscando certezas perdidas em visões de altos prédios de apartamento e cinemas *art déco*, em tijolos e argamassa, em concreto armado reforçado.

O que não faltam são explicações para os mistérios da vida. Explicações são uma ninharia hoje em dia. A verdade, porém, é bem mais difícil de encontrar.

Sempre, desde os primeiros dias de que consigo lembrar, desejei acima de tudo — para usar uma frase à qual continuo ligado (talvez excessivamente) — ser digno do mundo. Com essa finalidade eu estava inteiramente preparado para ser testado, para realizar trabalhos. Comecei a conhecer os heróis da Grécia e de Roma nas *Tanglewood Tales*, de Nathaniel Hawthorne, e fiquei sabendo de Camelot graças aos *Cavaleiros da távola redonda*, da MGM, estrelado por Robert Taylor como Lancelot e Mel Ferrer como Artur, e no papel de Guinevere, se não me falha a memória, a incomparável Ava, essa deusa palindrômica que era tão linda de frente quanto de costas. Eu devorava as versões infantis das sagas norueguesas (lembro-me particularmente das jornadas épicas feitas num barco chamado *Skidbladnir*, o "navio que voava") e das aventuras de Hatim Tai e Harum al-Rashid e Simbad, o Marujo, e Marco Polo e Ibn Battuta e Ram e Lakshman e os Kuru e os Pandava e tudo o que me caía nas mãos. Porém essa alta formulação moral, "ser digno do mundo", era abstrata demais para ser aplicada com facilidade à vida cotidiana. Eu dizia a verdade e era razoavelmente honesto, embora fosse uma criança bastante solitária e introvertida; mas o heroísmo era demais para mim. Houve até um breve intervalo, por volta da época que estou descrevendo, em que comecei a acreditar que o mundo era indigno de mim. Suas notas falsas, sua constante escassez. Isso era, talvez, o idealismo decepcionado de minha mãe, seu crescente cinismo, vazando para mim. Agora, olhando em retrocesso, posso dizer que somos mais ou menos parelhos, o mundo e eu. Nós dois estamos à altura algumas vezes e decepcionamos outras. Falando só por mim (não pretendo falar pelo mundo): no que tenho de pior, sou uma cacofonia, uma massa de ruídos humanos que não se soma numa sinfonia de um ser integrado. No que tenho de melhor, porém, o mundo canta para mim, e através de mim, como um cristal.

Quando encontrei Vina na praia, percebi pela primeira vez como medir meu valor. Eu procuraria as respostas nos olhos dela. Tudo o que eu pedia era usar no elmo o lenço dos favores de minha dama.

Devo dizer que meu começo de vida foi o melhor possível. Eu era filho único e felizardo de pais amorosos que, a fim de atender ao filho adorado sem desistir de suas próprias paixões privadas e profissionais, resolveram não ter outros filhos depois de mim. Relendo o relato acima sobre brincadeiras na praia, percebo que omiti um toque sobre os muitos gestos afetuosos com que V. V. e Ameer Merchant costumavam demonstrar seu amor: os sorrisos oblíquos, mas adoráveis, que ela dava para o marido escavador, tímido, os sorrisos dentuços com que ele retribuía, o toque da mão dela no rosto dele, da mão dele no pescoço dela, as pequenas solicitudes de um casamento feliz — venha sentar aqui, tem mais sombra; beba isto, está gelado, gostoso —, essas coisas, embora murmuradas muito privadamente, não escapam aos olhos de câmera, orelhas de antena, de uma criança que tudo registra. Eu também era bem-amado, nunca fui deixado por nem um dia sequer aos cuidados de uma *ayah*, fato que despertava surpresa e atraía consideráveis críticas em nosso círculo social. Lady Spenta Cama, que nunca perdoou inteiramente o *faux pas* de Ameer no dia em que Ormus nasceu, costumava dizer às pessoas que qualquer mulher que nem sequer procurasse uma boa *ayah* "devia ter uma boa dose de alma de criada em sua origem". Essa observação chegou rapidamente aos ouvidos de Ameer, visto que a malícia é o melhor dos correios, e as relações entre as duas mulheres ficaram ainda mais abaladas. A determinação de meus pais só se fortalecia com essas perversidades. Enquanto eu era bebê e durante minha primeira infância, os dois traçavam uma rota de deveres e prazeres numa base rigorosamente metade-metade, coordenando horários de trabalho e até padrões de sono para servir ao princípio da igualdade paterna. Não mamei no peito; meu pai impediu porque senão ele não teria como fazer a sua parte da alimentação. E à sua maneira gentil ele insistia em cumprir com a sua cota de limpar-bumbum e esterilizar-mamadeira e confortar-cólicas e brincar. Minha mãe cantava suas canções sem melodia, e meu pai cantava as dele também. De forma que eu cresci achando que isso também era "normal". O mundo guardava muitos choques de surpresa para mim.

Eles desistiram de quase toda sua vida social sem nem perceber que estavam fazendo isso. A chegada de um filho (eu) completava os dois de alguma forma profunda, e eles pareciam não precisar mais de outras pessoas. Seus amigos protestaram no começo. Alguns ficaram feridos. Muitos acreditaram, como lady Spenta Cama, que havia alguma coisa "doentia" no comportamento "obsessivo" dos Merchant. No fim, porém, todo mundo simplesmente aceitou o novo padrão de vida como um fato, como apenas uma excentricidade a mais entre as muitas perplexidades da vida. V. V. e Ameer conseguiam se concentrar em seu menino (eu) sem se preocupar com sentimentos feridos e línguas afiadas.

Será que foi por causa de seu amor sufocante, ou por alguma coisa menos inexplicável em mim mesmo, que comecei a procurar o mar e sonhar com a América? Será porque os dois possuíam a cidade tão completamente — será porque eu sentia que a terra era deles — que decidi me dar o mar? Em outras palavras, será que deixei Bombaim porque a maldita cidade parecia o útero de minha mãe e eu tinha de ir para o exterior para nascer? São essas as explicações psicológicas em oferta, disponíveis para pronta entrega.

Eu gostaria de rejeitá-las todas. Meus pais, repito, me amavam, e me deram o melhor que podiam. Nenhuma casa da infância poderia ser mais evocativa, ou permanecer com maior doçura na memória do que a Villa Thracia de Cuffe Parade; e, além do melhor dos lares, tive bons amigos, fui a uma boa escola, e eram excelentes minhas perspectivas. Que grosseria, portanto, culpar os próprios pais por proverem exatamente aquilo que todo pai espera oferecer! Que impertinência desagradável reclamar justamente daquela atenção amorosa que é o ideal de todo pai e toda mãe! De mim você nunca vai ouvir essas palavras, pode ter certeza. Distanciamento, um fraco senso de filiação, simplesmente constituía a minha natureza. Já à idade de nove anos eu não só tinha segredos como sentia orgulho deles. Minhas altas expectativas, meus sonhos com cavalheiros antigos e heróis, eu guardava para mim; revelá-los seria vergonhoso, seria mergulhar no espaço humilhante que ficava entre a grandeza de minhas intenções e a trivialidade de minhas poucas conquistas. Eu cultivava o silêncio, sonhando que, um dia, pudesse cantar.

Este meu ser superdefendido tinha certas utilidades. Às vezes, de noite, jogava pôquer com Vivvy e Ameer. Quase sempre eu é que terminava com a maior pilha de fósforos na minha frente. "Quem sabe você não devia ser jogador profissional quando crescer", minha mãe sugeriu, chocantemente. "Porque, meu querido, essa cara de quem não quer nada já funciona muito bem." Eu concordei. O sucesso soltou um pouco a minha língua. "Ninguém nunca sabe o que eu estou pensando", disse. "É assim que eu gosto."

Vi o choque na cara dos dois, e a surpresa também. Eles simplesmente não tinham idéia do que me dizer. "É melhor sempre falar o que a gente pensa, Umeed", meu pai finalmente falou. "Melhor mostrar a mão no jogo do que esconder, hã?" Meu pai, o modelo do cavalheiro íntegro, o mais honrado dos homens, o mais honesto, o menos corruptível, o mais doce de maneiras, mas também o mais rígido de princípios, o mais tolerante, em resumo, um santo ateu (como ele teria odiado esse termo!) capaz de comprar um relógio barato na rua e achar que era um Omega, que sempre perdia nas cartas e, depois, tragicamente, na vida. E eu, seu filho ardiloso e dissimulado, sorri de olhos arregalados para aquele homem inocente e genuinamente avesso ao mundo, ameacei concordar com sua inocência, e em seguida revelei meu xeque-mate. "Então", murmurei, "por que os fósforos não estão todos empilhados na sua frente?"

Retrospectivamente, parece claro que o mar sempre foi uma metáfora para mim. Claro que eu gostava de nadar, mas me contentava também de nadar, por exemplo, na piscina do Willingdon Club, gostava da água doce tanto quanto da salgada. Também nunca aprendi a velejar, e nunca lamentei não ter aprendido. A água era simplesmente o elemento mágico que me levaria embora em suas marés; quando cresci, e me ofereceram o ar em seu lugar, eu mudei de lealdades imediatamente. Mas continuo grato à água, porque Vina a adorava, e nadávamos juntos.

Ar e água, terra e fogo: todos os quatro modelaram nossas histórias (quero dizer, claro, a história de Ormus, a de Vina e a minha). Nas primeiras duas estava o nosso começo. Mas depois vieram os meios e os fins.

Quando você cresce, como eu cresci, em uma cidade grande, durante um período que acontece de ser uma idade de ouro, você acha que isso será eterno. Sempre esteve ali e sempre estará. A grandiosidade da metrópole cria a ilusão de permanência. A Bombaim peninsular em que eu nasci certamente me parecia perene. A Colaba Causeway era a minha Via Appia, Malabar e Cumballa Hills eram nosso Capitólio e Palatina, o Brabourne Stadium nosso Coliseu, e quanto àquele correr de cintilante *art déco* de Marina Drive, bem, isso era uma coisa que nem Roma podia exibir. Cresci acreditando de fato que *art déco* era o "estilo de Bombaim", uma invenção local, cujo nome vinha, provavelmente, do imperativo do verbo *ver*. "Art *dekho*". Eia, apreciem a arte. (Quando comecei a me familiarizar com imagens de Nova York, primeiro senti certa raiva. Os norte-americanos já tinham tanto, precisavam ter nosso "estilo" também? Mas em outra parte mais secreta de meu coração, a *art déco* de Manhattan, construída em escala tão maior que a nossa, só aumentava a atração da América, fazia com que ficasse ao mesmo tempo familiar e assombrosa, nossa pequena Bombaim em ponto grande.)

Na verdade, aquela Bombaim era quase nova quando a conheci; além disso, a construtora de meus pais, Merchant & Merchant, desempenhara papel importante em sua confecção. Nos dez anos transcorridos entre o nascimento de Ormus Cama e minha chegada ao mundo, a cidade fora um gigantesco canteiro de obras; como se tivesse pressa de se aprontar, como se soubesse que precisava estar concluída quando eu fosse capaz de prestar atenção nela... Não, não, eu não penso realmente de forma tão solipsista. Não sou muito ligado nem em história, nem em Bombaim. Eu, eu sou do tipo desprendido.

Voltando à vaca-fria. É verdade, embora isso nada tenha a ver comigo, que o *boom* de construção da Bombaim de minha infância foi exagerado nos anos anteriores ao meu nascimento, e depois ralentou durante uns vinte anos; e essa época de relativa estabilidade me iludiu e me levou a acreditar na qualidade intemporal da cidade. Depois disso, claro, ela virou um monstro, e eu fugi. Fugi pela minha vida.

Eu? Eu era um *chokra* de Bombaim, completo. Mas devo confessar que, mesmo em criança, era loucamente ciumento da cidade em que havia sido criado, porque ela era o outro amor de meus pais, a filha que nunca tiveram. Eles se amavam (bom), me amavam (muito bom), e amavam a ela (não tão bom). Bombaim era minha rival. Foi por conta do romance deles com a cidade que planejaram a rota de responsabilidades paternas repartidas. Quando minha mãe não estava comigo — quando eu estava montado nos ombros de meu pai, ou observando com ele os peixes do Aquário Taraporewala —, estava lá com *ela*, com Bombaim; lá, trazendo-a à vida. (Porque, evidentemente, a obra de construção nunca pára por inteiro, e supervisionar o trabalho era a virtude especial de Ameer. Minha mãe, a mestra construtora. Como o falecido pai dela.) E quando meu pai me entregava para ela — quando cantávamos nossas horrendas cantigas e comíamos nosso sorvete rançoso —, ele saía, com seu chapéu de história local e um blusão cáqui cheio de bolsos, para escavar os alicerces dos canteiros de obras em busca dos segredos do passado da cidade, ou então sentava-se, sem chapéu e sem blusão, na prancheta de desenho e sonhava seus sonhos de deslumbramento.

O primeiro amor de V. V. Merchant seria sempre a pré-história da cidade; era como se ele estivesse mais interessado na concepção da criança do que em sua existência real. Se pudesse, tagarelava, contente, durante horas sobre os assentamentos chalukya nas ilhas Elephanta e Salsette dois mil e quinhentos anos antes, ou sobre a legendária capital de Raja Bhumdev em Mahim no século XI ou XII. Sabia de cor as cláusulas do Tratado de Bassein por intermédio do qual o imperador mughal Bahadur Shas cedia as Sete Ilhas aos portugueses, e gostava de contar que a rainha Catarina de Bragança, esposa de Carlos II, era o elo secreto entre as cidades de Bombaim e Nova York. Bombaim passou para a Inglaterra no dote dela, que era também a "rainha" do bairro nova-iorquino de Queens.

Mapas dos primeiros tempos da cidade davam-lhe grande alegria, e era sem par a sua coleção de velhas fotos de edifícios e *objetos* da cidade desaparecida. Nessas imagens apagadas ressurgiam o Fort demolido, o faveloso "mercado do café da manhã" em frente ao Teen Darvaza ou Bazaargate, e os humildes açougues de carne de cabrito e os hospitais sob guarda-chuvas para os pobres, assim como os palácios caídos dos grandes. As relíquias antigas da cidade enchiam sua imaginação e seu álbum de fotos. Chapéus eram de seu particular interesse. "Houve um tempo em que se podia dizer imediatamente a que comunidade pertencia um sujeito pela coisa que ele usava na cabeça", lamentava. Sir Darius Xerxes Cama, com seu fez de chaminé, era a última relíquia dos dias em que os parses eram chamados *topazes*, em razão do chapéu. E os banias usavam chapéus redondos e os vendedores bohras, apregoando seus inumeráveis utensílios pelas ruas, pareciam carregar uma bola na cabeça... Foi com meu pai que conheci os primeiros grandes fotógrafos de Bombaim, Raja Deen Dayal e A. R. Haseler, cujos retratos da cidade vieram a se tornar minhas primeiras influências artísticas, mesmo que só para mostrar o que eu não queria fazer. Dayal subiu à torre Rajabai para criar os vastos panoramas do nascimento da cidade; Haseler deu um passo adiante e foi para o ar. Suas imagens são assombrosas, inesquecíveis, mas também me inspiraram uma desesperada necessidade de voltar para o nível do chão. Das alturas você vê só os pináculos. Eu queria as ruas da cidade, os amoladores de facas, os carregadores de água, os batedores de carteiras de Chowpatty, os agiotas de calçada, os soldados peremptórios, as prostitutas dançarinas, as carruagens puxadas a cavalo com seus cocheiros que roubavam forragem, as hordas da estação de estrada de ferro, os jogadores de xadrez dos restaurantes iranianos, os escolares com cintos de elástico, os mendigos, os pescadores, os criados, a multidão selvagem dos compradores do Mercado Crawford, os lutadores untados de óleo, os cineastas, os estivadores, os costureiros de livros, os malandros, os aleijados, os tecelões, os brigões, os padres, os cortadores de gargantas, os impostores. Eu queria a vida.

Quando disse isso a meu pai, ele me mostrou naturezas-mortas de chapéus e praias e píeres e me disse que eu era novo demais para entender. "A compreensão dos pertences históricos", ele me garantiu, "revela o fator humano." Isso exigia tradução. "Olhe onde as pessoas moravam e trabalhavam e compravam", esclareceu, com um raro laivo de irritação, "e isso esclarecerá como elas eram." Apesar de toda sua escavação, Vivvy Merchant contentava-se com as superfícies do mundo. Eu, seu filho fotógrafo, empenhei-me em provar que estava errado, em demonstrar que uma câmera pode ver abaixo da superfície, além das armadilhas do real, e penetrar em sua carne e coração sangrentos.

A construtora da família fora estabelecida por seu falecido sogro, Ishak Merchant, um homem tão interminavelmente colérico que, à idade de quarenta e três anos, seus órgãos internos literalmente explodiram de raiva e ele morreu, sangrando copiosamente por baixo da pele. Isso foi logo depois do casamento da filha. (Filha de um homem furioso, minha mãe escolheu um parceiro totalmente desprovido de raiva, mas não conseguia lidar nem com as suaves — e raras — censuras feitas por ele; a mais branda das objeções provocava nela um incrível furacão de emoções, mais lacrimoso que explosivo, mas que, por outro lado, devido a sua força extrema e danosa, não era nada diferente da raiva do pai. V. V. a tratava com todo o cuidado, como o frágil puro-sangue que era. Coisa necessária, mas que também anunciava problemas. Ou poderia ter anunciado, se qualquer das partes do casal escutasse. Mas eles eram surdos a todos os alertas. Estavam profundamente apaixonados; coisa que ensurdece mais que protetores de ouvido.)

Os felizes recém-casados, Vivvy e Ameer, mergulharam de cabeça. Felizmente para eles, a cidade precisava de todos os construtores disponíveis. Duas décadas depois, os dois podiam apontar diversos quarteirões de mansões *art dekho* ao longo da margem ocidental de Oval Maidan e também em Marine Drive, e dizer, com justificado orgulho, "Nós é que construímos isso" ou "Esta é nossa". E já trabalhavam mais adiante, em Worli e Pali Hill, e assim por diante. Na volta de Juhu fomos fazendo uma série de desvios para dar uma olhada neste e naquele canteiro de obras, e não só nos que exibiam as placas Merchant & Merchant nas cercas de arame. Para uma família de construtores, canteiros de obras são o que pontos turísticos são para o resto da população. Cresci acostumado a esse comportamento, e, além disso, estava tão excitado por causa de meu encontro com a deusa de maiô que nem me dei ao trabalho de reclamar. Porém, fiz perguntas.

"Como é o nome dela?"

"*Arré*, nome de quem? Sei lá! Pergunte para seu pai."

"Como é o nome dela?"

"Não sei bem. Nissa ou alguma coisa assim."

"Nissa de quê? Nissa Doodhwala? Nissa Shetty? O quê?"

"Não me lembro. Ela cresceu longe daqui, na América."

"América? Onde na América? Nova York?"

Mas as informações de meu pai se esgotaram; ou havia coisas que ele não queria revelar. Ameer, porém, sabia tudo.

"No estado de Nova York", ela disse. "Algum *gaon* besta nos fundos do cafundó."

"Que *gaon*? Ah, Ammi, conte."

"Acha que eu conheço tudo quanto é cidade dos Estados Unidos? Um nome qualquer parecido com Chickaboom."

"Isso não é nome. É?"

Ela deu de ombros. "Quem sabe? Como todos aqueles nomes malucos que eles têm por lá. É Hiawatha-Minnehaha, e Susquehanna, Shenandoah, Sheboygan, Okefenokee, Onondaga, Oshkosh, Chittenango, Chikasha, Canandaigua, Chuinouga, Tomatosauga, Chickaboom." Foram suas últimas palavras sobre o assunto. Chickaboom, NY.

"Seja como for", minha mãe continuou, "você não vai querer nada com ela. Primeiro, aquele Piloo é padrasto dela agora e, além disso, todo mundo sabe que ela só atrai problema. Mil por cento ovelha negra. A vida dela é trágica, claro, eu morro de pena, mas mantenha distância. Você viu como ela fala. Sem disciplina. E é muito mais velha, também, vá procurar amigos da sua idade. Além disso", como se encerrasse o assunto, "é vegetariana."

"Gostei dela", eu disse. Meus pais me ignoraram.

"Sabe", minha mãe mudou de assunto, "esses nomes dos índios peles-vermelhas me lembram muito os nomes do sul da Índia. Chattanooga, Ootacamund, Thekkady, Schenectady, Gitchee-Gummee, Ticklegummy, Chittoor, Chitaldroog, Chickaboom. Quem sabe algum co-nacionalista dravidiano daqui velejou para a América milênios atrás num belo barco verde-ervilha. Tem indianos em toda parte, não é? Como areia."

"Vai ver levaram um pouco de mel e dinheiro a granel", meu pai entrou na conversa. Entendi que tínhamos embarcado em um dos nossos tradicionais jogos familiares e não adiantava tentar voltar ao assunto.

"Que é que adianta embrulhar mel numa nota de cinco", eu disse, me rendendo. "E P.S.", acrescentei, meus pensamentos voltando para a garota de maiô, "qual gatinha de respeito casa com uma coruja burra?"

"Minnehaha, Água Risonha", Ameer disse, continuando na direção de seus pensamentos. "Então *haha* deve ser risonha, o que quer dizer que *Minne* é água. Então, Mickey o que é?"

"Mickey", meu pai disse, sério, "é um rato."

O filósofo Aristóteles desdenhava a mitologia. Mitos não passam de histórias fantasiosas, pelo menos na opinião dele, não contendo nenhuma verdade válida sobre nossas naturezas ou meio ambiente. Só por intermédio da razão, ele dizia, os homens podem entender a si mesmos e dominar o mundo em que vivem. Por causa dessa posição Aristóteles tinha, na minha infância, algum apoio das minorias locais. "O verdadeiro milagre da razão", sir Darius Xerxes Cama disse uma vez (na verdade, vezes demais), "é a vitória da razão sobre o miraculoso." A maioria das outras cabeças importantes, devo confessar, discordava. Lady Spenta Cama, por exemplo, para quem o miraculoso tinha, havia muito, suplantado o cotidiano como norma, e que sem seus anjos e demônios ficaria completamente perdida na selva trágica do dia-a-dia.

Também enfileirado contra Aristóteles e sir Darius esteve Giovanni Battista Vico (1688-1744). Para Vico, assim como para muitos teóricos da infância em nossos dias, os primeiros anos eram cruciais. Os temas e dramas de nossos primeiros momentos determinavam o padrão de tudo o que viria depois. Para Vico, a mitologia é o álbum de família ou o repositório da infância de uma cultura, contendo o futuro dessa sociedade, codificado em histórias que são ao mesmo tempo poemas e oráculos. O drama particular da desaparecida Villa Thracia colore e profetiza nossa maneira subseqüente de viver no mundo.

"Fique longe dessa menina", Ameer Merchant disse, mas, uma vez que a dinâmica inexorável do mito foi posta em marcha, tentar detê-la é como tentar afastar abelha de meleiro, bandido de dinheiro, político de bebê, e filósofo de talvez. Vina tinha me fisgado e a conseqüência disso seria a história de minha vida. "Ovelha negra", Ameer dizia dela, "maçã podre", também. E então, encharcada e ferida, ela chegou à nossa porta no meio da noite, implorando para entrar.

Apenas sete dias depois de nossa experiência em Juhu, às seis horas da tarde, começaram a chover, do céu claro, gotas quentes, gordas. Chuva pesada, cuja temperatura nada fazia para refrescar a onda de calor de máxima umidade. E quando a chuva aumentou, aumentou também, numa esquisitice da natureza, a temperatura, de forma que a água, caindo, evaporava antes de tocar o chão e virava neblina. Úmida e branca, o mais raro dos fenômenos meteorológicos de Bombaim, a neblina rolou pela Back Bay. Os cidadãos que passeavam na Parade, acostumados a "tomar a brisa", fugiram em busca de abrigo. A neblina obliterava a cidade; o mundo era uma folha em branco, esperando ser escrita. V. V., Ameer e eu ficamos em casa, agarrados às nossas mãos de pôquer, e na brancura bizarra nossas apostas foram ficando extremas, arriscadas, como se intuíssemos que o momento exigia gestos extravagantes de todos nós. Meu pai perdeu mais fósforos do que sempre, e mais depressa. Caiu uma noite branca.

Fomos para nossas camas, mas ninguém conseguiu dormir. Quando Ameer veio me dar um beijo de boa-noite, eu disse, "Estou achando que vai acontecer alguma coisa". Ameer sacudiu a cabeça: "Sei".

Mais tarde, depois da meia-noite, foi Ameer quem ouviu primeiro o barulho lá fora, os passos e batidas, como se houvesse um animal solto na varanda da frente, seguidos de um ofegar lacrimoso e exausto.

Ela se sentou na cama e disse, "Parece que o que Umeed estava esperando aconteceu afinal".

Quando chegamos à varanda, a menina tinha desmaiado nas pranchas do soalho. Estava com um olho preto e os braços cheios de cortes, alguns profundos. Serpentes brilhantes de cabelo se enrolavam no piso de madeira da varanda. Medusa. Passou pela minha cabeça que só devíamos olhar para o rosto dela refletido num escudo polido, para não sermos transformados em pedra. A camiseta branca e a calça jeans que usava estavam imundas. Não pude deixar de olhar o contorno dos mamilos grossos. Estava respirando muito depressa, pesado demais, e gemia ao respirar. "É ela", eu disse, bestamente.

"E não temos escolha", minha mãe disse. "O que será, será."

Seca, aquecida, enfaixada, e comendo mingau quente numa tigela, com uma toalha enrolada na cabeça como uma coroa de faraó, a menina reinava na cama de meus pais, e nós três Merchant parados na frente dela como membros da corte; como ursos. "Ele tentou me matar", ela disse. "Piloo, o covarde. Me atacou. Então eu fugi." A voz dela falhou. "Bom, ele me expulsou", ela disse. "Mas eu não quero voltar mesmo; aconteça o que acontecer." E Ameer, que tinha me mandado evitá-la, disse feroz: "Voltar? De jeito nenhum. Nissa Doodhwala, você vai ficar quietinha aqui". Afirmação que foi recompensada com um sorriso hesitante, embora ainda desconfiado.

"Não me chame pelo nome daquele desgraçado, tá bom?", disse a menina. "Saí de lá sem nada. Agora vou escolher o meu nome."

E minutos depois: *Vina Apsara. Esse é o meu nome.*

Minha mãe a acalmou, tranqüilizou-a — "Claro, Vina, tudo bem, meu bem, o que você quiser" — e investigou: o que havia provocado um ataque tão violento? Vina trancou a cara, como um livro que se fecha. Mas na manhã seguinte a resposta chegou a nossa porta, tocando ansiosamente a campainha: Ormus Cama, belo e perigoso como um sol que retorna, aos dezenove anos, com uma "reputação". Em busca do fruto proibido.

Era o começo do fim dos meus dias de alegria, passados com aquelas divindades trácias, meus pais, entre lendas do passado da cidade e visões de seu futuro. Depois de uma infância sendo amado, acreditando na segurança de nosso pequeno mundo, as coisas começaram a despencar para mim, meus pais começaram a brigar horrivelmente e morreram antes da hora. Fugindo dessa temível desintegração, voltei-me para minha própria vida, e aí também encontrei amor; mas essa existência também chegou a um fim prematuro. Depois, por um longo tempo havia apenas eu e minha dolorosa memória.

Agora existe, finalmente, um novo florescimento de felicidade em minha vida. (Isso também será contado em seu devido momento.) Talvez por isso eu consiga encarar o horror do passado. É difícil falar da beleza do mundo quando se perdeu a visão, é uma angústia cantar loas à música quando seus tímpanos se romperam. É duro também escrever sobre amor, ainda mais duro escrever com amor, quando se tem o coração partido. O que não é desculpa; acontece com todo mundo. A gente só precisa superar, sempre superar. Dor e perda são "normais" também. Coração partido é o que existe.

4
A INVENÇÃO DA MÚSICA

Embora Ormus Cama, nosso herói absurdamente bonito e inacreditavelmente dotado, tenha acabado de voltar ao centro de meu palco — um pouco tarde demais para fornecer pronta consolação à jovem cujo sofrimento é em grande parte culpa dele! —, devo interromper brevemente o ônibus fugidio de minha narrativa, de forma a poder ajudar o leitor a melhor compreender como as coisas chegaram a um ponto tão lamentável. Portanto, levo-os de volta ao pai de Ormus, sir Darius Xerxes Cama, agora nos seus sessenta anos, reclinado num sofá de couro Chesterfield de estilo britânico, com encosto cheio de botões, em sua biblioteca de Apollo Bunder; de olhos fechados, um copo de cristal lapidado e uma garrafa de uísque ao lado, ele está sonhando.

Sempre que sonhava, ele sonhava com a Inglaterra: a Inglaterra como uma mansão palladiana branca e pura, pousada no alto de uma montanha à margem de um rio prateado e serpenteante, com um elegante jardim de brilhantes gramados verdes circundados por antigos carvalhos e olmos, e a clássica geometria de canteiros de flores orquestrados por mestres jardineiros invisíveis para compor uma sinfonia de cores das quatro estações. Cortinas brancas infladas pelo vento nas altas janelas da ala do jardim-de-inverno da grande casa. No sono, sir Darius era de novo um menino de calças curtas, e a mansão era um ímã que o atraía pelos gramados perfeitos, passando pelos arbustos topiários e pela fonte ornamental pululando de figuras das antigas Grécia e Roma, deuses hirsutos, voluptuosos, heróis nus com suas espadas em riste, serpentes, mulheres raptadas, cabeças decepadas, centauros. As cortinas se enroscavam nele, mas ele se libertava, pois em algum lugar dessa casa, à sua espera, penteando os longos cabelos e cantando uma doce canção, estava sua mãe, que ele havia perdido fazia tanto tempo, que pranteava todo dia, e a cujo seio seu ser sonhante retornava a toda a pressa.

Ele não conseguia encontrá-la. Procurava em vão pela casa, deslizando pela grandeza labiríntica de salões anacrônicos — *boudoirs* de miladies assassinas da Restauração que escondiam adagas e venenos em cavidades secretas detrás dos painéis de flor-de-lis; e escritórios barrocos onde dignitários de peruca com lenços perfumados um dia distribuíram patrocínio e generosidade a seus malcheirosos e genuflexos *protégés*; e onde conspirações de Estado eram também ciciadas por grandes homens nos ouvidos de assassinos e ladrões; e grandiosas escadarias *Jugendstil* acarpetadas pelas quais se atiravam princesas traídas em crises de solitário desespero; e câmaras estreladas medievais onde a justiça sumária antigamente era aplicada debaixo das impressões artísticas de galáxias rodopiantes e sóis moribundos — até que ele cambaleava para um pátio interno da casa branca, onde, num extremo de uma piscina de água fria e negra, havia a figura nua e vendada de uma mulher, os braços abertos, como se estivesse pronta para mergulhar. Mas ela não mergulhava. As palmas de suas mãos voltavam-se, convidativas, para ele, e ele não resistia, não era mais um menino de calças curtas, mas um homem cheio de desejo; corria para ela, mesmo sabendo que o escândalo iria destruí-lo. Sonhando, ele intuía que o sonho falava de alguma coisa enterrada em seu passado, enterrada tão profundamente que ele próprio tinha esquecido o que era.

"Sim, venha a mim", sussurrava Escândalo, envolvendo-o em seus braços, "meu querido, meu favorito servidor da Mentira."

Quando despertou, e a lembrança do nu de olhos vendados da piscina desbotou para o limbo de coisas semilembradas e incertas, e o uísque soltou sua língua, sir Darius Xerxes Cama monologou diligentemente sobre as casas de campo da velha Inglaterra — Boot Magna, Castle Howard, Blandings, Chequers, Brideshead, Cliveden, Styles. Ao envelhecer, brutalizado pela bebida, certas fronteiras foram se borrando em sua memória, e hoje ele só fazia uma vaga distinção entre Toad Hall e Blenheim Palace, Longleat e Gormenghast. Sua nostalgia se aplicava igualmente às casas sonhadas em sua ficção e aos verdadeiros locais campestres dos "sangue-azul", primeiros-ministros e ricos arrivistas como o clã dos Astor. Reais ou imaginários, esses portentosos edifícios representavam para sir Darius a melhor aproximação do Paraíso terreno que a imaginação e a habilidade humanas podiam criar. Ele falava com freqüência cada vez maior em mudar permanentemente a família para a Inglaterra. No décimo nono aniversário de Ormus Cama, seu pai lhe deu o primeiro volume da *História dos povos de língua inglesa*, de sir Winston Churchill. "Não contente de vencer a guerra", sir Darius disse, sacudindo a cabeça, cheio de admiração, "o velho buldogue foi e conquistou o Prêmio Nobel de Literatura também. Não é de admirar que seja chamado de Winnie. A juventude inglesa tem nele um exemplo, e procura seguir seus passos. Conseqüentemente, esperam-se grandes coisas da geração mais jovem da Inglaterra. Nossa juventude, num triste contraste", disse, olhando reprovadoramente para Ormus, "está em estado de avançada decadência. Velhas virtudes — servir a comunidade, disciplinar a personalidade, memorizar poesias, dominar armas de fogo, descobrir o prazer da falcoaria, da dança formal, da construção do caráter por meio do esporte — essas coisas perderam o sentido. Só na terra-mãe podem ser redescobertas."

"Na capa deste livro o rei da Inglaterra está com uma flecha fincada no olho", Ormus indicou. "Acho que arco e flecha não são especialidade da raça buldogue."

Sir Darius, como era de se prever, sentiu-se provocado, e teria proferido mais uma tirada se lady Spenta não acrescentasse, impávida: "Se você está sonhando de novo em mudar para Londres, fique sabendo que pessoalmente eu jamais consentirei com a transferência". O que acabou não sendo verdade, como todas as profecias.

Ormus Cama retirou-se. Abandonando os pais a seus antigos rituais de discordância, ele vagou pela espalhado apartamento de Apollo Bunder. Enquanto estava no campo de visão de sir Darius, seus movimentos eram exageradamente adolescentes, isto é, indolentes e irrequietos, a própria imagem do jovem parse decadente. Assim que se via fora da vista do pai, porém, ocorria notável transformação. Não esquecer que Ormus, um cantor nato, não abria a boca desde a noite em que quase foi sufocado na cama por seu irmão mais velho, Cyrus; e um estranho que o visse então poderia facilmente concluir que toda a música não cantada em seus anos de silêncio havia se acumulado dentro dele, provocando agudo desconforto, até agonia; e que as melodias represadas estavam realmente tentando explodir para fora de seu corpo à medida que andava.

Ah, como ele se balançava e requebrava!

Se eu disser que Ormus Cama era o maior de todos os cantores populares, aquele cujo gênio superou todos os outros, que nunca foi atingido pelos detratores, tenho certeza de que até meu leitor mais resistente vai logo concordar. Ele era um mago musical cujas melodias podiam fazer as ruas da cidade começar a dançar e os edifícios altos balançar no ritmo, um trovador de ouro cujas letras cheias de ritmada poesia podiam escancarar os portões do próprio Inferno; ele encarnava o cantor e compositor enquanto xamã e porta-voz, e se transformou no desbobo desconsagrado de sua época. Mas em sua própria opinião era mais que isso; pois dizia ser nada menos que o criador secreto, o inovador primordial da música que corre em nosso sangue, que nos possui e nos move, onde quer que estejamos, a música que fala a língua secreta de toda a humanidade, nossa herança comum, seja qual for a língua que falemos, seja qual for a primeira dança que aprendamos a dançar.

Desde o começo ele afirmou que estava literalmente anos à frente de seu tempo.

No momento de que estou falando agora, a borboleta ainda estava na crisálida, o oráculo ainda não encontrara sua voz. E se menciono, como é preciso, a rotação de seus quadris ao se deslocar pelo apartamento de Apollo Bunder, e a explicitude cada vez maior com que oscilava a pélvis e movimentava os braços de dervixe; se me detenho na curvatura bebê-cruel de seu lábio superior, ou nos cabelos pretos, fartos, que caíam em ondas sensuais em volta de sua testa, ou nas costeletas saídas de um melodrama vitoriano — se, acima de tudo, tento reproduzir os poucos sons estranhos que conseguia produzir, aqueles *unnhhs, uhh-hhhs*, aqueles *ohhs*, então você, estranho, poderá com toda razão dispensá-lo como um mero eco, apenas mais um daquela legião de imitadores que primeiro louvaram, depois tornaram grotesca, a fama de um jovem motorista de caminhão de Tupelo, Miss., nascido num casebre com um gêmeo morto a seu lado.

Não vou negar que um dia, no começo de 1956, uma garota chamada Persis Kalamanja — que lady Spenta Cama esperava casar com Ormus; de fato, lady Spenta, naqueles dias, estava negociando ativa e urgentemente o citado casamento com *père et mère* Kalamanja — levou Ormus Cama para a loja Rhythm Center em Fort, Bombaim, aquela falsa arca do tesouro cheia de cantigas antiquadas dos *moonsters, junesters* e *croonsters* de topete, que só ocasionalmente entrava na posse de alguma jóia verdadeira, talvez provinda de algum marinheiro de licença de um barco norte-americano atracado no porto. Ali, numa cabine de som, esperando impressionar seu pretenso futuro marido com sua astúcia cultural (pois Persis estava bem animada com a idéia do enlace; Ormus, como talvez eu tenha mencionado antes, e sem dúvida terei ocasião de repetir, era um sujeito bonitão, quase irresistível), a dedicada Persis tocou para Ormus um disco de 78 r.p.m. novo, mas quase chiado, e para sua profunda, mesmo que pouco duradoura satisfação, viu os olhos do jovem se arregalarem no que podia ser terror ou amor, igualzinho a qualquer outro adolescente que ouvisse a voz de Jesse Garon Parker cantando *Heartbreak Hotel* [Hotel Dor-de-Cotovelo], o som do próprio sofrimento desarticulado, da própria fome, isolamento e sonhos.

Mas Ormus não era um adolescente comum. O que Persis entendeu erroneamente como deslumbramento era na verdade uma onda de raiva, um ódio incontrolável se espalhando dentro dele como a peste. Na metade da canção, explodiu. "Quem é ele?", Ormus Cama gritou. "Como é o nome desse ladrão desgraçado?"

Saiu depressa da cabine, como se achasse que ia agarrar o cantor pelo colarinho da camisa. Na frente dele, uma garota alta, divertida, de talvez doze ou treze anos de idade, porém mais sofisticada que os dois juntos, num blusão solto que declarava sua filiação a certos Giants sem nome de Nova York. "Ladrão?", ela perguntou. "Já vi ele ser chamado de uma porção de coisas, mas essa é nova para mim."

Circulam muitas versões diferentes desse primeiro encontro de Vina Apsara e Ormus Cama, graças às nuvens de mitologização, regurgitação, falsificação e desmerecimento que vêm cercando a história deles há anos: dependendo do jornal que você lê, poderá ter ouvido dizer que ele se transformou num touro branco e a levou embora nas costas enquanto ela, trinando alegremente, agarrava com erótica satisfação seus chifres longos, curvos, brilhantes; ou que ela era na verdade uma alienígena de uma galáxia muito distante que, tendo identificado Ormus como o espécime masculino mais perfeitamente desejável do planeta, desceu num raio bem na frente dele no Portal da Índia, trazendo uma flor do espaço na mão. O encontro no Rhythm Center é descartado como "apócrifo" por muitos comentadores; construído demais, eles renegam, banal demais, e que história é *essa* de ele ter composto a canção? Além disso, acrescentam esses cínicos, se você quiser mais provas de que essa história é falsa, escute só uma coisa. O caso todo simplesmente não faz sentido nenhum a menos que você aceite que Ormus Cama, o cabeludo Ormus, de costeletas e pélvis balouçante, nunca ouvira antes o então rei do rock'n'roll. "Isso foi, ao que parece, em 1956", caçoam os críticos. "Em 1956, até o papa já tinha ouvido Jesse Parker. Até são Jorge na lua."

Em Bombaim, naquela época, porém, a tecnologia de comunicações ainda estava na infância. Não havia televisão, e os rádios eram aparelhos volumosos sob estrito controle familiar. Além disso, a companhia transmissora estatal, All India Radio, estava proibida de tocar música popular ocidental, e os únicos discos ocidentais prensados na Índia, na fábrica Dum Dum, em Calcutá, tendiam a ser coletâneas de Placido Lanza, ou a trilha sonora do filme da MGM *O pequeno polegar*. A mídia impressa era igualmente provinciana. Não me lembro de ter visto uma única fotografia das estrelas cantoras norte-americanas em nenhuma revista de entretenimento local, muito menos nos jornais diários. Claro que havia as revistas norte-americanas importadas, e Ormus podia ter visto as fotos de Jesse Parker (talvez ao lado da figura sinistra do "Coronel" Tom Presley, seu agente) na *Photoplay*, ou na *Movie Screen*. Era também o ano de *Treat Me Tender* [Trate-me com ternura], o primeiro filme de Jesse, que passou no cinema New Empire, liberado só para adultos. Porém, Ormus Cama sempre insistiu que não tinha ouvido Parker nem visto sua foto até aquele dia na loja do Rhythm Center; ele sempre afirmou que seu gêmeo morto, Gayomart, era seu único guru de estilo — Gayomart, que, ao que parece, vinha-lhe em sonhos.

Portanto, fico com a minha anedota da loja de discos, quanto mais não seja porque a ouvi repetida por Ormus e Vina centenas de vezes durante os anos de seu maior amor, demorando carinhosamente aqui ou ali, na cabine ou fora dela, uma vez em uma parte da história, outra vez em outra. Todo casal apaixonado adora a história de seu encontro, e Ormus e Vina não constituíam exceção. No entanto, como eram — isso tem de ser dito — consumados mitologizadores de si mesmos, a história que contavam era inexata em um detalhe especial: miss Persis Kalamanja foi inteiramente omitida das lembranças deles. Trata-se de uma injustiça que eu agora posso corrigir. Chamo a pobre miss K. como minha testemunha.

A pobre Persis, que já havia perdido seu coração amoroso para Ormus Cama, perdeu ainda muito mais naquele dia na loja do Rhythm Center. Perdeu o próprio Ormus, e com ele todo seu futuro. No momento em que ele se viu frente a frente com Vina, estava tudo acabado para Persis, isso ela entendeu na hora. Vina e Ormus não tinham nem se tocado, não sabiam o nome um do outro, mas seus olhos já estavam fazendo amor. Quando Ormus dispensou Persis, ela descobriu como um ser humano pode acreditar em duas coisas contraditórias ao mesmo tempo. Durante muito tempo, acreditou que ele voltaria para ela, com toda a certeza, assim que percebesse como era verdadeiro o amor que desprezara, mais verdadeiro que qualquer coisa que aquela criança devolvida pela América poderia lhe dar; e, ao mesmo tempo, sabia que ele nunca voltaria. Essas duas proposições, de força igual e oposta, paralisavam-na, e ela nunca se casou, nem deixou de amá-lo até o fim, quando, depois de esgotado o ciclo de catástrofes, recebi sua carta. A pobre Persis, ainda em poder de Ormus mesmo quando ele não mais vivia, abriu seu coração para mim, com uma caligrafia elegante, madura, que demonstrava seu forte caráter. E, no entanto, até mesmo essa mulher impressionante não conseguiu escapar da força de Ormus Cama, de sua capacidade de despertar desejo, de sua voltagem, seu charme, sua crueldade displicente, sua vida. Ele a dobrou e esqueceu. Eles faziam isso com as pessoas, os dois, Vina também, como se a vastidão de seu amor os eximisse das decências comuns, da responsabilidade, da atenção. Vina fez isso comigo. O que não me libertou, tampouco.

"A pior coisa", Persis escreveu, "é que ele me apagou do quadro, como se eu não tivesse estado ali, como se nunca tivesse existido, como se não tivesse sido eu quem o levou lá aquele dia, principiando tudo." Tentei, em minha resposta, consolá-la o melhor possível. Ela não era, de forma nenhuma, a única parte da história que Vina e Ormus tentavam apagar. Para grande parte de sua vida pública, eles tentavam esconder suas origens, descascando o passado, e Persis foi jogada fora junto com o resto; não era, pode-se dizer, nada pessoal. Foi isso que eu disse a Persis, pensando comigo que no caso dela podia de fato ser uma coisa bem pessoal. Às vezes, penso em Ormus e Vina como devotos no altar de seu próprio amor, de que falavam na mais elevada linguagem. Nunca houve amantes assim, nunca sentimentos tão profundos, tão magníficos foram sentidos por qualquer mortal... A presença de uma outra mulher no encontro de tais *amants* divinos era um detalhe que as divindades preferiam encobrir.

Mas Persis existia; ainda existe. Ormus e Vina já se foram, e Persis, como eu, é uma parte daquilo que fica.

Na loja de discos, enquanto os olhos de Ormus e Vina faziam amor, Persis tentava defender seu território. "Escute aqui, isca de cadeia", ela sibilou, "você não tinha de estar no jardim-da-infância?"

"O jardim-da-infância fechou, vovó", Vina disse. E virou as costas para a herdeira Kalamanja, inundando Ormus Cama na cascata de seu líquido olhar. Distante, como um sonâmbulo, ele respondeu à pergunta. "Chamei de ladrão porque é o que ele é. Essa música é minha. Eu compus faz anos. Dois anos, oito meses e vinte e oito dias, se você quer saber."

"Ah, o que é isso, Ormie?", Persis Kalamanja insistiu. "Esse disco saiu faz só um mês, e foi na América. Aqui, acabou de desembarcar." Mas Vina tinha começado a cantarolar outra melodia; e os olhos de Ormus cintilaram de novo. "Como é que você conhece essa música?", ele perguntou. "Como alguém pode ter cantado para você uma coisa que só existe na minha cabeça?"

"Vai ver que escreveu esta aqui também", Vina desafiou, começando a cantar um pedaço de uma terceira melodia. "E esta, e esta."

"É, todas essas", ele respondeu, sério. "A música, eu digo. E o som das vogais. Essas palavras tortas podem ser de outra pessoa — uma música sobre *sapato azul*? Que *bakvaas*, juro! — mas o som das vogais é meu."

"Quando se casar comigo, mr. Ormus Cama", disse Persis Kalamanja em voz alta, agarrando com força o braço dele, "vai ter de se comportar bem melhor do que agora." Censura que só conseguiu fazer o objeto de seu afeto rir: alegremente, na cara dela. Chorando, derrotada, Persis fugiu do cenário de sua humilhação. O processo de removê-la da loja de discos começara.

Desde o começo, Vina aceitou sem questionar o status profético de Ormus. Ele dizia ser o verdadeiro autor de algumas das canções mais celebradas da época, e fazia isso com uma intensidade tão descontrolada que ela sentiu não ter opção senão acreditar. "Ou isso", contou-me, anos mais tarde, "ou ele era um louco perigoso, e do jeito que eu estava me sentindo com a vida em Bombaim, do jeito que as coisas andavam para mim nas garras do velho tio Piloo, um namorado louco estava muito bom." Depois que Persis fugiu, ficou uma breve estranheza pairando no ar; e então, para prender o interesse do homem a quem ela já havia, secretamente, juntado sua vida, Vina perguntou se ele sabia a história da invenção da música.

Era uma vez uma serpente alada, Quetzalcoatl, que governava os ares e as águas, enquanto o deus da guerra dominava a terra. Sua época era rica, cheia de batalhas e exercício de poder, mas não havia música, e os dois ansiavam por uma melodia decente. O deus da guerra não podia mudar a situação, mas a serpente podia. Ela foi voando até a casa do sol, que era a morada da música. Passou por uma porção de planetas, e em cada um deles ouviu sons musicais, mas não conseguiu encontrar músicos. Finalmente, chegou à casa do sol, onde moravam os músicos. A raiva que o sol sentiu da invasão da serpente foi uma coisa terrível de se ver, mas Quetzalcoatl não teve medo e desencadeou as fortes tempestades que eram sua especialidade. Os temporais foram tão furiosos que até mesmo a casa do sol começou a tremer, e os músicos ficaram com medo e fugiram em todas as direções. Alguns deles caíram na terra e assim, graças à serpente alada, temos música.

"De onde vem essa história?", Ormus perguntou. Estava fisgado.

"Do México", Vina disse. Ela foi até ele e audaciosamente pegou sua mão. "E eu sou a serpente alada, e esta é a casa do sol, e você, você é a música."

Ormus Cama olhou a própria mão na mão dela e sentiu alguma coisa sair dele, uma sombra, talvez, de um travesseiro com o qual, muito tempo antes, seu irmão tinha sufocado sua voz.

"Você gostaria", ele perguntou, surpreendendo a si mesmo com a pergunta, "talvez, um dia, logo, de me ouvir cantar?"

O que é uma "cultura"? Descubra. "Um grupo de microrganismos que crescem numa substância nutriente em condições controladas." Um monte de germes se retorcendo numa lâmina de vidro é tudo, um experimento laboratorial que se auto-intitula sociedade. A maioria de nós rebola para se contentar com a vida naquela lâmina; concordamos até em nos orgulhar dessa "cultura", como escravos votando pela escravidão, ou cérebros pela lobotomia, nós nos ajoelhamos diante do deus de todos os imbecis microrganismos e rezamos para ser homogeneizados ou mortos ou usados pela engenharia genética; prometemos obedecer. Mas se Vina e Ormus eram bactérias, eram também um par de bichos que não aceitava a vida passivamente. Um jeito de entender a história deles é pensar nela como um relato da criação de duas identidades feitas sob medida para os próprios usuários. O resto de nós pega a própria personalidade do cabide, nossa religião, linguagem, preconceitos, comportamento, tudo; mas Vina e Ormus insistiam no que se poderia chamar de *auto-couture*.

E a música, a música popular, era a chave que abria a porta para eles, a porta de terras mágicas.

Na Índia fala-se muito que a música de que estou falando é exatamente um daqueles vírus com que o Ocidente todo-poderoso infectou o Oriente, uma das armas do imperialismo cultural, contra a qual todas as pessoas com alguma coisa na cabeça têm de lutar sempre e sempre. Então por que entoar loas a um traidor cultural como Ormus Cama, que traiu suas raízes e passou toda sua patética vida derramando o lixo da

América nos ouvidos de nossos filhos? Por que elevar tão alto uma cultura tão baixa e glorificar o que é inferior? Por que defender a impureza, esse vício, como se fosse uma virtude?

São esses os nocivos escorregões dos microrganismos escravizados, retrocedendo e sibilando para proteger a inviolabilidade de sua pátria sagrada, a lâmina de vidro do laboratório.

Por isso é que Ormus e Vina sempre afirmaram, sem hesitar nem um momento, que o gênio de Ormus Cama não emergiu como reação a, ou como imitação da América; que suas primeiras músicas, aquelas que ele ouvia dentro da cabeça durante os anos mudos da infância, não eram do Ocidente, a não ser no sentido de que o Ocidente se achava em Bombaim desde o começo, a impura velha Bombaim onde Ocidente, Oriente, Norte e Sul sempre se embaralharam numa coisa só, como códigos, como ovos mexidos, e portanto a ocidentalidade era parte legítima de Ormus, a parte de Bombaim, inseparável do resto dele.

Era uma proposição incrível: que a música vinha para Ormus antes mesmo de chegar ao estúdio da Sun Records, ou ao Brill Building, ou ao Cavern Club. Que ele era o primeiro a ouvi-la. A música de rock, a música da cidade, do presente, que atravessava todas as fronteiras, que pertencia igualmente a todo mundo — mas à minha geração mais do que a todos, porque ela surgira quando éramos crianças, passara a adolescência na nossa adolescência, e ficara adulta quando nós ficamos, ficando barriguda e careca junto conosco: essa era a música que pretensamente se revelava primeiro a um menino parse indiano chamado Ormus Cama, que ouvia todas as canções antes, dois anos, oito meses e vinte e oito dias antes de qualquer um. Portanto, de acordo com a variante da história adotada por Ormus e Vina, de acordo com a realidade alternativa deles, nós, bombainitas, podemos afirmar que essa música era, na verdade, nossa, nascida em Bombaim, como Ormus e eu, não "coisas do estrangeiro", mas produto da Índia, e talvez os estrangeiros é que a tivessem roubado de nós.

Dois anos, oito meses e vinte e oito dias, por sinal, somam (exceto num ano bissexto) mil e uma noites. Mas 1956 era um ano bissexto. Vá procurar. Esse tipo de paralelo sobrenatural nem sempre funciona.

Como podia acontecer uma coisa dessas?

Temos de esperar um pouco mais pela resposta, até Ormus Cama voltar para casa, depois da loja de discos, tonto de alegria (por causa de seu encontro com aquela ninfeta menor de idade, Vina Apsara) e horror (pela descoberta do "roubo" de sua música secreta por Jesse Parker, Jack Haley's Meteors e diversos outros ianques de topete, estalando os dedos). A resposta não seria dada antes de Ormus se encontrar com sua inquisitiva e casamenteira mãe, ansiosa por saber como foram as coisas com "a querida Persis, uma moça tão boa, com tantas qualidades, tão atenciosa, tão bem-educada, ótimas notas no *Matric and Senior* de admissão a Cambridge, e bem bonita até, não acha, Ormus, meu querido", elogios um tanto perfunctórios aos quais ele responde com um mero encolher de ombros. Depois, ele tem de atravessar preguiçosamente a sala de jantar, passar pelo decrépito empregado que finge polir o candelabro de prata do bufê, Gieve, o cleptomaníaco criado-chefe que seu pai herdou de William Methwold quando ele foi embora, e que agora tem o título de "mordomo", graças ao carinho de sir Darius pelo imortal Beach de lord Emsworth, e que muito, muito lentamente está, há anos, roubando a prataria da família. (Os desaparecimentos foram tão mesquinhos e raros que lady Spenta, orientada pelo Anjo Bons Pensamentos a não dizer nada a respeito do Anjo Cega Burrice, atribuiu-os a seu próprio descuido. Quase nada restou além desse candelabro, e embora Ormus conheça muito bem a identidade do ladrão, nunca o mencionou aos pais, devido a seu altivo desdém pelas posses materiais.) E — finalmente! — Ormus tem, tem, sim, de entrar em seu quarto, deitar-se na cama, olhar para o lento ventilador de teto e deslizar — agora! — para a divagação. Cai uma sombra. É a fabulosa "Cama obscura", a maldição da interiorização de sua família, que ele e só ele aprendeu a domar, a transformar em um dom.

Ele aplica um truque na própria mente. Ao olhar para o ventilador, pode "fazer" o quarto virar de cabeça para baixo, de forma que parece estar deitado no teto olhando o ventilador lá embaixo como uma flor metálica que cresce do chão. Então, muda a proporção das coisas, de forma que o ventilador pareça gigantesco, e ele possa se imaginar sentado debaixo dele. Onde? (Olhos fechados. A marca roxa de nascença sobre a pálpebra esquerda parecendo pulsar e vibrar.) É um oásis nas areias e ele está deitado à sombra de uma alta tamareira, cuja fronde balança devagar na brisa morna. Então, por força de um sonho mais profundo, ele povoa o teto do deserto; grandes aviões pousam na pista do trilho da cortina, e toda a ruidosa miscelânea de uma metrópole mágica se despeja deles, ruas, altos edifícios, táxis, policiais armados, gângsteres, bobocas, pianistas com cigarros dependurados da boca, compondo músicas para as mulheres de outros homens, jogos de pôquer, grandes salões com *showmen* famosos, rodas da fortuna, lenhadores torrando dinheiro, prostitutas economizando para comprar aquela lojinha de roupas na cidade natal.

Não está mais em um oásis, mas numa cidade de luzes coruscantes, de pé diante de um prédio que pode ser um teatro ou um cassino ou algum outro templo secular de prazeres. Ele entra e imediatamente sabe quem está procurando. Pode ouvir seu irmão, cuja voz soa fraca e não muito distante. Seu gêmeo morto canta para ele, mas ele não consegue entender a canção. "Gayomart, aonde você vai?", Ormus grita. "Gayo, estou chegando, me espere."

O lugar está cheio de pessoas, todas apressadas demais, gastando dinheiro demais, beijando-se lubricamente demais, comendo depressa demais, de forma que molhos e ketchup escorrem pelos queixos, engalfinhando-se em brigas por nada, rindo alto demais, chorando forte demais. Num canto da sala, uma gigantesca tela prateada banha o salão com luz cintilante. De quando em quando, as pessoas na sala olham amorosamente para a tela, como se olhassem um deus, mas depois sacodem a cabeça, lamentando, e continuam farreando, o que é estranhamente melancólico. Todo mundo tem um ar de incompletude, como se não estivesse inteiramente pronto. Há soldados gabando os próprios feitos às noivas. Há uma loira com um fabuloso decote chapinhando numa fonte com um vestido de noite. Num canto, a Morte joga xadrez com um cavaleiro que volta das Cruzadas, e em outro canto um samurai japonês coça desesperadamente uma coceira que não consegue alcançar. Fora, na rua, uma linda mulher de cabelo loiro curto vende exemplares do jornal *Herald Tribune.*

Como uma sombra escura separada de seu dono, Gayomart Cama desliza pelo meio desse ajuntamento de sombras luminosas, cantando sua canção esquiva. Ormus, atrás dele, leva um empurrão e seu caminho é barrado por um policial careca que chupa um pirulito, dois absurdos palhaços indianos que falam em rimas, e um chefe de gangue do submundo com enchimento de algodão nas bochechas. Os olhos deles se detêm brevemente sobre ele, interrogando-o ferozmente. *É você?*, parecem perguntar. *É você que vai nos salvar deste lugar hediondo, este limbo, e vai nos dar a chave da tela prateada?* Mas entendem na mesma hora que ele lhes é inútil, que não é ele o tal, e voltam a suas danças de zumbis.

Gayomart desliza por uma porta no extremo dessa primeira câmara, e Ormus luta para segui-lo. A perseguição continua, descendo por escadarias cada vez menos grandiosas, atravessando salões cada vez mais escuros. Menos glamouroso que o salão de personagens de cinema e televisão ainda não criados é o salão dos papéis teatrais não feitos, e ainda mais cafona é a câmara parlamentar de futuras traições, e o bar dos livros não inventados, e a viela dos crimes não cometidos, até que finalmente há apenas uma série de estreitos degraus de ferro descendo para o escuro de piche, e Ormus sabe que seu irmão gêmeo está lá embaixo, esperando, mas tem medo de descer.

Sentado no degrau superior de seu mundo de sonho, olhando o escuro, a mancha roxa da pálpebra refulgindo com o esforço de encontrar o irmão perdido, o seu eu-sombra, que está lá embaixo, em algum ponto do escuro, Ormus Cama escuta Gayo cantando suas canções. Gayo tem uma bela voz de cantor — ótima, mesmo. Afinação perfeita, imenso alcance vocal, controle sem esforço, modulação de um perito. Mas estava longe demais; Ormus não conseguia entender as palavras. Só o som das vogais.

O ruído sem sentido. Absurdo.

Eck, eck ai ay-i eck i, ack-ai-ack er ay u eck, ai uck er ou oh-i i, u... ah-ay oh-eck...

Dois anos, oito meses e vinte e oito dias depois ele saiu de uma cabine de audição em Bombaim, depois de ter ouvido os mesmos sons saindo da garganta do novo fenômeno norte-americano, a primeira estrela rutilante da nova música, e em sua confusão reviu na mente as expressões das sombras que vira em seu sonho do submundo, a melancolia e o desespero de proto-entidades ansiando por nascer, temendo que o seu grande dia nunca chegaria; e entendeu que seu próprio rosto tinha a mesma expressão, pois o mesmo terror lhe rasgava o coração, *alguém estava roubando o seu lugar na história*, e a esse ar de medo nu é que Vina reagira ao pegar sua trêmula mão de dezenove anos, apertando-a com força entre as próprias palmas precoces.

Acredito nisso. Sou o homem menos inclinado para o sobrenatural, mas nessa história não tenho como não acreditar.

Três pessoas — duas vivas, uma morta, quer dizer, o irmão fantasma, Gayomart, a amante dele, Vina, e seu pai, sir Darius Xerxes Cama — foram seriamente responsáveis por fazer o dia de Ormus acabar chegando. Nos traços curvos dos lábios de Gayo ele modelou seu ríctus sensualista; e as esquivas canções de Gayo, aquelas melodias diabólicas que brotavam da escuridão satânica, passaram a ser de Ormus. Em

Gayo, Ormus encontrou o irmão em quem sonhava se metamorfosear, o eu escuro que primeiro alimentou sua arte.

Sobre a parte de Vina nessa história, muito mais será dito. Quanto a sir Darius, que sonhava sonhos-uísque da Inglaterra deitado em seu Chesterfield de couro e ansiava por mansões fictícias ao despertar, seu filho sem dúvida herdou dele a capacidade de levar uma vida de sonho. E mais: o desencanto de sir Darius com sua cidade natal passou também para Ormus. O filho herdou a insatisfação do pai. Mas a terra dos sonhos de Ormus nunca foi a Inglaterra. Nada de mansão branca para ele, mas sim aquela outra casa, aquele lugar de luz e horror, de especulação e perigo e poder e deslumbramento, lugar onde o futuro estava esperando para nascer. América! América! Ela o atraía e o teria; como nos atrai a tantos, e, tal como Pinóquio na ilha dos Prazeres, tal como todos os burrinhos, rimos de alegria (enquanto ela nos devora).

Hi-hó!

América, a Grande Atrativa, cochichou em meu ouvido também. Mas a respeito de Bombaim, a cidade que nós dois deixaríamos para trás, Ormus e eu jamais concordamos. Bombaim era sempre um pouco uma cidade provinciana, uma aldeia caipira, aos olhos dele. O grande palco, a verdadeira Metrópole, tinha de ser encontrado em alguma outra parte, em Xangai, em Tóquio, em Buenos Aires, no Rio, e acima de tudo nas fabulosas cidades da América, com sua arquitetura de pináculos, os exagerados foguetes lunares e gigantescas seringas hipodérmicas como torres acima de ruas cavernosas. Não se pode mais falar de lugares como Bombaim como as pessoas falavam antigamente, como se fossem situados na *periferia*; ou descrever os anseios de Ormus, que eram também os de Vina e os meus, como alguma forma de *força centrípeta*. No entanto, a busca do centro foi o que deu força para Ormus e Vina irem em frente.

Minhas razões eram outras. O que me fez partir não foi desprezo, mas enjôo e claustrofobia. Bombaim pertencia muito completamente a meus pais, V. V. Merchant e Ameer. Era uma extensão de seus corpos e, depois de suas mortes, de suas almas. Meu pai, Vivvy, que adorava minha mãe e a cidade de Bombaim tão profundamente a ponto de às vezes se referir a si mesmo, só de brincadeira, como polígamo, tinha passado a se referir a Ameer como se ela fosse a própria metrópole: as fortificações dela, as esplanadas dela, o fluxo de tráfego dela, as novas construções dela, a taxa de crimes dela. Sir Darius Xerxes Cama, o arquianglófilo produto da cidade construída pelos britânicos, havia um dia se equacionado com Bombaim; mas a cidade do coração de Vivvy jamais seria Darius. Era sua própria esposa, Ameer.

Muitos jovens deixam o lar para se encontrar; eu tinha de atravessar o oceano para sair de *Wombay*,* o corpo materno. Fugi para me fazer nascer. Mas, como alguém que fuma cigarros há muito tempo e consegue parar, nunca esqueci o gosto e o barato da velha droga abandonada. Imagine, se quiser, a sociedade formal, complicadamente ritualizada (e obcecada com casamento, sim) da época de Jane Austen, apegada à fétida e pululante Londres adorada por Dickens, tão cheia de caos e de surpresas quanto um peixe podre está cheio de vermes se retorcendo; borrife & mergulhe tudo num coquetel de Shandy e araca, colore de magenta, vermelhão, escarlate, verde-limão; ponha uma pitada de bandidos & putas, e o resultado será algo como uma fabulosa cidade natal. Eu desisti dela, é verdade, mas não me peça para dizer que não era um lugar fantástico.

(E havia outras razões também, para ser franco. Por exemplo, as ameaças contra a minha pessoa. Se eu ficasse, isso podia ter me custado a vida.)

Agora a minha história começa a tomar direções opostas, para trás e para a frente. O impulso avante, que todo contador de histórias só ignora por sua conta e risco, e ao qual, de momento, tenho de ceder, foi nada menos que o chamado do amor proibido. Pois assim como, aos vinte anos de idade, o poeta alemão Novalis, "aquele que abre novo território", deu uma única olhada nos doze anos de Sophie von Kühn e viu-se condenado, naquele instante, a um amor absurdo, seguido de tuberculose e Romantismo, assim também, aos dezenove anos, Ormus Cama, o jovem mais bonito de Bombaim (embora, por causa da sombra que pairava sobre sua família desde o acidente com Ardaviraf, não o mais cobiçado), ficou caído pelos doze anos de Vina, caído totalmente, como se alguém o tivesse empurrado por trás.

Mas o amor deles não era absurdo. Nunca foi. Nós todos o enchemos de sentido, de um excesso de sentidos; como fizemos com a morte deles.

"Ele era um cavalheiro de verdade", Vina adulta diria com genuíno orgulho na voz — Vina, cujo gosto era pelos tipos mais baixos, gros-

(*) Trocadilho com *womb*, "útero", e *Bombay*, "Bombaim".

seiros, suspeitos, menos cavalheirescos da terra! "Na segunda vez que nos vimos", ela continuou, "ele declarou amor, e jurou também, solenemente, que nem encostaria em mim até um dia depois do meu aniversário de dezesseis anos. Meu Ormus e seus malditos juramentos." Desconfiei que ela embelezava o passado e disse isso na mesma hora. Sempre conseguia provocá-la. "Experiência extrema é uma coisa", ela rugiu. "Sabe o que eu acho disso: sou a favor. Quero mais! Quero experimentar eu mesma, não ler no jornal a respeito. Mas Lolita de Bombaim eu não era." Sacudiu a cabeça, zangada consigo mesma por ter ficado zangada. "Estou contando uma coisa linda para você, seu filho da puta. Estou dizendo que tive de esperar mais de três anos para pegar na mão dele de novo! A gente só cantava. E andava naqueles benditos bondes." Ela riu, não conseguia nunca resistir à lembrança e desistiu da raiva. "Ding-ding!", badalou. "Ding!"

Qualquer pessoa que tenha ouvido as letras de Ormus Cama sem dúvida sabe o lugar central que ele reservava aos bondes em sua iconografia pessoal. Eles reaparecem muitas vezes, ao lado de artistas de rua, jogadores de cartas, batedores de carteiras, magos, demônios, sindicalistas, maus padres, pescadoras, lutadores, arlequins, vagabundos, camaleões, prostitutas, eclipses, motocicletas e rum escuro barato; e infalivelmente levam ao amor. *Your love is bearing down on me, there can be no escape*, ele canta. *Oh, cut my captured heart in two, oh crush me like a grape. No, I don't care. It's who I am. Oh you can tram me Baby, but I will derail your tram.* [Teu amor caiu em cima de mim, não dá para escapar. Ah, pode partir meu coração, ah pode me esmagar. Não, não faz mal. Eu sou assim. Ah, mas vou te tirar dos trilhos, baby, se passar de bonde em cima de mim.]

Foi nos bondes de Bombaim, hoje desaparecidos, muito saudosos para aqueles que se lembram, que Ormus e Vina viveram sua longa corte: ela fugindo da escola, ele se ausentando do apartamento de Apollo Bunder sem explicação. Naquela época, jovens eram mantidos na rédea curta, portanto era inevitável que um dia tivessem de prestar contas, mas enquanto isso passeavam pela cidade, hora após encantada hora, e um ficou sabendo da história do outro. E assim eu também posso — afinal! — voltar ao passado; ao passado de Vina. Para satisfazer a outra necessidade de minha narrativa, ofereço ao consumo generalizado o que Vina cochichou no ouvido de seu futuro amante.

A construção de uma má menina: nascida Nissa Shetty, ela cresceu numa cabana no meio de um campo de milho nas redondezas de Chester, Virginia, acima de Hopewell, entre Screamersville e o monte Blanco, numa trilha que saía serpenteando da 295. Milho dos dois lados e cabras nos fundos. A mãe dela, Helen, greco-americana, corpo cheio, nervosa, leitora de livros, sonhadora, uma mulher de origem humilde que tinha boa postura e grande ambição, durante a escassez de homens da Segunda Guerra caiu de amores por um cavalheiro indiano de fala mansa, um advogado — como é que ele foi parar lá? *Tem indianos em toda parte, não é? Como areia* — que casou com ela, fez-lhe três filhas em três anos (Nissa, nascida durante a invasão da Normandia, era a do meio), foi para a cadeia por prática indevida, foi dispensado, saiu da cadeia depois de Nagasaki, contou à mulher que tinha revisado suas preferências sexuais, partiu para Newport News para se estabelecer como açougueiro com seu carnudo amante, "como a mulher da relação", nas palavras de Vina, e nunca mais escreveu nem telefonou nem mandou dinheiro ou presentes para as filhas nos aniversários e no Natal. Naquele sossego sem amor, Helen Shetty foi caindo numa espiral de bebida, pílulas e dívidas, não parava em emprego nenhum, e as crianças foram para o inferno bem depressa, até que ela foi resgatada por um pedreiro faz-tudo, John Poe, viúvo com quatro filhos que a encontrou bêbada, desabafando num bar, ouviu o que ela tinha a dizer, achou que tinha boas razões para se desesperar, disse-lhe que era uma mulher bonita que merecia uma chance, jurou cuidar dela, resgatou-a da bebida, levou-a junto com as três filhas para sua casa simples e nunca fez diferença entre as filhas dela e os filhos dele, nunca teceu nenhum comentário sobre a pele escura delas, deu seu nome às meninas (de forma que, aos três anos, Nissa Shetty virou Nissy Poe), trabalhava duro para botar comida na boca da família e roupas em seus corpos, nada pediu em troca a Helen, além do trabalho convencional de mulher e de um acordo de que não teriam mais filhos, e embora ela tivesse esperado grandes coisas da vida, sabia o quanto havia chegado perto da sarjeta, de forma que ficou contente de encontrar aquilo ali, estabilidade, uma espécie de amor médio, áspero e monossilábico, um homem de bom coração, um chão sólido para pisar, e se ele queria as coisas à moda antiga, esse arranjo ela estava disposta a aceitar sem reclamar, portanto a cabana era mantida imaculada, as roupas limpas, as crianças banhadas e alimentadas, o jantar de John Poe era servido na mesa toda noite quando ele chegava em casa, e ele tinha razão sobre a questão dos filhos, também, de modo que ela foi até a cidade e se operou, e isso foi bom, também, foi muito bom, já estava cheia de coisas para fazer e isso facilitava as coisas, ele era antiquado na cama assim como fora dela, não gostava de camisinha e essas coisas, e agora estava tudo bem, mais que tudo bem, estava ótimo. Uma vez por semana todos saíam para passear na caminhonete de John, e Helen Poe olhava as estrelas no céu em vez das estrelas da tela e agradecia a elas, com certas reservas, pela sorte que tivera.

Se John Poe tinha um sonho, era possuir cabras. No curral atrás da casa havia uma cabra saanen branca que fornecia o leite das crianças, e uma pequena multidão transitória de nervosos cabritos espanhóis criados para abate. Nissy Poe cresceu sem conhecer o gosto do leite de vaca. John Poe lhe disse que leite de cabra era mais fácil de digerir, e até a estimulava a lavar o rosto com ele como tratamento de beleza, como a rainha Cleópatra costumava fazer. Ela aprendera com a mãe a nunca contradizer aquele homem grande, gentil, mas dominador, e humildemente bebia aquele líquido ralo, azulado, de cheiro rançoso, que passou a detestar. E depois que os cabritos espanhóis eram levados para o abatedouro na época certa, não havia nada para comer além de *chevon*, carne de cabrito, durante semanas e semanas. Helen Poe não era mulher de grandes habilidades culinárias e a pequena Nissy passou a temer a hora das refeições acima de todas as coisas, por causa do sorriso que tinha de pintar na cara. John Poe era um homem que precisava de agradecimentos regulares pelas bênçãos que dispensava.

Depois de um grande jantar de cabrito, empurrava a cadeira e falava do futuro. Aqueles poucos animais no *paddock* rodeado por uma cerca de um metro e sessenta de altura com os arames a uns dez centímetros um do outro, esses eram só o começo, declarava o padrasto de Nissy. Ele não ia trabalhar para os outros a vida inteira, pode ter certeza. Uma fazenda de cabras era o que tinha em mente. Mas não de corte; tinha uma espécie de desprezo pela carne de cabrito, principalmente os mais nervosos, cujos distúrbios genéticos faziam com que esticassem as canelas se levassem um susto. Algumas noites, John Poe ficava só pensando no dia em que entraria no negócio de cabras, em Oregon, talvez, ou na Flórida. Ele louvava as virtudes das alpinas "suíças" e das toggenburg e das núbias do "deserto". Falava das delícias do queijo de cabra e do sabão de leite de cabra. Em outras noites, seu sonho era com o angorá e o cashmere, e o futuro em uma fazenda de fibras no Texas ou no Colorado. "Vocês iam gostar disso, com seu sangue oriental, hein?", ele dizia às filhas de Helen. "*Cashmere* vem de Caxemira, na Índia, e *angorá* vem de Ancara, na Turquia, e o nome *mohair*, que é como a gente chama o tecido feito com o pêlo do cabrito angorá, é árabe ou alguma coisa assim, e quer dizer aquilo-que-nós-preferimos." O cabrito preto de Uzbek, cuja lã tinha fibras mais longas que o pelame externo, era do tipo cashmere, de alta qualidade, e sempre comparecia a esses sonhos. Nissy Poe, com sangue oriental e tudo, passou a detestar as meras palavras mohair, cashmere e Uzbek. Mas sorria e dizia obrigada como era exigido. E John Poe, de cerveja na mão, devaneava em sua fantasia oriental.

Ormus Cama e eu, crescidos na Índia, sentíamos o coração atraído pelo Ocidente; como é estranho pensar nos primeiros anos de Vina sob a égide desse bom homem simples com sua paixão pelo Oriente, ou, pelo menos, por seus bichos peludos.

Às vezes, John Poe contava piadas de cabritos. (Dois cabritos invadem a sala de projeção do drive-in e começam a mastigar. "Nossa, este filme é bom", diz o primeiro, e o segundo: "É, mas o livro era melhor".) Mas não tolerava essa leviandade em outros. Um vizinho apareceu uma vez e disse: "Cabrito, é? Sei, eu entendo de cabrito, uma vez a gente pensou em arrumar um cabrito de estimação, mas um cara disse assim 'o problema do cabrito é que ele come até o carro'". Quando o vizinho saiu, John Poe determinou que ele e a família estavam interditados. O sujeito foi condenado sem nem saber o que tinha feito, e, sendo John Poe como era, não havia apelação da sentença.

Era uma casa sem privacidade, as crianças amontoadas em beliches, três, quatro num quarto. Algumas cresceram caladas, interiorizadas, defendidas. Nissy saiu agitada. No jardim-de-infância, ficou famosa por morder as outras crianças e os professores também, e teve de ser tirada da classe. John Poe deu-lhe uma grande surra e ela voltou, para morder mais forte. A guerra foi crescendo e depois, de repente, parou, porque os combatentes entenderam que, se continuasse, um dos dois morreria. John Poe disse a Nissy que a amava e guardou o cinto e Nissy Poe disse aos seus apavorados colegas de classe: "Tudo bem, não vou matar vocês".

Na questão racial, John Poe era quase liberal. Foi junto com Helen falar com as autoridades escolares para explicar que a pele escura das meninas não era cor de negro, que elas eram indianas da Índia e não precisavam ser discriminadas, que podiam andar de ônibus junto com as crianças normais. A escola aceitou esse argumento, embora criasse outros problemas.

Ao crescer, Nissy foi descobrindo que as outras crianças, as brancas, chamavam-na de Índia Pé Preto, e também de cabrita. Depois, havia aqueles três meninos vizinhos, que pareciam negros e falavam espanhol — nossa, que confusão eles faziam — e que gritavam com Nissy Poe porque ela podia ir de ônibus para a escola dos brancos. E então, um dia, os três meninos estavam esperando o ônibus dela e disseram que agora havia uma lei e que eles iam à escola dela também, só que o motorista não deixou eles embarcarem, neste ônibus não. Ao subir, ela ouviu os meninos berrando ofensas para ela, algo sobre os *cabritos* da família dela e que ela era filha de um *cabronito*. Ela foi procurar as palavras. *Cabrito* queria dizer filhote do bode e da cabra, *cabronito* queria dizer pequeno homossexual. No dia seguinte, lá estavam eles esperando o ônibus de novo, dessa vez com o pai, mas e daí?, ela simplesmente atacou todos. O pai a apartou dos filhos, ela chutando e socando o ar ao ser afastada, mas Nissy ficou contente porque naquele breve tempo aplicara uma quantidade surpreendentemente desproporcional de danos em seus atacantes. John Poe tirou o cinto de novo, mas não estava muito empenhado, porque sabia que ela era mais voluntariosa do que ele. Começou a ignorá-la, e não acompanhou Helen quando ela foi até a escola para pedir que deixassem sua filha continuar lá, recebendo uma educação, para escapar das garras da pobreza, como ela própria havia pretendido fazer um dia. "É muito duro", Helen Poe disse à professora da classe de sua filha, "uma criança viver sem esperança."

Cabrita. Não muito longe da cabana, para os lados de Redwater Creek, havia um baixio de floresta chamado Jefferson Lick. Segundo uma lenda local, uma espécie de centauro vivia ali, fugitivo de um circo itinerante canadense, louco e perigoso por ter ficado tantos anos numa jaula exposto ao prazer do público, chicoteado e meio morto de fome. O Bode Monstro de Jefferson Lick era um bicho-papão local, usado para assustar crianças desobedientes, e no baile a fantasia anual na feira de verão havia sempre um ou dois Homens de Lick, o grande deus Pã, versão Virgínia, vestido de trapos. Quando as crianças tinham certeza de estar a distância segura de Nissy Poe, elas a chamavam de filha do Homem-bode e corriam para se proteger.

Helen tentou conduzir a filha para um melhor caminho. Quando a menina tinha quase dez anos, a mãe uma noite saiu com ela (era o fim de semana do Memorial Day, 1954) e olhou a galáxia que brilhava no céu. "Siga a sua estrela, meu bem, não deixe nada nem ninguém desviar você do caminho", Helen disse, com um tremor na voz que fez Nissy olhar depressa para ela. A mãe abriu um sorriso rápido, ralo, duro, que não enganou Nissy nem por um minuto. "Não como eu, né?", Helen riu, como uma caveira. "Escolha uma dessas belezas e vá aonde ela te levar." Um meteoro rebrilhou. "Quero aquela", Nissy Poe falou. "Parece que está indo para uma porção de lugares." Não escolha essa, a mãe pensou, estrela cadente é má sorte. Mas não disse nada, e a menina fez que sim com a cabeça. "Isso mesmo. É essa que eu quero."

Naquele fim de semana, quando terminou suas tarefas, Nissy Poe foi sozinha, sem medo, até Jefferson Lick. Não esperava encontrar monstro nenhum, mas queria ir lá, até onde conseguisse. A floresta era linda, escura e profunda, e, quando foi penetrando naquela folhagem ribeirinha, mergulhando nas profundezas do baixio, sentiu uma coisa completamente desconhecida baixando sobre ela, como uma bênção. Era a solidão. Para ver os pássaros, você precisa fazer parte do silêncio. Quem disse isso? Algum idiota. Ali era igual em *Branca de Neve*. Passarinhos por todo lado, como nuvens de borboletas, e, se você cantasse, eles cantavam junto. Toutinegras, saís faziam o coro; pica-paus batiam o ritmo. Nissy Poe se soltou e cantou. *Shake, rattle and roll!* [Sacuda, chacoalhe e role!] Esse era o seu grande segredo, aquela voz com a força de um foguete. Às vezes, quando John Poe estava trabalhando, e os filhos de John Poe estavam todos fora de casa para não ficarem contando mentiras — John Poe podia tratar todo mundo igual, mas os meninos eram outra coisa completamente diferente —, Helen ligava o rádio e procurava uma estação que tocasse coisas novas, os Driftwoods, Jack Halley, Ronnie "Man" Ray. Às vezes, pegavam até uma estação de *rhythm and blues* dos negros e Helen balançava os quadris e cantava aquela música, a música segregada, a música que John Poe chamava de *boogie* do diabo. "Vamos, meu bem", Helen convidava, "cante comigo", mas Nissy Poe recusava sempre e apertava a boca em uma linha branca, exangue, e Helen sacudia a cabeça. "Não sei o que fazer para você se divertir", ela dizia, e a música a arrebatava de novo, ela rolava os olhos, e dançava, e se entusiasmava, sob os olhares impassíveis e leais de suas filhas. (Duas das três; a mais nova geralmente era colocada de sentinela na varanda da frente, para o caso de John Poe voltar de surpresa.) Nesses momentos, Helen parecia uma criança, esforçando-se para ser a versão de si mesma que fora esmagada pela adulta em que se transformara por necessidade.

Nissy Poe jamais cantou para a mãe. Ia até Jefferson Lick para ficar sozinha e só então, longe do mundo, protegida por um ogro apócrifo, soltava a voz que revelava o desejo mais fundo de seu coração. Música! Era tudo o que ela queria da vida, ser parte não do silêncio, mas do som.

Se houvesse algum Monstro do Lick presente, ele aplaudiria. Desde o começo, Vina sempre teve a voz, e um *attack* implacável. Ela cantou com todo o seu jovem coração, depois deitou num banco de terra, mesmo sabendo que ia sofrer, por causa da roupa suja, adormeceu e acordou assustada ao descobrir que estava escuro, abriu caminho com dificuldade para fora do Lick e começou a correr. Quando chegou em casa descobriu que não precisava ter corrido, porque estava todo mundo morto.

As crianças tinham sido assassinadas nas camas, esfaqueadas no coração com uma grande faca de cozinha. Morreram sem despertar. Mas John Poe morrera com a garganta cortada, e, a julgar pela destruição da sala, estava claro que havia cambaleado longo tempo antes de cair em cima do velho aparelho de televisão. A tela estava manchada de sangue, e ele caído a seus pés numa grande poça pegajosa, o pântano de sua vida perdida. A televisão estava ligada e alguém dizia alguma coisa sobre uma guerra que começara no Vietquê? Em Dienbienquê? Na Indochina, certo. Ficava entre a Índia e a China? E tinha mesmo muito a ver com uma menina parada numa cabana perto de Hopewell, Va., mergulhada até os joelhos no sangue da família morta.

Helen não estava na cabana, mas Nissy logo a encontrou, porque todos os cabritos estavam mortos também, e Helen estava pendurada pelo pescoço de uma viga no abrigo de três lados que John Poe havia construído com suas próprias mãos para o gado ter um lugar para ficar quando o tempo estivesse ruim. No chão, debaixo dos pés dela pendentes, uma grande faca de cozinha coberta de sangue escuro, coagulado.

Como ela não pediu socorro até de manhã; como armou uma escada e cortou a corda da mãe com a arma do crime; como ficou a noite inteira no abrigo, sozinha com a faca e a mãe e os cabritos mortos e o universo em chamas no céu, as estrelas cadentes caindo para todo lado, a via láctea esparramada, provavelmente feita da porra do leite de cabra e cheirando como a porra do mijo; devido ao seu passado de má menina, que mordia e brigava, ela foi considerada suspeita durante cinco minutos, cinco minutos em que ela, a cabrita, a filha do bode-monstro de Jefferson Lick, viu nos olhos do policial aquela coisa que só aparece quando eles olham para grandes assassinos. Pode chamar de respeito. Mas depois de cinco minutos, até o xerife Henry foi capaz de perceber que seria bem difícil a menina ter feito aquilo, enforcar a mãe, pelo amor de Deus, tinha só dez anos. Não era difícil de entender, mulher maluca tem ataque, mulherão bonita como ela, ainda cheia de carnes para um homem abraçar e se consolar, que pena, não agüentou a situação, perdeu a cabeça. Essas merdas acontecem.

Depois disso, seu pai, o açougueiro Shetty, apareceu com o amante, mas ela não gostava do nome Newport News, de açougue já estava farta pela vida toda, seria vegetariana pelo resto de seus dias. Ela acabou concordando em ir morar com parentes distantes de Helen, os Egiptus de Chickaboom, perto dos lagos Finger, no oeste do estado de Nova York: e ao longo de todo o caminho para lá, sozinha no ônibus, ficou pensando por que sua mãe havia escolhido aquele exato momento para pirar, o Memorial Day em que sua filha do meio adormecera em Jefferson Lick. Talvez não fosse uma coisa momentânea. Talvez Helen tivesse esperado até ela estar fora de perigo. Havia sido escolhida para sobreviver, selecionada pela mãe como a única da família que merecia a vida. A mãe tinha visto ou ouvido alguma coisa nela, alguma coisa além da rebeldia e da violência, e por isso poupara sua vida. Nissa, sua estrela cadente.

"Ela me ouviu." A força desse súbito entendimento a fez dizer as palavras em voz alta. Os passageiros mais próximos olharam para ela, mexeram-se nas poltronas, mas ela nem se deu conta do incômodo deles. *Helen me ouviu. Ela deve ter me seguido até o Lick algum dia, e eu nunca descobri, e foi por isso que ela esperou, ela sabia que eu ia ficar longe bastante tempo. Eu estou viva porque ela queria que eu cantasse.*

Bem-vindo a Chickaboom, dizia uma placa.

Daquele ano e tanto que passou no clima do norte, naquele exílio egípcio, Vina Apsara jamais contou muita coisa a ninguém. Faça uma pergunta a mais e ela pula em cima de você feito uma cobra. Só me falou sobre isso umas duas vezes em toda sua vida. No momento em que chegou, enterrou a pobre Nissy Poe, isso eu sei. Mr. Egiptus ofereceu-lhe o uso de seu sobrenome e disse que sempre quisera ter uma filha chamada Diana. Ela se transformou em Diana Egiptus sem remorso. Mas o novo nome não dava sorte. "Tinha uma mulher que não era boa para mim", ela contou. "Não era bem tratada naquela família." Foi difícil fazer com que contasse os nomes. "A mulher com quem eu morei" era como chamava sua maior atormentadora, mrs. Marion Egiptus; os outros membros da família eram "aquela gente com quem eu não fui feliz". Essa gente possuía, consegui descobrir, a Egypt, uma pequena charutaria, diante da qual a figura em metade do tamanho natural de um cocheiro faraônico segurava, em uma mão, as rédeas do cavalo único, e, na outra, um punhado de charutos. "Era uma cidade de um cavalo só", Vina disse, "e esse cavalo era feito de madeira." Essa pequena cidade foi sua primeira Tróia. Bombaim seria a segunda, e o resto da vida a terceira; e, aonde quer que ela fosse, havia guerra. Os homens brigavam por sua causa. À sua própria maneira, ela era Helena também.

O que aconteceu em Chickaboom? Não sei muita coisa; Vina me contou muito pouco, e os que investigaram a história desde então fornecem versões conflituosas e muitas vezes puramente fictícias. Marion Egiptus era uma mulher áspera, de boca suja, que sentia repulsa pela pele escura da futura Vina. Os outros membros da família Egiptus viram na mesma pele escura um convite às relações sexuais. A jovem Nissy-Diana-Vina teve de lutar para escapar dos primos.

A Egypt faliu, ou foi comprada. Pegou fogo, ou não. Houve uma fraude com o seguro, ou um incêndio criminoso, ou não aconteceu nada. Marion Egiptus, a "mulher com quem eu morei", a "mulher que não era boa para ela", recusou-se, talvez devido ao golpe à fortuna da família, ou (se não existiu, de fato, esse golpe) devido à sua profunda aversão pela menina, a ficar com Diana Egiptus a seu lado. Alguns sugerem que a delinqüência de Vina continuava, a fuga da escola, a violência, o uso excessivo de pílulas.

Rejeitada por mrs. Egiptus, foi mandada à Índia porque não havia mais nenhuma opção americana. O açougueiro Shetty de Newport News escreveu uma carta suplicante a seus parentes ricos, os Doodhwala de Bandra, Bombaim, omitindo que não era mais advogado, que não era mais um gato gordo engordando ainda mais com uma dieta diária de alta caloria alimentada a ratos norte-americanos, mas essa omissão era uma questão de honra, uma forma de preservar seu auto-respeito. Ele deixou também de mencionar os muitos conflitos da filha com a autoridade, e exagerou um pouco os encantos infantis da jovem Nissa Shetty (que nessa carta voltou a seu nome original). De qualquer forma, os ricos Doodhwala, seduzidos pela glamourosa perspectiva de adquirir uma sobrinha chegada da América, concordaram em recebê-la. O pai de Nissa Shetty foi buscá-la no ônibus Greyhound no Terminal da Autoridade Portuária e passou a noite com ela em Manhattan.

Levou-a para jantar no Rainbow Room e dançou com ela no palco giratório e a abraçou, e ela entendeu o que ele estava querendo dizer; não só que os negócios iam bem, mas que estava se despedindo para sempre, que não poderia mais contar com ele. Não telefone, não escreva, tenha uma boa vida, adeus. Na manhã seguinte, a menina foi para Idlewild sozinha, respirou fundo, e partiu para o Oriente. O Oriente de Bombaim, onde Ormus e eu estávamos esperando.

Se quisermos entender a raiva de Vina, que orientou sua arte e prejudicou sua vida, temos de imaginar o que ela não nos revela, a miríade de mesquinhas crueldades nas relações injustas, a ausência de fadas madrinhas e sapatinhos de cristal, a impossibilidade de príncipes. Quando a conheci na praia de Juhu e ela despejou aquela incrível tirada contra a Índia toda, passada, presente e futura, estava, na verdade, apenas se permitindo um tipo de mascaragem, escondendo-se de mim atrás de amargas ironias. Na cosmopolita Bombaim ela é que era provinciana; se elogiava a sofisticação norte-americana às nossas custas, era porque sofisticação era uma qualidade que lhe faltava inteiramente. Depois de uma vida de pobreza, era a Índia, na figura inflada de Piloo Doodhwala, que lhe oferecia o primeiro gosto de riqueza; portanto, por inversão, ela enchia sua fala de pretenso desprezo de norte-americano rico pela pobreza do Oriente. Em Chickaboom os invernos eram selvagens (esse detalhe eu consegui arrancar dela); e, odiando o frio, na quente Bombaim ela reclamava do calor.

Finalmente, e acima de tudo, se queremos entender a raiva de Vina, devemos nos colocar no lugar dela e imaginar seus sentimentos, quando, depois da exaustiva viagem atravessando o planeta até o aeroporto Santa Cruz, em Bombaim, ela desembarcou do Douglas DC6 da Pan American para descobrir que seu pai — Oh, descuido imperdoável daquele homem! — a tinha despachado mais uma vez, e agora com parcas esperanças de escapar, para a odiosa companhia de cabritos.

Ding-ding! Ding!

Para uma cidade grande, Bombaim pode funcionar surpreendentemente bem como cidade pequena, não demora muito para todo mundo saber de tudo, principalmente sobre uma arrogante beleza de doze anos de idade passeando de bonde com um jovem de dezenove com a beleza de um astro de cinema e uma taxa de sucesso com as garotas que rapidamente atinge proporções legendárias. Sendo as lembranças o que são, nenhum de nós três conseguiu concordar se durou dias, semanas ou meses. O que fica fora de dúvida é que, quando a notícia chegou aos ouvidos de Piloo Doodhwala, ele tentou bater nela; diante do que, ela o atacou com uma selvageria tão solta que Golmatol, Halva, Rasgulla e diversos outros membros da "magnificomitiva" foram obrigados a dominá-la, processo que fez com que ela infligisse e recebesse um bom número de ferimentos. A chuva caiu; ela foi posta porta afora; chegou à nossa casa; e Ormus, que a amava, que jurou não tê-la tocado, quanto mais manchado sua honra, não demorou muito a chegar.

E isso nos distantes anos 50! Na Índia "subdesenvolvida", onde as relações menino-menina eram estritamente controladas! Certo, certo: mas, permitam-me dizer, "nação subdesenvolvida" ou não, um de nossos principais artefatos culturais era um aparato altamente desenvolvido de censura hipócrita, não só a qualquer incipiente mudança na moral social, mas também na nossa própria natureza que a história comprovava ser de um erotismo efetivamente hiperativo. O que é o Kama Sutra? Uma revistinha Disney? Quem construiu os templos Khajuraho? Os japoneses? E é claro que nos anos 50 não havia prostitutas meninas em Kamathipura trabalhando dezoito horas por dia, nem ocorriam casamentos infantis, e a perseguição de toda jovem por velhos humberts lascivos — claro, já tínhamos ouvido falar da nova obra chocante de Nabokov — era completamente desconhecida. (Não era.) Ao ouvir certas pessoas, dava para concluir que o sexo ainda não fora descoberto na Índia em meados do século XX, e que a explosão populacional devia ser resultado de algum método alternativo de fertilização.

Portanto: Ormus Cama, apesar de indiano, tinha jeito com meninas; e Vina, apesar de seus parcos doze anos, tinha uma história de extrema violência contra homens que passavam dos limites. No entanto, o encontro transformou ambos. A partir daquele momento, Ormus perdeu interesse em todas as outras fêmeas da espécie, e nunca mais o recobrou, mesmo depois da morte de Vina. E Vina encontrara, pela primeira e única vez, um homem de cuja aprovação ela necessitava constantemente, a quem se voltava depois de cada coisa que dizia ou fazia, em busca de confirmação, validação, sentido. Ele se tornou o sentido da vida dela, e ela da dele. Além disso, ela tinha uma velha guitarra acústica surrada, e naquelas longas tardes andando de bonde, ou sentados nas pedras de Scandal Point, ou passeando pelos Jardins Suspensos ou vadiando pelo Old Woman's Shoe do Parque Kamala Nehru, ela o ensinou a tocar. E mais, quando ouviu as canções incoerentes sopradas no ouvido dele, as cantigas proféticas do falecido Gayomart Cama, ela lhe deu o conselho que o levou ao seu segundo nascimento musical e possibilitou o surgimento do incrível songbook de Cama, a longa fileira de sucessos pelos quais será sempre lembrado. "É ótimo você gostar do seu irmão e querer ir aonde ele leva. Mas pode ser o caminho errado. Experimente alguma outra sala desse palácio do seu sonho. E outra, e outra, e outra. Quem sabe você encontra seus próprios sons lá dentro. Quem sabe, aí você vai conseguir ouvir a letra."

Ao final de um ciclo de tempo, dizem, experimentamos a *kenosis*, um esvaziamento. As coisas perdem sentido, desgastam-se. Era isso que vinha acontecendo, acredito, não só com Ormus Cama e Vina Apsara, como também com todos aqueles cujas vidas tocaram as deles. O declínio do tempo, no fim de um ciclo, leva a todo tipo de efeitos venenosos, degradantes, envilecedores. É preciso fazer uma limpeza. O amor que nasceu entre Ormus e Vina, o amor que estava disposto a esperar anos para se satisfazer, forneceu essa nova limpeza, e um novo ciclo de tempo começou. *Plerosis*, o preenchimento do tempo com novos princípios, caracteriza-se por um tempo de força superabundante, de excessos loucos, frutíferos. Mas eis que essas belas teorias nunca dão conta exatamente da tarefa de explicar a confusão da vida real. A limpeza e a renovação do tempo tiveram mesmo alguns resultados benéficos, mas só nas vidas dos próprios amantes. Eles ficaram, é fato, altamente energizados por seu novo amor. Mas em volta deles continuavam ocorrendo catástrofes.

Ele a amava como um viciado: quanto mais dela possuía, mais precisava. Ela o amava como uma estudante, dependendo de sua boa opinião e provocando-o na esperança de colher a magia de seu sorriso. Mas ela também, desde o comecinho, precisava sair de perto dele para brincar um pouco. Ele era a seriedade dela, era a profundidade de seu ser, mas não podia ser também sua frivolidade. Esse alívio mais leve, essa serpente no jardim, devo confessar, era eu.

5

CANÇÕES DO BODE

Comece o dia com um sacrifício animal. (Ou, pelo menos, com o relato do mesmo.)

Oh, Dioniso, duas vezes nascido, oh, touro fortalecido pela loucura, fonte inexaurível de energia vital, divino bêbado, conquistador da Índia, deus de mulheres, senhor das Ménades, que em serpente se transformavam, mascadoras de lauréis! Em lugar de oferendas queimadas, aceite de nós, antes que procedamos com nosso humilde entretenimento, uma história sangrenta de doadoras de leite assassinadas; e, se contente, dispensai sobre nossos pobres esforços a bênção de seu louco e letal sorriso!

Enquanto a grande fazenda de cabras fora, para John Poe, o falecido padrasto de Vina Apsara, nada mais que uma distante e utópica fantasia, o *shri* Piloo Doodhwala, seu mais recente *loco parentis*, ou, como dizia minha mãe, "mais *loco* que *parente*", era o rei do leite de cabra daquele que se tornou o estado de Maharashtra, uma pessoa de imensa, até feudal, significação nas áreas rurais onde o cuidado e a manutenção de seus rebanhos significavam praticamente a totalidade dos empregos locais. Desde seus primeiros dias até a atual preeminência, Piloo, o leiteiro, considerava seu "pequeno negócio", seu "leitinho das crianças", um mero trampolim para coisas bem maiores: ou seja, um cargo público e a imensa fortuna que tal cargo pode trazer para um homem que sabe como funciona o mundo. A abertura da Colônia Leiteira Exwyzee, com sua promessa de abastecer os cidadãos de Bombaim com leite de vaca de primeira qualidade, tipo A, pasteurizado, foi, portanto, um evento que Piloo tomou como insulto pessoal.

"Wacas?", ele esganiçou para a esposa, Golmatol. "Eles que adorem as wacas, mas deixem as tetas delas em paz! Ninguém dewia apertar tetas da deusa! Não é mesmo, mulher? O que diz?" Ao que Golmatol respondeu, hesitante, “Mas é que o leite é OK”. Piloo explodiu. “OK? Wocê diz isso na minha cara? *Arré*, como dá para wiwer cercado de traidores? Tem de lutar não só com deus que muge, mas com esposa também.”

Golmatol ficou vermelha, baixou os olhos, recuou. “Não, querido, só falei.” Mas a raiva de Piloo retornara ao alvo primordial. “Exnyzee”, ele roncou. “Eles acham que são espertos, mas vão ver que logo logo viram ex-pertos.”

Piloo declarou guerra. Sempre seguido pela magnificomitiva, percorreu os corredores do poder na Sachivalaya de Bombaim, distribuindo gorjetas e ameaças em igual medida, exigindo investigação, condenação e anulamento, em caráter prioritário, da “blasphema phábrica desrespeitadora das wacas que acabou de abrir ao norte da cidade”. Procurou inspetores de zoneamento, inspetores de impostos, inspetores de rebanhos, inspetores de higiene e, é claro, inspetores de polícia. Gastou com enormes anúncios nos quais, dentro de uma grande bolha de texto saindo de sua própria cara maliciosa, e sob a legenda *Seu leiteiro diz que*, desenrolava-se o seguinte argumento: Com *EX* se escreve Extorsivo! Com *WY* se escreve *Why buy it?* [Por que comprar?] Com *ZEE* se escreve Zero de Prazer!!! E embaixo, perto da cabra de cartum de sua marca registrada, o slogan: “*Vote Cabra — Compre PILOO — O amigo Doo peito*”.

Não funcionou. Em toda sua vida ele nunca sofreu derrota mais completa, mais humilhante. As autoridades urbanas se negaram até mesmo a investigar, quanto mais a condenar ou retirar as licenças da Colônia Leiteira. Todos os analistas concordaram em que não havia nem blasfêmia, nem desrespeito. Os inspetores de zoneamento se negaram a cancelar as autorizações, os inspetores de impostos se recusaram a atacar, os inspetores de rebanhos e de higiene encheram a Exwyzee de elogios, os inspetores de polícia disseram que não havia nada a investigar. Pior ainda, os terrenos da Exwyzee passaram a ser um local popular de piqueniques de final de semana; e o pior de tudo, mês a mês as vendas de Piloo declinavam, enquanto as das odiosas vacas subiam sempre. As aldeias de cabras, culpando Piloo pela crise, ferviam com a possibilidade de violência. Diante da erosão da base de seu poder, Piloo Doodhwala admitiu a sua senhora que não tinha idéia do que fazer.

“E as minhas pobres Halva e Rasgulla?”, perguntou Golmatol Doodhwala, protegendo uma filha chorosa debaixo de cada braço. “O que vamos dizer para elas? Acha que elas têm alguma idéia na cabeça? Elas não são lindas! A pele delas não é alva! A educação delas é deficiente! Doces no nome, são amargas de natureza! A esperança delas depende só de você! E agora se você tira delas até a fortuna, como vai ser? Acha que maridos caem do céu? Pobres meninas não têm a menor chance, a menor!"

No meio desse tempo de crise, chegou a menina mestiça de Nova York. E ela acabou se revelando pobre, sem ligações, com mais escândalos em sua história do que uma Pompadour: mercadoria estragada, em resumo. Os Doodhwala cerraram fileiras contra ela, mal registrando sua existência. Ofereceram-lhe o mínimo indispensável: comida (embora a mesa deles vergasse de pratos, ela geralmente recebia arroz e lentilhas na cozinha, em quantidades pouco generosas, e muitas vezes ia dormir com fome); roupas simples (o maiô tinha vindo com ela da América, presente de seu pai ausente), e educação (era disso que Piloo mais reclamava, porque as mensalidades consumiam bom dinheiro, e a menina parecia não querer aprender nada, afinal). Além de prover essas necessidades, abandonavam-na à própria sorte. Ela logo percebeu que a rica Bombaim lhe oferecia o pior de ambos os mundos anteriores e muito mais pobres que freqüentara: as detestadas cabras de John Poe e as crueldades da família Egiptus da charutaria.

Agora aquele dia na praia Juhu começa a parecer muito diferente. Fica claro que, por estranho que pareça, Piloo e Vina haviam chegado à mesma conclusão: que tudo o que lhes restava na vida era pose, mas que isso era um cavalo que podia levar bem longe se você soubesse como se equilibrar no lombo dele. Por isso Piloo e sua magnificomitiva tinham vindo representar, em público, uma mascarada de poder, para encenar a mentira de um sucesso continuado na esperança de que a mera força da representação fizesse, de alguma forma, com que isso se tornasse verdade, revertendo a lenta derrota que as vacas Exwyzee estavam impondo às cabras do Amigo Doo Peito. E Vina também estava lutando para sobreviver: na verdade, ela não era a filha bastarda norte-americana e mimada de Piloo, mas uma garota pobre fazendo pose enquanto encarava olho no olho o mais atroz dos futuros.

O futuro da indústria do leite se transformou no único assunto de discussão para Piloo Doodhwala, a sua fixação. Em sua mansão em

Bandra, andando de um lado para outro no jardim, ele berrava e resmungava como um *langur* enjaulado. Era um homem de sua geração, o último que ainda considerava bater no peito e arrancar os cabelos comportamentos legítimos. Sua família e a magnificomitiva, ambos, de maneiras diferentes, temendo o futuro, ficavam a ouvi-lo em silêncio. Suas lágrimas, seus punhos sacudidos, seus discursos dirigidos aos céus vazios e sem nuvens. Suas reclamações sobre a injustiça da vida humana. Vina, que já tinha visto muito em sua curta vida, estava menos calada, e chegou o dia em que não agüentou mais.

"Ah, pro inferno com essas cabras desgraçadas", Vina explodiu. "Era melhor elas serem logo sacrificadas e fazer carne e casacos das coitadas?" Papagaios voaram das árvores, assustados com o timbre da voz dela; as fezes deles sujaram as roupas de Piloo e, na verdade, sua cabeleira agitada. Ela própria, tocada pelo acaso da tripla rima, começou, mesmo profundamente incomodada, a rir.

As vigilantes meninas Doodhwala se excitaram, deliciadas, porque o pai delas sem dúvida castigaria com fúria a pobre pretensiosa. Mas apesar da gritante insubordinação, e do que Ameer Merchant teria chamado de "ataque de riso histérico", apesar da chuva de merda de papagaio, tal fúria não se manifestou. Igual a um sol que surge quando se esperava tempestade, o sorriso de Piloo Doodhwala se abriu, primeiro hesitante, depois em toda a sua luminosa glória. "Muito agradecido, miss América", ele disse. "Carne para interior, casaco para exterior. Idéia boa, mas" — e ele bateu com um dedo na têmpora — "phez surgir outra idéia, que é mais melhor. Pode ser, *mademoozel*, que wocê salwou, mesmo que sem querer, a phortuna da nossa pobre phamília." E diante dessa inesperada (e na opinião delas inteiramente inadequada) cascata de elogios sobre a cinderela da casa, Halva e Rasgulla não sabiam se se ofendiam ou se alegravam.

Depois dessa conversa nada usual, Piloo Doodhwala mandou sacrificar todo seu rebanho e distribuir a carne, grátis, para os pobres merecedores e não vegetarianos. Foi um massacre real; os esgotos perto dos abatedouros borbulhavam de sangue, inundando ruas, que ficaram pegajosas e fediam. Juntou-se tal nuvem de moscas que, devido à baixa visibilidade, era desaconselhável dirigir em certos lugares. Mas a carne era boa, e farta, e os prospectos políticos de Piloo começaram a melhorar. Vote cabra, mesmo. Se Piloo estivesse se candidatando a governador naquela semana, não haveria ninguém contra ele.

Os pastores de cabras ansiosos, vendo a chegada da pobreza tão clara quanto o trem postal que vinha do norte, procuraram urgentes garantias. Piloo viajou pelo interior, cochichando enigmas em seus ouvidos. "Não tenham medo", dizia. "As cabras que wamos ter no phuturo não wão ser derrotadas pela Exwyzee nem por nenhum alphabetista. Cabras da maior qualidade, e vocês vão phicar todos gordos e preguiçosos, porque ainda wão ganhar recompensa, mesmo cabras não precisando de cuidados, e também não wão gastar nem uma rupia de comida. De agora em diante", ele concluía, enigmático, "wamos criar não simples *goats*, cabras, mas *ghoasts*, phantasmas."

A charada dos "ghoasts" — ou *ghoats*, ou *goasts*, ou o que você quiser — ficará sem solução por algum tempo. Chegamos mais uma vez, recirculando, ao momento da expulsão de Vina pelos portais de Piloo. A notícia de sua escandalosa ligação com Ormus Cama havia chegado aos ouvidos de seu último guardião; uma briga, já mencionada, ocorrera já. Não darei maiores detalhes do intercâmbio vituperativo, ou da violenta disputa que precedeu a fuga de Vina para o sul debaixo da chuva torrencial, que a levou desde a mansão dos Doodhwala em Bandra até nossa porta em Villa Thracia, na Cuffe Parade. Em vez disso, retomo a história a partir de sua última morada, ou seja, a chegada de Ormus à casa de nossa família em Cuffe Parade, levado pela preocupação com o bem-estar de Vina; e a posterior chegada, nos calcanhares de Ormus, do *shri* Piloo Doodhwala, acompanhado de sua esposa, filhas e da "magnificomitiva" completa.

Minha mãe, Ameer, havia telefonado para informá-lo de que Vina estava bem e em segurança, e aproveitara para expor algumas verdades sobre o tratamento que ele dispensava a ela. "A menina não volta para a sua casa", Ameer concluiu. "Woltar?" Piloo latiu. "Madame, eu botei ela para phora, como uma prostituta comum. Woltar está phora de questão." À luz desse lavar as mãos telefônico, a chegada de Piloo & cia. era uma surpresa e tanto. Vina levantou-se de um salto e recolheu-se em alta velocidade ao quarto que minha mãe tinha lhe dado. Ormus correu a colocar-se cara a cara com o torturador de sua amada. Sobrou para meu suave pai a tarefa de perguntar a Piloo o que queria. O leiteiro deu de ombros. "Quanto a essa menina mal-agradecida", ele disse, "phoram gastos dinheiros. Mensalidades, mesadas, gastos por conta. Houwe um grande dispêndio de phundos, e conseqüentemente phicou-se sem caixa. Solicita-se o razoável reembolso."

"Está pedindo para comprarmos a menina?" Meu pai refinado, elevado, levou um momento para apreender a terrível verdade. Piloo fez uma careta. "Não se trata de compra", insistiu. "Não insisto em lucro. Mas wocê é homem honrado, não? Tenho certeza de que não wai pedir que eu engula prejuízo."

"Não estamos falando de mercadoria nem de escravos...", V. V. Merchant começou, ultrajado, sendo interrompido por Ormus Cama. Estávamos todos parados na nossa sala, como estátuas — o choque daquele encontro removera qualquer idéia de descanso de nossas cabeças — e o olho de Ormus Cama tinha pousado sobre as cartas do baralho e um monte de palitos de fósforo numa mesa baixa em um canto, restos de nosso divertido jogo de pôquer umas noites atrás, antes de o mundo começar a mudar. Ele embaralhou as cartas debaixo do nariz de Piloo. "Ô, falante", disse, "jogo com você, a aposta é ela. O que é que você me diz, bacana? Tudo ou nada. Tem coragem, ou vai fugir de medo?"

Ameer ia protestar, mas meu pai — cuja fraqueza fatal acabaria se revelando o jogo — a silenciou. Os olhos de Piloo brilharam, e os membros da magnificomitiva, que acompanhavam o confronto da varanda, começaram a torcer e a se manifestar. Piloo concordou lentamente com a cabeça. Sua voz ficou macia. "Tudo ou nada, seja. Ou eu desisto de 'toda' a minha legítima recompensa ou... o que wai ser o 'ou'? O que é o 'nada'? Se wocê perder, o que eu ganho?"

"Ganha eu", Ormus disse. "Eu trabalho para você, qualquer trabalho que você quiser, até pagar a dívida de Vina."

"Pare com isso, Ormus", Ameer Merchant falou. "Não seja infantil, isso é um absurdo."

"Eu aceito", suspirou Piloo Doodhwala, e inclinou a cabeça. Ormus retribuiu.

"Cada um corta uma vez", ele disse. "As cartas mais altas ganham. Não importa o naipe. Ás ganha, curinga vence o ás. Se tirarmos cartas iguais, cortamos de novo para decidir quem ganha."

"Certo", Piloo murmurou. "Mas wamos jogar com meu baralho." Estalou os dedos. O criado *pathan* entrou em nossa sala trazendo, na palma enluvada de branco da mão direita estendida, uma salva de prata sobre a qual havia um baralho de costas vermelhas cujo selo ainda não havia sido quebrado. "Não faça isso", implorei a Ormus. "Tem algum truque aí." Mas Ormus pegou o baralho, rompeu o selo e acenou com a cabeça. "Vamos começar."

"Sem embaralhar", Piloo sussurrou. "Só corte."

"Bom", Ormus disse, e fez. Tirou o dois de copas.

Piloo riu. E cortou. Tirou o dois de espadas. O sorriso morreu em seus lábios e o criado *pathan* recuou diante da ferocidade de seu olhar.

Ormus cortou de novo. Dez de ouros. Piloo ficou muito rígido. Sua mão tremeu até a salva. Tirou o dez de espadas. O braço do criado *pathan* começou a tremer. "Segure a bandeja com as duas mãos", Piloo vociferou, "ou então ache alguém que não seja tão molenga."

No terceiro corte, ambos tiraram oitos. No quarto, curingas de um olho só, e no quinto, curingas com ambos os olhos. Na sexta rodada, quando os dois tiraram cincos, o silêncio da sala tinha se tornado tão sonoro que até mesmo Vina saiu de seu retiro para ver o que era toda aquela confusão. Piloo Doodhwala suava intensamente; o *kurta* branco grudado à curva de sua barriga e à parte baixa das costas. Ormus Cama, porém, estava perfeitamente calmo. Na sétima rodada, os dois tiraram reis, na oitava, noves. Na nona rodada foram reis outra vez e, na décima, quatros.

"Agora chega", Piloo quebrou o silêncio. "De agora em diante eu tiro primeiro."

No quarto corte, Piloo Doodhwala tirou o ás de espadas e deu um grande e profundo suspiro. Mas antes de ele terminar de exalar, Ormus cortou para virar sua carta. Era um curinga. Ormus ficou impassível, olhando o palhaço sorridente no prato de prata. Piloo Doodhwala murchou visivelmente. Depois se recuperou, estalou os dedos debaixo do nariz de Ormus, disse "Phique com a wagabunda", e saiu.

Ormus Cama foi até Vina, que, pela primeira vez, parecia uma menina de doze anos apavorada. "Ouviu o que ele disse", sorriu. "Ganhei você num jogo limpo. Agora você é minha."

Ele estava errado. Vina não pertencia a homem nenhum, nem a ele, embora o amasse até o dia de sua morte. Ela estendeu a mão, oferecendo um carinho de agradecimento. Ele deu um passo para trás, sério. "Sem tocar", lembrou a ela. "Até você ter dezesseis anos e um dia." "E nem então, não até vocês dois estarem casados decentemente", disse minha mãe, "se é que eu tenho alguma coisa a ver com isso."

É hora de enfatizar o positivo. Pois será que não há nobres qualidades, nem altas conquistas, nem exaltações do espírito a se louvar na vida do grande subcontinente? Tem de ser sempre violência, jogo, bandidos? Estes são tempos sensíveis. As sensibilidades nacionais estão em alerta permanente, e está ficando cada vez mais difícil cantar de galo, a menos que o galo em questão pertença à maioria paranóica (galismo ameaçado), à minoria fragilizada (vítimas da galofobia), militante (Sena Galo), aos separatistas (Frente de Libertação Galista), às bem organizadas coortes de renegados históricos da sociedade (os ingaláveis, ou Galos Marcados), ou aos devotos seguidores daquele guru extremo, a Galinha dos Ovos de Ouro. Por que, afinal de contas, qualquer pessoa sensata haveria de querer cantar de galo? Sempre atirando lama, esses menestréis se desqualificam diante de toda e qualquer consideração séria (derrotar, arruinar, matar: eles acabam, para não sair do galinheiro, pagando o pato).

É, portanto, no melhor espírito construtivo imaginável que registro a notícia acalentadora de que Vina Apsara, que uma vez, parada na praia enrolada na bandeira de listras e estrelas, vomitou ofensas a tudo o que era indiano, quando se viu na Villa Thracia, começou a se apaixonar pelo grande país de origem de seu pai biológico. Tinha de esperar Ormus Cama até seu décimo sexto aniversário, mas esse outro amor não tinha período de espera. Ela o consumou imediatamente.

Até o último dia de sua vida, eu podia ver sempre nela a criatura agitada, desintegrada, que era quando veio para nossa casa, dando a impressão de que podia fugir de novo a qualquer momento. Que lixo ela estava naquele momento, que vítima! Literalmente fora de si, a personalidade estilhaçada, como um espelho, pelo punho da vida. Seu nome, sua mãe e família, seu sentido de lugar e de lar e de segurança e de vínculo e de ser amada, sua crença no futuro, todas essas coisas tinham sido puxadas de debaixo dela como um tapete. Estava flutuando num vazio, desnaturada, desistoriada, agarrada à ausência de forma, tentando deixar algum tipo de marca. Um bicho estranho. Ela me fazia pensar nos marinheiros de Colombo, perto do motim, temendo que a qualquer momento pudessem despencar pela beirada do mundo, observando amorosamente o vigia no cesto da gávea, cuja luneta percorria o líquido vazio, buscando em vão a terra. Depois, quando era famosa, ela sempre mencionava Colombo. "Ele estava procurando a Índia e encontrou a América. Eu não planejava ir para lugar nenhum, mas encontrei indianos demais." A boca esperta de Vina, aquela língua solta. Isso, aos doze anos ela já tinha.

Era um saco sem fundo de personalidades, pedaços rasgados de pessoas que ela poderia ter sido. Alguns dias se sentava despencada num canto como uma marionete sem fios, mas quando pulava para dentro da vida nunca se sabia quem podia estar ali, dentro da pele. Doce ou selvagem, serena ou tempestuosa, engraçada ou triste: tinha tantos estados de espírito como o Velho do Mar, que começava a se transformar sem parar assim que você tentava agarrá-lo, sabendo que, se você realmente o capturasse, ele teria de atender a seu pedido mais profundo. Foi uma felicidade para ela encontrar Ormus, que se agarrava a ela apenas, envolvendo seu espírito em amor sem tocar um dedo em seu corpo, até que ela afinal parou de mudar, não era mais oceano depois fogo depois avalanche depois vento, mas apenas ela mesma nos braços dele, um dia depois de seu aniversário de dezesseis anos. E ela então cumpriu seu lado do trato e por uma noite lhe deu o que ele mais desejava.

Que estava em péssima situação, ela já sabia. Que desrespeito, delinqüência, niilismo e imprevisibilidade não faziam dela uma pessoa, isso ela entendera por si mesma. À sua própria maneira, e apesar de toda despreocupação e rebeldia, ela possuía um espírito construtivo, e eu acredito que foi estimulada no heróico ato de construção de si mesma pela experiência de viver *chez nous*, onde as conversas sobre construção eram constantes (era a época em que V. V. e Ameer tinham começado a trabalhar no grande cinema Orpheum, projeto que acabaria por arruiná-los). Aquilo que ela se pôs a construir foi sendo feito com os materiais que tinha imediatamente à mão, ou seja, mercadorias indianas. O que ela construiu foi "Vina Apsara", a deusa, a Galatéia por quem o mundo inteiro haveria de se apaixonar, como Ormus se apaixonara.

Ela começou com a música. *Vina*. Na comitiva de Piloo, ouvira um músico, grosseiro e sem sentimento, tocar um instrumento que apesar de tal brutalização "fazia o som de um Deus; e quando descobri como se chamava, entendi que aquele nome era para mim". A música da Índia, das ragas de cítara do norte às melodias carnáticas do sul, sempre despertava nela uma sensação de inexprimível anseio. Ela era capaz de ouvir gravações de gazais durante horas a fio e ficava transportada também pela complexa música devocional dos *qawwals* mais importantes. Anseio de quê? Com certeza não por uma indianidade "autêntica" que não poderia obter nunca. Concluí — e isso é uma coisa difícil de escrever para um cético de vida inteira como eu — que o que Vina queria era um lampejo do incognoscível. A música oferecia a tentadora possibilidade de ser levada, nas ondas sonoras, através da cortina de *maya* que se diz limitar nosso conhecimento, através das portas da percepção até a melodia divina que fica adiante.

Resumindo, o que ela queria era uma experiência religiosa. Em certo sentido, isso significava que entendia a música muito melhor do que eu, pois seu elemento espiritual é de suma importância para muita gente, principalmente os próprios músicos. Eu, porém, sou filho de meus pais, o que quer dizer que sempre fui surdo para comunicações religiosas de qualquer tipo. Incapaz de avaliá-las de imediato — Você acha *mesmo* que havia um anjo ali? Reencarnação, *mesmo?* —, cometi o erro (levado por uma infância na qual raramente ouvia o nome de qualquer divindade ser mencionado de maneira positiva em nossa casa) de achar que todo mundo pensava da mesma forma e considerava esse discurso metafórico, e nada mais. Essa hipótese provou não ser sempre muito feliz. Leva a pessoa a discussões. E, no entanto — embora eu saiba que mitos mortos foram um dia religiões vivas, que Quetzalcoatl e Dioniso podem agora ser contos de fadas, mas que houve tempo em que pessoas, para não falar de cabras, morriam por eles em grande número —, ainda não sou capaz de dar crédito a nenhum sistema de crenças. Eles parecem ralos, pouco convincentes, exemplos do gênero literário conhecido como "narrativa não confiável". Penso na fé como ironia, razão por que talvez os únicos lances de fé de que sou capaz sejam aqueles exigidos pela imaginação criativa, pelas ficções que não pretendem ser fato, e assim terminam dizendo a verdade. Gosto de dizer que todas as religiões têm uma coisa em comum: suas respostas para a grande questão de nossas origens são simplesmente erradas. Portanto, quando Vina anunciava, como faria repetidas vezes, sua última conversão, eu respondia, "claro", e me convencia de que ela estava, em um sentido profundo, apenas brincando. Mas não estava. Ela falava sério, todas as vezes. Se Vina resolvesse adorar o Grande Abóbora, então, com certeza, chegando Halloween, a colcha abóbora dela — e não do pobre Linus — seria a mais sincera de todas.

"Apsara" também era uma pista, se eu não tivesse sido idiota a ponto de não perceber. Indicava uma quantidade de leitura séria, e mesmo que Vina gostasse de dizer que havia tirado o nome de um anúncio de sabonete de beleza ou de sedas de luxo ou de qualquer frivolidade assim na revista *Femina* ou *Filmfare*, olhando em retrospecto, o subterfúgio dessa desculpa vem à tona. Ela mergulhara na grande matéria desta estranha e imensa terra na qual fora exilada, longe de tudo o que jamais pensara ou fora ou conhecera. Tratava-se de uma recusa ao papel usualmente marginalizado do exilado que era — hoje entendo — uma recusa heróica.

"Vina Apsara" soou, aos seus ouvidos de doze anos de idade, como alguém que podia ter existência plausível. Ela faria nascer essa pessoa, usando como instrumentos seu amor por Ormus Cama, sua incrível força de vontade, sua famosa fome de viver, e sua voz. Uma mulher que é capaz de cantar nunca está inteiramente fora do alcance da salvação.

Ela pode abrir a boca e soltar o espírito. E o canto de Vina não precisa de nenhum elogio partido de mim. Ponha um disco dela, deite e flutue na corrente. Ela era um grande rio, que podia levar-nos todos embora. Às vezes, tento imaginar como ela teria soado cantando gazais. Pois embora dedicasse toda sua vida a um outro tipo de música, o apelo da Índia, suas canções, suas línguas, sua vida, sempre a influenciaram, como a lua.

Não me gabo (ou nem sempre) de ela ter voltado para mim.

Para meus pais, Vina era a filha que nunca tiveram, a filha a que renunciaram para poderem se concentrar em mim e em seu trabalho; ela era a vida para a qual pensavam não ter espaço em suas vidas. Mas assim que chegou, eles ficaram cheios de alegria, e acabou havendo tempo para tudo afinal. Foi nesses anos que ela aperfeiçoou seu uso do "Hug-me", nossa língua-lixo poliglota. "*Chinese khana ka big mood hai*", ela aprendeu a dizer quando queria um prato de macarrão ou — visto que era uma grande fã do *Hobbit* — "*Apun J. R. R. Tolkien's Angootiyan-ka-Seth ko too-much admire karta chhé*". Ameer Merchant, a grande jogadora de palavras da família, creditou a Vina o elogio de incorporar muitas das alocuções da menina ao seu léxico pessoal. Ameer e Vina eram, pelo menos lingüisticamente, idênticas. (E minha mãe enxergou em sua nova protegida algum eixo mais profundo de seu próprio espírito não convencional.) Ameer estava convencida de que havia sentidos profundos escondidos na eufonia e na rima: o que quer dizer que ela era uma estrela pop *manqué*. Portanto, em seus momentos cada vez mais íntimos com os jogos e brincadeiras de Vina, Ameer fundia Ormus Cama e Vasco da Gama — "Ormie da Cama, seu grande explorador, descobrindo você como um mundo cheio de especiarias" — e de Gama para *Gana*, canção, foi um pulinho, e entre Cama e *Kama*, o deus do amor, a distância era ainda menor. Ormus Kama, Ormus Gana. A encarnação do amor, e também da canção. Minha mãe tinha razão. Seus jogos de palavras diziam mais do que ela imaginava.

Vina já era do mesmo tamanho e constituição de minha mãe, e Ameer deixava que ela se arrumasse, usando não só os sáris de magnífica seda, como também os vestidos colantes, ondulantes, bordados de lantejoulas — com grandes decotes e tudo — com que Ameer gostava de exibir seu corpo para o ambiente sofisticado da cidade. Vina deixou crescer o cabelo, e uma vez por semana Ameer aplicava pessoalmente óleo de coco fresco às tranças cada vez mais longas e massageava o couro cabeludo da menina. Ela ensinou para Vina a maneira tradicional de secar cabelo comprido, espalhando-o sobre uma superfície de palha trançada, debaixo da qual colocava um pote com brasas vivas polvilhadas de incenso. Para a pele, Vina aprendeu a misturar água de rosas e *multani mitti*, um barro batizado em honra de Multan no Paquistão, aplicado como máscara facial. Ameer friccionava manteiga clarificada nos pés de Vina para mantê-los macios e extrair o "excesso de temperatura" do corpo durante a estação quente. O melhor de tudo foi o que ensinou a Vina sobre a ligação entre jóias e boa sorte; a atéia Ameer não deixava de ter suas fraquezas supersticiosas. Vina passou a usar uma corrente de ouro na cintura. (Porém, nada conseguia convencê-la a usar anéis nos dedos dos pés, porque uma vez lhe disseram que isso aumentava a fertilidade da mulher.) E, pelo resto da vida, a grande cantora jamais usaria uma pedra preciosa antes de "testá-la" colocando-a debaixo do travesseiro toda noite durante uma semana, para ver que efeito tinha sobre seus sonhos. Isso incomodou várias ilustres lojas de jóias internacionais, mas com um bom cliente, com uma estrela, as pessoas estão sempre dispostas a ser flexíveis.

(Se ela soubesse que seu último parceiro sexual, o playboy Raúl Páramo, tinha secretamente deslizado o presente de um colar de rubi debaixo de seu travesseiro durante aquela confusa noite de amor — os rubis estavam absolutamente proibidos para ela, desde anos antes, pelo astrólogo de Ameer —, ela teria entendido logo por que sonhara com sacrifício de sangue, e seria alertada, talvez, da proximidade de seu fim. Mas ela nunca encontrou o colar. Foi descoberto pela polícia durante a busca no quarto de hotel, e, antes que pudesse ser informada, tudo terminou.

Além disso, toda essa história de leitura de jóias é pura charlatanice. Não quer dizer absolutamente nada.)

Além do hindi-urdu e dos segredos de beleza e das jóias, Vina também bebeu a cidade de Bombaim em grandes goles sedentos — particularmente, para delícia de meu pai, a língua de seus edifícios. V. V. tornou-se seu dedicado instrutor, e ela, sua melhor aluna. Meus pais tinham acabado de afundar uma grande soma de dinheiro numa propriedade excelente perto do terminal ferroviário central de Bombaim, local do proposto cinema Orpheum, que meu pai estava decidido a construir no estilo decô que Bombaim tinha tornado seu, embora os outros cinemas decô da cidade já tivessem vinte anos, e salas mais "modernas" fossem a sensação do momento. Vina queria saber tudo. Depois de algum tempo, sempre que íamos ver um filme falado em inglês, ela prestava mais atenção aos cinemas do que à tela. Na grande obra-prima decô, o Eros Cinema em calcário vermelho e creme (Paramount Pictures, em VistaVision; Danny Kaye em *O bobo da corte*, avisando que o cálice envenenado devia ser evitado, e que a taça sem jaça tinha a mistura que era pura), Vina não se lembraria do filme, mas seria capaz de mencionar casualmente que o edifício fora projetado pelo nativo Sohrabji Bhedwar, enquanto o fabuloso interior, preto, branco, ouro e cromado, era obra de Fritz von Drieberg, que havia reformado também o New Empire (20th Century Fox, Todd-Ao, Rodgers, Hammerstein, uma névoa dourada brilhante no riacho, charretes enfeitadas com franjas, Rod Steiger cantando sua cantiga de autopiedade, nada disso bastava para fazê-la se lembrar de uma palavra que fosse da fabulosa trilha sonora de *Ooooooo-klahoma*!). No Metro, com seus espetáculos MGM — Stewart Granger em *Scaramouche*, vencendo a luta de espadas mais longa da história do cinema —, ela prestava atenção nas poltronas e carpetes (norte-americanos, importados) e nos murais (pintados pelos estudantes da J. J. Escola de Arte, da qual o pai de Rudyard Kipling tinha sido encarregado). E no Regal — Maria Montez inesquecível no *Mulher cobra* da Universal —, Vina, obcecada pela arquitetura, nem notou que La Montez fazia papel de gêmeas, mas sussurrou que se devia atribuir o devido reconhecimento ao checo Karl Schara pela deslumbrante decoração de raios de sol na platéia. Nos filmes hindi ela se comportava melhor e parecia mais interessada, embora tenhamos aprendido sobre os méritos de Angelo Molle (decoração do Broadway Cinema, em Dadar). Vina, sem nenhuma originalidade, declarou que estava apaixonada por Raj Kapoor, e Ormus ficou zangado. Eu, porém, estava meio cheio de cinema. Felizmente chegaram as férias de calor e fomos para a Caxemira.

Vina desabrochando em feminilidade naquele vale outrora encantado é uma das minhas memórias mais preciosas. Lembro-me dela nos Jardins de Shalimar, ao lado da água corrente, transformando o galope infantil num andar de mulher e começando a fazer cabeças virarem. Lembro-me dela em cima de um pônei palomino no riacho de Baisaran, os cabelos flutuando enquanto cavalgava. Lembro-me dela no Bund de Srinagar, se apaixonando pelos nomes das lojas mágicas cheias de móveis de *papier mâché* e nogueira entalhada e tapetes *numdah*: Moisés Sofredor e John Barato e Subhana, o Pior. Lembro-me dela na trilha de pôneis no alto povoado de Aru, horrorizada porque os camponeses fingiram não ter comida para nos vender porque me ouviram chamá-la de "Vina" e acharam que éramos hindus, e me lembro da expressão de desagrado dela quando, ao saber que éramos muçulmanos, esses mesmos camponeses nos trouxeram um banquete de *shirmal* e almôndegas e recusaram pagamento.

Lembro-me dela lendo vorazmente, devorando livros — todos em inglês porque ela nunca aprendeu a ler as línguas indianas tão bem quanto as falava. Num campo de flores em Gulmarg, ela leu *On the road* (ela e Ormus eram capazes de recitar trechos de cor, e quando recitava a conclusão elegíaca do livro, *Penso em Dean... penso em Dean Moriarty*, seus olhos se enchiam de lágrimas). E numa floresta de altas árvores perto de Pahalgam, ela imaginando se alguma daquelas coníferas poderia ser a Árvore Distante de Enid Blyton, que, numa inspirada inversão das regras de viagem normais, recebia a visita regular de terras fantásticas em seu topo escondido nas nuvens. E o mais doloroso, lembro-me dela na geleira de Kolahoi, falando excitada sobre a *Viagem ao centro da Terra*, de Júlio Verne, e de seu sonho de viajar para uma outra paisagem nevada, a do Snaefellsjokull, na Islândia, para que no solstício de verão pudesse se colocar no lugar certo, na hora certa, e ver uma rocha apontando com seu dedo retorcido, ao meio-dia em ponto, a entrada do submundo, o portão ártico Taenarus. À luz do que aconteceu com ela, essa lembrança, devo confessar, agora me dá arrepios.

(Todos aqueles cinemas agora passam filmes hindi. E a Caxemira é uma zona de guerra. Mas o passado não passa a ter menos valor porque não é mais presente. Na verdade, ele fica mais importante, porque é para sempre invisível. Pode-se dizer que isso é misticismo meu, uma das raras propostas espirituais que estou disposto a fazer.)

Ormus Cama não foi conosco nessas férias, nem aos cinemas. Nesse assunto da excepcional ligação de Vina, Ameer Merchant baixara a lei. Com grande tolerância — e apesar da feroz oposição de lady Spenta Cama, que ela não apreciava muito, como você há de se lembrar —, Ameer aceitou a possibilidade de aquilo ser o começo de um genuíno encontro de amor, "mas vão ter de obedecer a todas as normas". Ormus podia vir cinco vezes por semana na hora do chá e ficar uma hora exata. Minha mãe concordou em não comunicar a lady Spenta as visitas de Ormus, sabendo que ela própria estaria presente em todas elas, ou, se compromissos profissionais a impedissem, que o encontro todo ocorresse ao ar livre, na varanda. Vina aceitou sem discutir. Aquela não era mais a introvertida rebelde Nissy Poe, nem a assustada menina submissa, sem opções na vida. A vida familiar tinha começado a consertar Vina, a deixá-la inteira, e ela se submetia alegremente à disciplina maternal de Ameer porque soava como amor. Na verdade, era amor; difícil dizer qual das duas precisava mais da outra.

(Além disso, Vina e Ormus acabaram tendo um outro aliado inesperado que possibilitava uma série de encontros mais privados.)

Para mim, as visitas de Ormus eram as piores horas da semana. Eu tentava não estar presente sempre que podia. Quando estava em casa, emburrava em meu quarto. Depois que ele ia embora, porém, as coisas melhoravam. Ela vinha me ver. "Bobagem, Rai", dizia. "Sabe como é. Ormie é só passatempo, eu estou esperando é você crescer para ser meu homem." Ela fazia um carinho no meu rosto e chegava a me dar um beijo de leve na boca. E os anos passaram, eu completei treze, e o aniversário de dezesseis anos dela estava chegando, e Ormus Cama ainda se recusava a tocá-la, com ou sem vigias presentes, e eu ainda emburrava no quarto, e ela entrava, "Bobagem, Rai", e me acariciava. No toque leve de seus dedos e lábios eu podia sentir todo o peso de seu amor proibido por Ormus, todo o desejo inexprimível. Eu era fruto proibido também, vetado por causa de minha juventude mais que da dela. Mas embora não houvesse ninguém vigiando a gente, porque meus pais eram inocentes demais para pensar na possibilidade de virar o substituto de Ormus, seu dublê de corpo, eu estava disposto a aceitar um papel menor, ser a sombra dele, seu eco, e de fato ansiava por isso. Mas ela se recusou a me satisfazer, ela me deixou me sentindo pior que antes, ela me deixou esperando.

Foi uma longa espera. Mas Vina valia a pena.

O fraco de Vina por mentores, líderes e professores, o vício pelo blablablá, que era sua maneira de disfarçar as radicais incertezas da vida, revelava que Ormus podia sempre, e sem nenhum esforço, dizer que ela era dele. Mas repito: ela nunca foi inteiramente possessão dele. Independentemente das vitórias nos jogos de cartas e da celebridade mundial, ela sempre voltava para mim.

Do vale da Morte, o ponto mais baixo dos Estados Unidos continentais, dá para ver o monte Whitney, o mais alto. Assim também do fundo de minha desgraça e frustração quando Ormus chegava para o chá, ofereço este relance relembrado dos grandes dias em que eu e ela éramos amantes:

Muitos anos depois, em Nova York, no meu apartamento de terceiro andar sem elevador em um prédio perto de St. Mark, famoso por sua população de refugiados cubanos gays, Vina rolou de cima de meu corpo suado imediatamente depois de termos feito amor, e acendeu um cigarro. (Sempre suei bastante, coisa que incomoda um pouco na vida diária, mas é uma vantagem durante o sexo, quando tudo o que é escorregadio, inclusive a moral, é eficaz.) "Já contei? Eu vi uma luz nele", ela disse. "Uma auréola, uma aura, aquele primeiro dia, na loja de discos. Não muito forte, mas emanando mesmo. Assim como uma lâmpada de cem velas, vamos dizer, o suficiente para iluminar uma sala de tamanho médio. O que já era bastante."

Vina não era chegada às sutilezas da traição sexual. Ela não via o menor problema em falar de seu *fidanzato* com seu homem da porta dos fundos, vinte segundos depois de ter atingido o orgasmo, que atingia com facilidade, e que, naquela época de sua vida, era barulhento e prolongado. (Depois do casamento ainda gozava rápido, mas seu prazer durava apenas um instante e ela o desligava, zap, como se obedecesse à batuta de algum maestro invisível. Como se estivesse tocando aquele belo instrumento, seu próprio corpo, e de repente ouvisse uma nota chocantemente desafinada.) Eu aprendi a me acomodar às suas indelicadezas de conversação. Porém, tanto naquela época como agora, eu não tinha paciência para essa coisa rasa de "aura", de "luz".

"Besteira", respondi. "Ormus não é nenhum santo com efeitos luminosos portáteis. O problema é que você veio para a Índia e pegou Sabedoria-do-Orientite, ou melhor, gurumerdose, nossa incurável moléstia fatal para o cérebro. Eu falei para não beber água sem ferver."

"O *seu* problema", ela soprou fumaça na minha cara, "é que você *nunca* bebe água se não ficar fervendo um *ano* inteiro."

Ela pegou Índia e quase morreu disso. Ela pegou malária, tifo, cólera e hepatite, e nada disso diminuiu seu apetite pelo lugar. Ela engoliu tudo como se fosse um lanche barato de barraca de beira de estrada. Depois, isso a rejeitou, com a mesma crueldade com que ela havia sido rejeitada na Virgínia e no estado de Nova York. Nessa época, porém, já tinha força bastante para absorver os golpes. Tinha Ormus, e o futuro não estava mais no presente de ninguém. Ela podia revidar e sobreviver. Mas seus anos de bom comportamento acabaram naquele momento. Depois disso, adotou a instabilidade, a dela e a do mundo, e ia fazendo as próprias regras enquanto vivia. Nada mais era seguro à sua volta, o chão estava sempre tremendo, e é claro que as falhas se espalhavam por ela de alto a baixo, e falhas em seres humanos sempre acabam se abrindo, como rachaduras que gemem na terra.

* * *

The swimmer [O nadador], uma das últimas músicas que Ormus Cama escreveu para ele e Vina, foi gravada na ilha de Montserrat debaixo de um vulcão roncador. O ritmo duro e o *riff* de guitarra de blues que dominam a canção estavam na cabeça dele fazia dias. Tinha acordado com a batida no ouvido e pegou a guitarra e um gravador para gravar a música antes que se dispersasse. Os dois não estavam se dando bem nessa época, e as sessões de estúdio foram ásperas, dispersivas, duras. Ele acabou se ligando no clima envenenado, encarou o que estava bloqueando as coisas e botou um freio nisso, transformou a briga em seu assunto, e saiu aquela música amarga, profética, de amor maldito. Para ele próprio, escreveu alguns de seus versos mais soturnos. "*I swam across the Golden Horn, until my heart just burst. The best in her nature was drowning in the worst.*" [Meu coração explodiu quando cruzei o Golden Horn. O que ela tem de melhor está afogando no pior.] Ele cantava anasalado, arrastado, o que alarmou seus admiradores, e foi descrito por um crítico musical sabidamente venenoso (e que inconscientemente ecoava o pai do cantor, sir Darius Xerxes Cama) como algo semelhante à agonia mortal de um bode velho, e comprovou que ele estava começando a afundar antes mesmo da tragédia. Mas como ele ainda a amava, mesmo nos piores momentos não conseguia negar isso, deu a ela os versos agudos, cheios de esperança, para cantar contra os dele, graves, desesperados, sedutores como canto de sereia; como se ele fosse tanto John quanto Paul, tanto amargo quanto doce.

There's a candle in my window [Há uma vela em minha janela], Vina cantou, mas não preciso dizer nada, você já está sentindo, a lembrança puxando as emoções. *Swim to me* [Nade para mim]. Eu não posso nem ouvir. Não mais.

O melhor de nós está se afogando no pior. Era a mãe de Ormus que costumava dizer isso. No final dos anos 50, lady Spenta Cama caiu em profunda tristeza sob cuja influência convenceu-se, blasfema, de que o Monstro da Mentira, Ahriman ou Angra Mainyu, estava vencendo Ahura Mazda e a Luz, apesar do que estava profetizado nos grandes livros, o Avesta, o Yasna e o Bundahish. Sacerdotes de roupas brancas eram convidados com freqüência cada vez maior ao apartamento de Apollo Bunder e traziam seus foguinhos e cantavam, nobres. "Ouvi, pois, com vossos ouvidos, e vede as brilhantes chamas com os olhos da Mente

Melhor." Ardaviraf Cama, o filho silencioso de lady Spenta, sentava-se com ela e participava intermitentemente dos rituais de fogo com aquela expressão doce que era sua marca registrada; Ormus, porém, se ausentava. Quanto ao marido envelhecido, borrado pela bebida, sua impaciência com essas preces só aumentava com o passar dos anos. "Esses malditos desses sacerdotes fazem isto aqui ficar parecendo um maldito hospital", ele resmungava, atravessando a câmara das devoções dela. "Maldito fogo vai acabar queimando a maldita casa."

A casa dos Cama estava de fato em perigo, mas não por causa do fogo sagrado. No décimo aniversário da independência da Índia, Spenta recebeu uma carta de William Methwold, que era então par do reino, um dignitário do Ministério das Relações Exteriores, enviando seus bons votos aos velhos amigos "em data tão auspiciosa". Porém a carta tinha também um propósito menos auspicioso. "Se endereço esta a você, minha cara Spenta, em vez de ao Irmão D. X. C., é porque tenho, sinto muito, más novas a comunicar." Em seguida, uma série de tortuosas e digressivas animadversões à questão geral dos banquetes a que comparecera ultimamente, em particular uma "ocasião bastante agradável" em torno de uma encenação de *Noite de reis* em Middle Temple, na noite de reis, sendo Middle Temple o local onde *Noite de reis* foi encenada pela primeira vez numa antiga noite de reis de qualquer forma — e finalmente lorde Methwold acelerava para o odioso ponto —, sentara-se por mero acaso ao lado do eminente juiz Henry "Hang'em" Higham, antigo colega do "Irmão D. X. C.", e que revelou, enquanto bebia conhaque, que sir Darius Xerxes Cama era um entusiasta de jantares, mas que seus estudos de Direito "não tinham dado em nada". Ele fora reprovado nos exames, e jamais fora admitido aos tribunais "de maneira nenhuma".

Lorde Methwold tinha "achado a acusação impossível de acreditar". Em Londres, solicitou uma investigação e descobriu, para seu desespero, que Henry Higham tinha razão. "Só posso concluir", escreveu em sua carta, "que os documentos de seu marido são falsificações, falsificações da melhor qualidade, posso afirmar; que ele simplesmente resolveu exibir supondo que ninguém na Índia se daria ao trabalho de conferir; e se conferisse, não é impossível, como você deve saber, nem dispendioso demais, comprar o silêncio de um sujeito nesse seu grande país, de que não deixo nunca de sentir a mais cara nostalgia."

Lady Spenta Cama amava o marido apesar de tudo, e ele a amava. Ormus Cama sempre acreditou que a base do afeto mútuo de seus pais era uma compatibilidade sexual que a velhice em nada comprometeu.

"Os velhos fazem quase toda noite", ele dizia. "Todo mundo tinha de fingir que não escutava nada, o que não era fácil, porque os dois faziam muito barulho, principalmente quando meu pai, bêbado, insistia naquilo a que chamava de posição inglesa, que eu acho que minha mãe não gostava. Aqueles gritos não eram de prazer, não, mas ela estava disposta a sofrer bastante por amor." Quando descobriu que sir Darius havia construído toda a sua vida profissional com base numa mentira — que ele, secretamente, era um Servo da Mentira —, lady Spenta mudou para outro quarto, e de noite o apartamento ficava cheio do triste silêncio daquele fim. Ela nunca explicou a sir Darius a razão de sua retirada da cama conjugal, e escreveu a lorde Methwold implorando a ele que, em nome da longa amizade, guardasse o segredo de seu marido. "Ele não exerce a profissão há muitos anos, e, enquanto exerceu, todos concordam que prestou serviços impecáveis, portanto não houve nenhum dano, não?" Methwold respondeu concordando, "com a única condição, minha cara Spenta, de que você continue a escrever e me dar todas as notícias, uma vez que não me sinto à vontade para escrever para o próprio D. X. C., sabendo o que sei".

"Temo estar sucumbindo ao erro", Spenta confidenciou, infeliz, em uma carta posterior a lorde Methwold. "Como parses temos orgulho de acreditar numa visão progressista do cosmos. Nossas palavras e atos fazem parte, à sua humilde maneira, da batalha em que Ahura Mazda derrotará Ahriman. Mas como posso acreditar na perfeição do universo se em meu limitado território encontro tantas ladeiras escorregadias? Talvez nossos amigos hindus tenham razão e não exista progresso, mas apenas um ciclo eterno, e estejamos vivendo agora a longa idade de trevas, *kalyug*."

Para combater suas dúvidas e justificar a visão de mundo inovadora do profeta Zaratustra, lady Spenta Cama mergulhou em boas obras. Sob a proteção do Anjo Saúde, especializou-se em visitar hospitais altas horas da noite. A pequena, pesada, agitada Spenta, com seus óculos de aros de chifre, ligeiramente inclinada para a frente ao caminhar, segurando a bolsa com firmeza com ambas as mãos, tornou-se uma figura familiar nos corredores iluminados a luz fluorescente do Hospital de Internação e da Casa de Saúde Gratiaplena, principalmente naquelas alas soturnas e nas unidades de tratamento intensivo reservadas aos doentes graves, aos incuráveis, aos horrivelmente mutilados e aos moribundos. Os funcionários dessas instituições — até a formidável Irmã John — logo formaram uma alta opinião da pequena dama. Ela parecia saber instintivamente quando tagarelar com os pacientes — futricando sobre as bobagenzinhas de Bombaim, a loja mais nova, o último escândalo — e quando manter um silêncio puro que de alguma forma emanava consolação. Na questão de silêncios ela parecia ter aprendido alguma coisa com seu Ardaviraf. Virus Cama começou a acompanhar a mãe em suas rondas, e sua tranqüila mudez também trazia o socorro da serenidade aos doentes. Profundamente afetada pelo que via no hospital — os muitos casos de má nutrição, de pólio, de tuberculose e outras doenças relacionadas com a pobreza, inclusive os ferimentos auto-infligidos de tentativas de suicídio malsucedidas —, lady Spenta Cama transformou-se, ao lado de mrs. Dolly Kalamanja, de Malabar Hill, coordenadora e força motriz de um grupo de senhoras, parses como ela, cujo propósito era aliviar o sofrimento de sua comunidade, que em geral se acreditava composta exclusivamente de cidadãos prósperos e poderosos, mas que estava, na verdade, mergulhada em extrema dureza e mesmo, em alguns casos, em desamparo. Sir Darius Xerxes Cama, uma figura cada vez mais remota, não aprovava aqueles chás matinais em que as senhoras planejavam seu trabalho de levantamento de fundos. "Esses mendigos idiotas são eles mesmos os culpados", ele resmungava, passando pela saleta como um fantasma. "Sem tutano. Fracos. Maricas. Desculpem, mas é a verdade." As senhoras o ignoravam e continuavam trabalhando.

Circularam comentários maldosos de que as visitas de lady Spenta Cama aos doentes eram elas próprias pouco saudáveis, que cheiravam a obsessão, que ela estava viciada em segurar a mão de moribundos e fazer o papel da grande dama santificada e generosa. Eu não concordo. Se for para criticar a empenhada ofensiva caritativa de lady Spenta, eu diria apenas isto: a caridade começa em casa.

Em 1947, aos quinze anos de idade, Cyrus Cama declarou sua independência. Nessa época, ele já havia passado cinco anos na famosa — e afamada como disciplinadora — Templars School na estação montanhosa sulina de Kodaikanal, como castigo por sua tentativa de sufocar o irmão Ormus. Durante seus primeiros tempos na Templars School, deu todos os indícios de ser uma criança perturbada, capaz de violência contra os colegas e também contra funcionários. Porém, depois, passou a se mostrar uma criança totalmente diferente, dono de uma doçura de natureza tão sedutora e atraente quanto a de seu irmão Ardaviraf. Esse "segundo eu" conquistou para ele maiores oportunidades que qualquer outra criança assim teria recebido.

Sir Darius e lady Spenta haviam escolhido a opção "ano inteiro" da Templars, o que permitia que Cyrus vivesse na escola tanto durante as férias como durante o ano letivo, opção normal apenas para os meninos cujos pais estavam no estrangeiro ou tinham falecido. Nos primeiros dias, a escola havia escrito duas vezes aos Cama, pedindo que reconsiderassem essa decisão, porque o menino parecia perturbado e, sem dúvida, se beneficiaria com o ambiente familiar. Mas lady Spenta, particularmente, foi taxativa. "O menino precisa de mão de ferro", respondeu, "e vocês têm fama de ter essa mão. Será que a escola não merece essa fama?" Sir Darius também era da opinião que, como diziam os ingleses, "interno é melhor". Pode-se atribuir a dura decisão dos Cama ao horror generalizado que os indianos têm de problemas psiquiátricos e doenças mentais, mas explicar não é desculpar.

De qualquer forma, depois da reprimenda de lady Spenta, Cyrus foi tratado com a máxima severidade. Os castigos físicos eram freqüentes, prolongados e intensos. Ele reagiu depressa. A violência cessou, o desempenho escolar melhorou drasticamente, o Cyrus delinqüente desapareceu e o Cyrus sedutor dominou inteiramente. Além disso, ele desenvolveu um interesse apaixonado por *fitness* e ginástica, tornando-se a estrela do ginásio escolar, adepto das barras horizontais e paralelas, do cavalo e das argolas. Seus boletins começaram a fulgurar com o orgulho e a satisfação dos professores, e lady Spenta sem dúvida sentiu-se justificada por esses boletins.

Em agosto de 1947, a Templars School estava de férias. Cyrus Cama ainda estava em residência, junto com meia dúzia de outros meninos, em sua maioria filhos de diplomatas, cujos pais estavam assumindo postos recentes em embaixadas pelo mundo todo. O assassinato em massa dessas crianças — todas sufocadas nas camas enquanto dormiam — foi uma atrocidade que teria captado toda a atenção do país em qualquer outra época. Porém, a agonia dos massacres da *Partition* e o contraponto do êxtase das festividades da Independência, acoplados ao fato de que esses assassinatos não tinham ocorrido em Delhi, nem em Calcutá, nem em Bombaim, mas na remota Kodaikanal, significavam que essas mortes seriam ignoradas pelos jornais nacionais, apesar da importância das famílias dos meninos mortos. Inicialmente, o desaparecimento de Cyrus Cama não fez dele suspeito do crime. A tentativa de sufocamento do pequeno Ormus era uma questão de família, que os Cama não haviam revelado a ninguém; nem quando souberam da atrocidade, eles não forneceram nenhuma informação à polícia.

Pensou-se que Cyrus ou havia escapado do assassino, e nesse caso estaria se escondendo em algum lugar, talvez ferido e certamente aterrorizado, e provavelmente apareceria depois de algum tempo (coisa que ele não fez); ou teria sido levado como refém pelos criminosos, e nesse caso haveria um pedido de resgate; ou seu corpo seria encontrado depois, em outro lugar (não foi). Os propósitos do assassino eram obscuros, mas viviam-se dias criminosos, e o Departamento de Investigações de Kodaikanal, com seus recursos limitados, não conseguiu determinar o motivo.

"O Travesseiro-Man", como veio a ser conhecido depois o assassino em série Cyrus Cama, era tão brilhante intelectualmente e tão forte fisicamente quanto seu pai almejava que fossem todos os jovens parses, e foi, além disso, nas semanas seguintes, responsável por assassinatos em Mysore, Bangalore e Madras. Devido à localização dispersa dos crimes, à ausência de um fator religioso e aos ânimos exaltados da época, de início não foi feita nenhuma ligação entre os assassinatos — embora o uso do mesmo método, sufocamento com travesseiro, constituísse um elo óbvio —, e Cyrus não foi implicado. (Nesse momento, a polícia de Kodaikanal dava preferência à teoria de seqüestro-seguido-de-morte e esperava o aparecimento do corpo.) Finalmente, Cyrus não agüentou mais o anonimato e mandou uma carta de vanglória, típica de alguém com quinze anos, para todos os chefes de polícia importantes, incriminando a si mesmo e insistindo que jamais seria capturado por imbecis como eles.

Quando lady Spenta foi informada desses fatos, chorou lágrimas chocadas. "Nosso mundo perdeu as amarras", disse ao marido. "Nada mais é certo. A humanidade, o que é? Como entender tanta violência, tantas traições, tanto medo?" *O melhor de nós está afogando no pior.* Depois, durante algum tempo, ela se recolheu, conforme a prática familiar, num silêncio sufocado, emergindo dele para declarar em voz sufocada que não tinha mais um filho chamado Khusro, aliás Cyrus Cama, e que seu nome não devia nunca mais ser dito em sua presença, coisa com que sir Darius Xerxes Cama concordou, soturnamente. Cyrus Cama foi formalmente deserdado. Sir Darius mudou seu testamento, eliminando o filho assassino. Coisa que Virus, seu irmão gêmeo, aceitou sem dizer uma palavra.

A técnica de Cyrus Cama era seduzir as pessoas para a própria morte. Ele parecia e agia como se fosse anos mais velho que sua idade, e em lugares públicos respeitáveis — cinemas, cafés, restaurantes — ficava amigo das vítimas, geralmente jovens tolos com dinheiro para torrar, aos quais ele parecia um jovem extraordinariamente bonito e original, com uma inteligência fora do comum. Perguntavam-lhe o que fazia um rapaz parse viajando sozinho pelo sul da Índia (naquele tempo, poucos indianos viajavam por gosto por seu próprio país, nem que fosse até a Caxemira) e ele respondia em bem modulados e articulados tons de colégio interno, cantando loas a seus pais liberais, C. B. e Hebe Jeebeebhoy, de Cusrow Baag, Bombaim, que entendiam que um jovem devia crescer independente e haviam concordado com seu desejo de ver as glórias da Índia recém-independente, viajando sozinho numa espécie de peregrinação *yatra*, antes de ir estudar Direito na Universidade de Oxford, Inglaterra, dentro de um ano. Ele brindava as vítimas com histórias de viagem pelo grande subcontinente, descrevendo cidades rutilantes e cadeias de montanhas iguais a dentes do diabo e deltas de rios infestados de tigres e templos perdidos em distantes campos de milho, e o fazia com tantos detalhes que era impossível duvidar da autenticidade desses relatos inteiramente fictícios. Ao final da primeira noite o intrépido viajante já havia seduzido suas vítimas tão completamente que elas o convidavam como hóspede da própria casa.

Depois, ele as hipnotizava falando apaixonadamente, noite após eloqüente noite, do "curto-circuito moral" da época, da "perda de grandeza de alma" de toda a nação, o que havia notado tão dolorosamente em suas viagens, e do seu sonho de formar um "movimento popular para a salvação da força energética desta pobre terra ensangüentada". Era tal seu carisma, e habilidade em selecionar as vítimas, que elas logo começavam a pensar nele como uma espécie de novo grande líder, um guru, ou mesmo um profeta, dispostas a lhe entregar substanciosas somas de dinheiro para a fundação de seu movimento e propagação de suas idéias; diante disso, ele passava a visitá-las docemente em seus quartos idiotas e permitia que os travesseiros, que pareciam ir para suas mãos por vontade própria, cumprissem sua missão, que era uma missão necessária, pois os tolos não mereciam viver. Ser assassinável significava também não ser digno de ser assassinado. (Descrições louvatórias de Cyrus Cama foram encontradas também nos diários particulares dos meninos que ele matou na Templars School, com cujo dinheiro de mesada, que lhe davam liberalmente, Cyrus financiou sua primeira fuga.)

Cyrus, porém, tinha a tendência de exagerar as mudanças de humor, mergulhando, às vezes, num submundo cavernoso e sem luz de auto-aversão; e foi durante um desses períodos, no começo de 1948, que ele retornou a Kodaikanal, entrou na delegacia de polícia da cidade e rendeu-se ao aterrorizado oficial de plantão, dizendo apenas "Estou precisando de um descanso, *yaar*". Com dezesseis anos recém-completos, ele assumiu responsabilidade integral por um total de dezenove sufocamentos, foi considerado pela corte "profundamente perturbado, absolutamente imoral e de alta periculosidade", e transportado para o norte para ser trancafiado pelo resto de seus dias, "para proteção do público", em uma cela sem travesseiro no presídio de segurança máxima de Tihar, Delhi. Semanas depois, havia deixado impressão favorável em seus carcereiros, que falavam efusivamente de sua sabedoria, conhecimento, excelentes maneiras e imenso encanto pessoal.

Era o esqueleto vivo trancado no armário da família de Ormus e mais uma coisa que ele tinha em comum com Vina: havia um assassino múltiplo em sua família também.

Quando penso nos três irmãos Cama, vejo-os como homens que foram todos encarcerados por algum tempo, fechados em seus corpos pelas circunstâncias de suas vidas. Uma bola de críquete trancou Virus em seu silêncio; um travesseiro silenciou a música de Ormus durante catorze anos; o banimento e o castigo fizeram com que Cyrus também se escondesse por trás de uma mentira, de um eu tomado de empréstimo de seu gêmeo de boa índole, que não era ele de fato. Cada um encontrou uma coisa diferente nesse exílio interno. Cyrus encontrou a fonte da perversidade, Virus descobriu a natureza da paz, e Ormus, primeiro perseguindo a sombra de Gayomart em seus sonhos, depois — seguindo o conselho de Vina — aprendendo a ouvir suas próprias vozes interiores, descobriu sua arte.

Eles eram também, todos os três, homens que atraíam seguidores. Cyrus tinha suas vítimas, Ormus, seus fãs. Virus, porém, atraía crianças.

Não muito depois do memorável encontro de Ormus Cama com Vina Apsara na loja de discos do Rhythm Center, seu irmão Ardaviraf estava vagando, como era seu costume, pela praia do Portal da Índia na hora fresca entre o calor e a escuridão. Nessa época, ele começara a adquirir um séquito de meninos de rua, que nem lhe pediam dinheiro, nem se ofereciam para engraxar seus sapatos, mas simplesmente sorriam para ele na esperança (quase sempre atendida) de que ele sorrisse de volta. O belo sorriso de Virus Cama tornou-se contagioso, espalhando-se em alta velocidade por toda a comunidade de meninos de rua, aumentando dramaticamente o poder deles para ganhar dinheiro. Os novos visitantes estrangeiros não resistiam àquela sedutora inocência. Até calejados bombainitas, endurecidos por anos de negações aos pedidos das crianças, derretiam-se com seu calor e davam punhados de *chavanni* de prata aos incrédulos moleques.

É verdade que havia momentos em que Ardaviraf Cama não sorria. Nessas horas, era assaltado por sentimentos de claustrofobia e de malevolência tão poderosos que tinha de se sentar na parede marítima e respirar fundo. Terríveis pensamentos surgiam do nada em sua cabeça. "Oito anos. Pode imaginar quanta amargura pode se acumular durante oito anos de prisão, e o tamanho da onda de vingança que tem de ser liberada para lavar tamanha dor?" Ele não sabia responder à pergunta. Ele não queria saber a resposta. Mas sabia que seu irmão gêmeo ainda estava vivo e louco e sonhando apenas com o dia de sua inevitável fuga. Virus fechava os olhos e respirava fundo, e a transmissão do Travesseiro-Man terminava. Crianças se juntavam à sua volta, oferecendo seus sorrisos, que eram também dele. Ele retribuía. As crianças festejavam.

"Quem é esse?" Quem pode esquecer o imortal Harpo e seu séquito de crianças em *Um dia nas corridas*? Embora a maneira usual de vestir-se de Virus Cama fosse camisa safári estampada e calças cor de creme, seus passeios cercado de crianças sempre me trazem à mente aquele gênio querido (e voluntariamente mudo) em seu chapéu de palhaço arrebentado e casaco puído. Os cabelos cacheados de Virus aumentavam essa semelhança com mr. Adolph Marx... e talvez um de seus pequenos rufiões tenha dado uma olhada no velho filme também, porque um dia esse sujeitinho apareceu na frente de Virus com um grande sorriso e, com grande audácia, sem dizer uma palavra, estendeu uma flauta de madeira que Virus examinou deslumbrado, colocou nos lábios e soprou.

Ru-tu-tu! A música era natural para todos os rapazes Cama, inclusive o falecido Gayomart, e a fome e a facilidade com que Ardaviraf agora tocava sua flauta — instintivamente, com algumas inevitáveis hesitações, mas no geral com uma fluência que beirava o mágico — revelavam muito sobre a dor da ausência de melodia em sua vida. As notas fantasmagóricas, assombrosas da raga vespertina detiveram os passos dos transeuntes. As crianças se agacharam aos pés dele, os pássaros deixaram de cantar. O som da flauta era como um choro da alma, a alma da Ponte Chinvat, talvez, esperando julgamento. Depois de um tempo, quando a noite caiu e as luzes da rua se acenderam, Ardaviraf parou parecendo tolamente, estupidamente satisfeito. "Vamos lá, mister Virus", pediu o menino que havia lhe dado a flauta, "uma coisa sorridente." Virus colocou a flauta nos lábios mais uma vez e tocou, com considerável gosto, o *Saints*. E então não era mais apenas Harpo, mas o Flautista de Hamelin, levando suas crianças para lugar nenhum; e depois disso ele era Mickey Mouse como aprendiz de feiticeiro, cercado pelas incontroláveis vassouras de Walt Disney, porque a dança jubilosa dos meninos de rua tinha escapado ao controle, eles giravam à luz dos faróis dos carros e motonetas, correndo feito loucos, até o apito dos policiais os dispersar, deixando Virus, de flauta na mão, com ar idiota e envergonhado, de cabeça baixa enquanto um oficial de luvas brancas lhe passava um sermão sobre os perigos de obstruir o tráfego.

Na manhã seguinte, domingo, Ardaviraf Cama quebrou o embargo musical imposto pelo pai havia dezenove anos e trouxe a melodia de volta ao apartamento de Apollo Bunder. Com sir Darius fechado na biblioteca e lady Spenta tomando "charidade" na casa de Dolly Kalamanja, Virus foi para os aposentos da mãe; encontrou o que procurava em uma caixinha de jóias que ficava na penteadeira dela; bateu na porta de Ormus e estendeu para a inspeção do surpreso irmão um pingente que continha uma pequena chave. Ormus Cama, mal acreditando em seus olhos, seguiu passivamente o recém-determinado Virus até a saleta, onde o silente irmão tirou a capa de proteção de um piano de meia cauda havia muito silencioso, destrancou as trancas mágicas com sua própria chave mágica, sentou-se e se atirou no que já havia se tornado o mais celebrado *riff* da música popular. Ormus sacudiu a cabeça, perplexo. "Quando *você* descobriu Bo Diddley?", perguntou; não obteve resposta; e começou a cantar.

Entra sir Darius Xerxes Cama, mãos nos ouvidos, adernando um pouco para bombordo, seguido por seu mordomo Gieve com uma bandeja e uma garrafa de uísque. "Você parece um bode com a garganta cortada", ele fuzilou para Ormus, inconscientemente imitando todos os pais que naquele exato instante, em todo o mundo, xingavam essa música do diabo. Mas sir Darius percebeu o olhar de Ardaviraf e parou, incomodado. Virus começou a sorrir.

"Foi por sua causa", sir Darius disse, fraco. "Por causa do seu ferimento. Mas é claro que se você quiser — não posso fazer nada —, como é que vou negar?"

Virus abriu o sorriso ainda mais. Naquele instante suspenso, que indicava o fim do poder patriarcal sobre sua própria casa, e a despeito da turbulência de suas emoções, sir Darius sentiu os músculos faciais repuxarem, como se um sorriso estivesse tentando subir para seu rosto, como uma aranha, contra a sua vontade. Ele se voltou e fugiu. "Diga para Spenta", ele falou por cima do ombro, "que fui para o clube."

Virus atacou uma nova canção. "*Oh, yes, I'm the Great Pretender*", cantou Ormus Cama, "*pretending that I'm over you.*" [Oh, sim, sou o Grande Fingido, fingindo que esqueci você.]

* * *

Com a língua solta por seu irmão de língua aprisionada, Ormus Cama começou, finalmente, a usar seus dons prodigiosos; pois ele era um prodígio desde o princípio, bastava tocar num instrumento que se tornava um virtuose, bastava tentar um estilo de canto para dominá-lo. A música jorrava dele. Liberado, sentava-se todo dia ao lado do sorridente Ardaviraf, ensinando-lhe uma dúzia de canções novas. E quando foi visitar Vina na Villa Thracia, dedilhou, tangeu, tocou sua velha guitarra tamanho médio (Piloo Doodhwala havia mandado as coisas dela um dia depois de o curinga de Ormus ter batido seu ás), e nossa casa também ficou cheia de música nova. Primeiro, Ormus tocou apenas as canções que tinha meio aprendido com Gayomart em seus sonhos, cantando aquelas estranhas seqüências de vogais que não faziam sentido para ninguém, ou encaixando palavras sem sentido que minavam profundamente a misteriosa autoridade da música-sonho.

"*The ganja, my friend, is growing in the tin; the ganja is growing in the tin.*" [A maconha, meu amigo, está crescendo na lata.]

(E depois, *diminuendo*:)

"*The dancer is glowing with her sin. The gardener is mowing with a grin. The ganja is growing in the tin.*" [A bailarina rebrilhando com o pecado. O jardineiro roçando com um sorriso. A maconha crescendo na lata.]

"Pelo amor de Deus, Ormus", Vina protestou, rindo.

"Mas o som é esse", ele reclamou, submisso. "É difícil de ouvir."

Depois de alguns fracassos assim ele concordou em se limitar às músicas então na parada de sucessos. Infalivelmente, porém, mil e uma noites depois, *Blowin' in the wind* voou nas ondas sonoras em sua versão autêntica e Ormus gritou para mim: "Está vendo agora? Está vendo?".

Essas coisas estavam sempre acontecendo, não há como negar: e cada vez que uma das melodias de Gayomart Cama irrompia do mundo dos sonhos para o mundo real, aqueles de nós que a tinham ouvido pela primeira vez em versão deturpada numa casa de Bombaim na velha Cuffe Parade eram forçados a admitir a realidade do dom mágico de Ormus.

Nunca soube se ele tinha oportunidade de tocar para Vina suas outras criações, aquelas que ela o mandara procurar — falo de suas próprias canções, da música que era só dele. Mas foi durante esses anos de espera, em que ele compunha copiosamente, jorrando como rio não represado, que ele fez suas primeiras canções de amor nu. *I didn't know how to be in love,* escreveu, *until she came home from Rome. And I believed in God above until she came home from Rome.* [O que é o amor?, eu não sabia, até que de Roma ela voltou. E acreditava que Deus existia, até que de Roma ela voltou.] (Bem, não, ele não acreditava de fato, mas a verdade se curvava à dura exigência da rima.) *But now you fit me like a glove. You be my hawk I'll be your dove. And we don't need no God above, now that you're home from Rome.* [Agora, ela é a luva, eu sou a mão. Eu serei seu pombo, seja meu falcão. E não precisamos de nenhum Deus, não, agora que de Roma você voltou.] E ainda mais devocional era a alegre genuflexão, a prece adolescente, da cantata *Beneath Her Feet* [O chão que ela pisa]: *What she touches, I will worship it. The clothes she wears, her classroom seat. Her evening meal, her driving wheel. The ground beneath her feet.* [Tudo o que ela toca, eu vou adorar. A roupa que veste, o banco escolar. A direção do carro, o prato do jantar. O chão que ela pisar.]

Essa é a história de Ormus Cama, que encontrou a música primeiro.

Os sentimentos de lady Spenta Cama por Ormus continuavam, digamos, abafados. Ardaviraf era o querido dela, porém, e assim, embora concordasse com o marido e tivesse em baixa conta os grunhidos e soluços a que Ormus chamava de "cantar", não podia pedir que os irmãos desistissem. O retorno da música a Apollo Bunder só fortaleceu sua determinação de casar o filho mais novo assim que possível. Desde que terminara a escola com um histórico que trazia desonra e vergonha à família, Ormus estava à toa: vagabundeando, sem direção, a não ser em relação às meninas. Pais de alunas da Cathedral School para Moças vinham reclamando a lady Spenta que seu filho tinha o costume de se encostar numa parede do outro lado da rua da escola, palitando os dentes enquanto fazia os quadris girarem muito lentamente, e esses giros estavam desconcentrando as meninas das suas lições. Ormus, quando confrontado por lady Spenta, não tentou negar a acusação. Desde o começo a extrema sensualidade de seu corpo era um efeito que ele produzia inconscientemente; nunca se sentia responsável por isso e, naturalmente, não assumia nenhuma responsabilidade por seus efeitos. Tinha música na cabeça, e isso, ele se esquivava, fazia seu corpo se mexer sem quê nem pra quê. Não tinha nada a ver com o que as meninas pudessem pensar a respeito, não era culpa sua. "Esse menino parece um imprestável", lady Spenta reclamou a sir Darius. "Não tem ambição, responde mal, não tem nada além de música na cabeça. Inútil, não vai servir para nada se a gente não interferir."

Persis Kalamanja era a resposta perfeita. A menina era linda, tinha temperamento de santa e, ninguém sabia por quê, dava todas as demonstrações de adorar Ormus. Além disso, seus pais eram muito ricos. A longa aposentadoria de sir Darius havia desgastado severamente os balanços bancários dos Cama, e — finalmente, na opinião de lady Spenta — Ormus tinha com o pai e a mãe o dever de restaurar a saúde financeira da família. Patangbaz "Pat" Kalamanja e sua esposa, Dolly, eram originários do Quênia, mas haviam feito fortuna na Londres do pós-guerra, manufaturando rádios e despertadores baratos com o nome de Dollytone®, e, diversificando, com várias agências de viagens chamadas Kalatours®, especializadas em vôos entre os países que então exploravam a diáspora indiana. Os negócios floresciam na Grã-Bretanha dos anos 50, e Pat Kalamanja era obrigado a ficar em Wembley a maior parte do ano, mas Dolly tinha "se instalado definitivamente na terra-mãe", comprado do velho mr. Evans, da Companhia Bombaim, um dos melhores bangalôs antigos de Malabar Hill, gasto uma fortuna para estragá-lo, desenvolvido uma ferocidade por respeitabilidade e cobiçava uma parte do título de nobreza de sir Darius tão apaixonadamente quanto lady Spenta cobiçava o dinheiro de Pat Kalamanja.

"Quer cantar, é?", lady Spenta rosnou para o marido. "Os rádios Dollytone cantam por ele. Quer dançar na tempestade? Com as agências de turismo, pode ir para águas mais tranqüilas. Tem também a conexão britânica", ela acrescentou, matreira, sabendo o efeito que isso teria na arquianglofilia de sir Darius.

Os olhos de sir Darius cintilaram. Ele concordou imediatamente com o plano da mulher. "As famílias mais antigas se afastam por causa dos erros você sabe de quem", ela ponderou (era o mais próximo que chegava de mencionar os dezenove assassinatos de Cyrus Cama), "de forma que esses Kalamanja caíram do céu, como uma bela pipa."

O problema era Vina. Depois que se conheceram, Ormus informou gravemente à mãe que tinha inadvertidamente se apaixonado, e que infelizmente o noivado com a bela Persis estava fora de questão. Quando ele identificou o objeto de sua improvável afeição, a mãe — que concluíra que a nova luz nos olhos de Ormus, a leveza de seus passos, o ânimo com que ele saudava cada novo dia eram por causa de Persis, e, conseqüentemente, resultado de seu bom juízo paternal — explodiu numa raiva de olhos arregalados. "Demônio! Aquela moleca de doze anos sem um tostão que não é nada nem ninguém?", berrou. "Bote uma coisa na sua cabeça: aquilo é um atraso de vida, menino." Lady Spenta e Dolly Kalamanja concordaram em continuar com seus planos como se nada tivesse acontecido. "A coisa já já se esgota", Dolly garantiu, decidida, à amiga. "Homem é homem, antes e depois do casamento, mas ainda podem dar bons maridos e tudo." Essa observação chocou lady Spenta, mas ela calou a boca.

Poucos dias depois, Persis Kalamanja e Ormus Cama foram levados por seus respectivos pais a um piquenique de famílias reunidas na Colônia Leiteira Exwyzee. Foram estimulados a passear sozinhos no meio do mato e das vacas e, quando estavam a uma distância segura, a bela Persis, por quem a maioria dos jovens morreria, perguntou sobre sua rival de menoridade. "Olhe, você pode me contar, tudo bem, não vou ficar chateada", ela disse. "Não interessa o que as nossas mães querem. Amor é uma coisa importante demais para ser de mentira." Ormus, parecendo sem jeito pela primeira vez em sua linda vida, confessou que não fazia a menor idéia de como tinha acontecido, que aquele dia na loja de discos havia encontrado a única mulher que amaria. Persis aceitou a coisa com valentia, deixou de lado todas as esperanças, balançou a cabeça muito séria e prometeu ajudar. A partir daquele momento até o décimo sexto aniversário de Vina, Persis ficou ao lado de Ormus e Vina numa conspiração de pequenos e grandes enganos. Para começar, anunciou à mãe que não tinha nenhuma certeza sobre esse pretenso presente dos deuses, Ormus Cama, que, sendo ela própria uma mulher muito bem cotada, não pretendia ir comprando a primeira mercadoria que sua mãe tirava do cabide, e se tivesse de ser Ormus então ela ia precisar de um bom tempo para resolver sozinha se ele seria a opção que estaria disposta a aceitar, depois de pesar todos os prós e contras. "As moças de hoje são modernas demais, juro mesmo", suspirou Dolly Kalamanja, e teria tentado forçar o casamento, só que Persis apelou para o pai, Pat, na Inglaterra, e Patangbaz Kalamanja disse a Dolly que sua adorada filha não ia ser despachada para ninguém se ela não quisesse, e pronto: Dolly ficou emburrada, mas concordou com um longo "pré-noivado". Todo mês, mais ou menos, Dolly reclamava que sua filha estava demorando demais para decidir, e Persis respondia invariavelmente: "Casamento é para a vida inteira, e isso é tempo demais para fazer besteira". Persis, *the Great Pretender*, a Grande Fingida, a testa-de-ferro. De noite, ela chorava até dormir. E Ormus e Vina estavam tão envolvidos um com o outro que nunca prestavam muita atenção à bela moça que desistira das próprias esperanças em favor deles. E, no entanto, Persis é que foi, de muitas maneiras, a verdadeira heroína da história de amor dos dois.

Ela dizia à mãe que tinha combinado encontrar Ormus para um café, ou para "batata frita e um mergulho no Willingdon"; ou que ele ia levá-la a uma daquelas *jam sessions* de jazz que estavam ficando populares aos domingos de manhã, naquela época, em alguns restaurantes de Colaba; ou que estava passando um bom filme. "De amor?", Dolly perguntava curiosa, e Persis fazia que sim, aparentando grande excitação. *O suplício de uma saudade*, ela respondia, ou, depois, *Tarde demais para esquecer*, e Dolly balançava a cabeça, "Excelente! Faça ele entrar no clima!". E lá ia Persis, dirigindo sozinha o seu Hindustan Ambassador por Malabar Hill para seu compromisso vazio. E como efetivamente se encontrava com Ormus no clube ou no restaurante, tecnicamente não estava mentindo para a mãe; mas, minutos depois, Vina chegava, e Persis ia embora sem dizer uma palavra. Essas horas solitárias que passava vagando sozinha pela cidade até poder ir para casa sem entregar o álibi dos amantes eram como um buraco em sua vida, uma ferida pela qual vazavam toda a sua esperança e boa parte da alegria. "Penso naquele tempo em que dei cobertura a Ormie como o caso de amor que não tivemos", ela me escreveu. "'Ele está comigo', eu me dizia, está bem aqui do meu lado, mas é claro que não estava, era tudo bobagem. Um suplício de saudade. Que não vale a pena lembrar. Mas era tarde demais para esquecer."

Entre o eu e o outro, entre o visionário e o psicopata, entre o amante e seu amor, entre o sobremundo e o submundo cai a Sombra.

O tempo passa. Agora, em seus sonhos, Ormus ainda segue Gayomart por aquela Las Vegas do mundo subterrâneo, mas muitas vezes, talvez mais vezes, ele se vê frente a frente consigo mesmo nas ruas de uma cidade desconhecida mas familiar, e escuta o que sua própria imagem-sonho tem a dizer. Ele ainda é jovem.

O mundo não é cíclico, nem eterno ou imutável, mas se transforma incessantemente e nunca volta atrás, e podemos ajudar nessa transformação.

Continuar vivendo, sobreviver, pois a terra produz maravilhas. Você pode ter de engolir o coração, mas as maravilhas continuam vindo. Você fica diante delas de cabeça descoberta, contrito. O que se espera de você é atenção.

Suas canções são seus planetas. Viva neles, mas não faça deles sua morada. O que você escreve você perde. O que você canta deixa você nas asas da canção.

Cante contra a morte. Comande a loucura da cidade.

Liberdade para dizer "não", essa é a única liberdade. Liberdade para defender é perigosa.

A vida está em outro lugar. Atravesse fronteiras. Voe embora.

Vina Apsara está procurando alguém para seguir, e Ormus está descobrindo como conduzir. Eles lêem livros juntos, procurando respostas. No princípio, havia água e lodo. Vina lê em voz alta. Disso nasceu o Tempo, uma serpente de três cabeças. O Tempo fez o ar brilhante e o golfo bocejante, e no ar dependurou um ovo de prata. O ovo se partiu, e assim por diante. A parte que interessa a Ormus é a dupla natureza do homem. Que é tanto titânico quanto dionisíaco, tanto terreno quanto divino. Por meio da purificação, do ascetismo e do ritual, podemos purgar o elemento titânico, podemos nos purificar do que é terreno, físico. A carne é fraca, má, contaminada e corrupta. Temos de nos despir dela. Temos de nos preparar para nos tornar divinos.

Não, Ormus grita. Estão nos Jardins Suspensos, cercados de elefantes topiários e hedonistas vespertinos, e seu grito chama atenção. Ele modera a voz. O contrário é que é verdade. Temos de nos purgar do divino e nos preparar para entrar inteiramente na carne. Temos de nos purgar do natural e nos preparar para entrar inteiramente naquilo que nós mesmos construímos, o feito pelo homem, o artificial, o artifício, o construído, o truque, a piada, a canção.

Isso, ela murmura. A carne, a carne viva.

O que é aparente é o que existe. O mundo oculto é uma mentira.

Há contradições aí. Mesmo acreditando nele, acreditando com a força da sua necessidade de acreditar, a força de sua carência dele, ela tem uma semiconsciência de um outro lado não só na sua natureza, mas na dele. Porque ela é — será — dionisíaca, divina, e assim é — será — ele também. Eles vão enlouquecer as pessoas de desejo, com música, deixando atrás de si longas trilhas de destruição e prazer. O prazer é um aspecto da razão ou dos sonhos?

Ela pergunta: por que você procura seu irmão naquela casa-sonho?

Meu irmão está morto, ele grita, fazendo outras cabeças virarem. Não ponha ele no meio. Meu irmão Gayomart, que nunca viveu.

Encoste em mim, ela pede. Me abrace, segure minha mão.

Ele não atende. Ele fez um juramento.

Ele não pode tocá-la. Ela não é uma criança, não é nem de longe uma criança, e no entanto é uma criança. Em seus sonhos, e em visões ativas, ele vê o corpo dela crescendo, vê os seios começando a brotar e florescer, a chegada dos cabelos púbicos e o sangue vermelho manchando-lhe as coxas. Ele a sente mexer debaixo de sua mão, sente a si mesmo tenso, crescendo ao toque áspero e suave dela. Na privacidade de seus pensamentos ele é um criminoso voluptuoso, feroz, mas no mundo real, que ele sente cada dia mais irreal, ele faz o papel, pela primeira vez na vida, do perfeito cavalheiro.

Ela, Vina, vai sempre se gabar disso em favor dele. "Ele esperou por mim." Isso a deixa orgulhosa: dele, mas também de si mesma. Merecer um amor tão sério. (Eu esperei por ela também, mas ela não se gabava de mim.)

O ferimento em sua pálpebra está dolorido. Sua mãe e seu pai lutam dentro dele, os anjos e mistérios de lady Spenta, o racionalismo apolíneo e jactancioso de sir Darius. Embora se pudesse dizer também que lady Spenta, com suas boas obras, está combatendo o mundo real, suas doenças, suas crueldades, enquanto sir Darius, mergulhado na irrealidade de sua biblioteca, está vivendo mais de um tipo de mentira.

Irmãos vivos brigam dentro dele também, violentos e serenos. Seu gêmeo morto retira-se.

Razão e imaginação, a luz e a luz, não coexistem pacificamente.

Ambos são luzes poderosas. Separados ou juntos, podem cegar você.

Algumas pessoas enxergam bem no escuro.

Vina, vendo-o crescer, ouvindo o conflito de seus pensamentos, sentindo a angústia de seus desejos controlados, enxerga uma luz em volta dele. É o futuro, talvez. Ele será banhado em luz. Ele será seu amante perfeito. Ele dominará multidões.

Ele é frágil também. Sem amor, alienado terminal, poderá dar terrivelmente errado. A idéia de família, de comunidade, é quase morta dentro dele. Existe só o silencioso Virus e as sessões de piano deles dois. Fora isso, ele se perde, como um astronauta flutuando para longe da cápsula espacial. Ele é um vagabundo que só escuta sons vogais de música barata, que faz barulhos sem sentido. Ele pode facilmente dar em nada. Ele pode não chegar a ser uma pessoa.

(Conta-se que quando Kama, o deus do amor, cometeu o crime de tentar atingir o poderoso Shiva com uma flecha do amor, o grande deus o reduziu a cinzas com um raio. A mulher de Kama, a deusa Rati, implorou pela vida dele e abrandou o coração de Shiva. Numa inversão do mito de Orfeu, foi uma mulher que intercedeu com a divindade e trouxe o Amor — o próprio Amor! — de volta dos mortos... Também Ormus Cama, exilado do amor por seus pais, que ele não conseguiu atravessar com a flecha do amor, ressecado pela falta de afeto, é recuperado por Vina ao mundo do amor.)

Ele se prende a ela, sem tocá-la. Eles se encontram e sussurram e gritam e se inventam. Cada um é Pigmalião, ambos são Galatéia. São uma única entidade em dois corpos: macho e fêmea construídos por si mesmos. Você é minha única família, ele diz a ela. Você é minha única terra. São cargas pesadas, mas ela as aceita de bom grado, pede mais, sobrecarrega-o da mesma forma. Foram ambos danificados, são ambos consertadores de danos. Depois, entrando naquele mundo de gente arruinada, o mundo da música, eles já terão aprendido que tais danos são a condição normal da vida, assim como a proximidade do abismo e o solo fissurado. Naquele inferno, eles vão se sentir em casa.

6

DESORIENTAÇÕES

No outono de 1960, quando Vina Apsara estava a ponto de chegar à mágica idade de dezesseis anos, sir Darius Xerxes Cama finalmente fez a viagem à Inglaterra com que havia sonhado durante tantos anos. Nesses últimos tempos de sua vida, sir Darius cedeu à insistência da mulher e retomou seus estudos no campo da mitologia indo-européia. (O que lady Spenta esperava era erradicar o desastroso vício do uísque com outro tipo de intoxicação anterior, mais valioso.) Uma nova geração de estudiosos europeus, inclusive muitos ingleses jovens e brilhantes, estava limpando esse campo da injusta suspeita de nazismo e introduzindo novos níveis de sofisticação àquilo que agora parecia serem os primeiros passos de Müller, Dumézil e outros. Em sua biblioteca, sir Darius tentava estimular lady Spenta tanto quanto ele se estimulava com esse novo pensamento que tanto fez para refinar e ampliar a compreensão da "soberania", "força física" e "fertilidade", os três conceitos primordiais da visão de mundo indo-européia. Porém, assim que ele começava a explicar a nova proposta tão emocionante de que cada membro da tríade conceitual funcionava também como subconceito dentro de cada categoria, o corpo pesado de lady Spenta parecia se derreter numa geléia lânguida. Sir Darius fazia um esforço, insistia que a "soberania" podia agora ser subdividida em "soberania dentro da soberania", "força dentro da soberania" e "fertilidade dentro da soberania"; enquanto a "força física" e a "fertilidade" podiam, da mesma forma, ser tripartidas. "Estou com dor de cabeça", sacudia a geléia nesse ponto, e escapava depressa.

Sir Darius efetivamente se afastou do uísque. Porém o seu sofrimento diante do que via como declínio generalizado da cultura em nada diminuiu. Abandonado a si mesmo, sir Darius refletia sobre o quanto o estado de sua própria família refletia esse declínio. Como chefe da família, a soberania dentro da soberania era sua por direito, tanto em seu aspecto mágico, aterrorizador e remoto, como no sentido mais legalista e familiar do termo; mas embora estivesse decerto muito afastado dos filhos, fazia tempo que ninguém pensava nele como um mínimo de mágico ou aterrorizador. Quanto à força dentro da soberania, que ele interpretava como a proteção da solidariedade e da continuidade da família, principalmente de seus membros mais jovens, seus "guerreiros", bem, isso não passava de uma piada. "Escorregamos", ele refletia em voz alta, "para o ponto em que encalhamos na subseção mais baixa do terceiro conceito, fertilidade dentro da fertilidade, coisa que, no nosso caso, não significa senão indolência, sonhos e música."

Os esforços acadêmicos de sir Darius receberam sua recompensa: um ensaio em seu nome — "'Excluído da sociedade': ou existe uma quarta função?" — foi aceito para publicação pela estimada *Boletins da Sociedade de Estudos Euroasiáticos*, e ele foi convidado para lê-lo sob a forma de palestra, na reunião anual da Sociedade, em Burlington House. Seu assunto era o hipotético "quarto conceito" da "marginalidade", condição do leproso, do pária, do renegado ou do exilado, cuja necessidade ele havia intuído muito tempo antes, e cujas provas a favor de seus argumentos iam desde os intocáveis sem casta da Índia (os *harijans* de Gandhi, os *dalits* de Ambedkar) ao julgamento de Páris; pois o próprio Páris não encarnava o forasteiro nesse mito de vital significação? Por outro lado, o forasteiro era Discórdia, a deusa que inventou a maçã dourada. De um jeito ou de outro, o exemplo se sustentava.

Desde que estava sóbrio, o terrível segredo de sir Darius começara a persegui-lo cada vez mais ferozmente, tanto em suas horas de vigília como em sonhos recorrentes com a figura nua do Escândalo na pura casa de campo branca, e a crescente convicção de que ele próprio era um pária como aqueles sobre quem escrevia, ou deveria ser, e ainda poderia vir a ser, se sua grande Mentira viesse a ser conhecida, emprestava a seu trabalho uma paixão que fazia suas frases queimarem na página. Ele era um velho cavalheiro nessa época. Mesmo o consolo da Maçonaria não era mais possível; os membros indianos da ordem haviam se afastado depois do fim do Império, e sir Darius havia muito parara de participar dos encontros pobres que continuavam ocorrendo na nova loja tão insignificante quanto a anterior fora grandiosa. (Ultimamente, ele se lembrava sempre de seu amigo perdido, irmão maçom e antigo parceiro de squash Homi Catrack, e até sugerira a sua esposa que deviam convidar o sujeito e renovar a velha proximidade; diante do que lady Spenta teve de relembrá-lo de que Catrack tinha morrido, sensacionalmente assassinado com a amante em seu ninho de amor, por um oficial da marinha corneado, uns três anos antes. O caso havia ocupado os jornais durante meses, mas sir Darius, de alguma forma, não percebeu.)

O convite para ir à Inglaterra propunha um fim a essa vida de sombra que ele levava, na qual esvoaçava pelo pano de fundo dos acontecimentos de que não participava. "E tem também o Methwold", ele disse a lady Spenta, iluminando-se. "Como vamos nos divertir! Os campos de caça! O Athenaeum! Mel inglês! Que divertido!"

Lady Spenta mordeu a língua. A anglofilia de sir Darius tinha se intensificado com a passagem dos anos. Freqüentemente ele louvava o "U.K." [*United Kingdom* — Reino Unido] pela graça de sua retirada do Império e também pelo "espírito" com que a nação castigada pela guerra tinha se reconstruído. (Nenhuma menção ao Plano Marshall.) Contrastantemente, ele estava sempre censurando a Índia por sua "estase", seu "atraso". Escrevia inúmeras cartas aos jornais ridicularizando os planos qüinqüenais. "Que uso temos para siderúrgicas se estamos afundados em ignorância nas nossas naturezas?", ele trovejava. "A grandeza da Grã-Bretanha repousa solidamente nos Três Conceitos..." Essas cartas não eram publicadas, mas ele continuava escrevendo. Lady Spenta acabou não se dando mais ao trabalho de colocá-las no correio, mas as destruía em segredo, sem queimar os sentimentos dele.

Por que William Methwold não escrevia mais? Sir Darius fazia essa pergunta com freqüência, sem saber que lady Spenta era capaz de respondê-la se quisesse. "Talvez seja por causa da minha pesquisa", sir Darius imaginava. "Ele talvez tenha escrúpulos por causa do velho estigma ligado a esse campo. É um funcionário público, claro, e tem de tomar cuidado. Não tem importância! Quando jantarmos juntos eu ajeito tudo com ele!"

"Vá, se precisa mesmo. Eu não vou com você", lady Spenta disse ao marido. Não sabendo como avisá-lo da humilhação que o esperava em sua amada Inglaterra, ela escolheu não testemunhar sua destruição. Ele partiu num Super Constellation da BOAC, usando uma camisa de tribunal, feita de algodão egípcio, com colarinho e punhos engomados, e um terno de três peças da melhor lã, com uma corrente brilhando em cima da barriga. Lady Spenta viu no rosto dele o ar de trágica inocência dos cabritos a caminho do matadouro. Ela escreveu a lorde Methwold implorando que, "se possível, fosse gentil".

Methwold não foi gentil. Apesar das cartas urgentes de sir Darius e das súplicas particulares de lady Spenta, ele não foi encontrar o velho amigo no aeroporto de Heathrow, nem mandou ninguém para encontrá-lo, nem o convidou para ficar em sua casa, nem se ofereceu para hospedá-lo em seu clube. Lady Spenta tinha tomado a precaução de pedir a Dolly Kalamanja que mandasse seu marido Patangbaz ao aeroporto, e foi a cara redonda e risonha de Pat que saudou sir Darius no rústico barracão de chegada (o aeroporto ainda estava em construção na época e as facilidades para os passageiros eram bastante piores que as do Santa Cruz de Bombaim). Sir Darius parecia exausto e desarrumado ao final de sua viagem cansativa e do igualmente cansativo interrogatório dos funcionários da imigração que ficaram inacreditavelmente indiferentes a suas explicações, credenciais e mesmo a seu título, questões que trataram com extremo ceticismo. Suas insistentes menções ao iminente lorde Methwold produziram apenas risos graves. Depois de horas de interrogatório, sir Darius foi finalmente solto na Inglaterra, um homem confuso e um tanto murcho.

A casa de Kalamanja em Wembley era uma espaçosa mansão suburbana de tijolos vermelhos, equipada com pilastras e colunas falsas, brancas para emprestar um ar mais clássico e impressionante. Kalamanja era afável, bem-humorado, ansioso por acertar com o pai de seu futuro genro e extremamente ocupado, de forma que, enquanto sir Darius ficou hospedado na casa, só viu seu hospedeiro durante algumas breves refeições. Durante esses rápidos encontros, sir Darius estava tenso e preocupado. No café da manhã, Pat Kalamanja, magnata dos negócios até o último fio dos bem aparados cabelos e homem pouco afeito à conversação, fez o que pôde para deixar o hóspede à vontade. "Nawab de Pataudi! Que danado! O Hotspurs de Blancflower! Beleza de time!" No jantar, ele partiu para os comentários políticos. Nas próximas eleições norte-americanas, mr. Kalamanja era fortemente a favor de Richard M. Nixon, por causa da "franqueza" com que se dirigiu ao líder russo Kruschev durante a visita à cozinha-modelo de uma feira comercial em Moscou. "Kennedy? Bonitinho demais. Quer dizer, muito ardiloso, o que o senhor acha?" Mas os pensamentos de sir Darius estavam focalizados em outras coisas.

Ele passou os dias vazios telefonando ao amigo Methwold sem conseguir encontrá-lo, enviando telegramas com resposta paga que nunca foram respondidos e até mesmo, em uma ocasião, fazendo uma longa viagem de ônibus e depois de metrô até a porta da mansão de Methwold em Campden Hill Square, para deixar uma longa e magoada carta de censura. Finalmente, lorde Methwold entrou em contato. Chegou a Wembley um recado seco, convidando sir Darius a caminhar com ele, na manhã seguinte, nos jardins de Middle Temple, "dos quais você, sem dúvida, tem muitas lembranças que talvez goste de reviver".

Foi o que bastou. Sir Darius Xerxes Cama entendeu tudo. Seu espírito o abandonou e ele murchou completamente. Mr. Kalamanja, ao voltar para a casa de noite, encontrou a sala de estar escura e seu hóspede encolhido em uma cadeira ao lado da lareira fria, com uma garrafa vazia de Johnnie Walker rolando a seus pés. Ele temeu pelo pior, até que sir Darius gemeu alto no sonho, o gemido de uma alma colhida pelas garras ardentes de um demônio. Em seu sonho, sir Darius rendia-se ao abraço do Escândalo. Sentiu o corpo pegar fogo enquanto era consumido por sua desgraça e sua vergonha e gritou a todo o volume. Patangbaz Kalamanja correu e abraçou-o. Ele acordou de olhos vermelhos e tremendo, empurrou o bem-intencionado Pat e saiu depressa da sala. Na manhã seguinte, com aspecto amassado e atormentado, perguntou a Kalamanja se sua agência de viagem conseguiria colocá-lo em um vôo anterior. Não deu nenhuma explicação e seu hospedeiro não o conhecia o suficiente para pedir alguma. Sir Darius voou de volta a Bombaim sem encontrar William Methwold, sem proferir sua conferência sobre a Quarta Função, e sem nenhuma outra ambição na vida, a não ser uma — morrer em paz — que ele não conseguiria realizar. Ao voltar, desenterrou suas mais prezadas posses do arquivo de aço Godrej, onde haviam ficado debaixo de tranca e chave durante meia vida, as preciosas cartas patentes referentes a seu título de sir e devolveu-as ao consulado britânico em Bombaim. Sua história terminara. Ele se trancou na biblioteca com uma garrafa e esperou pelo fim.

Saímos de casa não só para ter nosso próprio espaço, mas para evitar ver os que vieram antes de nós perderem energia. Não queremos ver as conseqüências de suas naturezas e histórias a alcançá-los e vencê-los, a armadilha da vida se fechando. Quanto a nós, pés de barro também nos aleijarão. As feridas da vida nos desmitologizam a todos. A terra abre a boca. Ela pode esperar. Ainda há muito tempo.

Duas visões acabaram com minha família: a visão que minha mãe teve dos "arranha-céus", as gigantescas exclamações de concreto e aço que destruíram para sempre a sintaxe mais tranqüila da velha cidade de Bombaim; e o cinema da fantasia de meu pai. O grande azar de Vina Apsara foi se enraizar em nós e idealizar meus pais como os arquitetos associados de um lar feliz de conto de fadas, justamente quando nosso pequeno clã começava a se desmantelar. "Rai", ela me disse uma vez, "você é um filho da puta de sorte, mas é um encanto também porque não liga de repartir a sorte que tem."

Sorte acaba. Meus pais caíram dos pedestais bem antes de suas mortes prematuras. É fácil enumerar seus defeitos. A maior fraqueza de meu pai era o jogo, vício em que sofreu grandes perdas. Nos anos 60, essas perdas tinham ido além de meras montanhas de palitos de fósforos e se transformado em dívidas do mesmo tamanho, mas menos fáceis de saldar. Ele perdia nas cartas, perdia nos cavalos, perdia nos dados, e caíra também nas garras de um "*bookmaker* particular" que se chamava Raja Jua, "porque a Sorte é o Rei de tudo, dos nossos Melhores ao Melhor de Todos", e que permitia aos jogadores de peso de Bombaim apostarem no que bem entendessem, no resultado de um julgamento por assassinato, na possibilidade de uma invasão indiana a Goa, no número de nuvens que poderia atravessar o céu ocidental ao longo de um dia, nos lucros brutos da primeira semana crucial de um novo filme, no tamanho dos peitos de uma dançarina. Até para o velho jogo da chuva, o *barsaat-ka-satta*, que consistia em apostar quando e quanta chuva cairia, Raja Jua, príncipe dos *bookmakers*, aceitava palpites. Bombaim sempre foi uma cidade de jogadores. Porém meu inocente pai, V. V. Merchant, era mais jogado que jogador.

Quanto a minha mãe: seu cinismo, que um dia foi apenas pose, couraça de idealista, sua defesa contra a corrupção que lavrava à sua volta, acabou por corroer seus princípios juvenis. Eu a acuso de estar disposta a destruir o que era belo em troca do que era lucrativo, e de rebatizar essas categorias como "ontem" e "amanhã". Ela estava na vanguarda do lobby de construtores que batalhava para acabar com o projeto "segunda cidade" da Nova Bombaim do outro lado do porto, em prol de esquemas de recuperação de terras mais imediatamente lucrativas em Nariman Point e — sim! — em Cuffe Parade também. Foi a proposta de reurbanização de Cuffe Parade que horrorizou Vivvy Merchant. Durante toda sua vida, meu pai enfrentou o conflito interno entre seu amor pela história e glórias da velha Bombaim e seu envolvimento profissional na criação do futuro da cidade. A perspectiva de destruição do mais belo trecho de litoral da cidade levou-o a uma oposição permanente, mas infelizmente silenciosa, a sua mulher. Silenciosa porque Ameer ainda era uma mulher que não tolerava a menor crítica. A mera insinuação de que pudesse estar agindo de maneira imprópria bastava para produzir uma tormenta de lágrimas e uma discussão que não terminava enquanto ele não se humilhasse e concordasse que a havia ofendido profunda e cruelmente, e que sua inocência injuriada justificava plenamente seu mau humor e lágrimas copiosas. V. V. Merchant, incapaz de discutir com ela suas graves preocupações, era obrigado a seguir os ditames de sua natureza e cavar.

Ele conseguia cavar as pessoas com a mesma facilidade com que cavava a areia. De mim, quando cresci, conseguiu desencavar um de meus segredos. "Essa sua fotografia", disse, falando claro uma vez na vida, "claro que as meninas bonitas devem gostar, não?" E eu fiquei envergonhado demais para responder, é verdade, pai, mas isso não vem ao caso. Sua Paillard Bolex, sua Rolleyflex e sua Leica, sua coleção de obras de Dayal e de Haseler: são essas minhas inspirações, meus incentivos. E a fotografia também é uma maneira de cavar. Não disse nada disso, embora ele fosse ficar orgulhoso de ouvir. Em vez disso, retruquei: "Isso aí, paizão". Ele recuou um pouco, deu um vago sorriso e virou-se.

Mas quando escavava minha mãe, não se voltava. E foi em frente até desencavar aquilo que acabou por arruiná-la; e assim destruiu a si mesmo.

E aquele que era o mais branco dos elefantes brancos, o cinema Orpheum, no qual ele afundou o capital da empresa com um zelo tão impiedoso que nem Ameer Merchant conseguiu deter — não seria isso, à sua maneira suicida, uma resposta a sua mulher e ao cartel de vândalos futuristas? A visão que ele fazia do cinema era a de um templo *déco* para os anos 60, ao mesmo tempo uma homenagem aos anos de ouro da cidade e uma Meca chamariz de dinheiro para a multidão enlouquecida de fãs dos "*fillums*" de nossa cidade. Mas isso foi também uma aposta que deu completamente errado. Os custos de construção dispararam, as exigências para os empréstimos ficaram fora de controle, e a desonestidade dos fornecedores resultou no uso de materiais e equipamentos bem abaixo da especificação. Donos de cinemas rivais subornaram inspetores municipais para que criassem complicações às licenças e amarrassem o projeto em burocracia. Ameer, atenta a outras coisas, deixou o Orpheum com Vivvy; o que não foi nada sábio, como se viu depois. No fim, as dívidas de jogo de Vivvy obrigaram-no a oferecer títulos de propriedade do novo cinema como garantia para Raja Jua. Na época, ele não sabia o nome da pessoa para quem esse Jua trabalhava.

No meu aniversário de treze anos, meu pai me deu de presente uma câmera alemã bastante séria, a Voigtländer Vito CL, com fotômetro embutido e uma entrada para flash, e as primeiras fotografias que tirei foram de Vina Apsara cantando. Ela era melhor que a Rádio Ceylon. Quase toda noite nos reuníamos e ela deixava rolar com aquela voz perfeita, que ia crescendo e ficando mais rica semana a semana, às vezes suja, às vezes pura como a de um anjo. Aquela voz que já trilhava o caminho da imortalidade. Quando se ouve Carly Simon cantando *Bridge Over Troubled Water* entende-se o quanto Guinevere Garfunkel trouxe para a parceria. Era assim também nos melhores dias do VTO. Certas bandas são máquinas de sucesso, bandas que conquistam o respeito da massa musical, bandas que enchem estádios, bandas que gotejam sexo; bandas transcendentais e efêmeras, bandas de meninos e bandas de meninas, bandas cheias dos truques e bandas ineptas, bandas de praia e de estrada, bandas de inverno e verão, bandas para tocar ao fundo enquanto se faz amor e bandas que fazem você memorizar as letras de cada música que tocam. A maioria das bandas é um horror, e, se existem aliens em outras galáxias monitorando nossas ondas de rádio e TV, eles provavelmente estão ficando malucos com o barulho. E em todo o meio século de história do rock existe um pequeno número de bandas, um número tão pequeno que você pode contar nos dedos da mão, que nos conquista o coração e se transforma numa parte de como você vê o mundo, de como você diz e entende a verdade, mesmo quando você fica velho, surdo e bobo. Em seu leito de morte, você vai ouvi-los cantando para você enquanto desliza pelo túnel na direção da luz: *Shh...Sha-sha... Sha-la-la-la-la... Shang-a-lang, shang-a-lang... Sh-boom... Shoop... Shoop... Shh. It's all over now.* [Está tudo acabado.]

O VTO era uma dessas bandas. E Ormus tinha a visão, mas Vina tinha a voz, e era a voz que valia, é sempre a voz, o ritmo chama sua atenção e a melodia faz você lembrar, mas contra a voz você não tem defesa, contra o cantor impuro, o *muezzin* profano, o chamado de sereia que sabe chegar direto ao centro do ritmo, à alma. Não importa o tipo de música. Não importa o tipo de voz. Quando você ouve aquilo, a coisa em si, ela pega você, pode acreditar. *Finito*, a não ser que você esteja como Odisseu, amarrado no mastro do navio com os ouvidos tapados com barro. Você está frito.

Hoje eu penso que era a voz de Vina que nos mantinha todos juntos naquela época. Ela era nosso rock, nossa rocha, não o contrário.

Enquanto V. V. Merchant mergulhava em dívidas e, secretamente, investigava sua mulher, juntando um grosso dossiê sobre sua manipulação dos homens que tomavam decisões na cidade; resumindo, enquanto uma bomba-relógio tiquetaqueava debaixo de nossas vidas, Vina cantava para nós, nos relembrando do amor.

Oh, feroz intensidade da visão infantil! Em crianças, somos todos fotógrafos, sem precisar de câmeras, transformando imagens em memórias. Lembro-me de nossos vizinhos em Cuffe Parade, suas pretensões, seus casamentos felizes e infelizes, suas brigas, seus carros, seus óculos escuros, suas bolsas, seus sorrisos descoloridos, sua gentileza, seus cachorros. Lembro-me dos fins de semana com seus passatempos esquisitos, importados. Meus pais jogando golfe no Willingdon, meu pai fazendo o possível para perder de minha mãe para poupar seu bom humor. Lembro-me de uns *Navjotes* devorando comida servida em folhas de bananeira, de vários *holis* empapados de cor, e de pelo menos uma visita ao gigantesco *maidan* de oração no Grande Eid, que fica na lembrança porque foi tão raro. Acho que meu pai só queria que eu avaliasse o que estava perdendo e o porquê. Lembro-me de minha amiga, a doce Neelam Nath, que cresceu para morrer com os filhos num desastre de avião da Air India na costa irlandesa. Lembro-me de Jimmy King com seu rosto pálido e franja preta espetada; ele morreu jovem, de repente, na escola. Todas as portas e janelas das salas de aula foram fechadas para não vermos o pai dele chegando ao pátio para levar o corpo do filho. Lembro-me de um menino comprido, magrelo, trepando nas pedras de Scandal Point com os amigos. Ele olhou através de mim, como se eu não estivesse ali. Cartazes de Gold Flake, a Barbearia Royal, os pungentes odores misturados de putrefação e esperança. Esqueça Mumbai. Eu me lembro de Bombaim.

Então me deram uma câmera, um olho mecânico para substituir meu olho mental, e depois disso boa parte do que eu relembro é o que a câmera conseguiu arrancar do tempo. Não mais um memorialista, mas um *voyeur*, relembro fotografias.

Olhe uma aqui. É o aniversário de dezesseis anos de Vina e estamos no restaurante Gaylord, na Vir Nariman Road, comendo galinha à Kiev. Minha mãe e meu pai com expressões desusadas. Ele parece zangado, ela distraída, vaga. Vina, ao contrário, rebrilha. Toda a luz da foto parece ter sido sugada por ela. Somos corpos sombrios girando em torno do sol dela. Ormus Cama está sentado a seu lado, como um cachorro implorando comida. Metade de mim também está na foto. Pedi ao garçom para bater a chapa, mas ele não enquadrou direito. Não importa. Lembro-me da minha cara. Estava com a cara de alguém que está para perder a coisa que mais lhe importa.

No anular da mão direita de Vina rebrilhava a pedra da lua, presente de aniversário de Ormus. Ela já havia dormido com o anel debaixo do travesseiro durante uma semana, para testá-lo antes de aceitar, e seus sonhos tinham sido tão eróticos que ela acordara todas as noites de madrugada, tremendo de felicidade e ensopada de suor amarelo.

Ormus está pedindo permissão para levar Vina a um "concerto". V. V. e Ameer estão evitando se olhar, contornando as fronteiras de uma briga. "*The Five Pennies*", Ormus está dizendo. "Leve Umeed também", diz Ameer, com um aceno de mão. O olhar de Vina são facas. Que perfuram meu peito de treze anos.

Depois do sucesso do épico biográfico *The Five Pennies*, de Danny Kaye, seu personagem, o bandleader Red Nichols, veio em excursão a Bombaim com um novo grupo, reformado, de cinco músicos. O jazz, estimulado pelas sessões matinais de fins de semana, ainda era quente na cidade, e atraiu uma grande multidão. Tenho as fotografias para provar o que digo, mas não me lembro de onde foi o concerto. No Azad Maidan, no Cross Maidan, no Cooperage ou em algum outro lugar. De qualquer forma, ao ar livre. Lembro-me do palco alto debaixo do céu. Como minha mãe tinha me mandado junto, Ormus levou também Virus. Nós quatro chegamos cedo e ficamos bem na frente. Fiquei decepcionado quando os Pennies apareceram, porque Red Nichols era só um cara baixinho, e seu cabelo era curto e branco, bem diferente dos cachos esvoaçantes cor de cenoura de Danny Kaye. E ele pegou o instrumento e soprou. Jazz tradicional. Eu gostava, de vez em quando, devo confessar. Mas Vina sempre disse que eu tinha mau gosto.

Esse concerto dos Five Pennies é famoso por causa do que aconteceu quase no fim de um bloco mediano que não conseguiu animar ninguém. Quando o aplauso nada enlouquecido se aquietou, o quinteto de smoking carmim se preparou para atacar o bis. O *Saints*, o que mais podia ser?, mas assim que Red Nichols disse o título da canção, um membro da platéia subiu no palco, acenando com sua flauta indiana de madeira e sorrindo seu sorriso pateta, mas também contagiante.

"Ai, meu Deus", Ormus Cama gritou, e pulou no palco atrás do irmão.

"Me espere", Vina gritou, explodindo luz ao acompanhar os irmãos Cama em direção ao seu inescapável destino; e foram três os invasores. Eu, eu sou covarde. Fiquei no meio da multidão e tirei fotos.

Clique. A cara horrorizada de Red Nichols. Ele havia sido alertado sobre a Índia, suas multidões imensas que num instante podem se transformar em batalhões assassinos. Será que ele fora ressuscitado por Danny Kaye para acabar morrendo pisoteado em Bombaim? *Clique.* A magia do sorriso de Virus Cama entra em ação, e o horror da cara do músico se transforma num ar de divertida tolerância. *Clique.* Não tem importância. Deixe o boboca tocar. E vocês, vocês dois? Que é que vocês fazem? *Clique.* Vina Apsara vai até o microfone. "Nós cantamos."

Oh when the sun (oh when the sun)
begin to shine (begin to shine).
[Oh quando o sol
começa a brilhar]

A execução de Ardaviraf Cama era, sem dúvida, boa, mas a música soava inadequada no som de sua flauta; era um som de moeda diferente, um *anna* querendo ser um *penny*, mas não tinha importância, em parte porque ele estava tão feliz soprando, e em parte porque o esperto Nichols desligou o microfone dele, de forma que, se você não estivesse nas duas primeiras filas, não conseguia escutá-lo; mas principalmente porque, no minuto em que Ormus e Vina abriram a boca e começaram a cantar, todo mundo parou de pensar em qualquer outra coisa. Quando terminaram, a platéia estava aplaudindo loucamente, e Nichols fez-lhes o elogio de dizer que eram tão bons que não se importava de ter sido jogado para o fundo do palco.

O concerto terminou, a multidão estava indo embora, mas fiquei grudado no lugar, tirando fotografias. O mundo estava se rompendo. Ormus e Vina mergulhados em conversa com os músicos, que guardavam os instrumentos, gritando com os funcionários de palco para tomarem cuidado com o equipamento. Meu coração estava se partindo. Enquanto conversavam com os jazzistas, as mãos e os corpos de Ormus e Vina conversavam. *Clique, clique.* Estou vendo vocês, vocês dois. *Clique.* Peguei vocês! Sabem o que estou fazendo aqui? Estão me deixando olhar, é isso, mesmo eu descobrindo tudo sobre vocês aqui com a minha caixinha de maravilhas alemã? Vocês não ligam mais, é isso? Querem revelar tudo. *Clique.* E eu? Vina? Eu também vou crescer. Ele esperou você. Por que você não pode me esperar? Quero entrar nesse número!

Desde o começo, meu lugar era em um canto da vida deles, à sombra de suas conquistas. Mas vou acreditar sempre que eu merecia mais.

E houve um tempo em que quase consegui. Não só o corpo de Vina, mas a sua atenção. Quase.

Os músicos estavam guardando os instrumentos num pequeno ônibus. Foi feito um convite, e aceito, e não incluía a mim. Ormus veio me procurar: o exuberante Ormus, cheio de sexo e música.

"Tudo bem, Rai", diz ele, obsequioso. "Você vai com Ardaviraf, certo? Virus leva você para casa." Quem você pensa que é? Eu queria gritar. Acha que sou um bebê para ser levado para casa pelo idiota da aldeia? Mas ele já estava indo embora, estava abraçando Vina, levantando-a do chão, beijando, beijando.

O céu estava caindo. Virus Cama desnudou os dentes para mim, sorrindo seu sorriso idiota.

Naquela noite, fizeram amor na suíte de Nichols no Taj Hotel, a dois passos da casa dos Cama. O grande clarinetista pediu outro quarto para si e mandou um banquete de namorados para os dois, além das mensagens que tinham começado a chegar para eles, endereçadas à banda porque ninguém sabia como entrar em contato com os dois cantores. Eram convites para se apresentar por toda a cidade, começando pelo próprio hotel. Mas, como Vina se orgulhou de contar, a comida e a bebida não foram tocadas, nem as cartas abertas, até a manhã seguinte. Os dois tinham coisa melhor a fazer.

Os detalhes do defloramento de Vina Apsara por Ormus Cama são de conhecimento público, divulgados há muito pela própria Vina, de modo que não há por que nos determos no grau exato de desconforto (considerável), nem na compensação de Ormus ser um hábil sedutor de virgens (poucos anos depois do evento, Vina orgulhosamente enumerou, por nome, as conquistas anteriores de Ormus, provocando com isso uma pandemia de escândalos por toda a sociedade de Bombaim), nem nas suas primeiras dificuldades (ele era doce demais para ela, reverente demais, o que a irritava e fazia com que fosse agressiva demais, e fisicamente muito bruta para o gosto dele), nem em seus primeiros sucessos (ele acariciando a covinha da base da espinha dela, explorando com a ponta da língua a borda das narinas dela, chupando de leve seus olhos fechados, a cabeça do pênis pressionando o umbigo dela, os dedos deslizando por seu períneo, as pernas dela em volta de seu pescoço, as nádegas dela se movimentando contra o sexo dele, a boca generosa dela, e acima de tudo ela descobrindo a extrema sensibilidade, rara em homens, dos mamilos dele: como você pode ver, não esqueci nem um A do catálogo lúbrico). Basta dizer que a atitude — as atitudes — estava tomada; que os amantes não voltaram para suas camas naquela noite; de forma que naquela ocasião a alegria veio com a noite, e a manhã é que foi escura e cheia de tristeza.

A disposição que Vina Apsara demonstrava de falar publicamente sobre sua vida privada — a infância catastrófica, os casos amorosos, as preferências sexuais, os abortos, a menopausa — era tão importante quanto seu talento, talvez até mais importante, na criação da figura simbólica gigantesca, talvez até opressiva em que se transformou. Para duas gerações de mulheres ela foi algo como um megafone, irradiando seus segredos comuns para o mundo. Algumas se sentiam liberadas, outras expostas, todas começaram a depender de cada palavra dela. (Os homens também se dividiam, ao mesmo tempo fascinados, muitos a desejando intensamente, outros afetando achá-la vulgar e repulsiva; muitos adorando-a por causa da música, outros a odiando pela mesma razão — pois tudo aquilo que provoca grande amor invariavelmente atrai ódio também; muitos temendo sua boca, alguns celebrando-a e afirmando que ela os tinha liberado também.) Mas, dada a freqüência com que ela mudava de opinião, abandonando posições ardorosamente defendidas em prol de posições opostas, às quais aderia também com a certeza flamejante que não admitia discussão, algumas mulheres começaram, na época do terremoto do México, a ver nela uma traidora das próprias atitudes com que havia ajudado a libertá-las.

Se não tivesse morrido, ela podia ter caído numa velhice ranzinza, ignorada, fora de compasso de um jeito que seria simplesmente errado, teimoso ou confuso, quando antes ela fora a única em toda a parada a marchar, desafiante, triunfante, no compasso, até fazer os outros marchadores acompanharem seu passo. Mas a irrelevância excêntrica é um destino de que ela foi poupada. Em vez disso, sua morte deflagrou toda a força do símbolo que construíra. A força, assim como o amor, só revela sua plena dimensão quando está irrecuperavelmente perdida.

Sempre que penso nesses acontecimentos, os *Saints* se põem a marchar dentro da minha cabeça. Vejo Ormus e Vina despertando entre lençóis ensangüentados, abraçados com força nos braços um do outro. Vejo-os abrindo as mensagens não abertas, permitindo-se começar a sonhar sobre seu futuro profissional além do futuro de seu amor. Vejo-os se vestindo, despedindo-se dos músicos norte-americanos, e pegando um táxi azul e preto para Cuffe Parade, prontos para enfrentar a situação. E, durante toda essa seqüência, a clarineta de Red Nichols toca, ou talvez seja a versão cinematográfica de Louis Armstrong que escuto. *O when the band begin to play.* [Ah, quando a banda começa a tocar.]

A primeira nuvem está para aparecer no horizonte. Ormus está falando palavras importantes. "Case comigo." Ele tira o anel de pedra da lua da mão direita dela e tenta colocá-lo no dedo do casamento. "Case comigo agora."

Vina fica tensa, resiste à mudança do anel. Não, ela não se casa com ele. Ela se nega, recusa categoricamente, não precisa nem de tempo para pensar. Mas não resiste ao anel, ela o aceita, não pára de olhar para ele. (O motorista do táxi, curioso, sikh, é todo ouvidos.) "Por que não?" O uivo de Ormus é choroso, até um tanto patético. Vina fornece ao motorista do táxi mais razões para se divertir do que ele jamais esperou. "Você é o único homem que eu vou amar", ela promete a Ormus. "Mas acha mesmo que é o único cara com quem vou trepar?"

(Soa uma clarineta — Satchmo, claro. O instrumento de Armstrong é a corneta dourada da experiência, a trompa da sabedoria mundana. Ele ri — *wuah, wuah* — diante das piores coisas que a vida vomita. Já viu tudo antes.)

Tem de haver um lugar melhor que este. Era o que todos pensávamos às nossas maneiras. Para sir Darius Xerxes Cama, "um lugar melhor" era a Inglaterra, mas a Inglaterra voltou-se contra ele, e o deixou naufragado, abandonado. Para lady Spenta, o lugar bom era o lugar da pura iluminação, onde moram Ahura Mazda e seus anjos e os abençoados; mas esse lugar era distante e Bombaim ia lhe parecendo cada vez mais um labirinto sem saída. Para Ormus Cama, "melhor" significava o estrangeiro, mas a escolha desse destino implicava cortar todos os laços familiares. Para Vina Apsara, o lugar certo era sempre aquele em que ela não estava. Sempre no lugar errado, numa condição de perda perpétua, ela podia (e era o que fazia) fugir e desaparecer sem razão; e então descobria que o novo lugar a que havia chegado era tão errado quanto o que havia deixado.

Para Ameer Merchant, minha cosmopolita mãe, o melhor lugar era a cidade que ela ia construir. V. V. Merchant, verdadeiro provinciano que era, estava atormentado pela idéia de que o lugar bom existira, que nós o tínhamos possuído e ocupado, e que agora estava sendo destruído, e nessa eliminação a sua amada esposa estava profundamente implicada.

Foi o ano das divisões, 1960. O ano em que o estado de Bombaim foi cortado na metade, e, enquanto o novo Gujarat era deixado à própria sorte, nós, bombainitas, fomos informados de que nossa cidade era agora capital de Maharashtra. Para muitos de nós isso era difícil de engolir. Coletivamente, começamos a viver numa Bombaim particular que flutuava um pouco mar adentro e se mantinha isolada do resto do país; enquanto, individualmente, cada um de nós se tornou sua própria Bombaim. Não se pode dividir e separar — Índia-Paquistão, Maharashtra-Gujarat — sem que os efeitos disso sejam sentidos no nível da unidade familiar, do casal amoroso, da alma oculta. Tudo começa a se deslocar, mudar, compartimentar-se, separado por fronteiras, dividido, redividido, separado. As forças centrífugas começam a agir com mais força que suas opostas centrípetas. A gravidade morre. As pessoas saem voando para o espaço.

Quando terminou o concerto da Five Pennies, voltei para Cuffe Parade a pé, depois de alguma dificuldade em me livrar de Virus, e encontrei nossa casa transformada em zona de guerra: ou, mais exatamente, numa cova de horrível perda. Meus pais giravam pelo tapete da sala como lutadores, ou como se o próprio tapete isfahani não cobrisse mais as sólidas tábuas de mogno do soalho, mas tivesse se transformado num fino pano estendido sobre um abismo borbulhante. Fuzilando olhos vermelhos, os dois enfrentavam algo pior do que a perda do futuro, pior do que a perda do passado. Era a perda do amor.

Piloo Doodhwala tinha feito uma visita durante minha ausência: não aquele Piloo pretensioso, reclinado numa nuvem de sátrapa que você já encontrou, mas um Piloo mais calado, acompanhado de um único associado que apresentou como Sisodia, um empresário de terno em seus quase quarenta anos, incrivelmente pequeno, de óculos muito grossos e calvo. Gaguejava terrivelmente e trazia uma maleta de couro tipo executivo de couro muito cheia, da qual tirou uma grossa pasta referente ao plano de desenvolvimento de Cuffe Parade, dentre cujos patrocinadores, enumerados na capa da pasta, estava mrs. Ameer Merchant da Merchant & Merchant Pvt. Ltd. Conforme V. V. Merchant estava desenterrando, Ameer juntara forças com o pessoal de Piloo para forçar a aprovação do esquema. Na mesa de centro, o assistente de Piloo desdobrou um mapa da avaliação oficial de Cuffe Parade. Muitas plantas da vila estavam pintadas de verde, o que significava "liberado". Várias outras estavam cobertas de verde com listas brancas, o que queria dizer "em negociação". Só umas poucas estavam pintadas de vermelho. Uma dessas era a Villa Thracia, nossa casa. "Sua esposa já está qua qua quase concordando com a ve ve venda", mr. Sisodia explicou. "Todos os dodo documentos já estão a a aqui. Como tecnicamente a propriedade está em seu no nome, o senhor precisa assa assa assinar. Aqui", acrescentou ele, apontando, e estendendo a caneta Sheaffer.

Vivvy Merchant olhou para a mulher. Os olhos dela estavam fixos.

"É um projeto fantástico", ela disse. "Uma oportunidade incrível."

Piloo inclinou-se para ele. "Muito dinheiro", explicou em tom confidencial. "Para todo mundo."

Meu suave pai falou suave, mas o que disse não era suave. "Sabia que estava acontecendo alguma coisa", disse. "Mas a coisa foi muito mais longe do que imaginei. Imagino que você está com a cidade no bolso. Normas de utilização do solo postas de lado, altura de edificações burladas impunemente."

"Tudo certo", Piloo assentiu, cordial. "Nenhum problema."

Mr. Sisodia desenrolou um segundo mapa, um projeto das obras de melhoria propostas. Propunha-se um substancial esquema de aterros. "Mais Cuffe", ironizou Piloo, "para nossa Parade." Mas Vivvy estava olhando para outro lado. "O Passeio", ele disse. "Tem de ser sacriphicado, é pena", disse Piloo, retorcendo a boca para baixo numa expressão de pesar. "E o mangue", Vivvy ponderou. Piloo começou a soar um tanto técnico. "Meu caro senhor, não wamos construir uma reserwa aqui, não é?"

Vivvy abriu a boca. "Antes que possa recusar", Piloo disse, levantando a mão para pedir silêncio, "pense, por phawor, no seguinte."

Mr. Sisodia levantou-se, foi até a porta da rua e fez entrar um segundo assistente, que evidentemente ficara ali esperando a deixa. Quando ele entrou na sala, V. V. Merchant aspirou com ruído, e pareceu diminuir visivelmente de tamanho.

O segundo assistente era Raja Jua, o rei dos *bookmakers*. Ele também trazia uma pasta de couro tipo executivo. De dentro dela retirou uma pasta contendo um relatório completo das dívidas de meu pai, e toda a papelada do cinema Orpheum, e passou-a para o primeiro assistente. "Pela alta co co consideração que tem por sua ex ex espoposa", disse mr. Sisodia, "e para evitar maiores abo bo borrecimentos, Pilooji está disposto a esquecer estas bo bo bobagens. O po po potencial de desenvolvimento chega a mu mu muitos milhões. Isto aqui qui qui não é nada. Basta assa assa assinar o acordo de ve ve venda de Villa Thracia e as di di dívidas todas serão esquecidas."

"Os títulos do Orpheum", Ameer disse. "Como você teve coragem?"

"E a nossa casa", V. V. replicou. "Como *você* teve coragem?"

O rosto de Piloo ficou sombrio. "Se eu phosse um rei do tempo dos grandes heróis", ele disse, "desaphiava wocê para um jogo mais. Se ganhar, apago a lousa. Se perder, phico com sua esposa." Ele sorriu. Seus dentes cintilaram à luz do abajur. "Mas não passo de um homem humilde", disse. "Então phico com sua honra e sua casa. Além disso, mrs. Merchant concorda em nomear mr. Sisodia encarregado do seu cinema. Temos de melhorar a prática phiscal da nossa sociedade. Cinema é a segunda paixão de Sisodia, mas a primeira é dinheiro."

V. V. Merchant se pôs de pé. "Não concordo com nada", disse com sua suavidade. "Agora saiam." Ameer levantou-se também, mas seu jeito era muito diferente. "Como saiam?", gritou. "Vamos ter de perder tudo, tudo o que eu construí, vamos ter de ficar limpos por causa das suas fraquezas? Perder o cinema, perder o controle da companhia, perder a maior oportunidade de capital dos últimos vinte anos e viver na pobreza até a gente ter de acabar vendendo a casa de qualquer jeito para comer? É isso que você quer?"

"Desculpe", disse V. V. Merchant. "Não assino."

Tem de haver lugar melhor. Ó, mais mortal das idéias! Pois Piloo Doodhwala era o único dentre nós que aceitava as condições da vida tal qual era, como fato consumado. Ele não desperdiçava energia em malucas fantasias utópicas. Como, então, não conseguia surgir como o grande vencedor? Nossas vidas estavam à sua mercê, a seus pés. Como poderia ser diferente?

Piloo sacrificou mais do que cabras. Ele abatia em várias áreas. Minha vida tomou outro rumo, mas jamais esqueci a lição que ele ensinou a meu pai — a lição que a catástrofe de meus pais me ensinou — enquanto, em outro ponto de Bombaim, Vina e Ormus faziam amor sem fim.

As coisas são como são.

Durante toda a noite, meus pais brigaram. Eu fiquei acordado no meu quarto, sem piscar, como um lagarto, ouvindo seus corações partidos a duelar. Ao amanhecer, meu pai foi para a cama, mas Ameer continuou girando pela sala como uma colher na tigela, remexendo a mais venenosa de todas as raivas, a ira que se coalha no corpo com o bater do amor moribundo. E então, Vina e Ormus entraram, e Ameer, possuída pela raiva, voltou-se contra sua jovem protegida.

Não sou capaz de registrar aqui, dentro da decência, as ofensas que minha mãe atirou sobre os dois amantes, particularmente sobre Vina. Ficou gritando com ela durante três horas e vinte e um minutos, aparentemente sem tomar fôlego, despejando em cima da menina o que era para Vivvy. Quando terminou, saiu cambaleando de casa, exausta, e despencou dentro de seu velho Packard adorado. Ele a levou embora como um cavalo fujão. Um momento depois, meu pai, de cara vazia, se arrastou para o Buick. Ele também saiu dirigindo feito louco — na direção oposta à de Ameer —, a tal ponto que temi por sua vida. Mas nenhum dos dois sofreu a irrelevância de um acidente de tráfego. Já tinham participado de um desastre quase fatal antes de sair de casa.

Insultos são mistérios. O que parece ao observador como a mais cruel e destrutiva marreta de um ataque, *puta! vagabunda! vaca!*, pode deixar o alvo intocado, enquanto uma observação aparentemente menor, *graças a deus você não é minha filha*, consegue penetrar até na melhor armadura, *você não significa nada para mim você é menos que a poeira na sola do meu sapato*, e atingir direto o coração. Se não forneço aqui um catálogo exaustivo das ásperas observações de minha mãe, é também porque não sei julgar os seus diversos efeitos. O que significa esta ou aquela frase, este golpe ou aquela chicotada? Terá sido a mera ocorrência da invectiva, ou o efeito cumulativo daquele cáustico *tour de force* que deixou Ameer e Vina fisicamente esgotadas, como lutadores que se engalfinharam até o esgotamento?

Vina Apsara, uma jovem que havia visto muita coisa, cuja confiança no mundo fora horrivelmente desgastada, tinha lentamente se permitido acreditar, durante seus anos na Villa Thracia, que podia ser capaz de pisar com confiança o chão sólido de nosso amor. Nosso amor e o de Ormus. Portanto ela, por sua vez, havia se apaixonado não apenas por nós, mas por nossas preocupações, nossa cidade e nosso país também, do qual começara a acreditar um pouco que poderia, à sua maneira, fazer parte. E o que minha mãe fez esse dia foi puxar o tapete isfahani da confiança de Vina no próprio amor, revelando o abismo que havia embaixo.

Vina ficou imóvel, não mais que semiconsciente, as palmas das mãos voltadas para baixo, indagando, sem esperar respostas, como a sobrevivente de um massacre olhando a cara da morte. Ormus pegou o rosto dela entre as mãos. Muito lentamente, ela se afastou de seu toque. Naquele momento, seu grande amor devia parecer a ela uma grande armadilha. Cair nela significaria possibilitar sua total aniquilação em algum ponto do futuro, quando ele se voltasse para ela com um esgar no rosto e ódio na voz. Chega de riscos, dizia o rosto dela. Acabou, neste momento.

Villa Thracia, minha bela casa de infância, queimou até o chão três dias depois. Quem quer que tenha sido o responsável, tomou o devido cuidado de não cometer assassinato. A casa sem dúvida foi observada, até o incendiário ter certeza de que estava vazia, e então foi totalmente queimada. Um a um fomos voltando e parando no passeio, de cabeças baixas, com neve negra caindo à nossa volta.

Vina Apsara, porém, não voltou.

Vocês vão me perdoar um certo aperto na garganta ao me despedir de Villa Thracia. Era uma das menores vilas-bangalô da velha Cuffe Parade eduardiana, mas nossa família era pequena e ela nos servia muito bem. Havia um beiral de madeira em volta das janelas da frente, mas o resto da construção era de tijolo, enfeitado aqui e ali com pedras. Mansardas de telhas vermelhas acima das janelas e também da porta da frente, formando uma varandinha antiquada. No ponto mais alto da casa ficava o mais pomposo — ou, digamos, *confiante* — traço característico da casa, uma torrezinha quadrada, colocada no centro, completa, com as pilastras e os frontões em todos os quatro lados. Ela sustentava uma pequena cúpula de telhas de cerâmica verdes e arredondadas, com uma miniponta no alto, bastante pretensiosa. Nessa ornamentada câmara superior meus pais dormiram durante seus longos e felizes anos de casamento. "É como dormir numa torre de igreja", minha mãe dizia sempre, e meu pai respondia, apertando a mão dela: "E você, minha querida, é, sem dúvida, a bela da torre".

Foi-se em fumaça. Destituídos de posses, lembranças e felicidade, consideramos o toque das cinzas cadentes em nossas faces um carinho de despedida de nossa casa. Testemunhas oculares contaram que o fogo havia adorado a casa moribunda, abraçando-a apertado, de forma que em poucos instantes Villa Thracia parecia recriada em chamas. Depois a fumaça, a negra, insensível fumaça, tomou tudo, destruiu-se a ilusão e a escuridão dominou tudo.

A destruição da casa da infância — de uma vila, de uma cidade — é como a morte de um parente: deixa-nos órfãos. A lápide de um arranha-céu repousa no sítio dessa cremação esquecida. A lápide de uma cidade repousa sobre o cemitério dos perdidos.

Onde antes ficava "Dil Kush", a luxuosa mansão de três andares de Dolly Kalamanja em Ridge Road, Malabar Hill, aquela obra-prima do velho mundo, toda galerias e varandas e luz, com seus salões de mármore, sua apressada coleção de pinturas de Souza, Zogoiby e Hussain, e acima de tudo seus maduros jardins tropicais com alguns dos mais antigos tamarindeiros, jaqueiras e plátanos da cidade, e algumas da melhores primaveras trepadeiras também, você não encontra hoje nem árvores, nem trepadeiras, nem graça, nem espaço. Pousado como um míssil atarracado em sua plataforma de lançamento, o arranha-céu Everest Vilas preenche esse território com seu concreto cinzento, descolorido, e não parece disposto a desistir da posse tão já. Everest Vilas tem vinte e nove pisos de altura, mas felizmente são pisos que não preciso pisar. O fantasma do passado ainda paira em Ridge Road sempre que olho para ela. "Dil Kush" está viva, como no dia em que Villa Thracia queimou, e Dolly gentilmente insistiu em nos abrigar debaixo de seu amplo e discreto teto.

Ormus chegou, ao mesmo tempo exausto e frenético. Era tarde da noite, mas ninguém ia dormir. Vina ainda estava desaparecida. Ormus tinha procurado por ela para cima e para baixo, percorrendo todos os seus lugares preferidos, até que começou a vomitar de cansaço. Enfim, esgotado, perdido, ele cambaleou "Dil Kush" adentro, e tão trêmulo, tão tonto, tão desorientado era o seu sofrimento que Ameer Merchant — cujo remorso, diga-se de passagem, começava a devorá-la viva — calou a boca. Convencido de que Vina morrera no incêndio, que havia se transformado em fumaça e sido soprada para longe, Ormus falava em ir atrás dela até o além-túmulo. A vida perdera todo valor; a morte tinha ao menos esse mérito de ser a única experiência que ele e sua amada poderiam repartir. Falava ameaçadoramente de auto-imolação. Foi meu pai, alarmado com o estado de espírito do jovem, quem o consolou. "Não tire nenhuma conclusão", V. V. Merchant disse, embora suas palavras soassem falsas para todos nós. "Não se encontrou ainda nenhuma prova relevante de que ela morreu."

Persis Kalamanja, é preciso dizer, parecia um tanto evasiva, coisa que na época atribuí à evidente ambigüidade de sua posição, pois todos nós éramos capazes de perceber que sua esperança de se casar com Ormus havia recebido um inegável, mesmo que horrível, estímulo.

Mesmo sendo a santa que era, Persis não devia deixar de pensar no futuro: será que o seu alegre princípio não poderia brotar das cinzas do trágico fim de Vina? Sendo, porém, a jovem de bom coração que era, batalhava furiosamente para suprimir essas fantasias perversas (que ficavam ainda mais perversas pela sensação de deliciosa expectativa que liberavam dentro de seu peito). Ela baixou os olhos e escrupulosamente apoiou a posição de meu pai. Vina podia não estar morta, mas meramente desaparecida. Ela pousou a mão sobre a mão de Ormus, ele retirou a dele com um safanão e lançou-lhe um olhar selvagem. Com o lábio tremendo, ela se afastou e o deixou com seus medos.

Quem acendeu o fogo?

A manhã trouxe notícias e dois oficiais do departamento de investigações, o elegantíssimo inspetor detetive Sohrab e o contrastantemente apagado detetive Rustam. Esses cavalheiros nos informaram que, depois de entrevistar vizinhos e transeuntes movidos por espírito público que entraram em contato com a polícia, ficou definitivamente estabelecido que o fogo teve início à uma hora da tarde. Infelizmente, disse o I. D. Sohrab, "nenhum malfeitor foi visto deixando o local do sinistro". Uma busca minuciosa das ruínas carbonizadas da Villa Thracia fora concluída, e felizmente não se encontrou nenhum corpo. (Quando Ormus soube que Vina não morrera queimada, pareceu tão contente que minha mãe teve de relembrar-lhe, severa, que mesmo assim havia ocorrido uma grande tragédia.)

Os três empregados domésticos que moravam na casa, cozinheira, copeira e *hamal*, tinham sido localizados. Estavam todos escondidos na colônia de pescadores Koli próxima de casa, apavorados tanto com o incêndio quanto com a possibilidade de serem responsabilizados por ele. A polícia, porém, não acreditava que o incêndio fosse culpa dos domésticos. As histórias que contaram foram verificadas, embora fosse um pouco estranho que todos os três estivessem fazendo trabalhos externos na hora em questão, deixando a casa sozinha. Havia, entretanto, "evidências nítidas de um ataque incendiário", disse o dedicado inspetor Sohrab, "muito embora não se possam revelar os detalhes no momento". Pouco a pouco fomos nos dando conta de que estávamos sob suspeita de termos incendiado nossa própria casa. Untuoso, Sohrab sugeriu que a empresa Merchant & Merchant estava passando por pretensas dificuldades financeiras; que o próprio *shri* Merchant vinha acumulando dívidas de jogo. O prêmio do seguro seria bastante oportuno, não é mesmo? Meu pai ficou ultrajado com essas "sórdidas insinuações". "Vá investigar os beneficiários", ele instruiu os *wallahs* investigadores com desusada dureza na voz. "Se quer maior propinqüidade com esses patifes luciferianos, visite *shri* Doodhwala e seus asseclas."

Os policiais foram embora, mas as dúvidas ficaram. A horrenda verdade era que minha tempestuosa mãe suspeitava um pouco de que meu pai cometera o crime, e até mesmo meu suave pai começara a abrigar suspeitas sobre Ameer. Durante três dias, desde a briga que tiveram, meus pais viveram separados: ela na Villa Thracia, ele com amigos em Colaba. O incêndio tornou a uni-los, mesmo que só por minha causa. Incomodamente, para manter as aparências, estavam juntos em um dos espaçosos quartos de hóspedes de Dolly. Mas o clima entre eles era gelado.

Eu fiquei no quarto ao lado, e à noite, mais uma vez, ouvi os dois chiarem e brigarem. Ameer estava tão brava com o marido que chegou a insinuar que ele tinha tentado matá-la e matar a nós todos em nossas camas. Ele observou suavemente que o incêndio começara em plena luz do dia, numa hora em que dificilmente ela estaria dormindo. Ela deu um ronco de desdém para uma resposta tão detalhista. V. V., por seu lado, imaginava se ela teria se transformado em incendiária para forçá-lo a concordar. "Será possível que você chegue a um extremo tão condenável por causa daqueles bárbaros 'arranha-Cuffes'?" O que fez Ameer dar um guincho que toda a casa noturna escutou: "Ah, meu Deus, olhe a sujeira de *galis* que ele joga em cima de mim agora!".

Eis que a facção de Piloo tinha realmente vencido a batalha contra a intransigência de meu pai. Agora que não existia mais Villa Thracia, V. V., desalentado, cedeu e vendeu para Piloo, por um preço bem menor do que aquele que havia recusado inicialmente, o terreno sobre o qual a casca torrada de uma casa pairava agora, como um monumento à morte do idealismo. Todo o projeto de desenvolvimento de Doodhwala tinha dado um passo na direção do sucesso. Os edifícios monstruosos da imaginação dele dominariam agora a cidade, como as espaçonaves marcianas de *Guerra dos mundos.* Em casos referentes a potes de ouro assim tão grandes, um pequeno uso do fogo não é assim tão raro.

Mas Piloo Doodhwala era um homem influente. Influência, segundo os astrólogos, é um fluido etéreo que emana das estrelas, afetando as atitudes dos meros mortais como nós. Digamos, então, que Piloo destampou seus fluidos etéreos — pois ele possuía influência de mais de um tipo — e deixou que fluíssem livremente, desde os mais altos escalões do Departamento de Investigações de Bombaim até os humildes detetives destacados para o caso. Dentro de poucos dias, esses oficiais encarregados do caso declararam que ele havia sido "conclusivamente eliminado" da questão. Quando meu pai manifestou surpresa, o inspetor Sohrab lhe disse com certa aspereza: "Você devia agradecer. A sua pessoa e sua boa esposa também foram generosamente incluídos na citada eliminação".

A investigação foi "redirigida para um rumo mais proveitoso de averiguação". Este dizia respeito à cidadã norte-americana desaparecida, miss Nissa Shetty, vulgo Vina Apsara. Investigações no aeroporto de Santa Cruz estabeleceram que miss Apsara havia deixado Bombaim horas depois do incêndio, em um avião da TWA com destino a Londres e Nova York. Sua fuga inexplicável estava fadada a ser da maior significação. Trabalhos posteriores de investigação, em colaboração com a Scotland Yard, via rede Interpol, revelaram que a passagem de avião de miss Apsara havia sido comprada com libras esterlinas, no Reino Unido, e que a agência expedidora era a empresa londrina Kalatours de mr. P. Kalamanja. O próprio mr. Kalamanja havia pago o bilhete de miss Apsara.

Mrs. Dolly Kalamanja era uma mulher pequena com jóias grandes, uma *grande dame* nova-rica que acreditava em "dar shows". Tinha cabelo azul cor de aço, penteado no estilo da Rainha da Inglaterra, com aqueles característicos caracóis jônicos adornando as têmporas. O busto — um rochedo único, sólido, sem sinal de ondulações, repousando sobre seu peito como um policial adormecido, um obstáculo de trânsito suficientemente proeminente para deter qualquer um que ousasse se aproximar depressa demais — também lembrava Elizabeth II. Era uma mulher de vontade forte, mais conservadora que a maior parte da arejada comunidade parse de Bombaim, e sua voz aguda estava habituada a ser obedecida. Muito do que sentia sobre a própria vida era comprimido em fórmulas, que não impediam as emoções de serem sentidas com intensidade. Assim, seu marido, Patangbaz Kalamanja, era seu "rochedo", e sua filha Persis, seu "orgulho e alegria". A notícia de que Pat se envolvera na escapada para o "estrangeiro" de uma suspeita de incêndio criminoso foi um golpe duro. Ela se desequilibrou. O universo parecia ter perdido forma e sentido. A terra tremeu. O "rochedo" sacudiu, rachou. Persis amparou-a até uma cadeira e ela deixou-se cair nela com a cabeça "num torvelinho", abanando-se com o lenço.

A grande sala íntima e formal de "Dil Kush" era tão adequada, com seus lambris de madeira de teca e espelhos de formas geométricas extravagantes e sofás Biedermeier estofados demais e caríssimos abajures *déco* e tapetes de pele de tigre genuína e péssimas pinturas a óleo (e algumas boas, vamos ser justos), quanto o salão de um grande transatlântico: o *Titanic*, talvez. Sem dúvida para a perplexa Dolly parecia mesmo o convés de um navio seriamente avariado. Em seu "estado", a saleta parecia oscilar, e lentamente deslizar para algum horrível mundo além.

"Como é que aquela menina chegou até o meu Pat?", ela gemeu, sem forças. "Vou ligar agora mesmo para o Reino Unido e infernizar as benditas orelhas dele!"

Era igual a uma cena de alguma história de Poirot. Nós todos sentados ou em pé em volta da sala, assistindo ao melodramático ataque de Dolly. Persis serviu-lhe um copo de água, e os bambas do Departamento de Investigações foram posicionados sobre uma pele de tigre, muito satisfeitos com o impacto da notícia. Mas nem o confiante Sohrab nem o idiota Rustam podiam esperar o que ocorreu em seguida, e que não foi o anunciado telefonema para Patangbaz em Wembley. Pois não foi nem preciso incomodar a telefonista internacional. Persis Kalamanja sentou-se aos pés da mãe, massageando-os com as mãos, olhou diretamente para os olhos de Ormus Cama e confessou.

Não apenas confessou, como deu a Vina Apsara um álibi inquebrantável.

Quando o impossível se torna necessidade, às vezes pode ser atingido. Horas depois do discurso de Ameer Merchant que destruiu sua fé na realidade do amor, Vina telefonou para Persis e pediu para se encontrar com ela (onde mais?) na loja de discos Rhythm Center. Seu jeito gaguejante nada característico levou Persis a deixar de lado as reservas e concordar em ir.

Na loja, entraram em uma cabine, fingindo examinar o álbum de trilha sonora do maior sucesso musical do ano, Gordon Macrae e Shirley Jones em *South Pacific*, de Rodgers & Hammerstein. E enquanto miss Jones cantava que ia lavar algum homem para fora dos cabelos, Vina — Vina num estado de espírito assustado, de espelho rachado, fora de centro como Persis nunca tinha visto antes — colocou-se à mercê de sua rival pela mesma razão. Tenho de ir embora, disse, e não me peça para explicar, e não pense que vou mudar de idéia, porque não vou. E você tem de me ajudar porque não tem mais ninguém que possa, e porque você pode e você é tão boazinha, porra, que não vai me dizer para eu me foder, e afinal de contas porque você quer. Você quer muito.

Mas ela explicou mesmo assim. Estão fodendo comigo, disse, acham que têm o direito de enfiar os sentimentos deles dentro de mim e depois arrancar fora, que nem marciano ou sei lá o quê, tenho de ir embora. Persis perguntou de quem estava falando. Cale a boca, porra, Vina respondeu, eu disse que não queria explicar.

E disse mais, muito mais, enquanto tocava *Bali Hai* e *Happy Talk* e o resto. Tem como pagar?, Persis perguntou, e ela respondeu Eu arranjo o dinheiro, mas você tem de me arranjar a passagem agora, *agora* mesmo, eu sou boa nessas coisas, arranjo um jeito de mandar para você, *estava implorando abertamente, inventando razões, no fim da linha,* Persis disse, corajosamente, na saleta de "Dil Kush", *só deus sabe por que ela ficou daquele jeito, mas alguém tinha de fazer alguma coisa, então eu estendi a mão e ajudei, só isso. Além do mais, ela tinha razão,* acrescentou olhando insistentemente para o rosto perplexo de Ormus Cama, pedindo ajuda, à sua própria maneira, tão desesperadamente quanto Vina tinha pedido a ela. Implorando a menor das palavras, o mais tênue movimento afirmativo das sobrancelhas, ou talvez, se fosse possível, o consolo miraculoso de um sorriso. Pedindo que ele dissesse, tudo bem, agora é a sua chance.

Ela tinha razão. Eu queria. Então fiz.

Persis telefonou para o pai e Pat Kalamanja nunca dizia não para a sua filhinha; é para uma amiga, ela disse, uma história complicada, disse. Tudo bem, não pense mais nisso, está certo, ele cedeu, vou mandar o PTA hoje mesmo, você pode pegar o bilhete no escritório da empresa aérea amanhã, ou depois de amanhã, o mais tardar. Está entendendo?, Persis disse ao inspetor Sohrab, ele não tem culpa, não sabia de nada, fui eu.

PTA quer dizer *Passenger Ticket Advice* (Comunicado de Bilhete ao Passageiro), Persis explicou. Você paga num lugar, o bilhete é expedido em outro. E eu não esperava nunca que ela fosse arrumar o dinheiro, sabia que papai ia acabar pagando a conta quando soubesse para que eu queria a passagem, mas ela apareceu aqui antes do meio-dia no dia do incêndio com duas malas e uma fronha cheias de jóias e eu sabia onde ela tinha arrumado as jóias, tia Ameer, nem pense que eu tinha intenção de ficar com elas, mas aí começou essa história toda, essa *tamasha* de investigação, e eu fiquei com medo, não sabia o que dizer, fiquei de boca fechada, mas agora acabei abrindo, desculpem a demora. Ela ficou comigo o tempo todo depois disso. Eu mesma levei Vina para o aeroporto e acompanhei o embarque e ela foi-se embora, e espero que não volte nunca mais.

Ela pode ser ladra, disse a honesta Persis, mas não começou nenhum incêndio.

O interrogatório de Persis Kalamanja pelos senhores Sohrab e Rustam teve lugar a portas fechadas em uma sala da residência da família, durou várias horas, teve muitos momentos acalorados, e não conseguiu abalar seu testemunho no mais mínimo grau. Ela, porém, preencheu algumas lacunas na história. Transpirou que Pat Kalamanja só financiara a passagem até Londres, não para os Estados Unidos. A pedido de Persis ele fora, de bom grado, buscar Vina no avião e a levara para sua casa em Wembley, porque ela não tinha lugar para ir. Na manhã seguinte, ela lhe pediu emprestada uma pequena quantia de moeda inglesa, deixou as malas e foi sozinha até o centro de Londres. Não voltou para casa aquela noite, e o agitado Pat estava a ponto de chamar a polícia quando ela retornou na manhã seguinte, não deu nenhuma explicação para sua ausência, devolveu o dinheiro integralmente — o dinheiro da passagem, assim como o dinheiro vivo emprestado — e disse que estava "tudo certo", chamou um táxi, não aceitou que Pat a ajudasse com as malas, balbuciou um obrigado desatento e desapareceu. Seu destino atual era desconhecido.

Logo depois do interrogatório de Persis, Vina Apsara foi declarada oficialmente "não mais suspeita de incêndio criminoso". Tampouco Ameer Merchant estava disposta a acusá-la de roubo, porque, à medida que se desenrolava a história de Persis, a agonia do remorso de minha mãe foi aumentando sensivelmente. Ela sabia que a fuga de Vina era obra dela, que havia assassinado a alegria da menina fugida, e, embora Ameer fosse mestra em fazer ar de durona, eu conseguia enxergar, através dos diques e barragens, o grande oceano de tristeza. Lamentando a perda de uma menina que ela havia, à sua própria maneira, amado de verdade, Ameer pouco ligava para suas ninharias. Ao remover as jóias da Villa Thracia, Vina havia, afinal de contas, preservado e devolvido pelo menos uma parte dos tesouros da família. E se ela deixara o país com as malas cheias dos melhores vestidos colantes cheios de lantejoulas e cintilando com o resto dos anéis de diamante e brincos de esmeralda e colares de pérolas de minha mãe, que sem dúvida vendeu em Londres para levantar dinheiro, Ameer ignorou isso tudo, que importa?, teria sido tudo queimado pelo fogo. Então, minha mãe retirou-se para seu quarto para chorar longa e duramente por Vina, por si mesma e pela própria felicidade perdida também.

Foi assim que Persis Kalamanja não só ajudou Vina a deixar Bombaim, como queria, mas também salvou-a de ser injustamente acusada por um crime que não havia cometido. A polícia não pressionou Persis, e não vou sugerir aqui que o álibi que forneceu a Vina não fosse toda e nada-mais-que-a verdade.

Quando estava preocupada, era capaz de torcer sua linda boca até parecer que estava sendo espremida por um *dhobi*. O efeito era quase intoleravelmente erótico. Naquela época, havia toda uma geração de homens à espera de que ela torcesse a boca para o lado deles. Mas o homem para o qual estava torcendo a boca agora, torcendo com todo o coração, ao sair do interrogatório da polícia para enfrentar a pergunta dos olhos dele, era um homem profundamente impassível. Essa era a recompensa por ter ajudado Vina: Ormus Cama completou, naquele momento, o processo de varrê-la de seu mapa pessoal, e da história de sua vida. Olhou para ela com ódio confesso; depois com desdém; depois com indiferença; depois, como se não lembrasse mais quem ela era. Ele saiu de "Dil Kush" como se se retirasse de uma casa estranha onde tinha ido parar por engano. E foi aí que Persis se tornou a "pobre Persis", e "pobre Persis" permaneceu pelo resto de sua vida de solteirona.

Ninguém foi acusado pelo crime de incendiar a Villa Thracia. Os heróis investigadores Sohrab e Rustam concluíram que a "intervenção criminal" estava "fora da programação" e retiraram-se do caso. Muitas propriedades de Bombaim tinham instalações elétricas antigas e perigosas e não era difícil acreditar que um problema elétrico fora a causa do incêndio.

Nada difícil, principalmente quando a influência continuava a emanar do alto, até todos os suspeitos terem sido, nas palavras satisfeitas de Sisodia, o assistente de Piloo, "Co co completamente ex ex eximidos."

Desorientação é a perda do Leste, do Oriente. Pergunte a qualquer navegador: o leste é o que orienta a navegação. Perder o leste é perder seu rumo, suas certezas, seu conhecimento do que é e do que pode ser, talvez até mesmo sua vida. Onde estava aquela estrela que você seguiu até aquela manjedoura? Isso mesmo. O Oriente orienta. Essa é a versão oficial. A linguagem diz que sim, e não se deve discutir a linguagem.

Mas vamos só supor. E se a coisa toda — a orientação, o saber onde se está, e tudo — e se isso tudo for uma armação? E se tudo isso — o lar, o próximo, esse pastel todo — não passar da maior, mais verdadeiramente global e antiqüíssima obra de lavagem cerebral? Imagine que só quando você ousa largar tudo é que sua vida começa de verdade? Quando você gira, solto da nave-mãe, quando você corta as cordas, solta as amarras, some do mapa, se ausenta sem permissão, se manda, dá no pé, sei lá: imagine que é aí, e só aí, que você tem verdadeira liberdade de ação! Para viver a vida sem ninguém dizer como, nem quando, nem por quê. Sem que ninguém ordene que você vá lá e morra por eles, nem por Deus, nem venha e pegue você porque você contrariou uma regra, ou porque você é uma daquelas pessoas que, por razões que infelizmente não podem ser-lhe reveladas, é simplesmente uma pessoa proibida. Imagine que você tem de enfrentar a sensação de estar perdido, no caos e além do caos; tem de aceitar a solidão, o louco pânico de perder as amarras, o terror vertiginoso de um horizonte que gira e gira como a borda de uma moeda atirada no ar.

Você não ia querer isso. A maioria de vocês não ia querer. A lavanderia mental do mundo é bem eficiente na lavagem cerebral: não pule daquele abismo não passe por aquela porta não chegue perto daquela cachoeira não arrisque não ultrapasse essa linha não mexa com as minhas sensibilidades estou avisando não me faça perder a cabeça você está fazendo isso está me fazendo perder a cabeça. Você não tem a menor chance não vai dar pé você está acabado já era é menos do que nada, está morto para mim, morto para toda a sua família para a sua raça para tudo o que você devia amar mais do que à vida e dar ouvidos como se fosse a voz do dono e seguir cegamente e se curvar e adorar e obedecer; você está morto, ouviu, esqueça, filho da puta, eu nem sei o seu nome.

Mas só imagine que você agiu assim. Que você pulou no abismo, ou na cachoeira fatal, e ali estava: o vale mágico no fim do universo, o abençoado reino do ar. Boa música por toda parte. Você respira a música, pra dentro, pra fora, é o seu elemento agora. A sensação nos pulmões é melhor do que "estar vinculado" a alguma coisa.

Vina foi a primeira de nós a fazer isso. Ormus foi o segundo a pular, e eu, como sempre, fui na retaguarda. Podemos discutir a noite inteira o porquê, se pulamos ou se fomos empurrados, mas você não vai poder negar que nós fomos. Nós, os três reis do Desoriente, fomos.

E eu sou o único que sobreviveu para contar a história.

Nós, os Merchant, nos mudamos para acomodações alugadas no bloco de apartamentos dos Cama, em Apollo Bunder, apartamentos separados para minha mãe e meu pai, e eu, como um ioiô no meio deles, aprendendo a ficar independente, ainda jogando cartas com a cartada perto do peito, crescendo. Nesses dias, Ormus Cama e eu fomos mais próximos do que jamais conseguimos antes ou desde então, por causa de nossa perda comum. Acho que nós dois conseguíamos tolerar a falta que cada um sentia de Vina porque ela não estava junto de nenhum de nós dois. Não havia um dia em que não passássemos a maior parte do tempo pensando nela, e havia as mesmas perguntas nos corações de nós dois. Por que havia nos abandonado? Ela não era nossa, nós não a amávamos? Ormus possuía mais direitos, como sempre. Ele a ganhara numa aposta, ele a ganhara ao esperar durante aqueles longos anos de renúncia. E ela tinha ido embora para aquele imenso submundo feito de todas as coisas e lugares e pessoas que não conhecíamos. "Vou encontrar Vina", Ormus jurava sem parar. "Ninguém me segura. Vou até o fim do mundo, Rai. E mais longe até." Sei, sei, eu pensava, mas e se ela não quiser você? E se você for só o brinquedinho indiano dela, a pitada de curry dela? E se você for o passado dela, e depois de uma longa busca você se encontrar com ela numa cobertura ou num trailer estacionado e ela bater a porta na sua cara?

Será que Ormus estava pronto para mergulhar até nesse inferno, nesse submundo da dúvida? Não perguntei a ele; e, como eu era jovem, levei um longo tempo para entender que ele já estava sendo consumido pela chama infernal da incerteza.

Naquela época, não era fácil viajar se você só tinha um passaporte indiano. Em um passaporte desses algum burocrata escrevia laboriosamente os poucos países que lhe era permitido visitar, a maioria deles países que nunca haviam passado por sua cabeça como destinos possíveis. Todo o resto — sem dúvida todos os lugares interessantes — estava interditado a menos que você conseguisse permissão especial, e aí esses lugares seriam acrescentados à lista manuscrita do passaporte por um outro burocrata com a mesma caligrafia do primeiro. E depois havia o problema da moeda estrangeira. Não se encontrava nada: esse era o problema. Havia uma escassez de dólares e libras esterlinas e outras moedas negociáveis, de forma que não se conseguia nada, e não se podia viajar sem ter algum, e, se você comprava um pouco a preços extorsivos no mercado negro, podia ser chamado a esclarecer como a coisa tinha ido parar na sua mão, o que acabava saindo ainda mais caro, por causa da despesa extra com o dinheiro do silêncio, a propina.

Estou dando esta breve lição de nostalgia econômica para explicar por que Ormus não se lançou no primeiro avião em busca de seu grande amor. Darius Xerxes Cama — um simples mister nessa época — praticamente só bebia e, depois da vergonhosa experiência de ser rejeitado pela Inglaterra em geral e por William Methwold em particular, era inatingível na questão de viagens transcontinentais. Mrs. Spenta Cama (a perda de seu título ainda machucava) recusou terminantemente negociar para seu filho menos amado até mesmo a passagem de preço reduzido de uma companhia árabe, ou o menor número aceitável (cem) de "libras negras" compradas por baixo do pano. "Essa sirigaita não vale dez paicas", declarou sem rodeios. "Pelo menos, olhe essa linda Persis, afinal por que não? A pobre moça morre por sua causa. Vê se abre esses olhos de uma vez por todas."

Mas Ormus estava cego para toda a vida. Durante os anos seguintes, tive muitas oportunidades de observar de perto sua personalidade, e debaixo da superfície brilhante, mutável, a personalidade camaleônica, labiríntica, que fazia toda garota que encontrava desejar prendê-lo; debaixo de sua natureza alternadamente exposta e oculta, ora aberta num convite, ora mais fechada que uma armadilha, ora carente, ora arredia, debaixo de todas as melodias improvisadas dele mesmo havia esse ritmo inalterado, constante. Vina, Vina. Ele era escravo desse ritmo, para sempre.

Quero esclarecer uma coisa: ele não foi fiel à ausência dela, à memória dela. Ele não se retirou da sociedade, nem acendeu velas noturnas no altar da desertora. Não, senhor. Ao contrário, ele a buscou em outras mulheres, buscou-a furiosa e incansavelmente, procurando uma inflexão da voz dela nesta beldade, um movimento do cabelo dela nos cachos daquela. A maioria das mulheres só causava decepção. Ao fim desses encontros, ele achava insuportáveis até as cortesias rituais da situação, e acabava revelando a verdadeira natureza de sua busca, e às vezes a mulher real que o havia decepcionado tinha a generosidade de ficar escutando enquanto ele falava da mulher-sombra hora após hora, até o amanhecer; quando então ele se calava e ia embora. Poucas mulheres chegaram perto de satisfazê-lo, porque o tipo certo de luz, se falassem muito pouco e se deitassem assim; ou, depois de ele colocar um lenço de renda ou máscara sobre o rosto, os corpos assim anônimos revelassem algum eco do corpo dela, um seio, uma curva da coxa, um movimento do pescoço; então, ah, então, durante quinze ou vinte segundos ele podia se iludir, achando que ela havia voltado. Mas aí elas se viravam, falavam com ele amorosamente ou arqueavam as costas nuas, fortes, a luz mudava, a máscara caía, a ilusão se desfazia, e ele as abandonava onde estavam. Apesar das bêbadas confissões e das crueldades eventuais, porém, as jovens que compareciam a suas apresentações (pois ele começara a cantar profissionalmente) continuavam procurando essas entrevistas mais particulares e quase invariavelmente dolorosas.

Sua busca também não se limitava a essas jovens tietes. O catálogo de seus amores substitutos durante esses anos é como um corte da população feminina da cidade: mulheres de todas as idades, de todos os estágios da vida, mulheres magras e mulheres gordas, mulheres altas e baixas, barulhentas e caladas, suaves e ásperas, unidas apenas nisto: alguma farpa de Vina Apsara morava dentro delas, ou assim pensava o perturbado amante que ela deixara para trás. Donas de casa, secretárias, operárias de construção, moradoras das ruas, balconistas de lojas de doces, domésticas, prostitutas... ele parecia não precisar de sono. De dia e de noite rondava as ruas, procurando por ela, pela mulher que não estava em parte alguma, tentando extraí-la das mulheres que estavam por toda parte, encontrando algum fragmento a que se apegar, algum fiapo dela a que se apegar, na esperança de que essa *nuage* pudesse fazer com que ela ao menos o visitasse em sonhos.

Assim foi a sua primeira busca por ela. A mim parecia uma coisa quase necrófila, vampiresca. Ele sugava o sangue de mulheres vivas para manter vivo o fantasma da Ausente. Muitas vezes, depois de uma conquista, ele me fazia confidências. Eu me sentia então como Duniazad, a irmã de Sherazade, sentada aos pés da cama da rainha insone enquanto ela contava histórias para salvar a própria vida... Ele me contava cada detalhe — conseguindo, de alguma forma, não dar a impressão de estar se gabando — e eu, tonto e excitado em igual medida com suas paixões e descrições, podia às vezes murmurar: "Você devia esquecer dela talvez. Talvez ela não volte". Ele então se enrijecia, e sacudia a cabeça com aquela juba de cabelo que estava crescendo, e gritava: "Sai de mim, Satã. Não tentes ficar entre o amante e seu amor". O que me fazia rir; o que não era a intenção.

Que figura ele fazia em público! Cintilava, brilhava. Quando entrava numa sala, tudo passava a existir em função dele. Quando sorria era magnético, quando franzia a testa arrasava. Seus dias de vadiagem ficaram para trás. Não ficava mais nas portas dos colégios de moças. Cantava quase todas as noites, tocando todos os instrumentos que encontrava, e as garotas se juntavam em volta dele. Os clubes noturnos e hotéis da cidade, até os produtores de playbacks cinematográficos, disputavam seus serviços. Ele tocava em toda parte, sem assinar nenhum contrato, sem se prender a ninguém com exclusividade, e era tão bom, que dava certo. Atração principal das reuniões matinais de domingo, quando, em grande parte graças a ele, o jazz cedera espaço para o rock'n'roll, seus requebros faziam desfalecer as *demoiselles* da cidade. As mães, embora desaprovando severamente, também não conseguiam tirar os olhos de cima dele. Qualquer pessoa da Bombaim daqueles dias se lembrará do jovem Ormus Cama. Seu nome, seu rosto se tornaram parte da definição da cidade naquele auge passado. Mr. Ormus Cama, estrela guia de nossas mulheres.

Durante uma conversa, principalmente quando ele se inclinava para alguma jovem bonita usando brincos compridos e saia rodada cor-de-rosa, sua intensidade era quase assustadora, tamanha a sua força sexual. Celebrar o físico, ele ciciava, porque nós somos carne e sangue. O que agrada à carne é bom, o que esquenta o sangue é legal. O corpo, não o espírito. Se concentre nisso. Que tal a sensação? É, para mim também é bom. E isso? Ah, baby, o meu sangue também. É quente.

Nossos seres, não nossas almas... Ele espalhava seu evangelho erótico com uma espécie de inocência, de pureza messiânica, que costumava me deixar louco. Era a melhor coisa da cidade. Eu fazia o possível para imitar tudo enquanto atravessava minha adolescência, e até minha pobre mímica dava bons resultados com as meninas da minha geração, mas muitas vezes elas riam na minha cara. A maior parte das vezes, na verdade. Eu já achava que tinha sorte de conseguir alguma coisa com uma garota em cada dez. Coisa que, conforme aprendi depois, tenho em comum com a espécie masculina em geral. Rejeição é a norma. Ao saber disso, ansiamos ainda mais por aceitação. Nesse jogo, nós não damos as cartas. Se levamos jeito para a coisa, aprendemos a finura... Ormus, porém, era um artista, ele tinha o ás da cartada: ou seja, a sinceridade. Ele me levava para as *jam sessions* e até para alguns dos seus festivais musicais noturnos (eu tinha dois pais disputando meu amor e atenções, de forma que era fácil rodá-los no dedo mindinho e conseguir permissões que normalmente seriam recusadas) e quando ele terminava de cantar eu ficava assistindo ao mestre trabalhar, sentado numa cabine ou a uma mesa com alguma garota dependurada de cada palavra que dizia. Eu ficava olhando com atenção quase fanática, decidido a não perder o menor momento de descuido, o mais mínimo instante de guarda baixa, em que a máscara dele caísse, em que ele revelasse a seu discípulo-espião que aquilo era só uma representação, uma série calculada de efeitos, uma fraude.

Esse momento não chegou nunca. Como ele falava de verdade, falava das profundezas de seu ser, conquistava seguidores, fãs, corações, amantes; e vencia o jogo. Aquele seu credo dionisíaco, rejeição do espírito e confiança na carne, com que ele cortejara Vina antes, estava agora dobrando a cidade.

Só uma mulher ele não tentava seduzir, e essa era Persis Kalamanja. Talvez fosse esse o seu castigo por haver ajudado Vina a fugir dele: nunca mais experimentar uma única noite de suas lendárias delícias; ou talvez fosse outra coisa, uma marca da alta conta em que ele a tinha, um indício de que, se não fosse por Vina Apsara, ela de fato teria tido uma chance.

Mas Vina existia, e portanto a "pobre Persis" foi apagada.

O Ormus íntimo, aquele que eu tinha o privilégio de observar em Apollo Bunder, era muito diferente desse deus do amor público. O ferimento em sua pálpebra ainda coçava. Muitas vezes a velha escuridão voltava a baixar e ele deitava, imóvel, durante horas seguidas, voltado para aquele olho interno que enxergava aquelas estranhas visões apocalípticas. Ele quase não falava mais de Gayomart, mas eu sabia que o gêmeo morto ainda estava lá, descendo incessantemente por algum labirinto da mente, ao fim do qual esperava não apenas música, mas também perigo, monstros, morte. Eu sabia por que Ormus ainda retornava da "Cama obscura" com bateladas de músicas novas. E talvez ele estivesse indo mais fundo, assumindo mais riscos, ou talvez Gayo estivesse voltando a ele, cantando direto em sua orelha, porque Ormus estava então trazendo de volta mais do que seqüências vogais ou letras mal compreendidas, mais do que versos sem sentido (embora às vezes, por exemplo quando tocou para mim, pela primeira vez, um número chamado *Da Doo Ron Ron*, fosse difícil perceber a diferença). Ele agora recebia canções inteiras. Canções do futuro. Canções com nomes que não significavam nada em 1962 e 1963. *Eve of Destruction*. *I Got You Babe*. *Like a Rolling Stone*.

Ormus gostava de compor suas novas canções na cobertura plana do bloco de apartamentos, e passava eternidades lá em cima, perdido em si mesmo, buscando os pontos em que sua vida interior cruzava com a vida do grande mundo externo, e chamando de "canções" esses pontos de intersecção. Só uma vez me deixou tirar fotos dele enquanto trabalhava, beliscando uma guitarra deitada em cima das pernas cruzadas, olhos fechados, ausente. Minha câmera Voigtländer havia escapado do incêndio da Villa Thracia porque passara a ser inseparável de mim, e estava comigo na escola. Eu havia lido em um livro chamado *Fotografia para iniciantes* que o verdadeiro fotógrafo nunca se separa da sua ferramenta de trabalho, e levei o conselho à risca. Ormus gostava da minha atitude, que considerou "séria", ele disse, e, apesar da dimensão do meu ciúme de Vina, estava sempre ansioso pelo que pudesse me dizer de bom, de forma que inchei horrivelmente quando me elogiou. O apelido pessoal que usava para mim naqueles dias era "*Juicy*" [Suculento].* "Meu amigo Juicy Rai", ele me apresentava — eu tinha só dezesseis anos em 1963 — ao pessoal de seu clube suspeito. "Vocês nunca viram ninguém como ele. Está sempre enxergando fotos — três estranhos numa fila de ônibus levantando as pernas ao mesmo tempo como num passo de dança, gente acenando do convés de um navio que parte, só que um dos braços é um braço de gorila — e aí ele berra, *juicy this? Juicy that?* [você viu isso? você viu aquilo?]. E é claro que ninguém vê, só ele, mas a coisa aparece no filme. Juicy...", ele me dava uma palmada nas costas e suas amigas me brindavam com os olhares mais glamourosos, que derretiam as virilhas. "...o disparador mais rápido do Leste." Diante disso eu, humilhado, juvenil, corava.

Então, em novembro de 1963, ele me deixou tirar fotos dele trabalhando. Muitas canções que compunha nessa época eram de protesto, idealistas, fortes. Em termos de valores, problema que tantas vezes estimulava meus pensamentos secretos, Ormus era daqueles que acreditavam que o mal existia mais no mundo em geral do que nos cidadãos comuns. Nesse ponto, era igual a minha mãe; só que ela, desiludida, havia decidido que não conseguia vencer a corrupção do mundo e juntara forças com ela. Ormus Cama não desistiu do aperfeiçoamento do homem e de seus agrupamentos sociais também. Naquele dia, na cobertura, porém, de olhos fechados, falando consigo mesmo, ele parecia perplexo. "As coisas não deviam ser assim", murmurava a cada poucos minutos. "Está tudo fora dos trilhos. Às vezes pouco, às vezes muito. Mas as coisas deviam ser diferentes. Só... diferentes."

Acabou virando uma canção: *It Shouldn't Be This Way* [Não devia ser assim]. Mas observando-o, ficando invisível para não inibi-lo, deslocando-me pela cobertura nas pontas dos pés, tive a estranha sensação de que ele não estava falando figurativamente. Assim como Ormus podia surpreender pela profundidade de sua sinceridade, também a sua

(*) *Juicy*, "suculento", soa muito parecido com uma contração de *did you see*?, "você viu?". (N. T.)

literalidade podia pegar as pessoas desprevenidas. Senti os cabelos da nuca arrepiando. Os músculos de meu estômago deram um nó. "As coisas não são assim", ele repetia. "Não deviam ser assim." Como se tivesse acesso a algum outro plano de existência, algum universo paralelo "correto", e sentisse que o nosso tempo havia, de alguma forma, se desconjuntado. Tal era sua veemência que eu me vi acreditando nele, acreditando, por exemplo, na possibilidade daquela outra vida em que Vina não havia ido embora, e nós construíamos nossas vidas juntos, nós três, subindo juntos até as estrelas. Ele então sacudiu a cabeça, e o encanto se quebrou. Abriu os olhos, sorrindo tristonho. Como se soubesse que suas idéias haviam contaminado as minhas. Como se soubesse de seu poder. "Melhor ir em frente", ele disse. "Se virar com o que tem."

Depois, ao cair no sono em meu quarto, o tormento de Ormus lá na cobertura do prédio voltou a me assolar: sua súbita possessão pela idéia de que, como um trem de carga fugido, o mundo tinha descarrilado da via adequada, sacolejando agora, descontrolado, por cima de uma grande teia de ferro de pontos trocados. Na modorra anterior ao sono, essa idéia me enervava; pois, se o próprio mundo estava se metamorfoseando imprevisivelmente, então não se podia mais confiar em nada. Em que se podia confiar? Como encontrar amarras, alicerces, pontos fixos, num tempo quebrado, alterado? Despertei de repente, duramente, com o coração disparado. Tudo bem. Tudo bem. Foi só um devaneio.

O mundo é o que é.

Pensei, então, que as dúvidas de Ormus sobre a realidade podiam ser uma espécie de vingança do espírito, uma erupção do irracional, do incorpóreo, em uma vida dedicada ao palpável e ao sensual. Ele, que havia rejeitado o incognoscível, estava sendo perseguido pelo desconhecido.

Um dia depois que o presidente dos Estados Unidos escapou por pouco em Dallas, Texas, e estávamos todos nos familiarizando com os nomes dos supostos assassinos, Oswald, cujo rifle emperrou, e Steel, que foi dominado num morrinho de grama por um genuíno herói, um cinegrafista amador de meia-idade chamado Zapruder que viu a arma do assassino e deu-lhe uma pancada na cabeça com sua câmera de 8 mm... nesse dia extraordinário, Ormus Cama tinha um nome diferente a invocar, porque, ao chegar ao Regal Café, em Colaba, foi informado de que no meio da platéia de seu show de fim de noite estaria um grupo dos Estados Unidos da América de que fazia parte o próprio mr. Yul Singh. Já naquela época, a maior parte dos indianos metropolitanos que gostavam de música tinha ouvido falar de Yul Singh, o produtor de discos indiano e cego que fundou a Gravadora Colchis na cidade de Nova York, em 1948, com um empréstimo de dez mil dólares que lhe fez seu oculista. Quando Colchis encontrou a mina de ouro tocando "música racial", *rhythm-and-blues*, para platéias de rádio brancas, esse oculista, Tommy Eckleburg, tornou-se também, por breve tempo, uma celebridade de Manhattan. Ele chegou a aparecer ao lado de Yul Singh no circuito promocional de programas de entrevistas.

"*E para que um cego precisa de oculista, Yul?*"

"*Otimismo, Johnny. Otimismo.*"

"*E para que um oculista precisa de um cego, T.J.?*"

"*Já chega de ofender o meu amigo, mr. C. A visão dele é diferente, só isso.*"

Quando Ormus chegou ao Regal e lhe contaram do grupo de Yul Singh, ele fez uma careta e começou a reclamar de uma terrível dor de cabeça. Tomou comprimidos e deitou no camarim com uma bolsa de gelo na cabeça, e me sentei ao lado dele, massageando suas têmporas. "Yul *Singh*", ele repetia. "*Yul* Singh."

"O melhor de todos", eu disse, orgulhoso de meu recente conhecimento. "Aretha, Ray, os Beatles. Todo mundo." Ormus se encolheu, como se a dor de cabeça tivesse aumentado.

"Qual é o problema?", perguntei. "Os comprimidos não estão funcionando?"

"Esse homem não existe", ele murmurou. "Não existe, porra."

Era ridículo. "Você está ficando louco", eu disse. "Vai acabar me dizendo que Jesse Garon Parker também não existe." Ele entendeu, cobriu o rosto com as mãos. Eu ouvi um pedaço de canção.

It's not supposed to be this way
it's not supposed to be this day
it's not supposed to be this night
but you're not here to put it right
and you're not here to hold me tight
it shouldn't be this way
[Não era para ser assim
não era para ser hoje enfim
não era para ser nesta noite de luar
mas você não vem me agradar
você não vem me abraçar
não devia ser assim]

A cabeça dele então pareceu clarear, o remédio fez efeito. Ele se sentou no sofá.

"O que é que está acontecendo comigo?", disse. "Não é hora de pirar."

"Merda para você", eu disse, e ele saiu para tocar.

Ao final do bloco, que, em honra dos visitantes americanos Ormus havia dedicado ao fato de o presidente Kennedy ter escapado, fiquei no minúsculo camarim com ele e mais três moças (não havia lugar para mais). Ormus tinha tirado a camisa e estava se enxugando, para delícia das damas. Então Yul Singh bateu na porta. Ormus mandou embora as mulheres, mas disse que eu podia ficar.

"Irmãozinho?", Yul Singh perguntou, e Ormus sorriu: "Quase isso".

Singh era uma peça rara. Vestia o terno de seda azul mais bonito que eu já tinha visto, a camisa tinha seu monograma bordado, os sapatos de duas cores deixavam meus pés doendo de inveja. Tinha seus quarenta anos, era pequeno, moreno, de cavanhaque e careca, e seus óculos escuros — obra, sem dúvida, daquele estilista ocular *par excellence*, dr. T. J. Eckleburg — eram feitos sob medida para acompanhar a curvatura de sua cabeça, de forma que você nunca conseguia nem vislumbrar aqueles olhos cegos, por mais que esticasse um pescoço curioso. Ele levava na mão uma bengala branca, feita de puro marfim, com castão de prata.

"Tudo bem, escute aqui", ele disse, direto. "Eu não venho a Bombaim para procurar talentos, certo? Venho para ver minha mãe. Que graças a Deus tem mais de setenta anos, mas ainda monta a cavalo. Isso você não precisa saber. Aí eu escuto a sua música e então, você acha que eu não sei de nada, quem você está querendo enganar?"

Tudo isso dito entre dentes em que cintila o mais cortês dos sorrisos. Eu nunca tinha visto Ormus tão arrasado. "Não estou entendendo, mr. Singh", ele disse, parecendo de repente muito jovem. "Não gostou da minha apresentação?"

"O que interessa se eu gostei? Já disse, não estou a serviço. Minha mãe está aí. Ela ouviu você, eu ouvi você, a cidade inteira ouviu você. O que é isso, uma homenagem, certo? Vou dizer uma coisa, se você compôs essas músicas, e as letras, podia ser aqueles caras. Tudo bem. Não tenho nada a ver com isso. Para que você está fazendo isso, para pegar mulher, ganhar um troco, o quê? Pegar mulher, é? É isso o que você quer?"

"Só uma mulher", Ormus disse, baixo, num choque de franqueza. Isso deteve Singh, que inclinou a cabeça. "Ela largou você, certo? Você lá cantando aqueles números de homenagem chorona e ela se encheu."

Ormus recompôs a própria dignidade. "Estou entendendo, mr. Singh, obrigado pela sua franqueza. Eu hoje não cantei minhas músicas. Outra noite, quem sabe eu tente." Singh bateu a bengala no chão nu. "Eu disse que tinha acabado de falar? Eu digo quando terminar, e não vou terminar enquanto você não me disser, moleque, como é que conseguiu aquele último número que cantou, quem foi o contrabandista filho da puta que roubou aquela música para você, foi isso que eu disse quando você começou a cantar, está vendo o que me fez fazer, me fez falar um palavrão na frente da minha mãe que tem cabelo branco, e eu odeio fazer isso. Ela estava fazendo tricô, até perdeu um ponto. Mas isso você não precisa saber."

O último número tinha sido uma balada suave, lenta, cheia de tristeza: uma canção para Vina, eu pensei, uma das que Ormus compôs na cobertura do prédio, enquanto sonhava com o amor perdido. Mas eu estava errado. O nome da música era *Yesterday.*

"Eu escutei", Ormus disse, mole, e Yul Singh bateu a bengala no chão outra vez. "Impossível, certo?", ele disse. "Essa música, nós só vamos lançar no ano que vem. Ainda nem foi gravada. Não tem nem uma porra de um disco demo. O sujeito acabou de compor, acabou de tocar para mim na porra do piano dele em Londres, certo?, e aí eu pego o avião para Bombaim para ver a minha mãezinha que, Deus abençoe, está lá fora me esperando já faz um tempão, pensando por que o filho falou palavrão na frente dela, você entenda bem o que eu estou dizendo, isso não está certo. Não devia ser assim."

Ormus ficou quieto, paralisado. Como podia dizer tenho um irmão gêmeo morto, vou atrás dele em sonho, ele canta, eu escuto, e agora estou entendendo melhor as letras? *Getting better all the time*, melhorando o tempo todo?

Yul Singh levantou-se. "Vou lhe dizer duas coisas. Primeira: se você cantar essa música de novo, boto advogados em cima de você mais grudados que camisa-de-força e eles vão me servir o seu saco numa tigelinha de louça junto com os flocos de milho. Segunda: eu nunca digo palavrão. Nunca. Minha boca limpa é famosa. Portanto, faça o favor de entender minha irritação."

Ele estava saindo. Vi dois fortes guarda-costas de smokings. Ele se voltou para uma última frase.

"Não digo que você não tenha talento. Disse isso? Não. Você tem talento. Talvez um grande talento. O que você não tem é músicas, a não ser as que roubou não entendo como e você não vai me contar. O que você também não tem é uma banda, porque esses caras de paletó cor-de-rosa com esses cabelos de *big band* não vão levar você para lugar nenhum a não ser de ônibus para casa. E mais: motivação. Isso me parece que você está precisando também. Quando tiver material que ache que vale alguma coisa, quando tiver um show que ache que dá para viajar, não venha me procurar. Quando tiver motivação, aí sim, se um dia você tiver, mas acho que não, nem precisa se preocupar, não vou ficar esperando. Talvez você encontre essa garota, é. Encontre e aí vai estar feito. Eu devo tudo o que sou a minha esposa querida que infelizmente não veio comigo nesta viagem. Mas isso você não precisa saber. Boa noite."

"Então, ele não existe", eu disse para Ormus. "Que sorte."

Ormus parecia ter sido atingido por um raio. "Está tudo errado", murmurou, confuso. "Mas quem sabe é assim que tem de ser."

7

MAIS QUE AMOR

Devo confessar que nunca aceitei inteiramente o argumento do passaporte/moeda estrangeira que Ormus usava para não ir em busca de Vina. Querer é poder, eu pensava comigo; de forma que, quando o perspicaz Yul Singh questionou a motivação do cantor, eu entendi que ele tinha posto o dedo na ferida, e só estava dizendo em voz alta o que eu já sabia. Mas era tal a confiança externa de Ormus — sua presunção sexual, a facilidade com o corpo e a voz, seu charme — que eu me permitira acreditar (mais exatamente, tinha me enganado que acreditava) que aquelas introspecções dele, e mesmo aqueles ataques de pânico sobre erros da realidade, podiam ser atribuídos à sua intensa sensibilidade artística, que o puxava inexoravelmente para aquilo que Browning chama de perigoso limiar das coisas.

"O ladrão honesto, o assassino carinhoso." Por interessantes que sejam esses paradoxos, Ormus Cama buscou um limiar bem mais perigoso, um limiar da mente, além do qual ele buscava o irmão morto, retornando com música profética, mas correndo o risco, todas as vezes, de não retornar. Não era de surpreender, eu pensava com onisciência adolescente, que tais jornadas ao desconhecido cobrassem seu preço, deixando o viajante taciturno e perdido. Em resumo, eu acreditava que Ormus Cama estava meio ruim da cabeça, desequilibrado como às vezes ficam os gêmeos separados (e os amantes abandonados). Os homens Cama sobreviventes estavam, cada um à sua maneira, bem curtos de dinheiro; Ormus, que não era nem homicida, nem mudo, nem estava mergulhado num estupor de uísque, derrota e vergonha, era dotado e carismático, e sua estranheza só aumentava a atração. Havia, portanto, muitas maneiras de eu pôr de lado minhas dúvidas, parar de articular, até para mim mesmo, a óbvia certeza de que a súbita deserção de Vina, imediatamente depois de sua longamente adiada e profundamente satisfatória primeira (e única) noite de amor, havia abalado severamente o senso de si mesmo de Ormus, deixando um furo abaixo de sua linha de flutuação, fazendo-o adernar para a água, debatendo-se furiosamente, tentando não se afogar. Quando a visão clara de Yul Singh me abriu os olhos, enxerguei o truque, a bruma paralisante de medo que envolvia Ormus Cama, a sensação de profunda inadequação revelada por seu personagem de Casanova de Bombaim, seu inesgotável dom-juanismo. Se Afrodite pedisse demissão do Olimpo, se Vênus anunciasse que seu trabalho não valia mais a pena, isso não teria atingido Ormus com mais força do que a desilusão de Vina Apsara com o amor. Ele também havia perdido confiança e fé na própria idéia de Vina, a idéia de uma companheira eterna e perfeita que poderia amar perfeita e eternamente e por meio de quem poderia, por sua vez, tornar-se perfeito e eterno. "Vou atrás dela até o fim do mundo", ele se gabava, mas não ia nem até o aeroporto.

Tinha começado a ter medo daquilo que mais desejava. No dia mais importante de sua vida profissional ficara com enxaqueca e depois deixara de apresentar uma só que fosse de suas próprias canções para o famoso produtor sentado ao lado da mãe, que tricotava na platéia. Em vez disso, cantara suas Gayo-cantigas, aquelas versões *cover* de sucessos bem conhecidos daquela época que ele havia tão inutilmente escutado muito antes em sonhos; e assim o produtor o confundiu com uma novidade no mundo das atrações, um eco provinciano da agitação da cidade grande, um caipira. A mesma coisa acontecera em relação a Vina; ele havia perdido a força. O medo de que ela pudesse não amá-lo mais — de que ela pudesse, de fato, bater a porta do trailer na sua cara — ficara maior que o amor e o prendia em casa.

Ao longo de treze meses depois que Yul Singh expôs a secreta timidez de Ormus Cama, a sua fraqueza foi ficando gradualmente evidente para todos. Até esse dia os músicos de várias casas noturnas e cafés, como a banda acompanhante Pink Flamingoes do Regal Café, tratavam Ormus como um semideus, um daqueles heróis mitológicos cujo destino é terminar tremeluzindo no céu. Mas depois que o dono da Gravadora Colchis lhe mostrou um polegar para baixo, os músicos de Bombaim não perderam tempo em fazer Ormus Cama saber que não adiantava mais botar banca, que podia se considerar o *Mod God*, o Deus do Momento (título mais aliterativo do que exato, dado a ele por um crítico), que para eles não era melhor que eles próprios, apenas um cantor com uma banda, e cantores é o que não faltava, portanto era melhor se cuidar. E para completar essa derrota, ele também perdeu aquilo que costumamos chamar de "bossa".

As primeiras mulheres a rejeitar seus convites, as *starlets* Fadia Wadia e Tipple Billimoria, ficaram famosas durante algum tempo no café-society da cidade como as desmitificadoras da reputação de irresistível de que Ormus gozava. Semanas depois dessas primeiras recusas, porém, todo o "exército de Ormie" desertou. Só restou Persis Kalamanja, esperando, magnífica, em ardente solidão, na mansão da mãe em Malabar Hill. Mas esse foi um telefonema que Ormus Cama nunca fez. Ligar para Persis seria admitir que estava acabado. Seria como ligar para uma torre de silêncio pedindo para alugar espaço no telhado tomado de abutres. Persis Kalamanja, a infinitamente paciente Persis, que não tinha malícia por ser humano nenhum, Persis, a bela, filha ideal de qualquer mãe e noiva dos sonhos da maioria dos homens, havia sido transformada, pelo tormentoso capricho de Ormus, em um avatar do Anjo da Morte.

Ao longo desse ano, ele foi ficando uma figura cada vez mais desconsolada, dilacerada, e mesmo assim não fez nenhum esforço para ir em busca de Vina. Até mrs. Spenta Cama, que jamais conseguira amar o filho mais novo e que se opusera com toda força à obsessão de Ormus pela Vina menor de idade, se viu dizendo, com uma espécie de irritação: "O que você acha que ela vai fazer depois de todo esse tempo? Descer pela chaminé no dia de Natal, toda embrulhada com fita e um cartão?".

O apartamento dos Cama não tinha chaminé; a família não tinha o costume de comemorar o Natal; Vina Apsara não apareceu nem desembrulhada, nem embrulhada para presente. Mas alguém voltou. E depois disso, o dia de Natal continuou sendo para os Cama um dia a não comemorar, mas também impossível de esquecer.

Cyrus Cama fugiu da cadeia no dia de Natal, disfarçado de padre siríaco, depois de convencer o guarda de que era um grande vidente cujos dias de assassino haviam sido superados e que seria de muito mais valor para a nação como homem livre, espalhando sua mensagem única pela terra. Ele emergiu para uma nação horrivelmente necessitada de orientação. Jawaharlal Nehru estava morto. Sua sucessora, Indira Gandhi, era pouco mais que um peão nas mãos dos poderosos do Congresso, Shastri, Morarji Desai e Kamaraj. Uma gangue de fanáticos agressivos, o Mumbai's Axis, estava a ponto de assumir o controle de Bombaim, e o nacionalismo hindu varria o país. Havia uma sensação geral de que as coisas estavam indo depressa demais, de que o trem do nacionalismo estava correndo sem motorista, e que as decisões de remover as barreiras tarifárias internacionais e desregulamentar a economia haviam sido adotadas depressa demais. "Talvez daqui a vinte anos, quando formos mais fortes", disse um editorial do *Indian Express*, "mas por que agora? Onde é o incêndio?"

Na noite em que Cyrus escapou, seu irmão gêmeo Ardaviraf acordou de repente, tremendo, como se alguma coisa má tivesse deslizado de leve por sua espinha. Ficou na mesma posição, sentado na cama, tremendo, até ser encontrado pela mãe, que o embrulhou em cobertores e deu-lhe sopa de galinha até a cor voltar às suas faces. "Como se ele tivesse visto um fantasma", Spenta contou pelo telefone a Dolly Kalamanja, que, áspera e direta, desdenhava qualquer bobagem paranormal, fazendo Spenta se sentir, secretamente, muito melhor. "Coitado", Dolly disse, preocupada. "Vá saber que tipo de bobagem passa pela cabeça desse rapaz."

A manhã seguinte trouxe notícias da fuga de Cyrus, e Spenta olhou longamente para Virus, mas ele apenas sorriu seu sorriso inocente e virou para o outro lado. Spenta Cama foi tomada por um medo indefinido. Sabia que não adiantava discutir o alarmante acontecimento com seu marido, cada vez mais interiorizado. Preferiu telefonar para sua aliada mais próxima. "O que é que o meu Khusro vai aprontar desta vez?", choramingou para Dolly. "Que vergonha ele está preparando para mim?" Mas Dolly Kalamanja, que conhecia bem a amiga, percebeu algum terror mais profundo debaixo dos lamentos de Spenta, um medo que levara Spenta a falar abertamente sobre um assunto cuja mera existência ela nunca antes gostara de admitir. Dolly não era só mais uma arrivista inocente e tinha descoberto tudo sobre a prisão de Cyrus fazia já algum tempo. Era tal seu carinho por Spenta, e a sua boa natureza (a que Persis puxara), que ela jamais tocara no assunto. "Se o que Spenta quer é meu silêncio", ela disse a Persis, "meu silêncio ela terá."

As duas mulheres tinham uma programação apertada para aquele dia. Um "charidade" na casa de Dolly, seguido de um desfile de modas especial para levantar fundos, ou *Xtraordinary Xmas Xtravaganza* [Extraordinária Extravagância de Natal] no cinema Orpheum, e depois disso uma ronda de visitas a hospitais. "Venha logo para cá", Dolly aconselhou a Spenta. "Para tirar isso da cabeça. Temos muita coisa para planejar." Perseguida pela ansiedade, mrs. Spenta Cama, agradecida, correu para Malabar Hill imediatamente e mergulhou nas boas obras com energia e alívio.

Ormus também diria depois que havia saído de casa se sentindo nervoso e agitado, mas naqueles dias estava sempre assim. Ele espantou a sensação e foi trabalhar. Tinha sido chamado para cantar música de fundo no jantar daquela noite no Cosmic Dancer Hotel, em Marine Drive, cujo restaurante fora decorado com temas natalinos às custas de muito algodão e algumas árvores de plástico. Ormus fez um esforço para vestir a roupa vermelha com uma barba branca e cantar uma seleção que ia de *White Christmas* a *Santa Baby*, de Eartha Kitt, embora esta última canção tivesse sido composta para ser cantada só por mulheres. Era um trabalho classe B que muito revelava sobre o declínio de sua reputação.

Às vezes, é preciso tocar o fundo para saber onde fica o alto; avançar um longo trecho pela estrada errada para descobrir o caminho certo. Ormus Cama tinha se permitido afundar lentamente, paralisado por uma inércia lassa, terrível, que apresentava nítida semelhança com a de seu pai. Na noite do assassinato de Darius, porém, Ormus Cama finalmente enxergou a si mesmo com clareza. Ao terminar seu bloco de canções no Cosmic Dancer Hotel, aquelas duas horas de purgatório cantando velhas canções com uma barba de Papai Noel, ele ouviu o aplauso desinteressado, esparso, e começou a rir. Tirou a barba e o gorro de Papai Noel e riu até as lágrimas correrem por seu rosto. Depois, muitos bombainitas afirmariam ter presenciado o último show de Ormus Cama na cidade, gente suficiente para encher o Estádio Wankhede diversas vezes, e os relatos que deram de suas palavras de despedida foram muitos e variados. Disseram que ele falou zangado, ou humilde, ou arrogante, ou em francês. Foi acusado de ter ralhado com a platéia sobre o futuro da música popular, ou desprezado a platéia por sua desatenção, ou implorado para que lhe dessem mais uma chance, sendo vaiado para fora do palco. Alguns disseram que ele fez um discurso político, atacando todos os mandachuvas da lista-B por sua corrupção e ganância; ou que blasfemou, não só contra o Natal e os cristãos, mas contra todos os deuses e ritos — "charadas" — de adoração. Segundo essas hordas de testemunhas auto-instituídas, ele foi magnífico ou patético, um herói ou um palhaço.

A verdade é que ele não conseguia parar de rir, e a única coisa que disse não foi dirigida a ninguém presente. "Que merda, Vina", falou, apertando o lado do corpo, "desculpe eu ter demorado tanto para entender."

Enquanto isso, no apartamento de Apollo Bunder, Gieve, o mordomo, servia o jantar para Darius e Ardaviraf Cama, retirando-se depois para as acomodações dos empregados, onde descobriu, surpreso, que todos os funcionários domésticos haviam fugido, menos o cozinheiro, que estava em vias de partir. "E aonde pensa que vai?", Gieve perguntou ao colega, que se limitou a sacudir a cabeça e sair o mais depressa possível pela escada externa de serviço, uma espiral rangente de ferro forjado presa aos fundos da casa. Claro que o próprio Gieve não sentiu nenhum alerta de terror, porque se deitou em seu catre, como sempre, e logo adormeceu.

Mr. Darius Cama passou as últimas horas de sua vida sozinho em sua adorada biblioteca, embriagado de velhice, mitologia e bebida. Estava obcecado com a idéia de que as figuras gregas dos titãs Prometeu, "premeditação", e seu irmão Epimeteu, "pós-meditação", filhos do "Primeiro Pai" Urano, podiam ser derivadas dos heróis puranas Pramanthu e Manthu, e de que a suástica, esse antigo símbolo do fogo indiano, podia estar também ligada ao papel simbólico de Prometeu como ladrão do fogo olímpico em benefícios de sua criação, a humanidade. Os nazistas haviam roubado e vilipendiado a suástica — assim como a ligação com o nazismo havia emporcalhado toda aquela área de pesquisa — e o velho cavalheiro estudioso esperava, à sua maneira confusa, que essa sua última pesquisa pudesse, de alguma forma modesta, redimir tanto a suástica quanto o estudo do mito ariano da terrível deformação a que a história havia sujeitado ambos. Porém, não conseguia pensar com clareza suficiente para desenvolver seus argumentos. Suas anotações perdiam objetividade, embarcando de Prometeu e Epimeteu para digressões sobre o irmão mais novo deles, Cronos, que usou uma foice cruel para cortar o saco do pai. As últimas palavras que Darius Xerxes Cama escreveu escapavam inteiramente à erudição revelando sua dor e confusão. *Não há por que cortar meu saco*, escreveu. *Eu próprio já fiz isso*, e sua cabeça pendeu para a frente, ele pousou sobre os papéis e adormeceu.

Spenta voltou tarde para casa e foi silenciosamente para seu quarto; Ormus, engalanado de luz, voltou uma hora antes do amanhecer, cantando sem rédeas, e acendeu uma grande fogueira de candelabros e lâmpadas comuns. Exausta, Spenta, adormecida em seu quarto, não viu nenhuma luz, não ouviu nenhuma música e não acordou. Piscando depressa, como se estivesse saindo para a luz depois de anos escondido do mundo em um sótão escuro, Ormus retirou-se, tendo passado a noite a vagar pelas ruas da cidade, rindo, gritando o nome de Vina, bêbado de nada além de excitação, queimando de desejo. Entrou ruidosamente no quarto, caiu na cama e apagou, inteiramente vestido. O apartamento dormia, inconsciente da tragédia que existia entre suas paredes.

Veio a manhã, rápida e intolerante, como são as manhãs dos trópicos. Como de costume, foi a cidade que despertou Spenta com seu ruído espreguiçante e descuidado, cheio de gritos e motores e campainhas de bicicletas. Corvos vieram pousar no batente da janela, audaciosos, e crocitaram para que levantasse. Mas apesar de todo esse barulho, foi um silêncio que fez Spenta sentar na cama, um silêncio no lugar onde devia haver ruído. Faltava uma parte da orquestra matinal: não havia os sons da casa. Enfiando um penhoar de chiffon esvoaçante em cima da camisola, ela saiu para o apartamento, onde não encontrou nem a arrumadeira e sua filha a manejar vassouras, nem a *hamal* ocupada em tirar a poeira e polir. A cozinha estava vazia. Gieve devia estar em algum lugar. Ela disse alto: "*Arré, koi hai?*". Nenhuma resposta. Uma tal preguiça era imperdoável. Spenta atravessou feito uma fúria a cozinha na direção dos quartos dos empregados, com expressão severa, decidida a brindar sua indolente criadagem com a ponta afiada de sua língua; e voltou um instante depois, cobrindo a boca com a mão como se contivesse um grito. Escancarou a porta do quarto de Ardaviraf Cama. Ele dormia, roncando, beatífico. Ela foi para os aposentos de Ormus. Ele se mexeu entorpecido e grunhiu. O quarto de Darius estava vazio. Spenta foi para a biblioteca e estacou diante da porta dupla fechada, como se não conseguisse abri-la, despreparada para o que seria obrigada a ver lá dentro. Com uma mão em cada maçaneta, ela se inclinou para a frente, até apertar a testa dolorosamente contra o mogno brilhante; e chorou.

Conta-se que quando um rei consagrado morre, sua alma se refugia no corpo de um corvo. Pode ser que o nome de Cronos, que matou o pai, seja derivado da palavra grega para corvo; e não, como se pensa comumente, da palavra para tempo. E é fato que quando Spenta abriu a porta da biblioteca do marido um corvo solitário estava pousado na mesa dele, bem ao lado de sua cabeça abandonada. Ao ver Spenta, o pássaro crocitou forte, levantou vôo num círculo descontrolado, colidindo duas vezes com as lombadas de couro de velhos livros, e acabou indo embora pelas altas janelas da sala que haviam — estranhamente — sido deixadas abertas, mesmo com o ar-condicionado ligado. Spenta Cama pousou ligeiramente as costas da mão direita na face do marido. Que estava fria.

Darius Xerxes Cama e seu criado Gieve haviam sido ambos mortos por sufocação, assassinato "marca registrada" de Cyrus, o Travesseiro-Man. A hora da morte foi fixada em dez e meia da noite, mais ou menos. O mordomo havia resistido energicamente ao assassino. Havia traços de sangue — possivelmente do matador — debaixo de suas unhas compridas. Darius parecia não ter resistido. Seu rosto estava calmo, e não havia sinais de luta. Era como se houvesse renunciado alegremente ao sopro de vida, como se tivesse ficado contente de se entregar ao próprio filho.

Boa mitologia rende mau trabalho de detetive. Os gregos queriam que acreditássemos que o Primeiro Pai foi morto por seu filho mais novo, instigado pela Primeira Mãe, Gaia, a própria Mãe Terra. Mas na hora dos assassinatos, Ormus estava cantando para uma sala cheia de comensais indiferentes, e Spenta apertava as mãos de pacientes terminais no Hospital de Internação.

O inspetor Sohrab, do Departamento de Investigações de Bombaim, arqueando uma sobrancelha reprovadora, registrou surpresa ao ter a ocasião de investigar os Cama, os Kalamanja e (na qualidade de vizinhos que podiam ter visto algo significativo) os Merchant também, tão pouco tempo depois do misterioso incêndio de Cuffe Parade. Porém, não havia dúvidas de que o principal suspeito neste caso era o assassino psicopata fugido Khusro, vulgo Cyrus Cama, cujo sangue era do mesmo tipo do material encontrado embaixo das unhas do mordomo morto. O motivo dos assassinatos era de menor importância no caso de "loucos", que podiam, como observou o inspetor Sohrab, "fazer qualquer coisa sem nenhuma razão". Seu palpite era que Gieve fora morto primeiro, para livrar o caminho. Darius Xerxes Cama seria o alvo real, talvez — "só um palpite, claro" — porque Cyrus se ressentia de ter sido expulso de casa, castigado pelos professores mais ou menos a pedido dos pais e, depois, legalmente deserdado. Sohrab e Rustam olharam para Spenta Cama com franca hostilidade. "Sorte a senhora não estar em casa", disse o inspetor Sohrab, perverso, "porque podia também receber seu quinhão."

Algumas questões paralelas resolveram-se sozinhas. A criadagem (mais um eco dos acontecimentos da Villa Thracia) havia retornado, arrastando os pés, resmungando, dizendo que como era Natal tinham simplesmente ido todos assistir à Missa do Galo na Catedral e depois visitar parentes nos subúrbios da cidade. Era Natal, afinal, e estavam decididos a respeitar a data, mesmo que seus empregadores desalmados tivessem se recusado a lhes dar a noite livre. Gieve não era cristão. Nada mais havia a esclarecer.

Só duas coisas, segundo Sohrab e Rustam, ainda exigiam esclarecimentos. Primeiro, na mesma noite do duplo assassinato em Apollo Bunder, uma pessoa que correspondia de perto à descrição do dito assassino psicopata Khusro Cama havia sido vista deixando a cena de um crime por asfixia na cidade de Lucknow, do outro lado do subcontinente. E, segundo, o tipo de sangue debaixo das unhas do falecido Gieve correspondia também exatamente ao do gêmeo de Khusro, o mudo Ardaviraf Cama, cujos antebraços apresentavam arranhões inegáveis, suficientemente profundos para terem sangrado.

Virus estava sentado a um canto da biblioteca, de olhos fixos na mesa sobre a qual seu pai fora encontrado. Tinha os pés em cima da cadeira, e os braços abraçando os joelhos, embalando o corpo lentamente para a frente e para trás. Sohrab o interrogou, pressionou, insistiu, ameaçou, sem resultado. Virus nada disse. "Deixe o menino", Spenta Cama acabou gritando para o investigador. "Não está vendo que está triste? Não sente o cheiro do sofrimento que nós todos emanamos? Vá embora e faça o seu trabalho, e quando encontrar", nesse ponto ela caiu em prantos, "quando pegar meu outro menino, cuide para que fique são e salvo."

No Dia de Ano-Novo de 1965, Cyrus Cama atravessou o portão principal da prisão de Tihar e se entregou. Interrogado, negou qualquer conhecimento do assassinato de Lucknow (pelo qual outro homem acabou sendo preso e enforcado, protestando inocência até seu último suspiro). Ele confessou abertamente o parricídio e confirmou que a morte do mordomo fora — e então citou Auden — um "crime necessário". Apontou os cortes nos próprios braços, bastante mais sérios do que os arranhões de Virus, negou categoricamente que fossem auto-infligidos, e fez uma descrição tão detalhada do duplo crime, tão próxima dos fatos conhecidos e das provas coletadas que encerrou toda discussão. Foi devolvido à solitária na ala psiquiátrica de segurança máxima do presídio, e determinou-se que os grupos de oficiais que o guardavam fossem trocados "com grande freqüência", para que nenhum outro pobre idiota fosse vítima do encanto apaixonado, erudito, fanático, letal, de Cyrus.

No incêndio da Villa Thracia, o álibi de Persis Kalamanja havia livrado Vina de qualquer suspeita. Agora, era a vez de Cyrus Cama livrar seu irmão. Todos esses álibis, todas essas histórias alternativas que temos de abandonar! A história, por exemplo, de que nosso lar de frente para o mar fora destruído pela vingança de Vina, vingança na qual o fogo interior dessa criança vítima de abusos explodiu, consumindo também a minha infância. E a história ainda mais estranha de Virus Cama, com a mente misteriosa conectada de alguma forma à do irmão gêmeo, executando por ele os assassinatos de Apollo Bunder; e a de Cyrus, que podia estar em dois lugares ao mesmo tempo, e saber, graças à insondável comunicação entre dois gêmeos idênticos, todos os detalhes dos assassinatos que forçou o irmão silencioso a cometer. Essas histórias hoje flutuam no limbo das possibilidades perdidas. Simplesmente não temos base para acreditar que sejam verdadeiras.

E, no entanto, no entanto. Depois da morte do marido, Spenta Cama nunca mais foi dormir sem trancar a porta do quarto. Ormus também nunca mais se juntou ao irmão mudo, cujo sorriso continuava doce como antes, nas sessões ao piano da família.

Histórias impossíveis, histórias com placa de Proibido, mudam nossas vidas e nossas cabeças, tanto quanto as versões autorizadas, as histórias em que querem que acreditemos, com as quais pedem, ou ordenam, que construamos nossos juízos, e nossas vidas.

Três metros de uma ponta a outra das asas, os abutres pairam sobre o *dokhma*, a Torre do Silêncio, nos jardins do *Doongerwadi* de Malabar Hill. Ao circularem, relembram Ormus do vôo rasante dos aviões nos funerais de gente importante. *Entre os parses e o abutre existe o grande laço da intimidade das últimas coisas. Para nós aqui não há pressa. Temos nossas vidas todas para esperar, eu por você, você por mim. Os dois sabendo que o outro vai manter a palavra.*

Passamos por salas cobertas de retratos dos nossos mortos famosos e chegamos a um longo salão de funeral. Aqui o sacerdote e ali o homem do sândalo e eis o fogo que é a representação de deus, mas não existe deus. E os carregadores do esquife, os nassasalars. *Aqui está meu irmão, Ardaviraf, o silencioso. Segurando as pontas de um lenço branco, lideramos a procissão pelo jardim onde ficam as torres. Hoje, há muitos pássaros, trinta pássaros, como os trinta no grande poema de Attar, que fizeram a jornada até Simurg e se transformaram no deus que buscavam. Os trinta abutres se juntando e se transformando no Abutre. É o tipo de coisa que meu pai pensaria, o tipo de paralelo que ele faria. Você precisa saber quem vai vê-lo hoje, oh abutre, eu devo explicá-lo a você, em silêncio, acompanhado por meu irmão do silêncio, diante das torres do silêncio.*

Ele era um pai distante, mas não tínhamos outro. Ele se decepcionou conosco. Não éramos o que ele esperava. Éramos menos que os seus sonhos. Mas ele louvava você, abutre, por sua mente científica, racional. Ele prezou nosso último encontro, em que o ciclo da vida se renovou. E em cima de sua mesa, entre as anotações em que trabalhava quando morreu, falava de você, assim:

Prometeu acorrentado a uma coluna no alto Cáucaso, com o abutre de Zeus devorando seu fígado o dia inteiro. De noite o fígado se regenera. Infinita punição pela dor. O abutre de Prometeu visto como prova do espírito de vingança de Z. A cada bicada ele nos demonstra por que temos de nos afastar dos deuses & tomar o caminho racional. Os deuses mentem, acusam-nos falsamente. (Re: Prometeu, uma história falsa de um amor secreto com P. Atena.) Os deuses são caprichosos, irracionais, divinos. Pelo crime de sermos nós mesmos eles nos transformam em pedras, aranhas, plantas. A agonia infligida pelo a. devorador não é senão a agonia da razão. Alegre agonia. Mostra a Prometeu quem ele é, como deve viver, por que os deuses estão errados, por que ele está certo. Abutre, somos seus devedores. Ligados a você para sempre pelos laços do sangue de nossa vida. Que podem ser mais poderosos que o amor.

Prometeu, o criador da humanidade, que nos salvou da ira de Zeus alertando Deucalion para que construísse uma arca contra o Dilúvio. Prometeu, pai da ciência & do conhecimento, que nos deu o fogo e recebeu o abutre em troca. O que há de titânico em nós, é o que devemos buscar. O que é olímpico, expurguemos. Sou filho de meu pai. Pensei que era livre dele, feito por mim mesmo, mas isso é vaidade. A morte nos mostra o poder do sangue.

Sou filho de meu pai. O castigo de Prometeu, eu assumo para mim. Oh prometéico abutre da razão, ajude meu pai a encontrar o rumo de seu merecido descanso.

Spenta Cama informou a morte de Darius ao velho amigo lorde Methwold, que continuara a lhe escrever com surpreendente freqüência. Na volta do correio recebeu uma longa carta de condolências que falava de Darius nos termos mais cálidos, lamentando muito o abismo que havia surgido entre eles e convidando Spenta e os filhos a irem à Inglaterra. "Embora seja inverno aqui, este céu diferente, este ambiente desconhecido poderá, em virtude dessa mesma diferença, ajudar a aplacar, se não a apagar, sua dor." Ao receber essa carta, Spenta Cama pensou várias coisas mais ou menos ao mesmo tempo: que não estava sofrendo tanto quanto esperava; que depois de anos de declínio, a morte de Darius era quase um alívio abençoado, também — como a ausência de reação indicava — para ele; que, depois de se recusar durante metade da vida a partilhar o sonho inglês do marido, ela agora se via cheia de entusiasmo, expectativa, até alegria, com a perspectiva de um inverno inglês; e que seria muito agradável ver William Methwold depois de tantos anos, muito agradável mesmo.

E havia também o problema do dinheiro. Darius morreu pobre, e os ganhos de Ormus Cama — dos quais a casa dependia bem mais do que sua resistente mãe estava disposta a admitir — diminuíam seriamente. Nos últimos meses, Spenta vendera algumas "bugigangas" para ajudar a manter o nível. Sua preocupação com dinheiro marcara profundamente sua testa antes lisa, a ponto de chamar a atenção de Dolly Kalamanja, que teve a graça de não falar disso abertamente. Ao contrário, como amiga de verdade, encontrava desculpas nada engenhosas para mandar a Spenta "presentinhinhos" — cortes de seda para sáris, cestas de *laddoos*, travessas cheias dos últimos pratos da *cuisine* internacional dos celebrados fogões de "Dil Kush" — em resumo, as necessidades básicas da vida. Por seu lado, Spenta recebia os presentes abertamente, como se não fossem nada além de demonstrações triviais de uma boa amizade, cuidando para que ela própria, por sua vez, demonstrasse a Dolly o dote eventual de seu amor: uma pequena escultura de marfim tirada do baú secreto que guardava embaixo da cama, ou um romance pescado da biblioteca de Darius.

Assim Spenta podia aceitar a generosidade da amiga sem se rebaixar. Mas era suficientemente treinada nos códigos da sociedade polida para saber que sua situação financeira logo seria o assunto da cidade, pois o que Dolly percebia e calava, olhos menos amorosos logo enxergariam, e línguas menos respeitosas não sentiriam nenhuma compulsão de ser discretas. A viuvez servira apenas para frisar a crise, revelando a Spenta a dimensão das dívidas de Darius. Parecia inevitável que o apartamento de Apollo Bunder logo tivesse de ser vendido e que a família fosse forçada a se mudar para acomodações mais humildes, juntando-se às crescentes alas de sofredores parses de boa classe, cuja extrema indigência era um fenômeno da época e mais uma marca do fim do Império no qual haviam apostado e perdido.

Diante dessa crise cada vez mais grave, a carta-convite de lorde Methwold caía como uma bênção dos Anjos da Guarda. Spenta apertou-a ao peito e riu, muito indevidamente para alguém tão recentemente desolada. Um homem rico interessado em você é um brinde ao espírito. *Lady Methwold*, Spenta murmurou, e depois teve a decência de corar e pensar nos filhos.

Lógico, não havia como deixar para trás o desamparado Ardaviraf, mas, assim que chegassem à Inglaterra, lorde Methwold saberia o melhor a fazer; e quanto a Ormus, aquele vagabundo, aquele imoral cantor de boate que não havia dado em nada, ela não se sentia capaz — pois era uma mulher honesta — de levantar acampamento sem contar para ele que também havia sido convidado. Quando lhe contou, deixou bem claro que não esperava que ele fosse aceitar o convite de lorde Methwold, e que entenderia se resolvesse que sua vida tinha de tomar um rumo diferente, mais "boêmio". (Com que delicado desprezo ela articulou essa palavra, "boêmio"!) Em resumo, chegou o mais perto que a sua natureza permitia de lhe dizer que não queria que fosse na viagem. Para seu horror, porém, Ormus Cama aceitou, com algo que se parecia bastante com animação. "Já está mais do que na hora de eu sair desta cidade mesquinha", disse. "Então, se concordar, eu aproveito a carona."

Spenta Cama deixou Bombaim no final de janeiro de 1965, acompanhada por seus filhos. Nenhum dos três jamais retornou à Índia. Por volta do final do ano, Spenta já havia se transformado em lady Methwold. Por insistência de Methwold, Virus Cama foi colocado numa clínica, onde receberia os melhores cuidados, e também duas lições semanais de flauta com um flautista profissional de origem indiana. Quanto a Ormus, ele desaparecera no resto de sua vida, sobre o qual haverá muito a dizer daqui por diante. Os recém-casados Spenta e Methwold foram deixados a sós, como era de se esperar. O novo marido de Spenta vivia cheio de remorso por ter esnobado Darius na questão da falsificação das qualificações legais. "Ele era um gigante à sua maneira", Methwold disse. "Mas um gigante fora de moda. A era dos gigantes já passou, e nós, mortais, não damos atenção aos poucos que ainda restam. Nós dois, porém, ainda podemos nos dar as mãos neste longo inverno, e relembrar." Essas palavras foram pronunciadas entre os gélidos canteiros de flores da ampla residência nos Home Counties, da qual Spenta era a nova *châtelaine*: uma mansão palladiana branca em cima de uma montanha, com vista para o Tâmisa serpenteante. Cortinas brancas flutuavam pelas altas janelas do jardim-de-inverno. Havia uma fonte cheia de deuses.

Era a mansão dos sonhos de Darius Cama.

A morte é mais que o amor ou será? A arte é mais que o amor ou será? O amor é mais que a morte e a arte, ou não? Essa é a questão. Essa é a questão. Essa.

O que nos desvia da questão é a perda. Daquele que amamos, do Leste, da esperança, de nosso lugar no livro. A perda é mais que o amor ou será? Mais que a morte ou será? Mais que a arte, ou não? A "quarta função" de Darius Cama acrescentava ao sistema tripartite da cultura indo-européia (soberania religiosa, força física, fertilidade) o necessário conceito adicional do marginal existencial, do homem isolado, do divorciado banido, do escolar expulso, do funcionário despedido, do alienado legal, do vagabundo sem raízes, do marchador fora do passo, do rebelde, do transgressor, do fora-da-lei, do pensador anatematizado, do revolucionário crucificado, da alma perdida.

As únicas pessoas a verem o quadro todo são as que saem da moldura. Se ele tivesse razão, então isso também era a questão. Se estivesse errado, então os perdidos são meramente perdidos. Saindo da moldura, eles simplesmente deixam de existir.

Estou escrevendo aqui sobre o fim de uma coisa, não apenas o fim de uma fase da minha vida, mas o fim de uma ligação com um país, meu país de origem como dizemos hoje, meu país natal com fui criado dizendo, a Índia. Estou tentando dizer adeus, adeus de novo, adeus um quarto de século depois de ter partido fisicamente. Este final está sendo colocado de forma estranha, assim no meio da minha história, mas sem ele a segunda metade de minha vida não poderia ter acontecido como aconteceu. Além disso, leva muito tempo encarar a verdade: que aquilo que acabou, acabou. Porque aconteceu de eu não ir embora de livre e espontânea vontade. Aconteceu de eu ser expulso, como um cachorro. Tive de fugir para salvar a vida.

Pequenos terremotos foram registrados em diversas partes da Índia durante o final dos anos 60 e começo dos 70; nada sério, nenhuma vida perdida e mínimos danos materiais, mas o suficiente para nos fazer dormir menos tranqüilos em nossas camas. Um deles abalou o Templo Dourado da cidade sagrada sikh Amritsar, no Punjab, outro fez dentes baterem na pequena cidade sulina de Sriperumbudur. Um terceiro apavorou os filhos de Nellie, em Assam. Finalmente, as águas pitorescas de um lago caxemir, o alto Shishnag, aquele frio espelho no céu, começaram a se agitar e espumar.

A geologia como metáfora. Muitos *rishis* e *mahagurus*, e até mesmo colunistas políticos e editorialistas, estavam preparados — ansiosos! — para ligar esses tremores aos grandes acontecimentos públicos daqueles anos, como a emergência de mrs. Gandhi como uma líder formidável, "*Mrs. Mover-and-Shaker*" [Muda e Abala], e sua vitória sobre o Paquistão na grande guerra de 1965, que durou exatamente vinte e dois dias e foi lutada em dois fronts ao mesmo tempo, na Caxemira (o "Caxemoto") e em Bangladesh (o "Banglamoto"). A "Racha a Velha Ordem", gritaram os doutos, e assim que começaram as hipóteses sobre as más práticas eleitorais de mrs. G., "Sombrios Tremores Sacodem a Administração Gandhi".

Eu, porém, não precisava da geologia para explicar os levantes dentro de meu círculo imediato. Eu, Umeed Merchant, conhecido como Rai, completei dezoito anos no ano da Guerra. Ormus tinha ido embora, Vina era uma memória que se apagava, e eu ficava indo e voltando entre os apartamentos de meus pais desentendidos junto com os criados domésticos, porque eles repartiam, além de mim, os criados, e quando eu ficava bravo com eles, e nessa idade fica-se sempre bravo, dizia que me sentia como se não passasse de mais um de seus empregados subassalariados. Então foi diagnosticado o tumor cerebral inoperável de minha mãe e dias depois ela simplesmente morreu, clique, como se alguém tivesse apagado sua luz, e me deixou sobrecarregado com volumes inteiros das frases mais doces que deixei sem dizer. Ela estava com cinqüenta e um anos de idade.

Uma noite, depois de enterrarmos minha mãe, eu e meu pai saímos de carro para dar uma olhada em Cuffe Parade. O longo processo de terraplenagem e aterro estava quase completo. As casas, a *promenade* e o bosque tinham desaparecido havia muito, e o mar recuara diante da força das grandes máquinas. Uma imensa extensão de terra marrom se estendia diante de nós, uma lousa quase em branco sobre a qual a história apenas começava a ser escrita. O vasto espaço poeirento era quebrado, articulado por cercas metálicas, e por grandes placas proibindo diversas atividades, e pelos alicerces de concreto e aço dos primeiros altos edifícios; e também por bate-estacas, rolos compressores, caminhões, carrinhos de mão, guindastes. E embora o trabalho diário tivesse terminado, ainda víamos grupos de operários próximos e a média distância, homens apoiados em tocos de concreto dos quais se projetavam varas de ferro retorcidas como galhos de árvores criadas por algum Frankenstein botânico, mulheres com sáris enrolados nas pernas carregando suas tigelas metálicas de levar terra apoiadas nos quadris e fumando *beedis* debaixo das placas de Proibido Fumar, rindo grosseiramente com seus rostos sombrios e desdentados que sabiam que a vida não era nada para se rir.

Não era o vazio do deserto, aquilo, mas um deserto do espírito, pensei.

"Não", disse meu pai, lendo meus pensamentos. "É uma tela vazia, preparada, esperando a intervenção da mão do artista. Sua mãe era uma visionária. Aqui, neste encrave propagatório — sementeira roubada ao mar —, seus colossos ozymandianos se erguerão, e os poderosos olharão sobre Bombaim e se desesperarão." Ele estava falando de seu rival, o único capaz de separar duas pessoas que se amavam tão profundamente, e naquele momento eu não sabia se odiava a cidade que os havia separado ou fugia da desesperada generosidade de V. V. em seu momento de dor inconsolável, de sua ironia compassiva, e se perdoava Bombaim como ele a perdoava, e também tinha pena dela como ele, em nome daquele caro amor perdido. Pensei nos castelos de areia e no sorvete e na desafinação e nos trocadilhos, e pensei de novo em Vina, em quem havia mais de Ameer Merchant do que se poderia encontrar agora em qualquer lugar da Terra.

Havia anoitecido e os insetos da noite estavam me devorando. "Vamos", eu disse, mas ele não ouviu. Era minha vez de ler seus pensamentos. Ela ficou cínica, ele estava pensando, ela fez um pacto com o diabo, e o diabo mandou um monstro para dentro da cabeça dela que a levou embora. "Não é nada disso", falei. "Não tem nada a ver com isso. E você não acredita em diabo. Foi só uma doença besta." Ele saiu de seu devaneio com uma tal tristeza que o abracei. Eu era uns quinze centímetros mais alto que ele nessa época e meu pai pousou em meu peito a cabeça envelhecida, com seus fiapos de cabelos grisalhos despenteados, e chorou. As luzes da cidade — Malabar Hill ao longe, o Colar da Rainha de Marine Drive curvando em nossa direção — pairavam sobre nós como um laço de forca.

Naquela época, eu era adepto de romances de ficção científica. Havia um romance europeu, polonês, acho, sobre um planeta onde os pensamentos das pessoas ganhavam vida. Pense em sua falecida mulher e ali está ela em sua cama. Pense em um monstro e ele rasteja para dentro da sua cabeça pelo ouvido. Essas coisas.

Luzes iguais a uma forca. Foram essas as palavras que me vieram à mente enquanto meu pai chorava no meu peito. Eu devia ter mais cuidado com meus pensamentos. Devia ter ficado com ele aquela noite, mas queria ficar sozinho, queria sentar e andar e parar nos espaços de Ameer Merchant e respirar o passado, antes que ele mudasse para sempre. Eu devia ter entendido por que ele me mandou desligar o ventilador quando o deixei sentado na cama com seu pijama de listras. Noite sem lua, e de ar fétido. Devia ter ficado com ele. A escuridão da cidade caiu em torno dele como uma forca.

Algumas pessoas conseguem dormir debaixo de um ventilador ligado, outras não. Ormus Cama conseguia virar o quarto de ponta-cabeça e repousar debaixo do ventilador como se estivesse em um oásis mecânico. Vina, porém, me disse uma vez que não conseguia evitar a sensação de que o aparelho ia se soltar e voar para cima dela enquanto dormia. Tinha pesadelos em que era decapitada pelas lâminas em movimento. Pessoalmente, sempre gostei de meu ventilador. Colocava o controle no mínimo e deitava de costas com aquela familiar movimentação de ar rolando suavemente por minha pele. A movimentação que acalmava. Ela me fazia sonhar que estava deitado à beira de um oceano equatorial, lambido pelas ondas mais quentes que o sangue. Meu pai era o contrário. "Independentemente do calor que esteja fazendo", Vivvy Merchant dizia, "o maldito vento para baixo provoca uma sensação de frio e de tremor. Em resumo, me incomoda."

Como eu sabia disso, desliguei o ventilador sem discutir e o deixei sozinho, para escolher entre os vivos e os mortos, uma escolha fácil, acho, visto que Ameer estava entre as fileiras dos falecidos, enquanto as coortes dos existentes incluíam apenas eu. O amor é mais que a morte, ou será. Tem gente que diz que o fabricante de canções Orfeu era covarde porque se recusou a morrer por amor, porque em vez de se juntar a Eurídice no além tentou arrancá-la de volta à vida-de-antes; o que era contra a natureza, e portanto não deu certo. A julgar por esse padrão, meu pai era um homem mais valente que o tocador de lira trácio, pois em sua busca por Ameer ele não pediu privilégios especiais dos guardiões do além, não pediu bilhete de volta aos monstros dos portões. Mas Eurídice e Orfeu não tinham filhos, e meus pais tinham.

Fui eu que tive de viver com a escolha feita por meu pai.

Oh, Nissy Poe, com sua mãe pendente no abrigo de cabras na Virgínia, há muito tempo. Vina, estamos ligados pelo que vimos, pela cruz que temos de carregar. Eles não quiseram nos ver crescendo. Eles não nos amaram o bastante para esperar. E se a gente não tivesse dado certo? E se nós precisássemos deles? E se um milhão e uma coisas.

O assassinato é um crime de violência contra a pessoa assassinada. O suicídio é um crime de violência contra os que ficam vivos.

Os criados me acordaram cedo e me levaram ao quarto dele. Juntaram-se na porta, de olhos arregalados, meio enlouquecidos pelo que viram, como figuras de Goya em um sabá de bruxas, esbugalhados em fascinado terror diante do Bode. V. V. Merchant estava dependurado do ventilador de teto. Luzes como uma forca. Tinha usado o fio de um abajur comum para fabricar o instrumento de seu fim. Estava rodando devagar, rodando com a brisa. Foi isso que me pegou, que rompeu minha reserva, que me impediu de trancar meus sentimentos e olhar friamente o ocorrido: que alguém havia entrado e ligado o ventilador. "Quem foi?", guinchei. "Quem ligou essa porcaria?"

"Estava quente, sahib", disseram as figuras goyescas. "Sahib, tinha o problema do cheiro."

Ele nunca acreditou na separação, esperava sempre conquistá-la de volta. Um dia, ela ia acordar, ele imaginava, e pensar por que ele não estava ao lado dela na cama, e iria entender que estava errada. Isso era importante, ela entender que estava errada, porque a Ameer que ele queria de volta era a mulher com quem havia se casado, não a cínica discípula de Mamom que havia juntado forças com Piloo Doodhwala. Seu próprio erro, lamentável, causava-lhe tal tormento diário que ele chegou a pedir minha ajuda. O que ele queria era que eu passasse a ser seu *bookmaker*, então fiz um livro. Quando o micróbio do baralho o pegava, jogávamos cartas. Noite após noite, o pôquer de fósforos. Eu registrava no livro todas as vezes que jogávamos e mantinha uma conta exata de suas perdas de fósforos, que eram, como sempre, pesadas. Quanto à pista de corrida, ele conseguia evitá-la, menos nos dias de gincana, quando era familiar. Então eu ia junto, depois de me certificar de que ele não estava levando dinheiro, e em vez de fazer apostas tirávamos fotos dos cavalos que ele escolhia. Se escolhia um vencedor, guardávamos a foto pregada no livro, ao lado de um registro dos resultados; se não, rasgávamos a foto e jogávamos na lata do lixo como se fosse um cupom de apostas inútil. E os detalhes dessas "perdas" também eram registrados no livro de seu abandono do vício. Quando ele queria apostar no tempo, eu aceitava a aposta. Quando via duas moscas na vidraça, queria apostar qual delas ia voar primeiro. Quando estava andando pela cidade, muitas vezes questionava resultados do críquete, créditos de filmes, autoria de canções, e, em vez de apostar dinheiro de verdade, ele me telefonava e eu marcava sua aposta no livro, acrescentando depois uma nota dizendo se havia acertado ou errado. Dessa forma, muito lentamente, ele se curou. As apostas imaginárias em meu caderninho — que era amarelo e tinha, na capa, a legenda *Globe Copy* e a imagem de um planeta saturnino com anéis — gradualmente o foram livrando da coisa verdadeira. Mês a mês havia menos registros a fazer, até que finalmente houve um mês em que não fiz nenhuma anotação. Ele pegou o livro e mostrou para Ameer. "Acabou", disse. "Por que não dar um chute em Piloo para a gente recomeçar?"

"Você tem razão numa coisa", ela disse. "Acabou, isso com certeza." Duas semanas depois o tumor apareceu. Seis semanas depois, estava morta.

Às vezes, as coisas simplesmente acabam e não dá para acertar. Justificar pelos atos: uma idéia superestimada. Existem os rejeitadores e existem os rejeitados, e se você cai nesta última categoria não há aposta imaginária que possa salvá-lo. Em minha vida, eu rejeitei um bocado (sobretudo mulheres) e só raramente fui desdenhado. A não ser, claro, por meu pai — para quem a última rejeição de Ameer talvez tenha sido mais dolorosa que a morte dela —, que se enforcou e me deixou dependurado. Assim fazendo dele rejeitado e rejeitador ao mesmo tempo. A não ser, claro, por Vina, que sempre me virou as costas, toda vez que seu amor por Ormus, seu vício por ele, sua dependência de Ormus, exigia atenção.

Mas até Ormus Cama acabaria aprendendo o que é ser jogado fora, o que é se encaixar na quarta função, ser dispensável; ser exilado para além de uma paliçada inviolável.

8

O MOMENTO DECISIVO

Agora, vamos elogiar homens injustiçados. A primeira fotografia permanente foi tirada em 1826, em Paris, por Joseph Nicéphore Niepce, mas seu lugar em nossa memória coletiva foi usurpado por um colaborador tardio, Louis Daguerre, que vendeu a invenção dos dois, a caixa mágica, a *caméra*, para o governo francês, depois da morte de Niepce. Deve-se portanto afirmar sem equívoco que aquelas celebradas placas de daguerreótipo não poderiam ser criadas sem o conhecimento científico de Niepce, que em muito superava o de seu associado. E a arte fotográfica não foi o único filho de Niepce; pois ele foi também criador do poderoso pireolóforo, ou motor a combustão. Verdadeiramente um pai do Novo.

Como era essa Primeira Fotografia, precursora da Idade da Imagem? Tecnicamente: uma imagem positiva direta sobre uma placa de estanho tratada, exigindo longas horas de exposição. O assunto: nada mais elevado que uma vista do estúdio de trabalho nicéphoriano. Muros, tetos inclinados, uma torre com um chapéu cônico e o campo aberto adiante. É tudo sem graça, parado, penumbroso. Nenhum indício de que ali estava o primeiro registro silencioso do que viria a se tornar uma sinfonia trovejante, ou talvez seja mais honesto dizer, uma cacofonia ensurdecedora. Mas (troco metáforas em minha excitação) uma comporta se abriu, uma torrente incontrolável de imagens viria a seguir, duráveis e esquecíveis, horrendas e belas, pornográficas e reveladoras, imagens que celebrariam a idéia mesma do Moderno, que sobrepujariam a própria linguagem, e cobririam e distorceriam e definiriam a Terra, como água, como fofoca, como democracia.

Niepce, curvo-me diante de você. Grande Nicéphore, tiro o meu chapéu. Se Daguerre — como o titã Epimeteu — foi aquele que abriu sua caixa de Pandora, libertando os cliques e instantâneos incessantes, os flashes e engrenagens intermináveis da fotografia, foi você, grande Anarco!, que roubou dos deuses o dom da visão permanente, da transformação da visão em memória, do factual em eterno — isto é, o dom da imortalidade —, e o deu à humanidade. Onde você está agora, ó titânico vidente, Prometeu do filme? Se os deuses o puniram, se agora está acorrentado a uma coluna no alto de uns Alpes enquanto um abutre lhe devora as vísceras, que esta notícia o conforte. Só isto: os deuses estão mortos, mas a fotografia está viva e passando bem. Olimpo? Bah! Agora é a câmera.

A fotografia é o meu meio de entender o mundo.

Quando minha mãe morreu, eu a fotografei, fria, na cama. Seu perfil estava chocantemente magro, mas ainda belo. Muito iluminada contra o escuro, com sombras lhe afundando as faces, ela parecia uma rainha egípcia. Pensei na faraó mulher Hatshepsut, que Vina também espelhava, e então entendi. *Minha mãe era parecida com Vina*; ou com a cara que Vina poderia ter tido se envelhecesse e morresse na cama. Fiz ampliações de 20 × 25 das de que gostei mais e escrevi atrás, com uma caneta preta grossa: *Hat Cheap Suit* [Chapéu Terno Barato].

Quando meu pai morreu, tirei fotos dele antes que o descessem. Pedi para me deixarem sozinho com ele e usei um rolo de filme. A maioria das chapas evitava o rosto. Estava mais interessado na forma como seu corpo pendente estava sombreado, e a sombra que ele próprio projetava na luz matinal, uma sombra longa para um homem que não era grande.

Achava que esses atos eram respeitosos.

Depois que eles se foram, andei pelas ruas da cidade que ambos haviam amado de suas maneiras diferentes, inconciliáveis. Embora esse amor tivesse muitas vezes me oprimido e sufocado, eu agora o queria para mim, queria fazer meus pais voltarem, amando o que eles amavam e assim me tornando o que haviam sido. E a fotografia era o meu meio de conquistar um aprendizado do amor deles. Então fotografei os operários do canteiro de obras de Cuffe Parade enquanto caminhavam com equilíbrio perfeito e despreocupado pela haste de um guindaste a trinta metros do chão. Arrebatei para mim o torvelinho de cestos de palha do Mercado Crawford, e tomei posse também das figuras inertes que estavam por toda parte, dormindo nos duros travesseiros das calçadas, com os rostos voltados para as paredes urinadas, debaixo de lúridos cartazes de cinema mostrando deusas de seios fartos com lábios de almofada de sofá. Fotografei slogans políticos em prédios *art dekho*, e crianças rindo através do buraco do gigantesco Old Woman's Shoe. Era fácil ser um fotógrafo preguiçoso em Bombaim. Era fácil fazer uma foto interessante e quase impossível fazer uma boa. A cidade fervilhava, juntava-se para olhar, voltava as costas e não dava importância. Ao me mostrar tudo, não me revelava nada. Para onde quer que eu apontasse minha câmera — *Juicy aquilo? Juicy AQUILO?* —, parecia vislumbrar alguma coisa que valia a pena captar, mas geralmente era apenas algo excessivo; colorido demais, grotesco demais, apto demais. A cidade era expressionista, gritava com você, mas usava uma máscara de dominó. Havia putas, gente que andava na corda bamba, transexuais, estrelas de cinema, aleijados, bilionários, todos exibicionistas, todos obscuros. Havia a infinidade emocionante, horrenda, da multidão na Estação de Churchgate de manhã, mas essa mesma infinidade tornava a multidão incognoscível; havia os peixes sendo separados no píer do ancoradouro Sassoon, mas toda essa atividade não me mostrava nada: era só atividade. Entregadores de comida levavam as caixas de *tiffin* aos seus destinos, mas as caixas guardavam seus mistérios. Havia dinheiro demais, pobreza demais, nudez demais, disfarces demais, raiva demais, vermelhão demais, escarlate demais. Havia esperanças perdidas e mentes estreitas demais. Havia luz demais, demais.

Comecei, então, a olhar as trevas. Isso me levou ao uso da ilusão. Eu compunha fotos com áreas de luz e sombra nitidamente delineadas, compunha-as com um cuidado maníaco para que a área de luz de uma imagem correspondesse precisamente à de preto de outra. No laboratório que montei para mim no apartamento que fora de meu pai, eu misturava essas imagens. As imagens compósitas que resultavam eram às vezes surpreendentes com suas perspectivas misturadas, muitas vezes confusas, às vezes incompreensíveis. Eu preferia a escuridão compósita. Durante algum tempo, eu começava a fotografar deliberadamente no escuro, pinçando a vida humana na falta de luz, usando o mínimo de luz que conseguia.

Resolvi não fazer faculdade, mas me concentrar em minhas fotos. Queria me mudar também. Não agüentava continuar vivendo naqueles dois conjuntos de cômodos separados debaixo do mesmo teto, dentro da estrutura esquizóide da fatal infelicidade de meus pais. Então o apartamento dos Cama, muito maior, foi posto à venda pela firma Cox's & King's, operando como agentes locais da nova lady Methwold, que não tinha planos de voltar. Peguei as chaves e fui dar uma olhada. Fechei a porta ao entrar e durante algum tempo não acendi nenhuma luz, deixando o escuro assumir a forma que quisesse. Quando meus olhos se acostumaram, vi macios himalaias de mobília coberta por guarda-pós vagamente recortados pela luz fugidia que se infiltrava pelas venezianas que não fechavam direito. Na biblioteca, parei ao lado dos corpos amortalhados da mesa e da cadeira de Darius e olhei as estantes de livros nus, estatelados. Eram os livros que à primeira vista pareciam mortos, como folhas secas. Os móveis, debaixo do inverno branco dos lençóis contra poeira, pareciam simplesmente à espera do retorno da primavera. Fiquei intrigado ao ver que o apartamento não me perturbava; nem mesmo a sala em que um mundo terminara retinha qualquer poder de emocionar. Eu havia visto outras salas dessas. Apontei minha câmera e, trabalhando muito depressa, sentindo a ansiedade tomar conta de mim, tirei várias fotos.

Depois que me mudei para o apartamento, porém, foram os livros que ganharam vida e falaram comigo. A vida de estudos que Darius levara não era de interesse para seus filhos, apesar dos nobres pensamentos de Ormus Cama em seu funeral, e da inteligência superior, mesmo que distorcida, de Cyrus; então ela — a biblioteca, a sombra inquieta do velho — adotou a mim no lugar deles. Num impulso eu a comprei junto com o apartamento, e comecei a ler.

Durante algum tempo me transformei em um fotógrafo de partidas. Não é fácil tirar fotos de funerais de estranhos. As pessoas ficam incomodadas. Mas me interessava o fato de as práticas funerárias indianas lidarem tão abertamente, tão diretamente, com a fisicalidade do corpo. O corpo na pira ou no *dokhma*, ou em sua mortalha costurada muçulmana. Os cristãos eram a única comunidade a esconder seus mortos em caixas. Eu não sabia o que isso significava, mas sabia que aparência tinha. Caixões impediam a intimidade. Em minhas fotos roubadas — pois o fotógrafo tem de ser um ladrão, tem de roubar instantes do tempo dos outros para fabricar suas próprias eternidadezinhas — era essa intimidade que eu buscava, a proximidade entre vivos e mortos. O secretário olhando com olhos berrantes de dor para o corpo de seu grande senhor vestido de chamas. O filho dentro de um túmulo aberto, segurando a cabeça amortalhada do pai nas mãos em concha, a pousá-la suavemente na terra profunda.

O sândalo desempenha seu papel perfumado em todos esses ritos. Lascas de sândalo no esquife muçulmano, na fogueira parse, na pira indiana. O cheiro da morte já é intimidade demais. Mas uma câmera não sente cheiros. Dispensando aromas pode meter o nariz até onde lhe for permitido, até onde conseguir se meter. Muitas vezes tive de virar e correr, perseguido por insultos e pedras. Assassino! Assassino! as pessoas de luto gritavam para mim, como se eu fosse responsável pela morte que pranteavam. E havia certa verdade nos insultos. Um fotógrafo dispara. Como um atirador que passa pelo portãozinho do jardim do primeiro-ministro, como o assassino num saguão de hotel, ele tem de mirar e tentar não errar. Tem um alvo, e há linhas cruzadas em seu visor. Ele quer luz nas suas vítimas e capta a luz e o escuro deles também, quer dizer, suas vidas. Mas eu pensava nessas fotos, nessas imagens proibidas, também como gesto de respeito. O respeito da câmera nada tem a ver com seriedade, santidade, privacidade, nem mesmo com gosto. Tem a ver com atenção. Tem a ver com a claridade, do factual, do imaginado. E há também uma questão de honestidade, uma virtude que todo mundo rotineiramente exalta e recomenda, até ser dirigida, com toda sua força não abrandada, na direção deles próprios.

A honestidade não é a melhor escolha na vida. Só, talvez, na arte.

As mortes não são as únicas saídas, claro, e em meu novo papel como fotógrafo de saídas eu procurava documentar também partidas mais cotidianas. No aeroporto, espionando as tristezas da despedida, eu buscava o único membro de olhos secos em um grupo choroso. Do lado de fora dos cinemas da cidade, eu examinava as caras do público que saía dos sonhos para a pungência do real, com a ilusão ainda pendente dos olhos. Tentava encontrar narrativas, mistérios, no ir-e-vir das portas dos grandes hotéis. Depois de algum tempo, não sabia mais por que estava fazendo essas coisas, e foi nesse ponto, acredito, que as fotos começaram a melhorar, porque não eram mais sobre mim mesmo. Eu havia aprendido o segredo de me tornar invisível, de desaparecer no trabalho.

A invisibilidade era simplesmente extraordinária. Agora, quando eu ia em busca de saídas, podia andar até a beira do túmulo e fotografar uma discussão entre aqueles que desejavam flores espalhadas sobre o corpo e os que argumentavam que a religião não permitia essas decadências — ou espionar uma família portuária discutindo nas docas até conseguir captar o momento em que a jovem recém-casada, filha de pais velhos, a menina que recusara um casamento arranjado e insistira num casamento "por amor", largava a mão reprovadora e embarcava no vapor que estava à espera, dependurada de um desastre de marido, bigodudo, sorrindo sem jeito, partindo para uma vida nova, levando uma carga de remorso que jamais conseguiria dissipar —, ou podia me meter em qualquer daqueles momentos secretos que escondemos do mundo, um último beijo antes de partir, uma última mijada antes de começar, e disparar todo contente. Estava estimulado demais com meu poder para ter escrúpulos quanto a seu uso. O fotógrafo inibido deve desistir da câmera, eu pensava, e nunca trabalhar de novo.

Como único herdeiro de meus pais, eu me tornara um jovem de meios. O negócio de família, Merchant & Merchant, com sua grossa pasta de contratos de arquitetura e suas vultosas cotas no desenvolvimento de Cuffe Parade e Nariman Point, eu vendi por uma bela soma, para um consórcio de construtores encabeçado por Piloo Doodhwala. Do cinema Orpheum, agora progredindo sob nova direção, eu também me desfiz em favor do cintilante mr. Sisodia, que já havia alugado um lote na Cidade do Cinema e fundado os estúdios cinematográficos Orpheum, que fariam sua reputação e fortuna. "Va va vai ser sempre bebe be bem-vindo no Orpheum", mr. Sisodia me garantiu enquanto eu assinava os papéis. Mas eu havia lavado as mãos das obras de meus pais. Não queria mais participar daquelas velhas histórias. Tirei fotos de Sisodia — óculos grossos, dentes cadavéricos, cabeça lisa como a de Methwold, charmoso, insincero, com todos os sinais de um embrionário magnata do cinema — e fui-me embora.

No começo dos anos 70, o ar da cidade ficou seriamente poluído, e os comentaristas da imprensa, prontos como sempre a fazer alegorias, disseram que aquilo era um sinal da sujeira que havia na atmosfera nacional. Os doutores da cidade observaram um aumento alarmante nos portadores de enxaquecas, e os oculistas revelaram que muitos pacientes haviam começado a reclamar de visão dupla, embora não se lembrassem de ter batido a cabeça e não haver nenhuma outra suspeita de concussão. Aonde quer que se fosse, viam-se homens e mulheres parados na rua, coçando as cabeças, carrancudos. Havia uma sensação crescente de desordem, de coisa fora dos eixos, fora dos trilhos. *Não devia ser assim.*

Bombaim se transformou em Mumbai, por decisão de seus governantes, do partido MA, do qual, surpreendentemente se descobriu, *shri* Piloo Doodhwala era o principal benfeitor e suporte. Passei na casa de Persis Kalamanja, para reclamar do novo nome. "E como vamos chamar Trombay então? 'Trumbai'? E Back Bay? 'Backbai'? E o que a gente faz com Bollywood? Acho que vai ser 'Mollywood' agora." Mas Persis estava com uma dor de cabeça muito forte e nem deu risada. "Alguma coisa está para acontecer", disse, séria. "Estou sentindo o chão mexer."

Persis completara trinta anos. Sua beleza, que atingira a plenitude feminina, tornara-se estranhamente assexuada, neutralizada, em minha opinião, pelo sorrisinho enigmático que ela havia desenvolvido e que eu considerava quase insuportavelmente piedoso. Deixando de lado minha ironia, porém, sua personalidade santificada e o empenho com que se juntara à mãe em um pesado programa de boas obras haviam lhe granjeado grande respeito em toda a cidade, enquanto seu celibato permanente, primeiro objeto de risinhos e murmúrios, depois causa de pena, hoje despertava na maioria de nós uma espécie de respeito mundano. Nessa época, havia em volta de Persis alguma coisa de outro mundo, e não fiquei surpreso quando o lado místico, que se esconde debaixo da superfície de todos nós, como um defeito, começou a se manifestar, e ela passou a fazer previsões sombrias do futuro. Ela se sentava, com sua simplicidade doméstica, em meio aos esplendores de "Dil Kush" e predizia o fim, e se ela fosse nossa Cassandra, então talvez — só talvez — nossa Bombaim estivesse a ponto de cair, como Tróia.

Nossa intimidade era improvável, uma amizade de opostos, nascida da perda. Depois que Vina e Ormus foram embora, Persis e eu gravitávamos um em torno do outro, como discípulos depois da despedida dos mestres, como ecos de um som silenciado. Mas à medida que passavam os anos, fomos nos tornando o mau hábito um do outro. Eu não aprovava a personagem de santa renúncia dela. Chega dessa história de solteirona, vá dar uma trepada, eu dizia para ela na minha melhor maneira de borboleta social; chega de sopa para os pobres, mergulhe numa água quente para si mesma. Por seu lado, ela me censurava os vários fracassos, e dessa maneira inesperada, desordenada mesmo, começamos a gostar muito um do outro. Ela jamais deu o menor sinal de querer nada de mim além da amizade platônica de irmão e irmã, e felizmente aquele seu ricto de madona, aquele sorriso, como uma espada sagrada, cortou pela base o meu desejo.

Dia do festival de pipas. Os tetos já se enchendo de crianças e adultos, empinando seus retalhos coloridos pelo ar. Eu cheguei com minha seleção de pipas e carretéis de *manja*, inclusive o fio especial para a batalha dos lutadores de pipas, cordão mergulhado numa suspensão de cola com pequenos cacos de vidro. *Kala manja.* Como uma família que deve ter obtido seu nome vendendo uma arma tão feroz, a bomba H do mundo das pipas, pode ter produzido uma pessoa frouxa como você?, perguntei a Persis, que estava anormalmente mal-humorada esse dia, demais até para sorrir aquele sorriso enlouquecedor. "Acho que eu simplesmente olhei através das pipas sujas para o céu puro mais acima", ela disse depressa, a sério. Estava preocupada com alguma coisa, mais preocupada do que gostaria de admitir.

Dolly Kalamanja entrou na sala com seu hóspede, um francês alto, curvado, de seus sessenta anos, usando um chapéu *trilby* absurdo tão enfiado na cabeça que quase lhe tocava o nariz. Estava armado com uma pequena câmera de bolso Leica, e louco para subir no telhado. "Persis, venha, não?", Dolly insistiu. "Não vai ficar aí sentada e perder a festa." Mas Persis sacudiu a cabeça teimosa. Nós a deixamos sozinha e subimos.

No alto, rugiam os combates de pipas. Lancei meus guerreiros à liça e ataquei meus inimigos, um, dois, três. No céu lotado era impossível saber com certeza qual pipa atacava, qual caía. Elas se tornavam objetos voadores não identificados. Não se pensava que tinham donos. Eram independentes, pipas errantes, duelando até a morte.

Na escada para o telhado, Dolly meio que me apresentou ao francês, chamando-o simplesmente de "nosso mr. H.", exibindo seu domínio da língua francesa. "*Notre très cher Monsieur Âche*." Observei, um tanto incomodado, que ele praticamente não olhava para o céu, e não prestava nenhuma atenção às minhas vitórias. Os telhados — planos ou inclinados, em cumeeira ou abobadados, e todos cheios de gente — ocupavam totalmente sua atenção. Ele deu passinhos para cá e para lá até se acomodar. Depois, imóvel em sua meia-corcunda, esperou, Leica a postos. Sua paciência, sua imobilidade, eram inumanas, predatórias. Entendi que estava diante de um mestre da invisibilidade, um artista, um ocultista em ação. Ele se dissolveu diante de meus olhos, simplesmente não estava ali, era uma ausência, até que a cena espionada o satisfizesse, e então, clique, disparava uma única chapa e se rematerializava. Devia ser mesmo um mestre atirador, pensei, para não precisar mais do que uma. Então fazia de novo os passos de sua dancinha, se acomodava de novo, desaparecia outra vez, clique, e assim por diante. Enquanto olhava para ele, perdi minha pipa favorita. Foi cortada pelo *kala manja* de algum outro. Não liguei. Já tinha visto o bastante para saber o nome do francês.

Nesse momento, começou o terremoto. A primeira coisa que pensei, quando senti o tremor, foi que aquilo era uma impossibilidade, uma ficção, um erro, porque não havia terremotos em Bombaim. Naqueles anos, quando muitas partes do país começavam a tremer, os bombainitas se orgulhavam de viver livres de tremores. Boas relações entre as comunidades e bom chão sólido, nos gabávamos. Nenhuma falha geológica debaixo de nossa cidade. Mas agora os meninos do MA de Piloo

Doodhwala estavam alimentando os fogos da discórdia, e a cidade começara a tremer.

Era o que Persis havia previsto. Não havia como negar que ela havia desenvolvido algum tipo de sexto sentido, alguma sensibilidade preternatural para as traições da vida. Na China, estavam predizendo terremotos pela observação do comportamento de vacas, carneiros e cabras. Em Bombaim, aparentemente, bastava agora apenas manter Persis Kalamanja sob observação.

A verdade é que foi um terremoto sem gravidade, baixo na escala e de curta duração. Mas houve danos materiais por toda parte, porque a cidade não estava preparada. Muitos barracos, abrigos, barracas *jopadpattis* e casas de favelas caíram, além de três *chawls* de aluguel, e algumas mansões malcuidadas de Cumbala Hill. Apareceram rachaduras em edifícios grandes, inclusive na fachada do cinema Orpheum, e em estradas e drenos subterrâneos, e muita mobília e vidro se quebrou. Houve incêndios. O dique marítimo em Hornby Vellard se rompeu e pela primeira vez em mais de um século as ondas banharam a Praia Grande, e a pista de corrida Mahalaxmi e o campo de golfe do Willingdon Club ficaram inundados com trinta centímetros de água salobra, até os danos serem reparados. Quando o mar se retirou, deixou seus mistérios para trás: peixes desconhecidos, crianças perdidas, bandeiras piratas.

Um número não especificado de operários de construção e empinadores de pipas morreu em quedas. Cerca de uma dúzia de cidadãos foi esmagada por pedaços de alvenaria. Os trilhos dos bondes se enrolaram loucamente nas ruas e depois disso foram removidos para sempre. Durante três dias a cidade parecia quase não se mexer. Escritórios ficaram fechados, os monstruosos engarrafamentos de trânsito desapareceram, os pedestres eram poucos e espaçados. Nos grandes espaços abertos, porém, multidões se reuniam, amontoando-se longe dos edifícios, mas olhando ansiosamente a terra dos *maidans*, como se ela tivesse se transformado em um adversário, malicioso, maligno.

Nos meses seguintes, quando a Emergência ditatorial de mrs. Gandhi foi apertando suas garras, o estado de espírito nacional ficou sombrio e temeroso. Mas os piores excessos da Emergência ocorreram em outros lugares; em Bombaim, era do terremoto que as pessoas se lembravam, o terremoto que nos deu o choque que abalou nossa confiança em quem éramos e em como escolhemos viver. Um colunista formador de opinião da edição local de *The Times of India* chegou a imaginar que o país podia estar literalmente se partindo em dois. "Há muitas eras", ele relembrava os leitores, "a Índia fez um pacto com o destino, separando-se do poderoso protocontinente sul de Gondwanalândia e ligou seu destino às massas de terra da Laurásia, ao norte. O Himalaia é a prova dessa junção; as montanhas são o beijo que nos juntou ao nosso destino. Será que o beijo falhou? Serão esses novos movimentos da terra o prelúdio de um titânico divórcio? O Himalaia começará, muito lentamente, a encolher?" Oitocentas palavras de perguntas sem respostas, de previsões traumáticas de que a Índia viria a ser a "nova Atlântida" quando as águas da baía de Bengala e o mar da Arábia se fechassem sobre o platô Decca. O fato de o jornal publicar um texto tão desarvorado indicava a profundidade da preocupação local.

No telhado, durante os poucos, mas incrivelmente prolongados, segundos do terremoto, o grande fotógrafo francês M. Henri Hulot virou sua câmera perversamente para o céu. Por toda a cidade, os empinadores de pipa tinham largado os carretéis de fio. O céu estava cheio de pipas moribundas, pipas mergulhando de cabeça para a terra, pipas sendo destruídas em pleno ar ao colidir com outras pipas, pipas sendo estraçalhadas pelos ventos ferventes e pela dionisíaca loucura da súbita liberdade, aquela fatal liberdade obtida em meio à catástrofe e depois roubada de novo, quase instantaneamente, pela inexorável atração gravitacional da terra que se partia abaixo. Clique, fazia a Leica. O resultado é a famosa imagem *Terremoto 1971*, em que uma pipa se dilacera e explode em pleno ar e nos revela tudo sobre a devastação invisível abaixo. O ar se torna a metáfora da terra.

"Dil Kush" era uma mansão solidamente construída, com alicerces fincados profundamente na rocha viva, portanto tremeu, mas não quebrou. Uma das caixas-d'água do teto, porém, se rompeu e eu afastei Hulot do rumo do forte jato de água, que ele nem deu sinal de perceber. Dolly Kalamanja estava já correndo escada abaixo, gritando o nome da filha. O francês me agradeceu cortesmente, tocando o chapéu, e depois deu um tapinha na câmera com um encolher de ombros autodepreciativo.

No andar de baixo, Persis estava sentada em meio ao vidro quebrado, inconsolável, como uma princesa doméstica cercada de jóias opulentas, como uma mulher solitária em meio às ruínas de suas memórias. O terremoto abalou sentimentos que ela tentara enterrar havia muito tempo, e eles agora jorravam de dentro dela, como água de um reservatório quebrado. Dolly se debatia inutilmente em volta dela com um grande lenço, enxugando seu rosto. Persis empurrou-a com a mão como se fosse uma mariposa.

"Todo mundo vai embora", gemeu. "Eles todos vão embora e nós somos largados aqui para murchar e morrer sozinhos. Não é de admirar que este lugar caia aos pedaços e despenque, está tudo seco e velho e abandonado."

M. Hulot limpou a garganta, estendeu um braço, sem saber se a tocava ou não, permitiu que seus dedos roçassem, desamparados, pelo ombro dela. Uma segunda mariposa que ela era polida demais para espantar. Ele tentou ser galante. "Mademoiselle, posso lhe garantir que o único fruto podre aqui é importado da França."

Ela riu, meio amalucada. "O senhor está errado, *monsieur*. Pode ter mais de sessenta anos, mas eu tenho cinco mil anos de idade, cinco mil anos de estagnação e declínio, e agora estou caindo aos pedaços e todo mundo está indo embora." Ela se virou para mim e me fuzilou, selvagem. "Você, por que não vai embora também? Ele está tentando ir faz anos", e para o alarmado Hulot rugiu com uma súbita e chocante veemência. "Sempre fotografando partidas. O que são todas essas saídas, senão um ensaio da sua? Ele só quer é fugir para a adorada Europa, para a *Amrika*, mas ainda não teve coragem."

"Você faz fotografia?", Hulot me perguntou. Fiz que sim com a cabeça, tonto. Jamais poderia imaginar que ia ter a oportunidade de discutir minha obsessão com um personagem daqueles. E agora que a chance aparecera eu não podia aproveitar, porque Persis Kalamanja estava incendiada.

"Morando naquela casa de mortos, de mudos, de assassinos e evacuados", Persis disse em voz alta e instável. "Para quê? Para ser a sombra perdida deles, o último seguidor, como um daqueles criados, servidores, conservadores, que ainda estão esperando sentados os ingleses voltarem?"

"É uma dedução e tanto de uma simples mudança de endereço", eu disse, tentando abrandar aquela hostilidade, aquela coisa que explodira do seu âmago e me atacava por não ser outro homem; por viver na casa dele e não ser ele.

"Você nasceu com tudo", ela fuzilou, já além de qualquer controle, "e está jogando tudo fora. O negócio da família, tudo. Agora vai jogar fora a gente também. Claro! Está indo embora, mas está tão confuso que nem sabe disso. Andando pelas ruas da cidade com essa câmera idiota, achando que está dizendo olá, quando está dizendo é um longo adeus. *Arré*, você não está entendendo nada, Umeed, que pena. Quer tanto ser amado, mas não sabe deixar as pessoas amarem você. O que é que você quer, hã? Muita-mulher-muito-dinheiro? É isso que você quer?"

Assim que ela ia dizendo o indizível, o imperdoável, eu ia desdizendo suas palavras, perdoando Persis, porque sabia que estava levando a surra de outro. Fiquei perplexo com o fato de as perguntas que ela atirava contra mim serem variantes tão próximas das que Yul Singh havia feito a Ormus Cama anos antes. E à medida que ela ia fazendo essas perguntas, eu sabia que minha resposta seria a mesma dele. Uma resposta que eu não conseguia lhe dar, mas que ela viu no meu rosto mesmo assim, e deu um ronco de desprezo.

"Sempre em segundo lugar", disse. "E se você não conseguir ela nunca? E daí?"

Eu não sabia responder. Felizmente, a coisa terminou de um jeito que não precisei encontrar resposta.

M. Hulot pediu para ver meu trabalho, e escapamos. Eu o levei de carro pelo caos da cidade, as árvores caídas, os balcões despencados como as divisas de um soldado, os pássaros enlouquecidos, os gritos, àquilo que era agora o meu apartamento. Ele falou abertamente sobre sua própria técnica; sobre a "pré-composição" de uma imagem na imaginação, e depois sobre a intensa imobilidade, a espera pelo momento decisivo. Mencionou a idéia bergsoniana do eu como "pura duração", *não mais situado sob o signo da permanência do* cogito, *mas na intuição da duração.* "Como um artista japonês", disse ele. "Depois de uma hora ali, diante da tela vazia, aprendendo o vazio, e em seguida três segundos de ataque, paf!, paf!, como um espadachim, muito preciso. Você quer ir para o Ocidente", ele disse, "mas eu aprendi mais no Oriente."

Fiquei surpreso que um homem tão despretensioso, tão determinadamente cotidiano como ele, falasse tanto sobre mágica, sobre a "alma do real", um oxímoro que me relembrava o "milagre da razão" de Darius Cama. "Foi Balzac", disse Hulot, "quem disse a Nadar que a fotografia despia a personalidade do sujeito. A idéia da câmera sempre esteve relacionada com a idéia mais antiga, mas paralela, de fantasma. A câmera fotográfica, sim, e a câmera de cinema ainda mais."

Ele disse que admirava muito um filme: *Ugetsu*, do mestre japonês Mizoguchi. Um homem pobre é adotado por uma grande dama, que o sustenta com o melhor e lhe oferece prazeres inimagináveis, mas ela é um fantasma. "É fácil um filme nos convencer dessa proposição tão improvável, porque na tela todos são igualmente fantasmagóricos, igualmente irreais." Um filme mais recente, *Les Carabiniers*, de Jean-Luc Godard, comprovava por extensão a tese de Balzac. "Dois jovens do campo vão para a guerra, prometendo às namoradas que quando voltarem trarão com eles todas as maravilhas do mundo. Voltam sem um vintém, com nada além de uma mala velha para testemunhar suas aventuras. E as moças não perdoam, querem as maravilhas prometidas. Os soldados abrem a mala e *voilà*! A Estátua da Liberdade, o Taj Mahal, a Esfinge, não sei que outras coisas sem preço. As moças ficam completamente satisfeitas; seus *beaux* cumpriram a palavra. Depois, os soldados são mortos: uma metralhadora num porão. O que resta deles é o tesouro que trouxeram para casa. As maravilhas do mundo."

"Cartões-postais", ele riu. "A alma das coisas."

Na antiga biblioteca de sir Darius Xerxes Cama, na mesma mesa em que Darius e William Methwold desenvolviam seus estudos, espalhei meu portfólio para Hulot. O candelabro estava despedaçado no chão, e alguns livros tinham caído das estantes. Para me ocupar enquanto Hulot olhava as fotos, comecei a pegar os volumes caídos. Eu andava lendo os velhos textos e comentários. Os livros em grego e sânscrito estavam fora do meu alcance, admito prontamente, mas os que eu era capaz de ler tinham me conquistado, atraindo-me para o seu cosmos de selvagem divindade, de destino que não podia ser nem diluído, nem evitado, mas apenas heroicamente suportado, porque o destino e a natureza de cada um não são coisas separadas, mas apenas palavras diferentes para o mesmo fenômeno.

"Você olhou o passado?"

A princípio, perdido na contemplação dos livros caídos, eu não entendi a pergunta do francês. Então, num jorro, comecei a falar da coleção de fotos de meu pai, de Haseler e Dayal. Tinha consciência de que devia estar soando muito provinciano; então, como um escolar entusiasmado demais, despejei os nomes mais cosmopolitas de Niepce e Talbot, do daguerreótipo e do calótipo. Mencionei os retratos de Nadar, os cavalos de Muybridge, a Paris de Atget, o surrealismo de Man Ray; a revista *Life* e a *Picture Post*.

"Você é mesmo tão sério, meu jovem?", ele me provocou, com gravidade. "Nunca viu nenhum cartão de sacanagem, nenhuma revista pornográfica?"

Isso me fez ficar vermelho, mas ele então ficou sério, e transformou a minha vida, ou melhor, levou-me a acreditar naquilo que eu, até então, não ousara acreditar: que podia viver a vida que eu mais desejava. "Você entendeu uma coisa sobre atenção e surpresa", disse. "Algo sobre a duplicidade do fotógrafo, o impiedoso assassino *tant-pis* e doador de imortalidade ao mesmo tempo. Mas corre o risco de um maneirismo, não acha?"

Claro, obrigado, *maestro*. Maneirismo, sim, um grande risco, uma coisa terrível, vou tomar cuidado daqui para a frente, *maestro*, pode ter certeza. Obrigado. Atenção, surpresa. Isso mesmo. Vão ser o meu lema. Prometo.

Ele deu as costas ao meu tagarelar, olhou pelas janelas na direção de Gateway e mudou de assunto. "Sua amiga Persis é igual a muita gente notável que encontrei na Ásia", disse. "Previu o tremor. Excepcional, não? Talvez tenha sido o ascetismo que lhe deu essa capacidade, essa abertura para ver as coisas. É uma vidente sem câmera, uma *illuminée* do momento decisivo. É muito normal, depois de um feito assim prodigioso, haver uma descarga emocional incontrolável." Ele se virou para ver como essa afirmativa me atingia e me pegou fazendo uma careta. Rugiu uma risada. "Oho, você não gostou", disse.

Esperava-se uma resposta, e então, embora eu não tivesse nenhuma explicação para a incrível presciência de Persis, assumi uma linha essencialmente racional. "Desculpe, *monsieur*, mas nós aqui somos perseguidos pelo bom-Deus mascarado de bondoso. O nível sobrenatural é o nosso centro de detenção permanente. E de quando em quando nosso profundo espiritualismo nos leva a nos massacrarmos como feras selvagens. Desculpe, mas algumas pessoas não querem mais isso, alguns estão tentando se libertar e cair na realidade."

"Bom", disse ele, suavemente. "Bom. Encontre seu inimigo. Quando souber contra o que você é, terá dado o primeiro passo para saber a favor de que você é."

Fez menção de ir embora. Ofereci meus serviços de motorista, mas ele declinou. Queria vasculhar a cidade em busca de imagens que estava pré-compondo na cabeça. Ao sair, me deu seu cartão. "Me procure quando vier", disse. "Talvez eu possa ser de alguma ajuda."

M. Hulot havia me contado histórias de fantasmas: o espectro de uma mulher japonesa, os cartões-postais dos *carabiniers* mortos. Imagens sobre filme eram os fantasmas na máquina. Três dias depois do terremoto, vi um fantasma particular; não uma fotografia, mas uma aparição genuína, provinda do passado. Eu estava em casa, em Apollo Bunder, participando da grande limpeza de vidro quebrado e livros caídos. O telefone não estava funcionando e havia cortes de energia — "quedas de potência" — durante as horas mais quentes do dia. Estava suando e mal-humorado e nada preparado para uma forte batida na porta de entrada do apartamento. Fui abrir, carrancudo, e me vi diante do fantasma de Vina Apsara, que pareceu tão chocado quanto eu.

"Não está certo", ela disse, segurando a testa, como se tivesse dor de cabeça. "Não era para ser você."

Aparentemente, fantasmas envelheciam. Ela estava dez anos mais velha do que a última vez em que a vira: com deslumbrantes vinte e seis anos. Os cabelos explodiam da cabeça em um grande halo encrespado (era o primeiro afro que eu via) e tinha uma expressão vivida, nem remotamente inocente, indispensável para as mulheres "alternativas" dessa época, principalmente cantoras que tinham envolvimentos políticos. Mas Vina era sempre boa em emitir sinais contraditórios. Junto com a luva negra única dos radicais negros norte-americanos, havia pintado em escarlate na face direita o símbolo do *Om* e usava um vestido inglês de uma butique chamada A Bruxa Voa Alto, parte da sombria profusão da *couture* oculto-chique indianizada característica dessa época, que chegava quase a lhe cobrir uma parte do corpo esguio e ultrajante. A pele escura tinha uma qualidade brunida: um brilho. Eu não sabia na época, mas era uma luminosidade criada pelo olhar brilhante do olho público, as primeiras lambidas ásperas da língua tigrina da fama.

"Você está anos atrasada", eu disse, com um pouco de crueldade demais. "Ninguém espera para sempre, nem por você."

Ela me empurrou e entrou no apartamento como se fosse dela. Sabendo que tinha vindo do nada, que não tinha nada além do que fizera consigo mesma, havia aprendido a tratar o mundo inteiro como sua posse, e eu, como o resto do planeta, aceitava isso passivamente e admitia seu domínio sobre mim.

"Parece um desastre de trem", disse, olhando o apartamento todo quebrado. "Alguém saiu vivo daqui?"

A maneira de falar era impassível-e-generosa, mas tremeu um pouquinho. Então entendi que o terremoto havia feito Vina entender, com um tranco, que ainda estava ligada a Ormus, que ele ainda era o único homem para ela, e que o medo de ele estar morto ou ferido havia superado todas as incertezas que a tinham levado embora e que a levaram a criar aquela persona dura. O terremoto a jogou num avião e a trouxe de volta a Bombaim, à porta da casa de Ormus; só que não era mais a porta dele. Outros movimentos tinham me colocado no espaço dele. Fiz café para ela, e lentamente, como se redescobrisse um velho hábito, ela parou de fazer pose e se metamorfoseou de volta na garota que eu tinha conhecido, e, sim, droga, amado.

Vina completou seu aprendizado em bares e clubes de Londres, desde os porões *beatnik*, como o Jumpy's, até o borbulhante psicodelismo do Middle-earth e do UFO, depois se mudou para Nova York, onde seguiu um beco sem saída até Folkville, onde repartiu o lugar de atração principal com Joan Baez, mas se sentiu estranha e pouco à vontade. Então decepcionou e perdeu os fãs *folkies* ao se juntar ao "grupo dominante", fazendo uma temporada em um vestido rabo-de-peixe com lantejoulas (uma das roupas que roubou de minha mãe), fazendo a abertura para as Supremes no Copacabana, porque queria ser a primeira mulher escura a apoiar as primeiras mulheres negras a tocar naquele espaço exaltado e conservador. E também porque queria desbancar Diana Ross; o que conseguiu. Depois disso, tornou a mudar de direção, transformando-se numa das pioneiras a seguir a trilha que levava do Wrong End Café para o Sam's Pleasure Island e Slaughterhouse de Amos Voight, onde os mundos das artes plásticas, do cinema e da música se encontravam e trepavam, enquanto Voight suave e impiedosamente assistia.

Estava se tornando notória como exibicionista sem-vergonha — reputação que o vestido da Bruxa, em grande parte ausente, nada fazia para desmentir. Usar uma roupa dessas em Bombaim podia ser perigoso, mas Vina não se importava. Era desbocada também. Aparecia regularmente nas capas das revistas underground, essas novas rachaduras na fachada da mídia provocadas pelo jovemoto ocidental. Ao despejar sua raiva e paixão nessas publicações de tipografia narcótica, posando pneumaticamente para suas fotos pornoliberais, ela se transformou em um dos primeiros monstros sagrados da contracultura, uma agressiva iconoclasta, meio gênio, meio egomaníaca, que não perdia oportunidade de esbravejar e bufar e vaiar e se promover e demolir e liderar torcidas e revolucionar e inovar e aparecer e se gabar e xingar. A verdade é que esse personagem ruidoso-ruinoso, perturbador-pernicioso que ela inventara estava atrasando sua carreira. Hoje em dia, esse tipo "foda-se" de agressão direta seria meramente convencional, quase necessário para uma roqueira em potencial; mas naqueles dias essas batalhas ainda não haviam sido travadas. As pessoas ainda podiam ficar, e muitas vezes ficavam mesmo, chocadas e ofendidas. Era como atirar no próprio pé.

Assim, enquanto sua voz maravilhosa lhe garantia uma agenda cheia de compromissos, sua boca suja punha muitos deles a perder. O contrato com o Copacabana, por exemplo, acabou depois de uma semana, quando ela se referiu à platéia burguesa como "Kennedys mortos". Os Estados Unidos, ainda em guerra com eles mesmos e com a Indochina, tinham mergulhado em luto profundo pela loucura do duplo assassinato do presidente Bobby Kennedy e de seu irmão mais velho e predecessor, o ex-presidente Jack, ambos abatidos por uma única bala disparada por um atirador palestino desiludido. Foi a chamada "bala mágica", que ricocheteou pelo saguão do Hotel Ambassador, em L. A., zumbindo feito uma vespa, e que acabou marcando aquele horrendo ponto duplo. Nessa atmosfera carregada de tristeza, em que centenas de milhares de norte-americanos informavam estar padecendo de enxaquecas de estourar e violentos ataques de tontura, em que as pessoas ficavam paradas pelas esquinas murmurando "Não devia ser assim", Vina provavelmente teve sorte de seu desbocamento lhe valer apenas a perda de um emprego. Ela podia ter sido expulsa da cidade em meio a uma comoção. Podia ter sido linchada.

Uma vez, casualmente, ela se casou e divorciou, e a lista de seus amantes era longa. O interessante é que, apesar de ela gostar de insinuar sua bissexualidade, essa lista era exclusivamente masculina. Profissionalmente não convencional, Vina era uma tradicionalista nessa área pelo menos, embora fosse extremamente promíscua, mesmo para os padrões da época.

Quando Vina chegou à minha porta, sua celebridade como cantora não ia além de um círculo mediano de conhecedores; tinha acabado de assinar um contrato de gravação com o selo Colchis, de Yul Singh, mas até então a fama de seus talentos não chegara ao Oriente. Nem a sua fama de boca suja era conhecida localmente. Perturbada, anônima, ela se deitou em um de meus sofás e fumou um baseado. Fico envergonhado de contar que nunca me haviam oferecido aquilo que eu ainda chamava desajeitadamente de "entorpecente", e o seu efeito em mim foi rápido e intenso. Deitei ao lado dela e ela se colou em mim. Ficamos assim por um longo tempo, deixando o passado distante fazer suas conexões com o presente, deixando o silêncio apagar os anos que ficaram pelo meio. Escureceu. A energia elétrica voltou, mas não acendi as luzes.

"Não sou mais novo demais, sou?", eu disse, afinal.

"Não", ela respondeu, beijando meu peito. "Eu estou velha demais?"

Depois que fizemos amor — na cama em que Ormus Cama fora concebido — ela chorou, depois dormiu, depois acordou e chorou de novo. Como muitas mulheres da época, ela recorrera ao aborto como técnica suplementar de controle de natalidade, e a quarta vez — havia acabado de descobrir — a tinha deixado estéril. Incapaz de ter filhos, e seguindo a prática normal de tirar conclusões universais de sua experiência idiossincrática, ela reagiu criando uma grande polêmica contra os métodos de controle de natalidade ocidentais, uma jeremiada contra a manipulação científica do corpo das mulheres para o prazer dos homens, que atingiu uma porção de alvos, e depois fez uma ridícula apologia à sabedoria dos hábitos mais "naturais" das mulheres orientais. Em algum momento dessa noite, momento em que, devo confessar, estava pensando em outras coisas, ela murmurou que a razão principal de sua volta era o desejo de percorrer as aldeias e aprender com as mulheres da Índia os segredos do controle natural de natalidade. Essa observação, feita com profunda seriedade, teve o efeito de me fazer rir. Sem dúvida era efeito residual do haxixe, mas ri até as lágrimas me correrem pelo rosto. "E quando terminar de elogiar a sofisticação delas com o ritmo e a interrupção e tudo", cacarejei, "vão perguntar se você não tem um diafragma e umas camisinhas para deixar para elas." Quando terminei de dizer isso, Vina já estava inteiramente vestida, operisticamente colérica e saindo.

"E não foi para isso que você veio", ri, alto. "Sinto muito, mas você perdeu a viagem." Da porta ela me atirou alguma coisa frágil, mas eu já estava acostumado com cerâmica e vidros quebrados. "Você é um pigmeu vagabundo, Rai", ela rugiu. Eu ainda não conhecia seu pendor para esse tipo de comportamento: a conquista fácil seguida de perverso desprezo. Pareceu-me que, mais uma vez, eu estava levando os socos destinados a outro, sendo castigado por ocupar o lugar de outro homem.

Fiquei sóbrio assim que ela foi embora. Quando uma mulher por quem você está obcecado resolve dizer uma verdade dura, ela vai fundo. E quando aparece a chance de ver essa verdade se confirmar, você talvez aproveite, talvez faça jus à pior opinião dela a seu respeito, e passe o resto da vida com a acusação não-mais-negável cravada no seu coração.

Depois de uma noite com Ormus Cama, Vina voou embora por uma década. Depois de uma noite comigo, ela partiu de novo. Uma mísera noite, e puf! Entende por que ela me pareceu um fantasma, por que a visita dela foi parecida com as irmãs fantasmagóricas de *O manuscrito encontrado em Saragoça*, que só em sonho podem fazer amor com o herói? E, no entanto, essa noite, ao fim da qual ela foi embora quase antes de ter chegado, mudou tudo. Foi a noite em que a profecia de Persis se confirmou, e eu também me descolei da Índia e comecei a flutuar para longe.

O coito interrompido, método de profilaxia preferido das aldeias indianas, que tanto fez pelo controle da explosão populacional indiana, foi posteriormente recomendado por Vina Apsara a suas irmãs americanas e européias em uma série de intervenções controvertidas. Eu pelo menos sou capaz de confirmar que ela própria era mestra na arte.

A versão oficial da volta de Vina a Bombaim por uma única noite em que nem cantou nem abriu a boca, mas apenas reacendeu uma velha chama, depois jogou água fria em cima e foi embora de novo, deixando o dono da chama molhado e tremendo, era um tanto diferente. Durante toda sua vida, a história que ela contava para todos, talvez até para Ormus Cama, era que, ao ouvir a notícia do terremoto em Bombaim, efetivamente correra para o aeroporto, tomada pela súbita consciência de seu amor em nada diminuído por um homem que não via fazia dez longos anos. "Bem feito", ela dizia. "A coisa mais romântica que eu fiz na minha vida e ele nem estava lá."

Mas a viagem de trinta e seis horas não foi perdida. Por um golpe de sorte, ela conseguira se encontrar em sua suíte de hotel com a grande indiana honorária Madre Teresa, uma verdadeira santa, que endossava suas posições de coração. Houve também uma reunião com as principais feministas indianas. Essas mulheres impressionantes contaram a ela sobre os falados planos de mr. Sanjay Gandhi de forçar a esterilização de uma população que não a desejava. Vina lançou uma greve antecipada contra essa atrocidade em preparação. "Mais uma vez a tecnologia ocidental e a medicina dão as mãos à tirania e à opressão", disse ela numa famosa entrevista coletiva. "Não podemos permitir que esse homem domine os úteros das mulheres indianas." Naqueles dias, o caso de amor do Ocidente com o misticismo indiano estava no auge, de forma que sua posição recebeu apoio generalizado.

Para voltar ao pessoal, à história de amor que o mundo adorou ouvir mil e uma vezes, a história do nascimento do imortal VTO: ao fim da breve estada (Vina contava), fora brindada com uma espécie de milagre. Pouco antes de partir para o novo Aeroporto Internacional de Sahar, como tinha alguns minutos livres, ligou o rádio e girou o botão, procurando pelas ondas da Voz da América. De repente, ouviu uma voz conhecida. "Meu coração parou de bater, mas ao mesmo tempo disparou, como um cavalo louco", explicou, numa adorável contradição, a que logo enfileirava outra. "Não queria que a música acabasse, mas ao mesmo tempo queria que parasse de uma vez para ouvir o que ia dizer o DJ." A canção se chamava *Beneath Her Feet* [O chão que ela pisa], e era um lado de um single (o outro lado, que estava levando o disco ao número 1, era chamado *It Shouldn't Be This Way* [Não devia ser assim]. O nome da banda era Rhythm Center, do selo Colchis.

"Ridículo, não é?", ela disse a mil e um jornalistas ao longo dos anos. "Depois de tanto tempo nós dois éramos contratados da mesma gravadora. Acho que devemos a mr. Yul Singh um grande agradecimento."

Persis reclamou de ter sido apagada da história por Ormus; eu podia dizer que Vina me deu o mesmo tratamento. Mas na verdade a coisa entre nós era diferente. Verdade, eu não conseguia me curar dela, e isso era a mesma coisa que Persis sentia por Ormus. Mas Ormus havia esquecido Persis Kalamanja; enquanto Vina, dissesse o que dissesse, acabava sempre voltando para onde quer que eu estivesse. Eu era seu espinho favorito; ela não conseguia me arrancar de dentro dela.

Talvez ela tenha mesmo ouvido Ormus no rádio. Eu aceito isso, que diabo. Gosto de contos de fada também. Ouviu Ormus cantar sua grande canção de amor por ela, ouviu com clareza do outro lado do mundo e sentiu um elo de tempo se fechar, sentiu-se pular uma década, indo na direção da encruzilhada a que havia chegado uma vez antes; ou, como um trem, se aproximou de um velho e conhecido pátio de manobras. Da última vez, havia ido numa direção. Agora podia mudar de trilho e saltar para o futuro alternativo que ela havia tolamente negado a si mesma. Imagine Vina no Taj, olhando o porto de Bombaim, ouvindo a canção do amante. Aparenta dezesseis anos de novo. Está sob o encanto da música. E, dessa vez, escolhe o amor.

E agora é hora de eu cantar a última canção da Índia que jamais deixará meus lábios; quase hora de abandonar para sempre o meu chão. Há aqui uma ironia que vale um sacudir de cabeça ou um sorriso tristonho: que o seccionamento de minha ligação com meu país de nascimento tenha ocorrido no momento de minha maior intimidade com ele, de meu mais amplo conhecimento, de minha mais genuína sensação de fazer parte dele. Pois apesar do que Persis pudesse pensar, meus anos como fotógrafo tinham aberto meus olhos para aquela velha terra, e meu coração também. Eu havia começado buscando o que meus pais viam nela, mas logo comecei a ver com meus próprios olhos, a fazer meu próprio retrato, minha própria seleção da esmagadora abundância que se encontrava por toda parte. Depois de sentir durante algum tempo um estranho e alienado desligamento, que não parecia uma escolha, mas que simplesmente *era assim*, comecei a encontrar, através da lente da câmera, o meu jeito de ser um indiano "de verdade". Era a coisa de que eu mais gostava, a minha profissão de fotógrafo, o que me granjeou o banimento. Durante algum tempo isso me criou problemas de valores, de definir o pensamento certo, a ação certa. Estava sem pé nem cabeça: não sabia o que era chão, o que era céu. Os dois pareciam igualmente insubstanciais para mim.

Lembra as cabras de Piloo? Faz tempo que as deixei por sua própria conta. Agora, porém, devo retomar esses animais espectrais. É a canção do bode que devo cantar.

Na época do terremoto, corria todo tipo de rumor estranho. Os que envolviam mrs. Gandhi — como a fraude eleitoral que podia levá-la à Suprema Corte de Allahabad impedindo-a de ocupar cargo público — eram tão sensacionais que ocuparam inteiramente a atenção das pessoas. Será que o primeiro-ministro ia renunciar, ou tentaria se apegar ao poder? O inimaginável estava se tornando imaginável. Em volta de toda mesa de jantar, de todo poço de água, de toda *dhaba* e esquina do país, as pessoas discutiam o certo e o errado da questão. Novos rumores se espalhavam todo dia. Em Bombaim, o terremoto elevou o nível geral de histeria a um grau ainda mais alto. Em um clima desses, diga-se de passagem, ninguém estava muito interessado em cabras.

No dia da desorientadora visita voadora de Vina, porém, recebi um telefonema de Anita Dharkar, uma brilhante e jovem editora da *Illustrated Weekly*, que de vez em quando publicava fotos isoladas e ensaios fotográficos meus. "Então, quer saber a última fofoca do Piloo?", perguntou. Ela sabia o quanto eu abominava o homem que havia arruinado o casamento de meus pais. Descubra seu inimigo, Henri Hulot aconselhara. Eu sabia quem era meu inimigo. Só não sabia o que podia fazer para prejudicá-lo; pelo menos até a sábia Anita me telefonar.

(Devo revelar que entre mim e Anita havia, bem, havia alguma coisa. Uma coisa leve e ocasional entre colegas, mas suficientemente substancial para me fazer disfarçar a confusão que existia dentro de mim provocada pela visita de Vina. Meu velho dom de jogar com as cartas grudadas no peito acabou sendo útil. Acho que ela não desconfiou de nada.)

"Piloo? Foi engolido pelo terremoto?", perguntei, otimista. "Ou está se enfiando no bolso de trás de mrs. G. como todos os outros malandros do país?"

"O que você sabe sobre as fazendas de cabras dele?", Anita perguntou, ignorando-me.

Oficialmente, Piloo não fazia mais parte da indústria de leite, tendo se rendido graciosamente aos concorrentes da Colônia Leiteira Exwyzee. E mergulhara em grande estilo no negócio de carne de carneiro e lã. "Por que não transforma essas cabras em carne e casacos?", a petulante Vina lhe perguntara uma vez. Então, foi o que ele fez. Suas fazendas se espalhavam por toda a zona rural de Maharashtra e Madhya Pradesh, das planícies ressecadas do vale do rio Godavari às encostas das muitas cadeias da Índia central, da cadeia Harishandra, do platô Ajanta e das montanhas Ellora às montanhas Sirpur e platô Satmala no Oriente, e das montanhas Miraj perto de Sangli no sul. Destemido, ele instalou grandes rebanhos perto das ravinas infestadas do Madhya Pradesh, e do Andhra Pradesh também. Era agora um dos maiores empregadores da indústria ovina nacional, e seus famosos altos padrões de higiene e controle de qualidade conquistaram-lhe prêmios nacionais e o habilitaram aos subsídios padrão para ração, calculados por cabeça de gado, e também aos substanciais abatimentos de impostos e verbas de melhoria disponíveis para empresários rurais iluminados como ele.

"Basta", respondi a Anita. "Qual o seu interesse? Você é vegetariana e alérgica a mohair." Eu gostava de Anita. Gostava da aparência dela, que era luxuriante, e de sua voz melodiosa, que era a melhor que ouvira depois da de Vina. Gostava do brilho de seu corpo nu, escuro, de sua luz negra, sua definição, sua audácia. Gostava também de ela apreciar minhas fotos e lutar por elas na *Weekly*, em que havia certos oponentes.

"Imagine se eu disser para você", Anita falou, "que esses bodes não existem?"

A imaginação criativa de um grande artista da fraude é de ordem superior; é impossível não admirá-la. Que ousadia surrealista ele demonstra na concepção de seus enganos; que audácia de corda bamba, que mestria de ilusionismo em sua execução! O mestre enganador é um super-homem de nossos tempos, desdenhando normas, zombando das convenções, flutuando muito acima da atração gravitacional da plausibilidade, descartando o naturalismo puritano que poderia deter a maioria do comum dos mortais. E se no fim ele é descoberto, se seus ardis falham como as asas derretidas de Ícaro, então o amamos ainda mais por revelar sua fragilidade humana, por sua fatal queda na terra. Em seu momento de fracasso ele aprofunda nosso amor e o torna eterno.

Nós, na Índia, temos o privilégio de pode observar de perto alguns dos melhores — os melhores dos melhores — membros do panteão dos malandros. Conseqüentemente, não nos impressionamos com facilidade, exigimos o mais alto nível de desempenho de nossos bandidos públicos. Já vimos demais, mas ainda estamos dispostos a rir e sacudir as cabeças com descrença; dependemos do fraudador para reacender nosso senso de assombro entorpecido pelo excesso de nossas vidas cotidianas.

Desde a obra pioneira de Piloo, nos deslumbramos com o caso do Carro Popular do final dos anos 70 (vultosas somas de dinheiro público desapareceram de um projeto liderado por Sanjay G.), o caso dos Canhões Suecos dos anos 80 (vultosas somas de dinheiro público foram desviadas de um acordo internacional de armas, manchando a reputação de Rajiv G.), e o caso da Bolsa de Valores dos anos 90 (foram feitos extenuantes esforços para determinar os movimentos de certas ações-chaves, usando, naturalmente, vultosas somas de dinheiro público). Porém, quando estudiosos do assunto se reúnem — quer dizer, sempre e em qualquer lugar em que se reúnam dois ou mais indianos para tomar um café e conversar —, eles geralmente concordam que o Caso dos Bodes leva seu voto para a medalha de ouro de todos os casos. Da mesma forma que *Cidadão Kane* é sempre escolhido nas listas cinematográficas como o melhor filme de todos os tempos, e o *Quakershaker (How the Earth Learned to Rock & Roll)* [*Quakershaker* (Como a Terra aprendeu rock and roll)] invariavelmente joga *Sgt. Pepper* para a segunda posição nas votações de melhor álbum de todos os tempos; assim como *Hamlet* é a Melhor Peça, e Pelé o Melhor Jogador de Futebol e Michael Jordan o *Hoop Dreamboat* e Joe DiMaggio é para sempre o Melhor Americano, mesmo precisando de que o verso famoso da canção famosa lhe fosse explicado, mesmo pensando que estavam gozando dele, mesmo não entendendo a reverência que lhe votavam, assim também Piloo Doodhwala é, inabalavelmente, para sempre, o Fraude-*baba* de Luxo da Índia.

E quem o colocou nessa posição fui eu.

Fraude com ração de gado não parece, à primeira vista, uma coisa tão romântica quanto falsificações em comissões armamentistas ou manipulação do mercado financeiro. Bodes, afinal de contas, são famosos por comer qualquer coisa, portanto as subvenções para os fazendeiros são necessariamente pequenas: da ordem de cem rupias anuais por bode, ou cerca de três dólares por cabeça. Nada muito promissor para um dos maiores golpes de confiança de todos os tempos. Incrédulo, pode acreditar. Não confunda desenvoltura com gênio, nem lixo brilhante com ouro. Foi precisamente a miudeza das somas em questão que permitiram a Piloo armar seu glorioso esquema, a simples banalidade do projeto que o protegeu dos olhos do público durante tantos anos. Pois mesmo que cem paus sejam uma bagatela, não deixam de ser cem paus no bolso, uma vez que seu bode é do tipo Não-Existente. E como o Bode Não-Existente se reproduz mais depressa, e exige menos cuidados, e menos espaço, que qualquer outra variedade, o que pode impedir o enérgico criador de bodes de aumentar a quantidade de seu rebanho em alta velocidade, quase *ad infinitum*? Pois o Bode Não-Existente nunca fica doente, nunca o deixa na mão, nunca morre, a menos que seja preciso e — coisa única — multiplica-se exatamente no ritmo estipulado por seu dono. Na verdade, é o mais servil e adorável dos bodes; não faz barulho, nem há nenhuma merda a remover.

A escala da Grande Fraude do Bode ficava quase além da compreensão. Piloo Doodhwala era o orgulhoso proprietário de cem milhões de bodes inteiramente fictícios da melhor qualidade, cuja lã era de legendária suavidade, cuja carne era o supra-sumo da maciez. A flexibilidade do Bode Não-Existente permitia-lhe desafiar o conhecimento herdado de séculos de pastoreio caprino. No fundo do coração da Índia, ele perpetrou o feito inacreditável de criar bodes Caxemira da melhor qualidade — que convencionalmente se supunha necessitarem de pastos de altas montanhas — no calor das planícies. Questões comunais tampouco o detinham. Seus bodes para corte podiam ser criados por vegetarianos, cujo trabalho com essas criaturas mágicas não implicava perda de casta. Era uma operação de imensa beleza, que não exigia nenhum trabalho, a não ser o esforço de manter a ficção da existência dos bodes. O dispêndio financeiro exigido para manter em silêncio milhares e milhares de aldeões e inspetores do governo e outros funcionários, e para pagar os bandidos de fronteira, era considerável, mas inteiramente dentro dos limites toleráveis se considerado percentagem dos resultados da empresa, e que era, afinal (ver acima), abrandado pelos abatimentos de impostos e também pelos subsídios de capital.

Cem vezes cem milhões é dez bilhões de rupias, cem mil crores. Duzentos milhões de libras esterlinas. Trezentos milhões de dólares por ano, livres de impostos. Somando-se os pagamentos de dinheiro do silêncio e de proteção, os salários anuais dos aldeões empregados nos cuidados dos Não-Existentes, e as despesas várias, o montante não chega a cinco por cento dessa soma luxuosa e representa nada pior do que uma minúscula pinta, uma espécie de marca de beleza financeira no rosto imortalmente belo dessa magnífica trapaça que Piloo operou sem nenhum impedimento — na verdade, com o apoio entusiasmado da maior parte dos figurões de Maharashtra — durante quase quinze anos.

Trezentos milhões vezes quinze dá quatro bilhões e meio de dólares. Um milhão e meio de crores de rupias. Menos despesas, claro. Não vamos exagerar. Digamos quatro bilhões de dólares, líquidos.

Fui até o escritório para discutir a pauta. Anita Dharkar estava imaginando uma página satírica dupla. À esquerda, as "fazendas" de Piloo desertas; à direita, uma fazenda de cabras mais típica em operação. "Apresentamos os Bodes Invisíveis de Piloo", ela improvisou, se divertindo. "Aqui você as vê, não vendo. Ao contrário destas Cabras Comuns, que, como você pode ver, dá para ver."

Eu, que me orgulhava do meu talento para a invisibilidade, fui destacado para fotografar esses fantasmas, os *ghoasts* de Doodhwala. Anita queria os rebanhos mágicos de Piloo impressos em filme. "Não é só Piloo que está protegido pela corrupção", ela disse, ficando séria. "Existe também a infinita indiferença da Índia. *Chalta-hai*, não é? É assim que é. Nós sabemos que os nossos Piloos dão seus golpes, mas damos de ombros e viramos a cara. Só se você conseguir as fotos comprovando o fato sem sombra de dúvida é que vamos conseguir fazer alguma coisa acontecer."

Ela havia obtido uma lista completa de todas as instalações de criação de cabras registradas por Piloo. "Como você conseguiu?", perguntei, impressionado. Mas ela era esperta demais para entregar uma fonte, mesmo para mim. "A verdade quer aparecer", disse. "No fim, sempre existe algum *injano* honesto em algum lugar, se você consegue encontrar. Até na *Inja*."

"Ou talvez", eu disse, menos idealista, "alguém que Piloo esqueceu de comprar."

"Ou talvez", Anita complementou, "vir à tona faça parte da natureza dos segredos, porque a única maneira de manter um segredo é não contar a ninguém, e é por isso que não respondi a essa sua pergunta sobre o meu informante. Tinha gente demais sabendo o segredo de Piloo. Incrível é que a coisa não tenha vazado há anos. Piloo deve estar pagando muito, muito bem."

"Ou talvez", respondi, "sua fonte seja uma espécie de patriota. As pessoas estão sempre reclamando, certo?, que a Índia está ocupada demais arremedando o Ocidente. Mas aqui está nosso talento especial; vamos comemorar. Sobre fraude nós não temos nada a aprender. Podemos dar aulas. Sabe, eu tenho certo orgulho de Piloo. Odeio o filho da puta, mas ele fez uma bela coisa."

"Claro", disse Anita. "Então vamos dar a ele o que merece. O Padmashri, ou até mesmo o Bharat Ratna. Não. Essas honrarias não bastam. Que tal dois retratos oficiais, de frente e de lado, de roupa listrada, segurando um cartão com o nome e o número do processo, se possível?"

Para mim, pareceu ótimo.

"Tire as fotos, Rai, certo?", ela disse e saiu da sala.

Não me falou nada do outro fotógrafo, daquele que mandou antes de mim, que não voltou: não porque não estivesse querendo me alarmar, mas porque sabia que eu ficaria ofendido de ter sido a segunda escolha. Queria ir comigo; tinha tudo planejado, iríamos de avião até Aurangabad, fingindo ser recém-casados em lua-de-mel, sem câmera nenhuma à vista. Por uma questão de verossimilhança e outras razões nos hospedaríamos no Rambagh Palace Hotel e faríamos amor a noite inteira. Para sustentar a cobertura de lua-de-mel — pois estávamos em território de Piloo, onde cada porteiro, cada *chaprassi*, podia ser um informante —, iríamos até Ajanta para passear na escuridão das cavernas enquanto um guia acendia e apagava a luz e as obras-primas budistas apareciam e desapareciam. Os bodisatvas, os elefantes cor-de-rosa, as mulheres semidespidas com sua silhueta de ampulheta e seios que eram globos perfeitos. O corpo de Anita estava à altura de qualquer afresco e a proposta era atraente, mas saí de Bombaim sem contar a ela e mergulhei no duro calor da Índia, decidido a fazer aquilo de que havia caçoado quando Vina fez, aquilo que os moradores das cidades quase nunca fazem na Índia. Entrei na Índia rural. Não para aprender sobre ritmo e interrupção, mas para pegar o velho bode Piloo.

Depois daquela noite estranha, estrepitosa, única, passada com Vina, me fez bem sair. *Claro que não provoquei nenhum incêndio. Acha que fui eu que queimei sua casa? Sua mãe achava também? Pô, obrigada. Eu podia ser ladra, mas não era maluca.* Ela queria ver minha mãe, oferecer compensação. Jóias novas pelas velhas. Mas era tarde demais para coisas assim. As fendas em nosso mundo não podiam ser preenchidas. O que se queimou não podia se desqueimar, o que se partiu não podia ser remendado. Uma mãe morta, um pai girando devagar, recendendo a perfume amargo enquanto girava o ventilador de seu quarto. Estranho fruto. Eu tentava imaginar como Ameer Merchant teria reagido ao retorno de Vina. Acho que teria simplesmente aberto os braços e recebido Vina diretamente de volta ao seu coração.

Era perturbador pensar de novo naqueles dias — Ameer, V. V., o incêndio, o amor perdido, as chances desperdiçadas. O tamanho do campo, suas linhas secas e nada sentimentais, sua dureza, essas coisas me fizeram bem. Deslocar-me por sua grande vastidão poeirenta, por sua falta de interesse, me ajudou a recobrar o sentido de proporção, a recolocar as coisas em seus devidos lugares. Eu ia dirigindo meu jipe — carregado de provisões, comida desidratada e comida enlatada, galões de água e gasolina, pneus sobressalentes, minhas botas de marcha preferidas (aquelas que tinham segredos nos saltos), e até uma barraca pequena — na direção do extremo oriental de Maharashtra. Estava no império de Piloo, em busca de uma porta dos fundos.

Sempre o homem da porta dos fundos.

Uma viagem ao centro da Terra. O ar ia ficando mais quente a cada quilômetro, o vento parecia queimar com mais ferocidade o meu rosto. Os insetos locais pareciam maiores e mais famintos do que seus primos da cidade, e, como sempre, eu era o almoço. A estrada nunca ficava vazia: bicicletas, carroças puxadas a cavalo, escapamentos abertos, ônibus e caminhões barulhentos. Gente, gente. Santos de beira de estrada feitos de gesso. Homens em círculo de madrugada, mijando em um antigo monumento, a tumba de algum rei morto. Cachorros correndo, gado vagando, câmaras de pneus estouradas se destacando nas pilhas de detritos que havia por toda parte, como o futuro. Grupos de jovens com faixas de cabeça e bandeiras cor de laranja. Políticos pintados nas paredes que passavam. Barracas de chá. Burros, camelos, ursos dançarinos na coleira. Um homem que passava a ferro suas calças enquanto você esperava. Fumaça cor de ocre saindo das chaminés das fábricas. Acidentes. *Cama no telhado Rs 2/=*. Prostitutas. A onipresença dos deuses. Meninos de camisas safári de rayon barato. Por toda parte à minha volta a vida vibrando, pululando. As baratas, as bestas de carga, os papagaios nervosos brigando por comida, por abrigo, pelo direito de ver mais um dia da vida. Os jovens de cabelo engomado se pavoneando como gladiadores magricelas, enquanto os velhos olhavam com suspeita seus filhos, esperando ser abandonados, ser jogados de lado, atirados em qualquer buraco. Era a vida em estado puro, a vida querendo nada mais do que permanecer viva. No universo da estrada, o instinto de sobrevivência era a única lei, a luta o único jogo, o jogo que você jogava até cair. Estar ali era entender por que Piloo Doodhwala era popular. A Grande Fraude do Bode era a vida da estrada escrita em letras grandes. Era uma megaluta que libertava sua gente das lutas diárias que as levavam cedo para o túmulo. Ele era um milagreiro, um profeta. Não seria fácil derrubá-lo.

Meu plano — na realidade, mais uma idéia do que uma estratégia — era me distanciar o mais possível da trilha batida. Tinha visto na lista de Anita que muitas fazendas-fantasmas de Piloo estavam localizadas em partes mais remotas do estado, em território altamente inóspito, com uma infra-estrutura de comunicações que era pobre ou inexistente. Qualquer criador de Bodes Efetivamente Existentes teria tido a maior dificuldade, incorrendo também em despesas desordenadas e imobilizadoras, para simplesmente levar seus rebanhos aos matadouros ou abrigos de tosa. Bodes Não-Existentes não criavam tais problemas, naturalmente, e a inacessibilidade das "fazendas" tornava mais fácil esconder a verdadeira natureza da operação de Piloo. Eu estava apostando no excesso de confiança de seus subordinados nesses lugares distantes. Um fotógrafo da *Illustrated Weekly* seria a última pessoa da Terra que eles esperariam ver.

Ao mesmo tempo, um muito divulgado Rali Automobilístico Trans-Índia estava sendo realizado, e era minha intenção posar como competidor perdido precisando de comida, água, descanso e orientação. O que eu esperava era que isso me valesse algumas horas na companhia dos fantasmas de Piloo. O resto dependeria de minha capacidade de invisibilidade fotográfica para aproveitar a oportunidade. Coberto de poeira, cansado, saí da estrada principal e levei o jipe para estradas ainda menores e mais esburacadas, na direção das montanhas.

Depois de dois dias de viagem, cheguei a um rio, um fio de água no centro de um leito seco e pedregoso. Um camponês estava passando, como sempre, com uma vara no ombro e um pote de água dependurado de cada ponta. Perguntei-lhe o nome do rio e quando ele respondeu "Wainganga", tive a estranha sensação de que havia feito uma conversão errada no mundo real, despencando de alguma forma na ficção. Como se tivesse atravessado acidentalmente a fronteira de Maharashtra não para Madhya Pradesh, mas para uma terra mágica paralela. Na Índia contemporânea, aquelas montanhas diante de mim, uma cadeia baixa com ravinas cobertas de florestas, seria a cadeia Seoni, mas na esfera mágica em que entrara eram ainda chamadas, à maneira antiga, de Seeonee. Em suas matas, podia topar com feras legendárias, animais falantes que nunca existiram, criados por um escritor que os localizava nessa selva distante sem nunca tê-los visto com os próprios olhos: uma pantera e um urso e um tigre e um chacal e um elefante e macacos e uma cobra. E nos altos picos das montanhas eu podia a qualquer momento vislumbrar a figura mítica de um menino humano, um Menino Não-Existente, uma fabricação, um filhote de homem que dança com lobos.

Agora, Chil, o abutre, traz de volta a noite
Que Mang, o morcego, liberta.

Eu havia chegado a meu destino. Uma trilha de terra batida saía da estrada campestre na direção dos mistérios de Piloo Doodhwala. Ainda preso nas garras de minha curiosa sensação de irrealidade, fui ao encontro do meu destino.

A completa impossibilidade de mapear a Índia rural em suas profundezas sempre me surpreende. Você sai da estrada para uma trilha rural e imediatamente se sente como devem ter se sentido os primeiros navegadores; como um Cabot ou Magellan da terra.

Ali a realidade polifônica da estrada desaparecia e era substituída por silêncios, por mudezes tão vastas quanto a terra mesma. Ali havia uma verdade não dita, que vinha antes da linguagem, um ser, não um vira-ser. Nenhum cartógrafo havia mapeado completamente esses espaços sem fim. Havia aldeias encravadas nas encostas que nunca tinham ouvido falar do Império Britânico, nas quais os nomes dos líderes da nação e dos patriarcas nada significavam, mesmo estando a cerca de cento e cinqüenta quilômetros de Wardha, onde o Mahatma fundara seu *ashram*. Viajar por algumas dessas trilhas era voltar mil anos no tempo.

Os moradores da cidade sempre ouviam dizer que a Índia das aldeias é que era a Índia de verdade, um espaço atemporal e de deuses, de certezas morais e leis naturais, de fixações eternas e fé, de gênero e classe, de latifundiários e meeiros e escravos e servos. Essas coisas eram ditas como se o real fosse sólido, imutável, tangível. Enquanto a lição mais óbvia da viagem entre a cidade e a aldeia, entre a rua cheia e o campo aberto, era de que a realidade muda. No ponto em que se encontravam diferentes realidades, havia convulsões e fendas. Abriam-se abismos. Um homem podia perder a vida.

Estou escrevendo sobre uma viagem ao coração do país, mas é apenas mais uma forma de dizer adeus. Estou fazendo um longo desvio para sair porque não consigo me fazer ir embora, acabar com tudo, e me voltar para minha nova vida e viver essa existência afortunada. Sorte minha: a América.

Mas também porque minha vida gira em torno do que aconteceu lá, às margens do rio Wainganga, à vista das montanhas Seeonee. Esse foi o momento decisivo que criou a imagem secreta que jamais revelei a ninguém, o auto-retrato escondido, o fantasma em minha máquina.

Hoje em dia posso me portar quase todo o tempo como se nunca tivesse acontecido. Sou um homem feliz, que pode jogar pauzinhos para o meu cachorro em uma praia norte-americana e deixar as barras enroladas de minha calça de algodão cinza-pedra se molharem nas ondas do Atlântico, mas às vezes, de noite, desperto, e meu passado está ali, pendurado na minha frente, girando devagar, e à minha volta todas as feras selvagens rugem, os fogos se apagam e elas se aproximam.

Vina: prometi a você que ia abrir meu coração, jurei que nada seria esquecido. Então tenho de juntar coragem para revelar também isto, esta coisa terrível que sei sobre mim mesmo. Devo confessar e ficar indefeso diante do tribunal de quem quer que se dê ao trabalho de julgar. Se é que resta alguém. Conhece a velha cantilena. Até o presidente dos Estados Unidos às vezes tem de ficar nu.

Ou *I washed my hands on muddy waters, I washed my hands but they wouldn't come clean* [Lavei minhas mãos em águas barrentas, lavei minhas mãos, mas elas não ficavam limpas].

Num determinado ponto abandonei o jipe fora da trilha e continuei a pé. Enquanto marchava para o meu objetivo, senti uma excitação — não, era mais que mera animação, era uma plenitude — que me deu a certeza de que havia descoberto o que mais queria. Mais que dinheiro, mais que fama, talvez até mais que amor.

Olhar com os próprios olhos nos olhos da verdade, e fazer com que ela desvie os olhos. Ver *o que* era, e mostrar *assim*. Despir os véus e transformar o trovejar da revelação no puro silêncio da imagem e assim possuí-la, guardar os segredos do mundo na mala e voltar da guerra para casa, para a mulher de sua vida, ou mesmo para a editora de imagem com quem você dormia duas vezes por semana.

Mas esse mundo não era trovejante. Sua quietude não era natural, era muito mais que o silêncio campestre. Eu havia entrado no território do bode fantasma dos quatro bilhões de dólares, e o bode é, claro, o antigo avatar do diabo. Permitam-me admitir que naquele silêncio oculto eu sentia certo medo e estava longe de socorro.

> *The herds are shut in byre and hut*
> *For loosed till down are we.*
> [Os rebanhos fechados em cabanas e estábulos
> Pois soltos até a manhã estamos nós.]

Havia um grupo de construções adiante. Cabanas e estábulos, mas onde estavam os rebanhos dos moradores? Um silêncio ainda mais eloqüente eclodia dos abrigos-fantasmas de Piloo, eloqüente como o rugir de um leão. Enfiei a mão no bolso da perna direita de minha calça e senti a presença reconfortante da pequena câmera Leica que eu tinha me dado de presente em honra do encontro com o grande Henri Hulot. De repente, homens carregando implementos agrícolas surgiram à minha volta, parecendo brotar do próprio chão, e em termos de fotografia isso foi tudo.

Tinham me visto chegando a um quilômetro e meio de distância, o que não quer dizer muita coisa. Em minha longa e variada vida profissional, passei à força de gorjetas e cantadas as barreiras de vinte e sete revoluções e grandes guerras diversas. Os cordões de segurança das coleções de moda de Milão e Paris, os círculos concêntricos dos guarda-costas armados e desarmados no trajeto de homens e mulheres realmente poderosos, os *maîtres d'hôtel* dos principais restaurantes de Manhattan, pá!, eu estalo os dedos debaixo de seu nariz coletivo. Mesmo nessa primeira aventura, novato como eu era, sentia-me seguro de minha habilidade em passar para trás esses caipiras do além, e conseguir o que queria de sua negociata pastoril.

A menos, claro, que não fossem caipiras. A menos que fossem membros de uma das temidas gangues de bandidos assassinos que rondavam esses lugares invisíveis. A menos que Piloo estivesse usando os bandidos para policiar essa operação. A menos que me matassem ali mesmo e deixassem meu corpo para os corvos e abutres.

Eu e meus captores descobrimos que não tínhamos nenhuma língua em comum. Eles falavam um dialeto local que não fazia nenhum sentido para mim. Porém a conversação logo se mostrou desnecessária. Depois de removerem minhas câmeras e rolos de filme e as chaves do jipe e roubarem todo meu dinheiro, levaram-me para o local dos bodes imaginários. Ali encontrei o outro jornalista, aquele de cuja existência eu antes não sabia. Estava à minha espera em um dos estábulos, dependurado de uma viga baixa, girando devagar na quente corrente de vento, vestido igual a mim. Os mesmos bolsos externos nas calças, as mesmas botas de marcha. A mesma sacola de câmeras vazia a seus pés. Estava morto fazia muito tempo e assim que comecei a vomitar entendi que minha história do Rali Trans-Índia provavelmente não seria acreditada.

Por que não me penduraram de uma vez? Não sei. Tédio, talvez. Não havia muita coisa para fazer ali no mato quando não se tem nem bodes de verdade para foder. É preciso aproveitar os prazeres. O suspense é mais da metade da recompensa. Os crocodilos fazem a mesma coisa. Mantêm a presa semiviva às vezes durante dias, guardando para depois. Foi o que me disseram.

Tédio e preguiça salvaram minha vida. Esses pastores de fictícios bodes e cabras eram gente que havia uma década e meia ganhava ilicitamente a vida sem fazer nada. Se eram bandidos (coisa de que eu duvidava cada vez mais), eram bandidos que tinham perdido o pique. Muitos deles eram atarracados, de corpos moles, coisa que raramente se vê em camponeses e ladrões *dacoits*. A corrupção havia engordado seus corpos e erodido seus espíritos. Eles me amarraram e abandonaram, deixaram-me vomitando de estômago vazio por causa do fedor de meu colega morto, e à mercê também de um zilhão de coisas rastejantes para quem um corpo morto é ocasião de uma grande reunião interespécies.

À noite, os pastores fantasmas se embebedaram em outra cabana e só pararam com a gritaria quando caíram todos inconscientes. Consegui me libertar das cordas mal amarradas em volta de meus braços e pernas e, depois de mais alguns momentos, escapei. O jipe estava onde eu havia deixado, pilhado, mas com gasolina suficiente no tanque para me levar até uma cidade. Consegui fazer uma ligação direta e corri o mais depressa que o chão permitia. Não acendi os faróis. Felizmente, havia uma lua amarela, brilhante, quase cheia, para iluminar a estrada.

"Graças a Deus", disse Anita Dharkar quando achei um telefone e a acordei com uma chamada a cobrar. "Graças a Deus." Eu fiquei tão bravo de ela dizer isso que berrei ofensas pelo telefone. Medo, perigo, pânico, fuga, cansaço: essas coisas têm conseqüências estranhas, deslocadas.

Graças a Deus? Não, não, *não*. Não vamos inventar nada tão cruel, perverso, vingativo, intolerante, não amante, imoral e arrogante como Deus para explicar um golpe de pura e imerecida sorte. Não preciso de nenhum Dançarino Cósmico de muitos membros, nem de nenhum Inefável de barbas brancas, nenhum violador de virgens metamórfico, atirador de raios, nem Maníaco destruidor pelo fogo e pelo dilúvio para levar os louros de ter salvado minha pele. Ninguém salvou o outro sujeito, salvou? Ninguém salvou os indochineses, nem os angkoranos nem os Kennedy nem os judeus.

"Conheço a lista", ela disse. Eu estava me acalmando. "É, tá bom", respondi, incomodado. "Só queria que você entendesse."

As fotos que levei para Bombaim causaram grande sensação, embora consideradas de um ponto de vista estritamente estético fossem tão sem graça e pouco inspiradas quanto a Primeira Fotografia, aquela antiga paisagem monocromática de muros e telhados vista da janela do estúdio de Joseph Nicéphore Niepce. Eram fotos do vazio, de currais e pastos, estábulos e abrigos em que não se via nenhum animal; de cercas, portas, campos, baias. Fotos de ausências. Mas as placas das Indústrias Doodhwala podiam ser vistas por toda parte, nas paredes de madeira e nos paus da cerca e no veículo ocasional: uma carroça, um caminhão. Assim como a banalidade da ração para bodes havia permitido que Piloo construísse sua poderosa fraude, assim também a banalidade dessas imagens, aquilo a que se poderia chamar de *esvaziamento decisivo*, serviu para desconstruir a negociata. Semanas depois de sua publicação, uma grande investigação pelo comitê de fraudes já estava em andamento, e em três meses foram expedidos mandados de prisão para Piloo Doodhwala, para a maior parte da "magnificomitiva" e para algumas dezenas de associados menores em dois estados.

O caráter bizarro do escândalo atraiu atenção internacional. As fotografias foram amplamente republicadas, o que resultou em eu receber um breve bilhete manuscrito de M. Hulot, me dando os parabéns por meu "*scoop de foudre*"* e me convidando a fazer parte da mundialmente famosa agência de fotógrafos Nabuchadnezzar que ele havia fundado no ano de meu nascimento, junto com o norte-americano Bob-

(*) A expressão francesa *coup de foudre* indica que algo ocorre subitamente, quer dizer "ser atingido por um raio", "apaixonar-se à primeira vista" etc. *Scoop,* em inglês, significa "furo jornalístico". *Scoop de foudre* seria um furo jornalístico subitamente bem-sucedido.

by Flow, "Chip" Boleyn, da Inglaterra, e outro fotógrafo francês, Paul Willy. Era como se Zeus tivesse me dado um tapinha no ombro e me convidado para me juntar a ele e outros moleques pelados e onipotentes no alto de sua montanha de muitos andares.

Era o começo de uma vida que vivi desde então, o primeiro dia, pode-se dizer, de minha vida de homem. E, no entanto, como o leitor atento haverá de ter adivinhado, algo estava severamente fora de lugar.

Já é hora, depois de todos esses anos, de responder a certas perguntas.

Rai — é a primeira pergunta —, *como um homem pode tirar um rolo de fotos estando com as mãos e os pés amarrados? Como um homem pode fotografar uma "fazenda de cabras" que nunca visitou (pois as fotos mostravam claramente imagens de pelo menos dois estabelecimentos diferentes em duas partes diversas do país)? E, o mais intrigante de tudo, como pode um homem tirar fotos depois que seu equipamento foi roubado?*

Eu podia dizer que havia outra câmera carregada escondida no jipe, presa com fita colante debaixo do arco do estepe externo, e que os assassinos filhos da puta não viram. Podia dizer que fui levado a uma atitude apaixonada e perigosa pela experiência de passar um dia vomitando amordaçado em companhia de um homem enforcado, que usava as mesmas roupas e botas que eu e cuja cara, inchada e escurecida, podia ter — ou, em meu tormento, foi o que me pareceu — uma semelhança mais que passageira com a minha. Fiz o que fiz por ele, eu podia dizer, por meu assassinado e fétido companheiro, *mon semblable, mon frère*. Pelo irmão gêmeo morto que eu não sabia que tinha.

Fui cuidadoso, circunspecto. Encontrei um esconderijo noturno do qual podia trabalhar de dia. Fiquei invisível, imóvel, invencível. Tirei as fotos. Aqui estão. Os filhos da puta foram para a cadeia, okay? Posso fazer algo mais por você? Algo mais que queira saber? O quê? O que você disse?

Por que não comprou mais filme?

Falando com todas as letras: eles me roubaram. Eu estava duro.

E aí Anita foi até lá e levou você de volta para casa.

Certo. Certo.

Então, quando você fotografou o segundo local, remoto, nas montanhas Miraj?

Depois. Voltei depois. Qual é o problema?

Nesse caso, por que não levou mais filme?

Bom, acha que foi fácil tirar essas fotos? Conseguir cinco ou seis imagens já seria uma espécie de milagre. Foi um rolo inteiro.

Fale das botas, Rai. Fale das botas de marcha.
Pare com isso. Cale a boca. Não posso.
Ah, mas é preciso.

Tudo bem: as coisas que dá para fazer com essas botas de marcha importadas, especiais: se você soltar ligeiramente um parafuso na base do salto, dá para girar o salto todo e revelar uma pequena cavidade. Cavidade de tamanho suficiente para guardar um rolo de filme. Eu usei o truque algumas vezes, por exemplo, quando fotografei os ataques do Mumbai's Axis. Na verdade, teria usado essa vez. Quando larguei o jipe e virei "*ghoast-buster*" [caça-fantasma], tinha um rolo de filme sobressalente em cada salto.

O enforcado e eu ficamos sozinhos durante longo tempo. Os pés dele balançavam bem perto do meu nariz enojado e sim pensei nos saltos das botas dele sim quando me livrei das cordas e cheguei perto dele sim apesar do fedor que era o fim do mundo e dos insetos que picavam sim e da garganta raspando e dos olhos doloridos por causa da pressão de vomitar peguei os saltos dele um depois do outro sim e girei o salto esquerdo estava vazio mas o salto direito deu certo o filme caiu direitinho na minha mão sim e pus no lugar um filme virgem um filme que tirei da minha bota sim e o corpo dele ficou parecendo todo perfume e meu coração disparou feito louco e escapei com o destino de Piloo e o meu futuro dourado na mão sim e para o inferno tudo o que eu disse sim porque assim como fui eu podia ser outro portanto sim fiz isso sim fiz.

Agora já assisti àquele filme, *Ugetsu Monogatari*, o filme japonês que Hulot tanto elogiou. Devo ter assistido dezenas de vezes. Não é só uma história de fantasma; há uma trama secundária. Um homem pobre quer ser um grande guerreiro samurai. Um dia, ele vê um famoso lutador ser morto. Depois, gaba-se de ter sido ele quem venceu o herói. Assim constrói a sua fama. Durante algum tempo.

Eu nunca disse que as fotografias eram minhas. Só revelei o filme, entreguei o resultado para Anita no escritório da *Weekly* e deixei que todo mundo me desse o crédito delas; aceitei. O que não é exatamente a mesma coisa que se gabar.

Quem é que estou querendo enganar?

Pronto. Agora tirei a máscara e você pode ver quem eu sou de verdade. Nesse trêmulo e incerto intervalo, construí minha casa — moralmente falando — sobre instáveis areias indianas. *Terra infirma.*

Piloo Doodhwala tinha lá o esquema dele; e, como você pode ver, eu tive o meu. Ele ganhou quatro bilhões de dólares. Eu só fiz um nome.

Revelei o filme, mas não foi tirado por mim. Jamais teria visto a luz do dia se eu não o tivesse encontrado, mas não foi obra minha. Piloo podia não ter sido processado nunca, podia não ter ido para a prisão, podia ter continuado a receber seus bilhões caprinos até o fim da vida, se não fosse eu. Mas as fotos não eram minhas. Isso foi há mais de meio século, e desde então conquistei meus louros, fiz por merecer minha bendita reputação, trabalhei por tudo o que tenho. Mas as fotos que fizeram meu nome, que chamaram a atenção do mundo sobre mim? Não eram minhas, não eram minhas, não eram minhas.

Humano demais para a Matilha, vulpino demais para o Homem, Mowgli nas montanhas Seeonee decidido a caçar sozinho. Resolução nada má para um fotógrafo. Depois de minhas experiências às margens do Waingang, adotei para mim o voto do Filhote do Homem.

Outra pílula amarga: a revelação de Piloo botou-o na cadeia, mas, em vez de arruiná-lo, tornou-o ainda maior. O tamanho das manifestações pró-Piloo nas áreas rurais de Maharashtra e Madhya Pradesh alarmaram e impressionaram a elite do poder de Bombaim e Delhi. A perseguição de Piloo começou a ser descrita como um ato de vingança da elite liberal "inglesada" contra um verdadeiro homem das massas, um filho da terra. No momento em que foi preso, ele anunciou sua intenção de candidatar-se a um cargo público, e sua campanha logo ficou incontrolável. A malta presidiária de Bombaim se transformou na corte de Piloo. A cela dele era equipada como uma sala do trono, e Golmatol e as filhas lhe traziam banquetes todos os dias. Figuras poderosas vinham visitá-lo e render homenagens. Os grandes do Mumbai's Axis apoiaram a candidatura de Piloo para prefeito e seis meses depois de preso ele foi eleito para o posto. Pediu-se o seu perdão, logo concedido pelo presidente da Índia, agindo sob influência do cada vez mais poderoso Sanjay Gandhi, que era a barbada para próximo primeiro-ministro. Foi convocada uma eleição geral, e o Congresso de Indira, associado por todo o país aos novos aliados nacionalistas hindus, inclusive o Mumbai's Axis de Bombaim e Maharashtra, retomaram o poder. A norma de Emergência se acabou. Não era mais necessária: o eleitorado endossara a tirania e a corrupção. *Chalta hai.*

Assim foi.

* * *

Grande parte disso, da apoteose de Piloo, da vitória total dos valores pilooístas sobre todo o resto na Índia que eu aprendera lentamente a amar, aconteceu depois que fui embora. Escute: depois de receber o convite da Nabuchadnezzar eu teria ido embora de qualquer jeito, mas teria mantido meus laços com meu velho país; assim como o próprio Hulot, eu teria feito dele um de meus assuntos, porque estava ali, dentro de mim, colonizando cada célula, um vício tão profundo que não podia ser eliminado sem eliminar junto o viciado; pelo menos era o que eu ingenuamente acreditava. O que aconteceu foi que Anita Dharkar foi espancada e estuprada em sua própria casa no meio da noite um fim de semana depois de Piloo ter sido preso, e seus atacantes, que não se deram ao trabalho de esconder os rostos, disseram-lhe para não deixar de me contar que eu era a próxima vítima, só que no meu caso eles não pretendiam ser tão gentis e considerados.

"Tem algum lugar para onde ir?", ela me perguntou. Eu queria ir ao seu encontro, mas ela me disse para nem chegar perto, sob hipótese alguma, sua família estava cuidando dela, estava bem. Sabia que não estava bem. "Você devia deixar o país", ela disse. "As coisas vão piorar muito." Perguntei se iria comigo. A voz dela estava grossa, hesitante, quebrada, e seu corpo, eu nem sabia o que pensar de seu corpo. Mas ela não iria comigo. "Já acabaram comigo", disse. "Não tem mais problema." Queria dizer que a Índia ainda era o único lugar da Terra de que podia imaginar fazer parte, por mais corrupto, distorcido, sem coração, violento que fosse o país. Ela fazia parte do país, e o otimismo e a esperança ainda não tinham morrido dentro dela, apesar de sua horrenda violação. Ela não conseguia se definir, não conseguia encontrar nenhum sentido para si mesma senão ali, onde suas raízes haviam mergulhado fundo demais e se espalhado demais.

Uma coisa exigia que eu fosse embora. Outra coisa exigia que ela ficasse. Na história de minha vida, que é também a de Ormus Cama e Vina Apsara, Anita Dharkar, a pungente, adorável, doce e cantante Anita que foi vilipendiada pelo crime de possuir integridade, Anita, a editora de fotos, heroína e patriota, é um barco contra a corrente, navegando decidida na direção oposta à da lenda.

Ela sonhava com uma Índia que a merecesse, que demonstrasse que tinha acertado em ficar. Existem nobres mulheres que continuam casadas com rudes espancadores de esposas por razões semelhantes. Elas enxergam o bem em seus homens maus.

Claro que eu tinha um lugar para ir. Tranquei minha casa, dispensei os criados e fui procurar Persis. *Me arranje uma passagem, Persis. Arranje com os seus contatos de empresas aéreas para eu poder viajar com nome falso. Não me pergunte por quê, Persis. Você não vai querer saber. Persis, eu estou indo embora, como você sempre disse que eu iria. Obrigado. Desculpe. Adeus.*

Persis, a doce porteira de nossas vidas. Que ficou junto ao rio que separa os mundos e nos ajudou a atravessar, mas que não podia atravessar ela mesma.

Mesmo depois do ataque a Anita, não me ocorreu, ao deixar meu apartamento em Apollo Bunder, que estava indo embora para sempre, que nunca mais poria os pés naquelas salas; nem naquela rua, para enxotar as tropas de moleques de Virus Cama; nem naquela cidade, para vê-la crescer em direção ao céu; nem em qualquer parte da Índia, embora ela continuasse parte de mim, tão essencial quanto um membro. A Índia, onde meus pais estavam enterrados, e os cheiros eram cheiros de lar. Estava partindo, cheio de ansiedade, para uma nova vida, uma vida que eu queria, mas não tinha nenhuma sensação de estar queimando meus barcos. Claro, eu voltaria. As coisas iam se assentar. Piloo, agora subindo, haveria de cair logo, logo. Ninguém se lembrava de nada, e voltar como um fotógrafo importante da Agência Nabu iria me garantir tratamento de braços abertos e o acesso mais amplo possível. Claro que sim. A vida real não era como um terremoto. Podiam aparecer rachaduras, mas a maioria delas se fecharia, de algum modo. Não era como se algum abismo de ficção científica tivesse aparecido, tão largo que era impossível de atravessar. Era só o fim da parte um, começo da parte dois, só isso.

Mas o pilooísmo venceu, o pilooísmo e o sanjayismo, seu gêmeo de Delhi. Delhi e Bombaim costumavam se odiar. Os bombaim *wallahs* desprezavam a maneira como a gente de Delhi lambia o cu do poder, depois o virava e chupava seu pau indiferente. Os delianos escarneciam do materialismo ostentatório e argentário de Bombaim. Essa nova aliança unia os lados escuros de ambas. A corrupção do dinheiro e a corrupção do poder, unidos numa supercorrupção que nenhum oponente podia enfrentar. Nunca pensei numa coisa dessas; mas lady Spenta havia intuído isso anos antes.

O melhor de nossas naturezas se afogando no pior.

Nada conseguia tocar aqueles dois. A lei não conseguia atingir Piloo, e Sanjay também levava uma vida encantada. Mesmo quando seu ultraleve teve uma pane no ar enquanto fazia acrobacias acima da residência oficial da mãe, ele conseguiu sobreviver ao pouso de emergência. Oh, a radical barbárie caligúlica da Índia durante o consulado desses gêmeos terríveis! Os espancamentos, as violências, as prisões, os incêndios, os banimentos, a compra, a venda, a falta de vergonha, a falta de vergonha, a vergonha.

Sei que agora é diferente. O quádruplo assassinato. Sei. As pessoas me dizem que fiquei muito tempo longe, que não entendo a situação, que não é como eu digo, que nunca foi, que era melhor em algumas coisas, e pior em outras.

Mas vou lhe contar o que sinto, depois de todos esses anos. Sinto como se houvesse um fim no meio do caminho de minha vida. Um fim necessário, sem o qual a segunda metade teria sido impossível. Liberdade, então? Não exatamente. Não propriamente uma liberação, não. A sensação é de um divórcio. Nesse divórcio específico, eu era a parte que não queria que o casamento acabasse. Eu era aquele que sente, esperando, pensando, vai acabar bem, ela vai pensar melhor, vai voltar para mim e tudo vai dar certo. Mas ela nunca voltou. E agora estamos mais velhos, é tarde demais, os laços não se romperam, eles simplesmente se desgastaram há anos. Ao fim de um casamento, chega a hora em que você tem de voltar as costas a sua mulher, à memória insuportavelmente bela daquilo que vocês eram, e olhar para o resto de sua vida. Assim estou neste ponto desta história. Mais uma vez, eu sou o descartado.

Portanto, adeus meu país. Não se preocupe; não vou voltar para bater à sua porta. Não vou telefonar no meio da noite e desligar quando você atender. Não vou seguir você na rua quando sair com outro cara. Minha casa queimou, meus pais morreram, e aqueles que eu amava foram quase todos embora. Aqueles que ainda amo, tenho de deixar para trás para sempre.

Eu vou — eu caço — sozinho.

Índia, eu nadei em tuas águas quentes e corri, rindo, por teus riachos no alto das montanhas. Ah, por que tudo o que digo acaba sempre soando como um *filmi gana*, uma droga de canção vagabunda de Bollywood? Então, muito bem: andei por tuas ruas imundas, Índia, senti nos ossos doerem as doenças provocados por teus germes. Comi o sal da tua independência e bebi o chá doce e nauseabundo da beira de tuas estradas. Durante muitos anos, teus mosquitos de malária iriam me picar aonde quer que eu fosse, e em desertos e verões pelo mundo afora fui picado pelas abelhas da fresca Caxemira. Índia, minha *terra infirma*, meu sorvedouro, minha cornucópia, minha multidão. Índia, meu excesso, meu tudo ao mesmo tempo, meu Hug-me, minha fábula, minha mãe, meu pai e minha primeira grande verdade. Pode ser que eu não seja digno de ti, pois fui imperfeito, confesso. Posso não compreender em que estás te transformando, o que talvez já sejas, mas já tenho idade suficiente para dizer que esse teu novo eu é uma entidade que não quero mais, nem preciso, compreender.

Índia, fonte de minha imaginação, nascente de minha selvageria, algoz de meu coração.

Adeus.

9

MEMBRANA

Um universo encolhe, outro se expande. Em meados dos anos 60, Ormus Cama abandona Bombaim, vai para a Inglaterra, restituído a si mesmo, sentindo sua verdadeira natureza fluir de novo nas veias. Quando o avião levanta vôo de seu solo nativo, seu coração também fica mais leve, ele despe a pele velha sem pensar duas vezes, atravessa aquela fronteira como se ela não existisse, como um mutante, como uma cobra. Seus colegas retirantes se encasulam em desinteresse, sentam-se amontoados para se defender das vidas de estranhos, e fingem nada notar a fim de manter a ficção de não serem observados. A personalidade liberada de Ormus não é capaz de se conter dentro de uma ficção assim modesta. Seu eu abriu as asas. E ultrapassa seus limites. Ele observa aberta e longamente os outros viajantes, memorizando seus rostos, *é essa gente que está indo comigo para o Novo Mundo*, e até fala com eles, sorrindo seu sorriso irresistível.

Bem-vindos a bordo do *Mayflower*, saúda-os, pegando suas mãos quando passam por seu lugar, os aterrorizados e desentendidos camponeses de aldeias remotas do interior a caminho de reinos desertos, os executivos de ternos baratos gotejando transpiração, os *chaperones* carrancudos de uma jovem noiva velada, quase desmaiando num *gharara* rosa com um excesso de tranças douradas, o incauto jovem estudante a caminho de seus miseráveis quatro anos de colégio interno na Inglaterra, e as crianças. Há crianças por toda parte, crianças correndo pelos corredores imitando aviões, para desespero do pessoal da cabina; ou de pé em suas poltronas, imóveis, e de olhos graves, demonstrando uma compreensão mais que adulta da importância desse dia momentoso; ou gritando como lunáticos amarrados com seus cintos de segurança; crianças vestidas com macacões de lã espetacularmente volumosos, cinza ou azul-marinho, cores práticas, as próprias roupas proclamando sua alienação dos novos lares que nunca viram, trombeteando a dificuldade que terão para se ajustar à vida daqueles climas do norte sem luz.

Somos as Crianças Peregrinas, Ormus pensa. O ponto onde pisar o primeiro pé será chamado Bombay Rock. *Boom chickaboom, chickaboom boom.*

Ele próprio se vestiu cuidadosamente para a viagem, ataviando o corpo com as roupas casuais da América, o boné de baseball dos Yankees, a camiseta branca Beat Generation com as mangas cortadas, o relógio de Mickey Mouse. Há também um toque europeu nas calças jeans pretas, modernas, que ele literalmente seduziu um turista italiano a despir em Gateway, um jovem suscetível, um dos primeiros ocidentais de cabelo comprido a chegar à Índia em busca de praias e de iluminação, e que não era páreo para o incrível poder de persuasão de Ormus Cama, que o deixou de pernas nuas e confuso com o punho direito cheio de dinheiro e um *lungi*, presente de Ormus, cuidadosamente dobrado debaixo do perplexo braço esquerdo.

A Inglaterra pode ser meu destino imediato, mas não é meu objetivo, anunciavam as roupas de Ormus, a velha Inglaterra não serve para mim, ela pode fingir que é *swinging*, mas sei que está mesmo enforcada. Não *funky*, mas defunta. A História segue em frente. Hoje, a Inglaterra não passa de uma imitação da América, um eco atrasado da América, uma América que dirige do lado esquerdo da rua. Claro, Jesse Garon Parker era lixo branco norte-americano querendo cantar igual a um rapaz negro, mas os Beatles, pelo amor de Deus, os Beatles eram o lixo branco inglês querendo cantar como *meninas* norte-americanas. Crystals Ronettes Shirelles Chantels Chiffons Vandellas Marvelettes, por que não usar vestidos de lantejoulas, meninos, por que não fazer penteados de trouxa em vez desses adoráveis topetes de espanador e fazer operação de mudança de sexo também, para ir até o fim, fazer a coisa direito.

Essas reflexões antes mesmo de pôr os pés na Inglaterra ou na América ou em qualquer outro lugar que não a terra em que nasceu, que estava abandonando para sempre, sem arrependimentos, sem nem um olhar para trás: eu quero ir para a América, a América onde todo mundo é como eu, porque todo mundo vem de algum outro lugar. Todas aquelas histórias, perseguições, massacres, piratarias, escravidões; todas aquelas cerimônias secretas, bruxas enforcadas, chorosas virgens da floresta e rígidos deuses de chifres; toda aquela ânsia, esperança, ambição, excesso, tudo isso resultando numa fabulosa e barulhenta falta de história auto-inventando uma cidadania bagunçada e confusa; todas aquelas variegadas mutilações do inglês resultando no inglês mais vivo do mundo; e, acima de tudo, toda aquela música contrabandeada de fora. Os tambores da África que um dia bateram mensagens através de uma paisagem gigante em que até as árvores faziam música, por exemplo, quando elas absorvem água depois de uma enchente, preste atenção que você ouve, yikitaka yikitaka yikitak. As danças polonesas, os casamentos italianos, os zorba-gregos tocadores de saltério. O ritmo bêbado dos santos da salsa. A cálida música do coração, que cura nossas almas doloridas, e a música quente e democrática que deixa um buraco no ritmo e faz nossas calças ficarem com vontade de levantar e dançar. Mas é esse rapaz de Bombaim que irá completar a história norte-americana, que pegará a música e a jogará para o alto e o jeito de ela cair irá inspirar uma geração, duas gerações, três. *Yay*, América. Toque como for.

Enquanto é obrigado a ficar sentado, ele ocupa a poltrona estreita como se fosse um trono, conseguindo de alguma forma, naquele espaço confinado, parecer ocioso, dar a impressão de um à-vontade consumado, monárquico. Nos países abaixo dele, outros reis cuidam de seus negócios. O rei do Afeganistão está atuando como guia turístico para viajantes endinheirados enquanto blocos de haxixe estampados com o selo de qualidade e graduação do governo são vendidos nas lojas das ruas importantes de sua capital; o xá do Irã faz amor com sua esposa, cujos gemidos de prazer misturam-se aos gritos dos milhares de desaparecidos nas câmaras de tortura do SAVAK; a rainha da Inglaterra janta com o Leão de Judá; o rei do Egito morre. (Assim como na América, a terra mágica que oscila lentamente mas com segurança em direção ao topo da Árvore distante de Ormus, morre também Nat "King" Cole.)

E a Terra continua, imprevisivelmente, erradamente, a girar.

Nem todo mundo está contente de ir para o Ocidente. Virus Cama está sentado ereto entre a mãe e o irmão, e é capaz de sentir que aumenta a distância entre ele e seu irmão prisioneiro Cyrus. E à medida que se distende o elo com o irmão gêmeo, seu tolo rosto parece se esticar de tristeza. A noiva cor-de-rosa está chorando baixinho debaixo do véu, ignorada por seus guarda-costas manchados de suor. E Spenta Cama, cheia de dedos, está voando em um estado de extrema tensão, de dedos cruzados, em direção ao seu encontro surpresa com William Methwold, a grande aposta de que depende seu futuro.

Ormus fecha os olhos e desliza languidamente da consciência para um turvo sono de aeroplano. Pelos corredores da Las Vegas de sua imaginação ele persegue o dragão, a pluma de um nada de fumaça que é também Gayomart, seu irmão morto. O passado está se afastando dele. Vina escapou de seus ontens e agora espera adiante, ela é seu único futuro. Me embale, Ormus Cama murmura no sono, pedindo ao Destino. *Rock me,* me embale como um bebê no seio da música. Me sacuda até eu chacoalhar, me sacuda, mas não me quebre, e *roll me,* me role, role, role, como um trovão, como uma pedra.

Isso quando estão voando por cima de, o que é aquilo lá embaixo, o Bósforo, é?, ou o Golden Horn, ou são o mesmo lugar, Istambul, Bizâncio, o que for: drogado pelo vôo, destacado da terra indiferente, ele sente certa resistência no ar. Alguma coisa está contra o movimento de avanço da aeronave. Como se houvesse uma membrana translúcida elástica no céu, uma barreira ectoplasmática, uma Muralha. E haverá fantasmagóricos guardas de fronteira, armados com raios, vigiando de altos pilares de nuvens, que poderão abrir fogo. Não há nada a fazer; esta é a única rota para o Oeste, portanto em frente, bote esse gado para andar. Mas é tão elástica essa restrição invisível, que ela puxa o avião para trás, boeing!, boeing!, até que o *Mayflower* enfim a rompe, e passa! A luz do sol rebate na asa para dentro do olho remeloso. E, ao passar a fronteira invisível, ele vê o rasgo no céu, e durante um momento de terror vislumbra milagres através do talho, eleusínios, indizíveis, brilhantes. Ele intui que cada osso de seu corpo está sendo irradiado por alguma coisa que verte da abertura celeste, uma mutação está ocorrendo no nível da célula, do gene, da partícula. A pessoa que vai chegar não será a mesma que partiu, não exatamente. Ele atravessou uma zona de tempo, passou do eterno passado da primeira vida para o constante agora da idade adulta, um tempo de presença, que se tornará um tipo diferente de pretérito, o passado de ausência, quando ele morrer.

O momento visionário toma-o de surpresa, enerva-o. Depois de alguns segundos a abertura desaparece e lá fora não há mais nada além de colunas de nuvens, rastos de jatos, a lua anacrônica que restou, e o infinito, espalhando-se. Ele sente os dedos tremer, há um tremor bioquímico correndo em seu corpo, daquele jeito que sentimos quando alguém nos dá uma bofetada no rosto ou nos impugna a honra, ou simplesmente se apóia bêbado em nós e nos chama de babaca, daquele jeito que a gente se sente quando é insultado. Ele não quer essa experiência carismática, quer que o mundo seja real, seja o que é e nada mais, mas sabe que sempre tem a tendência de escorregar para fora das coisas. E, agora que está em fuga, o miraculoso o assolou, jorrando do céu fraturado e ungindo-o com magia. Um manto de luz solar se assenta sobre seus ombros. Saia de perto de mim, ele protesta. Me deixe cantar minhas músicas. Sua mão direita, os dedos ainda incertos, toca a esquerda de sua mãe; e a agarra.

Spenta, chocada com as palavras inesperadas do filho, incapaz de escapar da conclusão de que eram dirigidas a ela, está perplexa com o gesto aparentemente contraditório de ele pegar sua mão enfeitada de jóias. Demonstrações de afeto físico entre Spenta e Ormus não são características, nem freqüentes. A mãe se vê sentindo certa embriaguez e começa a corar como uma menina. Volta-se para olhar o filho e imediatamente seu estômago revira, como se o avião tivesse despencado alguns milhares de pés em um buraco de ar. O sol está batendo em Ormus, e ela sente que há uma outra luz emanando de dentro dele agora, um fulgor próprio dele, que rima com o do sol. Spenta, que conviveu com anjos a maior parte de sua vida, olha o filho como se fosse a primeira vez. Este é o filho que ela tentou dissuadir de acompanhá-la à Inglaterra, a última carne nascida de sua carne, cujos laços de sangue ela estava preparada a romper. O remorso a consome. Meu Deus, pensa, meu filho já é mais que um homem, está mais que a meio caminho de ser um jovem deus, e não foi graças a mim. Com um gesto desajeitado e sem prática ela cobre a mão dele com a outra mão e pergunta, Está com alguma coisa na cabeça, Ormie? Será que posso ajudar em alguma coisa? Ele faz que não, distraído, mas ela insiste, levada por sua súbita culpa: Qualquer coisa, deve haver alguma coisinha.

Como se despertasse de um sonho, ele diz: Mãe, você tem de me deixar ir embora.

Saia de perto de mim. Então ele estava se despedindo, afinal, ela pensa, e lágrimas tolas jorram: O que você está dizendo, Ormie, eu não tenho sido, não consegue terminar a frase, porque sabe a resposta, que é Não. Uma boa mãe? Não, não.

Envergonhada, ela vira o rosto. Está sentada entre os dois filhos. Ardaviraf Cama está ereto na poltrona da janela, ausente, silencioso, sorrindo seu sereno sorriso. O leve ríctus vazio da alegria idiota. Estamos atravessando uma ponte no ar, Spenta compreende. Nós também somos viajantes entre mundos, nós que morremos para o nosso mundo para renascer no novo, e esta parábola de ar é nossa Ponte Chinvat. Depois de embarcar, não temos mais escolha senão avançar naquela jornada da alma em que enxergaremos o que é melhor e pior na natureza humana. Na nossa.

Determinada, ela se volta para implorar a Ormus: Leve algum dinheiro ao menos.

Ele aceita quinhentas libras. Quinhentas libras é muito dinheiro, dá para viver seis meses ou mais, tomando cuidado. Ele aceita porque sabe que é ele quem está dando o presente. É a liberdade dela, não a dele, que está em jogo nessa transação. Ele já está livre. Ela agora está comprando dele a liberdade dela, e ele está permitindo que ela o faça. O preço é mais do que justo.

Ele atravessou a membrana. Sua nova vida começa.

A Europa se desenrola debaixo dele como um tapete mágico, entregando uma inesperada Cleópatra. Uma jovem indiana se materializa, uma estranha, de cócoras ao lado de sua poltrona de corredor. Usa os cabelos longos soltos por cima de uma camisa comprida e meias pretas, uniforme da beatnik artística metropolitana. Apresenta-se com intimidade, provocante. Aqui estou, querido, ela diz, surpreso de me ver? Ele confessa que sim, está sim um pouco perplexo. Não caçoe de mim, ela diz, fazendo biquinho. Você não foi tão reticente no quarto de hotel quando brincou gostoso com meu corpo ungido de óleo perfumado enquanto as ondas da maré alta, do mar agitado pelo luar, afogavam nossos gritos. Você se quebrou em cima de mim como o oceano et cetera. Me disse que eu era a mulher mais linda do mundo, e no pico da paixão jurou que eu era a única et cetera et cetera, então como pode estar surpreso de eu estar neste vôo como se fosse combinado, e agora podemos viver felizes para sempre na alegre Londres et cetera et cetera et cetera.

Ele tem boa memória, mas não se lembra dela. Ela lhe diz o nome do hotel e o número do quarto e ele então tem certeza de que não é verdade. Ele não se esqueceu — como poderia ter se esquecido? — de estar vestido com uma roupa de Papai Noel no Cosmic Dancer de Marine Drive, só que nunca se hospedou em nenhum quarto ali, com ou sem vista para o mar. A mulher debruçou-se no braço de sua poltrona. Eu fiquei olhando você dormir e até sua respiração era música, relembra. Eu me curvei sobre o seu corpo, minha nudez a um passo da sua e assim por diante, e sentia sua melodia roçando a minha pele e assim por diante e tal. Eu aspirava seus cheiros preguiçosos e bebia os ritmos de seus sonhos. E assim por diante e tal. E tal e coisa. Uma hora, enquanto você estava dormindo, pus uma faca no seu pescoço. Spenta, que ouviu cada palavra — todos os passageiros das seis filas em torno ouviram cada palavra —, parece incomodada, com sua cara de buldogue ranzinza. Ormus fica calmo, começa a se desembaraçar da estranha suavemente. Evidente que houve um engano.

Uma segunda mulher, mais velha, de óculos, vestindo sári, aflita, chega agitada, fala duro com a primeira: Maria, não incomode assim o cavalheiro. Você é tão inteligente, devia ser mais ajuizada. Volte para o seu lugar imediatamente! — Claro, miss, diz a beatnik, fingindo modéstia. Então, rapidamente, beija Ormus na boca, enfiando uma língua rápida, longa, entre seus lábios perplexos. Eu serei todas as mulheres que você desejar, de todas as formas, de todas as raças, de todas as tendências et cetera, ela sussurra. Serei os segredos indizíveis do seu coração. Já estou indo, miss, ela acrescenta numa voz diferente, tranqüilizadora, e se retira. Ao passar pelo corredor, diz, por cima de um ombro nada tímido, Procure por mim em seus sonhos e tal. E mande me chamar quando for a hora.

Alguns passageiros murmuram e resmungam. Ela acena de leve, e se vai.

A mulher mais velha fica. Mr. Cama, diz, sem jeito, mas decidida, posso fazer umas perguntas pessoais, se me desculpa a intromissão?

Apresenta-se como antiga professora da jovem no Sophia College: Minha aluna mais brilhante, é tudo tão idiota. Tanta expressão naquela menina, me faltam palavras. Mas tem um problema mental, que tragédia!, me deixa louca. — Conta que está levando a protegida para um giro pela galerias e espetáculos de Londres. — Tanta criatividade nessa menina, suspira, mas veja só!, ela inventa coisas.

Respira e faz suas perguntas. Mr. Cama, ela viu o senhor cantar e agora só canta sobre o senhor. Mas essa história de amor. É importante definir. O senhor sabia quem ela era? Lá de onde nós somos?

Ela fala como se a sua Bombaim, a sua Índia, fosse um pouco diferente da minha, Ormus pensa, mas deixa pra lá. Quem sabe ela foi a algum show, ele diz, mas não, não sei quem é nem de onde é.

Essas coisas acontecem, diz à mulher de sári. Ele é apenas um artista iniciante, uma pequena lâmpada no cegante show da fama, mas mesmo para ele não é o primeiro encontro desse tipo. Houve uma menina russa, filha de um funcionário da embaixada em Bombaim, que lhe mandou dezessete cartas numeradas em inglês, cada uma acompanhada de um poema em russo. Uma carta por dia, até que no décimo oitavo dia não havia poema, mas um melancólico despertar. *Agora sei que você não me ama, então vou mandar os meus anseios virginais para o grande poeta mr. A. Vosnesenki em seu lugar.* No avião para Londres, a professora de sári faz que sim com a cabeça: O senhor entende que eu precisava perguntar. Não sabia o que pensar. Que fixação! Tantos detalhes, eu pensei, como pode ser uma fantasia?, mas claro que não pode ser verdade. Não se zangue. O senhor deve estar furioso. Tenha pena. Quando uma criança bem-dotada se perde, é uma perda para a gente, não é? Não, não se preocupe, não tem nada a ver com o senhor. Nós não fazemos parte do seu mundo. Muito obrigada assim mesmo.

Ormus a detém com perguntas.

A professora parece esquiva. "Sim, infelizmente a coisa já vem acontecendo faz algum tempo", ela confirma. "Ao que parece vocês dois tinham um ninho de amor em Worli, mas é que claro que o senhor não tem nada disso. E ela disse que o senhor quer casar com ela, mas que ela não quer se prender, embora esteja presa ao senhor de formas muito mais profundas do que as pessoas casadas comuns poderiam entender, um casamento de proporções mitológicas, e quando o senhor morrer vai passar a residir nas estrelas et cetera. Mas é claro que o senhor não quer nada disso, ela foi atraída pela sua penumbra, que acabou sendo mais real do que a dela. Não é real. Quer dizer, é real para o senhor, mas não para ela."

Mais uma vez, as locuções estranhas. Existe aí algum mistério.

Ela escreveu poesias, a professora despeja, pintou quadros, aprendeu as letras das músicas que o senhor cantou. O quarto dela é um altar para o seu amor não existente. O senhor precisa saber que as pinturas são boas, que os poemas não são desprovidos de talento, que ela canta com voz forte que pode também ser doce. Quem sabe o senhor disse alguma palavra amiga para ela depois de algum show. Quem sabe algum dia sorriu para ela e tocou sua mão. E quando nós embarcamos no avião o senhor disse Bem-vindos ao *Mayflower*. Isso não foi prudente, seria melhor não ter dito isso. E *Mayflower* não é o nome deste avião. O nome deste avião é *Wainganga*. Ah, não interessa o nome.

E o nome dela é Maria?, Ormus pergunta. Vira-se na poltrona, tentando ver onde está sentada a moça. A professora sacode a cabeça. Não é preciso entrar nessa questão de nomes, diz, indo embora. Uma estranha doente e sua amiga, contente-se com isso. Para que nomes? Nunca mais vai falar conosco.

Mas enquanto olha a professora se afastando pelo corredor, Ormus ouve Gayomart sussurrando em seu ouvido: o nome da jovem obcecada não é uma coisa sem importância. Ela não é do passado. Ela é o futuro.

Mr. John Mullens Standish XII, o pirata do rádio conhecido como Mull, Ormus Cama me conta (anos depois, no período que ambos passamos a pensar como *d. V.*, quer dizer, *depois de Vina*), que eu consideraria o primeiro homem de real importância a me colocar debaixo da asa, um empreendedor dotado de real argúcia, excepcionais qualidades de liderança, certo charme impiedoso, profundo pensador, primeiro cavalheiro honorável que encontrei em minha jornada ao Ocidente, o que era ele? Um pirata comum, um *desperado*, um homem em risco de uma possível prisão no aeroporto de Heathrow uma ou duas horas depois de nosso encontro. Isso, porém, não me incomodava nada. Muito ao contrário. Desde a infância eu tinha a cabeça cheia de criminosos do mar. O capitão Blood, o capitão Morgan, Barbanegra, os Corsários Bárbaros, o capitão Kidd. O grande Brynner, com cabelo e bigode igual ao de Jean Lafitte no filme de DeMille sobre a batalha de Nova Orleans. Os romances de Quinn e Rafael Sabatini, os feitos dos piratas elisabetanos. Não me limitava ao material dos livros de história. Você, Rai, com sua perspectiva mais sombria, tem muito mais horror do mundo em seu olhar, de forma que você não vê. Como usufruir os criminosos marítimos de seu litoral infantil? Lá estavam eles, todo o tempo, exercendo sua ocupação bem debaixo de nossos narizes. Olhando de Cuffe Parade ou Apollo Bunder para o mar, nós — eu e você! — víamos os navios *dhows* árabes, as sujas lanchinhas de pesca movidas a motor. Silhuetas no horizonte, velas vermelhas ao entardecer. Levando sabe-se lá qual butim para quem sabe onde...

Guarde esse papo para as revistas, interrompo. Contrabando de drogas não é tão romântico, essa é a verdade. As máfias criminosas idem.

Ele me ignora, perdido em retórica: E se o pirata Drake não tivesse batido a Armada, e os espanhóis tivessem conquistado a Índia, em vez dos britânicos? Será que você teria gostado? (Esses momentos em que a xenofobia anglófila de sir Darius Xerxes Cama emerge da boca de seu filho são genuinamente assustadores.)

Grã-Bretanha, Espanha, que diferença faz?, eu grito, provocando.

Bom, ele morde a isca, se você... aí percebe o jogo, se contém e sorri tristonho. Mas quando Standish, diz, dando de ombros, me procurou, para mim parecia que o próprio Jasão estava me convidando para subir a bordo do Argo e partir em busca do Velocino de Ouro. E tudo o que eu tinha de fazer era tocar música.

Já estão no espaço aéreo alemão quando a comissária de bordo — Ormus, talvez compreensivelmente em vista da data e de seu inglês de Bombaim, ainda pensa nela como aeromoça — convoca mr. Cama para o setor de primeira classe. Mull Standish se levanta para recebê-lo: alto, bostoniano, com menos de cinqüenta anos, mas já grisalho e senhorial, cheirando a dinheiro velho, vestido em seda de Savile Row e couro de Lobb. Não se deixe enganar pela aparência, ele saúda Ormus, estendendo um scotch e soda sem se dar ao trabalho de perguntar se ele quer, e acrescentando: Quase tudo falsificado. Você vai acabar descobrindo que eu sou um bom de um malandro.

Peguei sua apresentação de Papai Noel, ele menciona também, piscando. Numa visita anterior. Foi uma saída e tanto, aquela sua.

Ormus dá de ombros, nada divertido com a sincronicidade da coisa: de novo o Cosmic Dancer Hotel. Como se Nataraja, o velho Senhor da Dança, estivesse em algum lugar por ali coreografando os passos de seu pobre destino humano. Eu estava passando um mau momento, retruca. Estou melhor agora. Não acrescenta que o entusiasmo da Inglaterra, à medida que se aproxima, está a inundá-lo, como se fosse uma rua de Bombaim com seu escoadouro entupido na estação das chuvas. Standish, um homem grande, percebe tudo mesmo assim: a agitação de Ormus, sua disponibilidade para tudo o que possa aparecer. Sua, digamos, protagonia. Você é do tipo vigoroso, ele observa. Ótimo. Para começar, temos isso em comum.

O vigor de Standish é tão grande que ele parece prestes a explodir de dentro do terno e dos sapatos a qualquer momento, como *Tarzan na cidade*, como Hulk. É uma pessoa que tem negócios com o mundo todo, que espera sempre que os acontecimentos se encaixem com seus planos. Um ator e um realizador. Suas unhas muito manicuradas, seu cabelo igualmente cuidado, denunciam certo *amour propre*. Já quase no fim dessa longa viagem de avião ele parece fresco como uma flor. Isso exige algum esforço. Exige um exercício de vontade.

Em que posso servi-lo?

A pergunta de Ormus faz Standish aplaudir. Você está ainda mais apressado do que eu esperava, o homem mais velho congratula o mais jovem. E eu aqui pensando que o Oriente é que ignora o tempo, e nós, ratos transatlânticos, é que não conseguimos parar de correr para o Inferno, em ida e volta.

Não, Ormus responde. Na verdade, o Ocidente é que é exótico, fabuloso, irreal. Nós, do submundo... Ele percebe que Standish não está ouvindo. Não tente me agradar, mr. Cama, o norte-americano diz, distante, até preguiçoso. É possível que trabalhemos juntos por algum tempo, e vamos ter de ser francos, do jeito que quisermos. Até um pirata pode invocar os direitos garantidos pela Primeira Emenda, como espero que concorde. (Seus olhos voltam a piscar.)

Ele é um homem de Cambridge — Cambridge, Inglaterra; dois anos de curso de graduação. Em sua época, era um brilhante acadêmico de chinês, que sonhava fundar uma instituição acadêmica própria quando terminasse de estudar. As coisas não saíram como esperava. O casamento precoce com uma mulher do ramo das roupas fracassou, embora não antes de produzir dois filhos, que ficaram na Inglaterra com sua zangada e ressentida ex-mulher quando ele atravessou de volta o Atlântico. Durante algum tempo, lecionou chinês em Amherst College. Depois, frustrado por não conseguir o progresso rápido que esperava, tomou uma curiosa, aventuresca decisão. Podia ser chofer de caminhões de reboque, atravessando a América do Norte durante alguns anos, trabalhar como um louco, economizar, abrir sua sonhada escola de chinês. De professor a chofer de caminhão: uma metamorfose que representou o primeiro estágio de sua verdadeira existência, seu jeito norte-americano. Ele se mandou sem ilusões, nem arrependimentos.

Cita Sal Paradise de cor: *Assim começou a parte da minha vida que se pode chamar de minha vida* on the road. *Antes disso, eu havia pensado muitas vezes em ir para o Oeste para conhecer o país, com planos sempre vagos que nunca decolavam.* Durante dois anos, talvez três, o tempo era meio elástico na época, nunca se sabia quanto tempo as coisas duravam, atravessei a América transportando produtos para quem precisava, para quem era viciado neles como um *junkie*, ou para os que ouviam falar tanto que precisavam das coisas que acabavam viciados naquilo que diziam. Uma correria cansativa, que só se salvava pela distância, pela música e por uma liberdade áspera e faminta. Claro que não economizei dinheiro nenhum, gastava na mesma hora com mulheres e drogas, e a maior parte gastei em Vegas, para onde eu estava sempre rodando, levado pelas rodas-roletas dos meus caminhões monstros.

Standish está longe com seus pensamentos. Ormus, bebericando scotch, entende que o que está sendo oferecido ali é uma total abertura do coração, uma franqueza absoluta, imediata e sem restrições, como prova da boa-fé do soliloquista. Ouvindo, Ormus fecha os olhos por um instante, e lá está sua própria Vegas, aquele arder de luzes em que seu irmão mergulha e afunda. Então eles também têm Las Vegas em comum.

Como Byron, como Talleyrand... Eu não hesito, Ormus Cama me diz *d. V.*, em comparar Mull Standish a esses homens; ele próprio fez a comparação muitas vezes, e hoje em dia a autodescrição de uma pessoa é logo aceita por todos — Clown Prince, Comeback Kid, Sister of Mercy, Honest John — então por que negar as comparações de Standish?... como Gertie Macdowell, a Nausicaa de Joyce, o norte-americano tem um pé aleijado. Os sapatos Lobb têm de ser feitos sob medida para acomodá-lo e dar-lhe apoio. Em termos de atração sexual, é bem sabido que nem Talleyrand nem Byron foram prejudicados por seus membros aleijados. Porém, em seus jovens dias, que ele resolveu narrar a Ormus, Mull Standish ainda era mais parecido com Gertie: seu pé aleijava sua autoconfiança. Então, uma vez em que estava perdendo suas fichas numa das primeiras rodadas do Campeonato Mundial de Pôquer, foi abordado por um jovem que falou com admiração de sua beleza física e lhe ofereceu uma soma substancial em dinheiro para que o acompanhasse até uma suíte no Tropicana. Standish, sentindo-se quebrado, absurdo e lisonjeado, aceitou, e o encontro mudou sua vida.

Esse foi o começo da minha viagem por uma fronteira que pensei que estaria para sempre fechada para mim. (A voz dele é langorosa agora, seu corpo se estica e fica sonhador com a alegria relembrada.) Através daquela nesga na cortina de ferro entre heterossexo e homossexo, tive uma visão do sublime. Depois disso, desisti dos caminhões e passei alguns anos em Vegas, como macho profissional.

A prostituição ensinou-lhe que era bonito e desejado, permitiu-lhe sonhar, construir o Mull Standish que ousava entrar no *zeitgeist* e botava pra quebrar. De Las Vegas para a rua 42 em Nova York foi um passo previsível, e foi aí que ele se tornou beneficiário de um clássico momento que-só-acontece-na-América. Uma limusine parou; o vidro elétrico desceu; debruçou-se para fora o mesmo jovem, o cliente do Tropicana, seu anjo transformador. *Meu Deus. Faz meses que estou procurando você. Meu Deus do céu.* Resultou que mr. Tropicana tinha a) recebido sua herança e b) chegado à conclusão de que Mull Standish era seu verdadeiro e único amor. Como prova desse amor, deu a Mull um prédio de apartamentos de tijolos marrons em St. Mark's. Num estalar de dedos, o *midnight cowboy* se transformou em membro das classes proprietárias, um respeitável membro da Junta Empresarial Greater Gotham de empresários gays e um sustentáculo da comunidade. A partir daí, Standish multiplicou rapidamente a sorte de seu início precoce em um portfólio de propriedades imóveis de cair o queixo, graças à sua duradoura e prolongada relação com o Tropicana Kid — vamos chamá-lo de Sam — e, conseqüentemente, tornou-se membro honorário do círculo mais fechado de uma das genuínas Primeiras Famílias de Nova York, as dinastias construtoras, os mestres arquitetos, os altos gramáticos do tempo presente da cidade.

Prefeitos, banqueiros, estrelas de cinema, astros do basquete, representativos, diz Mull Standish, e é a primeira vez que Ormus escuta uma nota de vaidade em sua voz, Essa gente tem estado, digamos, sempre a meu dispor.

A América, afinal, não é tão diferente da Índia.

Por que não está lá, então? Ormus tem a sua perspicácia. Existe aí uma dimensão oculta, um lado da história que ainda não foi revelado. Mull Standish levanta um copo, assimilando a esperteza da pergunta. Tenho certas questões com o IR, ele confessa. Foram tomados alguns atalhos. Houve certo descuido. É melhor, para mim, ficar na Inglaterra por um tempo. A Inglaterra, onde ainda é ilegal ser veado. Quanto à Índia, vou lá por necessidade espiritual. Percebo que essa é uma observação que você não aprova. O que devo dizer? Você viveu a vida inteira na floresta, não enxerga mais as árvores. Para fornecer bom ar para o planeta respirar, foi-nos dada a floresta tropical da Amazônia. Para fornecer alma ao planeta, existe a Índia. Vai-se para lá como se vai ao banco, para repor o dinheiro vivo da psiquê. Desculpe a vulgaridade da metáfora com dinheiro. Eu faço um personagem refinado, mas no fundo não sou um tipo refinado. Cuecas de oncinha debaixo de um terno sóbrio. Tendências licantrópicas na época de lua cheia. Um certo cafajestismo. Apesar do que tenho a minha fome espiritual, as exigências de minha alma.

A comissária de bordo me disse que você chamou este avião de *Mayflower*, e que se divertiu fazendo a piada. Sabia que Standish é um nome famoso do *Mayflower*? Acho que ninguém mais lê Longfellow, principalmente em Bombaim. Mas é um poema de mais de mil linhas, uma coisa longa e chata. Miles Standish, um soldado profissional que sofre da desarticulação soldadesca, deseja casar com uma certa donzela puritana, Priscilla Mullens ou Molines, e comete o que se pode chamar de erro de Cyrano, enviando o amigo John Alden para defender sua causa porque o gato havia agarrado sua língua e não queria largar. O jovem Alden, tanoeiro, signatário do *Mayflower Compact*, fundador da Colônia Plymouth, homem de bom aspecto e maneiras agradáveis, está, infelizmente, muito apaixonado pela mesma senhorita, mas em nome da amizade concorda em fazer o que o amigo lhe pede. Bom! Mistress Molines ou Mullens escuta o que diz, depois olha para ele, direto nos olhos, e pergunta, Por que não fala por si, John? Centenas de tediosos versos depois, os dois estão casados e o rústico soldado, meu derrotado — e distante — ancestral, tem de fazer o que pode. Estou contando tudo isso a você porque, embora não seja puritano, as palavras de mistress Priscilla são hoje o meu lema. Nunca peço nada pelos outros, mas sou sem-vergonha e inexorável em meu próprio interesse. Como agora, neste minuto, em que faço esta aproximação com você.

Ormus fica vermelho, e Standish, percebendo seu embaraço, ri. Não, nada de sexo, garante. Pirataria em alto-mar.

A Inglaterra vem correndo na direção deles, depois pára. Tráfego aéreo congestionado, já em 1965. Impossibilitados de se aproximar, circulam no céu. Lá abaixo deles, a marinha pirata está reunida, uma invasão está em andamento. Aqui um velho ferry de passageiros desativado, com a bandeira da caveira e ossos cruzados, atracado no mar do Norte. O *Frederica*. Ali outro, o *Georgia*, ancorado ao largo da costa de Essex, perto de Frinton. Olhe ali embaixo, no estuário do Tâmisa: aqueles três pontinhos, está vendo?, também são parte dessa frota encarniçada. Ormus, cansado, meio bêbado, está num humor de avião: vazio, irreal, um estado em que é difícil manter o pulso das coisas. Mull Standish parece inteiramente incólume e está falando, agora, sobre a infância:

Havia uma bola de vidro pesada que ficava no batente da janela do meu quarto. Meu pai a virava para que captasse e refletisse a luz. Dentro dela havia bolhas, como galáxias, como sonhos. As pequenas coisas de nossos primeiros dias nos impulsionam e não sabemos por quê. Agora que comecei esta história de frota pirata, estou sempre vendo aquela bola. Talvez seja a inocência, a liberdade, quem pode dizer? Talvez seja alguma coisa a respeito de um mundo transparente, através do qual se pode ver a luz. Talvez seja só uma bola de vidro, mas de alguma forma está me impulsionando, me fazendo fazer isso.

Enquanto Standish fala, ocorre a Ormus que ele está dando razões demais para fazer o que está fazendo: superexplicando o que, afinal, não passa de uma empresa comercial, de cuja existência já se ouviu falar na Índia. Em um momento brilhante da música britânica, o rádio britânico é mortalmente sem graça. A restrição no "tempo de agulha" significa que, quando você quer ouvir os discos dos últimos sucessos — John Lennon cantando *Satisfaction*, *Pretty Woman* dos Kink, ou *My Generation* pelo novo supergrupo High Numbers, que antes se chamava "The Who" e que ao mudar de nome fez sucesso imediato —, o que se tem é Joe Loss, e Victor Sylvester, música para gente morta. Mas, como o rádio comercial não é ilegal se não tiver sede em terra, os navios piratas chegaram para dar aos jovens o que eles querem. Tempo de agulha e propaganda. Alô, povo do pop, aqui é a Rádio Freddie transmitindo em 199... aqui é Rádio Gaga... aqui é a Big M. Os piratas miram seu som na Grã-Bretanha e o país se rende. E Mull Standish é o Lorde High Desperadio: o rei dos bandoleiros musicais.

Ele continua derramando razões. Talvez esteja na Inglaterra porque, para ser absolutamente franco, as coisas com seu amante, Sam Tropicana, não sejam mais o que eram, a primavera se esgotou. Ou talvez ele simplesmente tenha se entediado com a indústria de construção, com todos aqueles capacetes duros e vigas mestras, todas aquelas salas vazias para outras vidas ocuparem. Ou talvez seja culpa da CIA, porque, sim, foram procurá-lo várias vezes, um perito em língua chinesa deve ser material de primeira para espionagem, então eles vão e tentam contratar você antes que o Perigo Amarelo pegue você e vire para o lado escuro, e na segunda vez que ele recusou — um homem chamado Michael Baxter ou Baxter Michaels o abordara no foyer do Sherry Netherland — foi acusado de ser hostil e ameaçaram confiscar seu passaporte. *Quando isso aconteceu, ultrapassei alguma fronteira, isso mudou a América para mim, e tornou possível ir embora*. E depois, claro, é supreendente que ele tenha levado tanto tempo para mencionar isso, existe a guerra, a América está em guerra. Urnas foram recheadas de votos para o presidente Kennedy, a guerra é sempre boa para presidentes em exercício, seus números subiram depois da vitória apertada sobre Nixon em 1960, ele tem mais quatro anos de poder e priapismo na Pennsylvania Avenue, e agora são os eleitores, a geração mais nova de soldados lá na florestada, inundada, incompreensível Indochina, que estão recheando urnas em quantidades chocantes, mandados de volta para diversos endereços menos exaltados que o de JFK. Seus números também subiram.

Mull Standish é contra a guerra, mas não é exatamente isso o que ele quer dizer. Ele quer dizer — seus olhos fulguram agora, e ele verte energia com força redobrada e assustadora — que a guerra o fez voltar-se para a música resultante dela, porque em sua época sombria é o rock que representa o mais profundo compromisso artístico do país com a morte de seus filhos, não só a música de paz e drogas psicotrópicas, mas a música de raiva e horror e desespero. E também de juventude, de juventude sobrevivendo apesar de tudo, apesar da cruzada das crianças que a está desagregando. (Uma mina, um franco-atirador, um punhal na noite: o amargo fim da infância.)

Foi quando eu realmente me apaixonei pelo rock, Standish está absorto e mandando ver, porque eu admirava tanto o que o rock estava fazendo, a plenitude do alimento espiritual humano e democrático da reação que provocava. Não dizia só foda-se Tio Sam, ou dê uma chance para a paz ou *I feel like I'm fixin' to die* [Sinto que estou me aprontando para morrer], ou até fazendo barulhos patrióticos, *zap zap zapping the Cong.* Ao contrário, estava fazendo amor em zona de combate, insistindo em relembrar a beleza e a inocência em uma época de morte e culpa; privilegiando a vida sobre a morte e pedindo à vida para agarrar sua chance, *let's dance, honey honey, in the street, on the phone, and we'll have fun fun fun on the eve of destruction* [vamos dançar, meu bem, na rua, por telefone, e vamos nos divertir na noite da destruição].

Seus modos mudaram completamente, de bostoniano senhorial para empenhado e meditativo *peacenik*, e Ormus, assistindo à transformação, começa a perceber quem ele realmente é. Não interessam todas as suas explicações, a verdade é que ele não passa de um de nós, camaleões, só mais um transformador do espelho. Não só uma encarnação de Jasão, o argonauta, mas talvez também de Proteu, o metamórfico Velho do Mar. E, assim que aprendemos a mudar de pele, nós, proteanos, às vezes não podemos parar, fazemos carreira entre eus, mudando de pista loucamente, tentando não sair da estrada e bater. Mull Standish também é um mutante, Ormus entende isso: um transformista, um homem que sabe o que é acordar transformado em inseto gigante. Foi por isso que ele me escolheu, ele vê que somos da mesma tribo, da mesma subespécie da raça humana. Como alienígenas em um planeta estranho, podemos nos reconhecer no meio de qualquer multidão. No presente, adotamos forma humana, aqui na terceira rocha a partir do sol.

Standish, este novo Standish, animado, alto como uma pipa no céu, diz: Vim à Inglaterra para sair de um país em guerra. Um mês depois que cheguei, o novo governo trabalhista resolveu juntar forças com os americanos e mandar seus próprios meninos para a morte. As coisas aqui deixaram de ser teóricas. Meninos ingleses, e meninas também, começaram a ser despachados de volta em pequenos pacotes. Eu não podia acreditar, como norte-americano me sentia *responsável*, como se eu tivesse desprezado os regulamentos de quarentena e tivesse importado uma epidemia mortal, senti-me como um pulguento. Um cachorro empesteado. Essas conseqüências não estavam no programa. Confuso, fui voando para a Índia, que é o que faço quando preciso encontrar o equilíbrio. Por sinal, foi quando vi você em seu grande momento no Cosmic Dancer.

Depois de Bombaim, Standish foi se sentar aos pés de um *maha-guru* adolescente em Bangalore, e depois passou algum tempo no templo budista Shugden de Dharmsala. *Mais uma vez — me vejo pensando quando Ormus me conta a história — mais uma vez a curiosa fascinação possessiva do Ocidente hedonista pelo Oriente ascético. Os arquidiscípulos da linearidade, do mito do progresso querem do Oriente apenas a sua lendária imutabilidade, seu mito de eternidade.* Era o menino-deus manifestado. Ele é uma alma velha em um corpo jovem, Mull diz, reverente, um Mestre tântrico em sua última encarnação. Confessei tudo para aquela sábia criança, minha alienação, minha culpa, meu desespero e ele sorriu seu sorriso puro e disse, A música é a bola de vidro. Deixe brilhar.

Entendi então que a limitação de tempo de agulha era o inimigo, o censor. A limitação era o aliado radiofônico do general *Waste-More-Land*,* a puta do general Haig.** Basta de big bands e homens de smoking branco e gravata-borboleta fingindo que não está acontecendo nada. Quer dizer, por favor! Uma nação em guerra merece ouvir a música que está *mano a mano* com a máquina de guerra, que está enfiando flores pelo cano das armas e desnudando o peito aos mísseis. Os soldados estão cantando essas músicas quando morrem. Mas não era assim que os soldados costumavam cantar, marchando para a batalha berrando hinos, fingindo para si mesmos que Deus estava do seu lado; não se trata de nenhuma bobagem patriótica, de música de motivação. Esses meninos estão, ao contrário, usando o canto como uma afirmação do que é natural e verdadeiro, cantando contra a mentira antinatural da guerra. Usando a música como bandeira de sua juventude condenada. Não *morituri te salutant*, mas *morituri* vá tomar no cu, Jack, os que estão para morrer lhe mostram o dedo de foda-se. Por isso é que comprei os barcos.

Ele se amontoa na poltrona, quase esgotado de falar. Vendeu uma fatia de sua *holding* de imóveis norte-americana para comprar, equipar e contratar gente para pôr para funcionar esses barquinhos mal flutuáveis. Planeja-se um circundamento completo da Inglaterra e da Escócia,

(*) O general William C. Westmoreland foi comandante das forças norte-americanas na Guerra do Vietnã de 1964 a 1968. *Waste-More-Land*, expressão quase homófona ao sobrenome do general, quer dizer "Devastar Mais Terras".

(**) O general Douglas Haig foi comandante-em-chefe das tropas britânicas durante parte da Primeira Guerra Mundial.

se as condições de navegação permitirem. Agora, tocamos o material para eles vinte e quatro horas por dia, diz, Hendrix e Joplin e Zappa, guerreando a guerra. Claro que os cabeludos adoráveis também. E também Lovin' Spoonful, Love, mr. James Brown se sentindo como uma máquina sexual, Carly Simon e Guinevere Garfunkel se sentindo *groovy* et cetera. A única coisa que me dá pena é não poder atracar um barco no Tâmisa, bem na frente da Casa do Parlamento, montar alto-falantes gigantescos no convés e arrancar aqueles filhos da puta complacentes de suas cadeiras assassinas. Mas desistir? nunca; esse projeto também está em desenvolvimento. Então, o que acha? Está do nosso lado ou contra nós? Está ou não está?

Ele me deixou bem fora dos eixos, de tanto que me queria, Ormus me conta, *d.V.*, eu estava pronto para aventuras e ele me arrebatou.

O piloto anuncia que foi autorizado o pouso. A comissária de bordo se aproxima, pede que Ormus retorne a sua poltrona. Levantando-se para ir, Ormus pergunta a Mull Standish, Por que eu?.

Sei lá, um palpite, ele responde. Não, digamos inspiração. Eu gosto de me considerar um bom juiz de homens. Alguma coisa no jeito como você arrancou aquela barba de Papai Noel aquela noite. Alguma coisa em você me tocou, me toca, algo ah, ah.

Pirático?, Ormus sugere.

Com algo que parece um suspeito enrubescimento a lhe subir debaixo do colarinho rígido da camisa Turnbull & Asser, Mull Standish considera essa palavra "emblemática". Investiguei um pouco, sabe. Parece que você é capaz de produzir seguidores. As pessoas imitam você. Talvez consiga fazer com que nos ouçam.

Mas eu estou querendo ser cantor, não DJ num barco frio e molhado, Ormus indica sua última e oscilante posição. Sua imaginação está cativada e Standish sabe disso.

E vai ser, Standish promete. Na verdade, já é, e bom, posso acrescentar. É, sim. Neste exato momento — é só ouvir você — podia jurar que está cantando. É. Eu escuto a sua música.

Quando o avião pousa, a cabeça de Ormus Cama começa a martelar. Há alguma coisa nesta Inglaterra a que acaba de chegar. Alguma coisa em que não pode confiar. Mais uma vez, há uma ruga na superfície do real. A incerteza baixa sobre ele, seu escuro fulgor abre-lhe os olhos. Quando seu pé toca em Heathrow, ele sucumbe à ilusão de que nada é sólido, de que nada existe a não ser o exato pedaço de concreto em que seu pé está apoiado. Os passageiros que retornam para casa não percebem nada disso, eles passam confiantes para o familiar, o cotidiano, mas os recém-chegados olham temerosos a Terra deliqüescente. Parecem chapinhar no que deveria ser chão sólido. Quando os pés dele se movem incertos para adiante, sente pequenos pedaços da Inglaterra se solidificarem debaixo deles. Suas pegadas são os únicos pontos fixos em seu universo. Ele olha para Virus: que está impávido, sereno. Quanto a Spenta Cama, seus olhos estão fixos na multidão de acenadores à espera no andar de cima. Tentando encontrar um rosto conhecido, ela não tem tempo de olhar para baixo. Nunca olhar para baixo, Ormus pensa. Assim você não vê o perigo, não mergulha na enganosa maciez do aparente, para o abismo chamejante lá de baixo.

Tudo tem de se tornar real, passo a passo, ele diz a si mesmo. Isto é uma miragem, um mundo fantasma, que só fica real sob nosso toque mágico, nossa amável pisada, nosso beijo. Temos de imaginar sua existência, do chão para cima.

Mas ele irá passar seus primeiros dias no mar, à vista da terra, que estará fora de alcance, mas que ouvirá, como hipnotizada, sua sedutora, imaginosa voz.

Além da barreira, William Methwold e Mull Standish estão esperando, dois grandes polegares cor-de-rosa espetados numa barulhenta multidão indiana, as crianças da terra correndo em velocidade máxima para saudar seus primos do ar, mais rápidos que os gritos surpreendentemente estentóreos das mulheres mais velhas, com seus óculos de armação pesada e casacos escuros sobre sáris brilhantes, e as reprimendas de homens mais velhos, de lábios inferiores projetados e chaves de carro tilintando. As mulheres jovens, nada tímidas de fato, agrupam-se para fingir timidez; baixam os olhos, sussurram, sorriem. Os homens jovens, na verdade nem de longe tão juvenis e exuberantes quanto parecem, igualmente se juntam, os braços nos ombros uns dos outros, para gritar e fazer piadas, rir e se empurrar. Ormus, emergindo na Inglaterra, vê-se momentaneamente, tontamente, de volta à Índia, ouvindo um eco de casa. A nostalgia lhe dá uma breve fisgada. Ele se sacode para livrar-se dela. Há música nova no ar.

Na multidão migrante, essa nova maneira de ser britânico, os dois homens brancos se projetam como Alpes. Methwold é uma antigüidade viva, com pele malhada esticada sobre seu domo careca e sem peruca, fazendo a calvície parecer o mapa da lua, com seus mares secos de sombra e tranqüilidade, suas linhas de veias, suas marcas. Pregas flácidas de pele solta se sacodem acima do colarinho que ficou largo demais para o pescoço. Ele anda com uma bengala, e parece, Spenta percebe contente, tão feliz de vê-la quanto ela de vê-lo (na verdade, de reconhecê-lo). Quanto a Mull Standish, ele evidentemente escapou da prisão. Talvez o IR não esteja tão atrás dele quanto teme, e, quanto a seus barcos piratas, tecnicamente não estão desrespeitando nenhuma lei, embora advogados do Estado estejam trabalhando além do expediente para encontrar pretextos que possam usar para fechá-los.

Os Cama se detêm. Chegaram à encruzilhada. Seus futuros os afastam.

Tudo bem, então, Ormus diz à mãe.

Tudo bem, em voz abafada ela responde.

Tudo bem, então, Ormus dá um soco no ombro de Virus.

Virus faz um ligeiro movimento lateral de cabeça.

Tudo bem, então, a gente se vê, Ormus repete. Ninguém o toca, mas ele se sente preso. Luta contra o campo de força, gira um ombro e puxa com força.

Tudo bem, então, a gente se vê. Spenta parece incapaz de oferecer mais do que ecos, está ela própria se transformando em nada mais que um membro daquela multidão de ecos pulando em volta deles, sumindo, sumindo.

Ormus vai na direção de Standish, afasta-se da mãe sem olhar para trás. Embora a última imagem dela seja um lábio trêmulo e um lenço de renda no canto de um olho, em seu espelho retrovisor mental ele vê que ela parece agradecida. Pode ver o futuro dela brilhando como um diamante em sua testa, a grande mansão, a fita prateada do rio, a terra verde e aprazível. Embora abomine o campo, fica feliz por ela. Ela lhe deu o que foi capaz de dar, embora não pudesse amá-lo. Foi menos que o bastante pelos padrões normais, mas ele está disposto a admitir que foi suficiente. De certa forma, é essa falta de entusiasmo emocional, essa ausência de amor incondicional, que o preparou para seu grande futuro, que o colocou na pista, por assim dizer, como um avião a jato, pronto para voar. E ela está caçando o marido agora. Ela é uma frota pesqueira de um barco só. Melhor para ela chegar o menos comprometida possível. Virus sorri ao lado dela para o milorde inglês que se aproxima, mas Ormus se esquiva. Spenta, preparando o sorriso para Methwold, não tem tempo para uma despedida sentimental. Mãe e filho seguem cada qual o seu caminho: ela para os braços de uma velha

Inglaterra, ele para um país novo que está em processo de nascer. O destino conclama os dois, rompendo os laços familiares.

Música no ar, vinda de um transistor chiado. Vassourinhas macias acariciam um ritmo sussurrado em um tambor, um baixo baixa uma linha, uma clarineta berra um *riff* alto. Só o que falta é um cantor pegar uma parte disso e mandar ver. Lá está ela, a coloratura de blues espiralando em torno do ritmo jazzístico da canção. Vina! Parece a voz dela, afogada como está nos chiados e na comoção do saguão de chegada, mas soando alto, forte, quem mais podia ser. Assim como ela um dia irá ouvi-lo num rádio de Bombaim, ele, hoje, no começo de sua jornada de volta ao coração dela, pensa que a escuta, e mesmo quando, depois de terem se encontrado, ela jura que não podia ser, que não tinha nenhum contrato de gravação em 1965, ele se recusa a admitir o equívoco. O longo corredor rolante do terminal era uma câmara de ecos aquele dia, e foi assim que ele ouviu a voz dela, um eco voltando do futuro para convocar seu amor.

Ele tem certeza de seu propósito: trabalhar para se tornar digno dela outra vez. E, quando estiver pronto, irá encontrá-la, e tocando beijando acariciando a tornará real, e ela fará o mesmo com ele. Vina, eu serei o chão que você pisa, e você, neste *happy end*, será a terra de que preciso.

Ele vai para ela, afastando-se da mãe, penetrando na música.

O rápido desencanto de Ormus Cama com sua fantasia de Ocidente, que significará seu fazer-se artista e o seu quase desfazer-se como homem, começa no instante em que ele pousa os olhos na Rádio Freddie, aquela banheira enferrujada de sete toneladas, oscilando incerta, como um montador de rodeio aposentado, sobre a sela do mar. Seu coração fica pesado. A jornada da periferia para o centro nunca incluiu os apartamentos baixos, embolorados do norte, de Lincolnshire, nem essa viagem cortante, para o sudoeste, para longe da costa. Ele se sente "fora da terra", uma versão marinheiro-de-primeira-viagem do peixe fora d'água. Em resumo, quer ir embora, mas não há para onde ir, nenhum outro curso a não ser aquele que tomou. Os operários indianos contratados que chegaram a Maurício e tiveram de apagar de seus vocabulários *bhojpuri* palavras como "volta" e "esperança" não se sentiriam menos escravizados se estivessem no lugar de Ormus.

Standish, ao contrário, em pé na proa da lancha a motor que o transporta para seu reino, de perfil aquilino, cabelos prateados ao vento, parece exaltado, aureolado. Um homem com uma missão é um homem perigoso, Ormus pensa, sentindo pela primeira vez nesse relacionamento recente uma fisgada de algo semelhante ao medo. Standish, então, vira a cabeça, fulgurante de expectativa, e aponta. Lá estão eles, grita, olhe só, Hook e Smee. Os dois Tweedle. Eles me odeiam, claro; você logo vai descobrir. (Isso dito em uma voz estranha, a meio caminho entre a tragédia e o orgulho.) Mr. Nathaniel Hawthorne Crossley e mr. Waldo Emerson Crossley, ele diz, levantando um braço em saudação, seus novos colegas. Meus filhos. Os homens no convés do *Frederica* não retribuem a saudação.

Hawthorne Crossley — de casacão, longo cachecol de seda, calças de veludo cotelê, sola de um sapato solta — herdou do pai as feições e a fluência. Usa o sobrenome da mãe, mas é Standish traduzido para inglês, cheio de álcool e rancor, vinte e quatro ou vinte e cinco de idade. Salve Standish, ele brinca enquanto Ormus segue Mull para bordo da Rádio Freddie, Salve o herói pioneiro, construtor de mapas, conquistador de nações. Era assim que deviam ser os construtores do império em seus melhores dias, hein, Waldorf? Meu irmão mais novo, ele explica a Ormus, Não batizado, como mr. Standish tentaria fazer acreditar, em honra do grande filósofo, mas sim de uma porra de uma salada, comida por seus pais, atualmente divorciados, na noite em que ele foi concebido. De olhos remelentos, Waldo, menor, descabelado, jaqueta de couro, óculos de Lennon, filhinho de mamãe, abre um sorriso, concorda com a cabeça, espirra. Em seu universo pessoal, Hawthorne é uma grande estrela.

Salve Standish, Waldo concorda animado.

Pense no bravo Cortez do poema de Keats, que na verdade era Balboa, olhando o Pacífico, Hawthorne exorta. Pense em Clive da Índia, no campo de batalha em Plassey, no capitão Cook entrando no porto de Sydney. Nos conquistadores islâmicos explodindo da Arábia para enfrentar o poderio da Pérsia, encontrando a antiga e poderosa superpotência podre e decaída. Eles a sopraram como se fosse areia. É o que Standish pretende fazer com a Programação Leve da BBC.

Por que um de vocês não está no estúdio?, Mull Standish pergunta carinhosamente.

Porque resolvemos tocar a porra do álbum do Floyd inteiro, Hawthorne responde, Até a última gota e mais o barulho do canudinho. Portanto, temos horas livres. Achamos que podíamos confiar em Eno para virar o disco enquanto cumprimentamos nosso velho pai. Ele tira uma garrafa de bourbon destampada de dentro do bolso do casacão. Mull Standish a pega de sua mão, limpa o gargalo, prepara-se para beber.

Robert Johnson foi envenenado pelo dono de um teatro que desconfiou que Johnson estava comendo a menina dele, Hawthorne brinca, Sonny Boy Williamson tentou salvar a vida dele, derrubou a garrafa de que ele ia beber. Nunca beba de uma garrafa aberta, ele disse. Nunca se sabe o que tem dentro. Johnson não gostou do conselho. Nunca derrube uma garrafa de uísque da minha mão, ele disse, bebeu de uma outra garrafa aberta e bumba! Fim da história.

Mull Standish bebe, devolve a garrafa, apresenta Ormus.

Ah, o rouxinol indiano, Hawthorne diz. (Começou a chover, uma garoa fina e gelada que se infiltra entre os homens e suas roupas, entre Ormus e sua felicidade, entre o pai e seus filhos.) O bulbul de Bombaim! Então ele encontrou você. Já era hora. E agora você é o diamante Koh-i-Noor dele, a bosta da jóia no rabo dele. Meio velho para o serviço, eu diria. Só quero dizer uma coisa: espero que lave a boca antes de encostar na porra do meu microfone.

Hawthorne, *pelo amor de Deus*. A voz de Standish soa baixa e perigosa, e a língua do mais jovem tropeça, seca. Mas é tarde demais, o gato já está à solta. Por que eu? Ormus perguntou, e Standish respondeu, Digamos, inspiração. Mas claro que não tinha nada a ver com inspiração. É amor.

De cabeça nua na chuva, Mull Standish, exposto, envergonhado, confessa e se desculpa com Ormus Cama: Não fui franco. Investiguei sobre você, já lhe contei. Devia ter admitido que meus sentimentos pessoais estavam de fato envolvidos na questão. O empenho. O empenho com que investiguei. Suprimi essa informação, que era culpável, errada. Mas posso garantir mil por cento que isso não vai ser um problema entre nós... Hawthorne ronca uma risada sem alegria. Waldo, ranhento, para não ficar para trás, ronca também. De seu nariz explode o muco, como uma bandeira gelatinosa. Ele limpa a cara com as costas da mão queimada de frio.

Ormus está ouvindo ecos de novo. Em Hawthorne Crossley ele enxerga Vina renascida, Vina em sua encarnação infantil de Nissy Poe, cuja história familiar continha os pungentes paralelos com a história desse falante e amargo filho de um lar desfeito. Ele percebe também que a longa reminiscência autobiográfica de Mull Standish sobre seu amante, "Sam Tropicana", que o perseguiu durante meses, depois o encontrou e transformou sua vida, era uma parábola, um conto contado em código, com o seguinte sentido real: *isto é o que eu posso fazer por você. É verdade: cacei você, você é a presa de meu amor obsessivo. Mas agora posso transformar sua vida, é minha vez de dar como uma vez recebi, de ser o doador de coisas boas como uma vez elas foram trazidas para mim. Não quero nada de você, a não ser que me permita ser seu Papai Noel.*

Não quero nada de você, Mull Standish está dizendo, abjetamente. Mas para você quero muitas coisas mesmo.

Quero sair daqui, Ormus Cama exige, e Mull Standish, que de repente esgotou todas as suas palavras, nada pode fazer senão gotejar debaixo da chuva e estender, num gesto involuntário, profundo, ambos os braços trêmulos e suplicantes. Com as palmas viradas para cima, e vazias.

Hawthorne Crossley abranda. Ah, fique. Fique, porra. Fique pela mesma razão que nós ficamos. Ou seja, porque aqui tem bebida e música, nada de drogas porque a lei está sempre abordando a gente para ver se encontra a menor coisinha para nos foder, mas de verdade a única coisa que pode dar medo é um belo dia o deus do mar resolver abrir a goela e engolir a gente. Enquanto lá — ele faz um gesto vago na direção da terra com a garrafa de Beam quase vazia —, lá a coisa é de foder de assustadora, não dá nem para falar.

Lá tem bispos tarados, Waldo elucida, e ovo escocês chocho e chop suey para viagem e moedas entortadas e bonecas de vudu e napalm. Lá tem esteróides anabólicos e vacas e greves antifuncionários ao norte do DMZ. E Bideford Parva e Piddletrenthide e Ashby-de-la-Zouch e gente do campo de bota de borracha e o delta do Mekong, onde bota de borracha não adianta nada, e Tet, que não é um lugar, é uma data, feito Natal, fica lá também. Tem Arsenal F. C. e Ringo casa com a cabeleireira e Harold Wilson e os russos andam no espaço. E assassinos com machado e estupradores da mãe e estupradores do pai.

Tem a convocação também, Hawthorne concede, arrotando. A gente está todo mundo voando *nesse* vento. O que a gente espera é que, se a gente ficar fazendo isto aqui bastante tempo, e conseguir bagunçar e incomodar ainda por cima, a gente talvez seja considerado sem moral para ir para o exército. Se a gente tiver sorte pode ser considerado sem moral para explodir mulheres e crianças e tal. A gente pode até não ter moral para morrer.

Igual o Arlo Guthrie, Waldo explica, oscilando. (Eles acabaram com a garrafa de Beam.) Enquanto isso, lá, as pessoas erradas escapam das balas. O rei Jigme Wangchuk do Butão escapou de uma tentativa de assassinato. Um atentado a metralhadora contra a vida do xá do Irã falhou. O presidente Sukarno sobrevive ao golpe comunista.

Manifestações raciais em Watts, Hawthorne pega o fio da meada, Edward Heath eleito líder do partido Tory. Dois acusados de mortes de árabes. Churchill morto. Albert Schweitzer morto. T. S. Eliot morto. Stan Laurel morto. Os britânicos acreditam em Deus, mas preferem a televisão, as pesquisas provam isso. A China tem a bomba A. A Índia e o Paquistão no limiar da guerra. A Inglaterra balança como uma porra de um pêndulo. Me deixa fodido de medo.

Fique, Waldo repete, mostrando os dentes, oferecendo uma garrafa de xerez, Harveys Bristol Cream. É a melhor coisa no momento. Bem-vindo ao fantástico 199.

Ormus pega a garrafa. E quem é Eno?, pergunta. O terceiro Pateta?

Não se preocupe com Eno, Hawthorne dá de ombros. Eno é um príncipe. O homem dos homens. Uma agulha num palheiro. Eno é a empresa. Ele é legal.

Está chovendo mais forte. Mull Standish faz menção de ir. Os filhos o ignoram.

O nome verdadeiro dele é Enoch, Hawthorne diz, virando as costas encharcadas para o pai. Ele desistiu do -ch porque, dá para entender, não queria nenhum nome racista, já que ele é retinto. Como se você fosse uma pessoa do judaísmo que ganhasse o nome de Hitler por acaso e resolvesse usar Hit no lugar. Ou se o seu nome por azar fosse Stalin e você encurtasse para Star.

Mao é mais difícil, diz Waldo, mas sempre dá para virar Tung.

Hawthorne confidencia: Na verdade, ele se chama Eno porque *é nos*so salvador com essa porra de equipamento que a gente não sabe fazer funcionar e ele sabe.

Ou, Waldo experimenta, porque *eno*brece o silêncio.

Ou, Hawthorne continua, porque toma muito sal de fruta, coitadinho. Digestão de terceiro mundo. Bom, quando se encontrar com ele pode chamar de Ali. Eno Barber, Ali Barber.* Espero que ache graça na piada. Espero que a referência cultural não seja difícil demais para você entender.

Ele não entende, Waldo diz, fazendo beicinho, ainda não bebeu nem metade do que precisa.

(*) O nome Eno Barber é homófono à pronúncia *cockney* de *he no barber*, "ele não é barbeiro". Ali Barber é homófono a Ali Babá. (N. T.)

Hawthorne se apóia em Ormus, assolando-o com uma nuvem de hálito de uísque. Escute aqui, Mowgli, diz ele não sem agressão, você é a porra do nosso hóspede aqui, entendeu? Como é que você quer entender a porra da cultura que está hospedando você, se insiste em ficar abstêmio, se teima em não querer se integrar dessa porra desse seu jeito de paquistanês teimoso filho da puta?

Vai ver que ele é bom demais para nós, Waldo pondera. Bom demais para Harveys Bristol Cream. Bom demais para o melhor xerez britânico que o dinheiro de nosso pai pode comprar.

Mull Standish, ajudado pelo capitão da lancha a motor, abandona o *Frederica*. Já que vocês, meninos, se deram logo tão bem, diz, tenho certeza de que a estação só vai melhorar.

God save the Queen,* Hawthorne Crossley saúda extravagantemente o pai, E era bom tomar cuidado com aquela Elizabeth Windsor também.

No clássico do rock'n'roll *Ooh Tar Baby* [Boneca de Piche] — uma críptica lembrança de seus anos ingleses, cantada no grunhido felino amargo-amargo, sujo-e-deprimido que se transformou em seu eterno presente para os cantores masculinos do underground de Nova York —, a *Tar Baby* é a própria Inglaterra. A Inglaterra seqüestra as pessoas, ele diz em entrevistas, quando, em sua turnê de regresso, mais tarde na carreira, quebra um hábito de vida inteira e concorda com alguns encontros jornalísticos. A Inglaterra toma conta, ele diz, e não larga. É esquisito. Você chega por qualquer razão, está só de passagem, a caminho do resto da sua vida, mas cuidado, senão fica grudado durante anos. Essa velha *Tar Baby*, você pode dizer bom-dia a ela cortesmente, mas ela não responde que horas são, pode falar com ela mais doce que mel que ela não vai ser gentil, até que afinal você fica tão bravo que lhe dá um soco na boca, e aí, tarde demais!, você está pego. Se ataca, fica no domínio dela. É um amor esquisito, eu chamo de amor grudento, não dá para escapar. E você não passa de um idiota imbecil se pensa que é esperto de bater nessa irmã mais velha pegajosa, está me entendendo? E você vai ficando, e não consegue reagir, e já vai começando a pensar que de certa forma até que ela é bonitinha, e aí começa a ficar com medo de talvez na moita ter um lobo com fome, espreitando, quietinho, esperando o jantar.

(*) *Queen* é calão para homossexual, equivalente à expressão "bicha" no Brasil. (N. T.)

* * *

Ooh Tar Baby yeah you got me stuck on to you. Ooh Tar Baby and I can't get loose it's true. Come on Tar Baby won't you hold me tight, we can stick together all through the night. Ooh Tar Baby and maybe I'm in love with you. [Oh, Boneca de Piche, estou grudado em você. Oh, Boneca de Piche, não posso nem me mexer. Vai, Boneca de Piche, me abrace apertado, vamos passar a noite inteira abraçados. Oh, Boneca de Piche, quem sabe eu até ame você.]

10
TEMPO DE BRUXA

De início, a música é a única coisa que ele consegue captar. Mull Standish XII, que escolhe o repertório de todos os seus barcos, tem bom ouvido e instinto infalível. Ao se familiarizar com essas listas, Ormus concorda em segredo que seu prematuro desdém pelo rock cisatlântico não se justificava. É a era de ouro do rock'n'roll britânico. Depois de Sinatra e Parker, esta é a terceira revolução.

Mull visita cada barco uma vez a cada quinze dias (os termos empregatícios dos DJs a bordo da Rádio Freddie também têm por base um rodízio de catorze dias, duas semanas sim, duas não). Ele chega com um saco de lona chacoalhando os últimos discos e anuncia as ordens para a próxima quinzena: empurrar isto, realçar aquilo, tocar esta de vez em quando, mas só porque não dá para não tocar, escutem essa aqui, vocês, este menino ainda vai ser grande. Há uma sensação de estar construindo uma audiência, e os donos da bola em terra estão realmente ficando nervosos. Dá para saber por que a freqüência das visitas do esquadrão antidrogas está aumentando. No primeiro turno de Ormus foram abordados duas vezes, o barco foi virado de cabeça para baixo, sua carga humana foi revistada despida, houve uma boa dose de ameaças e empurrões, e finalmente ficaram em paz novamente.

Meu cu já está ficando tão acostumado com o dedão de luva de borracha dos tiras, Hawthorne anuncia, que está começando a gostar dessa porra.

Waldo concorda gravemente. Quem sabe alguma coisa nos genes.

Mas Ormus acha difícil ver o lado engraçado. Nu e inocente diante dos agentes da lei, sofrendo suas joviais violações, ele treme de raiva e de vergonha. Esta é uma Inglaterra que seu pai não conheceu nunca, cuja existência ele jamais imaginaria.

A não ser durante as buscas policiais, Pugwash (nome falso), o comandante do barco e a tripulação do *Frederica* têm pouco tempo para o pessoal da rádio. As acomodações são separadas e eles trocam poucas palavras. As batidas, porém, estão forjando um curioso elo entre os dois campos. As picadas dos tiras funcionam como uma força unificadora. As invasões, as tiradas de humor transcendem os abismos de visão de mundo e classe entre os marinheiros e os novos-ricos do rádio. Depois de uma batida, o próprio Pugwash — um resmungão com barba por fazer, barriga de cerveja e um bigode adequadamente pirata — chega a dizer a Hawthorne Crossley, "*Você resista, amigo, certo? Dê o que eles estão querendo*". Depois, gradualmente, a mal-humorada separação retorna.

Essas são as tropas de choque da marinha conquistadora de Mull Standish, a marinha de paz e música, à qual toda a Inglaterra deverá — segundo a estratégia do pirata-chefe — inevitavelmente sucumbir. Apesar de sua recém-descoberta admiração pela música, Ormus está achando difícil manter o pé na Inglaterra. A água lambe o chão que ele pisa. Tudo muda. Dizem-lhe que os jovens são loucos pela Freddie, mas a Inglaterra que ele vê no horizonte é uma forma baixa e escura debaixo de um céu baixo e cinzento, mugindo lá longe com desinteresse.

Bêbada, atrapalhada, a estação de rádio atravessa dias e noites. O clima continua horrendo: chuva, vento, mais vento, mais chuva. O *Frederica* joga e balança. Waldo Crossley está sempre vomitando, e nem sempre por cima da amurada. De alguma forma, é mantido um nível mínimo de higiene, de modo que os inspetores de saúde, quando dão suas batidas, não podem acabar com a festa e vão embora zangados e frustrados. Ormus, aprendendo a arte do radialismo rebelde, descobre que Eno, a pessoa retinta, é a chave. Eno se veste de branco imaculado e usa um chapéu *borsalino* cor de creme, constituindo um mundo em si mesmo, não querendo nada com os DJs e com a tripulação. Ele parece não comer nem beber nem dormir nem (apesar da brincadeira do sal de frutas feita pelos Crossley) cagar ou mijar. No estúdio do barco, ele mantém as coisas em movimento a partir de sua posição atrás de uma mesa que parece um ouriço elétrico, toda espetada de botões. Ali fica ele, na extremidade de sua janela de vidro, Ali Barber na caverna de Aladim, e atrás dele um grande cartaz na parede diz *Conheça o Seu Lugar*. Eno acredita no *apartheid*, Hawthorne explica, E isso abrange você também. Sabe que na África do Sul os negros odeiam os indianos ainda mais do que odeiam os brancos.

Então ele é da África do Sul?, Ormus conclui.

Waldo sacode a cabeça gravemente. Não. De Stockwell.

* * *

A música é extraordinária. A habilidade de tocar uma guitarra preguiçosa, as velhas vozes sábias de roqueiros de blues incrivelmente jovens, o toque duro das mulheres do *raunch'n'roll* e as donzelas macias e etéreas de vozes de cristal, os redemoinhos gritados dos fundos psicodélicos, as baladas de guerra e amor, as visões alucinadas dos grandes trovadores. Agarrando-se à música ele consegue não perder o pé do real. A música lhe fala de verdades que ele descobre que já sabia. A música é um grande pássaro selvagem chamando o pássaro da mesma espécie que jaz escondido em sua garganta, no ovo de seu pomo-de-adão, chocando, esperando seu momento.

Ormus, Hawthorne e Waldo estabelecem um escalonamento de sono. Eles se amontoam no pequeno espaço do estúdio dois de cada vez, Ormus e Hawthorne, Hawthorne e Waldo, Waldo e Ormus. O tempo se estende diante deles, sem fim, a terra se afasta como uma fantasia, e encasulados como estão em chuva e álcool é fácil imaginar que estão falando sozinhos. O que vai para o ar entre canções: seus monólogos interiores, o fluxo poluído de fadiga e uísque de suas consciências náufragas.

Ormus, durante um turno da noite, nas desoras em que os monstros rastejam, percebe que seu co-jockey Waldo adormeceu. Sussurrando, como se falasse em particular com sua amada, ele chama Vina através dos céus. Eno, impassível em sua cabine, não faz nenhum comentário. Está perdido em eletricidade, devotado à manutenção do sinal, dedicado à pureza do som. Talvez não esteja nem ouvindo o apelo de Ormus, cuidando só do nível e do timbre dele, girando botões, olhando mostradores, o piscar das agulhas iluminadas refletido em seus olhos.

Você está aí, meu amor, Ormus murmura. Ah, meu amor que eu perdi faz tanto tempo. Você não confiou em mim e eu, magoado, orgulhoso, deixei você partir. Agora tenho de provar o meu valor, tenho de realizar trabalhos, de sair procurando provas, de agüentar o peso do mundo.

Mull Standish manda uma mensagem urgente pelo rádio do navio. O imediato, que é também operador do rádio, transcreve o texto, e o capitão Pugwash — que estava sintonizado no solilóquio de Ormus — fica suficientemente emocionado (ele na verdade é um sentimental tipo nó-na-garganta) a ponto de levar a mensagem de Standish pessoalmente para Eno, que estende o papel grudado no vidro da janela. Isso é uma inspiração, Ormus lê, Quem é ela? Existe de verdade? Você inventou?

Sem dúvida não deve encontrá-la cedo demais. Vá em frente. Prestações toda noite. Isso vai aumentar a audiência mais que qualquer outra coisa. O romeu flutuante de coração partido canta para seu amor displicente. Quer fazer carreira de cantor? Acabou de achar a porta. Isso vai lhe dar um perfil, lhe dar destaque, é uma idéia. Vai fazer o seu nome.

Vina Apsara não ouviu o apelo de Ormus. Ela está na América, e não sabe que ele está flutuando ao largo da costa da Inglaterra, úmido e carente, chamando seu nome.

Ninguém conta a ela. Ainda não é hora.

Vêm as enxaquecas. Vão ficando piores. Às vezes, ele não consegue dormir nada durante o seu horário de sono. Pega um dos livros de bolso abandonados na cabine — deve ter sido Mull Standish quem trouxe os livros para bordo, na esperança de enfiar alguma cultura em seus filhos, que prontamente os jogaram na cabine vazia, aquela em que nunca entram, aquela que é agora o buraco de privacidade para Ormus. Livros de escritores norte-americanos famosos, as odes à paixão pelas viagens de Sal Paradise, o *Carnovsky* de Nathan Zuckerman, a ficção científica de Kilgore Trout, um roteiro teatral — *Von Trenck* — de Charlie Citrine, que escreveria depois o grande sucesso do cinema *Caldofredo*. A poesia de John Shade. E europeus também: Dedalus, Matzerath. O primeiro e único *Don Quixote* do imortal Pierre Menard. *A laranja mecânica* de F. Alexander.

Ali está o suspense de fantasia que foi o sucesso do ano, *O caso Watergate*, em que o futuro presidente Nixon (Presidente Nixon! Isso é que é uma fantasia louca) tem de deixar o cargo depois de tentar grampear o escritório do Partido Democrata, acusação que acaba se comprovando verdadeira, numa virada inteiramente inverossímil, em que Nixon grampeia também a si mesmo, ha ha ha, as coisas que esses caras inventam para divertir a gente.

Mas toda vez que ele pega um desses livros, sua cabeça gira e cai e ele é forçado a abandoná-los sem ler. Sua cabeça explode em confusão e quando fecha os olhos descobre que por trás das pálpebras seu gêmeo morto Gayo mudou de comportamento. Gayomart não mais se afasta, mas vem em sua direção, se detém perto dele, olhando Ormus como um homem que olha em um espelho. Você está diferente, Gayomart Cama ri. Talvez Gayomart seja esse aí fora e você este aqui preso na irrealidade. Talvez eu esteja sonhando você. Ormus fica horrorizado com a hostilidade do sorriso cintilante de Gayomart. Por que você me odeia, pergunta. Por que você acha, o irmão responde. Fui eu que morri.

Para manter Gayo longe ele tem de manter os olhos abertos. Está tão cansado que tem de usar os dedos para ficar com as pálpebras abertas. Liga o monitor de sua minúscula cabine e tenta se concentrar nos irmãos Crossley, que cumprem seu turno.

Se estiver ouvindo, Antoinette Corinth, bruxa insone, e sei que está ouvindo porque sempre está, esta é para você. Esta quem lhe envia é Hawthorne com amor. E Waldo gostaria de acrescentar sua saudação pessoal, mas que pena! ele está um tanto indisposto lá no balde. Esta é em honra do seu gênio, Ó rainha das artes negras, princesa do pentagrama, baronesa Samedi, sacerdotisa de Wicca, adepta dos segredos da Grande Pirâmide, provedora de boas coisas, costureira *extraordinaire*, Ó mãe que nos deu de mamar. Tomamos seu nome e imediatamente você desistiu dele, esposando, no lugar, a nobre tradição coríntia. Mãe, perdoe-nos porque somos sagradamente babacas. Perdoe-nos, mãe, porque aceitamos o tostão daquele que lhe fez mal. Assim como você superou sua amargura para com ele, assim como encontrou em sua alma poderosa forças para transcender sua mui justificada raiva, que também nós não entremos para seu livro negro, se isso for possível, porque realmente precisávamos da grana do dinheiro da mufunfa do tutu do tutu. Perdoe-nos, mãe, porque somos soldados da Rainha nosso Pai e aqui é a fantástica 199, Rádio Freddie, e para todos vocês, corujas noturnas, e nossa querida Mãe, aqui vai Manfred Mann prometendo que Deus está do nosso lado.

Ao ouvir a tirada de Hawthorne, Ormus Cama lembrou-se do legendário ressentimento de Sanjay Gandhi por sua mãe, Indira, por ela ter abandonado seu pai, Feroze. Mull Standish é Indira metamorfoseada, ele pensa, Indira impotente contra seu filho selvagem, que dotou Sanjay de um suprimento de raiva para a vida inteira.

Existe Deus?, pondera Waldo Crossley entre Manfred Mann e The Searchers. Questão importante. Pensem um pouco.

Se não existe Deus nenhum, por que os homens têm mamilos?, Hawthorne encaixa entre The Searchers e The Temptations.

Por outro lado, se não existe Deus nenhum, isso explica por que temos de agüentar Peter, Paul and Mary, raciocina Waldo, persuasivo, entre The Temptations e The Righteous Brothers.

Se não existe Deus nenhum, quem deixou a torneira aberta lá em cima?, Hawthorne ruge ao final de *Unchained Melody*, dando um murro na mesa do estúdio. Xeque-mate, acho.

The Miracles começam a cantar. E continua chovendo.

Ao final da primeira quinzena, os irmãos Crossley levam Ormus Cama para a casa da mãe, onde ele deverá residir no quarto de hóspedes. A casa é uma *maisonette* em cima da loja de roupas da mãe, em uma remota fileira de casas de tijolos vermelhos no lado errado de Chelsea, longe de muitas loucuras da King's Road, escondida entre o gasômetro e a Wandsworth Bridge Road; porém o tempo parece girar e girar em volta desse lugar, sabendo bem a diferença entre tamanho e massa. Só os realmente maciços podem desprezá-lo. Aqui, no limbo, o tempo situou uma poderosa força gravitacional, um buraco negro onívoro.

Vina veio aqui uma vez. Comprou um vestido incorpóreo.

A butique — palavra nova que não vai durar — se chama A Bruxa Voa Alto e já é legendária; isto é, os árbitros desses assuntos concordaram que é um dos encraves que, um dia, servirão para definir o *zeitgeist* — outra palavra da moda que caiu em desgraça. Considera-se que o beijo da posteridade já abençoou a Bruxa. Ela puxa a cidade para o seu campo gravitacional, modela o momento à sua vontade. Dentro do seu horizonte as leis do universo não se aplicam. Reina a escuridão. Antoinette Corinth é a única lei.

Correm rumores de que Mick Jagger usa seus vestidos, aquelas resumidas criações de veludo e renda. A limusine branca de John Lennon pára na porta uma vez por semana e um motorista leva araras inteiras de roupas para o grande homem e sua mulher experimentarem. Fotógrafos alemães com suas modelos de cara de pedra chegam para usar as vitrinas da Bruxa como cenário para seus ensaios de moda. A butique tem famosas vitrinas pintadas, mostrando a Bruxa Má do Oeste da Terra de Oz. Ela voa sobre a cidade das Esmeraldas, gargalhando. Sua vassoura fumegante escreve no céu, *Renda-se, Dorothy*. (Os ignorantes e os que estão por fora tomam isso pelo nome da loja. Essas pessoas são invariavelmente impedidas de entrar. Antoinette Corinth abomina Dorothy Gale, seu cachorro e todos os habitantes de Kansas, Kansas-como-metáfora, plana, vazia, sem graça. Antoinette Corinth é Miss Gulch.)

Antoinette paira na porta da butique, iluminada por uma lâmpada de rua de tungstênio amarelo, uma mulher ampla usando um minivestido de renda preta que lhe vai até os fundilhos, com xale combinando, e conversa com um dândi de colete que é na verdade o celebrado *couturier* da sociedade, e seu primeiro protetor, Tommy Gin. Ela permite que os filhos a beijem de leve no rosto, ignora o polido cumprimento de Ormus. Gin também o corta. Ormus acompanha Hawthorne e Waldo para dentro da Bruxa.

Lá dentro é um breu de escuro. Você passa por uma pesada cortina de contas e na mesma hora fica cego. O ar é carregado de incenso, óleo de patchuli e também do aroma de substâncias proibidas a bordo da Rádio Freddie. Música psicodélica aterroriza os tímpanos. Depois de algum tempo, percebe-se uma vaga luminosidade roxa, na qual se podem distinguir algumas formas imóveis. São provavelmente roupas, provavelmente à venda. Você não vai perguntar. A Bruxa é um lugar assustador.

Nas profundezas da butique há uma presença apenas discernível. É Ela. Ela comanda a loja e faz Twiggy parecer uma adolescente com problema de gordura infantil. É muito pálida, provavelmente porque passa a vida sentada no escuro. Seus lábios são pretos, brilhantes. Ela também usa um minivestido preto, mas o dela é de veludo, não de renda. É um *look* vampiro urbano. (Seu outro estilo, sobretudo preto com olhos borrados de preto, Antoinette Corinth descreve como "baby morta".) Ela está de joelhos juntos e pés virados para dentro conforme a moda da época, os pés formando um minúsculo e feroz T. Usa anéis de prata que são guarda-pós para os dedos e uma flor negra no cabelo. Metade Criança do Amor, metade zumbi, Ela é um signo dos tempos.

Ormus tenta o seu charme, se apresenta, menciona sua recente chegada à Inglaterra, diz algumas palavras sobre as primeiras dificuldades a bordo da Rádio Freddie, e nesse ponto, diante dos olhos de basilisco que ela cintila na penumbra roxa, esgota as palavras e gagueja até o silêncio.

O rádio falado acabou, ela diz. O diálogo está morto.

É uma informação assustadora. Com cinco palavras a definição bakhtiniana, neokantiana, da natureza do ser humano — de que estamos constantemente nos transformando um ao outro por meio do diálogo, da intersubjetividade, da interação criativa de nossas diversas incompletudes — é eliminada. O universo essencialmente apolíneo da comunicação se encolhe debaixo da força desdenhosa do pós-verbalismo dionisíaco d'Ela. Antes que Ormus possa absorver uma alteração tão revolucionária, porém, Tommy Gin entra na loja depressa, perseguido por uma trinante Antoinette Corinth. Olhe, cara, desculpe, cara, Gin exclama, agarrando ambas as mãos de Ormus Cama. É a Bruxa, cara, ela gosta da piada. Quer dizer, você é indiano, eu adoro a Índia. O Maharishi, cara. E o Buda, e o Senhor Krishna. Beleza.

E Ravi Shankar, Ormus completa, tentando ser atencioso. Mas Tommy Gin esgotou seus indianos e só pode sacudir furiosamente a cabeça. Isso aí, isso aí, ele faz, sorrindo.

Certo, Ormus Cama concorda.

Mas o que eu estava dizendo, Gin retoma sua embaraçada apologia, é que lá fora, cara, eu fiz uma viagem ruim com você, mas foi só porque ela está sempre fodendo com a cabeça da gente, quer dizer, dá para acreditar?, ela me disse que você era *judeu*. Está sacando, cara, como é que isso aí, pô. Mas você não é, cara, você não é, pronto. Puxa!

Ô, indiano, Antoinette Corinth grita, sacudindo um baseado em uma longa piteira. Quem sabe você pode me ensinar um daqueles coméqueuvoudizer? truques com a corda. Você parece que amarrou a Rainha direitinho, a menos que eu esteja *muito* enganada.

Diante de Gin e Antoinette Corinth, Ormus Cama tem a sensação de estar em presença da malignidade. Gin não conta: é um chato maldoso, uma piada. Mas Antoinette Corinth verte uma malevolência mal disfarçada e vingativa. Não se trata daquela mulher sábia, livre de toda amargura, louvada por seus filhos nas ondas da rádio pirata. Ali está uma mulher tão palpavelmente vingativa que, mesmo não tendo nenhuma razão para se acreditar alvo de seu veneno, Ormus sente-se fisicamente ameaçado. Ele começa, involuntariamente, a se afastar e bate em alguma coisa dura no escuro. Uma arara de roupas cai ao chão, os cabides batendo com ruído.

Hah! Hah! (Antoinette Corinth ri o pesado riso dos fumantes.) Coitadinho. Está simplesmente apavorado. Ormus, baby. Bem-vindo a Unfold Road.

Mull Standish telefona essa noite: Tudo bem? Ela está agindo bem? E antes que Ormus possa responder: Seu futuro musical. Estou trabalhando nisso. Meus planos estão perto de acontecer. Sabia que o disco de Georgie Fame não podia ser tocado na BBC e agora, graças a nós, está entre os três primeiros da parada? É um grande passo. Prova o poder do pirata. E a próxima prova é você. Porque, se conseguirmos fazer isso com um desconhecido, então é porque nós é que estamos dando as cartas mesmo. Precisamos conversar sobre o repertório. Precisamos conversar sobre os músicos. Precisamos conversar. Ponto. Não me pergunte quando. Estou cuidando disso. E muito na sua frente. Já estou chegando lá. Esteja pronto.

Retrospectivamente, não há dúvidas de que Mull Standish estava apaixonado por Ormus Cama; um amor bobo, ingênuo, adolescente. Mas era também um homem de qualidade, uma pessoa de caráter, e manteve a palavra. Nunca, em todos os anos de associação, ele importunou sexualmente o artista que ajudou a transformar em superestrela mundial. Sem Mull Standish — que juntou a banda, forneceu os instrumentos, alugou os estúdios de gravação às próprias custas e funcionou como seu próprio *promoter* — certamente não existiria Rhythm Center. E sem Rhythm Center não existiria VTO.

Nessa noite, ao telefone, sua primeira noite na *maisonette* em cima da Bruxa, Ormus fica cético: O que você quer de mim?, ele quer saber.

A voz de Mull Standish vacila, perde boa parte de seu rico timbre. Meus filhos, ele diz, gaguejando. Fale bem de mim para meus filhos.

O que não é fácil. Liberados do cativeiro da Rádio Freddie, Hawthorne e Waldo Crossley estão ocupados abrindo as portas da percepção. No antro da mãe — zodíaco no teto, astrolábios, varetas de I Ching, papéis anunciando cantos dos monges tibetanos, gato, vassoura, o diabo — jazem eles, semiconscientes, viajando, com a ajuda de Mamãe.

Eles adoram torrão de açúcar, Antoinette Corinth diz, sorrindo. Depois de duas semanas, estavam com a língua de fora. E você, meu príncipe oriental? Um torrão ou dois?

Apesar de uma vida passada no suposto exotismo do Oriente, Ormus não está acostumado a encontrar bruxas. Desajeitado, com as pernas cruzadas no tapete afegão, ele transfere o peso de nádega para nádega e recusa a droga oferecida. Apertando os olhos na escuridão voluntária de Antoinette, ele registra o papagaio engaiolado, o *chacmool* mexicano, os tambores de samba brasileiros. Livros sobre as antigas religiões de sacrifícios humanos e sangue. Uma feiticeira com sotaque latino. Ormus começa a achar difícil levá-la a sério. É um personagem, não é?, uma pose, um jogo. Nesta “cultura”, as pessoas têm tempo para jogos. Talvez nunca passem além dos jogos. Uma “cultura” de crianças crescidas.

Germes em uma lâmina.

Antoinette percebe o interesse de Ormus em sua parafernália, pressente seu ceticismo e dispara um longo discurso autojustificativo. “As pessoas estão querendo uma coisa melhor. Uma alternativa. E aí está esse corpo simplesmente imenso de conhecimento proibido, absolutamente coerente, fantasticamente erudito, o ensinamento secreto de toda uma raça humana, tudo colocado além do limite do respeitável. Por quê? Bom, é óbvio. Porque não querem que a gente tenha acesso ao poder. O poder *nuclear* das artes secretas."

Isso é parte da coisa. Agora Ormus começa a ouvi-la e vê-la com maior clareza. Ela soa como uma demagoga: íntegra, uma Verdadeira Crente. Soa como alguém que disfarça, que usa a retórica mal digerida dos extremistas desta época para dar colorido a uma vida cuja dolorosa banalidade ela talvez tema. O que ela é, afinal? Uma costureira que teve sorte na profissão, e não teve no amor. Dois filhos crescidos e uma cama vazia. Para Ormus, parece que ela infantiliza os filhos, que dar alucinógenos a eles é uma maneira de mantê-los bebês, desamparados, dependentes; de guardá-los para ela. Nas garras de uma súbita onda de nauseada repulsa contra o espírito da época, Ormus acha difícil gostar de Antoinette Corinth: ela é pegajosa, dramática, esganiçada.

Ele pergunta se é permitido usar os tambores. Ela está desaparecendo nos anéis de fumaça de sua mente e faz um gesto vago. Suaves, empenhados, os ritmos sedosos e coleantes fluem de seus dedos. Como se os tambores ansiassem por conversar com ele, e ele com os tambores. Afinal, pensa: até que enfim encontrei amigos.

Porra de Paraíso, Antoinette Corinth grunhe, e apaga. Ormus não se importa; está perdido no samba, no carnaval de suas mãos voadoras, agitadas.

Muito depois de ter ido para a cama no andar abaixo do dela, ele a escuta acordando e caindo lá em cima. Ouve um canto estranho, o tilintar de címbalos de dedo, uma voz de mulher uivando para a lua.

Essa Inglaterra, inebriada de misticismo, mesmerizada pelo miraculoso, pelo psicotrópico, apaixonada por deuses estrangeiros, começou a horrorizá-lo. Essa Inglaterra é uma área de calamidade, o velho destruindo o novo ao mandá-lo morrer em campos distantes, e como reação os jovens destruindo a si mesmos. Ele está tendo uma reação essencialmente conservadora não só em relação à guerra, como também à compensação do *laissez-faire* dessa época, reação que irá se intensificar quando aprender mais sobre o lugar. Uma revolta contra o dano, o desperdício, as feridas auto-impostas, as jaquetas de colcha de cama, o engolir de várias formas de bobagem que substituiu o exercício da inteligência, a suscetibilidade a gurus e outros falsos líderes, a fuga da razão, a descida a um inferno de privilégio.

Quando chegar o momento, ele vai escrever canções sobre essa área de calamidade, canções que denunciam uma geração perdida no espaço, canções explodindo com uma selvagem indignação que fará delas, por uma dessas curiosas inversões da cultura, hinos para as próprias pessoas que atacam. A geração moribunda, desnorteada, quebrada, que pregou a si mesma uma grande mentira — que era representante da esperança e da beleza —, ouvirá a verdade nas canções de terremoto de Ormus Cama; olhará nesses cruéis espelhos e verá a si mesma. Ormus Cama encontrará sua voz ocidental, nas palavras de M. Henri Hulot, ao compreender contra o que se coloca. E, na forma de Vina, seu primeiro e único amor, a favor de que luta.

Quando sir Darius Xerxes Cama voltou da viagem à Inglaterra que lhe destruiu o espírito, foi interrogado sobre o país por seu mordomo, Gieve, que tinha ouvido certas mentiras que achava absurdas demais para serem verdade; mas precisava que Darius confirmasse a falsidade.

Dizem, *sir*, que no U.K. se um homem não tem emprego o governo dá dinheiro para ele. Se não tem casa, o governo dá para ele uma casa *pukka*, não um barraco *jopadpatti* na calçada, mas de construção sólida. Se ele ou a família ficam doentes, o governo paga o hospital. Se ele não pode mandar os filhos para a escola, o governo manda, grátis. E quando ele fica velho e inútil, o governo paga salário de inútil para ele toda semana até o fim da vida.

A idéia de um governo que se comporta de tal forma parecia ofender seu sentido de ordem natural. Quando Darius confirmou a exatidão aproximada das asserções, Gieve não suportou. Deu um tapa na testa, sacudiu a cabeça, ficou sem fala por um momento. Depois disse "Nesse caso, *sir*, *como é que alguém pode ficar infeliz no U.K.?*".

Por que alguém fica infeliz neste canto privilegiado do mundo? Tudo bem, okay, a guerra, Ormus concede. Mas será que isso desculpa tudo? Significa que as pessoas podem se deixar cair pelo ralo e chamar isso de paz? Significa que as pessoas podem soltar as amarras do mundo — *e ouçam, que discórdia resulta* —* e chamar isso de liberdade?

Seu horror, sua sensação de agouro, de erro e de desastre iminente — rachaduras no mundo, abismos, os quatro cavaleiros, todo o anacrônico aparato da escatologia milenarista — são reforçados pelo conhecimento de seu dom involuntário de visões, dos buracos no real que se manifestam sozinhos para lhe mostrar uma outra realidade, con-

(*)...*and hark, what discord follows* — verso 109 do monólogo de Ulisses, ato I, cena 3, de *Troilo e Créssida*, de William Shakespeare. (N.T.)

tra a qual ele resiste, embora o atraia para entrar; pois entrar pareceria — isso ele sabe — muito próximo da insanidade. Poderá ser essa loucura visionária a coisa que ele mais teme dentro de si mesmo, aquilo que mais está sintonizado com seu novo mundo?

Ela vem, perto do fim da noite, decidida a se juntar a ele em seu colchão, sem emoção, sob o efeito de algum tipo de narcótico. O sexo que fazem, nas horas de olhos vermelhos, de mau hálito, logo depois do frio amanhecer, é sem convicção, ossudo, breve; fricção seca, como um dever. Como o fim do sexo: última ressecada conjunção de um velho casal casado. A exaustão os domina, e eles dormem. Dentro de duas semanas, ele retorna ao barco, e se alguém mais dormir ali Ela poderá vir até esse alguém, sonâmbula.

No céu acima deles, o major Ed White está fazendo um passeio no espaço. Ele saiu da moldura. Durante catorze minutos ele é o extremo do *outsider*, a única criatura viva dependurada acima da Terra, do lado de fora da cápsula Gemini-4. Extático, ele tem de ser puxado de volta para a Gemini por seu co-astronauta, seu gêmeo espacial.

Na televisão, existe um cavalo chamado Mister Ed e, ao deslizar para o sono, Ormus Cama se permite confundir os dois. O primeiro centauro do espaço. Ou Pégaso, o último cavalo alado, retornando aos nossos tempos corruptos, pós-clássicos.

Ela o leva a uma boate chamada UFO para satisfazer a necessidade que as pessoas têm de acreditar em criaturas do espaço além do major e de Mister Ed. Óleo colorido espremido entre chapas de vidro pulsa ao ritmo da música. Cabeças cabeludas se sacodem no compasso, como poodles limpadores de pára-brisas. Há muita fumaça pungente no ar. O que ele está fazendo ali naquela escuridão perdida quando Vina está em algum outro lugar, esperando? Ou não esperando. Enquanto a seu lado, escondida em desarticulação, Ela rabisca um guardanapo, enfeitando a palavra *unfold* [desdobrar]. Sua caligrafia encontra no nome da boate o nome da rua. *UnFOld Road*.

Mesmo aqui, no submundo, ele se sente como o astronauta da Gemini, flutuando, acima, fora, observando. Explodindo em êxtase. Esperando vir a ser.

De dia, ele anda pelas ruas da cidade, procurando outras Inglaterras, Inglaterras mais antigas, tornando-as reais. Descarta a ajuda dos narcóticos. O lugar em si, sua estranheza brilhante, desconhecida, é uma viagem. Ficar inteiramente perdido entre edifícios que você reconhece, não saber nada de uma paisagem urbana da qual você carregou durante anos o que pensou ser um amplo e suficiente arsenal de imagens, já é uma experiência suficientemente delirante. Dispensável qualquer cigarro esquisito. Sem nada para fazer, estimulado pelo grande rio sujo, pelos pores-do-sol sombrios, Ormus Cama perde a cabeça, sem aviso prévio, para o cheiro de pão branco, fermentado, fresco.

Havia pão de fermento em Bombaim, mas era uma coisa triste: seco, esfarelento, sem gosto, primo pobre e apagado do pão ázimo. Não era "de verdade". Pão "de verdade" era o *chapati*, ou *phulka*, servido muito quente; o *tandoori nan*, e sua variação mais doce, fronteiriça, o *peshawari nan*; e as versões de luxo, o *reshmi roti*, o *shirmal*, o *paratha*. Comparados a esses aristocratas, os pães brancos de fermento da infância de Ormus pareciam merecer a descrição que o imortal espanador de Shaw, Alfred Doolittle, sonhou para pessoas como ele próprio: eram, na verdade, os pobres não-merecedores. Não eram nada comparados aos luxuosos pães fofos, atraentes, e à venda, nas vitrinas das muitas padarias da capital — MacFisheries, ABC, a própria Padaria Chelsea. Ormus Cama mergulha nesse mundo novo, traindo, sem olhar para trás, os lendários pães de sua terra.

Sempre que passa por uma padaria, sente-se forçado a entrar. A compra diária e o consumo de grandes quantidades de pão é, de certa forma, seu primeiro contato inteiramente erótico com Londres. Ah, a maciez de colchão de travesseiro do pão. O molejo flexível da massa entre os dentes. Casca dura e centro mole: a sensualidade daquele perfeito contraste de texturas. Oh, pães Brancos de Casca de 1965, fatiados e sem fatiar! Oh, pequenos e grandes, de forma, bengalas dinamarquesas, bisnaguinhas polvilhadas de farinha! Oh, celeste pão leve e duro, pão de levedura, alimente-me até eu não poder mais! Nos prostíbulos das padarias, Ormus paga sem reclamar por seus encontros com a amoralidade do pão. Ele é de todos, mas uma vez que uma moeda do reino foi trocada, esses bocados engolidos, essas mordidas de amor, são dele e só dele. O Oriente é o Oriente, Ormus Cama pensa; ah, mas não há nada que fermente como o Ocidente.

Standish trouxe uma guitarra para ele. Com os bolsos cheios de pãezinhos frescos, Ormus senta-se nos parques e faz experiências técnicas, procurando a nova voz que vai combinar com seu novo ser, neste novo mundo. O que surge primeiro difere da elocução forte de rock pesado que ele escolheu originalmente, e à qual retornará sempre que o espírito pedir. Essa nova voz, porém, é mais doce, mais aguda, e as canções que canta têm versos mais longos e melodias mais complexas que se cruzam por cima e por baixo umas das outras, subindo e circulando, como dançarinos. Mull Standish vai escolher gravar uma dessas músicas: *She. Or The Death of Conversation.* [Ela. Ou A morte da conversação.]

(Tambores de tabla, rakataka takatak. Uma guitarra vigorosa. Metais. Waa whup-whup waa, waa whup-whup waa. Waa whup-whup waa, waa whup-whup waa. Um som cheio, luxurioso, nada semelhante ao guincho e trovão característico da época. Soa novo. Como sua voz, falando de referências pessoais não explicadas, mas de alguma forma envolvendo o ouvinte em seu mundo privado. *A girl lies down in darkness, she asks why am I right on the floor, why am I right on the floor here, when the rest of my life is so wrong. I need a carnival costume, I want my day in the sunlight, don't want to be a black cat in a back catalogue.* [Deitada no escuro, a garota me pergunta por que estou no chão, por que estou no chão aqui, quando o resto da minha vida vai tão mal. Preciso de uma fantasia de carnaval, quero o meu dia de sol, não quero ser um gato preto num catálogo atrasado].)

Ormus reconquistou inteiramente seu toque com as mulheres. Presas por sua beleza, pela graça de seu andar de passos largos, elas o arrebatam das ruas da cidade. As portas da cidade solitária se escancaram. Às vezes, ele revela ser o cara novo da Rádio Freddie e sente os primeiros surpreendentes colos de gato, as carícias viciantes da fama ocidental.

Logo começa a parecer que faz muito tempo que era indiano, com laços familiares, com raízes. No calor branco do tempo presente, as coisas se ressecam e morrem. A raça em si não mais parece um ponto fixo. Descobre que para esses novos olhos ele parece indeterminado. Já passou por judeu, e agora, quando passa pelas garotas em suas motonetas e motocicletas, garotas em carros bolha e mínis, garotas de cílios postiços e botas altas, quando elas fazem guinchar os freios e o levam para dar uma volta, ele é tomado por italiano, espanhol, romeno, francês, latino-americano, índio "pele-vermelha", grego. Ele não é nada disso, mas não nega nada, durante esses encontros breves, casuais, em que adota o colorido protetor de como os outros o vêem. Se lhe fazem uma pergunta direta, ele sempre diz a verdade, mas fica mais e mais embaraçado de as pessoas, principalmente garotas jovens, acharem sua verdadeira identidade tão atraente sexualmente, pelas razões mais cafonas, mais idiotas. *Ah, é tão espiritual,* elas dizem, tirando a roupa.

Mortificado, ele descobre que é impossível recusar esses convites. O indiano espiritual, subindo, conquista carnalmente o Ocidente.

Aí ele se vê na fronteira da pele. Mull Standish o encontra para um café no Café Braque, em Chelsea. Não vamos esconder nada, Standish anuncia. Simplesmente não vamos fazer uma grande coisa do assunto, senão você fica preso num gueto étnico para sempre. Vamos também mentir a sua idade. Quase trinta não é idade para começar carreira neste ramo. Trata-se de uma babylândia elétrica.

Devorando pratos e mais macios pratos de Pão-maravilha com manteiga — trazidos à mesa com crescente irritação e desdém pelos garçons imortalmente ranzinzas do Braque —, Ormus pondera a ligação que há entre o desenraizamento e o sucesso e se convence de que assumir um pseudônimo não é um ato desonroso. Quem jamais ouviu falar de Issur Danielovitch, sem falar de Marian Montgomery, Archibald Leach, Bernie Schwartz, Stanley Jefferson, Allen Konigsberg, Betty Joan Perske, Camille Javal, Greta Gustafsson, Diana Fluck, Frances Gumm, ou a pobre querida Julia Jean Mildred Frances Turner, antes de mudarem seus nomes. Erté, Hergé, Ellery Queen, Weegee... toda a história do pseudônimo o justifica. Mesmo assim, no fim ele não consegue. Vai continuar sendo Ormus Cama. Esta será sua concessão: que a banda não leve seu nome, embora os músicos que Standish reuniu sejam um bando de profissionais de sessões avulsas. Esses, sua primeira cara pública, ele batiza com o nome do lugar de seu primeiro encontro com Vina. Rhythm Center. *She*, com o Rhythm Center. Eu gosto, Mull Standish diz, sorvendo café, batendo na bengala. É, é legal.

Graças a Deus, Standish acrescenta. Achei que você ia chamar o grupo de Pão Branco.

Só quando já é tarde demais é que Ormus descobre que Standish divulgou uma falsa biografia de sua nova estrela, inventando um cadinho de raças, uma colcha de retalhos, uma coalizão irisada de genes mistos, caprichando nos anos de mergulho em cidades européias, todas menos Hamburgo (para evitar uma comparação com os Beatles). A pobreza, o desespero, a superação, a produção de um artigo pronto. Quando ele descobre, enfrenta o nada arrependido Standish. A verdade não funciona, Standish determina, como uma lei. Isso aqui, porém, é uma biografia com pernas. Longas pernas. Pernas *fabulosas.* Cante suas músicas, meu filho, e deixe que Tio Mull cuida dos negócios.

Mais tarde em sua carreira, Ormus Cama será atacado, muitas vezes e com violência, por haver negado suas origens. Mas Mull Standish já estará morto então.

* * *

Ao perguntar sobre os rapazes, a conduta de Standish muda. O taurino homem do mundo dá lugar a um personagem mais vulnerável e hesitante. O que eles acham, ele pergunta, encolhendo-se um pouco, os braços saindo um pouco da mesa, cruzados, como se prontos para receber um golpe. O que eles falam de mim. Ela envenena os dois faz duas décadas, virando as idéias deles contra mim. Eles estão seguros com ela? Só Deus sabe. Ela é louca, sabe, você deve ter percebido. O que não adianta nada com eles. Ela está no lugar certo, enquanto eu, eu não tenho defesa. Eu fui embora, desertei os dois, mudei a minha, como é essa palavra nova?, minha orientação. Meu ponteiro voltado para o Oriente. Não posso fugir disso. Mas estou aqui agora, quero ser um, um bom, um de verdade, mas talvez seja tarde demais, talvez eu não possa.

Pai, Ormus disse. A palavra que você está evitando.

Então eles me odeiam, certo. Pode me dizer, eu agüento. Não, minta.

Ormus conta-lhe a conversa que teve com Antoinette Corinth. Isso talvez surpreenda você, mas quero que os dois gostem dele, ela disse. Depende dele fazer a ponte, Deus sabe que já é tarde para começar, mas claro, estou vendo que ele finalmente resolveu tentar. Okay. Quero que sejam próximos do pai. Quero até que amem o pai, quero que ele tenha prazer com o amor dos filhos, quero que ame o amor deles tão profundamente que não possa mais viver sem isso, quero isso, até para ele, por que não haveria de querer.

Ele sacode a cabeça, não pode acreditar. Ela disse isso?

Ela disse: é o que eu estou esperando, Ormus relembra.

O que quer dizer isso?

No sentido de esperar que aconteça, acho. (Ormus está tentando manter o equilíbrio, não tomar partido.) Quem sabe você está vendo fantasma onde não existe. Talvez ela simplesmente tenha um lado mais generoso que você não quer admitir.

É. E quem sabe a lua é feita de queijo, Standish se rende ao sarcasmo. Olhe. Ali no céu, em cima do Pavão. Não era um porco com asas?

Terra, água, água, terra. O tempo goteja, flutua, estica, encolhe, passa. A história do primeiro disco do Rhythm Center, sua proveniência pirata, Standish indo de loja em loja pelo país, implorando, bajulando, ameaçando, implorando mais um pouco: tudo isso é bem conhecido. A música vai bem, mas não incrivelmente bem. A versejação noturna de Ormus para o seu amor perdido está pegando mais depressa que sua música. Mas Vina não está lá. Está do outro lado do oceano, cantando com Diana Ross no Rainbow Room, saindo com Amos Voight e tal, e não ouve nada do seu amor saudoso.

Existe a guerra e o protesto contra a guerra. Uma geração está aprendendo a marchar, a fazer manifestações, está inventando os refrões que transformam grupos de meninos em exércitos com o poder de atemorizar o Estado. O que queremos quando queremos. Um dois três quatro, dois quatro seis oito. Ho ho ho.

As notícias da não-guerra também parecem piradas, viajando, muito loucas. Na Espanha, um grupo de aristocratas não conseguiu sair de um grande salão de uma mansão urbana onde havia acabado de fazer um suntuoso banquete. Nada os impede, no entanto eles não saem. Nos portões da propriedade onde fica a mansão, um outro impedimento invisível semelhante não permite que ninguém entre. Curiosos, os criados domésticos da mansão, os serviços de emergência, todos forçam um portão aberto, mas não passam. Fala-se de uma maldição divina. Alguns dizem ter ouvido o bater de asas do anjo Azrael em cima da casa. Sua sombra escura passa como uma nuvem.

Um patriota polonês, Zbigniew Cybulski, foi assassinado no quintal, no meio de lençóis dependurados de varais. O sangue se espalha sobre um lençol pressionado à sua barriga. Uma velha caneca de metal que caiu de sua mão transformou-se em símbolo da resistência. Não: é uma relíquia sagrada, digna de adoração. Curve a cabeça.

Uma menina norte-americana se torna objeto de reverência em Paris. Há aqueles que acham que é uma reencarnação da donzela de armadura, santa Joana. Está nascendo um culto.

Não são tempos seculares. Na esfera do secular, tudo é bombas e morte. Contra o que, aparentemente, sexo e música talvez não sejam barreiras suficientes.

Uma grande estrela de cinema morreu tragicamente. Ela estava apaixonada por dois amigos, que lhe disseram que seu rosto, seu sorriso, os fazia pensar em uma escultura antiga. Os dois brigam por causa dela. Depois de um tempo, ao terminarem de almoçar em um pequeno café, ela levou um dos amigos para dar uma volta de carro e deliberadamente dirigiu para além do fim de uma ponte ruída, para dentro da água. Os dois morreram. O outro homem, ainda sentado à mesa do café, ficou assistindo enquanto sua amada e seu amigo desapareciam para sempre.

Pouco antes de morrer, a atriz gravou um disco de sucesso, acompanhando a si mesma na guitarra acústica. O disco agora é tocado constantemente, a primeira canção francesa a subir nas paradas britânicas, abrindo caminho para Françoise Hardy e outras. Ormus, cujo francês é pobre, faz força para entender a letra.

Cada um com seu gosto, girando, girando, no redemoinho da vida? É isso?

A bordo do *Frederica*, Ormus Cama nota que o cartaz na parede do cubículo de Eno mudou. *Mantenha distância.* Depois disso, passa a fazer questão de conferir e a mudança continua. Uma semana, o cartaz diz: *Não chegue muito perto.* Na outra: *Não faça concessões.* Em outra: *Não ame para não ser amado.* Em outra: *Combata o gosto por doces. Salve mais que os dentes.* Uma mensagem é longa, em versos brancos:

Que os deuses me preservem
de ser um refugiado sem pátria!
Levando uma vida intolerável
em desesperado desamparo!
Essa é a mais triste de todas as tristezas;
a morte é melhor.

Ali está pirando, Hawthorne Crossley diz. Deve ser falta de sono.

Deve ser por causa do chapéu, Waldo palpita. Ou será que ele, por acaso, é clandestino?

Se ele fosse clandestino já teriam fechado a rádio, Hawthorne raciocina.

Ormus não diz nada quando vê o longo texto. Entende que Eno está mandando uma mensagem diretamente para ele. Sente a picada quente da crítica e tenta chamar a atenção do engenheiro. Mas Eno parece distante.

Muitos anos irão se passar antes de Ormus Cama descobrir que o autor do longo texto não era Eno Barber, mas Eurípedes. Mas os textos mais curtos eram de Eno mesmo.

Cuidado com as costas. Cuidado com a cabeça. E essas mensagens? Para quem são?

Na Bruxa, também, Ormus está recebendo mensagens. Ela ainda vem à cama dele quando sente vontade. Como o diálogo acabou, eles não conversam. Cumprimentam-se, trepam, separam-se em silêncio: a cópula de fantasmas. Mas às vezes Ela também lhe deixa bilhetes.

Alguns são melancólicos, opacos. *Se a música pudesse curar a tristeza, seria preciosa. Mas ninguém pensou em usar canções e instrumentos de cordas para tirar a amargura e a dor da vida.* A maioria das notas, porém, é sobre Antoinette, cuja personalidade dominante parece ter subjugado inteiramente a d'Ela. A dura vida de Antoinette e sua época. Deserdada por sua família rica por ter se casado com o manco Standish, e depois abandonada pelo filho da puta com dois filhos pequenos, sem salário, ela saiu da sarjeta por seus próprios talentos e trabalhou noite e dia. *É uma mulher assustadora; ninguém que seja inimigo dela consegue uma vitória fácil.*

As notas são confusas. Às vezes, demonstram medo da raiva de Antoinette, outras vezes louvam seu amor generoso. Em relação a Tommy Gin, com suas vaidosas melenas de cabelo vermelho cuidadosamente despenteado, seus coletes floridos, seu capricho, sua intolerância, os rabiscos d'Ela são abertamente hostis. *Ele acha que ela é invenção dele, acha que inventou tudo, as roupas, a música, a atitude, as marchas de protesto, o cartaz de paz, o movimento das mulheres, Black is Beautiful, as drogas, os livros, as revistas, a geração toda. Acho que nenhum de nós teria nada na cabeça se não fosse por ele, mas na verdade ele não é importante, é só um merdinha mau que sabe como se fazer notar, enquanto ela é uma artista de verdade, ela não cai nessa merda toda, ela cria beleza das profundezas da alma ferida, e você espere e verá, ela vai terminar com ele qualquer dia desses, vai cortar ele de uma vez, a Bruxa não precisa do Mágico, e assim que ela largar dele ele vai secar e morrer como um vampiro no sol.* Parece que a silenciosa Ela tem uma porção de palavras trancadas dentro dela, afinal. Apolo está ali dentro. Por trás das dionisíacas nuvens negras que envolvem essa jovem mulher, o deus sol luta para fazer brilhar sua luz. Ormus não demora muito para perceber que Ela está profundamente apaixonada pela patroa. Homens podem vir e homens podem ir, mas as duas damas sombrias, a grande aventureira do andar de cima e a pequena e magra sentada no escuro roxo lá embaixo, vão ficar juntas até o fim.

Distraído por essa descoberta, Ormus talvez deixe de perceber o que lhe está sendo dito em terra por Ela, no mar por Eno Barber. Que aí existe perigo, chegando cada vez mais perto. Que a terra está começando a tremer. Como a maioria dos protagonistas, ele é surdo aos alertas do coro. Mesmo quando tem um sonho terrível — os rapazes rolando escada abaixo na *maisonette* com o topo das cabeças explodido, aberto como latas de cerveja explodidas — ele não atribui nenhum peso ao portento. Está tentando manter o controle de sua tendência visionária, nesse ambiente de tolice cabalística está fazendo um esforço para se manter imune a maldições e conservar o pulso do real, concentrado na música e pisando firme o cotidiano da vida inglesa.

Para conservar a animação, a alegria que trouxe com ele, a idéia de renovação.

Seus pensamentos se voltam cada vez mais para Vina. A Vina que existe só em sua imaginação, que ele conhece mais intimamente do que qualquer ser vivente, está sendo confrontada, no palco dessa mesma imaginação, por uma outra Vina, seu eu adulto, sua gêmea desconhecida. A vida aconteceu para ela e a transformou em uma estranha. Vida nova, e a eterna perseguição do passado. A família morta, os bodes sacrificados, a mãe assassina enforcada no abrigo. Piloo, Chickaboom, esses também, mas acima de tudo os mortos, a mãe pendurada, e Nissy sentada ao lado dela, sem chamar ninguém, temendo que esse presente prediga seu futuro. Os tornozelos balouçantes, as longas panturrilhas nuas são a imagem dos dela.

Os velhos medos de Ormus retornam; ele imagina Vina olhando sem expressão dentro de seus olhos, dizendo *Não, já passou*, e indo embora para um pôr-do-sol estranho, deixando a vida dele vazia de sentido. Mas essas fantasias sombrias não conseguem dominá-lo. Ele está cheio de luz, radioso de possibilidades. Ele chegou ao fundo no Cosmic Dancer e isso lhe mostrou o caminho para cima. Agora ele está voando em direção ao céu, nenhum de seus barcos há de falhar, e no momento apropriado ele a encontrará, pegará sua mão, e os dois voarão juntos pelo brilhante fulgor da Metrópole noturna. Como fadas, como cometas de rabos compridos. Como estrelas. Essa é a sua história, a que ele escreveu para si mesmo, à qual a realidade tem de se conformar, sem opção.

Mas no momento está preso em uma outra história. Dizem que uma outra galáxia está invadindo a Via Láctea, girando sua estranheza para dentro de nosso espaço familiar, trazendo sua história para dentro da nossa. É pequena, nós somos (relativamente) grandes, vamos reduzi-la a pedaços, vamos destruir seus sóis, esmigalhar seus átomos. Adeus, pequena galáxia, adeus, baby, e amém.

A história de Ormus e a história da Bruxa Voa Alto agora se entrelaçam. Qual delas se separará da outra?

Pior ainda: será que acabarão sendo a mesma história afinal?

Tenho pensado sobre o que se pode chamar de questão Medéia. Uma senhora bruxosa, ms. Corinth, inegavelmente; com filhos, e um pai desertor também. Impossível negar as semelhanças, principalmente porque Antoinette escolheu representá-las, abandonando "Crossley" em favor de "Corinth". O que ela está pretendendo, assustar as pessoas? Ou só Mull Standish? Ela é genuinamente capaz de tragédia, indo tão além das fronteiras da maternidade e da sanidade a ponto de seus feitos adquirirem o status de destino? Ela está *condenada pelo destino*? Ormus, que a princípio achou-a malévola, passou a pensar nela como metade posada e falsa, metade maluco-extremista, mais insubstancial do que sombria, uma bruxa designer, usando a numerologia para ajudá-la a escolher amantes, usando signos ocultos não para conjurar demônios, mas apenas para decorar os bustos de seus vestidos de boneca negros-pesadelo. Ao contrário dos escritores de bilhetes — Ela, Eno —, ele não está caindo nessa. E os dois escritores silenciosos, afinal, são indivíduos cuja própria desfuncionalidade desgasta sua credibilidade como analistas. Ormus Cama, afinal, não pode acreditar que entrou no palco de alguma assustadora canção do bode contemporânea. Antoinette Corinth não pode e não será responsável por seu destino.

Nós subestimamos nossos próximos humanos porque subestimamos a nós mesmos. Eles — nós — são capazes de ser muito mais do que parecemos. Muitos de nós são capazes de responder às questões mais sombrias da vida. Só não sabemos se podemos atinar com as respostas aos enigmas até nos serem propostos.

Haverá uma tragédia. Antoinette Corinth não será responsabilizada.

Mull Standish persevera na corte aos filhos, e Hawthorne e Waldo aos poucos correspondem. Quando os ciclos de seu mundo pirata somam um ano, depois dois, o tratamento gozador dos filhos com ele adquire uma qualidade de afeto genuíno. Ocorrem gestos amorosos: um braço passado sobre os ombros, um soquinho filial brincalhão numa face, que no último instante se abre em um gesto de carícia com a ponta dos dedos. O chamado do sangue os aproxima. Chega o dia em que um deles — Waldo, inevitavelmente, a personalidade menos defendida da dupla — acidentalmente chama Standish de "Pai", e, embora Hawthorne o submeta a prolongados insultos pela gafe, Standish comove-se às lágrimas. E Hawthorne não está zangado de fato. "Pai" parece a palavra certa até para ele. Depois de todos esses anos.

A adversidade ajuda, claro. Estão votando leis que fecharão os piratas. O clima, que um dia dispersou e naufragou a Armada Espanhola, não tem sido gentil com a frota pirata de Standish. Os barcos são banheiras velhas e vazam. Assole-os com tempestades e eles ameaçam se partir. Há problemas de seguro cada vez maiores, e os barcos são, sem sombra de dúvida, perigosos.

Há uma nova estação terrestre, a Rádio 1. Ela rouba de Standish muitos dos radialistas mais talentosos. Seus barcos começam a fechar, um por um. Logo haverá apenas a Rádio Freddie, a primeira a começar transmissões e a última a cair.

O *Frederica*, enferrujado, sabe que seu momento de repouso não pode estar longe.

O Rhythm Center, primeiro grupo de Ormus, teve uma série de pequenos sucessos, chegando às Cinqüenta, parecendo nunca alcançar a modesta plenitude das Quarenta. O fracasso em conseguir um avanço real se deve ao fato de a banda não tocar ao vivo, porque Standish acha que a platéia não "compraria" os músicos. Sua estratégia é manter tudo misterioso, construir um culto, uma onda subterrânea. Há também as dificuldades associadas à gravação por um pequeno selo independente, a franquia do próprio Standish, Mayflower: os problemas de distribuição, os orçamentos promocionais limitados. É noticiada a morte do DJ norte-americano Alan Freed, que finalmente bebeu até o túmulo prematuro, depois de brindar a língua com uma nova palavra: *payola*, que é *pay* [pagar] mais Vitrola. Freed morreu, mas a prática de aceitar gorjetas para tocar discos não, e Mull Standish pode ser rico, mas não pode ir contra os mandachuvas dessa guerra de propostas. Suas rádios piratas tocam os compactos de quarenta e cinco do Rhythm Center, mas as outras rádios piratas não. E a BBC, bom, ninguém jamais comprovou nenhuma acusação de corrupção contra a BBC, mas Ormus não entrou em seu repertório também. Apesar do razoável sucesso. A BBC toma suas próprias decisões, não é levada pelo rebanho comum. O quê?, deixar a garotada resolver o que deve pôr no ar? *Por favor.*

Fora da Inglaterra, esqueça, nada feito. Não paga, não toca. Vina está na América, mas a voz de Ormus está presa do outro lado do Atlântico. Ela não pode ouvir seus apelos.

As canções em si é que são o problema. Alguma coisa inconciliável nas letras. Existem muitas pessoas dentro de Ormus, uma banda inteira reunida dentro de suas fronteiras, tocando diferentes instrumentos, criando música diferente, e ele ainda não descobriu como colocá-las sob controle: o amante ansiando por seu amor desaparecido, gemendo por Vina na noite do mar do Norte; e o espião sonhador acompanhando o gêmeo morto que lhe mostra as canções do futuro; e o simples roqueiro apaixonado pela batida martelada ao ritmo do coração; e o diabólico cômico escrevendo irônicas, campestres, falsificadas odes ao pão; e o moralista furioso atacando essa era do miolo-mole, sua *falseola*, seu confuso desejo de morte; e finalmente o visionário relutante que é dado a vislumbres de um outro universo possível, vislumbres que ele preferia não ter.

Ele ainda não aprendeu direito como fazer da multiplicidade uma força cumulativa, e não uma fraqueza fragmentada. Como os muitos eus podem ser, numa canção, uma única multidão. Não uma cacofonia, mas uma orquestra, um coro, uma luminosa voz plural. Ele teme, como Standish também teme, estar velho demais; não entendeu que isso pode ser posto de lado, tornado irrelevante. Em resumo, ele ainda está tentando assentar uma linha verdadeira a seguir. Ainda procura chão para pisar, procura o núcleo duro de sua arte.

A mudança crucial chega, como saberão prontamente todos os fãs de Ormus, em meados de 1967, em um estúdio de gravação escondido em Bayswater, atrás da loja de departamentos Whiteleys. A história da gravação da música de Ormus Cama *It Shouldn't Be This Way* [Não devia ser assim], e o subseqüente atraso de três anos em seu lançamento comercial já foi contada tantas vezes que nem precisa ser repetida. A versão popularmente conhecida do evento é verdadeira em termos gerais e, mesmo que não fosse, vale a pena seguir o conselho do editor do jornal *Wild West*.

Se os fatos não se encaixam com a lenda, publique a lenda.

Mull Standish está esperando na mesa de mixagem quando Ormus chega, com ar sombrio. Okay, estou pronto, diz. Se livre dos músicos.

Standish enrijece, fica imóvel. Todos?, pergunta.

Todos eles, Ormus assente, deixando-se cair num banco de canto, muito macio, e fechando os olhos. Me acorde quando tiverem ido embora, acrescenta.

Agora, o Rhythm Center é Ormus e só Ormus. Ele está sozinho no estúdio, com guitarras, teclados, bateria, metais, madeiras, um grande baixo, um dos primeiros sintetizadores Moog. Ele se senta à bateria e começa a tocar.

O quê? Você vai tocar tudo?, o mixador de som quer saber. O que é que eu faço aqui, temos quatro canais.

(Quem é esse, é o que ele quer dizer. Isto aqui é o mundo real, cara; dezesseis canais, trinta e dois canais, quarenta e oito canais de gravação, isso é fantasia, é o futuro, e isso aqui na minha frente é só uma mesa de mixagem, não tenho nenhuma máquina do tempo.)

A gente só tem é de ir fazendo *bounce down* com os canais, Ormus grunhe. Ele está esquisito hoje. Melhor não discutir.

Bounce down, o engenheiro de som repete. Claro, por que não?

Bounce down é uma coisa que se faz quando você precisa liberar canais da mesa. Você mixa duas trilhas e transfere o som mixado para um terceiro canal. Aí, dá para reutilizar os dois primeiros canais para gravar mais partes da música e você *bounce down* essas partes para o quarto canal que está livre. Agora você tem dois canais contendo mixagens de dois canais cada um. Se ainda tem muitas partes da trilha para gravar, pode *bounce down* esses dois canais em um só, o que deixa um único canal com quatro partes gravadas nele e três canais livres.

E assim por diante.

O problema é que uma vez feito isso não dá mais para separar os canais. Você tem de ficar com a mixagem que fez. Não dá mais para separar a música e brincar com ela. Você tem de ir tomando decisões finais e definitivas, à medida que vai avançando. É receita certa para o desastre, a menos que a pessoa que faz isso seja um gênio.

Ormus Cama é um gênio.

Cada vez que ele acaba de gravar um canal — sabe tocar todos os instrumentos do estúdio melhor que os músicos de aluguel que acabou de despedir — vem à cabine, deita no banco, fecha os olhos. O engenheiro de som mexe suas alavancas, gira botões, e Ormus vai dirigindo o que ele faz até a música que sai dos alto-falantes ser a música secreta que ele tem na cabeça. Puxe isso, deixe isso no fundo, ele diz. Entre com isso aqui, faça um *fade* com aquilo ali. Okay, está okay. É isso. Não mude nada. Vá em frente.

Tem certeza?, pergunta o técnico. Porque isso aqui é o que é.

Bouncey bouncey, Ormus sorri, e o técnico ri e canta para ele: *And like a rubber ball I come bouncing back to you.* [E como uma bola de borracha, volto pulando para você.]

O som cresce, vai ficando gordo, estimulante. O técnico é um sujeito grande, descontraído, está sendo pago, por que se preocupar? É bom no que faz, trabalhou com todo mundo, não se impressiona. Mas olhe só, os ombros dele fazem bum junto com a música, balançam com o ritmo. Esse indiano entrando e saindo do estúdio, tocando corneta, mixando, *bouncing down*, depois cordas, depois uma batida elétrica borbulhante, ele tem ouvido, leva jeito.

Bouncey bouncey!

É hora de cantar. *But you're not here to put it right, And you're not here to hold me tight. It shouldn't be this way.* [Mas você não vem para me agradar, você não vem para me abraçar. Não devia ser assim.]

Quando acabam, o engenheiro de som se levanta e estende uma mão imensa. Muita sorte para vocês com essa música, diz ele. Foi um bom dia para mim.

Ormus fica frente a frente com Mull Standish. A raiva ainda dentro dele.

Então, pergunta baixo, curioso. Estou pronto ou não?

Standish faz que sim com a cabeça. Está pronto.

Mas essa famosa cena é conseqüência de uma cena que ninguém comenta:

Na última noite da Rádio Freddie, na emocionante cerimônia de encerramento a bordo do acabado *ferryboat*, o capitão Pugwash e seus colegas piratas se comovem até as lágrimas por causa de sua adorada banheira enferrujada: Escute aqui, Pugwash diz, como se falasse à beira do leito de morte de uma amante, vocês só estão saindo do ar, mas ele está saindo da água, o coitadinho. É, para o *Frederica* agora é o depósito de ferro-velho, e não se pode fazer nada a não ser beber.

Bebe-se muito. Eno Barber senta-se atrás de sua janela com uma garrafa de rum. O cartaz na parede atrás dele diz, *Vá embora*. Hawthorne e Waldo cantam cantigas de rúgbi de colegiais. Essa incrível perda da pose passa despercebida no estupor generalizado, e na verdade comove o pessoal de Pugwash, que se junta a eles excitadamente. *Dinah Dinah show us your leg, a yard above your knee. If I were the marrying kind which thank the Lord I'm not sir.* [Dinah Dinah mostre sua perna, uma jarda acima do joelho. Se eu fosse do tipo que casa, que graças a Deus não sou, não, senhor.] Canções feias, exibidas, machistas, profundamente inocentes.

Ormus enfrenta Mull no convés. Estão ambos bêbados. Para se equilibrar, compensando o movimento do barco, Mull apóia uma mão no ombro de Ormus. O cantor tira o corpo, e Mull cambaleia brevemente, depois se controla. Seu filho da puta, Ormus diz ao amigo, ficou me atrasando. Dois anos, porra. O que é que tenho de fazer? Quanto tempo vou ter de esperar? O otimismo é o combustível da arte, e o êxtase, e a exaltação, e o suprimento desses artigos não é infinito. Talvez você não queira que eu chegue lá. Quer que continue miúdo, nem um já-era, mas um nunca-foi, dominado por você, um cabide, uma mosca na merda da sua teia.

Mull Standish mantém o controle. É verdade, diz, suavemente. Não ajudei você como poderia. Meu selo independente é pequeno et cetera. Se você chama isso de atrasar, então okay, atrasei você, sim. Estou atrasando você porque se deixar você ir em frente agora você vai fracassar, vai quebrar a cara. Ainda não teve coragem de voar. Talvez não tenha. O problema não é técnico. Está preocupado com asas? Olhe no seu ombro. As asas estão aí. O problema, meu amigo, não é asa, é colhão. Talvez você seja um eunuco desculhambado que vai passar o resto da sua vida eunuca dormindo num colchão na casa da Bruxa.

O barco oscila e eles também. Ormus Cama está recebendo um grande presente. Estão sendo ditas palavras que o obrigarão a encarar a si mesmo.

Pode dizer o que quiser a respeito de você mesmo que por mim tudo bem, Standish diz. Diz que tem um gêmeo morto dentro da cabeça que escuta a lista das paradas de sucesso de amanhã, e eu não ligo a mínima. Fala de visões, baby, e eu digo para você siga essa estrela até Belém e vá ver o menino na manjedoura. O problema é que você está sempre fugindo de tudo, uma boa parte de você não entra na sua música. Você está falsificando isso. As pessoas percebem. Vou dizer uma coisa, simplesmente vá se foder, por que não vai? O que eu vejo na minha frente é um potencial que não se realiza. Isso, como investidor, não me interessa. O que eu sei é que a música vem do ser, o ser é dado, o ser em si. *Le soi en soi* [O ser em si]. A seda na seda, como a gente dizia na minha juventude de trocadilhista francófilo.

Standish agora está respirando pesado. Todo seu ser está estalando no limite do corpo. Fogo de Santelmo; assim. Como ama esse homem, está se esforçando até o limite de sua fronteira física para lhe mostrar o caminho. É de Vina que você precisa, ele ruge. Então encontre ela. Em vez de ficar choramingando num microfone de rádio num barco quebrado. Encontre e cante suas músicas para ela. Qual a coisa mais perigosa que você pode fazer? Faça. Onde fica o precipício mais próximo? Pule. Já chega! Falei o que tinha de falar. Quando estiver pronto, se algum dia ficar pronto, me ligue.

Vozes explodem cantando dentro da cabine. *I'll come again, you'll come again, we'll both come again together. We'll be all right in the mid-*

dle of the night, coming again together [Eu vou voltar, você vai voltar, nós dois vamos voltar. Vamos ficar muito bem no meio da noite, quando nós dois voltarmos].

Passa-se uma semana e Ormus telefona.

Arranje tudo. Eu estou pronto. Arranje tudo.

E depois, ao final da sessão de gravação, quando já estão com a fita preciosa, os dois ficam frente a frente, sem saber se brigam ou se se beijam.

O que eu quero que a música diga é que eu não tenho de escolher, Ormus diz finalmente. Preciso que ela demonstre que eu não sou este cara ou aquele, o sujeito de lá ou o sujeito daqui, a pessoa dentro de mim que eu chamo de meu gêmeo, ou quem quer que seja que está sei lá onde recebendo flashes do outro lado do céu; ou simplesmente o homem parado na sua frente agora. Vou ser todos eles, posso fazer isso. Lá vem todo mundo, certo? Foi daí que veio a idéia de tocar todos os instrumentos. Era para provar esse ponto. Você estava errado quando disse que o problema não era técnico. As soluções dos problemas em arte são sempre técnicas. O sentido é técnico. O coração também.

Tecnicamente, então, diz Mull Standish, eu não devia tocar em você, porque prometi, mas agora que você me deixou feliz, me permite um abraço?

O lançamento dessa música trará Vina Apsara de volta para ele afinal. Marcará o começo de sua quase assustadoramente totêmica celebridade. E não acontecerá antes de três anos e tanto.

A felicidade de Mull Standish (com Ormus, com os filhos) é o que Antoinette esteve esperando. O que ela quer dizer com isso, e se ela tem culpa pelo que logo acontecerá, cabe ao leitor julgar agora.

Passam-se poucas semanas. Então, na *maisonette* acima da Bruxa:

Deve ser um sábado, e ainda não é meio-dia, portanto, naturalmente, ninguém levantou ainda e a loja está fechada. A campainha — da *maisonette*, não da loja — toca durante tanto tempo que Ormus, deixando Ela semiconsciente no colchão, o rosto ligeiramente empoado de cinzas, batalha para enfiar umas calças boca-de-sino vermelhas de veludo amarrotado e desce cambaleando a escada até a porta.

Na soleira, está um alienígena: um homem de terno de executivo, bigode combinando, com uma maleta em uma mão e na outra um exemplar de uma revista em papel brilhante aberta na página em que uma modelo veste uma das últimas ofertas da Bruxa.

Boa tarde, diz o alien, em excelente inglês. Tenho uma cadeia de lojas em Yorkshire e Lancashire...

Ela, nua debaixo de uma camisola desesperadamente inadequada, cigarro pendurado na boca, desliza pelos degraus com uma mão no cabelo. O alien fica roxo e seus olhos começam a girar. Ormus se retira.

E aí?, Ela pergunta.

Boa tarde, o alien tenta de novo, embora seu inglês de repente comece a apresentar dificuldades. Tenho uma cadeia de lojas em Yorkshire e Lancashire que vende moda feminina e fiquei muito interessado nesta roupa que aparece aqui. Com quem devo falar em relação a um primeiro pedido de seis dúzias, com opção de repetição?

É o maior pedido que a Bruxa jamais teve. Então, na metade da escada, materializa-se a figura imponente de Antoinette Corinth, vestida com um cafetã preto e ouro. Impossível saber o que está pensando. Ormus pensa sentir alguma coisa no ar, a sensação de ter chegado a um ponto de virada. O alien espera pacientemente enquanto Ela considera a questão. Depois, com grande deliberação, a gerente sacode a cabeça algumas vezes, lentamente, elegantemente.

Estamos fechados, cara, ela diz, e bate a porta.

Antoinette Corinth desce e beija Ela na boca. Depois disso, ainda nos braços de Antoinette, Ela se vira para Ormus e, coisa rara, fala mais algumas palavras.

Uma artista, porra, diz. Esta bela mulher.

Nesse ponto, a campainha toca de novo. Ela se volta e sobe a escada, dessa vez com Antoinette. Evidentemente Ela não planeja voltar para o humilde colchão de Ormus. As almofadas e sedas, as exóticas estampas e cortinas do covil de Antoinette a esperam. Ormus fica parado e olha a porta fechada.

De novo a campainha. Ele abre a porta.

Na soleira, segurando um cesto que contém uma variedade dos melhores pães de fermento que o dinheiro pode comprar, está o grão-senhor do selo Colchis, o cego anjo da gravação em pessoa, Yul Singh; e atrás dele uma limusine ocupando quase metade da rua.

Veja, mr. Cama. Veja aqui na sua frente. Agora que o senhor está pronto, pelo que tenho de cumprimentar o senhor, eu não esperava, mas ouvi sua fita que o seu agente mr. Standish, que, permita-me dizer, o senhor encontrou alguém muito bom na pessoa dele, e, como tenho ouvidos para ouvir o que eu ouvi, então acontece que você não precisou me procurar, como eu me lembro de que aconselhei que não fizesse de jeito nenhum. Como as coisas transpiram e eu não faço questão de esconder, este mundo é muito estranho, então, mr. Cama, com sua permissão, eu é que vim até você.

Lorelei, do primeiro disco do VTO, intitulado *VTO* (Colchis, 1971):

Certain shapes pursue me, I cannot shake them from my heel. Certain people haunt me, in their faces I will find the things I feel. Uncertain fate it daunts me, but I'm gonna have to live with that raw deal. No authority's vested in me, on what's good or bad or make-believe or even real. But I'm just saying what I see, because the truth can set you free, and even if it hasn't done too much for me, well I still hope it will.

And I can feel your love, Lorelei. Yes I can feel your love pour on me. Oh I can feel your love, Lorelei.

[Tem formas atrás de mim, grudadas no meu calcanhar. Gente que me assombra assim, vejo o que sinto em seu olhar. O destino é duro para mim, mas eu vou ter de suportar. E se é falso ou é real, se é bom ou se é ruim, quem sou eu para julgar. Só falo do que está diante de mim, porque a verdade pode libertar. Ela ainda não fez muito por mim, mas espero que ainda faça, sim.

Estou sentindo o seu amor, Lorelei. É, seu amor jorrando em mim. Oh, estou sentindo seu amor, Lorelei.]

No verão de 1967, Ormus vai dar uma volta de carro pelo campo numa tarde de fim de semana, junto com seus bons amigos Hawthorne e Waldo Crossley, no Mini Cooper S (com conversão Radford) de Hawthorne, para celebrar seu contrato de gravação com a Gravadora Colchis. Antoinette Corinth, numa rara demonstração de afeto maternal, insiste em preparar para eles um almoço de piquenique. Uma garrafa térmica de chá e sanduíches.

Estou tão contente por você, ela diz a Ormus, magnânima. E com o seu sucesso e os meninos finalmente aceitando o pai, estou contente por Mull também. Acho que ele nunca foi tão feliz. Nem uma nuvem no horizonte. Céu azul até onde a vista alcança. Tchau, queridos, queridos. Que o dia seja ótimo.

De início, as coisas correm tranqüilas. Passam por um grupo de mímicos de cara branca em um parque jogando tênis sem bola em câmara lenta e param um pouco, bebendo chá da garrafa térmica, para assistir ao jogo disputado. Conversam sobre diversas coisas. Tocam no suicídio do empresário dos Beatles, Brian Epstein; nas manifestações contra o racismo nos Estados Unidos; na recusa de Cassius Clay em lutar na Indochina; na perda de seu título e na sua transformação em Muhammad Ali; e até na *musique concrète* de Stockhausen. Mas falam principalmente em descer de carro até o festival de música antiguerra que está se realizando em Woburn Abbey, apesar do medo generalizado da violência. Tropas, além das polícias montada e armada, estão de prontidão nas vizinhanças da fazenda Woburn, e porta-vozes do governo estão alertando que músicos e público devem evitar comportamentos sediciosos ou inflamatórios. Como reação, os músicos resolveram ser o mais sediciosos possível. Correm rumores de um possível ataque com bombas de gás, e até da utilização de armas automáticas.

(O estado de espírito nacional é tão feio que quando um jornal diário, reagindo ao crescente fenômeno hippie, mas não fazendo a ligação de sua mensagem de paz com o esmagador fato da guerra, descreve a estação como um "verão de amor", isso é visto como uma risível peça de propaganda do governo.)

Porém a catástrofe, quando chega, nada tem a ver com o movimento de protesto, nem com as forças reunidas contra ele. Ormus Cama é sabidamente oponente da decisão do governo de Wilson de envolver tropas britânicas na Indochina — *por que os líderes trabalhistas têm de provar sempre que têm colhão para a guerra?* —, mas não é detido pela barreira do Exército, nem é sujeitado a uma carga da cavalaria.

O que acontece é apolítico: um acidente de tráfego.

Hawthorne Crossley está à direção, talvez correndo demais, certamente desconcentrado e aparentemente cansado demais e dispersivo; e em uma sonolenta aldeia inglesa à margem da M1 o Mini Cooper se choca com um grande e pesado veículo que transporta uma volumosa e odorífera carga de fertilizante agrícola. Hawthorne Crossley é morto instantaneamente, Waldo sofre ferimentos na cabeça que causam danos irreparáveis a seu cérebro, enquanto Ormus, sentado atrás, fica também gravemente ferido. O esterco cobre tudo. O serviço de emergência tem de cavar para chegar até eles debaixo de um montinho de excremento. Um encontro com um caminhão de merda: seria engraçado se não fosse tão desgraçado.

Ormus está no banco de trás do carro. Ele fecha os olhos um instante porque universos alternativos começaram a espiralar para fora de seus olhos em roscas de estranheza irisada que o enchem de terror, e, como não sabe das impurezas que havia dentro da garrafa térmica de chá, pensa que está produzindo sozinho a alucinação. Então aperta as pálpebras contra os pés de feijão esfoliados gêmeos da visão e quando as abre de novo o mundo inteiro é um caminhão. O improvável arranhar de metal contra metal. O bater dos segundos ralentado até soar como as batidas abafadas do tambor funerário. Em um choque de veículo pequeno com caminhão, ele se lembra de ter lido em algum lugar, o maior perigo é ser sugado para baixo dele e decapitado ou pelo menos esmagado. Dentro de suas muralhas de som, metais pesados deslizam. Soltam-se do pára-lama da roda de trás do caminhão, giram, batem em alguma coisa, uma casa ou uma árvore, e param. Ninguém está usando cinto de segurança. Ormus, sacudindo horrivelmente no espaço confinado do carro, vislumbra Waldo pendurado do banco de passageiros fronteiro com a boca aberta; depois, o motorista, Hawthorne Crossley, flutua em seu campo de visão, voando de olhos arregalados para o pára-brisa. Hawthorne está exalando violentamente, como numa risada de louco, *babaa*, e Ormus vê uma pequena nuvem branca sair de sua boca, pairar ali por um momento, como um balão de quadrinhos, e se dispersar. Depois, como um mergulhador que atinge a superfície da água, a cabeça de Hawthorne estilhaça o pára-brisa, passa por ele e acabou-se. Quando Ormus for capaz de se lembrar das coisas, recordará esse momento como o momento em que viu a vida de Hawthorne deixar seu corpo, e o que isso significa?, será que significa que existe um espírito afinal, uma alma que está na carne mas não é da carne, um fantasma na máquina macia? Será algo com que se debater durante algum tempo, mas agora todo debater-se tem de parar, porque alguma coisa dura o atingiu, como um punho, no olho esquerdo.

O tempo se acelera à medida que eles desaceleram. O fertilizante cai. Ele não tem conhecimento de nada.

Isso é o que é relatado. Os feridos são levados para um hospital próximo. O agente norte-americano de Ormus, uma "figura de Svengali, manca", mr. Mull Standish, chega logo depois, junto com o chefe da gravadora, Yul Singh, elegantemente ataviado em um caro terno azul-marinho, óculos de Ray Charles e luvas de couro pretas, acompanhado, à maneira de Piloo Doodhwala, de uma *entourage* de ajudantes e guarda-costas. Standish, completamente arrasado com o destino de seus filhos, soluça desamparado à beira de seus leitos no hospital; conta-se que o bando de sikhs de Yul Singh é que fez desaparecer o cantor por uma saída dos fundos, apesar dos sérios ferimentos e fraturas, levando-o para um local secreto onde receberá tratamento particular. Comenta-se que Ormus foi escondido em uma aldeia nas fronteiras de Gales, ou nos planaltos escoceses, ou nos subúrbios de Essex. Foi visto também em Paris e na Suíça; em Veneza (no carnaval mascarado) e no Rio de Janeiro (onde dança mais uma vez no carnaval, em meio às mulheres de seios pequenos e nádegas amplas que os homens brasileiros adoram); em Flagstaff, Arizona, e não esquecer Winona — ele se divertindo na Rota 66. Diz-se que está terrivelmente desfigurado; correm rumores de que suas cordas vocais foram seccionadas; uma investigação "definitiva" de um jornal dominical revela que ele desistiu para sempre da vida de músico, converteu-se ao islamismo e juntou-se a uma seita obscura de devotos — os "Gatos de Alá" — com sua improvável rede no coração da comunidade judaica em Hampstead Garden Suburb. O boato mais persistente é de que está morrendo, em coma profundo, numa unidade de tratamento intensivo ultra-secreta, isolado em uma caixa de vidro como a Branca de Neve de Grimm (ou de Walt Disney) em seu esquife.

Durante três anos e três meses, Ormus viverá em seqüestro, longe dos olhos públicos. Nem sua gravadora Colchis, nem os representantes pessoais do escritório da Mayflower Management de Mull Standish darão declarações de qualquer tipo.

Circulam histórias, e não há por que discuti-las. Partes delas são exatas, a não ser os bizarros encontros pelo mundo com o homem subitamente invisível, cujo desaparecimento — não há como escapar dessas amargas ironias — o impulsiona de estrela pop de terceira grandeza para uma condição de considerável renome. Quanto mais ele fica invisível, mais cresce sua fama. Desenvolve-se um culto, cujos seguidores acreditam que Ormus Cama irá despertar para conduzi-los para fora de seu tempo de perturbação, para além do nosso vale de lágrimas até a redenção. Relançamentos de seus discos da Mayflower, assim como gravações clandestinas de suas primeiras apresentações em Bombaim, começam a circular e a vender; cresce a lenda. As pessoas, sendo pessoas, começam a falar cinicamente de um golpe publicitário. Yul Singh é bem conhecido como espertalhão, e Standish, embora menos conhecido, não é menos esperto.

A história do coma, porém, é verdadeira. Ormus não está morto, mas dormindo.

A especulação fica tão intensa que a dimensão humana da tragédia é quase completamente obliterada. As pessoas envolvidas no caso deixam de ser vistas como seres vivos, sensíveis; tornam-se peças abstratas de um quebra-cabeça, um jogo sem coração. Tornam-se recipientes vazios que podem ser preenchidos pela especulação pública.

Certos fatos não vêm à luz. Yul Singh e seu círculo mais próximo da Colchis trabalham para suprimi-los, e ironicamente a nuvem de conjeturas realmente ajuda.

Na corrente sanguínea dos irmãos Crossley e também na de Ormus Cama, os médicos encontraram níveis perigosamente altos do alucinógeno dietilamida do ácido lisérgico 25. Esses boletins médicos não chegam ao público, porém. Nem são seguidos de nenhuma ação policial.

No desastre com o Mini Cooper encontrou-se uma garrafa térmica. De alguma forma esse recipiente não fica de posse da polícia, nem é sujeito a nenhum tipo de exame pelas autoridades. Por alguma razão é entregue nas mãos de um "amigo da família". O amigo nunca aparece. Nem a garrafa.

Não há, portanto, nenhuma prova de que havia açúcar no chá.

O valor de um homem se revela na hora de sua maior adversidade. Qual é o nosso valor quando está tudo perdido? Nós meramente elogiamos para enganar, ou, de verdade, somos a matéria dos sonhos dos alquimistas? Estas são perguntas às quais a maioria de nós, misericordiosamente, nunca tem de responder.

O comportamento de Mull Standish diante da tragédia, embora não surpreendente para aqueles que o conhecem, é, mesmo assim, um exemplo para todos. Saindo de olhos secos de sua dor no hospital local, ele se dedica ao bem-estar dos vivos. Nas semanas que se seguem, a febril energia com que localiza e contrata o melhor tratamento possível para Waldo é uma maravilha de se ver. Waldo se recuperará de seus ferimentos físicos. Durante vários anos depois do acidente, ele se beneficiará da atenção de uma equipe de especialistas graças a cujos esforços será capaz de retomar uma existência limitada, mas surpreendentemente satisfeita, neste mundo.

Os homens de Yul Singh obedecem às ordens de Standish. Ormus Cama é levado para uma casa branca em uma encosta com vista para o Tâmisa, uma casa de cujas portas abertas flutuam ao vento cortinas brancas, para ser tratado pela mãe. Assim, pelo menos um estremecimento no mundo está a ponto de se curar. Spenta recebe seu filho ferido com altos gritos de autocensura, gasta uma rápida fortuna para instalar um sanatório de última geração no velho jardim-de-inverno ensolarado e espaçoso e resolve trazer Ormus de volta à saúde com as próprias mãos, colocando-se ao lado de sua cama constantemente, embora a exaustão a obrigue, de tempos em tempos, a ter algumas horas de sono. Lorde Methwold morreu há pouco, pacificamente, durante o sono, sem herdeiros, e sua esposa é a única — e incontestável — beneficiária de seu impressionante testamento. Essa mansão de campo é agora dela; e também a casa da cidade em Campden Hill Square, as saudáveis contas bancárias, as substanciosas ações em títulos e ações de baixo risco. Em resumo, uma bela fortuna. A antiga lady Spenta Cama recebeu a notícia de sua boa sorte como um aviso de Deus. Ficar de repente rica de bens mundanos significa compreender a natureza de seu empobrecimento mais profundo. Dos três filhos, um está na cadeia por assassinato, o segundo foi despachado (ó, mãe dura!) para uma clínica, de forma a não perturbar seu idoso esposo. O mais novo há muito afastou-se dela, sentindo-se não amado; agora está seriamente ferido. Ela, que se acredita devota, fracassou no dever de sua alma.

Secretamente, longe do declinante Methwold, ela tem sintonizado a Rádio Freddie, mantendo contato com o filho através de seu trabalho. O fechamento da estação foi difícil de agüentar; é uma segunda separação, uma segunda ruptura. Sua carta para Ormus, sentimental e cheia de desculpas, endereçada a ele aos cuidados da estação pirata, chega às mãos de Standish no dia da malfadada viagem de carro do cantor. Portanto, é a intervenção de Standish que devolve Ormus para o seio da família. (Virus Cama está em casa também, liberado de seu cativeiro pela morte do padrasto.)

Cumprida essa nobre tarefa, Mull Standish retorna a Londres, para o Crematório Wandsworth, pois é tempo de cremar seu filho.

No crematório, apóia-se na bengala, fecha os olhos e vê os grandes jatos de fogo ondulando em torno do corpo do jovem, limpando-o de si mesmo. Apesar de norte-americano e de ter vivido uma vida intensamente americana, Mull não chora. Ele abre os olhos. Antoinette Corinth e Ela, abraçadas, acariciam rostos manchados de delineador por baixo dos véus de renda negra. O que está morto agora é mais que o diálogo. Standish fecha os olhos de novo e vê o futuro de Waldo Crossley. Waldo, idiotizado pelo acidente, sorri docemente para as folhas secas que espeta em um canteiro cheio de vento. Acima do qual, olhando de uma das janelas de uma grande casa branca, está a mãe de Ormus. Que não quer senão reparar eternamente uma vida pouco maternal. Que cuidará de Waldo como se ele também fosse seu filho amado.

Acabou. Basta de choro. Standish atravessa o corredor para falar baixo com sua ex-mulher. Acredito que isto é obra sua, diz, suavemente. Não pensei que fosse capaz de uma coisa dessas, mas agora tenho certeza. Não consigo imaginar como deve ser grande o seu ódio. Não posso conceber levar tanto veneno dentro do coração por tanto tempo. Matar os próprios filhos para atingir o pai. É coisa de livro.

Você amava os dois e eles chegaram a amar você. A voz dela é gelo. Seus dentes cintilam, maliciosos. Isso é o que me dá maior consolo, e prazer.

Assassina, ele diz. Infanticida. Que os deuses arrasem sua vida, ele diz.

Ela se volta para ele. Eram meninos perturbados desde que foram abandonados por você. Durante anos fizeram de tudo para escapar da verdade. Ou seja, que o pai pederasta pôs o pé na estrada. Quando eram crianças comiam uma lata de graxa de sapato se achassem que isso proporcionava uma hora de esquecimento. Bebiam xarope para tosse aos litros. Cola, pílulas, o tesão dentro de um saco plástico, era assim, portanto, Mull, não me encha o saco. Aí você apareceu como Deus Todo-Poderoso, deu emprego para eles, finalmente resolveu amar os coitadinhos. *Isso* é que levou os dois à bebida e a todo o resto. Tempo de agulha. Ou será que você não notou. Mas aí você fechou a estação, tirou isso deles, e até deixou os dois perceberem que você amava outro filho da puta mais do que a eles. Você não entende. Nunca entendeu. Eles tinham pavor de você, pavor de que fosse ir embora de novo. Loucos de medo. De que, logo depois de começarem a amar você, você empinasse o rabo com seu príncipe indiano.

Ele não vai deixar que ela o veja tremer; controla-se, torna a acusá-la.

Você preparou o piquenique, diz. Você planejou matar todos eles.

Ou então, ela o enfrenta, eles puseram a droga lá eles mesmos. Para morrer e levar o seu amante junto. Meus queridos. Nem isso conseguiram fazer direito.

Mull Standish espera as cinzas sozinho. As cinzas de Hawthorne são a sua própria vida. É preciso tomar decisões: ser ou não ser. Você encara a vida, você dá o que tem de melhor, aborda a vida com toda a abertura e humanidade que tem, e é isso que recebe de volta. Um menino em uma urna grega falsificada, o outro uma casca sem ser. Não é assim, não é assim que devia ser.

Ele abraça a urna e a beija e beija. Este é o meu filho amado em quem me comprazo.

É isso.

A galáxia pequena que está atravessando a galáxia maior da minha história está sendo dilacerada. Antoinette Corinth e Ela fecham a Bruxa e partem para a costa do Pacífico no México, vestidas com flamejantes cores tropicais, trocando o silêncio sombrio por luz brilhante e barulho. Não são feitas acusações às duas. Cabe a cada um de nós decidir qual verdade escolhemos seguir: a verdade da tragédia, da história, a verdade medeiana de Standish, ou a versão acusatória de Antoinette, ou a verdade mais sóbria da lei. Inocente até que se prove a culpa, e assim por diante.

De qualquer forma, isso de nada vale para Hawthorne e Waldo.

Logo depois da partida das mulheres, ocorre um incêndio em Unfold Road e a loja se queima. Suspeita-se de fogo criminoso, mas nada se comprova, e, depois de uma demora, as companhias de seguro pagam. Mr. Tommy Gin, como sócio principal, recebe a parte do leão, mas um cheque de tamanho apreciável é enviado para a bela cidade de veraneio de Zopilote, na província mexicana de Oaxaca, no golfo de Tehuantepec. O cheque é sacado, mas não se têm mais notícias de Antoinette Corinth e sua companheira, Ela. Por ora, as duas desapareceram num impenetrável outro lugar onde esta história não pode seguir.

Certos padrões são recorrentes, parecem inescapáveis. Fogo, morte, incerteza. O tapete arrancado de debaixo de nós para revelar o abismo onde devia haver chão.

Desorientação. Perda do Leste.

Durante os últimos estágios dos chamados "anos perdidos", depois de sua emergência do prolongado coma, Ormus Cama escreverá, durante algum tempo, um diário ocasional, uma coisa fortuita recheada de escrita automática, de loucuras, "poesia", visões, conversas com os mortos e muitas idéias para canções.

Em um dos primeiros registros, ele descreverá uma alucinação que teve no banco de trás do fatídico Mini Cooper, muito provavelmente pouco antes do encontro com o caminhão de fertilizante:

O alto de minha cabeça estava aberto, estourado como por uma explosão, e ele escalou para fora e fugiu. Agora ele não vem mais me ver, por que deveria?, está livre, não está mais correndo pelos corredores e escadas do cassino procurando uma saída, ele escapou, está aí fora, em algum lugar. Se encontrar com ele, lembre que ele não é eu. Só parece. Ele não é eu.

Outro dos primeiros registros:

Vina eu agora conheço você melhor. Minha querida, conheci sua mãe letal. Encarei o outro dela, e sobrevivi.

11

AMOR SUPERIOR

Nos primeiros dias, antes de ficar pronto o sanatório no jardim-de-inverno, Ormus é colocado na própria cama de Spenta, ligado a tubos e monitores. Essa parte da casa é velha e descascada, como a Inglaterra da qual nasceu. Uma chuva fina de pó de gesso pousa lentamente nas faces de Ormus. Ao lado da cama, Spenta espana os flocos pálidos com um pano de seda estampado em estilo *paisley*. Virus Cama, de volta à casa, fica sentado com as mãos pousadas de leve nos joelhos, num canto do quarto principal, numa cadeira entalhada e desmontável de teca preta, cadeira que foi um dia utilizada por um coletor itinerante no que hoje é Maharashtra e Madhya Pradesh, em suas viagens ao longo do Wainganga e às montanhas Seeonee. Spenta olha seus filhos defeituosos, Sono e Silêncio, inclina a cabeça, e decide, pela centésima primeira vez, compensar esses meninos perdidos, curá-los com seu amor atrasado. Não é, não pode ser, tarde demais para a redenção: a deles e a dela própria. Ela reza aos anjos, mas eles não respondem mais. Seus filhos são seus únicos anjos agora.

Mas Cyrus, ela lamenta perturbada. Para Cyrus é tarde demais.

À volta toda há lembranças da Índia britânica. Um *chhatri* de espelhos estendido sobre uma cadeira de braços reclinável. Fotos da escola da Companhia, gravuras de Daniell coloridas a mão. Um serviço de chá de prata, uma cabeça de deus em pedra, fotografias dos grandes dias passados caçando pássaros e animais, um tapete de pele de tigre, caixas de pedra com marchetaria *bidri* de prata, uma arca perfumada de vendedor de *itr*, um harmônio, tapetes, tecidos. Emoldurada, uma carta de Morgan Forster descrevendo cavernas com estranhos ecos na encosta de uma montanha selvática.

A enfermeira indiana chega.

Só depois de algum tempo, depois que Spenta se lembrou de quem é ela e onde a tinha visto antes, é que se dão conta de que ninguém se lembra de ter admitido a mulher. Ela parece se materializar do nada, pairando, solícita, atrás de Spenta e de Standish, usando um uniforme engomado e imaculado, azul-claro e branco, com um pequeno relógio preso no peito. A agência me mandou, ela diz vagamente, ocupando-se com lençóis e toalhas e lendo o prontuário pendurado dos pés da cama do cantor comatoso. Spenta e Standish estão esgotados. Exaustão e choque cobraram seu preço, de forma que mesmo quando Virus Cama se levanta de sua cadeira de coletor para, preocupado, puxar a manga da mãe, Spenta só o afasta e cai sentada com a cabeça nas mãos. Standish também está a ponto de um colapso, mal tendo dormido desde a catástrofe. A enfermeira indiana apaga as luzes do quarto principal e assume tudo com uma competência que não admite discussão. É uma moça bonita, que fala bem, conhecedora das principais famílias da sociedade de Bombaim. Ela conta a Spenta sobre o tempo que passou com as Irmãs de Maria Gratiaplena, mas, apressa-se a acrescentar, ela mesma não é freira. Talvez por causa dessa referência, Spenta, cujos pensamentos estão muito abstratos, começa a chamar a recém-chegada de Maria, nome a que ela responde prontamente. Descanse, Maria diz, e Standish e Spenta marcham passivamente para fora, seguidos de Virus Cama, que continua olhando a enfermeira por cima do ombro, sacudindo a cabeça grisalha.

Quando está sozinha com Ormus adormecido, a enfermeira começa a falar com ele em uma voz cheia de fumaça e desejo. Finalmente, meu amor. Mesmo não sendo o nosso lindo cantinho em Worli, vai servir. Onde quer que você esteja, aí será o meu palácio e tal, a cama que sustentar seu corpo é o único lugar de descanso que eu desejo et cetera, e mesmo quando você morrer, meu amor, eu vou com você até o túmulo, até lá e além et cetera et cetera et cetera.

Ela continua relembrando ao homem inconsciente o amor que fizeram no passado, as muitas coisas lindas que fizeram juntos, aquelas provas supremas de paixão, atletismo e flexibilidade, para não falar do poder sensual de certos óleos naturais. Seu longo discurso é uma obra-prima de erotismo que teria se perdido para a posteridade não fosse o gravador Grundig que Mull Standish instalou debaixo da cama de Ormus para o caso de ele voltar brevemente à consciência e dizer alguma coisa, qualquer coisa, durante a ausência simultânea do agente e da mãe. Ormus fica em silêncio, mas a fina fita marrom absorve fleugmaticamente tudo o que Maria tem a dizer, espionando suas intimidades da mesma forma que aquelas fitas fictícias ouviram o imaginário "presidente Nixon" no romance *O Caso Watergate.* E a certo momento ela passa da reminiscência à ação, descreve ao inconsciente Ormus em detalhes explícitos como ela planeja despertá-lo de seu sono acordando seus desejos carnais, depois há um tilintar de frascos de vidro, depois o som escorregadio de mãos untadas com óleo se esfregando e se aplicando à figura adormecida.

A qualidade de som da fita é boa. Qualquer um, escutando, pode facilmente visualizar Maria subindo na cama (ruídos de colchão), e como a imaginação humana corre atrás de suas suposições muito depressa, devo passar rapidamente para o som claramente gravado de uma porta se abrindo e das vozes horrorizadas de Spenta e Standish entrando, depois que Spenta por fim trouxe à memória a ninfomaníaca do vôo para Londres.

Eles mandam a enfermeira indiana descer, vestir-se e ir embora, porque como ousa, será que não tem um mínimo de decência, eles vão providenciar para ela perder a licença de enfermeira, ela que cubra os seios já, é, e as partes pudendas também, e acima de tudo que pare de rir, pare agora, isso não é nada engraçado, dentro de cinco segundos vão chamar a polícia.

A risada dela enche a fita enquanto sai da sala.

Ormus continua dormindo; desfalecido e, apesar de todo o tratamento de Maria — é o que diz a história —, ainda mole.

Ela continua aparecendo. Ormus é transferido para a nova instalação no jardim-de-inverno e na noite seguinte lá está ela. Spenta vai ao toalete por um momento e na volta encontra Maria, nua a não ser por um véu preto, debruçada sobre o sexo exposto de Ormus, os movimentos da boca ampla meio escondidos pela gaze. Ela é realmente muito bonita, muito devassa e muito louca, Spenta pensa, mas isso não explica como a menina entrou. Spenta ordena que seja mantida vigília constante, um guarda é colocado a postos, os cachorros soltos nos jardins noturnos. Mesmo assim, Maria acha um jeito de entrar. Uma noite, Standish está a postos, lendo o último Yossarian para ajudá-lo a passar a noite, e apesar do gênio cômico do escritor ele cochila, pensa ele, por não mais que dois minutos. Quando desperta, assusta-se ao vê-la ali, totalmente materializada, untada de óleo, coberta por um véu e nua, apesar dos cães e das grades trancadas e do sistema de alarme fotossensível: e dessa vez ela está realmente montada em Ormus, subindo e descendo vigorosamente, cavalgando seu pau mole. Vocês nunca vão me afastar dele, ela grita. Eu sou o destino dele, seu desejo secreto, e tal. Aquela mulher (ela quer dizer Vina) nunca vai dar o que ele quer, mas eu conheço os desejos dele melhor que ele mesmo, dou para ele antes de saber o que vai pedir, et cetera. Eu venho do mundo secreto dele.

Quem é você?, Standish pergunta, piscando. Está caindo de sono e usando os óculos de leitura, de forma que qualquer coisa a mais de vinte centímetros fica borrado e irreal.

Quando tenta focalizar a moça, ela desaparece. Parece que uma rachadura se abre no ar, por onde ela entra e desaparece.

A capacidade humana de racionalização é uma coisa de admirar. Ela nos permite desacreditar nossos próprios olhos. Como o que Standish enxergou fora de foco é impossível, ele conclui que não viu o que viu. Ela deve ter saído pela porta quando ainda estava tonto, conclui. Levanta-se e olha, mas a moça sumiu. Standish anota mais essa falha no sistema de segurança e desconfia de um trabalho interno. A louca está provavelmente comprando os favores de algum funcionário da casa, um jardineiro, um faz-tudo. Alguém a está botando para dentro e sendo recompensado, sem dúvida, com uma parte daquela ação sexual que ela pratica com tanta liberdade. Isso deve ser investigado. Enquanto isso, nenhum mal aconteceu. Standish retorna ao livro.

Pacificamente, Ormus continua dormindo.

Mull Standish, um homem contemporâneo, procura respostas no dia-a-dia. Com a mesma naturalidade, Spenta volta-se para o paranormal, tem medo de que se trate de um fantasma e convoca sacerdotes parses de Londres e o vigário anglicano local. Realizam-se sonoras cerimônias de fogo e exorcismos. Depois desses ritos, ocorrem períodos, às vezes muitos extensos, em que a indiana deixa de se manifestar. Tanto para essas ausências quanto para suas presenças, não há explicação nenhuma; Spenta, porém, acredita nos servos de Ahura Mazda e no Deus cristão.

Então, Maria aparece de novo, e todo o ritual de limpeza é refeito.

Há dias em que Spenta se sente morrer de medo. Desertada pelos anjos, teme que ela e sua família possam ter se tornado presas de demônios. Em tais momentos, procura Mull Standish para confortar-se. Sempre imaculadamente arrumado, engalanado em casaco de pêlo de camelo com gola de seda, ou relaxadamente mascando um charuto em casaco de mink, Standish, nesses momentos de agonia, mantém-se firme sobre o solo instável, um homem bem plantado, uma árvore que não planeja tombar tão cedo. Seu tom calmo, sua gravidade, seu cabelo gomalinado: essas coisas fazem Spenta sentir segurança e põem um brilho em seu olho, embora seja sete anos mais velha que ele e, realisticamente, não possa ter esperanças. Mesmo assim, ela presta maior atenção à sua aparência, baixa os cílios, flerta. Standish percebe o surgimento de um amor impossível de corresponder, mas passou a gostar de Spenta o suficiente para deixá-la sonhar.

Apesar de toda a sua aparente solidez, são anos de infortúnio para Mull Standish. O repentino desmoronamento de um prédio de escritórios em Newark, para o qual uma de suas subsidiárias nos Estados Unidos havia fornecido o sistema de refrigeração, veio acompanhado de uma erosão de confiança mais generalizada em suas empresas de construção. Devido ao fim de sua ligação com "Sam Tropicana", a família do ex-amante está decididamente falando mal dele, e a prefeitura da cidade de Nova York começou a fechar a carranca para seus projetos e propostas. As irregularidades com o IR foram acertadas, mas só depois do pagamento dos atrasados acrescidos de uma taxa punitiva. Na Grã-Bretanha, o fim da fase pirata fez mais do que danos financeiros; removeu uma parte do estímulo essencial de sua vida. Ele encerrou o selo de gravação e agora ganha seu pão alugando as propriedades em que teve a sabedoria de investir durante os anos de explosão da pirataria.

Naturalmente, como qualquer empreendedor dinâmico, e não há dúvidas de que essa descrição é correta, ele continua com seus esquemas e sonhos. Hippies de Sloane Square vendem ioiôs que acendem quando sobem e descem. Ele tem parte dessa ação, e também de muitas outras bugigangas feitas com a bandeira da Inglaterra e vendidas acima do preço em Carnaby Street. Seu dom para aquilo que homens de marketing chamam de análise de brechas o leva a publicar um guia de serviço, *Where It's At* [Onde Fica], que começa como um pobre folder de folha simples e cresce até se transformar numa revista semanal que gira muito dinheiro. Para o comum dos mortais, essa gama de atividades seria prova de robusta saúde, e robustez é a qualidade que Standish — ainda infatigável em seus cinqüenta e poucos anos — mais se empenha em projetar. Mas é um homem de coração partido. Se for para compará-lo a uma árvore grande, alguma coisa está apodrecendo em seu cerne. Um dia, sem aviso, ela pode tombar de repente. Só então os transeuntes perceberão a doença e entenderão.

Quando ele passeia com Waldo Crossley nos jardins da propriedade ribeirinha de Methwold, parabenizando o filho pela habilidade com que aprendeu a espetar folhas e outros detritos, elogiando-o por sua aparência vestido com o libré da família Methwold, e sendo recompensado pelo riso aberto e lacrimoso, feliz, desmiolado de Waldo — ou quando fica de vigília ao lado da cama de Ormus Cama, vendo no cantor comatoso a sombra de seu Hawthorne morto —, então as costas de Standish ficam mais retas do que nunca, seu queixo mais firme, seus olhos mais secos. Mas ele recebeu duros golpes, não há como negar. O perigo é que, se Ormus não acordar, Standish possa também cair em um sono definitivo. Seus destinos estão ligados. À medida que passam os meses e anos, e Standish perde a esperança de um despertar, finos fios do seu manto de disciplina começam a puir. Às vezes, tem um tique no canto de um olho. Há dias em que uns fios de cabelo escapam de sua escova antes onipotente. Quando está de pé, Spenta percebe os primeiro sinais de uma curvatura em suas costas.

Se eu fosse um pouco mais jovem, ela diz, pegando o braço dele, enquanto passeiam pelo jardim um fim de tarde, podia oferecer alguma compensação para você.

Ele escuta a solidão dela, o eco de uma mulher parada no quarto vazio de seu futuro, e decide que não tem alternativa senão ser sincero.

Eu sou daqueles, diz, gaguejante pela primeira vez, para quem o amor de uma mulher nunca fez falta de verdade.

Maravilha, ela bate as mãos. Eu também não vejo precisão dessas práticas em nossa idade. Mas a companhia, não é? Isso nós podemos oferecer um ao outro enquanto cai a noite.

Diante disso, Mull Standish se vê sem palavras.

Abruptamente, Maria pára de vir, talvez desesperançada com as perspectivas de Ormus. Nem Spenta nem Standish dizem nada, mas ambos acham que a ausência dela é um mau sinal.

Começam a tocar no intocável: nas máquinas de suporte da vida. Durante mais de três anos, Ormus Cama dependeu de monitores, tubos, plasma. Houve momento em que foi necessário usar equipamento respiratório. Seus músculos atrofiaram, está mais fraco que um bebê, e sem máquinas, enfermeiros, ajudantes, não poderia absolutamente sobreviver. Spenta pergunta a Standish o indizível.

O que você acha, honestamente, ele vai acordar.

E Standish não é mais capaz de dar um convincente Sim como resposta.

Seria possível arranjar um acidente, ele diz. Um corte de energia, junto com uma falha do gerador. Ou um tubo cair acidentalmente do nariz do adormecido, ou uma agulha escorregar de uma veia. Poderia ser uma coisa, como se diz, Standish gagueja, misericordiosa.

Eu ainda acredito, Spenta geme, obstinada. Não sei no quê, num milagre. Em uma bênção do céu. Em, que nome dar para isso?, amor superior.

Quando a Gravadora Colchis lança um compacto duplo — *Beneath Her Feet* [O chão que ela pisa] com *It Shouldn't Be This Way* [Não devia ser assim] do lado B — pela banda defunta Rhythm Center, a intenção é que seja um gesto de despedida, uma rendição ao inevitável. Desde o acidente Standish tem sido inflexível: Ormus vai se recuperar, e então retomará sua carreira, e até então seria macabro e também mau negócio lançar qualquer disco.

Yul Singh concordou com isso à sua maneira equívoca.

Se é o que quer, mr. Standish, eu não digo nada, que seja, é o senhor que sabe. Se mudar de idéia é só me procurar, a indústria caminha a passos largos, nem preciso dizer, então na hora é que vamos ver. Se Deus quiser ainda vou estar aqui nesta cadeira, talvez possa ajudar.

Chega um momento em que Standish e Spenta concordam: querem ouvir Ormus cantando de novo, cantando uma última vez antes que o maquinário pare de manter sua vida e ele vá embora. Standish pede a Yul Singh para liberar a música; pedido que, apesar de todas as suas exigências e restrições, o feroz senhor da Colchis — compreendendo que o pedido é uma espécie de sentença de morte — não consegue negar. Conseqüentemente, para surpresa de todos, o disco é um sucesso. E, num quarto de hotel em Bombaim, Vina Apsara ouve Ormus cantando, voa de volta para a vida dele: e o salva.

Aqui está ela ao lado da cama dele, sussurrando em seu ouvido. Aqui está Spenta, sem saber se deve temê-la como outro demônio, ou se chora com ela a mútua perda, ou se tem esperança. Aqui está Mull Standish prendendo a respiração. Aqui, pairando como abutres, estão um médico, uma enfermeira, um atendente.

Na porta, de chapéu na mão, o cego Yul Singh.

Ormus, ela murmura. Ormus, sou eu.

Diante do que ele abre os olhos; só isso. Sua boca treme. Ela se curva para ouvir.

O médico se curva, empurra-a para longe. Com licença. Temos de determinar o grau de dano. Virando-se para Ormus com um brilho no sorriso de beira de leito, pergunta: Quem sou eu?

Um traficante de drogas.

A voz surpreende a todos pela força, pela nota sardônica. O médico aponta Yul Singh no batente da porta. E ele, quem é ele?

Um comissário.

Depois, o atendente, com lençóis e toalhas limpos nas mãos.

Ele não é importante.

E você?, o médico pergunta. Sabe quem é você? Sabe o que quer?

Vina, ele chama. Ela se aproxima, pega a mão dele. *Sei*, ele responde. *Agora eu sei.*

Como podemos cantar o reencontro de amantes há muito separados, afastados por tola desconfiança durante uma triste década, finalmente reunidos pela música? Devemos dizer (pois na música somos libertos do arrogante pedantismo e podemos celebrar o espírito da verdade que se eleva, em vez de sua letra amarfanhada) que eles correram cantando por campos floridos e que beberam o néctar dos deuses, e que seus beijos eram tão belos como o horizonte do entardecer, quando a terra primeiro toca depois vira céu? Devemos comparar as carícias dele ao movimento do vento na superfície do mar, ora feroz, ora terno, e as respostas dela, tão ansiadas, tão potentes, às ondas que crescem no mar? Devemos chegar ao ponto de falar de amor divino, que ultrapassa todos os outros amores e concluir que deve haver um Grande Amante nos olhando lá de cima, de cuja paixão incondicional e abertura de coração deste par terreno é o espelho cintilante?

Não, esta história é de amor profundo, mas instável, de rompimentos e reencontros; um amor de infindáveis superações, definido pelos obstáculos que tem de sobrepujar, além dos quais há trabalhos ainda maiores. Um amor de obstáculos. Os caminhos cruzados e fissurados da incerteza, os labirintos tortuosos da suspeita e da traição, a estrada em descida da própria morte: é por esse caminhos que vai. Este é um amor humano.

Que Vina fale. Ele morreu aquele dia, não sabia?, ela me revela, sem roupa e irresistível, deitada atravessada em minha grande cama de latão, num dia escaldante de verão em meados dos anos 80, em Nova

York. Isso mesmo, ela diz, torcendo a boca, ele sempre teve um fantástico senso de oportunidade. Eu atravesso o mundo inteiro para encontrar com ele e justo aí o filho da puta resolveu entregar os pontos. Durante cento e cinqüenta segundos ele realmente morreu, bateu as botas, abotoou o paletó. Ormus, o linharreta. Ele entrou naquele túnel na direção da luz. Depois, deu meia-volta e voltou. Depois me disse que foi por minha causa, porque ouviu minha voz chamando?, ele olhou para trás e isso é que salvou a vida dele. Blip blip blip ele não sumiu da tela do monitor, a linha reta começou a pular, oh, doutor, doutor, ele está vivo, é uma bênção, é um milagre, ele voltou para nós, aleluia, glória ao Senhor. Morto durante dois minutos, mas no terceiro minuto levantou dos mortos.

Ele não voltou para nós, Vina se vangloria, voltou para mim. Não acordou enquanto eu não apareci, para quê?, certo, se eu não estava lá? Eles sempre disseram que não havia nada errado com ele, nível de atividade elétrica do cérebro normal, uma forte possibilidade de não haver nenhum dano permanente, ele estava perfeito e são?, só que não estava acordado. Não, lady Methwold, não tem explicação, nesses casos eles acordam ou não, e é assim que é. Podia ficar dormindo anos, pelo resto da vida, ou podia abrir os olhos amanhã. Ou daqui a vinte anos, sem saber que tinha passado todo esse tempo, acordar assim é que é o mais complicado, eles olham as mãos e gritam que doença é essa que enrugou a minha pele?, você tem de escolher direitinho a hora de mostrar um espelho para eles, é uma escolha delicada, pode crer, tem risco de suicídio.

Vina repete, orgulhosa: Ele esperou por mim, dormindo, todos aqueles longos anos. Nada na vida era interessante para ele se eu não estivesse junto. Aí, eu apareci e não é que ele abriu os olhinhos bem na hora? Se isso não é amor, então não sei. O que não quer dizer que eu não fui difícil para ele depois. Mas isso porque ele é homem.

No centro da Cidade do México apareceu um buraco, um abismo de trinta metros de diâmetro. Engoliu ônibus, barracas, crianças. Durante anos, a água foi sugada do subsolo pantanoso para saciar a sede da cidade e essa foi a vingança do mundo inferior. A tessitura da superfície está sendo desmanchada por baixo. Bem aqui em Manhattan, os próprios prédios estão começando a oscilar. Uns quarteirões ao norte da minha cama de latão, tem um prédio de tijolos marrons que começou a derrubar tijolos. Estendeu-se uma rede para proteger os pedestres. As pessoas sempre pularam de edifícios em Nova York, mas isto é uma coisa nova. Esse edifício está pulando de si mesmo.

Os jornais estão cheios dessas catástrofes, mas Vina quer falar sobre as velhas. Nesses anos de semi-aposentadoria ela começou a vir me procurar com mais e mais freqüência, e enquanto tira a roupa não consegue deixar de demonstrar algum ressentimento com o grande Ormus Cama, com a proeminência dada ao talento dele nas florescentes histórias do fenômeno VTO. É o preço que tenho de pagar por gozar de seus favores: essa incessante Ormúsica, sua obsessiva Camamania. Ela vem a mim para dissipar vapores de verão. Se eu protestasse, ela pararia de vir. Com Vina, o sexo não é nunca o que importa. Sexo é trivial, como assoar o nariz. Ela me procura porque conheço sua história. Está aqui para escrever novos parágrafos: para reclamar. Isso, para Vina, é intimidade. Isso a diverte e excita. Vina na cama, se espreguiçando, se virando, me atormenta, sabendo que fico feliz por — ou pelo menos estou disposto a — ser atormentado assim. Ela está com quarenta anos, está fabulosa.

Então não vamos esquecer que fui eu que trouxe ele de volta do outro mundo, gaba-se, como aquela deusa hindu?, como é o nome dela, Mousie.

Rati, corrigi.

É, isso. Rati que salvou Kama, o deus do amor. Quando o deus do amor abriu os olhos, por sinal, o olho esquerdo estava quase sem cor. Os médicos culparam a batida que ele levou no acidente de carro, e disseram que sentiam muito que a pupila estivesse "presa" em sua dilatação máxima e não podia mais contrair?, o olho ia ver muito pouco, e borrado. Mas eu disse para os médicos que não tinha sido o acidente. Ele olhou pelo túnel e a luz entrou no olho dele. A morte caolha olhando Ormus Cama no fim do túnel. Sorte dele o outro olho sobreviver.

(E o olho esquerdo enxergava muito bem, de qualquer forma. Via fundo demais, longe demais, demais.)

Não interrompo. Quando Vina começa com essa coisa de mistérios só o que se pode fazer é sentar e esperar que ela perca o interesse, o que nunca demora muito. Cá está ela, de volta à história de Kama e Rati. Seja como for, sem mim ele estaria frito, baby, ela diz, referindo-se aos efeitos negativos dos raios do Senhor Shiva sobre o errante deus do amor do hinduísmo. Sem mim ele não seria nada, seria cinzas.

Assim Vina se pronuncia sobre o grande amor de sua vida. Quando ele acordou, eu fui o espelho dele, diz. Ele se viu nos meus olhos e gostou do que viu. E viveu.

Quando quero provocá-la, quando o monólogo sobre Ormus finalmente me enche, levanto a questão de Maria, a ninfomaníaca fantasma. Para isso, invoco a velha canção de *West Side Story.* Maria, começo a cantarolar, e imediatamente Vina fica dura, sua pele chega a esquentar — sinto sua temperatura subindo — e os olhos começam a ferver. Aí, ela disfarça o ciúme transformando-o em comportamento ofendido. Quer que eu mostre para você?, pergunta, feroz. Quer que eu faça com você aqueles atos antinaturais. Os dela, do tal de espectro. Você faz que é Ormus, deita de costas e fecha os olhos como sempre quis e eu sou ela, a escrava súcubo. Você ia gostar, não é?, Rai, hã. Ia adorar, tenho certeza. A voz dela subindo, terrível, a meio caminho entre uma lágrima e um guincho, faz meu ouvido zumbir.

Fale baixo, digo, um pouco assustado com a ignóbil selvageria despida. Vamos, Vina. Eu não preciso disso, nem você.

Mas talvez ela precise, sente-se ofendida pela simples existência dessa Outra, isso a ofende. Para Vina, ódio-ao-outro é a imagem espelhada de auto-amor.

A jovem indiana, não mais posando de enfermeira, mas ainda respondendo pelo nome de Maria, começa a aparecer de novo para Ormus, ocorrendo a primeira manifestação poucos dias depois que Vina o desperta de seu sono eterno. Ela é discreta, porém; a presença de Vina garante a ausência de Maria, como se fosse uma condição para suas aparições, uma lei de seu reino fantástico. Ormus começa a temer e desejar ao mesmo tempo a solidão, por causa dessas visitas secretas.

Temendo pronta rejeição, Maria desenvolveu uma nova estratégia de abordagem. Em vez de tirar a roupa e pular em cima dele, ela o seduz com uma conversa, conversa rápida, interessante, e ele escuta, porque desde que reabriu o pálido olho esquerdo começou a ver coisas que não entende, coisas que precisa entender. É como se seus dois olhos estivessem olhando para mundos ligeiramente diferentes, ou então para duas variações do mesmo mundo, quase iguais e no entanto profundamente separadas. Visão dupla: ele fica com muitas dores de cabeça.

Seus olhos estão abertos agora, Maria murmura, massageando suas têmporas. Ele deixa. Agora posso vir até você assim, é tão mais fácil, sempre que quiser. Seu olho sabe, seu olho lembra. Worli, o Cosmic Dancer, nossa vida no outro mundo. Esses lugares parecem sonho et cetera, mas são lugares em que você esteve e tal. Eu sei que é difícil para você. Tem de viver aqui agora. Eu entendo. Tem de apagar certas coisas para conservar sua capacidade de funcionar e assim por diante. Quanto a ela, ela não está à sua altura, mas até isso eu posso agüentar. Não vou deixar você nunca. Foi para isso que você foi enviado. Você escorregou para dentro do útero da sua mãe por trás do seu irmão morto e eles acharam que você era deles. Suas músicas vão mudar este mundo. É o seu destino. Você vai abrir os olhos deles e eles vão seguir você até a luz et cetera et cetera. Chegou sua hora de brilhar. Todos os seus sonhos estão a caminho. Veja como eles brilham.

Será possível que exista um outro mundo?, ele se deslumbra.

E se existe, imagina, privadamente, será possível também que nesse outro mundo esta garota estranha ainda seja considerada louca?

As visitas dela ao seu quarto são necessariamente breves. Ele está fraco, convalescente, raramente fica sozinho. Ela fala depressa, continua a reprimir suas paixões, procurando se apresentar como uma pessoa inteligente e educada, uma pessoa digna do amor dele.

As realidades estão em conflito, ela lhe diz. Seu olho direito, seu olho esquerdo, enxergam versões diferentes e tal. Nesse momento, a fronteira entre ação correta e ação errada também se dissolve. Eu própria suspendi os juízos morais e vivo de acordo com os imperativos mais profundos de meus apetites et cetera.

Ele fecha o olho esquerdo, experimentalmente. Maria desaparece, como se alguém tivesse apertado um botão.

Em sua próxima visita, ela reclama de ter sido dispensada abruptamente, insiste em ser tratada com respeito. Estou aqui para você, do jeito que quiser, diz, mas não gosto de ser maltratada e tal. Seja ao menos um pouco polido.

O que ela mais quer é conversar sobre terremotos. Haverá mais desses, profetiza. Terremoto tem sempre, Ormus responde. É, ela diz, mas estes são diferentes. Dois mundos em colisão. Só um pode sobreviver e tal. No fim, esse mundo vai se desmanchar e cair et cetera e nós vamos ficar juntos em casa para sempre e eu vou deixar você louco de alegria et cetera et cetera et cetera como você já deve saber.

Quando não está com ele, diz, ela visita as zonas de terremoto passados e presentes, na China, no norte da Califórnia, no Japão, Paquistão e em outras partes; todos esses lugares onde a tessitura da terra colocou-se em questão. Para Ormus, há algo de mórbido nesse hobby e no lirismo com que ela descreve essas grandes tragédias. Ela fala da terra começando a cantar, e sacudindo as casas das pessoas como se fossem berços de balanço. A martelada canção de ninar da terra, não calmante, mas turbulenta, incitando seres humanos e suas criações não ao sono, mas à morte. Ela passou muito tempo na Turquia, viajando por regiões remotas — Toichangri, Van –, e na Índia também, o que lhe dá muito assunto para conversa: a devastação de Dharmsala e Palapur nos primeiros anos do século, e lady Curzon, esposa do vice-rei, que escapou por pouco em Simla, quando uma chaminé caiu em cima de seu quarto e quase a atingiu; e também do terremoto de Monghyr em 1934, quando lama sulfurosa e água começaram a borbulhar em grandes aberturas na terra como provas da existência do Inferno, e o Circo Voador do capitão Barnard foi contratado pelas autoridades locais para sobrevoar a área e avaliar o estrago.

As grandes rachaduras nas ruas de Orléansville, Argélia, a onda que encobriu Agadir, a onda que afogou Messina, o colapso de Manágua, e a escapada de Howard Hughes, a catástrofe de Tóquio-Yokohama em 1933, a instabilidade endêmica do Irã, e o comportamento estranho de sir J. A. Sweetenham, governador britânico da Jamaica, que recusou ajuda à marinha norte-americana depois de boa parte de Kingston ter ido ao chão em 1907: sobre tudo isso ela informa detalhadamente seu confuso amado, com um grande e mórbido prazer.

Subjacente a todos os terremotos está a idéia de Falha, ela diz. A Terra tem muitas falhas, claro. Literalmente milhões delas foram mapeadas et cetera. Mas as falhas humanas também causam terremotos. O que está para vir é um juízo.

Agora tenho certeza de que é louca, Ormus pensa, porém fecha a boca.

Os terremotos, Maria explica com empenho, são o meio que a Terra encontrou para castigar a si mesma e à sua população por seus erros. Apesar de sua renúncia à moralidade universal, ela se transforma, quando se inflama, em um pregador arrebatado que fala da danação com fogo e enxofre, brindando Ormus com seu ardente evangelho. Ela relembra uma Idade de Ouro em que não havia terremotos, porque o mundo estava em paz, não havia versões conflitantes, a Terra não tinha sua atual trágica qualidade de inconciliabilidade. A própria litosfera, ela argumenta, estava originalmente intacta, mas foi gradualmente deformada por alterações na lenta convecção do interior do planeta e assim por diante. Esse interior quente, como um caldeirão, pode ser chamado de pecado original da Terra, sua Primeira Falha, e os terremotos são sua conseqüência. Tarde demais agora para pensar em voltar para aquele estado original de equilíbrio, de graça. Tarde demais para conciliar a Terra consigo mesma. Temos de nos preparar para os movimentos tectônicos, os deslizamentos, os tsunamis, *os desmoronamentos, o rock and roll de cidades, et cetera et cetera, para o esmagamento do real. Temos de nos preparar para os choques, para a fragmentação do planeta enquanto ele entra em guerra consigo mesmo, para os finais de jogo da autocontraditória Terra.*

As Falhas Humanas causam terremotos também. Em visitas subseqüentes, Maria retoma a sua idéia mais louca. A seu ver, existem certos indivíduos em quem a inconciliabilidade do ser fica aparente, em quem a contradição do real ruge como uma guerra nuclear; e o campo gravitacional desses indivíduos é tamanho que o tempo e o espaço são atraídos por eles e deformados. Ocorrem rachaduras, rompimentos, deslizamentos, incompatibilidades. Não que eles sejam responsáveis pela deformação do universo, mas são instrumentos cuja ação desvenda terrível e claramente a progressiva deformidade.

A seu ver, Ormus Cama é um desses indivíduos.

Ela nada fala sobre Vina a esse respeito.

Já falou bastante. Agora tem outros planos, e avança para ele. Ele está na cama, fraco demais para resistir a ela, e ela sabe que despertou seu interesse. Dessa vez ele não vai recusar.

Ormus fecha o olho.

Já se passaram quase catorze anos de nossa primeira noite de amor na velha Bombaim e Vina ainda está sem roupa em nossa cama quente, sem nem ao menos um lençol para cobri-la. Mais uma bela adormecida esperando seu príncipe (não eu, não eu) chegar.

Em meados dos anos 70 fotografei o grande bailarino russo que deixou o Kirov e pediu asilo na França, correndo atrás de um grupo de soldados, gritando *Help to me, help for me*, em inglês incorreto, perseguido pelos gorilas da KGB. *Help by me, help with me* [Socorro para mim, socorro a mim, socorro por mim, socorro comigo]. Logo depois que sua escapada terminou, ele se viu, como nós todos nos vemos, em Manhattan, e acabou vindo até o meu estúdio envolto em peles, como um urso de boca grande e passos largos. Coloquei-o de pé num fundo branco, na frente de uma velha câmera de chapas de 8 × 10. Ele era, sem dúvida, a criatura mais adorável que ele próprio jamais vira, de longe a mais bela, e então, com a ajuda de (não muito) vinho branco, convenci-o a tirar primeiro as peles, depois mais e mais roupas, até que afinal estava triunfalmente nu, e adorando estar assim. Pedi a ele que deixasse pender a cabeça e os braços, soltos. Depois, devia levantar lentamente a cabeça, e ao fazê-lo trazer também os braços para cima e para longe do corpo, e essa era a forma que eu queria, ele devia sustentar a pose, a exposição era de um segundo inteiro e a profundidade de campo da câmera de chapa também era um problema. Ele fez o que pedi e quando a forte cabeça de animal subiu, vi que estava com os olhos fechados, perdido em uma rapsódia de auto-amor tão profunda que, junto com os braços que subiam, subiu também, para surpresa e benefício de minha câmera, uma longa, brilhante e feliz ereção.

Love by me. Love with me, to me, for me. Love of me [Ame por mim. Ame comigo, para mim, a mim. Ame de mim].

O auto-amor de Vina não é menor que esse.

Eis algumas coisas que ela canta para mim, vingando-se de eu cantarolar aquela melodia de Bernstein e puxar o assunto proibido de Maria, sua rival na realidade alternativa. Rai — esta parte é a introdução falada —, você acha que é uma puta estrela. Vou dizer para você o que você é de fato. (Aí, vem a música.) *You are ass and I like class. I like diamonds, you are glass. You brown mouse, I like black rats. You boy pussy but I like tom cats. Just because you got this dance, don't think you stand a fuckin' chance.* [Gosto de classe e você é ignorante. Você é vidro, eu gosto é de diamante. Você camundongo marrom, eu gosto é de um negro rato. Você é um bichaninho, mas eu gosto é de gato. Só porque venceu este lance, não pense que tem a menor chance.]

(Fim da música.)

Rai, você é um hambúrguer e eu tenho filé em casa. Você não é o que quero, nunca foi, nunca será. Mas sou uma mulher faminta. *Quero mais do que o que quero.*

Você sabe o que quer, perguntaram duas vezes a Ormus: uma vez quando ele acordou do sono eterno, uma vez depois. Nunca perguntaram para mim, mas se tivessem perguntado eu teria a resposta pronta. Aprendi com um bom professor, o mais duro do mundo.

Corre um vento nos salgueiros, e talvez seja um rato-d'água correndo para seu buraco. Faz um dia abençoado, de brisa suave, e os remadores estão na água em catraias preguiçosas e em velozes barcos de oito remadores. Bandeiras tremulam em barcos de passeio que passam. Debaixo de velas enfunadas, jovens *en matelot* se curvam e se esforçam. A bordo de lanchas a motor tudo é relaxamento. Blazeres de botões metálicos, calças brancas, as longas pernas nuas das garotas bonitas. Uma bateria de rolhas. Ovos de codorna e salmão defumado sobre pão preto. As pessoas do rio acenam umas para as outras ao passar, e se aquele é realmente Jesus Cristo com um chapéu de palha naquela barcaça, ele também é bem-vindo, ele também merece esse momento de beleza abençoada, essa paz inglesa de livros de histórias.

A guerra parece muito longe.

Spenta desce uma trilha até o rio, passa por uma encosta de jacintos e Waldo cata folhas, e naquele carvalho um dia aquele velho maldito Castlereagh gostou de descansar. Ele se matou enquanto estava hospedado aqui, cortou a garganta de orelha a orelha, dizem, e saiu do banheiro sangrando por esse segundo sorriso letal. Apesar do fantasma do velho morto, esse caminho é o passeio favorito de Spenta, em seus dois quilômetros e pouco margeando o rio, e tornou-se costume dela conversar com o primeiro marido enquanto toma a brisa.

Como você adoraria isto aqui, Darius, ser o guardião destes momentos históricos, desta margem de rio, e oh, Darius, sentir esta graça. A vida sobrepujou a morte e até a mobília está celebrando. Os chesterfields de couro soturno estão brilhando, e os ancestrais barbudos, posando em suas roupas de domingo, cheios de enfeites, deixaram de parecer sombrios e abriram sorrisos.

Nosso filho voltou para nós e todo o mundo está desabrochando.

Aqui, Darius, é o lugar onde os poderosos do país vinham para soltar os cabelos, achando que estariam além da inspeção e acima da crítica. Lorde Methwold era um *host* generoso e aqui, em seus melhores dias, oferecia refinados prazeres aos grandes. Mas o velho libertino lorde Methwold ficou sozinho e cansado e tomou uma viúva parse como noiva. Depois disso, os poderosos acharam que a casa não servia mais aos seus esportes preferidos e o carnaval mudou de endereço. Nada dessas coisas esquisitas perto de mim, Darius, juro a você.

Mas me diga: será que um terceiro casamento é prova de relaxamento moral? Principalmente se, por exemplo, for com um homem mais jovem? Mesmo que o cavalheiro em questão não tenha nenhum interesse em hum?

Ao levar Darius para passear, agradando sua sombra e procurando sua aprovação, Spenta aplaca uma certa culpa. Ela agora possui o que ele desejou acima de todas as coisas: uma casa na Inglaterra, talvez até a anglicidade. Resisti durante toda a sua vida, Darius, então você nunca teve isso e agora eu é que tenho em seu lugar. Se eu passear por estes campos com você, se eu contar as histórias da casa e tornar essas histórias suas além de minhas, você me perdoa, meu verdadeiro marido, meu amor? Você sabe como fui má esposa. Todo mundo tem de me perdoar. Você e meus filhos.

Louvado seja Deus. Nosso filho Ormus retornou.

Darius, ele está acordado, mas logo vou perder meu filho. Não foi por nós que voltou. Meu pequeno Ormie. Meu camarãozinho de menino.

Olhe só esta merda, Vina zomba do jardim, olhando Spenta e o Tâmisa cintilante. Ormus está andando de novo, devagar, apoiando um braço no ombro dela. Ele, que se mexia com tanta beleza, agora se arrasta como uma boneca bêbada. É um museu, Vina diz. O velho mundo. Para um cara como você, um lugar deste é a morte em vida. Não é de estranhar que ficou em coma?, mas agora saiu?, e na sua idade já é hora de empinar o rabo e abandonar o Império Britânico.

Há borboletas, pássaros cantando, flores silvestres. Mirantes abobadados nas florestas. Vina, volúvel, impaciente, faz essa propriedade no campo bem mantida, cuidadosamente jardinada ou organizadamente selvagem, parecer uma selva, algo como uma cabana de palha na África. Quer dizer, vam'bora, Ormus. Quero dar o fora daqui. Vamos comigo.

Isso é cantar a ilusão da escravidão, ele protesta. Cantar sobre o engano e a mentira. É irônico.

Ilusão é a Inglaterra, ela diz. Você é americano, ela diz. Sempre foi.

Ele começa a cantar os modos como a América é diferente da África. A América, que é misericordiosamente livre de leões, tigres, mortais mambas negras. É a primeira vez desde o coma que ele levanta a voz e canta.

Sonny Terry e Brownie McGhee gravaram isso, ela diz, virando o rosto para ele não ver as lágrimas em seus olhos. Você tem de ouvir. Newman pode ter composto a música, mas esses caras é que fizeram a música machucar.

Ela se livra do nó na garganta e retoma fervorosamente o ataque: Ormus, você empacou aqui, mas foi um acidente, e agora, cara, não está mais empacado. Pode ficar, sei lá, para se imigarantir o resto da vida, sem esquecer a imigratidão que esperam que você tenha também, junto com a imigrumilhação?, ou pode atravessar o grande oceano e mergulhar naquele cadinho quente. Você vira americano só de querer, e virando americano você aumenta o número de tipos possíveis de americano, estou falando em termos gerais?, certo?, e da cidade de Nova York em particular. Passe como passar o seu dia na cidade de Nova York, bom, esse é um dia típico de Nova York, e se você for um cantor de Bombaim cantando bop de Bombaim ou um chofer de táxi vudu com zumbi na cabeça ou um bombeiro de Montana ou um barbudo islâmico de Queens, então o que estiver passando pela sua cabeça?, isso aí é um estado nova-iorquino.

Claro que tem americanos que você nunca vai ser, ela continua, os brâmanes de Boston, filhos de donos de escravos de Yoknapatawpha, ou aquelas coisas tristes daqueles shows de confissão diurna, homens gordos com camisa xadrez sentados do lado de mulheres gordas mostrando coxa demais, vestindo legendas nuas e expondo as almas desajeitadas. Só porque não se lembram da própria história?, não que os americanos tenham história, ou que não estejam condenados a repetir a história. Isso você nunca vai ser, com certeza. Mas você não precisa. Vai dizer as coisas todas erradas, mas na mesma hora elas vão virar um jeito americano de dizer as coisas. Eu não sei porra nenhuma, mas na mesma hora viro uma espécie de ignorância americana. Não fazer parte das coisas, isso é uma velha tradição americana, entende?, é o jeito americano. Você nunca vai ser uma criança num baixio assombrado da Virginia, Ormus, nem vai ver sua mãe dependurada na cocheira, mas isso é legal, você vai ter suas próprias histórias de horror. E não precisa fazer nada disso?, mas se quiser pode fingir, pode começar a perguntar nos bares sobre o rodízio de batedores dos Yankees, ou brigando por causa dos Merts, pode brincar de lembra-quando, tipo lembra quando os Brooklyn Dodgers ou os Runyon's Broadway ou o Village nos anos 50 ou o nascimento do blues. Sabe quando cortam uma perna e o cara ainda sente ela coçar?, só que ao contrário?, você pode começar a sentir coceira em pernas que nunca teve, e sabe de uma coisa?, se você fingir um bom tempo, aí, baby, a coisa vira uma boa mentira americana, você pode até andar com essas pernas fingidas sem nem precisar de muleta e elas levam você aonde quiser, porque sabe de uma coisa?, metade do país está fingindo igualzinho a você, e a outra metade não está, mas não tem jeito de dizer quem está e quem não está. Por isso, fique logo forte de novo, Ormus, escute o que estou dizendo, e aí você pega não só a sua cama e sai andando, mas sai voando para lá. Comigo. A América começa hoje.

Whoo-ee, ela pensa, exausta e atônita com a veemência de sua propaganda. *Whoo.* Bom, toquem esse tambor, me enrolem nas Estrelas e Listras e me chamem de Martha. Mas se eu não conseguir arrancar ele daqui bem depressa estou ferrada, porque quem pode respirar este ar, isso sufoca até a morte?

Vina entrou em guerra com Spenta desde o momento em que chegou. Mãe e amante circundam Ormus na cama, como se fossem lutadores pelo título e ele, o juiz.

Toda essa tecnologia, Vina atira ao acúmulo de equipamento médico. Pode ser bom para arrumar os dentes, mas não entende nada, não explica nada e é por isso que não conseguiu nada.

É o melhor que se pode comprar. Manteve meu filho vivo, Spenta responde, tristemente, sem saber por que soa tão apologética, incapaz de sair da defensiva.

Desequilibra os *doshas*, Vina diagnostica. Perturba o fluxo da energia vital *prana*?, e impede o fogo do corpo. Agni impedido leva à produção de *ama*. Toxinas. A gente tem de se concentrar no *panchakarma*: na purgação dele. Olhar as fezes, a urina, o suor dele. Os três *malas* são a chave.

O que você está dizendo?, Spenta pergunta. Essas palavras.

É sua cultura, Vina retruca. O sistema holístico mais antigo e mais vasto do mundo. Não conhece, não? Os cinco elementos básicos, terra, água, ar, fogo, éter?

Ah, *ayurveda*, Spenta parece aliviada. É, filha, eu sei que muitos de vocês, jovens, estão interessados nessas velhas idéias outra vez, mas esse nunca foi o caminho nosso, dos zoroastrianos. Pessoalmente, eu, como o falecido pai de Ormus também, confiamos nos melhores cuidados ocidentais. Desenvolvidos, como você, minha cara, só aqui, no Ocidente.

Eu cuido de tudo, Vina diz, ignorando-a. Ele vai precisar de massagistas, remédios de ervas. Vou ensinar ioga para ele, assim que estiver mais forte. Exercícios respiratórios também. E uma dieta estritamente vegetariana, okay.

Carne é bom para os músculos, Spenta protesta. E peixe para o cérebro. Sem dúvida, seria melhor deixar essas coisas aos cuidados dos médicos profissionais. Assim que deve ser, o regime do especialista é que dá maior esperança de recuperação.

Foi com os médicos que ele acordou, okay?, Vina escarra para ela. Os especialistas tiveram essa esperteza? Okay. Já é hora de alguém começar a prestar atenção no que funciona.

Talvez, filha — não sei —, talvez você tenha razão...

Rasayana, Vina receita, com firmeza. Vou fazer ele ficar mais jovem.

O que quer dizer isso, filha?

Banho de sol, Vina diz. E ervas ioga meditação. E cantos.

Cantos, Spenta repete, desamparada. Por que não? Ele sempre gostou de cantar.

Não se trata de uma guerra sobre tratamento médico, mas de uma guerra intergeracional de posse, e Spenta, que acredita já ter perdido, não tem armas com que lutar. Inesperadamente, porém, surge artilharia pesada. O grande, bamboleante, volumoso Patangbaz Kalamanja, vestindo um terno escuro e folgado, aparece para uma visita trazendo más notícias. Dolly morreu: de uma trombose que penetrou em seu generoso e confiante coração.

Aquele terremoto soltou alguma coisa dentro dela, opina Pat, a boa índole do sorriso esticada numa espécie de esgar de dor. O sangue dela se virou contra ela, e foi seu assassino, não é?

Ele dava a impressão de estar descrevendo um crime em família e era exatamente assim que sentia. Claro que se sentia culpado. Todos esses anos, pus os negócios em primeiro lugar e negligenciei a minha senhorinha, lamentou, parecendo um panda sofrendo por amor. Ela tinha Persis, mas o estúpido do marido aqui ficava em Wembley, preferindo ser patrão. E agora ela foi embora! O que me adiantam os rádios Dollytone sem os tons da minha querida Dolly?

A casa de Wembley foi posta à venda. Muito caracteristicamente, Pat só tem boas coisas a dizer do país que está deixando. A Grã-Bretanha é o máximo, diz com firmeza. Mas Persis agora é o meu único lar.

Estão no terraço de pedra que dá para o jardim formal, e Vina vem se juntar a eles. Pat Kalamanja fica abalado com a chegada da mulher cujos encantos derrotaram os de sua amada filha. Ele fica duro quando é apresentado. Vina dá os pêsames de rotina, depois, incapaz de conter seus impulsos, pergunta se a falecida Dolly vivia e se alimentava segundo os princípios do vegetarianismo e da medicina tradicional; e acrescenta, desajeitada, que se tivesse feito isso com o devido rigor e atenção talvez não tivesse sucumbido ao coágulo sanguíneo que parou seu coração.

A visão de um Patangbaz Kalamanja colérico, com a cara cor de beterraba, os braços batendo, é realmente rara; no entanto, esse é o surpreendente Pat que se volta para Vina e deixa rolar. Quem é você para falar de velhos conhecimentos?, grita. Uma cantora barata, não é? Essa mesma *ayurveda* que você tanto elogia é expressamente oposta — diametralmente e inalienavelmente oposta — ao seu tipo de atividade decadente. Música, drogas, televisão, agressão sexual, filmes excitantes, pornografia, estéreos pessoais, bebida, cigarro, a excitação dos corpos se esfregando em boates e discotecas. Esse é o material degradante do seu ambiente pessoal, não é? E o que são esses estímulos senão as coisas que o nosso ensinamento chama de desnecessários e prejudiciais? Você tem coragem de falar de vegetais quando sua vida inteira é uma abominação?

Tão raro quanto Pat furioso é o espetáculo de uma Vina aflita, quase sem fala. Eu sou artista, sim, ela diz, sacudindo a cabeça, como se tivesse sido esmurrada. Mas sem dúvida?, como fabricante de rádio et cetera?, o senhor não iria...

Você precisa de excitação para preencher um vazio nascido da insegurança, Pat Kalamanja berra. Só uma personalidade viciada vai atrás dessa matéria de vida tão baixa. Você provavelmente tem desejos não realizados de alguma vida passada.

Pat, fique calmo agora. (Spenta sente-se obrigada a intervir para o lado de sua rival.)

São estes maus tempos, ruge o magnata dos Dollytones. Kalyug, a era da destruição! Agora vemos a mutação degradante da espécie e também do conhecimento em si. O universo progride por imagens espelhadas, e cada imitação, cada réplica é menos do que o original de que foi copiado. Até em minha adorada Persis vejo só um reflexo da minha Dolly. Charles Darwin! Evolução! Nada mais que uma impostura, não é? Uma impostura e uma vergonha.

Que coisa dizer isso de sua filha, Vina protesta, recuperando-se.

Você cale a boca!, Pat Kalamanja vocifera. Deixe o sagrado conhecimento da Índia dentro das fronteiras nacionais da Índia! O que é o conhecimento? É a Mente de Vishwaroop, a Entidade Cósmica. É o software da consciência universal. Você fique fora disso, você é um, um, *vírus*.

Vamos lá, Spenta acalma, pegando o cotovelo do amigo. Vina não é o alvo certo para a sua raiva. O destino lhe deu um golpe cruel e você tem de fazer um esforço para entender. Não é hora de se permitir nada.

Patangbaz se rende, ofegante. Não é mais o deus da fúria, voltou a ser o viúvo curvado, se desagregando. Você também devia voltar para casa, ele aconselha Spenta, enquanto vão se afastando da perplexa Vina. O que sobrou para você aqui?

Darius está aqui, ela responde. Estou vivendo no Jardim do Éden dele e ele está feliz ao meu lado. Nós passeamos e conversamos. É assim.

Em toda parte, mulheres sentadas sozinhas esperam homens que não voltam, diz Pat Kalamanja, pensando em Persis. E homens também, acrescenta, querendo mulheres que se foram. A vida é como um rádio quebrado e sem músicas boas.

Volte para Persis, Spenta diz, beijando o rosto dele. Agarre o amor enquanto pode. Pelo menos ele tem a filha, ela pensa. Quanto a si própria, uma imoralista vegetariana, cuja determinação em fazer sucesso será agora duas vezes maior, está planejando fugir com seu filho.

Passaram-se dez anos, mais de dez. Red Nichols está morto e os *Five Pennies* não valem um tostão. Quando Ormus e Vina falam de amor, eles podem estar perseguindo um fantasma. Mas embora o corpo sofra metamorfoses, ele também se lembra. Eles se lembram dos movimentos um do outro, das necessidades um do outro, dos cheiros e do toque, dos extremos um do outro.

Existe também o esquecimento. A volta dela, o despertar dele: eles sentem que fizeram uma viagem para uma cidade que ambos visitaram em sonhos. Tudo é familiar, há aquele aperto no coração, mas eles não sabem se locomover. E há bairros inteiros que nunca viram.

Eles partem para se conhecer outra vez.

Fiquei sozinha, ela diz. Mesmo quando tinha um homem na minha cama; talvez principalmente quando tinha. Você não sabe, ela diz. Realmente, não faz idéia. Uma mulher sozinha nesta profissão assassina, essa profissão de ladrão assassino estuprador. Às vezes, você não recebe. E depois que roubam seu dinheiro, contrabandeiam seu trabalho, sujam sua reputação, chamam você de puta.

Nem queira saber o que eu fiz. Eu dancei de fio-dental em buracos sujos do Meio-Oeste. Os caras dos bares de Atlantic City botaram a mão em mim, mas eu sabia sempre que eu era uma rainha no exílio, tinha isso em mim?, a espera?, sabia que meu reino viria. Um dia, eu sabia, os pobres iam me pedir dinheiro e eu ia dizer, sem essa, cara, eu tive de fazer minha putaria, faça a sua. Gente. Sempre batendo em você, sempre pedindo carona.

Ele diz, tenuemente: Você parece que viveu cem anos.

Duzentos, ela diz. Meu coração se abriu e a história caiu lá dentro. Isso, mais o futuro também. Volto um século para trás, até a feia Ma Rainey pregando Não Confie em Homem Nenhum, e um século para a frente em algum módulo espacial flutuando sem peso em volta da Lua e cantando num estádio no céu. Sentei aos pés de Memphis Minnie, que mal está viva?, um balão gordo numa cadeira de rodas hoje, só parou de chorar para se gabar de tocar guitarra melhor que Broonzy e para me ensinar os Minnie-Jitis. E o que Holiday falou de si mesma eu sei que é verdade para mim. Eu era mulher aos dezesseis anos. Agora sou velha como dinheiro, velha como o ouro. Agora sou velha como o amor.

Ele cambaleia pelos jardins, lutando por sua força perdida, por sua graça lendária.

I want my man, ela canta. *I want my man. I don't want a skinny man, and I don't want a fat, and I don't want a man who cares about such things as that. And I don't want him angry, and I don't want him mean, and I don't want him sugar-sweet or cute or peachy keen. And I found my man. I found my man.* [Quero meu homem. Quero meu homem. Não quero homem magrinho, não quero homem gordão, não quero homem que tenha esse tipo de preocupação. Não quero que seja mau, não quero que seja mesquinho, não quero que seja doce nem gracinha nem bonzinho. Já achei meu homem. Achei meu homem.]

The blues is just another name for not having any place, ela canta. *The blues is looking down at planet earth when you're stuck in outer space. Now that I've found you baby I can leave the blues behind. I can put my arms around you and ease my troubled mind. Rock and roll*, ela solta com toda a força da voz. *My baby taught me how to rock and roll. I was half, he made me whole, if he's the bridge I'll pay his toll. Rock and roll. My baby taught me how to rock and roll.* [O blues é só outro jeito de não caber na real. O blues é a Terra lá embaixo, eu presa no espaço sideral. Agora que encontrei você, baby, o blues pode sair pela porta. Posso abraçar você e esvaziar minha cabeça torta. Rock and roll, baby, você me ensinou a deitar e rolar. Eu estava vazia, você me completou, se você é o pedágio, eu quero pagar. Rock and roll. Baby, você me ensinou a deitar e rolar.]

Para restaurar a energia, ela lhe dá suco de aloé vera e o ensina a fazer respiração de ioga. O que mais a preocupa são as vibrações dele. Ela o faz estender a mão pousada sobre uma mesa e coloca um pêndulo de cristal em cima. No mesmo instante o cristal começa a girar loucamente, traçando intrincados desenhos no ar, como se estivesse dominado por um campo de força incrivelmente forte. Ela aspira assustada e o agarra, embora não devesse. Tinha de parar, explica, o cristal estava a ponto de quebrar. Não agüentei a violência que você está emanando. Não sei o que tem dentro de você?, mas é mais forte que uma bomba atômica.

Nós três saímos de Bombaim para o Ocidente. Dos três, Vina, para quem a viagem era uma viagem de volta, foi a primeira a cair nas garras da fome espiritual do mundo ocidental, dos seus abismos de incerteza, e virou tartaruga: uma casca dura sobre um interior macio. Vina, a radical, a valentona da palavra, a fora-da-lei, a mulher à margem: abra a sua casca e lá dentro você encontra cristais e éter, encontra alguém que desejava ser discípula e aprender o caminho certo. Isso era parte do poder de Ormus sobre ela, e da Índia também. Quanto a mim, ela me achava anômalo, paradoxal, acusação que podia muito proveitosamente aplicar a si mesma (mas nunca aplicou). Rai, o indiano inindiano, o oriental desprovido de lado espiritual: ela precisa me conquistar, mostrar a verdade sobre mim mesmo, coisa que expressa e enfaticamente me dizia que eu negava. Então, ela sempre voltava para mim, balançando entre a cama de Ormus e a minha.

Claro que também gostava de sexo ilícito. *Eu quero mais do que o que quero.*

Quando ele ficou forte para poder fazer amor, foi a nossa vez, dele e minha, de circular em volta da cama, Vina relembra. (Eu estou na cama essa hora, e já recebi uma boa dose da ormusada de Vina, mas não consigo calar sua boca, ninguém consegue.) Como dois ímãs amarrados, ela diz. Como dançarinos num baile de máscara, só que sem roupa.

Vina, por favor. É tarde.

Okay, mas foi o que a gente fez. Naquele momento que devia ser um momento feliz, sabe?, depois de tudo?, nós dois, pode-se dizer, chegamos de repente ao ponto, ou seja, à nossa pequena deficiência no departamento da confiança.

Por que isso havia de ser um problema entre vocês, imagino, aplicando meus lábios ao seu mamilo só medianamente interessado. Por que você dois mmmpf haveriam de ter alguma coisa a discutir ffwp nesse campo. Está mmhm mmhm bom assim?

O sarcasmo desses murmúrios, eu já devia saber, provocam uma tirada de Vina. O subtexto não dito — você foi a promessa quebrada, moça, foi você que largou dele, e como a sua presença entre as paredes do meu quarto comprova bastante bem, infidelidade é o seu nome — faz com que ela se levante na cama, enfiando mãos furiosas nos cabelos, como se estivesse procurando uma arma. Vina é capaz de falar durante cinco minutos — *vinte* minutos — sobre qualquer assunto debaixo do sol, e eu então sou brindado com seu improvisado, mas incrivelmente elaborado e entremeado de muitos palavrões que devo deletar, discurso sobre confiança, argumentado, como é seu costume, a partir do geral — a confiança enquanto aspecto da modernidade, sua possibilidade e necessidade criadas por nossa liberação da tribo na direção do eu — para o particular, especificamente aquilo que existia ou não existia entre ela e Ormus; e, tangencialmente, eu.

A quebra de confiança, pretensamente permanente, entre homens e mulheres: já faz muito tempo que isso não soa original, embora se deva admitir que ela tem direito ao assunto, como uma das primeiras mulheres a se apossar dele e se pôr a gritar, até que se tornou posse de todo mundo. Nada mais interessante é seu argumento de que as mulheres não vêem mais os homens apenas como indivíduos, mas como repositórios e produtos da ignóbil história de seu sexo. Mas vem então uma virada perfeita. Se homens não são inteiramente indivíduos (e tampouco as mulheres), então eles não podem ser inteiramente responsabilizados por suas ações, uma vez que responsabilidade é um conceito que só pode existir no contexto da idéia moderna de eu autodeterminante. Como produtos da história, como meros autômatos gerados culturalmente, somos excluídos do confiar e ser confiados, porque a confiança só pode existir onde a responsabilidade pode ser — e é — assumida.

A professora Vina. Parece que me lembro que ela acabou recebendo alguma cadeira honorária em uma dessas disciplinas novas em uma faculdade de artes chique e pequena em Annandale-on-Hudson. Decerto me lembro de seus incríveis anos como palestrante itinerante. (Foi depois que o VTO parou de se apresentar em público e antes de sua tentativa final e fatal de um retorno solo.) Ela partiu para o circuito universitário com *chautauquas*, palavra que roubou do best-seller zen de Robert Pirsig e reciclou para descrever suas noitadas impossíveis de categorizar, em que, de pé diante da platéia, misturava arengas ideológicas, lances cômicos de cabaré, auto-exposição autobiográfica e canções poderosas. A *chautauqua* autêntica, original, era uma reunião para conversar dos nativos norte-americanos, mas Vina nunca foi boa em discussão, nem, de fato, em autenticidade, que ela dizia ser uma idéia perniciosa que precisava ser "desconstruída". Suas *chautauquas* eram na verdade monólogos improvisados cujos primos mais próximos eram as sessões narrativas dos grandes contadores de história índios, índios de verdade da Índia de verdade, como ela gostava de dizer, humilhando os índios peles-vermelhas, e sendo sincera, e devido à sua mágica, a essa coisa que fez dela a figura colossal que se tornou, nenhum nativo norte-americano — pelo menos publicamente — jamais se ofendeu.

Eu me lembro, eu fotografei, dos rostos arrebatados dos jovens adoradores universitários ouvindo essa grande sobrevivente da era heróica, que tomava o palco vestida com símbolos étnicos loucamente ecléticos, mojos, cafetãs, penas quetzal, placas peitorais clássicas, marcas tika, e expunha a própria vida em detalhes chocantemente explícitos, seus altos e baixos, suas aventuras sexuais e encontros políticos (às vezes essas duas coisas se entrelaçavam deliciosamente, como, por exemplo, em sua narrativa de um longo fim de semana na cabana particular de um ditador caribenho que tinha barba de mais e queixo de menos). Sem aviso, ela eletrizava suas jovens platéias partindo da anedota para cantar *a capella* interpretações de parar o coração de canções de gospel, clássicos do blues, músicas jazzísticas de Ella, suaves misturas de bossa nova e hinos do rock, todos com aquela voz, a Voz de Nossa Amante, seu verdadeiro presente para todos nós, um instrumento que era, literalmente, bom demais para este mundo. Literalmente, pelo qual se podia morrer.

No palco ou em minha cama, a professora Vina era um dos mais assombrosos alter-egos de Vina, era um desempenho e tanto, mas mesmo enquanto ouvia calado o ribombar de campo de batalha de seus argumentos, via-me percebendo as falhas e rachaduras que ela tentava acobertar, as divisões de sua alma, e pensei que Maria, a ninfomaníaca desaparecida, tinha marcado um ponto ao falar de nossa inconciliabilidade interna, das contradições tectônicas que haviam penetrado todos nós e começado a nos dilacerar como à própria Terra instável.

A professora Vina e a Vina do Cristal, a Vina Sagrada e a Vina Profana, a Vina Junkie e a Vina Vegetariana, a Vina das Mulheres e Vina, a Máquina do Sexo, Vina Estéril-Sem-Filhos-Trágica e Vina Traumatizada-Infância-Trágica, Vina Líder, que abriu caminho para uma geração de mulheres, e Vina Discípula, que pensava em Ormus como Aquele que havia sempre procurado. Ela era todas essas e mais, e tudo que era, ela levava às alturas, sem concessões. Havia a Vina Auto-Retrativa para contrabalançar a Vina dos Extremos Gritantes.

Por isso as pessoas a adoravam: por fazer de si mesma o avatar exagerado de seus próprios eus misturados, mas levados ao extremo, ou melhor, levados às alturas: do talento e articulação e ousadia e promiscuidade e autodestrutividade e intelecto e paixão e vida. Vina Superior, engendrando na multidão um amor reciprocamente superior, embora inteiramente terreno.

* * *

Quanto ao particular da questão de confiança entre Ormus Cama e ela, questão em que eu próprio fui fator significativo, mesmo que tangencial, Vina utiliza loucas teorias do eu externamente determinado para levar a um veredicto de inocente de suas muitas infidelidades e deserções. A garota não agüenta, a isso se resume sua posição quando se removem todas as grandes palavras. O que está em sua natureza, simplesmente está lá gerado pela história ou por genes ou por política sexual, não importa. É como se Olívia Palito usurpasse a frase-lema de Popeye, o Marujo. *I yam what I yam an' that's what I yam* [Eu sou o que sou e é isso que sou]. É como todas as justificativas de infidelidade que os homens usaram desde o começo dos tempos.

É pegar ou largar, ela disse. Ormus pegou — o irresistível Ormus, por amor de quem tantas mulheres piraram, por quem a santa beldade Persis Kalamanja sacrificou todas as suas esperanças de alegria.

Pode existir um grande amor sem confiança?

Só, Rai, meu bem, ela diz, espreguiçando-se como pantera, com pronúncia de gueto, só pode, cara. E eu e Ormus, a gente é a mó prova eterna que pode.

(*Eterna*, vejo-me pensando. *Vina, não brinque com a sorte.*)

Em voz alta eu disse, Sabe, Vina, não entendo, não. Nunca entendi. O jeito de vocês dois ficarem juntos. Como é que funciona de verdade?

Ela ri. Amor superior, responde. Amor num plano superior. Pense assim. Tipo: exaltação.

Ela está descansando agora, depois de ter falado até recuperar o bom humor. Quando não está de barato ou muito louca consegue suportar uma piada. Onde é que eu estava, diz, recostando a cabeça em minha barriga. Ah, certo. A gente estava rodando em volta da cama. Ele já tinha saído da estufa?, não contei isso. Adiós para aquela maldita caixa de vidro. No lugar, tinha aquele quarto com as paredes cheias de sócios do clube com cara de censura e mais acima deles, você não vai acreditar, cópias de gesso de frisos clássicos. E nos pedestais coríntios, bustos de mármore. Gente de toga com coroas de louro na cabeça. Anos 70 e o mundo caindo aos pedaços?, e a gente dormindo na porra do Partenon. E as cortinas então daquelas que só se vêem em cinema antigo, aquele mar de pano escuro, eu ficava esperando a hora que elas iam abrir?, e aí tinha os trailers, os comerciais, a atração principal. Mas tudo bem, sabe de uma coisa?, a atração principal era a gente.

Quando Vina entra numa dessas maratonas de noite inteira, na hora em que começa a passar na sua tela pessoal uma seleção dos títulos clássicos de sua vida pessoal — e pode acontecer de ser programa duplo ou até triplo —, o jeito é esquecer da pipoca e da coca diet e ficar com a opção sono, que é a única. Sono para mim há muitos anos não é uma coisa que eu aprecie. Na minha cabeça existem imagens também, e eu preferiria não dar nem uma segunda olhada na maioria delas.

Tenho muito a dizer de mim mesmo, tenho minhas próprias histórias para contar. A maior parte delas vai esperar. (Quando os deuses estão ocupando o centro do palco, nós, mortais, temos de ficar nas coxias. Mas quando as estrelas terminam sua morte trágica, os figurantes entram no palco — no fim da grande cena do banquete — e a gente acaba comendo toda a porra da comida.) Mas as imagens estão aqui agora. Não posso colocá-las de volta na caixa.

Um fotógrafo tem um segundo portfólio que não pode mostrar porque nunca captou as imagens em filme. Se ele é um fotojornalista, muitas dessas imagens o visitam em sonhos e arruínam suas noites espasmódicas. Bobby Flow, o gênio que era louco por controle da agência Nebuchadnezzar, dizia que três palavras ensinavam tudo o que era preciso para ser bom no trabalho. *Chegue bem perto*. Coisa que ele fez com brilhantismo até alguém explodir sua cabeça em um pântano da Indochina, sendo que isso é um risco de trabalho. Outro risco profissional é eles não estourarem sua cabeça, porque aí ela fica cheia com o mundo que existe de verdade, a grande imagem do mundo tal qual ele é quando alguém lhe tira a casca. Pelado. Dentes e garras vermelhos. O nascer da terra refotografado como se fosse um crânio quebrado sangrando pendurado no espaço que explode.

Eu cheguei bem perto muitas vezes, vezes demais, e tenho as minhas histórias de combate, minhas lendas, como todo mundo. Fotografias tiradas enquanto me abrigava de balas atrás de corpos mortos de outros fotógrafos. Lunáticos sem dentes e de olhos arregalados com Uzis enfiando o focinho das armas na minha barriga, e até, uma vez, na minha boca. O dia em que fui encostado num muro ocre e sujeitado a uma falsa execução, brincadeirinha de um senhor da guerra eslavo. Escute aqui: não é nada. Não quero nem me gabar nem reclamar. Fui porque era o meu negócio, minha necessidade. Uns vão porque a necessidade deles é ver a morte, outros para se gabar quando voltam vivos. (Todo mundo é filósofo.) Eu poderia dizer que isso não tem nada a ver com culpa, que o filme que tirei do sapato de um morto é história antiga, mas estaria mentindo. Quer dizer, até certo ponto estaria mentindo, porque embora eu admita, tudo bem, claro, toda vez que estou lá na frente de uma criança chorando com uma bazuca estou tentando provar que mereço estar lá, tenho o direito de carregar aquela câmera, aquele equipamento, se você quer dois tostões de psicanálise tipo Lucy Brown, pronto, já foi. O que me interessa mesmo e me dá medo é que o impulso é mais fundo que isso, mais fundo até que a foto de um homem pendurado de um ventilador que gira devagar.

Alguma coisa em mim quer o horror, quer olhar o estado dos piores casos da raça humana.

Preciso saber que o mal existe e como reconhecê-lo se passar por ele na rua. Preciso que ele não seja Abstrato; para compreendê-lo sentindo seu efeito em mim, a corrosão, o queimar. Uma vez, em um exame de química, derramei ácido concentrado em minha mão e a rapidez com que a mancha marrom se espalhou na pele foi ainda mais assustadora do que o ácido em si. Velocidade de ficção científica. Mas a questão é que eu me recuperei, estou bem, minha mão funciona. Isso soa como autojustificativa? Soa como se toda vez que escapo do meu joguinho contra o mal fosse para provar, pelo menos para mim mesmo, que o bandido ainda perde algumas, que ele pode até perder por um bom tempo?

É isso?

Okay, então eu sou viciado em violência e um dia vou morrer de overdose. Como Bobby Flow. Hulot é que é esperto. Ele parou de tirar fotografias e agora pinta aquarelas. São pinturas horrendas, do pior tipo de banalidade de *petit-maître*. Ele descobriu o sentimentalismo e o bom gosto na velhice, e essas duas enfermeiras idosas o manterão vivo.

Não preciso contar onde estive. Você já sabe. Este pântano do sudoeste da Ásia queimando com o assustador fogo de napalm, esta corriqueira pilha de mortos ao lado de uma estrada poeirenta na África, este ataque terrorista em uma praça de mercado do Oriente Médio, esta aldeia latino-americana chorando o ônibus de crianças que explodiu com uma mina. Claro que sabe. Você já viu meu trabalho. Nós todos fazemos esse trabalho. É o que querem.

E quando não agüento mais o inferno, mudo de roupa, visto alguma coisa descontraída do melhor que a Seventh Avenue tem a oferecer, vou para o estúdio e mergulho no paraíso feminino. Fotografia de moda, quando se pode fazer mulheres bonitas vestindo roupas caras se comportar como se estivessem em uma zona de guerra. Elas encaram, saltam, giram, suspiram, se arqueiam, sacodem. Já vi fogo de metralhadora dominar um corpo desse jeito.

Isso não é tudo que faço com elas. Depende da garota. Algumas são calmas e disso eu gosto, crio mares de calma em volta delas, oceanos de luz e sombra, afogo-as em paz até sentirem medo, e então ficam vivas. Outras conhecem alguma coisa de meu trabalho mais bruto e querem me mostrar como são reais, como conhecem a aspereza, a rua. O contraste entre aspereza e *couture* geralmente funciona, até virar clichê. Depois, durante um tempo fico com a beleza, empilhando beleza em cima de beleza, até torná-la insuportável, quase indecente, como uma violação.

De forma que isso também acaba sendo um ataque.

E tem os retratos, embora eu nem sempre tenha tanta sorte quanto tive com o cara da ereção. E tem a publicidade. E tem o trabalho mais privado, mais ensaístico, só que talvez seja melhor deixar isso para outro dia. Estou cansado. As imagens estão chegando. As imagens que você não viu, aquelas que vêm de noite.

No começo, era a tribo, reunida em torno do fogo, uma entidade única, coletiva, multicorporal, costas a costas com o inimigo, que é todo o resto de tudo quanto existe. Depois, durante um breve momento, nós nos separamos, adquirimos nomes e individualidade e privacidade e grandes idéias, e isso deu origem a um fracionamento mais amplo, porque, se podemos fazer isso — nós, os reis do planeta, os devoradores com a chave da cadeia alimentar, os donos da bola —, se podemos nos soltar, todo o resto também pode, pode o evento e o espaço e o tempo e a descrição e o fato, pode a própria realidade. Bem, não esperávamos que nos seguissem, não percebemos que estávamos dando início a alguma coisa, e parece que nos assustou tão profundamente, essa fratura, esse desmoronar de paredes, essa liberdade pelo-amor-de-deus, que corremos o mais rápido que pudemos de volta para nossas peles e pinturas de guerra, pós-modernos transformados em pré-modernos, de volta para o futuro. Isso é o que eu vejo quando sou a câmera: as linhas de batalha, as formações, as barricadas, as cercas, os apertos de mão secretos, as insígnias, os uniformes, os dialetos, os cercos, as covas rasas, os altos sacerdotes, as moedas não negociáveis, o lixo, a bebida, as crianças de dez anos que parecem ter cinqüenta, as marés manchadas de sangue, o arrastar-se para Belém, a suspeita, a aversão, as venezianas fechadas, os preconceitos, o desprezo, a fome, a sede, as vidas baratas, as fotos baratas, os anátemas, os campos minados, os demônios, os demonizados, os *führers*, os guerreiros, os véus, as mutilações, a terra de ninguém, as paranóias, os mortos, os mortos.

A retórica da professora Vina: é para aí que isso leva.

Dá para ouvir na minha voz que estou zangado? Ótimo. Estou lendo um livro sobre raiva. Diz que a raiva é prova de nosso idealismo. Algo deu errado, mas nós "sabemos", em nossa raiva, que as coisas podiam ser diferentes. *Não devia ser assim*. A raiva como uma teoria desarticulada de justiça que, quando você põe em ação, se chama vingança. (Por outro lado, claro, eu sou apenas mais um colérico devorador, deformado pela vida, pelo fato de estar indefinidamente tocando o segundo violino para a atração principal. É o trabalho do cliquista indispensável, mas de alguma forma inferior: segundo violino enquanto Roma pega fogo... E aqui, na cama, com Vina? Nenhuma diferença. Ormus Cama está na cadeira reservada para o primeiro violino.)

Quando Vina está brava comigo, ela lembra a raiva de minha mãe, Ameer Merchant, que a afastou de nós, afastou-a do amor. É por isso que perdôo suas frases vingativas. Sei que estou no lugar de Ameer quando Vina solta o verbo, e não consigo deixar de pensar que ela, de certa forma, tem direito a isso.

Quando estou bravo com ela, me lembro de minha mãe também. Lembro Ameer botando Vina debaixo da asa, ensinando, ungindo e escovando, passando-lhe *kohl* e henna, se derramando naquela menina brilhante e machucada. Lembro minha briga não resolvida com minha mãe, minha raiva de filho de lar desfeito, minhas acusações, a dor que atribuía à sua amarga infelicidade. Olho para Vina e vejo Ameer nela. Uma vez, mostrei a ela fotos que tinha tirado de minha mãe no dia de sua morte. Queria ver se Vina enxergava a semelhança.

Ela enxergou imediatamente. *Hat Cheap Suit*, disse. Mas não estava pensando na faraó mulher, nem eu estava. Estava pensando assim, *essa sou eu. É uma foto do futuro, uma imagem de minha própria morte.*

E resultou que ela estava quase certa; porque quando morreu não houve fotos no leito de morte. Não houve leito de morte, nem um corpo para fotografar.

A foto de minha mãe era quase tudo o que tínhamos.

Vina ainda está falando, mas de repente fica insegura, agora que está chegando ao ponto da história para o qual quer minha atenção absoluta, só que minha consciência está indo embora, estou a ponto de, prontinho para, capotar.

Rai?

Mmhm?

É como se a gente estivesse, os dois, olhando — alguma coisa, sabe — um no outro, quer dizer — é igual o que você faz?, quando está tirando uma fotografia?, e às vezes você espera e espera e ela não vem, mas quando vem, você tira?, bang?, uma chapa e é sua? Como é que chama isso? Rai? Como é que chama isso?

Uhnhn.

Foi isso que aconteceu. Toda desculpa simplesmente sumiu?, toda dor?, todo o passado?, e nós só, só. Deu um clique. O momento decisivo. Isso aí. *Clique*.

Hnhnhnm.

Por sinal, o machucado dele sumiu, ela está dizendo, mas sua voz vai sumindo. A marca de nascença na pálpebra. Sabia? Não tem mais.

Não me importa. Estou dormindo.

12

TRANSFORMADOR

Numa poça de luz no vôo noturno para Nova York um menino hispânico não dorme: de olhos maus, luta soturnamente com um novo tipo de brinquedo de ficção científica. É algum tipo de carro, mas ele não está interessado em fazer vrruum-vrruum, está desmontando o carro. As barbatanas viram, os pneus giram para fora até estarem em ângulos retos com a mesa desmontável, o corpo se dobra e se abre como um modelo anatômico. Incrivelmente, surpreendendo o cérebro, o brinquedo se desenrola, se desfolha, se desconstrói e depois com um clique se junta de novo em configurações imprevisíveis. O menino está achando difícil captar os últimos segredos dessa charada metamórfica. Mais de uma vez bate o brinquedo na mesa, onde fica inacabado, preso numa fase transitória ilegível. O barulho acorda os mascarados adormecidos à sua volta e transfere a irritação do menino para aqueles adultos outros. Finalmente, o homem que cochila na poltrona do corredor, provavelmente seu pai, empurra a máscara de dormir e com mãos irritadas e cabeludas mostra ao menino o truque do brinquedo, e imediatamente o carro desapareceu, e o que está ali no lugar, empinado em pernas traseiras metálicas, é um monstrinho grande, um grotesco tecno-ser, alguma espécie de feroz robô brandindo horrendas armas de raios como barbatanas nas mãos de luvas gigantescas. O século XX — o carro — foi suplantado por esse visitante de um futuro desutópico.

A criança começa a brincar. Bum! Bum! O robô desintegra a poltrona da frente, os descansos para os braços, muitos passageiros. Logo o menino adormece, aninhando o monstro nos braços, nada alarmado pela idéia de que a maquinaria comum do presente contém os segredos desses apocalípticos amanhãs, que poderíamos transformar nossas pick-ups cotidianas, nossas modestas peruas, nossos burgueses sedãs em assustadoras máquinas de guerra, se aprendêssemos o truque.

Bum! Bum! O brinquedo sonha destruir o mundo.

Assistindo do lado oposto do corredor, Ormus Cama é dominado por uma fantástica ficção própria; só que não é ficção. Existe um mundo diferente do nosso e ele está explodindo através das tênues defesas de nosso continuum. Se as coisas piorarem muito, toda a tessitura da realidade entrará em colapso. São esses os pensamentos extraordinários que ele está tendo, as trêmulas intimações do fim das coisas, e um enigma de brinde: como é possível que ele seja o único a ter essa visão? Um acontecimento dessa escala cósmica? Será que todo mundo está sonâmbulo? Eles nem se importam?

A aurora boreal paira em torno da aeronave, soprando no vento solar como gigantescas cortinas douradas — como respostas —, mas Ormus não está interessado, ele está perdido nessas questões. Que foi?, Vina pergunta, abalada pelo ar assustado dele. O quê. Ela está surpresa com o que ele está fazendo com os olhos, fechando primeiro um, depois o outro, piscando para o céu da noite acima da Groenlândia como um velho devasso passando uma cantada.

Ormus, que é isso, está me assustando.

Você não ia acreditar mesmo.

Acreditei antes, não acreditei? Em Gayomart, lembra? As músicas na sua cabeça.

É mesmo. É mesmo, naquele tempo, foi você que acreditou.

Então. *Que foi?*

Então ele confessa a verdade que ele próprio acha que está além do crível: que desde que ela o acordou de seu longo sono de beleza, ele está vivendo em — ou com — dois mundos ao mesmo tempo. Tenta descrever o que viu no vôo para Londres, o rombo no real. É um buraco?, como um buraco negro ou de outra cor?, no céu?, ela se esforça para visualizar. Não, ele diz, e se agarra à grande onda da aurora em busca de ajuda. Imagine que isto, ele diz, acenando com um braço, isto, nós, o lugar onde estamos, tudo isto, que tudo isto fosse um filme passando numa tela e a gente estivesse dentro dele, uma tela gigante como um drive-in ou pendurada no ar como uma cortina, e aí imagine que tem um rasgo na tela, um maluco entrou no cinema e rasgou a cortina, de forma que agora há esse grande rombo que atravessa tudo, você, a janela, atravessa a asa ali, as estrelas, e você pode ver que atrás da tela tem todo um outro conjunto de coisas acontecendo, quem sabe todo um outro, não sei, nível, ou quem sabe outra tela de cinema com outro filme passando, e nesse filme tem gente olhando para o outro lado, através dos rombos e talvez vejam a gente. E atrás desse cinema outro cinema e outro e outro até quem sabe onde.

Certas coisas ele não lhe diz nesse momento. Ele não diz, mas algumas pessoas parecem ter descoberto um método de deslizar entre mundos. Ele não diz, mas existe aquela mulher, não tenho como detê-la, ela aparece quando tem vontade. Ele não fala o nome Maria.

Há um filme de bordo passando no setor seguinte do avião, onde se sentam os insones. Vina enxerga a telinha pendurada no escuro, lá longe. Um médico escocês fica se transformando em um monstro retorcido e se destransformando. É uma refilmagem, ela identifica, daquele velho filme de horror, Dr. não sei o quê e Mr. *Right*. Parece uma bomba. Nem os insones agüentaram o tranco. As imagens do filme flutuam silenciosas sobre a carga voadora de adormecidos, sonhando na direção da América. Vina está na beiradinha da poltrona. Está excitada, em pânico, confusa, tudo ao mesmo tempo, e procura, confusa, a coisa certa para dizer. Cadê seu hematoma, ela acaba perguntando, tocando de leve sua pálpebra esquerda. O que aconteceu com ele, seu hematoma mágico. Você sofreu um acidente e perdeu uma contusão?, foi isso?, não é lógico.

Sumiu, Ormus diz. Sua expressão é terrível de se ver. Gayomart. Ele explodiu da minha cabeça e desapareceu. Agora estou sozinho aqui dentro. Ele está livre.

Sem hematoma, mas com olhos de cores diferentes.

Tem mais uma coisa, ele diz. O hematoma sumiu, mas agora é o olho cego que está vendo coisas. Quando fecho este olho, a manifestação vai embora. Pelo menos, some a maior parte do tempo. Às vezes é tão poderosa que posso ver até com os dois olhos fechados. Mas fechar o olho tem, talvez, noventa e cinco por cento de eficiência. Aí, se eu fecho o olho direito e só o esquerdo fica aberto, é igual a morrer. Tudo desaparece e só sobra o outro. Como se eu estivesse no meio de uma tempestade de neve, olhando um outro lugar pela janela e nesse lugar, não sei como explicar, não tenho certeza nem se eu existo.

Ele não fala, mas tem também Maria.

Ele soa excitado, estridente. Está dizendo coisas que não podem ser. Estava pensando, diz, trêmulo. Estava pensando, quem sabe, um tapa-olho.

Vozes, ela pergunta, você ouve vozes? O que é que elas dizem, tem alguma mensagem? Quem sabe você devia procurar isso, uma comunicação, alguma coisa importante para você passar adiante.

Seria um bom momento para mencionar a visitante noturna, mas Ormus deixa passar. Você não pirou, ele observa, admirado. Tem gente que sai correndo, gritando. Estou louco, pirado, você não acha?, a maioria das pessoas acharia. Estive em coma durante mais de mil e uma noites, talvez tenha voltado *doolally*, o que, para quem não sabe, é loucura na Índia. Loucura doméstica, marca local. *Deolali*. O calor deixava os soldados britânicos fora de si. Mas o quê?, você não acha que estou louco de pedra, acha que é possível.

Eu sempre soube que existia alguma coisa além, ela diz, deixando que ele descanse a cabeça em seu peito no escuro pressurizado. Sempre soube, mesmo quando você ou Rai caçoavam. O quê? Este buraco é tudo o que temos?, nenhuma acomodação melhor para sonhar?, impossível. Mas não sei. Você levou umas porradas bem fortes naquela batida, então pode ser — eu não sou médico, certo? — visão dupla, alguma alucinação neurológica, o cérebro é capaz de fazer essas coisas?, ou quem sabe é verdade, você está vendo uma coisa completamente diferente. Eu sempre fui cabeça aberta. Estou esperando aliens para me aspirar lá para cima qualquer dia destes. Ou quem sabe, é, você está mesmo pancada. O que também não faz a menor diferença. Já viu quanta gente é maluca? Estou começando a achar que é todo mundo?, só que a maior parte nem notou. Nesse caso, a sanidade não é uma questão crucial. A questão crucial é o que eu penso de você, e isso já respondi tomando outro avião, aquele de Bombaim. Você chamou, eu respondi. E aí eu chamei e você abriu os olhos. Rádio de duas mãos. O que é que você quer, um anúncio de néon? Eu sinto a terra mexer debaixo dos meus pés. Isto não pode ser amor, eu não fiquei com tontura. Leia meus lábios. Eu já fiz a minha escolha.

Não tem mensagem nenhuma, ele diz.

Não é o paraíso, ele diz. Não é tão diferente daqui. Essas coisas que eu vislumbro pelo rombo — e que estou começando a ver mais claro — eu chamo de variações, que se movem como sombras por trás das histórias que conhecemos. Não tem de ser sobrenatural, não tem de ser Deus. Podia ser só — nem me pergunte — física, certo? Podia ser alguma física que está além da nossa capacidade atual de compreensão. Pode ser que eu tenha encontrado um jeito de sair do quadro. Tem uma obra de pop art que é um mapa de dança feito por Amos Voight, ele diz. Um negócio da Escola Arthur Murray com contornos e flechas, pé esquerdo pé direito, você sobe em cima e segue os passos. Só que neste caso, num determinado momento, todo seu peso está no pé que você tem de mexer. Então o padrão não funciona, é uma piada, uma armadilha. A menos que você tire o pé, mude o apoio e continue. Você tem de quebrar as regras, renegar a história da moldura, quebrar a moldura. Tem essa palavra russa, ele diz. *Vnenakhodimost.* Exterioridade. Pode ser que eu tenha encontrado a exterioridade disto em que estamos dentro. A saída do salão do carnaval, a catraca secreta. A rota através do espelho. A técnica para pular os pontos, de uma trilha para outra. Universos como barras paralelas, ou canais de TV. Talvez exista gente que pode mudar de barra para barra, gente que pode, está me entendendo?, pular de canal. *Zappers.* Talvez eu mesmo seja um *zapper*, ele diz. Manejando uma espécie de controle remoto.

Controle remoto para televisão era novidade então. Estava começando a ser usado em comparações e metáforas.

Como é?, ela quer saber. O outro mundo.

Já disse, ele responde, sentindo se instalar a tristeza cansada. A mesma coisa só que diferente. John Kennedy foi morto oito anos atrás. Não ria, Nixon é presidente. O Paquistão Oriental se separou recentemente da União. Refugiados, guerrilhas, genocídio, tudo. E os britânicos não foram para a Indochina, imagine só; mas tem guerra lá mesmo assim, mesmo os nomes do lugar sendo diferentes. Não sei quantos universos existem, mas provavelmente a guerra está em todos. E a Dow Chemicals e as bombas naptate. *Two, four, six, eight, no more naphthene palmitate* [Dois quatro seis oito, chega de nafteno palmitato] — eles usam outro nome para isso também, mas queima a pele das meninas do mesmo jeito. Napalm.

Ele diz: Tem um monte de cantores usando lantejoula e delineador, mas nem sinal de Zoo Harrison nem Jerry Apple nem Icon nem The Clouds, e Lou Reed é *homem.* Tem Hollywood, mas nunca ouviram falar de Elrond Hubbard nem de Norma Desmond, e Charles Manson é um assassino de massa, e Allen Konigsberg nunca dirigiu um filme, e Guido Anselmi não existe. Nem Dedalus nem Caulfield nem Jim Dixon nunca escreveram livro nenhum, e os clássicos são diferentes também.

Os olhos de Vina foram se arregalando, ela reprime pequenas risadinhas descrentes, não consegue evitar.

O jardim de caminhos que se bifurcam, diz ele, citando o romance do século XIX que é seu favorito, obra-prima interminável do gênio chinês Ts'ui Pên, antigo governador da província de Yunnan.

O que tem? Não me diga que eles não...

(Ela está brava, de verdade: essa é a última gota, diz o rosto dela.)

Não tem esse livro, diz ele, e ela bate a mão fechada na palma da outra mão.

Que droga, Ormus, e se controla, não deixa mais seus pensamentos escaparem pelos lábios: *É uma piada, certo? Ou então você está louco mesmo.*

Mas ele lê os pensamentos dela. Toda a minha vida, ele diz — e há desespero em sua voz, distorcendo a maneira como soa —, foi o império dos sentidos para mim. O que se pode tocar, provar, cheirar, ouvir e ver. Tudo o que eu já falei louvando o real, aquilo que é e persiste, sem tempo para fada de ar. E aqui, agora, apesar de tudo, existem fadas de éter. Tudo o que é sólido desmancha na porra do ar. O que é que eu devo fazer?

Faça essa coisa cantar, ela diz. Escreva isso com todo seu coração, com seu dom, e não deixe cair, a letra contagiante, a melodia. *Fly me to that moon* [Me leve para essa lua].

No colo consolador de Vina, ele canta as odes suaves e abafadas de outros homens. *You are my sunshine. I'm a king bee. Hold me tight.* [Você é o meu sol. Sou uma abelha-rei. Me abrace.]

A música há de nos salvar, ela o conforta. Isso e, e.

O amor, ele diz. A palavra que você quer é amor.

É, isso aí, ela ri, acariciando o rosto dele. Eu sabia.

Quer casar comigo?

Não.

Porra! Por que não?

Porque você é uma pessoa doente, babaca. Agora, durma.

O mundo é inconciliável, não soma, mas se não nos convencermos de que soma, não podemos fazer juízos e escolhas. Não podemos viver.

Quando Ormus Cama teve sua visão, ele se revelou um verdadeiro profeta, e digo isso como um arraigado descrente que sou. Quero dizer: ele estava genuinamente à frente do seu tempo. Agora todos já o alcançamos. Ele não está mais lá para ver as coisas, mas as contradições do real se tornaram tão evidentes, tão inevitáveis, que estamos todos aprendendo a assimilá-las. Vamos para a cama pensando — só como exemplo ao acaso — que mr. N... M... ou mr. G... A... é um notório terrorista, e acordamos celebrando o homem como salvador de seu povo. Um dia os ilhéus que habitam um específico pedaço frio e úmido de rocha esquecida por Deus são vis adoradores do diabo que bebem sangue e sacrificam bebezinhos, no dia seguinte é como se nada tivesse acontecido. Os líderes de países inteiros desaparecem como se nunca tivessem existido, são miraculosamente apagados da história, e de repente tornam a aparecer como entrevistadores em talk-shows ou fazendo anúncio de pizza e pronto!, voltam aos livros de história outra vez.

Certas doenças assolam vastas comunidades, e depois ficamos sabendo que tais doenças nunca existiram. Homens e mulheres recuperam lembranças de terem sido abusados sexualmente em criança. Xi!, não foram não, e seus pais são restaurados como as pessoas mais adoráveis e louváveis que se podem imaginar. Ocorre um genocídio; não ocorre. Lixo atômico contamina vastas faixas de continentes inteiros, e todos aprendemos palavras como *meia-vida*. Mas num átimo toda a contaminação desaparece, os carneiros não estão mais contaminados, você pode comer alegremente suas costeletas.

Os mapas estão errados. As fronteiras serpenteiam por territórios em disputa, retorcem-se, estalam. Uma estrada não vai mais para onde ia ontem. Um lago desaparece. Montanhas surgem e desaparecem. Livros bem conhecidos adquirem finais diferentes. Filmes preto-e-branco explodem em cor. A arte é um blefe. O estilo é substância. Os mortos são embaraçosos. Não existem mortos.

Você é um fã de esporte, mas as regras são diferentes cada vez que você assiste a um jogo. Você tem um ótimo emprego! Não, não tem! Aquela mulher passou talco no *johnson* do presidente! Ela sonhou, isso sim — é uma conhecida fantasista! Você é um deus do sexo! Você é um chato do sexo! Ela é de morrer! É uma puta! Você não tem câncer! Primeiro de abril, tem sim! Aquele bom homem da Nigéria é um assassino! Aquele assassino da Argélia é um bom homem! Aquele assassino psicopata é um patriota americano! Aquele psicopata americano é um assassino patriota! E aquele Pol Pot está morrendo na selva de Angkora ou simplesmente *Nol Not*?

Isto faz mal a você: sexo, edifícios altos, chocolate, falta de exercício, ditadura, racismo! Não, *au contraire*! Celibato danifica o cérebro, edifícios altos nos levam para mais perto de Deus, experiências demonstram que uma barra de chocolate por dia aumenta significativamente o desempenho escolar das crianças, exercício mata, a tirania é só uma parte de nossa cultura então eu agradeceria se deixasse as suas idéias de imperialismo cultural fora da porra do meu reino, e quanto ao racismo, não vamos fazer sermão sobre o assunto, é melhor que seja às claras do que por baixo do pano. Aquele extremista é moderado! Aquele direito universal é específico daquela cultura! Esta mulher circuncidada é culturalmente feliz! Esse costume aborígine é culturalmente bárbaro! As fotos não mentem! Esta imagem foi retocada! Imprensa livre! Fora os jornalistas intrometidos! O romance está morto! A honra está morta! Deus está morto! Aargh, estão todos vivos e vêm atrás da gente! Aquela estrela está subindo! Não, está caindo! Jantamos às nove! Jantamos às oito! Você chegou na hora! Não, chegou tarde! Oriente é Ocidente! Em cima é embaixo! Sim é Não! Dentro é Fora! Mentira é Verdade! Ódio é Amor! Dois e Dois são Cinco! E tudo é para melhor, é o melhor dos mundos.

A música nos salvará, e o amor. Quando a realidade morde, e ela me morde quase todo dia, preciso da música de Ormus, da visão dele. Aqui está na minha mão, brilhando como uma guitarra National: *Song of Everything* [Canção de tudo], a faixa que estou escolhendo, primeira canção que escreveu na América, em Tempe Harbor, dias depois de sua chegada. Estou sentado aqui no fim do tempo com minha boa amiga Mira Celano — e tenho muito a dizer sobre *ela* mais adiante no programa —, então, Mira, esta é para você.

Everything you thought you knew: it's not true. And everything you knew you said, was all in your head. And everything you did and everywhere you went, well you never ever did that and you were not sent. I think you'll find we're trapped in someone else's mind. Yes I think you'll find we're trapped in someone else's mind. And it's only make believe but we can't leave it behind.

Everything you think you see: it can't be. There's just me.
Darling there's just me, just me.

[Tudo o que você acha que entendeu: é erro seu. E tudo o que você acha que falou, se enganou. E tudo o que fez e aonde foi também, você não fez, não, e não foi lá, meu bem. Estamos presos na cabeça de alguém, você vai descobrir. É, estamos presos na cabeça de alguém, você vai descobrir. E é tudo faz-de-conta, mas não dá pra fugir.

Tudo o que você acha que vê: não pode ser. Só existe eu.
Meu bem, só existe eu, só eu.]

Em um tempo de constante transformação, beatitude é a alegria que vem com a crença, com a certeza. O beatífico se banha no amor todo-poderoso, mostra sorrisos complacentes e toca suas harpas e guitarras acústicas. Dentro de seus casulos, seguros contra as tormentas da metamorfose, os abençoados agradecem por sua imutabilidade e ignoram as correntes que mordem seus tornozelos. É a felicidade eterna, mas na-não, você vai ficar na cela da prisão. Os beats e sua geração estavam errados. Beatitude é o prisioneiro se render às suas correntes.

Felicidade, isso sim, é outra coisa. Felicidade é humana, não divina, e a busca da felicidade é o que chamamos de amor. Este amor, amor terreno, é um pacto entre metamorfos, um acordo temporário de não mudar de forma enquanto estão se beijando ou de mãos dadas. Amor é uma toalha de praia estendida sobre areia movediça. Amor é democracia íntima, um pacto que insiste em renovações, e você pode perder a eleição da noite para o dia, por maior que seja sua maioria. É frágil, precário, e é tudo que podemos conseguir sem vender nossas almas para um lado ou outro. É o que se pode obter permanecendo livre. Isso é o que Vina Apsara queria dizer quando falou de um amor sem confiança. Todos os tratados podem ser rompidos, todas as promessas acabam sendo mentirosas. Não assine nada, não faça promessas. Faça uma conciliação provisória, uma paz frágil. Se tiver sorte, pode durar cinco dias; ou cinqüenta anos.

Revelo tudo isso — o terror e a dúvida no avião, meus devaneios pós-facto, as letras dele (que um professor britânico chama de poesia, mas sempre tem um professor; para mim, posta na página sem a música, elas parecem mancas, paralíticas até) — para que você tenha uma idéia das surpreendentes conclusões a que Ormus Cama estava chegando depressa. Ele tinha recebido uma segunda chance na vida, um segundo ato em um país em que as vidas dos cidadãos eram famosas por não ter segundos atos, e havia concluído que lhe fora permitido voltar por uma razão. Escolhido. Ele estava lutando por uma outra língua, uma língua que não trouxesse implícito um possibilitador, um selecionador, mas a inércia na língua é difícil ao resistir, o peso inexorável e progressivo de sua história acumulada. E tudo isso o encheu de música nova. Ele estava explodindo disso, e agora que sabemos com o que ele estava explodindo, a imagem de sua chegada à América — aquele homem pálido, de trinta e poucos anos, com olhos assombrados, de rosto magro, sereno, vestindo jeans puído — parece um momento-chave, em torno do qual girava tanta coisa que viria a se tornar nossa experiência comum, parte do que vimos e construímos nós mesmos.

Ormus Cama vê a poderosa almofada de alfinetes de Manhattan furando o ar do alto amanhecer e começa a sorrir o sorriso de um homem que acaba de descobrir que sua fantasia favorita afinal não era mentira. Quando o avião se inclina e desce, ele se lembra do amor que meu pai, Vivvy Merchant, tinha pela rainha Catarina de Bragança, por meio da qual Bombaim e Nova York passaram a estar sempre ligadas. Mas essa lembrança se apaga quase imediatamente: porque desde o começo foram os arranha-céus da ilha dos Manhat*toes* que picaram o coração de Ormus, ele concordava com o sonho de minha mãe de conquistar o céu, e nunca desejou as ruas lotadas de Queens, seus bazares agitados pelo tráfego poliglota do mundo. Vina, por outro lado, Vina que Ameer Merchant amava, nunca deixou de ser no fundo uma menina de rua, mesmo quando a imensa celebridade a fez entrar em sua gaiola cintilante. Mas para Ormus, Nova York era desde o início um porteiro, um elevador expresso e uma vista. Podia-se dizer que era Malabar Hill.

Mas a cidade está temporariamente interditada: nas palavras de Langston Hughes, um sonho protelado. Yul Singh arranjou tudo — documentos, permissões, limusine — e colocou uma de suas residências no país à disposição dos "pombinhos", com a finalidade de "despressurizar", de fazer um "pouso macio". Esse lugar é genial, eu estou dizendo, fazem um poderoso Pinot Noir, vocês dois descansem um tempo, tomem um pouco de vinho, pensem no futuro, porque tudo bem, você não é mais tão menino, Ormus, mas os caras mais velhos também estão indo bem, está sacando?, tem muito potencial e com Vina do seu lado ela é uma boneca nem preciso dizer e com essa voz dela que parece a porra de uma buzina de trem desculpe o palavreado a coisa pode dar certo, não prometo, depende do que você produzir nem preciso dizer você devia começar a trabalhar imediatamente, mas que diabo, tire trinta e seis horas, tire dois dias, você não acredita a fila de talentos na minha porta, cada dia mais comprida, sabe do que estou falando, esqueça.

Ormus recebe esse monólogo de boas-vindas no telefone do carro, no banco de trás da limusine de vidros fumê dirigida por um membro da legendária tribo dos factótum Colchis, aqueles americanizados pesos pesados de ascendência punjabi que funcionam para Yul como guarda-costas e motoristas, leões-de-chácara e valetes, contadores e advogados, estrategistas e executores, publicitários e arranjadores; que se vestem com idênticos ternos pretos de Valentino e óculos escuros moldados; e que são conhecidos universalmente, embora nunca em suas imponentes presenças de pavio curto, como as piadas sikh de Yul. Will Singh, Kant Singh, Gota Singh, Beta Singh, Day Sing, Wee Singh, Singh Singh, e assim por diante.* Se não são seus nomes reais, todo

(*) "Piadas sikh", *Sikh jokes*, é expressão homófona de *sick jokes*, "piadas doentias, maldosas". Os nomes adquirem significado ao se antepor um nome real ao sobrenome sikh Singh, homófono de *sing*, "cantar", em inglês: Will Singh, "cantará"; Kant Singh, "não pode cantar"; Gota Singh, "tem de cantar"; Beta Singh, "melhor cantar"; Day Singh, "eles cantam"; Wee Singh, "nós cantamos"; e Singh Singh é o nome do famoso presídio norte-americano. (N.T.)

mundo esqueceu há muito quais poderiam ser esses nomes prosaicos. Quem acompanha Ormus e Vina no momento é o acima mencionado Will. Só vou levar os senhores até o heliporto, diz, mal virando a cabeça. O Sikorsky particular de mr. Yul vai se encarregar do resto da viagem de hoje.

Não adianta resistir. Renda-se graciosamente. Ormus e Vina se acomodam no macio estofamento de couro. Onde fica esse recanto de lua-de-mel, Ormus pergunta, displicente.

Sir, na região dos lagos Finger, sir. Faz algum sentido para o senhor?

Vina endireita o corpo. Faz para mim. Perto de quê?

Sim, senhora, madame. Fica na ponta sul do lago Chickasauga. No coração da região produtora de vinhos do estado. Fica perto de uma cidadezinha, talvez a senhora conheça, chamada Chickaboom.

Cativeiro no Egito, Vina geme, fechando os olhos. Nem os israelitas tiveram de voltar depois que foram embora.

Desculpe, madame. Não estou entendendo?

Não, nada. Obrigada.

Claro, madame.

A casa de Tempe Harbor, de madeira pintada de cinza-claro com acabamentos brancos e o tipo de ornato "rendilhado" em entalhes que se vêem caracteristicamente por entre as palmeiras e primaveras trepadeiras de Key West, é na verdade criação de um perverso milionário da Flórida, de origem suíço-germânica, Manny Raabe, que na velhice fugiu do decadente calor sulino (e de eventuais furacões) para essas revigorantes latitudes nortistas, e logo morreu de frio. Yul Singh mandou instalar um sistema de aquecimento debaixo do assoalho e numerosas chaminés e lareiras extras. É um lugar poderoso, com telhados amansardados de ardósia em duas águas, concebido em grande escala, como nos Alpes suíços. Singh o mantém quente, e cheio de periquitos e plantas tropicais: como se estivesse repreendendo o falecido Raabe por sua loucura. Há uma sauna. O chefe — Kitchen Singh — recebeu instruções para se concentrar na culinária fortemente condimentada do subcontinente. Tempe Harbor foi transformada por seu novo dono em um relicário do calor. Coisa de que se você não gosta, eu peço desculpas, Yul Singh está no telefone no momento em que o helicóptero pousa, mas quando se compra uma casa assombrada o que se tem de fazer na minha opinião é que ela fique pouco atraente para o fantasma.

Não há nem vestígio de fantasma, mas eles não são os únicos hóspedes. Há um outro casal de "pombinhos" hospedado ali, o diretor de filmes de arte Otto Wing e sua noiva recente, a comprida e gomosa beleza nórdica chamada Ifredis, que insiste em correr nua pelo gramado, à meia-noite, para ir mergulhar na água fria e negra do lago Chickasauga, perseguida pelo corpo intelectual, de óculos, de seu marido igualmente nu, que pode ser ouvido berrando *An die Freude* quando a água atinge sua genitália. Alegria, berra Wing, em alemão. Alegria, tu, adorável centelha de Deus, filha do Elísio.

Na verdade, há muitos gritos. Wing e Ifredis não se cansam um do outro e trepam, desinibidos, quando e onde o espírito os arrebate, e ele os arrebata o tempo todo e por toda parte. Ormus e Vina assistem à paixão dos amantes muitas e muitas vezes, nas muitas salas de estar da mansão, no mirante do lago, na mesa da piscina, na quadra de tênis, no deck.

Esses dois, Vina diz, um tanto passada. Fazem a gente parecer virgem.

Quando não estão trepando e gritando, Wing e Ifredis estão dormindo ou comendo quantidades de queijo e bebendo suco de laranja aos litros. (Eles parecem ter seus próprios suprimentos de comida, e geralmente renunciam aos faustosos banquetes de Kitchen Singh. Geram todo o calor de que precisam sem a sua ajuda culinária.)

A conversa deles, enquanto tal, versa principalmente sobre Jesus Cristo. Ifredis é uma moça cento e dez por cento íntegra, que não guarda nada. Ela se lança na religião com o mesmo empenho nu, de água fria, que demonstra em seus gritantes ataques sexuais. Identificando rapidamente o ponto fraco, o ateu irresoluto, ela vai atrás de Ormus na banheira quente do spa e o interroga com piedosa compaixão gotejando dos imensos olhos azuis. *So* é verdade mesmo que você nenhum deus tem? Acho que não, Ormus responde, não querendo discutir sua recente condição de visionário. Segue-se um longo silêncio doloroso, até Ormus entender que ela espera sua reciprocidade. Ah, claro, ele diz. Ahn e você?

Ifredis solta um uh!, um longo som orgasmático. Uhh, ela ronrona. Eu amo Cristo Jesus. Wing chega, abaixa-se ao lado da banheira e a beija profundamente, como se bebesse em uma fonte, emergindo de sua boca para externar um pensamento. O que adoro nesta mulher é que ela é direta, diz. Não tem ironia. No ponto a que chegamos do século, é importante evitar toda comunicação irônica. Estamos num momento de falar direto para evitar a possibilidade de equívocos. Em todas as circunstâncias priorizar essa evitação.

A noiva está puxando sua manga. Otto, pede, fazendo um beicinho de borracha. Otto, quero sentar no seu braço. Ela se levanta da banheira como uma Vênus fumegante e eles se afastam. O inglês dela não é bom, Otto cantarola para Ormus por cima do ombro. Para evitar qualquer equívoco devo explicar que no nível em que ela está de vocabulário, às vezes faz confusão com os nomes dos membros.

Se alguém fosse de disposição paranóica (e vivemos dias paranóicos), seria possível supor que Yul Singh engendrou esse longo fim de semana com grande deliberação: que, mesmo da distante Park Avenue, Yul Singh, o titeriteiro cego, está puxando as cordinhas de seus convidados, da mesma forma que George Bernard Shaw, em cima de sua nuvem divinal, manipula as marionetes de Higgins e Eliza na capa do disco com a gravação do elenco original de *My Fair Lady*.

Cada detalhe da vida em Tempe Harbor atesta o longo alcance da influência do magnata. Mesmo em sua ausência, Yul Legal é um *host* ativo. Há os telefonemas imprevisíveis, mas freqüentes, tanto para hóspedes quanto para empregados, e a meticulosa atenção aos detalhes: o menu vegetariano para Vina, o médico residente no caso de haver uma piora súbita na saúde de Ormus. A decoração é uma curiosa mistura do mais alto bom gosto europeu com a grossura cafona indo-americana: cadeiras Louis XV antigas importadas da França com estofamento de seda azul-claro com monograma. YSL. O monograma (de Yul Singh Lahori, seu nome completo raramente usado) está por toda parte: na maioria dos móveis, nos charutos e cigarros enrolados especialmente para a casa, nas abotoaduras de prata presenteadas pela governanta Clea Singh a todos os hóspedes homens, e até em cada pedaço do macio papel higiênico personalizado e no suprimento de camisinhas, absorventes e tampões discretamente posicionados, segundo o gênero, nos banheiros masculino e feminino que fazem parte de cada uma das suítes de hóspede. Discos de ouro e de platina emoldurados se espalham pelas paredes, ao lado de retratos do grande homem — que guarda mais do que ligeira semelhança com o ator Vincent Price, esse sereno príncipe noturno das classes vampirescas — e de sua aristocrática, pálida e mui sofredora esposa francesa Marie-Pierre d'Illiers. Que devo admitir pessoalmente é o meu ideal simbólico, a imortal azeitona de minha empada, que quando eu beijo nos lábios me lembra tudo o que é importante na vida, Yul Singh confessa a Ormus pelo telefone. Okay, você agora vai querer me perguntar sobre, não se dê ao trabalho de fingir que não sabe, todas as minhas superficialmente contraditórias e também extremamente públicas ligações com aquele como dizem colar de jovens beldades, ele continua. O famoso sorriso desconcertante, o desamparado abrir de braços, chegam até Ormus mesmo pelo telefone. Então, Singh confessa, sem nenhuma vergonha — suas reticências indianas suplantadas pelo estilo confessional adotado da América —, a memória é uma grande qualidade, possuidora também de considerável força erótica, por sinal, que estritamente é uma coisa que você não precisa saber, uma questão privada entre mim e minha mulher, mas mesmo assim, como eu estava dizendo, a memória é o máximo, mas às vezes, só para contrastar, melhor ainda é esquecer.

Yul é um impiedoso visionário, um planejador amoral. Não seria parte de seu grande plano de jogar água fria na grande paixão renovada de Ormus e Vina, oferecer aos dois, na forma de Wing e Ifredis, uma dupla admonitória de caricaturas de Vargas deles mesmos? A felicidade escreve em branco, diz Montherlant, e Yul Singh, um homem culto apesar de toda a sua postura de feirante, é capaz de acatar uma dica inteligente. Pombinhos ficam se bicando e ronronando e não trabalham muito. Um pequeno problema no paraíso valeria bem a pena.

E essa história da fanática por Jesus? Dá uma quentura extra ao molho.

Isso é um script de ação e diálogos? Essas pessoas são *atores*?

Examine um pouco mais profundamente o episódio de Tempe Harbor, e dá para sentir outras reverberações. YSL é um namorador de vida inteira que no entanto ama, honra e não consegue nunca se afastar de sua esposa inteiramente admirável e evidentemente *complaisante*. Em Vina, talvez, ele já tenha percebido uma aventureira sexual tão ousada quanto ele próprio, uma mulher em busca de uma âncora, de chão sólido a partir do qual dar seus saltos noturnos para o desconhecido. Ormus — Yul Singh intuiu — deve uma vez mais ser essa âncora, o centro sereno da roda giratória que ela é. Se ele é a *rock* ela pode ser o *roll*. Isso alimentará a música dele e o canto dela, ambos; pois a arte tem de ser feita em segredo, em lugares calmos, enquanto a voz cantante precisa voar pelo espaço aberto e buscar a adulação da multidão. Yul Singh tem seus próprios olhos cegos visionários, que podem ver possíveis mundos futuros, permitindo-lhe apostar pesado neles, e mesmo, às vezes, trazê-los à existência. Foi isso que ele viu: que o gênio de Ormus e Vina, seu futuro, sua habilidade de se transformar naquilo que têm dentro de si mesmos, dependem do engendrar e perpetuar formas especiais de dor. A dor barulhenta do vagabundo compulsivo e a dor muda do abandonado.

Wing e Ifredis não precisam nem de sono, nem de comida, além do seu queijo secreto. São encontrados trepando na mesa da cozinha e debaixo do tapete da sala. Os gritos e gemidos ficam mais altos, mais longos, de alguma forma menos humanos, a cada hora que passa. Vina e Ormus se sentem atolados, paralisados por essa opereta pornográfica. Ficam temporariamente incapazes não de desejo, mas de sua expressão física (e vocal). Como uma dupla de tias solteironas, eles tomam drinques nos terraços mais distantes de Tempe Harbor, e reprovam.

Acordando cedo na terceira manhã, Vina encontra um veado morto entre os juncos da margem do lago: não abatido com um tiro, simplesmente falecido. Sua cabeça está metade dentro da água, a galhada sai para fora como algas duras. Insetos zumbem seu réquiem. As pernas estão rígidas, como um brinquedo gigante. Mais especificamente, ocorre a ela, como as pernas de um cavalinho de pau. Por alguma razão que não consegue identificar logo, esse pensamento espontâneo a faz chorar. Grandes soluços explodem dentro dela; depois de alguns deles, aflora a lembrança. De um cocheiro e seu cavalo diante da há muito desaparecida tabacaria Egypt. *Cidade de um cavalo só e esse cavalo é feito de madeira*. Vina chama a limusine da casa — dirigida por Limo Singh, como lhe informa o motorista de uniforme e turbante, sem um mínimo da ironia proibida pelo vanguardista Otto Wing — e, abandonando Ormus aos amantes gritões de Tempe Harbor, é levada em alta velocidade até Chickaboom.

Depois, vasculhando os jardins à procura dela, Ormus usa o novo tapa-olho de veludo cor de borgonha (feito pela obsequiosa governante Clea) e, com o único olho disponível, vê o veado amarrado a um pequeno trator, sendo tirado da água pelo jardineiro-chefe, Lawn Singh. Durante um momento, acha que é Vina. Depois, o olho bom caçoa de seu coração disparado. Quatro pernas, não duas, cascos, não pés. Não diga a Vina que cometeu *esse* engano.

Ele volta para dentro, ainda oprimido pelo resíduo de medo, pela dissonante bioquímica ainda correndo em suas veias. Vai para a sala de música — à prova de som, não dá para ouvir Otto e Ifredis lá dentro — e senta-se ao piano de meia cauda Yamaha. Você vê um bicho morto, pensa que é a mulher que você ama. Não pode confiar nos próprios olhos. Não pode confiar *nela*. A música está vertendo da ponta de seus dedos.

Everything you think you see, canta. *It can't be.* [Tudo o que você pensa que vê, não pode ser.]

E se Yul Singh — Maquiavel, Rasputin, ele nunca se importou com os nomes com que o chamam contanto que seus artistas continuem cantando e os fregueses continuem comprando — estiver de fato olhando seu angustiado hóspede através dos olhos cegos lá na sua nuvem shawiana no céu limpo, ele certamente, nesse ponto, estará abrindo o mais vasto dos sorrisos satisfeitos consigo mesmo.

A charutaria não existe mais, mas a cidade é pequena e Egiptus é um nome esquisito. Não leva mais de uma hora perguntando para descobrir que o velho morreu engasgado com um osso anos antes, mas a mulher ainda está meio viva, embora o enfisema seja garantia de que não por muito tempo mais. Mrs. Faraôa, um velho a chama em um bar. Limo Singh está dirigindo por uma longa e reta estrada campestre entre vinhedo e milharal. Vê-se um silo vermelho e um daqueles moinhos modernosos. Faz calor quando o vento pára, mas o vento hoje não está parando, está mordendo e pretende continuar mordendo.

A estrada começa a fazer curvas e a estreitar, perde confiança, fica incerta, fraciona-se em trilhas, o vento sopra uma nuvem de poeira para borrar as coisas ainda mais, e então, num cemitério de máquinas, um lugar que perdeu definição e ganhou papos como o queixo de um homem comum, encontram o Winnebago enferrujado à margem de um monte de carros e tratores danificados e canibalizados, cercado de mato alto, de forma que parece que está se escondendo.

Ela está num trailer, que não anuncia filme nenhum. A limusine pára e ela fica sentada uns momentos, sentindo se fechar o elo de tempo, e sentindo também o advento de um sentimento inesperado, além da raiva e da vingança.

Compaixão.

Sai da limusine e caminha pelo depósito de ferro-velho. A porta do trailer se abre. Uma cabecinha cinzenta se espeta para fora e começa a berrar furiosamente, com intervalos para chiados de pulmões doentes.

O que é que está olhando, moça, eu não sou merda de paisagem nenhuma para ficarem olhando. Não sou nenhuma curiosidade local para você ir chegando para ver só porque leu a meu respeito em qualquer bosta de guia. Eu devia cobrar ingresso. Que que é isso? Alguém mandou você aqui? Tem alguma coisa a ver comigo ou veio até aqui com o seu carro de luxo só para pisar em gente que não teve a sorte que você teve?

Um ataque de chiadeira. Vina só fica ali parada.

Eu conheço você?

Vina tira os óculos. A velha parece levar um golpe.

Ah, não, diz mrs. Faraôa. Não, muito obrigada. Passado é passado. Bate a porta do trailer na cara de Vina.

Vina fica ali.

A porta se abre um pouquinho.

Não ouviu? Não tenho nada para dizer. Você não tem direito de vir aqui invadir meu direito constitucional de privacidade. Me acusando. Não estou no tribunal mocinha estou na merda do meu lugar de moradia no meu pedaço de merda de chão e não estou no seu tribunal. Você e seu lacaio aí estão invadindo e acho que vou chamar a polícia. Pensa que por causa dessa merda da minha respiração.

A porta se abre. A viúva Egiptus está apoiada na maçaneta e com a mão livre aperta o peito. Soa como: uma mula. Como: morte.

Vina espera.

Por você eu não agi direito, a mulher diz, ofegando. É isso que você acha. Para você eu sou uma porcaria. Um monstro. Peguei uma vida nova já estragada e tratei como se fosse merda. Pois veja só no que deu a coisa. Você acabou no bem-bom e eu acabei aqui no meio desta porra deste mato. Você acha que não me deve nada por isso. Nem acha que pode ser eu que tenha dado o chute que botou você no seu caminho, e o equipamento de sobrevivência que garantiu você nessa viagem. Olhe só como é que você está, parece marruda. Quer dizer, graças a mim. Então não me venha aqui para ficar olhando para mim como se fosse o dia do juízo final para me passar a sentença. Você levou minha força toda e me deixou morrer aqui. Nem percebe que eu estou morrendo na sua cara. Não está nem ligando. Vai embora e eu vou continuar morrendo aqui nesta bosta. Vai ver que vão levar semanas para encontrar meu corpo, até estar inchado feito um balão e fedendo que nem uma consciência pesada. Não é com o seu julgamento que eu tenho de me preocupar, é com uma outra porra de tribunal completamente diferente. Outra sentença. Meu Deus.

Mrs. Egiptus fecha a porta do Winnebago novamente e Vina fica ouvindo os ruídos do enfisema em estágio avançado. Ela se volta para Limo Singh. Não agüento mais do que isso agora, diz. Dê o endereço para ela. Convide para jantar às oito e diga que vai ser informal, que não precisa botar o sapatinho de cristal e o vestido de cetim. Eu fico esperando no carro.

E assim Cinderela convida a madrinha malvada para o baile.

Drinques e drogas — champanhe, cocaína — no terraço de Tempe Harbor antes do jantar. Que eu peço que vocês tomem do jeito convencional, pelo nariz, Yul Singh estipula em uma série de firmes telefonemas a seus convidados. Agora tem uma moda de inserção por trás, desculpe a franqueza, tem um sujeito chamado Rock Bottom, uma das estrelas de Voight, quem sabe vocês conhecem, mas na minha opinião a culpa é dele. Claro que estamos num país livre, ele pode fazer como quiser, mas eu sou meio antiquado, não gostaria que os meus convidados ficassem alimentando o cu na frente dos empregados.

Mrs. Faraôa — Marion, a viúva Egiptus — chega como *gangbuster*, escondendo seu considerável constrangimento por trás de uma barreira de obscenidade; retaliando primeiro. O impecável vestido de estampa florida está folgado em seu corpo de passarinho. Afetando interesse, Otto Wing levanta o nariz do pequeno espelho e observa essa aparição antiga.

Nossa, Vina convidou uma sacoleira, anuncia em voz alta.

Você então agora ficou rica, Marion Egiptus diz para Vina logo no hall de entrada. Está aqui com os seus amigos ricos se divertindo. Claro, eu sei como é isso. É uma merda de uma mudança na balança do poder. Eu estou me acabando e você está no bem-bom. Isso é a América, o dinheiro dá direitos. Você tem o direito de me arrastar até aqui e me envergonhar, e o seu amigo mr. Lambecu pode me ofender bem na minha cara. Tudo bem. Já entendi. Já sei como é esse negócio. Me dê vinte dólares que eu peço desculpa já pelo jeito que tratei você antes e com mais vinte eu esqueço a putinha dissimulada que você sempre foi. Por cinqüenta paus eu me ajoelho e beijo seu rico pezinho e chupo a sua boceta preta, por que não?, por cem redondo. Seu amigo de quatro olhos ali, eu dou conta dele também. Sacoleira, é? Se quiser pode aprender comigo. É só botar um saco na minha cabeça, professor, cortar um buraco para a minha boca e por duzentos paus eu faço para você o que nem Maria Madalena quanto menos uma puta estrangeira pelada e menor de idade nem sonha. Mas sentar na mesa para jantar com essa porra dessa gente? Vocês não têm dinheiro que baste para me fazer fazer uma coisa dessas.

Gosto dessa mulher, entusiasma-se Otto Wing com seus óculos. Tão direta, e a oferta dela também é intrigante. Manter relações íntimas com uma pessoa que está no portão da eternidade. Tem possibilidades.

Mas que blasfêmia, Otto, Ifredis protesta. Nós devemos contra tal linguagem providências tomar. O vestido de noite dela pouco deixa para a imaginação e ela o afasta ainda mais dos ombros para atrair e prender a atenção dele; o que funciona. A sagrada juventude perfumada triunfa sobre a idade blasfema de boca suja.

E o abismo do fogo eterno há de logo se abrir debaixo dos pézes dela, Ifredis preconiza, vitoriosa. Também, por sinal, minha senhora, eu não sou menor de idade e, se quer saber, sou muito boa na sacola de dormir.

Saco, Otto corrige, amoroso, deslizando a mão pelas costas nuas dela. Muito boa no saco de dormir.

Qualquer coisa, querido. Fico atrapalhada com as palavras porque acabaram de falar muito demais de saco, sacola.

Vina pega a roncante Marion Egiptus pelo braço e mais ou menos arrasta a resistente velha até a beira do lago, até o mesmo ponto onde estava o veado morto. Okay, Marion, diz, você está certa e está errada também. Está certa quando diz que fui até o seu trailer para humilhar você, porque queria algum tipo de fecho?, depois de todos esses anos sem nem dizer seu nome queria que você soubesse que eu consegui, queria que ficasse com inveja de mim. Mas nessa história de convidar você aqui para fazer você de idiota, não tem razão, não. Você está tão fodida que quando olhei para você fiquei com vontade de ajudar, então faço o que precisar, pago médico, contas, o que for.

Está me oferecendo dinheiro?

É. É, estou oferecendo dinheiro. E você nem precisa chupar minha xota.

Okay, eu aceito, diz a velha depressa. Quanto?

Não tanto quanto você está pensando, Vina dá de ombros, esclarecendo. Isso aqui tudo não é meu. Sou só uma cantora e isto aqui é da gravadora.

Marion Egiptus cai na gargalhada, o que provoca um ataque de tosse. Jorra-lhe água dos olhos. Quando se recupera, apoiada em Vina, diz, Puta merda, meu bem, eu sabia *disso*. Quando a gente é rico mesmo, não rico fingido que é o seu nível, a gente nem pensa em fazer guerra ou paz com o passado, baby, deixa para trás. *Vai*.

Por um instante a viúva Egiptus continua apoiada em Vina.

Estou contente de não ter deixado você para trás, Vina diz. As mãos delas se tocam.

Marion se afasta. É, ela grunhe. Mas depois que me der o dinheiro não vai ter de me carregar nas costas mais, não. Não pense que está fazendo nada por mim. Você está é comprando a sua liberdade, isso sim.

Okay, pode ser, Vina concorda. Ninguém quer ser escravo.

Maria vai a Tempe Harbor também. Nenhuma porta fechada consegue impedi-la de entrar. Ela não dispara alarmes. Chega sempre que Vina deixa Ormus aos seus próprios cuidados, e não fala mais, é fisicamente insistente de novo, até urgente, uma alma gêmea fantasma da erotomaníaca Ifredis Wing. A sensação de seu corpo é bem real e ela é forte. Agarra os pulsos dele e o força a deitar de costas na cama. Mesmo assim, Ormus resiste. Ele pensa nas teias de força de Vina e de Maria. Ela perde o pulso. Uma força se escoa dela.

Você não tem como reagir, diz ela, desconsolada, afastando-se. Está preso aqui neste lugar idiota, nesta bifurcação suja do caminho verdadeiro. Esta terra incerta, com sua água turva, arrotando fogo, o ar empesteado et cetera. Tudo errado. Não é de admirar que crie esses efeitos colaterais perniciosos. Você está poluído, coitado, está doente com alguma moléstia psicotropical e tal, e acha que o que está sentindo é amor.

Estranhamente, as idas e vindas de Maria não são mais inteiramente livres. É como se, ao vir à presença dele por meio de seu olho pálido, cego, de outra-visão, ela ficasse privada de seus outros meios de chegada e partida. Parece que agora que passou a ser parte da visão dele, do seu enxergar, ele pode controlar suas aparições. Maria não pode mais se materializar e depois desaparecer simplesmente virando de lado, como se fosse uma fenda no meio do nada. Ela não pode mais se mandar para dentro e para fora deste mundo como se fosse uma carta. Não mais.

O tapa-olho de Clea possibilita o que nenhum sistema de segurança consegue. Ormus resolve manter o olho esquerdo tampado, e no escuro.

Vina é tudo o que ele vê, e tudo o que quer ver.

Mesmo com o tapa-olho no lugar, Ormus Cama está achando que a América desafia a credibilidade. No hall diante da suíte dele e de Vina há uma máquina de bebidas que come dinheiro de papel. Isso o deixa perplexo. Papel é incapaz dos simples feitos mecânicos que são o limite de sua imaginação científica. A eletrônica — scanners, circuitos impressos, caminhos de sim/não —, esses mistérios estão além de sua capacidade, tão secretos quanto os mistérios dos antigos gregos. O autômato movido a papel é o portal de um novo mundo de milagres e confusões, um mundo em que a maçaneta da porta vira para o lado errado e os interruptores de luz ficam de cabeça para baixo.

É evidente, segundo os jornais diários, que o mundo além das fronteiras dos Estados Unidos (exceto pela Indochina) praticamente deixou de existir. O resto do planeta é percebido aqui como essencialmente ficcional, e o mais perturbador sobre a guerra da Indochina é que esse país basicamente imaginário está roubando as vidas reais de jovens norte-americanos, às quais eles têm direito garantido pela constituição. Isso é uma perturbação na ordem natural, e os protestos estão aumentando. Na TV, figuras de capacete e escudo portando armas marcham por campi universitários, cobrando, como norte-americanos, o seu direito divino de matar ou ferir seus próprios jovens antes que os indochineses tenham chance de fazê-lo.

A TV é uma coisa nova para Ormus Cama e tem mais maravilhas a revelar.

Há muitos anúncios de inventos antipessoais engenhosa e variadamente disfarçados de material comestível, destinados a transformar os estômagos e tratos digestivos do povo norte-americano em campos de batalha ferozes e nauseados. Isso se alterna com filmes promocionais de uma ampla gama de remédios químicos, cada um deles afirmando ser a única forma confiável de restaurar a paz intestinal. Entre um comercial e outro, ele fica sabendo da morte de Louis Armstrong, que ele um dia amou no filme *The Five Pennies* e em outros filmes também. Ele vê muitas famílias — inclusive uma de músicos sem talento — em suas próprias casas serem objeto de riso de estranhos invisíveis que parecem se divertir com pouco. Noticiam que guerreiros alienígenas — discos voadores — aterrissaram nos espaços abertos do Meio-Oeste. Um velho, um ator cujo dom principal é sua incapacidade de lembrar por mais de quinze minutos qualquer coisa que lhe digam, é candidato a governador na Califórnia, e é mencionado rotineiramente como um norte-americano exemplar.

A música, porém, o faz sentir-se em casa. Na sala à prova de som, ele ouve com excitação e prazer o álbum *200 Motels* de Uncle Meat, uma fita gravada ao vivo nas apresentações já legendárias da Caledonia Soul Orchestra de Zoo Harrison, Eddie Kendricks cantando *Just My Imagination*, o *Imagine* da Plastic Ono Band. Só que, quando ouve algum garoto resmungando sobre o fim do rock'n'roll, Ormus fica bravo. Morreu? A música acabou de nascer. Vina é a mãe e ele é o pai e qualquer um que pense diferente que saia fora de sua estrada de alta velocidade.

No fundo de seu coração ele sabe por que está bravo de fato. Está quinze anos atrasado para a festa. Esses deviam ter sido os seus anos, e em vez disso pertencem a outros. Seu tempo está acabando. A cada dia tem menos para colher.

Ele está na casa, olhando Vina lá embaixo, perto do lago, conversando com mrs. Faraôa, enfiando notas de dólares na bolsa estropiada da moribunda. Ele sacode o estado miásmico a que foi levado pelas visitas de Maria, e é tomado por uma onda de grande amor pela mulher que renovou sua vida. Que excepcional ela é, o quanto teve de combater, de superar. Tem de se casar com ela imediatamente. Ela tem de parar de recusar em tom de brincadeira e concordar em se casar com ele sem demora, talvez ali mesmo, em Tempe Harbor. É, isso seria perfeito! Ao confrontar a mulher que não foi boa para ela em seus dias de menina, ela aplacou um fantasma. Yul Singh exorcizou o fantasma do velho Manny Raabe usando calor. Vina expulsou seus fantasmas olhando-os na cara e desistindo da vingança. Seu negócio com o passado está concluído. Casar nesse momento seria virar uma página.

Seu desejo por Vina cresce e transborda. O amor dela é o único que pode — que *irá* — restaurar sua visão fracionada, deixá-lo inteiro. Assim como os braços dele são os únicos que poderão mantê-la íntegra depois de todas as suas lutas, sua dor.

Há um campo de flores silvestres à margem do lago. É um lugar perfeito.

Ele fulgura de amor. Logo será o dia de seu casamento.

Se não tivesse feito aquele acerto de contas final com mrs. Marion Egiptus de Chickaboom, NY — se o seu sofrimento de infância não tivesse sido aplacado por uma transação financeira adulta —, talvez Vina Apsara estivesse crua e vulnerável para considerar a insistente proposta de Ormus. Se Otto e Ifredis Wing não tivessem ido correndo até ela no gramado, cruzando com a saída de mrs. Egiptus, e proposto um *ménage à trois*, ou se ela insistisse em incluir seu solene e preocupado cavalheiro amigo, *à quatre*, talvez Vina não tivesse sido tão completamente consumida pela repulsa, não tivesse transferido o seu desdém pelo desejo pós-matrimonial de Wing para a instituição do matrimônio em si.

Mas essas coisas foram feitas e não podem ser desfeitas. E assim é que Ormus, ao se aproximar dela perto da água à última luz do dia, com um buquê de flores silvestres na mão e o coração cheio de amor, encontra-a com humor viperino.

A gente tem de ir embora deste lugar e tem de ser agora, Vina diz, fumegando, ao fátuo e sorridente namorado que veio ser romântico e encontrou sua querida transformada em uma harpia ciciante. A raiva azeda de sua antiga madrasta detonou uma ira formidável. Ormus, pelo amor de Deus. O que é que a gente está fazendo?, estamos loucos?, a gente devia estar botando fogo nesse pesadelo de palácio em vez de ficar fazendo papel de harém particular de Yul Legal. Seus eunucos, suas como é mesmo a palavra, concubinas. Devia era botar fogo nisso tudo até cair. Para isso que a gente saiu da Inglaterra? Se isso aqui é o século XX, baby, devíamos estar fazendo planos urgentes para partir de uma vez para alguma outra época. Corra, camarada, o velho mundo está atrás de você, diziam os estudantes em Paris, em 68. Abaixo o mundo em que o preço de não morrermos de fome é a certeza de que vamos morrer de tédio! A vitória será daqueles que sabem como criar desordem sem gostar dela! Por favor, Ormus. Qual é o projeto, certo? Vamos botar abaixo o asilo ou vamos mudar para alguma cela acolchoada aqui dentro e sei lá começar a dizer besteira?

Eu vim até aqui agora, ele diz — sabendo que é o momento errado, mas incapaz de se controlar, sentindo que as coisas estão para lhe escapar de novo, que seu casamento de flores silvestres desapareceu em uma bifurcação da realidade por onde ele não conseguirá segui-la —, vim pedir para você casar comigo.

Já falei, amorzinho, ela responde com pronúncia caipira que apenas abranda a recusa. Num sô do tipo que casa. Num sô o tipo de moça que fala sim.

Ela não vai aceitar. Não consegue. Ela o ama, ama até o fim, mas não vai botar isso no papel e assinar o nome embaixo. Liberta do tormento da dor de suas lembranças infantis, ela recusa esse novo cativeiro. Ela oferece a ele o radicalismo antinupcial convencional dessa época. A monogamia é uma algema, a fidelidade uma corrente. Uma revolucionária, não uma esposa, é o que ela será. Alguém que muda o mundo não que muda fraldas é o que ele será.

Ele não está ouvindo. Um alto propósito o domina. Se não vai se casar comigo agora, quero saber quando, ele pergunta, com uma tal teimosia que já se metamorfoseou em outra coisa, em destino talvez. E a força de sua vontade é tão palpável que Vina — Vina, que o ama de todo o coração, que sabe que o amor dele é igual ao dela, Vina que não pode confiar no amor dele nem no dela por mais de cinco minutos de cada vez — leva a pergunta a sério. Diga o dia, ele explode. O mais longe possível se você quiser. No seu aniversário de cento e um anos se quiser. Mas diga o dia e mantenha a promessa e eu nunca mais vou pedir até esse dia. Me dê a sua palavra e ela me sustentará pelo resto da vida. Só diga a porra do dia.

Ela tem vinte e sete anos, e se há uma coisa que aprendeu é que as coisas não ficam iguais por cinco minutos, nem mesmo o seu próprio nome. Portanto essa exigência de um dia imutável é recurso de livro de história, é algum pacto retrô tipo Cavaleiros da Távola Redonda Camelot-e-cortesia-de-cavalaria. Uma reprise do amor cortesão. Ele está pedindo que ela penhore o futuro, mas no futuro ela será outra pessoa, terá mudado dezenas de vezes, e ninguém pode pensar que o seu eu futuro, desconhecido, estará preso pelos erros e promessas da juventude. É como vender a Lua. Você pode vender se encontrar comprador, mas só um idiota vai achar que você vai entregar. Faça a porra da promessa, ela pensa, e depois é *caveat emptor*. O comprador que se cuide.

Okay, diz ela. Okay, já-já, fique frio. Ah, daqui a dez anos, ela diz, que tal? (Pensando que dez anos é uma eternidade impossível. Dentro de dez anos, sendo como é o mundo da música, e levando em conta seu temperamento volátil e tempestuosa história pessoal, ela pode estar louca ou morta. Ou com trinta e sete anos, o que é pior. Em dez anos a luz que morre em torno dele nesse entardecer estará a noventa e quatro mil trezentos e setenta e nove bilhões de quilômetros daqui e ela poderá estar bem longe também. Dez anos é terra do nunca, você vira à direita numa estrela e segue em frente até de manhã. Nenhuma regra se aplica. Além disso, atrás das costas, ela está cruzando os dedos traiçoeiros.)

Daqui a dez anos? A partir de agora?

(Ele está falando sério. Deus. Não importa, ele vai superar, vai dar certo.)

Claro, Ormie. Daqui a dez anos, o relógio está correndo, três, dois, um, zero, fogo.

Aí, ele lhe conta o seu lado da troca.

Esperar por ela, possuí-la brevemente, depois perdê-la: foi isso o que lhe coube. Ele esperou que ela atingisse a idade, houve uma única noite de amor, e ela desapareceu imediatamente. Ele caiu, levantou-se de novo, batalhou para ser digno dela, para realizar grandes trabalhos, resolver o enigma de sua partida, colocar-se, depois de muitas vicissitudes, de volta no caminho verdadeiro, e então um acidente fortuito o derrubou mais uma vez; suspendeu sua animação. Ela voltou e fez um milagre, que foi inegavelmente um milagre de amor, e durante alguns momentos ficaram juntos, enquanto ele se recuperava. Mas apesar de ela estar sempre declarando o amor deles, o amor dela, ela se recusa a lhe oferecer a segurança que não é nada mais que natural e de que ele necessita em seu bizarro estado de olho duplo. Ele percebe que a espera — mais dez anos, como ela especificou — é preferível aos caprichos, à instabilidade dela. A espera pelo menos é sólida, tem um começo, um meio e um fim, ele pode apoiar seu peso contra a espera, sabendo que não vai se afastar no último momento e deixá-lo cair. Mas na espera não existe média, nenhuma posição nuançada aceitável, nenhuma meia medida nem teoria da relatividade. Como não há no amor. Ou se ama, ou se espera por amor, ou se expulsa o amor para sempre. É essa a gama completa de escolhas possíveis. Como ela escolheu esperar, ele agora escolhe amplificar o que significa esperar.

Durante dez anos, até ela ter trinta e sete anos e ele ter completado quarenta e quatro, ele não tocará nela nem será tocado por ela. Nem mesmo ficarão de mãos dadas, nem uma carícia no rosto ele oferecerá ou aceitará. Tudo o que ele sofreu por amor, quando ela era menor de idade, sofrerá de novo agora que estão ambos na flor da idade. Ela fez uma promessa e ele não tem dúvida de que a cumprirá. Ela deve também ter bem claro que ele honrará a parte dele. Essas promessas serão a substituição para os votos matrimoniais. Essa não-performance, esse recipiente vazio — essa ausência suspensa, balançando como uma rede entre as estacas gêmeas de suas escolhas severas —, serão a cama do *grand amour* deles.

Em outras palavras: durante dez anos o que haverá entre ambos será só negócios. Mais que só negócios; porque não se trata de uma separação, nem de um acordo de divórcio, mas de um pacto de amantes, que termina num mui retardado, mas mui desejado encontro. Termina na eternidade. Portanto, ele se submete às regras do amor. Embora não vá *tocar um dedo* nela durante a década por ela estipulada, ele entra por livre vontade e sem coerção em um estado de celibato. Não repartirá com nenhuma outra mulher o que não pode repartir com sua amada.

Tudo isso ele jura.

A dez anos daqui, o tempo de negação terminará e eles entrarão na alegria.

O amor de Deus, como Otto e Ifredis, as *Wings* [Asas] do desejo que batem beatificamente, comprovaram abundantemente, não precisam conter seu impulso sexual. Com grande facilidade, o amor mortal encontra o seu rumo.

Um russo entra num showroom de automóveis e um vendedor se aproxima. Não há nenhum carro em exposição, eles infelizmente não têm nenhum modelo de showroom no momento, mas o vendedor explica que têm fotografias e, Claro, senhor, posso tomar seu pedido. O cliente assina rapidamente os papéis de compra e pergunta, Quando recebo o carro? Daqui a dois anos, responde o vendedor. — Certo. Mas vai chegar de manhã ou de tarde? — Desculpe, senhor, mas acho que o senhor não entendeu, eu disse que vai levar dois *anos.* — Sei, certo, mas daqui a dois anos vai vir de tarde ou, de preferência, de manhã? — Isso é ridículo, meu senhor, o que é que isso importa? — É que de tarde vem o encanador.

Essa é uma piada pós-comunista. Eu a coloco aqui anacronicamente, cerca de dezoito anos antes de seu tempo, porque é uma parábola sobre as pessoas que, como Ormus Cama e Vina Apsara, são obrigadas pelas circunstâncias a depender do longo prazo. Se esses dois, que são o amor um da vida do outro, cujo dom de amar só é superado por seu talento em erigir poderosos obstáculos a esse amor, são criadores de suas condições, ou vítimas do destino, é coisa que deixo para outros decidirem.

Vina não suporta. *Isso de novo, não, essas porras desses seus juramentos heróicos.* Ela protesta, implora. Ele está jogando fora o que há de maravilhoso entre eles em nome de uma convenção arcaica. Tem de reconsiderar. Os dois têm de ir para a cama imediatamente.

Você podia ter dito dez dias, ele observa. Podia ter dito dez minutos. A duração do noivado foi escolha sua, a natureza dele é escolha minha.

Imobilizada, quase sem ar de desespero, Vina enfrenta a crise de sua vida. E, como sempre, quando a ternura lhe falha, como ela acredita que falhou sempre e sempre falhará, ela recorre à ferocidade.

Ótimo, diz. Seja do seu jeito. Só negócios. Fechado.

Durante dez anos, ele relembra. Sua palavra é lei.

E você consegue viver feito um monge se quiser?, ela lança, como fala final, mas não espere que esta mulherzinha vá fazer a mesma coisa.

Quando ela está fora de vista, Ormus Cama tira o tapa-olho e a estranheza jorra. Ele fica tonto, depois se controla. Pouco a pouco, tem de aprender a ver com a dupla visão sem ficar tonto, nem perder o equilíbrio. Ele terá, se não amor, pelo menos a visão integral. Isso, e a música.

Desde o momento em que o pacto é feito, esse contrato do diabo não deixará feliz nenhum dos dois, e não há como detê-los. No epicentro do terremoto americano que é o VTO está essa desorientação muito oriental. Abstinência: que passa a ser o combustível de seu foguete, e os leva até as estrelas.

13
NO ILHA DO PRAZER

Uma viagem ao centro da Terra. (Tarifa do táxi desde a casa de Vina, 4 dólares, gorjeta incluída.)

Primeira parada, virando a esquina do centro da Terra, fica o estúdio do artista Amos Voight, aliás *Slaughterhouse-22* [Matadouro-22]. Amos nasceu Wojtyla, e anos depois, quando surge o papa polonês, Amos em sua velhice anuncia, a sério, que vai processar João Paulo II por plágio nominal.

No Slaughterhouse, no meio das gravuras e das fotografias, pequenos bilionários circulam pelos cantos como gárgulas esperando a chuva, observando as garotas curvilíneas de paus grossos entrarem e saírem do estúdio de cinema. Amos nunca esquece um bilionário, nunca os ignora por mais tempo do que o divertido, de forma que eles estão contentes. Nesse momento, Amos está contando com todos os detalhes para Vina o que aconteceu com seu amigo morto Eric, que foi encontrado nu dentro de uma banheira vazia em um apartamento caindo aos pedaços no Upper West Side. Como o Marat de David, morto pela trágica heroína, Voight diz naquela voz impiedosa que parece um suspiro de mulher. É um horror, ele diz. Quando o Lizard King morreu, a banheira estava cheia, pelo menos. Vina passa os braços em torno dele, abraça-o. Fui até lá, ele diz. Foi horrível. Onze dólares com a gorjeta.

Para animá-lo, Vina leva Voight até o centro da Terra para tomar champanhe e suco de laranja e um sanduíche de filé (US$ 36,93, taxas inclusas). Fica a uns dois quarteirões. O nome do lugar é Sam's Pleasure Island [A Ilha do Prazer de Sam], e não há nenhum Sam, nunca houve, mas se prazer é o seu prazer, então você veio ao lugar certo.

(Mesmo aqueles que nunca vão a esses lugares sentem uma espécie de perversa satisfação delegada, talvez maligna, em saber que eles existem, que uma parte essencial do contrato da América com seus cidadãos está sendo cumprida. A busca da felicidade; e da morte.)

Ih, nossa, Amos diz, entrando. Adoro Nova York. Está cheio de gente fazendo coisas que desistiram de fazer faz anos.

Lou está cantando *Wagon Wheel.* Menina, ela é o quente. Olhe quem está aí, Rémy Auxerre e Marco Sangria, ninguém conhece mais música do que Marco e Rémy. O que é que vocês me dizem, meninos, Amos pergunta, gostam do que ela está fazendo agora?

Rémy responde, Temos de livrar nossas almas do dia-a-dia e abrir para o *influxus mentium superiorum,* influência das mentes superiores. Para isso, nossos instrumentos são o vazio e a alienação. Quando a influência encontra nossa razão desocupada, ela lhe mostra algo do conhecimento universal.

Ah, bom, isso quer dizer que ele gosta, Amos diz para Vina.

Como você sabe, ela pergunta.

Mas é tão fácil, porque ele é da Martinica, sabe?, diz Amos. Aquela grande bobagem francesa, ele faz quase tão bem quanto os franceses. Em cada cidade as pessoas dançam de um jeito, a maioria de nós se adapta, mas não Rémy. Adoro isso, é tão grandioso, tão seguro e vazio, não acha?

Quero que você conheça Ormus?, Vina diz. Formamos uma banda.

Só não me peça para produzir seu disco, Amos diz. (Ele está mesmo *down* essa noite.) Peça para algum outro trouxa, okay?

Ninguém está pedindo nada, Vina dá-lhe um tapa brincalhão na cabeça e o chumaço de cabelo dele voa como numa explosão macia. Agora seja bonzinho, Amos. Estamos na Ilha.

Eis Ormus, usando o tapa-olho, parecendo ainda mais soturno que Voight.

Vou lhe contar o que nós temos em comum, além de termos quase o mesmo nome, Amos confidencia, enganchando um braço no dele. Nós dois voltamos dos mortos. Você teve um desastre, e alguém me deu um tiro, você acredita?, uma mulher, tão bruta. Ninguém achava que eu fosse sobreviver, mas acho que eu achei que podia.

Seu bandido, Vina ralha com ele. Você sabe tudo sobre todo mundo. Você só finge que é uma toupeira ignorante que acabou de sair do buraco.

Like a mole in the ground I will root this mountain down [Igual a uma toupeira, eu escavo essa montanha inteira], diz Ormus.

Ih, nossa, um *spiritual,* Voight exclama, invocando deliberadamente o termo arcaico na época do *Black is beautiful.* Repentinamente direto, ele observa Ormus. Células coloridas tingem os rostos deles de luz vermelha e roxa. Você de que cor é?, hoje em dia é tão difícil dizer, ele pergunta, afiado. Sabe o que dizem de Vina? Que ela é uma morena que quer ser preta, o que é uma impertinência e muito injusto com uma garota que tem cabelo crespo natural e gosta de confusão. Agora, não tenho dúvida da cor *dela*, mas não estou bem informado sobre a orientação pigmentar dos homens parses, portanto acho que vou ter de perguntar diretamente a você.

Eu tenho de ter alguma cor?, Ormus murmura, ficando vermelho. Não dá para ir além, quer dizer, para o que tem debaixo da nossa pele?

Ah, desmancha-prazer, você não podia pelo menos ser verde-limão ou algo assim?, verde é ótimo. (Nesse momento, Voight se vira para a *femme* mais próxima de um grupo de transformistas em lantejoulas.) E você, querida, de que cor é?

Ah, acho que veludo, meu bem, isso é cor?

Claro, veludo, isso é importante, e sua amiga?

Ela? Ela é de gêmeos.

Voight volta a olhar para Ormus. Viu?, aqui no Sam's eles têm todos os tons e variedades de cor do mundo. Conhece Anatole Broyard? Ele faz um truque supergenial. Todo dia, quando entra no metrô no Brooklyn ele é preto, mas na hora em que aparece para trabalhar no *New Yorker* é branco puro. Já ouviu falar de Jean Toomer? A escritora mais importante da Renascença Negra. O livro dela, *Cane*, conhece?, de 1923, Waldo Frank disse que era o precursor da maturidade literária do Sul, da sua emergência da obsessão em que estava por causa da infindável crise racial. O alvorecer da criação direta e sem medo, acho que foi isso que ele disse. Acho que você ia gostar desse livro.

Ormus é tentado à cautela. Tive uma idéia para uma música, diz. *Na fronteira da pele cães selvagens patrulham.*

Você ia adorar Toomer, Voight insiste, macio. Homem de pele clara como você. Ele desapareceu, sabe? Dizem que atravessou a fronteira da cor. Arna Bontemps dizia que isso não quer dizer que ele escapou do problema racial. O manto da invisibilidade não salvou o homem da confusão em que todo mundo estava metido.

Desculpe, Ormus diz, não quero estragar a noite de vocês, mas estou cansado e com dor de cabeça, boa noite.

Ai, Amos diz, olhando as costas de Ormus que se afasta. Ah, essa doeu.

Ele está animado agora. Aperta o braço de Vina. Isto foi uma boa idéia, querida. Isto aqui é tão divertido.

* * *

No coração do Sam's Pleasure Island fica a corte do Yul King. Se você der sorte, sente-se ao lado de Yul Singh em sua cabine predileta — o cego Yul com o Manhattan *on the rocks* que é sua marca registrada e o grosso charuto Cohiba — e mais cedo ou mais tarde todo mundo vai passar por ali para prestar homenagem. Ninguém pode superar as roupas, a bebida, os charutos, a pose de Yul. Vina escorrega para perto do homem. Amos à esquerda dela.

Está todo mundo aqui hoje, Yul ri. Olhem só.

Ali as Vampiras Lésbicas de Sodoma. Querido, elas dizem, nascemos todos nus; o resto é só uma *drag*.

Ali um gordo gigantesco, nu a não ser pelo capuz de zíper na cabeça. Olhe, está com o pau virado para trás; está aparecendo no meio da bunda mole dele.

Ali Angel Dust e Nutcracker Sweet, duas das fabulosas atrizes pornográficas de Voight, eu digo que elas são cavalos, ele diz, porque de quando em quando são levadas para a fábrica de cola, acabam em algum envelope pardo ou num selo de dez centavos ou algo assim. Acho que assim pelo menos conseguem ser lambidas de novo, uma última vez.

Ali, a Lou. Acabou de cantar. Não é maravilhosa? Aquele é o caso novo dela. Que pedaço!

Ali o cara certo para conseguir informações se você acabou de chegar à cidade e quer saber onde é a festa e com quem trepar depois.

Ali a mulher que foi a última pessoa no mundo a ver o cara que se estrangulou, tentando conseguir uma ereção com ela, imagine como a auto-estima dela deve ser baixa, coitadinha.

Ali os caras que botaram fogo no dinheiro.

Ali os que passam os pênis a ferro, os cozinheiros de testículos, os comedores de merda, os cozinheiros de pênis, os comedores de testículos. Lá adiante a Rainha Espermatona, que se encontrou com cento e um homens, quatro de cada vez, numa megafoda de sete horas e meia. Ela ainda mantém contato com todos os cento e um parceiros, a quem chama de seus dálmatas. Naturalmente, o ídolo pessoal dela é a apreciadora de peles, Cruella de Vil.

Ali a Mãe-Terra, que adotou dezenove bebês de diferentes áreas problemáticas internacionais. Mas quando os problemas amainam ela troca os bebês por bebês mais necessitados de novas zonas quentes.

(Cada vez que faço a cobertura de uma guerra imagino qual órfão vai acabar na casa dela, e qual vai ser jogado na rua.)

Ali Ifredis Wing. Sua vida inteira é um ato de adoração e tudo ela devolve a Jesus. Ali um irmão com uma coroa de espinhos na cabeça; devia se juntar com a pobre moça. Otto já se mandou, agora virou budista, tomou um avião para Dharmsala com uma menina de cabeça raspada que é famosa como santa de verdade, mas que é também perita em artes marciais, de forma que vá com cuidado, mr. Wing.

Ali, mais crentes. Eles acreditam na Divina Mãe Deusa-Ma em seu edifício de concreto em Düsseldorf. Acreditam no esforço físico. Acreditam que o nome de Deus está escrito nas sementes de melancia. Acreditam em sábios voando para eles na cauda de um cometa. Acreditam em rock'n'roll. Acreditam que a razão e a psicologia são muletas que você usa até encontrar a sabedoria. Depois que você a encontrou, você joga fora as muletas e dança. Acreditam que são sadios e que todo mundo é louco. Acreditam no Prazer e em sua ilha. Não acreditam nos boatos sobre essa ilha: de que se você ficar muito nela acaba se transformando em burro.

Ei, os deuses do espaço vieram esta noite. Ali, o herói da guitarra que nasceu num asteróide nas vizinhanças de Marte. Ali, Sol Ra, outro alienígena. Ali, o magro Limey, que era detector de UFOs antes de cair na terra.

E tem o Neil. Neil dos Silver Spaceships. Neil, a prova viva de que existe rock'n'roll em outros planetas.

Todo mundo. Todo o mundo ocidental.

Voight está impiedoso essa noite. Ormus Cama não é aquele rapaz que faz música sobre fronteiras, ele pergunta a Yul, sobre chegar ao limite e ultrapassar as barreiras? Ah, sei, sei. Ele mal passou do capacho da entrada hoje.

Não dá para ser o limite e o centro ao mesmo tempo, Vina diz, recusando-se a morder a isca.

Claro que dá, minha linda, diz Yul Singh. Dê uma olhada em volta. Claro que dá.

Esgotados pela guerra, com sua convicção na ascendência global da poderosa águia prejudicada pela humilhante retirada das tropas norte-americanas da Indochina, os norte-americanos descobrem que querem o que Ormus Cama tem a dizer. Os helicópteros circulam sobre a embaixada de Saigon como anjos do juízo final; os vivos se agarram a eles e imploram salvação. Os mortos já foram julgados, e condenados pela derrota. Veteranos sem membros fogem psicoticamente para jejuns nas florestas e montanhas, para sonhar com os alagados de arroz e King Kong subindo das águas bem diante de seus rostos que gritam, lá vem um helicóptero para cortar fora sua cabeça. Dá para tirar os meninos da guerra, mas não dá para tirar a guerra dos meninos. Nesse momento desolado, a América desnorteada está excepcionalmente aberta aos paradoxos das canções de Ormus; aberta, na realidade, para o paradoxo em si, e sua gêmea não idêntica, a ambigüidade também. O exército dos Estados Unidos (com suas músicas de rock) foi para um Oriente e saiu com o nariz sangrando. Agora, a música de Ormus chegou como uma afirmação de um outro Oriente para entrar no coração musical da americanidade, para fluir no rio dos sonhos; mas é levada pela convicção democrática, que Ormus retém dos dias em que Gayomart cantava o futuro em seus ouvidos, de que a música é dele também, nascida não apenas nos Estados Unidos da América, mas também em seu coração, há muito tempo e muito longe dali. Assim como a Inglaterra não pode mais alegar exclusividade da língua inglesa, também a América não é mais a única dona do rock'n'roll: esse é o subtexto não formulado por Ormus (Vina, sempre bocuda, sempre lançando desafios, vai acabar divulgando essa idéia logo depois, desconjuntando alguns narizes patrióticos).

A história do noivado de dez anos e do conseqüente voto de celibato de Ormus se espalha rapidamente; e isso também torna Ormus e Vina irresistíveis. A nova banda dispara quase imediatamente, e a força de sua ascensão sacode a terra. Começando como curiosidade, depressa se transforma em gigante. Conquistador e celebrante ao mesmo tempo, Ormus assola as cidadelas do rock, e a voz de Vina, como previu Yul Singh, é a sua arma irresistível. E, enquanto a de Vina é o instrumento excepcional, capaz de afetar os cabelos da nuca quando sobe e mergulha, as harmonias mais baixas e suaves de Ormus preparam com perfeição a pirotecnia dela, e as duas vozes, quando se fundem, criam uma terceira mágica, mais Righteous que os Righteous Bros., mais Everly do que os Everly, mais Supreme que as Supremes. É um casamento perfeito. Ormus e Vina, separados por um voto, juntam-se na música. *V-T-Ohh!* A América, desorientada, procurando uma nova voz, sucumbe à deles. Jovens americanos, em busca de novas fronteiras, embarcam no Oriente Express do VTO.

Aquela parte da alma americana que está presentemente retirada encontra conforto no restabelecimento que as novas estrelas fazem das grandes verdades musicais americanas, os tempos sapateados que começam andando e depois encontram a dança escondida no andar; a colocação das batidas que afetam nossos corpos; o ritmo fala-comigo e o blues. E aquela América que ao perder a certeza se abriu de novo para o mundo exterior responde aos sons não americanos que Ormus acrescenta às suas faixas, à sexualidade das cornetas cubanas, aos padrões perturbadores dos tambores brasileiros, aos sopros chilenos que gemem como ventos da opressão, aos coros africanos de vozes masculinas que oscilam como árvores no vento da liberdade, às grandes velhas damas da música argelina com seus gritos de anseio e ululações, à paixão sagrada dos *qawwals* paquistaneses. Muito da música dos povos se satisfaz com pouco, Ormus diz por ocasião do lançamento do primeiro álbum, batizado com o nome dele (aquele que tem o tapa-olho de veludo cor de borgonha na capa). Ela oferece migalhas às pessoas quando as pessoas deviam receber banquetes.

Ele quer trabalhar com o que chama de orquestra completa, dizendo com isso não os engomados de smoking, mas a gama completa de possibilidades emocionais, intelectuais, sim, e morais, quer que essa música seja capaz de dizer qualquer coisa para qualquer um, mas acima de tudo que signifique alguma coisa para alguém. Ele começou a falar com essa grande voz nova e alguém lá fora está ouvindo.

A América *angry* também está ouvindo atenta; a América da perda, a América que levou uma surra e não entende bem como ou o que fez para merecer essa dor (essa América não olha para os mortos da Indochina, apenas para os seus próprios mortos). Essa América em fúria reage à ira de Ormus, porque ele é um jovem muito zangado, zangado com Vina, consigo mesmo, e com o destino cruel que transformou a época de seu maior triunfo num tempo sem sentido por causa do vazio de sua cama.

E reage de duas formas. Só uma delas é apreciativa. Por baixo da América que se abre para o VTO, há um outro país que se volta contra ele, que trava o queixo e fecha a cabeça.

Ormus e Vina começam a adquirir inimigos poderosos.

Alguém devia calar a boca desses presunçosos de uma vez por todas.

Melancolia e castidade tornam possível a sublimação, segundo o florentino do século XV Marsílio Ficino, e é a sublimação que libera o *furor divinus.* Primeiro nas *Peace Ballads* [Baladas da Paz] de Ormus Cama, depois em seu legendário álbum *quaker*, *Quakershaker*, a fúria fica evidente em cada acorde, em cada compasso, em cada verso, uma fúria profunda como água negra de um poço envenenado. Matéria de considerável discussão é a questão de se o *furor* é divino ou terreno.

Se Ficino acreditava que nossa música é composta por nossas vidas, o checo contemporâneo Milan Kundera acha, ao contrário, que nossas vidas são compostas como música. *Sem perceber, o indivíduo compõe sua vida segundo as leis da beleza, mesmo em tempos da maior tristeza.* Para virar o velho princípio do bom desígnio elegantemente de ponta-cabeça: nosso funcionamento nos leva a seguir os ditames de nossa necessidade de forma.

Bravo, Ormus. Tenho de admitir. Trazendo uma pasta cheia de imagens da queda de Saigon, que foi muito difícil de conseguir, volto correndo para casa com um suprimento de vida inteira de pesadelos para os mercadores de doces sonhos de agulha e paxás da felicidade em pó das escadinhas de St. Mark e Eis!, ali na banca da esquina está o nosso Ormie, já notoriamente avesso à publicidade, marcando três pontos de uma vez, na mesma semana adornando a capa de *Rolling Stone* (com Vina), *Newsweek* (Vina reduzida a um box) e *Time* (nem traço de Vina à vista). Ele não só empurrou as notícias da guerra para as páginas internas como também marginalizou uma das grandes belezas da nossa era, que está rapidamente se transformando em uma das mulheres mais famosas do mundo. Que recluso! Que publicidade! Ele deve ter realmente tocado um nervo exposto. Dois rápidos álbuns, *VTO* e *Peace Ballads* — naqueles dias, antes da onipotência dos vídeos e do marketing, os músicos lançavam dois discos com muito maior freqüência —, um, dois! e pronto, está por cima.

They made peace in the other world, too. (Baby, I've got one of my own.) Ain't no better than it is for you. (Good to know we're not alone.) Well the war is over and the battle's through. (But I can't reach you on the phone.)

I call your number but you ain't home. I call your number but you ain't home. Seems I made this long journey just to wait on my own. It's been a long journey home. A long journey home.

[No outro mundo também fizeram paz. (Baby, eu tenho um mundo particular.) Mas pra você, que diferença faz? (É bom saber que não se está sozinho, nunca se está.) A guerra acabou e não se luta mais. (Mas não consigo te telefonar.)

Chamo seu número, você não está. Chamo seu número, você não está. Parece que vim de tão longe e sozinho vou ter de esperar. Foi uma longa viagem de volta. Uma longa viagem de volta.]

O *Peace Ballads* do VTO desafia as exigências do cineasta pós-irônico Otto Wing. *Picking up the Pieces* [Recolhendo os pedaços], (*You Brought Me*) *Peace Without Love* [(Você me trouxe) Paz sem amor], *Long Journey Home* [Longa viagem de volta], *Might As Well Live* [Podia viver também]: é fácil perceber as ironias amargas, desabusadas de muitas das músicas de Ormus. Mas a música a que ele chegou é animada, quase perversamente *up-tempo*. O efeito geral é estranhamente afirmativo, até mesmo hínico, e para muitos jovens essas trilhas desutópicas, hostis, transformam-se em improváveis e adultos hinos de alívio, um novo começo, liberação. No meu quarteirão mesmo, ouço os jovens traficantes de drogas — Nicely-Nicely Johnson, Harry the Horse, Sky Masterson, Big Julie, Nathan Detroit — assobiando a obra de Ormus Cama. Paz sem amor: eles comerciam exatamente esse produto, o artigo genuíno garantido de primeira, aos gramas. É o único negócio; sempre foi. E quando acaba o seu suco da paz, suas pílulas da felicidade, os bons tratos para as veias, você é sempre bem-vindo ao Vale da Alegria aqui para se servir de mais uma dose saborosa, contanto que esteja de posse dos necessários bagarotes. Coisa que, pelo menos os traficantes colocariam em questão, é mais do que se pode dizer do amor.

Os americanos compraram o *Ballads* aos baldes, mas a mensagem antiguerra do disco provoca alguns abalos subterrâneos. Agências que têm como seu dever proteger o país dos quintas-colunas, da *desestabilização*, começam a se interessar discretamente. Yul Singh recebe um polido telefonema em seu número particular não constante da lista, de uma voz que se chama Michael Baxter ao dizer alô e Baxter Michaels ao se despedir. Um aviso aos navegantes. Uma palavra de alerta. Estamos um pouco preocupados com o conteúdo de certas letras. Naturalmente não é o caso de infringir nenhum direito individual garantido pela Primeira Emenda, mas o autor da música, se entendemos bem, não é cidadão dos Estados Unidos. Um hóspede que quer continuar sendo bem-vindo devia ter o bom senso de não mijar no melhor tapete do dono da casa.

Yul Singh convoca Ormus e Vina ao seu escritório perto de Columbus Circle e sugere um passeio no parque. Normalmente, os nova-iorquinos se orgulham de ignorar a fama dos famosos, mas o sucesso excepcional de *Peace Ballads* exige medidas excepcionais. Para Ormus, um velho casaco afegão hippie, grandes óculos escuros de lentes roxas redondas, uma peruca arrepiada. Vina é mais difícil de disfarçar. Sua altura, seu cabelo afro, sua postura são um desafio para esconder. Depois de muito reclamar, ela concorda em usar um chapéu mole de aba larga escarlate brilhante, porque combina com seu casaco de couro italiano comprido. Yul Singh como sempre recusa a bengala branca e prefere, ao contrário, apoiar-se no antebraço de aço de Will Singh. Mais meia dúzia de Singhs seguem a uma distância discreta, para o caso de serem incomodados pela multidão. No parque, encorajado pela folhagem, Yul Legal revela o conteúdo do telefonema dos Federais. Vina dá um ronco de desdém, recusa-se a levar a sério a ameaça — *Todo mundo tem um Fed no pé o tempo todo desde o dr. Nina até Winston O'Boogie, é uma espécie de afirmação da moda?* — e sai por uma de suas tangentes cômicas. Que bobagem, ninguém entende direito as letras de rock mesmo. Durante anos pensei que Hendrix fosse bicha. Sabe?: *'scuse me while I kiss this guy* [com licença enquanto beijo este cara]. E como era aquilo, *my feet begin to crumble* [meus pés começam a desmanchar]. Eu admirava o surrealismo das letras de rock, as associações loucas. Depois descobri que eu é que não ouvia a porra direito.

Ormus, Yul Singh fala, baixo. Estamos, como posso dizer?, numa época sensível, as pessoas estão frágeis, em carne viva, você pode estar dando verdade demais para elas. Só estou dizendo uma coisa para você pensar, okay, mas devia controlar os seus sentimentos mais loucos e se posso falar também os muitos comentários não escritos que ela faz.

Agora chega?, Vina explode, jogando o chapéu e os óculos escuros, e se afasta pela luz malhada do sol, uma giganta em guerra. Faz as pessoas virarem a cabeça, mas as nuvens de tempestade em volta dela parecem perigosas demais, as pessoas a deixam em paz.

A coisa não prossegue. Alguém decide deixar passar. O ataque a Ormus chega quinze meses mais tarde, depois das músicas do terremoto.

A cultura precisa de um vácuo para preencher, é uma falta de forma em busca de formas. O amor suspenso de Ormus e Vina, aquela divina ausência que podemos preencher com nossas fantasias, torna-se o centro de nossas vidas. A cidade parece se organizar em torno deles, como se eles fossem o princípio, a pura essência platônica, que dá sentido ao resto.

Eu me orgulho de usar aqui a palavra *nós* para descrever uma coletividade da qual não faço parte.

Eles vivem separados. Ela em um loft de terceiro andar no centro da cidade, no extremo oeste do Canal, um amplo espaço resgatado da decadência pós-industrial em um edifício com partes comuns brutalistas que satisfazem algum instinto dela que pede aspereza, embora o loft em si seja eminentemente confortável para as criaturas. Ela o enche de aquários por causa da muda companhia dos peixes e paredes inteiras de equipamento de hi-fi para encobrir o ruído da rodovia West Side e sem dúvida o bramir mais alto da ausência de Ormus, que soa constantemente nos ouvidos dela como o mar em uma concha. Ele mora num vasto apartamento vazio ao norte da cidade, no velho Edifício Rhodopé, um marco do período clássico da *art déco*; encasulado em espaço, dando para o Leste por cima do reservatório. Cômodos inteiros contendo nada além de um piano, uma guitarra, almofadas, poucas. Uma fortuna investida em vedação sonora e sistema de purificação de ar. Ormus ainda usa seu tapa-olho quando sai e circula, e sempre quando se apresenta, como ajuda à concentração, mas aqui nessa cela acolchoada de luxo ele dá rédeas livres à sua loucura, à sua visão dupla: ele a monta com força, para domá-la como a um cavalo bravo. Isola-se do mundo e escuta a música das esferas. Apesar do juramento de celibato, deixa Maria vir.

Suas platéias, suas arenas se expandem. A música fica mais alta. Ele sobe no palco usando protetores auditivos, mas já está com a audição danificada. Vina tem seu rugido de mar; no caso dele é um tinido igual a um alarme distante. É o último som que ele ouve toda noite, o primeiro que penetra em sua consciência cada manhã. Às vezes, ele se engana achando que é ar forçando os encanamentos debaixo do assoalho ou o vento zunindo por alguma rachadura num vidro da janela. *O tinido é a minha vida*, ele escreve em seu diário. *Só mais uma coisa de que não posso escapar.*

Depois de um período inicial tenso em que às vezes se vêem à noite, com resultados estranhos, dolorosos, eles concordam em se encontrar apenas para ensaiar com os outros membros da banda, para discutir finanças e para se apresentar. Nunca mais ficam sozinhos juntos, nunca comem uma refeição ou assistem a um filme um na companhia do outro, nunca se telefonam, nunca saem para dançar, nunca dão comida aos animais no Zôo, nunca se tocam. Como casais divorciados, eles evitam se olhar. No entanto, misteriosamente, os dois continuam a dizer que estão profunda, irreversível e eternamente apaixonados.

O que pode isso significar?

Significa que os dois estão constantemente um com o outro mesmo quando estão separados. Quando ela está debaixo do chuveiro, imagina-o do outro lado da porta de vidro, olhando a água correr por seu corpo, apertando os lábios no vidro embaçado. Ela aperta os lábios do lado de dentro da porta, fecha os olhos, imagina-o esperando por ela. A água se transforma nas mãos dele, e as mãos dela descem pelo próprio corpo, procurando e muitas vezes se tornando o toque dele. E, quando ele está na cama, fica convencido de que o colchão está fundo e quente ao seu lado, como se ela tivesse acabado de deixar o quarto; ele fecha os olhos e ela volta, se aproxima. Os corpos enlaçados dos dois são um par de pontos de interrogação ao fim das frases intrigantes do dia.

Quando ele escreve um verso, sempre imagina o que ela vai pensar, ouve a sua voz de deusa pegar a música e lançá-la ao céu, para que fique lá dependurada como uma estrela brilhante. E quando ela come, sozinha ou com outros, nunca deixa de pensar nos hábitos carnívoros dele, em seu alto consumo diário de carne vermelha quase malpassada, e um ar de exasperado afeto atravessa seu rosto, um ar que (se não está sozinha) ela, nada caracteristicamente, recusa-se a explicar.

A decisão dela, de viver sua vida privada em público, embaraça e até humilha um homem tão discreto quanto Ormus se tornou; porém ele se deslumbra todos os dias com a grande coragem do compromisso dela com o mundo, com sua vontade de andar nua pelas ruas a serviço daquilo que pensa que é a verdade. Reagindo à boca falante dela, a própria reserva aumenta em torno dele como uma muralha. Ela esmurra essa muralha, como o faz contra o famoso juramento; mas pensa nas escolhas dele, assim como pensa nele, com um respeito que não atribui a mais ninguém.

Quando entram na mesma sala, os dois estalam com a eletricidade de seu amor solitário. E brigam, claro. O que ele considera seu compromisso com a monogamia ela chama de crescente absolutismo. Ela acusa de tirania o que ele chama de fidelidade. É a natureza dela que separa os dois, ele responde. A resoluta infidelidade dela, a recusa em valorizar o que tem valor, ou seja, o amor de um bom homem, ele. O que ele chama de infidelidade, ela chama de liberdade. O que a ele parece promiscuidade, ela, provocadora, rebatiza de democracia. Essas discussões não levam a nada; como, talvez, todas as brigas de amor, embora elas não possam ser encerradas, desarmadas, como o são as outras brigas de amor: com o beijo do esquecimento.

Tudo é lembrado.

E eles só podem se beijar enquanto dormem; só em seus sonhos.

Vina continua a revelar tudo a todo mundo o tempo todo. Quanto mais íntimo o detalhe, mais certeza de que verá a luz do dia. Quando sobem ao palco, Ormus fica de costas para a platéia, olhando os colegas músicos como um maestro, Karajan com uma Stratocaster, enquanto ela berra um número para o público, que todo mundo já sabe que é o número de dias que se passaram desde que ela e Ormus fizeram sexo pela última vez. Ela anuncia os nomes de seus últimos amantes tapa-buraco, sua convicção reichiana nos poderes curativos da energia orgone e dos orgasmos múltiplos, e a exata natureza de suas preferências sexuais.

(Dominação, sujeição, agressão alternada com submissão, espancamento, entrega; muito antes de seus imitadores dos anos 80 ela devassava os frágeis segredos repetitivos de nosso mais oculto coração, ostentando sob o intenso peso da iluminação de cena o que antes jazia no escuro, demolindo — por ocupação — os tabus. Por causa disso, passou a ser chamada, como era de se esperar, de a pornógrafa do fonógrafo, o estereótipo do estéreo, por todos aqueles que não se davam ao trabalho de perceber o que estava sendo jogado na cara de todo mundo: ou seja, a sua colossal e cada vez maior necessidade dele, aquela carência que ela gritava para todo o planeta, a fim de diminuí-la e poder sobreviver, que a atingia com redobrada intensidade a cada manhã de sua vida — a escala sísmica de seu coração, assim como a escala Richter, procedia por duplicação — e a forçava a extremos cada vez maiores de comportamento compensatório, língua solta, promiscuidade, drogas. Ou seja, que só havia uma pessoa em todo o mundo que estava tentando ofender: por maior que fosse a platéia, por mais descaradamente sugestiva a sua performance, seu propósito real era profundamente íntimo, e sua verdadeira platéia era constituída de um só.

Ou talvez, se me permite um laivo de vaidade, de dois.

Digo isso porque ela, a rainha da superexposição, nunca me expôs.)

Arquiinimiga do escondido, ela me mantém secreto até o final. Enquanto ela viver, Ormus jamais saberá de nossas longas tardes em minha supercama de latão. Por quê? Porque não significo nada para ela, por isso. Temos *durabilidade*, um presente e um futuro, por isso. Porque um gato pode olhar uma rainha e talvez, só talvez, a rainha possa corresponder ao olhar daquele faminto gatinho.

Seus amores casuais, que ela torna públicos, tornam-se insignificantes ao serem nomeados. Nenhum deles dura muito: poucas semanas, dois meses, na melhor das hipóteses. Meu caso amoroso com ela

— ou, digamos, meio caso amoroso, já que só metade de nós dois estava apaixonado — durará quase dezoito anos.

Gayomart Cama escapou da cabeça de Ormus e desapareceu. O grande homem perdeu um irmão gêmeo, mas (sem saber) ganhou a mim. Eu sou o seu verdadeiro Outro, a sua sombra. Eu compartilhei sua mulher. Ela não conta a ele porque isso seria importante para ele. Iria dilacerá-lo. As pessoas com quem você partilha uma história: são essas as pessoas que podem deixá-lo naufragado, se afogando.

É assim que Vina um dia nos deixará a ambos.

Se o Outro não pode ser nomeado, o eu-sombra também, por definição, deve não ter nome. Ela não me dá direitos sobre ela, vai e vem a seu bel-prazer, me convoca e me expulsa com caprichos faraônicos. Não me cabe importar-me com sua cavalgada de companheiros de brincadeiras; certamente não devo sentir ciúmes do próprio Ormus. No entanto, cada nova revelação sexual vem como o que estou aprendendo a chamar de um *zetz* nos *kishkes*. E o fato Ormus, esse amor que não pode ser nem deixar de ser, é uma faca girando devagar dentro do coração. Ela transforma o celibato dele em esporte público; eu conto diferente. Cada dia que passa é um dia mais próximo de seu objetivo, do dia em que ele pedirá que ela cumpra a promessa.

Só existe um homem para mim e esse eu não posso ter, ela grita para as multidões. Ouçam, que eu canto as lindas músicas dele para vocês.

Ele fica de costas para a platéia. Não pode revelar sua dor.

A quebra de fronteiras, o que Erwin Panofsky chamou de descompartimentalização, fez surgir durante a Renascença a idéia moderna de gênio. No século XV, os manifestos e tratados de Alberti, Leonardo e Cannini não deixam dúvidas de que essa descompartimentalização está intimamente ligada à urbanização da sensibilidade artística, à conquista da cidade pelo artista. O artista da Renascença não é mais uma abelha trabalhadora, um mero artesão dançando à música do mecenas, mas um polímata, um mestre de anatomia, filosofia, da mitografia, das leis da visão e da percepção; adepto dos arcanos da visão profunda, capaz de penetrar a própria essência das coisas. As conquistas dos artistas modernos, proclamou Alberti, provam que o mundo moderno não está exaurido. Ao atravessar fronteiras, ligando muitos tipos de conhecimento, técnico e intelectual, raso e elevado, o artista moderno legitima todo o projeto da sociedade.

Isso é o gênio! Leonardo, Michelangelo: eles alegam parentesco, até igualdade, com os deuses. São seus os destinos opostos de imortalidade e destruição.

Quanto a Ormus, a princípio, já em sua chegada de helicóptero a Manhattan, ele entra em um estado de adoração, deslumbrado com essa nova Roma, de boca aberta e sem fala, como Alberti na Florença dos anos 1430. Cada acorde que tocar será em louvor da cidade que atinge o céu, ele promete a si mesmo. Se ela pode conquistar as alturas, ele também pode.

Ele devia ter sido filho de minha mãe. Eu devia ter sido filho do pai dele.

Pode-se sugerir simplesmente que a adoração de Ormus Cama pela cidade foi logo retribuída; transformou-se na adoração da cidade por ele. E aonde esta cidade leva, esta Roma, todas as cidades do mundo logo seguirão.

Porém isso é uma supersimplificação. Se Ormus aterrissa em Manhattan como um provinciano com estrelas nos olhos, as circunstâncias logo azedam sua alegria. A enferrujada decadência da cidade no nível do chão, sua invasiva, acotovelante vulgaridade, sua sensação de terceiro mundo (a pobreza, o tráfego, a lenta decadência dos bêbados e a decadência de vidros partidos de muitos edifícios, os involuntários panoramas de devastação urbana, as feias mobílias de rua) e as esquisitices a que Vina inicialmente insiste em expô-lo, nas mecas da moda como o Sam's Pleasure Island e o Slaughterhouse, essas coisas detonam sua famosa insatisfação moral. A *Groovy Manhattan* evidentemente não é melhor que a *Swinging London.* Ele se retira a um alto abrigo e observa a cidade flutuando no espaço. Essa Manhattan celestial é o que ele ama. Contra esse pano de fundo de nobre silêncio ele lançará seus sons de estimação.

Ele também está gritando por dentro. Sua agonia emerge como música.

Me dê uma moeda de cobre e eu lhe conto uma história de ouro. Assim, segundo Plínio, os contadores de histórias orais de antigamente prefaciavam suas fantásticas lendas de homens que se transformavam em animais e de novo em gente, histórias de visões e magia: histórias contadas não em linguagem comum, mas adornadas com todo tipo de embelezamento e floreio extravagante, flamboaiantes, cheias de amor pela pirotecnia, de exibicionismo. Quando os escritores adotaram os maneirismos desses contadores de histórias foi, diz Robert Graves, porque "descobriram que o conto popular lhes dava um campo mais amplo do que qualquer forma literária respeitável para suas descrições das morais e maneiras contemporâneas, pontuadas por apartes filosóficos".

Que esperança de respeitabilidade literária posso ter eu, um mero fotógrafo itinerante, um coletor de imagens cotidianas da abundância de tudo quanto existe? Como Lucius Apuleius de Madaura, um colono marroquino de origem grega que aspirava ao padrão dos colossos latinos de Roma, eu devia (em atraso) me desculpar por minha falta de jeito (pós)colonial e esperar que você não desanime com a estranheza da minha história. Assim como Apuleius não "romanizou" inteiramente sua linguagem e seu estilo, achando melhor encontrar um dialeto idiossincrático que lhe permitisse expressar-se à maneira de seus ancestrais gregos, também eu... mas olhe aqui, existe uma importante diferença entre mim e o autor de *As transformações de Lucius*, mais conhecida como *O asno de ouro*. Sim, você dirá, existe a pequena questão do talento, e você não vai me ouvir discutir isso; mas estou querendo dizer outra coisa. Ou seja, que enquanto Apuleius admite alegremente a ficcionalidade de sua ficção, eu continuo a insistir que o que lhe digo é verdade. Em sua obra ele faz uma separação fácil entre os reinos da fantasia e do fato; em meu pobre esforço, estou tentando estabelecer o relato verdadeiro da vida de um homem que viu, muito antes do resto de nós, a artificialidade dessa separação; que assistiu à demolição daquela cortina de ferro com seus próprios olhos e corajosamente foi dançar em suas ruínas.

Assim:

Quando está sozinho em seu gigantesco apartamento vazio, Ormus remove o tapa-olho e a visão dupla retorna. Ele olha no coração da estranheza, do fluxo. As barreiras entre o mundo dos sonhos e o mundo desperto, entre as esferas do real e do imaginado, se quebram. Há uma progressão. Algo está mudando. Em vez dos rasgos através dos quais ele via essas visões, as janelas para a outra essência agora têm contornos borrados. Às vezes ficam muito grandes, é difícil dizer onde termina este mundo, onde começa aquele. O apartamento aqui é exatamente igual ao apartamento lá.

As fronteiras estão ficando macias. Pode não estar longe o momento em que desapareçam inteiramente. Essa idéia, que deveria estimulá-lo, enche-o de terrível ojeriza. Se os caminhos que se bifurcam estão se unindo, se há um ponto de confluência adiante, o que isso significa para a vida na terra que ele conhece? Se tal descompartimentalização ocorrer, e todas as verdades repentinamente falharem, poderíamos sobreviver à força do evento? Deveríamos estar construindo *bunkers*, armando-nos, distribuindo insígnias que nos identifiquem como co-membros desta realidade e não da temida (talvez logo odiada) outra?

Se cada um de nós tem existências alternativas no outro continuum, qual de nossas possibilidades continuará vivendo, qual desaparecerá?

Se somos todos gêmeos, qual gêmeo deve morrer?

Assim que se convence da imutabilidade de seu juramento de privação, a fantasmagórica Maria o visita com menor freqüência. Quando vem, geralmente está mal-humorada, protestando porque Ormus usa o tapa-olho para afastá-la, sem falar do juramento em si. Nunca fica muito tempo, mas nunca deixa de lembrar o que ele está perdendo.

Ele percebe que ela sempre chega sem ar, transpirando. Parece cansada. Será possível que à medida que as duas realidades se juntam e se unem esteja ficando mais difícil para ela deslizar para lá e para cá à sua maneira desconcertantemente sobrenatural? Será que quando a fusão se completar os dois mundos passarão a obedecer às mesmas ordens naturais, e Maria terá de entrar e sair pela porta como todo mundo?

Se assim for, existirá um apartamento — o apartamento dela — esperando por ele em Bombaim? O hotel Cosmic Dancer terá, em seus livros, registro da suíte que ocuparam naquela noite de paixão há muito tempo?

Como ele jamais distinguirá fato de ficção de novo?

A dor de cabeça começa. Ele recoloca o tapa-olho e deita-se de costas na cama.

Basta por ora.

It's not up to you no more, you can't choose if it's peace or war, just can't make choices any more, your nightmare has come true; and when the day becomes the night, and when you don't know wrong from right, or blind from sight or who to fight, don't tell me you feel blue.

For Jack and Jill will tumble down, the king will lose his hollow crown, the jesters all are leaving town, the queen has lost her shoe; the cat has lost his fiddling stick, so Jack be nimble, Jack be quick, as all the clocks refuse to tick, the end of history is in view.

The earth begins to rock and roll, its music dooms your mortal soul, and there's nothing baby nothing you can do. 'Cos it's not up to it's not up to it's not up to you.

[Não depende mais de você, se é guerra ou paz, não dá para escolher. Escolher não é mais para você. Seu pesadelo se realizou; e quando a noite virar dia, e você não souber o que é certo e o que é fantasia, nem o que era cego e o que via, nem quem você combateria, não me diga que a tristeza te pegou.

Pois a montanha vai desmoronar, o rei vai se descoroar, os bobos todos vão se mandar, perdeu o sapato a pobre rainha; e o gato perdeu o violino, João vá depressa, João seja fino, porque os relógios já não tocam o sino, e o fim da história se avizinha.

A terra começa a dançar rock and roll, a música condena sua alma mortal, e não há nada, baby, nada que você possa fazer. Porque agora não depende não depende não depende de você.]

As canções de terremoto de Ormus Cama são tiradas em louvor da chegada do caos, paradoxalmente compostas por um artista que trabalha nos mais altos graus de sofisticação musical. As músicas são sobre o colapso de todas as muralhas, fronteiras, restrições. Descreve mundos em colisão, dois universos se dilacerando, tentando se tornar um só, um destruindo o outro na tentativa. Sonhos invadem o dia, enquanto a rotina da vigília assola nossos sonhos.

Algumas canções são intrincadas tapeçarias de sons elaborados, atraentes. Em outras peças, porém, com grande deliberação Ormus abandona as prestidigitadoras fantasias que lhe vêm naturalmente e adota uma maneira seca, dissonante, exigindo de Vina uma rouca agressividade à qual ela acrescenta uma aterrorizadora intensidade própria. Isso é algo de inteiramente novo em Ormus: essa desarmonia proposital. É a miséria do celibato falando, a dor miltoniana do amor não consumado: *desenrolar todas as correntes que prendem/ a alma oculta da harmonia.*

Muitas dessas músicas cruas são jeremiadas dirigidas diretamente a Vina, de forma que, quando ela as canta, a coisa é estranhamente desorientadora porque ele está pondo em sua boca — isto é, ela está cuspindo pela própria boca — as palavras que ele precisa dizer a ela. Ele não é recluso em sua arte. A música é sua nudez. Isso nos excita. Olhando os dois no palco, ouvindo os dois em nossos discos e fitas, podemos ver e ouvir a tensão de seu amor estranhamente obstruído. Seu imenso, apodrecido amor, que os dois insistem em negar a si mesmos durante tanto tempo, tanto tempo. Isso faz deles os únicos amantes cujas notícias não podemos esperar.

Cantadas pela voz arrebatadora, envolvente de Vina, certas canções liberam no ouvinte alguma coisa primeva, até animal. Embora sua mensagem possa ser chamada de niilista, sua roupagem musical é suficientemente potente para cativar os jovens idólatras, privados de seus direitos civis. Ormus, seus próprios excessos juvenis esquecidos, um sensualista cristalinamente purificado por uma poderosa promessa de abstinência, um devoto da carne transformado em pregador do espírito por seu horror ao desregramento com que o Novo Mundo dissipa seus privilégios, agora ralha com seus admiradores por sua libertinagem, pela debochada licenciosidade de seus modos; e embora das virtuosas alturas de sua castidade ele troveje contra uma geração mergulhada em hedonismo, perdida nos arquipélagos de indulgência e desejo, o objeto de sua fúria o ama por sua ira. Profetizando a condenação, ele é o mais amado dos supostos condenados. Vina canta com sua voz mágica os anátemas musicais de Ormus e os jovens anatematizados do mundo ocidental ficam encantados. Correm para as lojas de discos e compram.

Sempre que as canções de *Quakershaker* são executadas explode um ataque de selvageria na platéia. Ouve-se um forte uivo, como de lobos. Quando os holofotes passam pela multidão, revelam cenas de abandono dionisíaco. Os fãs, possuídos pela música, rasgam as roupas, rasgam-se uns aos outros, rasgam o ar. Os braços das jovens serpenteiam para cima, enrolam-se, as mãos se movem como asas. Elas montam nos ombros dos amantes. Os rostos dos homens se viram para cima, para as virilhas abertas e nuas, e é tudo fungar, e escravizar e grunhir feito porcos. Quando a multidão ruge é como um leão e debaixo do rugido às vezes se escuta um silvar como de serpentes.

Ocorrem desaparecimentos. Jovens não voltam para casa ou são eventualmente registrados como fugitivos. Fala-se de metamorfoses bestiais: cobras em ralos urbanos, porcos selvagens em parques da cidade, estranhos pássaros de plumagens fabulosas pousados em arranha-céus como gárgulas, ou anjos.

As leis do universo podem estar mudando. Essas transformações podem — incrivelmente, horrivelmente — tornar-se normais.

Podemos estar perdendo o controle de nossa humanidade. Quando finalmente nos abandonarmos, o que poderá nos impedir de transformarmo-nos em dinossauros, tigres de dente-de-sabre, chacais, hienas, lobos?

O que poderá nos livrar da decadência quando a escuridão baixar e (como no hino órfico da Noite) *a terrível necessidade tudo dominar*?

Surgem muitas condenações conservadoras ao novo supergrupo e a seus seguidores, que são censurados de variadas formas como neuróticos, parasitas, saqueadores, libertinos e charlatães. Em um concerto em Toronto, um chefe de polícia suado, com óculos iguais a espelhos retrovisores, alerta Vina sobre certos gestos explícitos que ela vem fazendo durante as apresentações. *Tudo limpo. Sem esquisitice. Nada de se apalpar, okay?* Ao perceber a presença de uma câmera de TV, Vina brinda o pobre chefe de polícia com um discurso de cinco minutos sobre a Primeira Emenda e a liberdade artística e quando sobe ao palco se apalpa com tanta força e tantas vezes que corre o risco de gozar pelas próprias mãos. O chefe de polícia, diante da possibilidade de uma manifestação, deixa de intervir.

O culto ao VTO — seus seguidores começaram a chamar a si mesmos de Novos Quakers, um caso de loucos roubando nome de mansos — aumenta dia a dia, alimentado pelas exegeses rapsódicas das letras de Ormus e do canto de Vina escritas, em uma série de críticas históricas, pelos zeladores da chama do rock, o ítalo-americano Marco Sangria e o martinicano francófono Rémy Auxerre.

É característica do rock levar homens normalmente razoáveis à loucura, ao excesso. Mesmo pelos padrões arrebatados do jornalismo musical, porém, Marco e Rémy são extremos. Os dois atingem níveis rapsódicos que fazem a inveja de seus pares.

Sangria grita que a voz de Vina Apsara é, literalmente, *música*; música em sua essência mais profunda. A relação de Vina e Ormus expressa a tensão entre sabedoria e eloqüência. E os intervalos da guitarra órmica podem muito bem constituir, *matematicamente falando*, a base estrutural não só de todo o universo, mas da alma humana também. Quando exploramos nosso espaço interior, como concordam os budistas e os físicos subatômicos, encontramos um microcosmo idêntico ao macrocosmo. A música de Ormus revela aos nossos corações a identidade entre o pequeno e o grande.

Expande a música da alma para nossos outros membros, e, portanto, quando dançamos, dançamos não a dança do corpo, mas da alma.

Rémy amplifica esses argumentos à sua maneira esotérica.

Essa é a batalha do grande músico, Rémy escreve: ele procura sintonizar não apenas a música limpa, pura, de Apolo, mas também se movimentar ao ritmo sujo de Dionísio. À reconciliação do conflito entre o apolíneo e o dionisíaco podemos chamar de *harmonia*. Onde a razão e a luz encontram a loucura e a escuridão, onde a ciência encontra a arte e a paz encontra a guerra; onde o adulto encontra a criança, onde a vida encara a morte e zomba dela, faça aí a sua música.

O cantor usa do frenesi dos deuses, Rémy afirma. A fronteira entre os impérios de Apolo e de Dionísio caem sob a pressão dessa fúria divina. Existem quatro níveis de *furor divinus*. O *furor* poético serena a alma, o *furor* sacerdotal prepara o espírito para a exaltação, o *furor* profético nos eleva ao nível dos anjos, o *furor* erótico une nossas almas a Deus. A música de Ormus possui todos eles no mais alto grau.

Existem dois grandes espíritos, escreve Rémy: o *Spiritus Humanus*, que liga o corpo e a alma, e o *Spiritus Mundi*, que liga os mundos sublunar e translunar. Esses termos *lunáticos* são a versão de Auxerre para a doutrina de duas realidades formulada por Ormus, mundo e outromundo. *Na música do VTO esses dois espíritos estão unidos*. Esta, Rémy admite modestamente, é talvez a grande teoria unificada da alma: em certos níveis inimaginavelmente altos de calor e compressão — quer dizer, do gênio — nós e o cosmos somos um só. Ormus Cama é a prova encarnada dessa teoria.

Famintas de comida para a alma, as legiões que enchem estádios engolem grandes bocados das efusões acima. O que realmente as excita, porém, é a catástrofe: a exposição que Marco Sangria faz, linha a linha, imagem a imagem, da visão de mundo escatológica de Ormus. *O Quake está chegando, o Grande que nos engolirá a todos. Dancem com a música, idiotas, porque amanhã morreremos.*

Escatologia e fofoca: o urânio e o plutônio do fim do século XX. Vina transformou a história de sua vida e da de Ormus na novela do mundo. É tal o frisson provocado pelo famoso voto de celibato que metade das mulheres do mundo faz fila para oferecer a Ormus o que acha que será irresistível tentação. Essas Evas portadoras-de-maçãs não são diferentes dos gabolas de bar que impõem seus improváveis charmes às resistências de mulheres proibidas — estrelas de cinema, lésbicas, as esposas de seus melhores amigos. Ormus, mantendo-se acima de qualquer adulação, chega a provocar violência em algumas mulheres que não acham razoável ele se negar, que vêem em sua rejeição a elas um insulto às mulheres de sangue vermelho de toda parte. Surgem ameaças, e o policiamento dos concertos do VTO, assim como a segurança do Edifício Rhodopé, é aumentado. Essa fúria báquica é parte do temperamento dos tempos.

Nessa época, Vina tem sua própria cabine no Sam's. Ali, cercada de amantes e discípulos — Marco, Rémy, quem estiver na cidade —, ela pontifica. Tem sua própria sabedoria a divulgar, e quer que o mundo conheça suas posições sobre, por exemplo, as últimas quase-ciências. O *biofeedback* e a terapia de comportamento cognitivo, a medicina ortomolecular e a macrobiótica. Ela elogia os efeitos benéficos do abrunheiro da Jamaica, do repolho esfregado na pele, do uso terapêutico das ondas sonoras. Embora sua cruzada vegetariana a impeça de beber sangue de lagartos e morcegos, ela confirma graciosamente que os efeitos benéficos dessas bebidas foram comprovados acima de qualquer dúvida.

Seu livro de dieta e seu regime de saúde e fitness irão se tornar best-sellers mundiais. Depois, ela será a bem-sucedida pioneira no vídeo de ginástica de celebridade e venderá licenças para uma lista de refeições vegetarianas que, sob o nome de Vina VegeTabelas®, também terá muito sucesso. (Nos comerciais, consumidores jovens e saudáveis fazem os três gestos de seus fãs de rock, o V da paz com dois dedos, o T de pedido de tempo, com suas conotações de esportividade, e o O de aprovação com o indicador e o polegar. *VegeTabelas Orgânicas* é o que querem que acreditemos que a linguagem dos sinais está recomendando, mas trata-se apenas do duplo sentido da propaganda.)

Ela é a mulher mais citada como modelo de comportamento pelas jovens do mundo.

Ela fecha o punho contra a injustiça racial e canta nos palanques políticos e nas ruínas de edifícios queimados em manifestações raciais no sul e no oeste norte-americanos. E, com seu porte majestoso, sua voz de ouro e, acima de tudo, seu renome, ninguém questiona seu direito de cantar pelos pretos americanos. Ela também atravessou a fronteira da cor: não para fora, mas para dentro.

Ela é uma feroz e esperta porta-voz dos direitos das mulheres, contra o *imperium* caótico dos homens. Isso a deixa aberta ao ataque de um segmento do movimento feminista. Como, essas irmãs querem saber, essa mulher gigante, de espírito livre, pode ser tão obcecada com o membro masculino, claramente obsoleto, tão anacronicamente necessitada de penetração, que chega a se gabar em público de suas "conquistas"? Não será ela, tão completamente quanto o auto-incriminado chauvinista Norman Mailer, uma prisioneira do sexo?

Por que só canta as músicas de Ormus?

Por que não empresta sua voz à visão artística das mulheres de hoje? Por que não escreve suas próprias canções?

Poderá ser livre sendo apenas o instrumento da arte de um homem?

Esse debate — apaixonado, informado, ideológico — faz parte também do turbulento espírito da época. Vina ignora as críticas e segue em frente, um grande galeão em busca de um tesouro fabuloso. Ela é o Argo, e Ormus navega nela. A música em si é o Velocino de Ouro que ambos buscam.

Quebrando as próprias regras de não se verem fora do trabalho, simultaneamente dominados pela necessidade, num capricho os dois dirigem para o deserto de Nevada e usam o veículo de quatro rodas para escrever seus nomes na areia, tão grandes, Vina diz a Ormus, que vão poder nos identificar da Lua, igual à Muralha da China. Depois disso, passam a se chamar de Muralha da China. Quando Vina, de volta a Nova York, explica a um jornalista o que a piada quer dizer, o tiro sai pela culatra e eles são acusados de arrogância, até de atacar a religião, porque Vina, sendo como é, diz que escreveram seus nomes numa área maior do que qualquer igreja. *Não dá para ver nenhuma igreja da Lua*. Essa observação, somada à saudação Black Power que ela vem usando, e ao claro conteúdo anti-*stablishment* das letras de Ormus, é o que basta. O ataque há muito retardado é finalmente disparado contra eles. Vina é cidadã norte-americana, nascida nos EUA, de forma que recebe visitas não provocadas da polícia no meio da noite, quando é "convidada" a ir até a delegacia para ser questionada sobre suas associações políticas com os *yippies*, Panthers, sindicalistas e esquerdistas diversos, e com a turma de esquisitos indesejáveis de Amos Voight. Sua casa é vasculhada em busca de drogas (sempre sem resultado, ela não é tão boba), e o IR está virando as suas finanças de ponta-cabeça como se fossem pedras debaixo das quais pode se aninhar toda sorte de cobras venenosas. Ormus, como estrangeiro, recebe o Serviço de Imigração e Naturalização. Em março de 1973, ele recebe de um juiz de imigração ordem de deixar o país dentro de sessenta dias. A razão dada é que ele esteve envolvido em um acidente de automóvel com vítima fatal e, embora não fosse ele o motorista, amostras de seu sangue tirado na ocasião revelaram a presença em suas veias de uma substância narcótica ilegal. Quando isso é anunciado no tribunal, Ormus entende que está diante do poder em uma escala que nunca viu antes, um poder tão grande que é capaz de desfazer o bom trabalho de Mull Standish e Yul Singh, tornando público o que ficou escondido durante seis longos anos.

(Repito: naquela época, certas batalhas ainda não tinham sido vencidas. Ainda era possível o futuro perder para o passado, o prazer e a beleza serem derrotados pela carolice e pelo ferro. Uma guerra termina, outra começa. A raça humana nunca está realmente em paz.)

Mesmo assim, descobrindo uma ponta do que irá se constituir em um traço insistente, Ormus apela. *A América é um lugar para se viver,* ele diz à imprensa em uma rara entrevista na escadaria do tribunal. *Eu não quero entrar correndo e depois me mandar com a grana.*

Para dizer a verdade, não há muita chance de ele correr para lugar nenhum. Está acompanhado de três advogados enormes, de dentes cintilantes, e de Mull Standish, aos sessenta anos ainda elegante, ainda parecendo um lutador, e Vina, que escolheu hoje usar uma placa peitoral de ouro moldado em cima de camiseta preta e malha, fazendo Ormus, o filho do classicista, pensar em Palas Atena pronta para a batalha, uma Palas Atena de anéis imensos e óculos escuros de estrela de cinema. Estão cercados por sete Singhs de óculos escuros idênticos, depois por um segundo círculo do melhor do Departamento de Polícia de Nova York, que, de braços dados e com muitas ameaças, mantém afastada não apenas a multidão de jornalistas, mas também os agitados, ululantes Novos Quakers, entre os quais espreitam de longe cabeludos carismáticos com os mesmíssimos perfis psiquiátricos dos auto-empaladores no coração das procissões *muharram* xiitas: freqüentadores dos psicotrópicos de Capricórnio, as terras do bode sacrificado.

Por que não se casa com ele?, um repórter pergunta a Vina, na cara, direto. (Estamos em Nova York.) Se casar com ele, acabou. Ele imediatamente terá o direito de ficar.

Ele devia ter o direito de ficar de qualquer jeito, Vina responde, por força do presente que ele trouxe. Ele melhorou esta cidade só de aparecer por aqui.

Por que *você* não casa com *ela*?, o mesmo repórter pergunta a Ormus, como se Vina não tivesse respondido. Para que complicar as coisas, se dá para simplificar.

Fizemos um trato, Ormus responde, referindo-se ao juramento de dez anos. Ouvem-se risadinhas da turma da imprensa quando ele diz isso com todas as letras. Ormus fecha a carranca, tranca-se como uma concha. *Dei minha palavra.*

Standish reage rapidamente ao estado de espírito ameaçador; bate a bengala no degrau. (A formalidade britânica de sua roupa se impõe à multidão — contra as três peças do terno de Saville Row, a camisa de Jermin Street, os botões de madrepérola, os sapatos sob medida, o casaco *loden Acquascutum*, que chance têm jeans e tênis?) Okay, acabou, senhoras e senhores. Já basta por hoje. Obrigado por seu interesse e atenção. Policial, pode ajudar aqui, vamos direto para a limusine agora.

Restaurar os plenos poderes administrativos de Standish foi idéia de Vina. Colocar uma distância — o oceano Atlântico inteiro — entre ele e a banda havia sido estratégia dela também. Como muitas pessoas talentosas e confiantes, ela não viu necessidade de dar a uma pessoa não criativa um pedaço do bolo, se não fosse obrigada a isso; a Gravadora Colchis ela podia manobrar. Claro que podia. Já tinha seu acordo solo, no qual conseguira muita coisa (opção múltipla de discos, generosas verbas de gravação), achava que sabia se orientar tanto nas partes insalubres de Contract City quanto nas avenidas glamourosas e bem iluminadas — as vielas sombrias das letras miúdas assim como as marquises rutilantes dos *royalties*—, de forma que, se Yul Chefão estava contratando o VTO, ela negociaria aquele contrato também.

Depois de assinar, começaram a aparecer dúvidas. As vendas de discos eram gigantescas, bem altas pelos padrões de superestrelas, multimilhões de unidades sendo vendidas, mas as quantias pagas em sua conta bancária eram chocantemente pequenas. Aconselhado por ela, Ormus havia comprado aquele elefante branco daquele apartamento no Upper West Side, e todas as suas contas bancárias estavam ferozmente no vermelho. Ormus — sempre o mais confiante — deixava o lado dos negócios com Vina e os advogados e contadores que ela contratava. Nas reuniões de negócios, ele geralmente dormia até Vina sacudi-lo e colocar uma caneta em sua mão, quando então assinava na linha pontilhada que lhe fosse indicada. Agora, ela temia que ele teria feito melhor ficando acordado. Ela não repartia as dúvidas com ele, mas admitia que, mesmo que só para fornecer uma segunda opinião objetiva, queria Mull Standish de volta ao time.

A princípio, para ser franca, ela confessou a Ormus, eu estava com um pouco de ciúmes?, porque ele estava tão apaixonado por você?, bem patético, hã. Patética eu, quero dizer. Mas precisamos de alguém entre nós e mr. Yul Singh. Precisamos nos resguardar, manter distância. Vai melhorar nosso poder de barganha.

Isso foi depois de *Peace Ballads*, por volta da época em que YSL começou a estalar o chicote sobre os pronunciamentos políticos dela et cetera. De forma que, quando Vina chegou a ponto de imaginar que estavam sendo esfolados — do velocino de ouro, ela disse — por Yul Legal, Ormus desconfiou de uma questão pessoal, não profissional. Quis protestar, Yul tem sido bem bom para nós até agora, mas viu o brilho dos olhos de Vina e não discutiu. Além disso, sentia saudades de Mull Standish.

Standish havia ficado na Inglaterra, incapaz de se separar do pobre espeloteado Waldo espetando folhas nos jardins de Spenta Methwold. Porém sua presença prolongada foi erroneamente interpretada por Spenta como sinal de duradouro interesse por sua tristonha oferta de companhia, e seguiu-se uma lenta, melancólica comédia de erros representada numa forma de teatro Nô, ou *tableaux* mudos estilizados: nem Spenta falava de suas esperanças, nem Mull Standish encontrava palavras para eliminá-las; e Virus Cama observava tudo e não dizia nada, enquanto Waldo agora era capaz apenas das observações mais inocentes sobre pássaros, abelhas, flores, árvores, o céu lá em cima. Standish sentiu-se preso entre sua gratidão a Spenta por dar a Waldo uma aparência de colocação na vida e sua solicitude por ela; as coisas foram longe demais, e a verdade — que ela havia entregado o coração que envelhecia a alguém que nunca poderia tomá-lo — só iria humilhá-la agora. Nesse ambiente estrangulado, ele sentia a energia se esgotando. Começou a pensar o impensável: que a vida, afinal, podia não ser mais que uma derrota.

O telefonema de Vina veio como uma transfusão de sangue. Imediatamente ele colocou em andamento o longamente preparado plano rápido para se desfazer de todas as empresas britânicas, até mesmo a sua muito admirada revista de serviços que havia batido uma rival pretensiosa e mantido o domínio do mercado, com filiais lançadas com grande sucesso em Manchester, Liverpool, Birmingham e Glasgow. Quanto a Spenta, ele agora tinha uma razão aceitável para deixá-la. Quando lhe contou de sua partida iminente, o queixo dela tremeu por um momento. Depois, reconciliando-se naquele momento com o seu destino, ela disse: Claro, vá. Eu cuidarei de nossos dois filhos comprometidos. Somos uma espécie de família acidental, afinal de contas, não é?; uma família de perdas e danos.

Mull Standish baixou a cabeça, e saiu.

Em Nova York, encarando o horror total dos contratos negociados por Vina, ele recuperou o seu ser capaz e potente. Insistiu em ter controle absoluto, sem discussão, e despediu todos os conselheiros da banda cinco minutos depois de ter se apresentado. Depois convocou Ormus e Vina para uma reunião sobre a crise, no seu escritório reaberto na cidade. De momento, eram apenas uma secretária e uma máquina de xerox, mas os planos de expansão estavam em estágio avançado. É uma catástrofe, claro, ele disse, tamborilando os dedos na mesa. Só mais um álbum sob contrato da empresa e opção de mais oito. Isso quer dizer que eles podem se livrar de vocês quando quiserem, mas vocês não podem ir embora, nem mudar o acordo. Só onze por cento do preço sugerido para venda a varejo, pelo amor de Deus, menos três pontos para o produtor, e olhem aqui estes números de ofertas gratuitas e promoção. Vou dizer com todas as letras. Uma fita cassete de *Peace Ballads* tem grudada nela uma etiqueta de preço sugerido de, vamos ficar com números redondos, onze dólares. Não importa o desconto que as lojas dão, é esse preço que se toma por base em todos os cálculos. Tire vinte por cento da embalagem, o que deixa vocês com uma base de *royalty* de oitenta e oito centavos. A onze por cento isso quer dizer *royalties* de noventa e sete centavos por fita vendida. Mas aí você tira trinta e três centavos para mr. Produtor, que acredito seja ninguém menos que nosso amigo mr. Singh, e então temos estes vinte por cento surgidos do nada de amostras grátis sortidas, e vocês podem se despedir de mais um quinto do que sobrou. Isso deixa só cinqüenta e um vírgula dois por cento, dos quais vocês têm de pagar os outros membros da banda, LaBeef e os Baths, um por cento cada, generoso demais, de forma que isso custa a vocês mais trinta e três centavos. Isso deixa vocês com exatamente dezessete vírgula oito centavos por fita cassete, divididos pelos dois, mas primeiro é preciso deduzir o quarto de milhão de custos de gravação e todos os cento e cinqüenta mil de promoção independente — *cem por cento do total*, e vocês *assinaram isso*? — e o que mais?, aqui tem mais trinta e cinco por cento de reserva contra devoluções. Então, vendeu o quê?, seis milhões de exemplares, digamos duzentos e dezessete mil dólares para cada um, no máximo, e depois que pagarem os impostos vão ver talvez cinqüenta e cinco por cento disso aí, mas só se vocês tiverem um bom contador, o que não é o caso. Dá para calcular cento e dez mil com os impostos pagos, finais, mas isso calculando muito alto. *Meninos.* E enquanto isso vocês gastam dinheiro como se o dinheiro fosse ficar fora de moda, apartamentos de um milhão de dólares, brinquedos eletrônicos de luxo, aposto que em apresentações também perdem dinheiro, e eu nem toquei ainda no ridículo acordo dos direitos autorais de Ormus, e vocês estão estranhando que suas contas estejam no vermelho. Pelo amor de Deus.

Então o que a gente faz agora, Vina perguntou com uma voz estranha, cheia de deferência. Quer dizer, estamos fodidos para sempre? Como é que a gente se vira?

Standish recostou-se na cadeira e sorriu. Começamos a jogar um bridge malandro, ele disse. Nosso lance vai ser uma *finesse*.

Os movimentos trans- e intercontinentais de Yul Singh fazem dele um homem difícil de definir. Ele é dono de uma vinícola no vale Napa, de um sítio-esconderijo secreto no Arizona, de uma ilha no Caribe e de grande número de esculturas do período clássico guardadas em caixas-fortes de bancos em, segundo se diz, Toronto, Boston e Savannah. Diz-se que ele visita esses cofres sozinho, à noite, para acariciar suas Atenas aladas e Afrodites de seios fartos em câmaras subterrâneas com paredes de aço de sessenta centímetros de espessura. Ele tem amantes e protegidas, esquemas e encontros, e sempre joga com as cartas perto do peito. Ele tem vacas também. Sessenta e seis milhões de dólares em gado leiteiro Holstein, uma boa parte de todo o rebanho de Massachusetts. As vacas são sagradas, místicas, ele diz às pessoas quando lhe perguntam por que as tem. Também porque é um negócio que rende mais que o dobro.

Por razões que ninguém entende, ele estudou e agora se norteia pelos arcanos de segurança máxima, marcando passagens em diversos vôos que partem na mesma hora para destinos diferentes, usando nomes falsos, evitando a previsibilidade. Você não passa de um mandachuva de altos negócios na indústria do disco, por favor, Standish ridiculariza na cara dele em sua primeira reunião na Colchis, em uma sala cheia de círculos de platina e ouro. O que é isso, está imitando Carlos ou Arafat?

Ao que Yul responde: Escute, Standish, sem ofender, gosto de você, mas você está por fora, o fato é que está assinado, selado e entregue, seus artistas estão de mãos atadas e amordaçados no meu altar de sacrifícios, estou falando claro?, sou dono deles, o diabo não era dono de Fausto do jeito que eu sou dono desses dois, eles são meus.

Standish tem bom ouvido, pés no chão, contatos de seus velhos tempos de grande construtor da cidade, e quando Yul Singh surpreendentemente o dispensa, ele põe esses espias de volta à ativa. Quero que ele saiba que não está mais brincando de pirulito-que-bate-bate, ele diz a Ormus e Vina. Que a negociação agora entrou para as grandes ligas. Para isso, preciso de material confidencial. O que ele não revela é que as primeiras notícias que recebeu de seus ouvintes pagos são de que ele próprio talvez precise de segurança, pois seu antigo amante abandonado, Sam Tropicana, ficou sabendo que está de volta à cidade e foram feitas certas ameaças explícitas, certas fulminações de cara vermelha foram ouvidas tanto no cenário sombrio e requintado do exclusivo Knickerbocker Club como também no ambiente mais descontraído da calçada diante da pizzaria Catania, em Belmont, no Bronx, perto do Carne de Porco D'Auria Brothers e da igreja de Nossa Senhora do Monte Carmelo na rua 187. Não há como negar o fato de que Sam Tropicana agora é um figurão, mas Standish se recusa a entrar em pânico.

Esqueça, é o passado, ele diz aos espias. O tempo só passa numa direção e eu não acredito em ontem.

Finalmente, a equipe encontra o que procurava, e quando Yul Singh, segurando o braço de Will, entra na sala de leilões em San Narciso, Calif. — o edifício mais antigo da cidade, anterior à Segunda Guerra Mundial — e no frio saguão de assoalho de brilhantes tábuas de madeira vermelha e cheiro de cera e papel, é saudado por Mull Standish, que bate sua bengala no chão. Que porra é essa?, Yul pergunta, deselegante, genuinamente desconcertado. Acho que as suas cortinas de fumaça não eram tão boas como deveriam ser, YSL, Standish sorri. Acredito que cabeças terão de rolar.

Então você está aqui para quê?, Yul pergunta, recuperando-se depressa.

Primeiro deixe eu lhe dizer por que *você* está aqui, Mull diz. Você está interessado em conspirações, em organizações clandestinas, em milícias, toda a loucura paranóica americana direitista. Quem sabe por quê. Você está aqui para fazer lances às lembranças de alguma cabala de imigrantes eliminada que costumava sair escrevendo *DEATH* [Morte] nas paredes das pessoas. *Don't Ever Antagonize The Horn* [Nunca antagonize o corno]. Usavam um trompete como logotipo. Bonito.

Não vai dar pé para você, okay, Yul argumenta, recobrado o equilíbrio. Deixe eu lhe contar como são as leis do universo. A lei segundo Disney: ninguém ferra o rato. Na minha versão, o carrapato, que sou eu. A lei segundo Sir Isaac Newton: para cada ação uma reação igual e oposta. Mas isso faz muito tempo, antes da televisão, e na Grã-Bretanha. Eu digo, não, senhor, essa reação vai ser desigual se eu tiver alguma coisa a ver com ela. Você me ferra, eu ferro você duas vezes e ferro a sua irmãzinha caçula também. Nunca antagonize o corno, você pegou direitinho, sabia que eu toco clarineta? Então, o trato é o seguinte. A lei das leis. Cara, Yul ganha, coroa, você perde.

Foi um prazer conversar com você, Standish diz, e sai: devagar, decidido, como um matador virando as costas para o touro. O desdém vence muitas touradas. Às vezes, porém, você leva uma chifrada nas costas.

A guerra legal entre os dois homens mais bem vestidos do universo da música, o legendário líder da Gravadora Colchis e o agente do todo-poderoso grupo VTO, sacode o meio musical. Ela é travada com armas que não podem ser descritas em língua falada no esotérico campo de batalha legal que podia ser feito de queijo da lua. Standish contrata uma equipe de advogados indianos e lança contra a Colchis exércitos inteiros de processos, arsenais inteiros de intimações. A companhia de discos responde à altura. São como aranhas lutando e a música do VTO é a mosca presa em sua teia pegajosa.

Vina pergunta a Standish: Não dava para, de alguma forma, não sei, fazer um acordo?

Não, ele responde.

Ormus diz: Isso não vai acabar nunca, vai?

Vai, ele responde.

Olhe, diz ele. O que está acontecendo aqui é que estamos tentando ganhar uma guerra perdida. Ele tem as assinaturas de vocês, tudo o que nós temos é a força de incomodar. E se incomodarmos o suficiente durante tempo bastante, se bloquearmos muitos fundos porque estão sob litígio, ele vai acabar vindo à nossa mesa para negociar.

Só isso?, Vina pergunta, decepcionada. Só isso que nós temos?

Só. E os advogados indianos, diz Standish, direto. Mestres em retardar a lei. *Jarndyce versus Jarndyce* é um passeio no parque para esses caras. Eles são corredores de maratona, e Yul sabe disso. São medalha de ouro em protelar.

Mas e se, Ormus começa a dizer, mas Standish o detém.

Estamos na estrada principal, na entrada pela porta da frente, ele diz. Talvez haja também uma estrada secundária, uma entrada dos fundos. Isso, não me peça. Talvez nunca, mas certamente não agora.

O disco *Quakershaker* — autoproduzido em Muscle Shoals e Montserrat por Ormus; Yul Singh não entra no estúdio nem uma vez — vende mais de vinte milhões de cópias e cada centavo do dinheiro fica preso em juízo. Yul Singh convida Standish (que vem adiantando de seu próprio bolso o dinheiro das despesas para Vina e Ormus) para ir até seu escritório de Nova York ao voltar de uma viagem à Europa, *só para conversar*. Uma semana antes da data desse encontro, é disparado o ataque das autoridades contra Ormus e Vina.

Mull Standish é do partido que afirma não existir uma coisa chamada coincidência. Ele contrata ainda mais advogados, indianos e não, mas por trás da cena ele é quem orquestra a defesa. Quanto maiores as dificuldades, maior é sua energia, mais preciso seu foco. Ele arranja concertos de solidariedade nos Fillmores, Leste e Oeste. Dylan, Lennon, Joplin, Joni, Country Joe and The Fish aparecem para cantar para Ormus. Como testemunhas típicas, o prefeito Lindsay, Dick Cavett e Leonard Woodcock, presidente do sindicato United Auto Workers, falam sobre a integridade e o valor de Ormus. É aberto um processo exigindo a divulgação dos arquivos do governo e pedindo que a determinação do serviço de imigração seja suspensa. Há também o apelo à própria junta de imigração.

Em julho de 1974, o apelo é negado. Mais uma vez, Ormus tem sessenta dias para ir embora, ou ser deportado à força.

Durante esses anos de guerra, não há novos discos do VTO. Ormus se recolhe ao Edifício Rhodopé e se está compondo não está contando a ninguém, nem a Standish, nem mesmo a Vina. Entre Vina e Standish, ambos apaixonados por Ormus Cama, desenvolve-se uma surpreendente intimidade, uma amizade baseada em parte no fato de Ormus negar seu corpo a ambos, em parte em seu prazer conjunto pela refrega. Ela acompanha Standish a reuniões da Liga Empresarial Greater Gotham dos empresários gays, junta-se ao lobby que fazem junto a políticos por causa do recente aumento de ataques à comunidade gay, e conquista o apoio da Liga para a causa de Ormus. Standish e Vina transformam-se em uma formidável dupla de lobistas. Eles dão informações a Jack Anderson, cujo relatório revela que a droga encontrada no sangue de Ormus na época do acidente de Crossley havia sido administrada em uma bebida adulterada sem seu prévio conhecimento, e também que mais de cem estrangeiros com fichas de drogas piores que a de Ormus receberam permissão para ficar nos EUA. Isso, por sua vez, convence o senador de Nova York chamado Koch a apresentar um projeto que autoriza o procurador-geral dos Estados Unidos a conceder residência a Ormus Cama. A maré, muito devagar, começa a virar.

Em outubro de 1975, a ordem de deportação é suspensa pela Corte de Apelação dos Estados Unidos, e um ano depois Ormus recebe autorização de residência permanente. Mais uma vez, existe algo como chão sólido debaixo de seus pés.

As comemorações, porém, duram pouco, como uma festa de estréia que acaba quando algum desmancha-prazer entra abanando o *Times* com uma crítica fatal do espetáculo. Como a risada que morre nos lábios de Macbeth diante da aparição daquilo que Yul Singh um dia memoravelmente chamou de Fantasma do Banquete. Agora o próprio Singh é o espectro da festa. Abertamente decepcionado pela vitória de Ormus, ele reafirma sua decisão. Encontra-se com Standish e diz simplesmente: Sem acordo. Então procura fazer uma guerra de atrito, calculando que poderá matar de fome Vina e Ormus. Afinal de contas, é o dinheiro deles que está preso. Ele tem muito acesso a outros fundos.

Quando fica claro que o que vem pela frente são longos anos litigiosos, Standish começa a fazer lobby com os distribuidores da Colchis, WEC, dizendo que, como o impasse tirou de distribuição a banda número 1 do mundo, eles, os distribuidores, estão sendo materialmente prejudicados pela intransigência de Yul Singh, sua recusa tzarista em se sentar à mesa de discussões como um homem razoável.

Ormus Cama é duro de roer, ele afirma. Poderá cantar em troca de moedas na calçada, mas não vai admitir ser escravizado. Por sinal, já viram a capa da *Rolling Stone*, aquela com Ormus e Vina nus e acorrentados? Quanto valia aquilo?

Ele é ouvido, mas Yul Singh é um grande homem, capaz de absorver boa dose de pressão. Irão se passar mais cinco anos antes de a batalha acabar. Por volta de 1980, Mull Standish já havia utilizado quase toda a sua fortuna pessoal, e a derrota passou a ser uma possibilidade real. Por volta de 1980, ele já jogou todas as suas cartas.

Então abre-se a porta dos fundos e a estrada secundária para o sucesso se revela.

No nadir da luta contra a Colchis, Ormus manda instalar um forno em seu apartamento e passa os dias assando seus adorados pães — branco crocante, preto de grãos, polvilhados com farinha — e faz desanimarem todas as visitas. É a sua maneira de se retirar. Num impulso, Standish e Vina resolvem partir para seu retiro também: Dharmsala, na cadeia Pir Panjal, lugar de exílio de Tenzin Gyatso, o décimo quarto Dalai Lama e, na opinião de Standish, o homem mais verdadeiro do mundo. Vina liga a Ormus para contar a notícia de sua partida iminente. Ele só fala de pão.

A Índia ainda está lá. A Índia permanece e é a terceira coisa que liga Vina e Standish. Delhi é quente, e agitada por descontentes depois do ataque aos extremistas sikhs que foram encurralados e fizeram seu último reduto no Templo Dourado de Amritsar. (Essa era a chamada gangue de terroristas Wagahwalé, batizada em honra do careca Man Singh Wagahwalé, um homenzinho barbudo deformado pela lembrança da chacina de sua família durante os massacres da *Partition* e agora fatalmente apaixonado, como tantos outros homens pequenos, carecas, barbudos, de todo o mundo, pela fantasia de ter um microestado próprio, uma pequena barricada na qual se trancar e chamar isso de liberdade.) Os terroristas já estão mortos, mas o sacrilégio do ataque do Exército Indiano ao santo dos santos do sikhismo ainda reverbera. Temem-se represálias, e contra-represálias, e assim por diante, a costumeira e triste espiral. Essa não é a Índia que Vina e Standish querem. Os dois correm para o sopé do Himalaia.

Os indianos — ou, digamos, os indianos comuns — comportam-se como crianças quando vêem neve. As montanhas verticais, a despretensão dos edifícios de madeira, as pessoas que parecem livres de tudo o que não sejam as mais simples ambições mundanas, o ar fino e claro, puro como um trinado de menino de coro, o frio, e, acima de tudo, a neve: essas coisas conseguem abrir as mais sofisticadas urbanidades àquilo que normalmente não valorizariam. O som de sininhos, o aroma de açafrão, a lentidão, a contemplação, a paz.

(Naqueles dias, havia também a Caxemira. A paz de Caxemira agora está abalada, talvez para sempre — não, nada é para sempre —, mas resta Dharmsala.)

Vina mais uma vez se vê em segundo lugar na companhia de Mull Standish, mas estranhamente não se importa. As origens do budismo tibetano no ensino dos mestres indianos Mahayana, a formação das diferentes seitas, a ascendência dos Chapéus Amarelos, a doutrina das quatro verdades nobres: sobre esses e outros assuntos Standish é uma fonte de informações. Vina se embebe. Anos antes, Standish conheceu o Dalai Lama em pessoa, e naquela época estabeleceu uma ligação especial com a divindade Dorje Shugden, que, segundo se diz, falava com Gyatso por meio de um monge em transe e revelou-lhe a rota secreta pela qual conseguiu escapar dos conquistadores chineses do Tibete e chegar à Índia.

Dorje Shugden tem três olhos vermelhos e expira raios. Mas ele é um dos Protetores, por mais furioso que pareça.

Nessa viagem, infelizmente, não há possibilidade de uma audiência com o Alto Lama, que está no exterior, mas Standish planeja realizar devoções rituais a Shugden. Ele também é um homem em busca de um caminho.

Pergunta a Vina Apsara se ela gostaria de participar.

Okay, Vina diz. Por que não? Vim até aqui.

Depois, seremos irmão *vajra* e irmã *vajra*, Standish conta a ela. *Vajra* é a coisa inquebrável, um raio, um diamante. É o laço mais forte, tão forte quanto uma ligação de sangue.

Mas, nas portas do arruinado templo Shugden, Otto Wing está esperando por eles com más notícias. De cabeça raspada e manto, ele todo a imagem do verdadeiro crente, o mais fiel dos fiéis, seus pesados óculos de armação preta único remanescente do Otto que folgava com Ifredis Wing em Tempe Harbor séculos antes, ele informa a Standish, com os lábios presos e reprovadores, que o Dalai Lama rompeu relações com Dorje Shugden. Ultimamente vem pregando contra a divindade, desaconselhando sua veneração. Diz que o culto Shugden deprecia o próprio Buda. Buscar ajuda externa de tais espíritos significa virar as costas ao Buda, o que é uma desgraça. Não deve rezar aqui, ele instrui o abalado Standish. O caminho para as quatro nobres verdades não passa mais por este lugar.

Tensos, combatidos monges Shugden admitem que ele está dizendo a verdade. Há uma divisão no Paraíso. O budismo tibetano sempre foi um tanto sectário, e uma dessas divisões começou a se ampliar. Standish fica tão perturbado que se recusa a ficar. Otto Wing borboleteia em volta deles, insistindo para que todos meditem juntos, mas Standish o afasta. *Vamos embora daqui*. Querendo dizer: não faço mais parte disto. Nem mesmo neste abrigo posso encontrar paz.

Nem bem subiram as montanhas, eles já têm de tomar os ônibus e trens lentos de volta ao calor da cidade. Vina acompanha também isso, porque o que vê no rosto de Standish é uma alienação que a enche de medo por ele. Esse homem lutou tanto e perdeu tanto: filhos, ilusões, dinheiro. Ela teme que ele possa não sobreviver a esse último golpe.

Chegam a Delhi e encontram a cidade em tumulto. Um quádruplo assassinato praticado por guarda-costas sikhs resultou nas mortes de Indira Gandhi, de ambos os seus filhos, e da figura política cada vez mais poderosa de *shri* Piloo Doodhwala. A população sikh da cidade está sendo vítima de horríveis represálias. O ar está cheio de atrocidade. Vina e Mull se hospedam no velho Ashoka e ficam sentados, juntos, perplexos, sem saber o que fazer. Então, batem na porta. Um empregado do hotel, uniformizado, entrega a Standish uma grossa pasta orelhuda amarrada com grande quantidade de barbante fino e fibroso. A pasta foi deixada na recepção por um homem que, porém, não quis deixar o nome. De início, não conseguiram a descrição do homem. Depois de muita insistência, a recepção do hotel acabou revelando uma ligeira possibilidade de o correio estar usando os mantos cor de açafrão e vinho de um monge tibetano. No saguão do hotel, foram vistos também, naquele dia, membros da desmantelada "magnificomitiva" de Piloo Doodhwala, talvez mesmo — embora isso não fosse confirmado — a pobre esposa, Golmatol Doodhwala, em pessoa.

Naquele momento acalorado, é fácil Vina, e talvez até mesmo Standish, acreditar em quase qualquer rumor, qualquer possibilidade; até que o pacote não provenha de nenhuma fonte mortal, mas de uma divindade que sente talvez, na hora de perda de sua graça, algum parentesco com a causa do VTO; que Shugden, o Protetor, em sua sabedoria, tenha mandado a eles esse presente inestimável.

Dentro do pacote encontram-se provas documentais irrefutáveis — na forma de fac-símiles de documentos assinados, cheques etc., tudo devidamente autenticado — de que o celebrado indiano não residente mr. Yul Singh, o mesmíssimo Yul Singh que tem demonstrado tanto interesse nos cultos e células clandestinas norte-americanos, Yul Singh, o consumado produtor de rock'n'roll, que sempre se apresentou ao mundo como o máximo do cosmopolitismo, inteiramente secularizado e ocidentalizado, o Chefe Yul, o Mais Legal dos Legais, YSL em pessoa, foi durante muitos anos um fanático em segredo, comprador de armas e bombas, em resumo, dos maiores patrocinadores financeiros da ala terrorista do movimento nacionalista sikh — na verdade, do culto Wagahwalé, cujos líderes foram recentemente assassinados em Amritsar, e que acabaram de exercer uma terrível vingança por aquele ataque, vingança elaborada no além.

Essa última virada fará parte da vingança póstuma de Piloo contra *seus* assassinos?

Vina e Standish, sentados no frio do ar-condicionado, contemplam esse presente que a Índia, maior de todos os deuses *ex machina*, acaba de jogar em seus atônitos colos. Lá fora, poucos quilômetros rua abaixo, o assassinato por vingança de sikhs inocentes está sendo executado por multidões sedentas de sangue lideradas por membros do partido do governo.

Mull Standish, normalmente o mais meticuloso, o mais delicado dos homens, fica tão tomado pelo que recebeu que faz uma observação que nessas circunstâncias pode ser considerada de extremo mau gosto.

Quanto mais conheço o Ocidente, diz ele, mais me dou conta de que as melhores coisas da vida vêm do Oriente.

Quando uma grande árvore cai na floresta, pode-se fazer dinheiro com a venda de lenha. Depois que Standish, de volta a Nova York, envia para Yul Singh fotocópias escolhidas do material em sua posse — para seu endereço residencial, por questão de discrição —, o chefe da gravadora convida-o para o endereço de Park Avenue para tomar um drinque, e vai ao seu encontro no elevador sem um traço de ressentimento. Você me pegou direitinho, ele admite, direto. Isso é o que eu chamo de bom trabalho. Sempre disse para aqueles meninos que você era bom. Um homem usa muitas máscaras, pouca gente consegue tirar todas. Criminoso e detetive, chantagista e chantageado, relações tão íntimas quanto poucos casamentos são. Elos de aço.

Laços *vajra*, Standish pensa. Raios e rochas.

Minha mulher é que lê a correspondência para mim aqui em casa, Yul Singh acrescenta, o que, nem preciso dizer, significa que eu abri meu coração e que ela agora está muito bem informada. Ele leva Standish para uma vasta sala cujas paredes têm muita coisa de interesse para esse homem que ama a Índia: um xairel prateado de elefante, esticado e emoldurado; pequenas Natarajas de bronze; cabeças de Gandhara. Marie-Pierre d'Illiers está no outro extremo da sala, de pé, muito quieta, com uma longa *flûte* de champanhe na mão. O cabelo escuro puxado para trás, preso em *chignon* na base de seu longo e agora ligeiramente magro pescoço. Ela é alta, magra, profundamente segura, profundamente impiedosa. Faz Standish sentir-se como o que provavelmente é: um chantagista, e, o que é pior, ladrão de toda a sua alegria. Só tenho para o senhor uma *question*, monsieur Standish, ela diz com um ligeiro sotaque no inglês. O senhor e seus clientes vão receber agora uma *immense* soma de dinheiro, mas realmente *immense*; riqueza além do que se pode sonhar. (*Question* e *immense* pronunciadas à francesa.) Então o que quero saber é o seguinte: se fizer bom preço, o senhor compra minhas vacas? Sempre detestei que a gente estivesse no negócio leiteiro, mas acabei gostando de minhas Holsteins. Tenho certeza de que o senhor vai ser ideal para esse negócio. Ordenhar e essas coisas.

Há um ligeiro toque de mãos entre o marido cego e a mulher que tudo vê. Naquele momento, com o uso que ela fez do verbo no passado ainda ressoando em seus ouvidos como se fosse um toque fúnebre, Standish compreende o que Yul Singh contou à mulher sobre suas futuras intenções, e o que ela prometeu a ele em troca.

Por aqui, por favor, Yul Singh o guia para uma mesa coberta de papéis. Os documentos são retrospectivos, os termos estão agora muito longe do que ganha qualquer artista do mundo, e o status dos dois é de nação favorecida. Por favor, fique à vontade, faça as modificações que quiser.

Quando termina de ler, Standish tira a caneta e assina muitas vezes. A assinatura de Yul Singh já está lá.

Ele se levanta para sair.

Não há possibilidade, Marie-Pierre d'Illiers murmura, de se chegar a uma acomodação quanto a esses documentos?

O touro está de joelhos à espera do coup de grâce.

Não, Mull Standish diz. Sinto muito. A senhora tem de entender que eu simplesmente fui usado nessa questão, por uma parte principal cuja identidade não conheço. Se eu não mover a ação, a parte interessada certamente trará esses papéis à luz de alguma outra forma. De modo que não posso fazer nada. Agora, quanto ao gado leiteiro, sim, se o preço for justo, estamos interessados.

Ele os deixa, a distância, no extremo da grande câmara de suas vidas, bebendo champanhe cristal como se fosse veneno. Cicuta, Standish pensa. A porta do elevador se fecha e ele desce.

A morte dos dois (excesso de comprimidos para dormir) é anunciada no dia seguinte. Os obituários são tão longos e tão completos quanto o de qualquer grande estrela. A notícia do fim da disputa do VTO com a gravadora Colchis é retardada por duas semanas, em sinal de respeito ao gênio do homem da música que morreu.

Os documentos sikh, coisa interessante, não são dados a público, embora Yul Singh, em uma mensagem de despedida, tenha esboçado seu conteúdo para explicar suas ações. Os interesses da gravadora em nada lucrarão com a divulgação dessa carta final. Standish escolhe não revelar o que sabe, e ninguém se adianta em seu lugar. A morte aparentemente satisfez a parte interessada. Yul Singh não é perseguido no além-túmulo.

No Sam's Pleasure Island, a cabine de Yul Legal é deixada desocupada durante um mês inteiro, guardada contra a incursão de grossos e ignorantes por uma formidável falange de Singhs. Durante esse mês, o pessoal do Pleasure Island cuida para que um Manhattan *on the rocks* e um grosso charuto Cohiba estejam sempre ao alcance da mão ausente de Yul.

Mas, depois disso, a vida da cidade continua.

14
TODA A CATÁSTROFE

Mais tristeza antes da alegria. Mull Standish não vive muito mais para gozar a grande vitória. Na noite da véspera de seu desaparecimento, em 1981, ele está trabalhando até tarde no escritório e faz telefonemas de meia-noite a Ormus e a Vina para dar um ultimato ao dois. Standish, que nunca falou por si próprio, insiste com os dois sobre o amor deles, aquele amor pendente, congelado, que obscurece o seu. Os dez anos estão quase acabando, ele diz, e já é hora de vocês dois pararem de agir como bobos. Para Ormus ele diz, você não ter podido retribuir meus sentimentos por você é uma coisa que não interessa a ninguém além de mim, e eu dou conta, obrigado. (Não, não dava de fato, mas suportava sua tristeza estoicamente, como o cavalheiro inglês que ele não era; tinha adquirido o *stiff upper lip* que combinava com os ternos de Savile Row de que gostava.) Mas que vocês desperdicem o que sobrou da imensa fortuna do seu amor, ele ralha, já tendo perdido tanto tempo, isso é uma coisa que eu não posso perdoar. Para Vina, acrescenta: O suspense está me matando. Você vai, não vai, vai, não vai. Eu lhe digo, entre na bendita dança. E fique sabendo que, se não entrar, a decepção também vai me matar, e se matar e houver luz no fim do famoso túnel, talvez eu volte e faça brilhar essa luz nos seus olhos. Se eu tiver de assombrar vocês para fazerem o que é certo, vou achar um lençol branco e sair uivando.

No dia seguinte a riqueza de sua vida é reduzida ao ralo definitivo de uma cena de crime: um escritório destruído, janelas quebradas, uma ausência. Algum, não muito, sangue no carpete: um sangramento nasal, quem sabe. Uma bengala quebrada. Inesperadamente, há o que parece uma nota de suicídio num caderno aberto na escrivaninha. *Suicídios são mais freqüentes na primavera. Quando o mundo está se apaixonando é que a nossa própria falta de amor bate com mais força.* Por que um homem escreveria uma nota dessas, depois destruiria o próprio escritório, socaria o próprio nariz, quebraria a própria bengala e desapareceria sem deixar sinal? Isso não é um bilhete de suicida, Vina diz à polícia, é uma página de diário. Ele estava falando conosco sobre amor pelo telefone e acho que ficou triste por causa disso. Mas não é o tipo de homem que tira a própria vida. Era um grande batalhador, uma pessoa que superava.

Essa versão é, depois de alguma hesitação inicial, aceita como a mais provável. O evento é classificado como seqüestro, com suspeita de assassinato. A suspeita recai sobre certo amante abandonado, mas nenhuma prova sólida vem à luz, ninguém manda a ninguém um peixe embrulhado no jornal matinal, nenhuma acusação é feita. Nem o corpo de Standish é encontrado. O tempo tem de passar antes de ele ser declarado morto, e Waldo Crossley, o jardineiro simplório de Spenta, se tornar um homem seriamente rico.

(Quando Spenta Methwold em uma mansão branca bem acima do Tâmisa rural fica sabendo do desaparecimento de Standish, ela enfia Ardaviraf e Waldo no banco de trás de seu Mercedes e dirige durante três horas pelas alamedas do campo em torno. Spenta é uma velha nessa época, com cataratas nos dois olhos, então é como dirigir com antolhos, meio cega por uma vida inteira de lágrimas acumuladas, as estalactites da dor. Na aldeia local de Fawcett, Bucks., ela ignora uma placa de Dê Passagem e é atingida simultaneamente de ambos os lados por surpresas esposas de fazendeiros dirigindo Mitsubishis 4WDS. É um acidente em câmara lenta, ninguém sai ferido, mas as portas do carro de Spenta não abrem. Sem desculpas nem reclamações ela vai para a oficina mais próxima e os três esperam pacientemente enquanto os mecânicos recortam sua libertação. Volta para casa com Waldo e Virus num minitáxi e quando chega à porta diz a Virus e Waldo que essa foi sua última saída, que não está mais interessada no mundo fora de suas portas. *Vou só ficar sentada, pensando naquele que partiu, e vocês, nossos filhos, vão tomar conta de mim.* Ela, então, chama o médico e cancela a planejada operação para remover as cataratas. Visão toldada, visão de túnel, é tudo o que ela precisa agora. O grande quadro é uma coisa que ela não quer mais ver.)

Standish se foi mesmo. Ormus e Vina numa janela alta observam a primavera dançando no parque. Aqui estamos nós sem família nem tribo, tendo perdido nosso grande aliado, ele diz. Agora somos só você e eu e a selva. Nós dois juntos conseguimos enfrentar o que vier contra nós, o pior e o melhor das coisas. Você topa?, ele pergunta. Vai manter sua palavra?

Vou, ela diz. Vou casar com você, passar o resto da minha vida com você, e você sabe que vou te amar. Mas não me peça alta fidelidade. Eu sou mulher do tipo baixa fidelidade.

Há um silêncio. Os ombros de Ormus Cama pendem em muda, amorosa rendição. Só não me conte, ele diz. Eu simplesmente não quero saber.

Quero me lembrar de Vina Apsara do jeito que ela era nesses últimos anos, os anos de seu casamento e maior felicidade, quando se tornou a mulher mais sonhada do mundo, não só a Namorada da América como Mary Pickford muito antes, mas amada por todo o planeta dolorido. Vina no seu auge de trinta e tantos anos descendo a Second Avenue, flutuando através dos aromas de comida tailandesa, indochinesa e indiana, das roupas tingidas amarradas, dos enfeites e da cestaria africanos. Seu cabelo afro desapareceu há muito, embora os cabelos nunca escapem do crespo, e ela ultrapassou os dias de punhos fechados — seus velhos companheiros de punhos fechados são agora republicanos, privilegiados, bem-sucedidos da sociedade ou empresários de bugigangas cujos designs de jeans eróticos — com absurdos estojos penianos embutidos dependurados ao lado do zíper — começaram a explodir no dia em que saíram da prancheta. O que passou passou, Vina diria desses velhos dias, sem arrependimento, acrescentando a semi-reclamação de que, por mais que tentasse, mesmo levando em conta seus problemas juvenis com Marion Egiptus, e mesmo os anos de perseguição pelos homens do imposto e da polícia, ela nunca teve de suportar um centésimo dos abusos raciais e da dureza que sofreram seus amigos afro-americanos. *O negócio é o seguinte, Rai, a gente simplesmente não é o alvo aqui.* Isso mesmo, confirmei, e não precisei acrescentar que a celebridade tem um jeitinho de lavar mais branco também.

Ninguém entendeu os efeitos da fama, para cima e para baixo, melhor do que Vina. Corriam os dias em que as primeiras grandes estrelas estavam subindo ao firmamento: OJ, Magic, pessoas cujo talento deixava as pessoas cegas para a cor, para a raça, para a história pessoal. O VTO era membro dessa alta elite, coisa que Ormus sempre tomou por garantida, como se fosse a coisa mais natural e adequada do mundo. Ele passara a citar biólogos e geneticistas. Os seres humanos são praticamente idênticos, dizia. A diferença de raça, até de gênero, aos olhos da ciência não passa da mais minúscula fração do que nós somos. Em termos de percentagem, não tem significação. Mas a vida na fronteira da pele sempre deixou Vina inquieta. De vez em quando, ainda tinha pesadelos em que a mãe e o padrasto tentavam convencer uma professora da Virginia de que sua filha não era negra, que era meio-indiana, não, nada a ver com a Pocahontas pele-vermelha, mas com a própria Índia, a Índia longínqua, a Índia dos elefantes e dos príncipes e do famoso Taj Mahal, cujo pedigree naturalmente a isentava das intolerâncias locais e lhe dava o direito de ir de ônibus amarelo para a escola das crianças brancas. Vina sonhava também com esquadrões de linchamento, com cruzes queimando. Se esse horror estava acontecendo com alguém, em algum lugar, podia um dia vir a acontecer com ela.

Lembro-me de Vina incendiada com a chama sombria de sua beleza adulta, exibindo no dedo a faixa de platina com brilhante de um outro homem e, na mão direita, a adorada pedra da lua também. Acho que ela nunca soube o quanto me doía quando, usando-me como confessor, deitada em meus braços, ela me contava sobre ela e Ormus, sem esconder nenhum detalhe. Agora que estavam casados, ela havia colocado certa rédea em sua língua pública, mantendo à parte do mundo insaciável pelo menos uma parte da privança de sua cama de casada, mas precisava falar com alguém, e, apesar de toda a sua teologia da libertação, era uma mulher sem grandes amigas próximas. Eu era o seu segredo, a quem ela contava segredos. Eu era o que tinha.

No começo dos anos 80, eu havia me mudado alguns quarteirões para o norte, juntando forças com três outros fotógrafos — Mack Schnabel, Aimé-Césaire Basquiat, Johnny Chow, todos antigos contratados da Nebuchadnezzar que haviam se despedido, rebelados contra o péssimo hábito que a agência tinha de tratar seus fotógrafos como cachorros numa coleira curta — para comprar uma velha baleia de edifício na verde East Fifth Street entre a Second e a Bowery, em frente ao escritório do Voice em Cooper Square. Era um ex-espaço de dança e música chamado Orpheum, nome que, ao evocar lembranças do cinema de meus pais em Bombaim, produziu-me um nó na garganta e não me deixou escolha senão comprar a minha parte daquilo que não era, na época, mais do que uma casca caindo aos pedaços. A compra e a reforma me custaram mais do que planejava gastar em meras acomodações, mas havíamos embarcado no começo do *boom* dos imóveis, de forma que logo houve uma grande valorização nominal, embora naquele momento nenhum de nós estivesse pensando em vender. Nós, vagabundos, todos quatro *globetrotters* de vida inteira, tínhamos a estranha e convicta sensação de que havíamos encontrado o nosso verdadeiro lar na barriga da nossa baleia NoHo. Eu acabei ficando com o vasto andar superior, um estúdio e um terraço no telhado acima também. Além disso, havia um cavernoso antigo auditório duplo que podia servir de estúdio gigante, estúdio para filmagem ou galeria de arte, e cuja propriedade era conjunta do grupo.

No saguão da frente, uma frase latina entalhada na parede de pedra. *Venus significat humanitatem.* O amor é que é o signo da nossa humanidade. Era um sentimento com o qual todos nós estávamos prontos a conviver.

Era perfeito. Então é isso que estou querendo, pensei: raízes. Não aquelas com que a gente nasce, não pode evitar, mas as que lançamos no solo de nossa escolha, a escolha radical, se poderia dizer, que fazemos para nós mesmos. Nada mau. Nada mau mesmo. Comecei a pensar em ficar mais em casa, mas por outro lado tinha uma razão para viajar que os outros três rebeldes não tinham. Viajei, em parte, para escapar das ausências de Vina. Para me afastar da cama de latão onde ela não estava, a cama vazia que me atormentava com lembranças das vezes em que ela aparecia, geralmente sem avisar, para me recordar por que eu nunca havia me casado e fazer a nossa atormentada relação parecer (quase) valer a pena.

Vina havia se mudado para a parte nobre da cidade, para o superapartamento de Ormus no Edifício Rhodopé, agora ampliado, com o desbloqueio de sua fortuna sem limites, para um complexo de quatro apartamentos, "para termos espaço". As saudades que sentia de seu velho covil em Canal Street, ela compensava mergulhando no mercado imobiliário. Começou comprando casas históricas por toda a costa leste, às vezes sem nem olhar. Eu olhava no mapa e a coisa me parecia certa?, ela me dizia. Às vezes, consultei numerologistas também. Era assim que ela estava bem no final, uma estranha mistura de grande inteligência com a bobagem supersticiosa de sua época. Ela adorava o Orpheum, adorava tomar banho de sol nua debaixo da torre cintilante do Edifício Chrysler de um lado e, na direção oposta, o gigantesco vulto cinzento do World Trade Center. Mais perto de casa, uma escura torre de caixa-de-água a vigiava em cima de suas pernas marcianas como um figurante de *Guerra dos mundos.* Ou como um foguete, ela fantasiava. Olhe a cidade. Uma frota inteira de foguetes em cima dos tetos. Estão se preparando para partir, reduzir a cidade a pó e decolar, nos deixando morrer de sede em nosso deserto urbano arruinado. Vina estava interessada no Apocalipse. O maluco best-seller de Velikovsky *Mundos em choque* e a seqüência *Eras em caos*, com sua teoria de "catastrofismo cósmico", a nova ficção escatológica de John Wilson, o portentoso filme da antiga Guerra Fria *Fail-Safe* [Falha-Segura], eram todos seus favoritos. Dá para entender por que ela gostava de *O senhor dos anéis*. Nesse livro também havia o fim de um mundo, mas, estranhamente, era uma espécie de *happy end*.

Em frente ao Orpheum ficava um pequeno café-e-loja vegetariana, pertencente a budistas nova-iorquinos. O café era bom, o vegetarianismo merecia elogios, mas desde sua volta de Dharmsala Vina começou a ter um bode pelo budismo onipresente na cidade. Ela era inteiramente a favor de nobres verdades, mas não se sentia à vontade com a maneira como o Buda, um príncipe rico e poderoso que renunciou ao poder e à riqueza para obter iluminação como sábio mendicante, agora atraía seguidores entre as classes mais ricas e poderosas da cidade mais rica e poderosa do país mais rico e poderoso do mundo. Os garotos da loja eram ótimos e de jeito nenhum zilionários, mas não usavam tigelas de mendigo nem dormiam ao ar livre, e seus companheiros budistas das fileiras da arte norte-americana pareciam ter uma definição original da vida simples, do Caminho. Vina não sabia bem o quanto de renúncia ocorria, mas se o Dalai Lama queria, dizia ela, e a Constituição permitia?, com aquele tipo de partidários ele teria chance como presidente, ou pelo menos como prefeito de Nova York. Ela já estava com a música da campanha preparada. *Hello Dalai. Lama-Lama, Ding-Dong*. Se você perdia a paciência e a encostava na parede, ela admitia que estava do lado do Alto Lama em sua luta contra os chineses, quem não estaria, mas ficava irritada de ter de admitir isso. O tempo quase todo preferia estar sardonicamente fora de linha, fora de compasso. Parecendo mais áspera do que era. O que não enganava ninguém, por estranho que pareça. As pessoas enxergavam o outro lado dessa atitude de durona, até gostavam dela por isso, e quanto mais rudes suas afirmativas, quanto mais tentava ser esse indivíduo radical e alienado, mais profundamente era amada.

A Índia ainda a atraía, e não conseguia entender minha decisão de nunca mais voltar. Você e Ormus, ela sacudia a cabeça, sorte minha ter escolhido os dois homens no mundo que viraram as costas para o velho país. O quê?, tenho de ir sozinha?, eu e o meu bando de seguranças?

Escute aqui, eu lhe disse (sua própria franqueza atribuindo força à minha confissão), não passa um dia em que eu não pense na Índia, que eu não relembre cenas da minha infância: Dara Singh lutando num estádio ao ar livre, Tony Brent cantando, Sherpa Tenzing acenando do banco de trás de um carro aberto no parque Kamala Nehru. O filme *Mughal-e-Azam* explodindo em cores para o grande número de dança. A legendária dançarina Anarkali exibindo seu material. O ataque sensorial ininterrupto desse país sem registro médio, esse contínuo composto só de extremos. Claro que me lembro. É o passado, o meu passado.

Mas o elo está rompido. Diariamente ocorrem conversas na Índia, conversas às quais somos arrastados, que não queremos mais ter, que não agüentamos nem pensar em repetir uma única vez que seja, cansativas discussões sobre autenticidade, religião, sensibilidade, pureza cultural, e o efeito corruptor das viagens ao exterior.

Nós, ela se surpreendeu. Você deve achar que está falando com Ormus também.

Claro, eu disse. Sobre o que você acha que era *Tongue Twistin'* [Tuíste de língua]?

(*Tongue Twistin'* é, na aparência, uma das tentativas mais leves de Ormus, moldada como uma canção simples de decepção adolescente, cada verso de desejo seguido por um verso de desilusão. *I like the way she walk and I even like the way she smell. Yeah and I like the way she talk and I really want to ring her bell. Now I know she's kind a crazy and a little too much, but I'm hopin' for the strokin' of her lovin' touch, And I'm really not insistin', but if we were tongue twistin', what a twistin' good time it'd be. The love story doesn't work out, alas: She don't like where I'm livin' so she don't care 'bout the way I feel. You know I had a lot of givin' but she told me that I was unreal. I tried to paint her picture but I had no luck, I tried to write her story but she said it sucked. Now I'm tired of her resistin', gonna go tongue twistin' with someone who wants to twist with me.* [Gosto do jeito de ela andar, gosto até do cheiro dela. Gosto do jeito de ela falar e queria mesmo era ficar com ela. Sei que é maluca, talvez até demais, e eu fico louco esperando o carinho que ela faz. Eu não vou pedir, posso morrer à míngua, mas a gente fazer um tuíste de língua, isso, sim, é que era um tuíste legal. A nossa história não pode dar certo: Ela não gosta de onde eu fui morar, e não acredita que estou amando. Sabe que tenho tanto para dar, mas me disse que eu estava sonhando. Pintei o retrato dela, disse que não saiu direito, escrevi uma poesia, disse que eu não levo jeito. Agora cansei de esperar à toa, quero um tuíste de língua com outra pessoa, alguém que ache o meu tuíste genial.]

Em nosso cansaço,Vina, acho que sempre fomos um só; como somos em nosso amor por você, o que vale dizer o nosso amor pela alegria da vida em si, que você encarna. *Vina significat humanitatem.* Essa é a verdade. É você.

Bom, esse discurso merece uma recompensa, ela murmurou, enrolando a mão em minha cabeça e me puxando para ela, deitada, nua e esplêndida, debaixo dos cegos arranha-céus e do céu que tudo vê. Me abrace, ordenou. E eu obedeci.

Por toda parte ocorre uma espécie de Índia; por toda parte é terrível e maravilhoso e esmagador se você abre os sentidos para a pulsação do ritmo de verdade. Agora existem mendigos nas ruas de Londres. Se Bombaim está cheia de amputados, o que dizer daqui, de Nova York, com tantas mutilações da alma que se vêem em cada esquina, no metrô, na Prefeitura? Existem também os mutilados de guerra aqui, mas estou falando dos que perderam a guerra com a cidade em si, as vítimas da metrópole, com crateras de bomba nos olhos. Portanto, poupai-nos do exotismo e livrai-nos da nostalgia. Porque Dara Singh é o mesmo que Hulk Hogan, diga Tony Bennett em vez de Tony Brent, e *O mágico de Oz* faz a mais poderosa transição para a cor de todo o cânone bollywoodiano. Adeus aos dançarinos indianos, Vyjayantimala, Madhuri Dickshit, adeus. Fico com Kelly. Fico com Michael Jackson e Paula Abdul e Rogers e Astaire.

Mas, para ser sincero, toda noite ainda sinto o ozônio com doce perfume de jasmim do mar da Arábia, e ainda me lembro do amor de meus pais pela sua cidade *art dekho,* e o amor de um pelo outro. Eles se davam as mãos quando achavam que eu não estava olhando. Mas claro que eu estava sempre olhando. Ainda estou.

A garota de festa e o recluso, a falante e o caladão, a promíscua e o casador: nunca pensei de verdade que eles fossem se amarrar, mas se amarraram, e bem no prazo. Amos Voight, o amigo de Vina, costumava dizer às pessoas que o celebrado noivado de dez anos era só uma brincadeira maluca daqueles dois meninos, um flerte que revelava a atração mútua deles, mas também se resignava à falta de confiança que havia entre eles, o que não lhes dava nenhuma base para construir qualquer tipo de casamento. Além disso, ele dizia, era *tão* bom para os negócios. Publicidade, meus queridos, que não se pode comprar. A filosofia de vida de Voight era não ler os recortes de jornal, mas pesá-los, e se a sua publicidade estava engordando, então estava tudo bem. E era verdade que enquanto golpe publicitário o caso de amor suspenso era insuperável. Mesmo durante o longo silêncio da banda a estranha ligação entre Ormus e Vina os mantinha em primeiro plano, ou quase, na cabeça das pessoas.

O público contemporâneo teve longo treino no cinismo voightiano; não acredita mais no que lhe dizem. Está convencido de que existe um subtexto por baixo de todo texto, intenções ocultas por baixo das abertas, um outro mundo que corre paralelo ao mundo. Como Vina esfregava no nariz das pessoas a sua promiscuidade, celebrando-a e ridicularizando, havia muita gente que não acreditava que fosse "real". Esses cidadãos questionavam também abertamente a fidelidade de Ormus. Os jornais e revistas menos escrupulosos destacavam para o caso os seus melhores carniceiros, e chegaram a colocar detetives profissionais na trilha de Ormus para descobrir com quem ele estava saindo em segredo, mas ninguém descobriu nada. O desejo de desbancar o extraordinário, a necessidade de cortar seus pés até que caibam dentro dos limites do aceitável, nasce da inveja e da inadequação. A maioria de nós, ao chegar à famosa estalagem de Polifemo Procrusto, em Corydallus, na Ática, iria descobrir que a cama a nós atribuída era muito maior que a gente. No meio da noite, ele nos levaria e nos esticaria, gritando, até que coubéssemos na cama. Muitos de nós, torturados pela consciência de nossa pequenez, nos ressentimos do tamanho dos verdadeiros heróis.

Ormus, Vina e eu: nós três viemos para o Ocidente e atravessamos a membrana transformadora do céu. Ormus, o jovem proselitista do aqui e agora, o sensualista, o grande amante, o homem material, o poeta do real, tinha visões do outromundo e se transformou em um oráculo, em um monge decenal e um recluso classe *Art Déco*. Quanto a mim, devo dizer que atravessei uma membrana também. Transformei-me num estrangeiro. Apesar de todas as minhas vantagens e privilégios de nascimento, de toda a minha aptidão profissional, em virtude de haver abandonado meu lugar de origem transformei-me em membro honorário das hordas de desprotegidos da Terra. A Indochina ajudou, claro, a inesquecível Indochina com seus amarelos mortos esquecidos, clique, e a tempestade de fogo do bombardeio na vizinha Angkor que deu à luz uma besta devoradora da vida, o Khmer, clique, que marchava como uma fênix perversa de dentro das chamas para declarar guerra aos espetáculos, às obturações dentárias, às palavras, aos números e ao tempo. (E às câmeras também. Foi minha escapada mais perigosa, em que precisei de muita sorte além do meu velho truque da invisibilidade. Os insetos simpatizantes do Khmer penetravam minhas defesas e me atacavam, e durante semanas jazi prostrado com malária além de dor de alma na ilha de Cheung Chau no porto de Hong Kong, mas fiquei extremamente aliviado de me limitar a isso e a uma lenta convalescença comendo peixe fresco e macarrão oriental.)

Ao longo dos anos, eu vi a mão da Poderosa América cair com força sobre os quintais do mundo, clique, não a mão de ajuda estendida através do mar aos amigos da América, mas o punho com que aquele que é Poderoso dá socos na mesa verde de seu país para lhe dizer o que quer e quando quer, i. e., agora, idiota, assuma a posição, isto é com você. Quando voltei clique do matadouro Tuol Sleng, não achei mais graça no nome do clube noturno de Amos Voight; voltei do clique enojante Timor e descobri que oficialmente, segundo a palavra do Poder Central do Fundo das Brumas, não existia tal lugar sobre a face da Terra; voltei do Irã em 1979 onde clique o Rei Títere empurrava seu povo para os braços de uma revolução clique que os devorava vivos; clique de Beirute estourado; clique do bananarama salpicado de revoluções que é a América Central. Voltei para casa como os soldados de Godard, trazendo fotos das sombrias maravilhas do mundo, as pilhas de corpos e montanhas de crânios e fomes e genocídios sangrentos que cliquei e quando abri minha mala barata para provar que tinha cumprido a promessa, minha namorada não estava ao meu lado, mas havia editores de foto que me perguntavam: Mr. Merchant, o senhor gosta da América? Ray — isso é algum apelido, Ray? —, Ray, até que ponto você é manipulado pelo comunismo?

Nossas vidas nos cortam ao meio. Ormus Cama, o místico relutante, o gêmeo sobrevivente, perdeu o duplo de sua cabeça e descobriu em seu lugar uma duplicação de toda a existência. Seus dois olhos, vendo duas coisidades diversas, fazem doer sua cabeça e seu coração. Algo do mesmo tipo era o meu destino em relação a esta coisa, a América. Porque a América em que eu vivia minha boa vida de *green card*, a América-Orpheum, em que o amor é o sinal de nossa humanidade, a América abaixo da Fourteenth Street, *loosey-goosey* e completamente livre, me deu uma sensação de vínculo maior do que sentia em minha terra. Além disso, pela América de sonho que todo mundo tem na cabeça, América, a Bela, o país de Langston Hughes que nunca existiu, mas que precisava existir, por isso, assim como pelo resto todo, eu estava completamente apaixonado. Mas pergunte ao resto do mundo o que significa a América e a uma só voz o resto do mundo responde Poder, significa Poder. Um poder tão grande que dá forma às nossas vidas cotidianas mesmo mal sabendo que existimos, mesmo não sendo capaz de nos apontar num mapa. A América não é um fã de bop estalando os dedos. É um punho.

Isso também era como ver dobrado. Era aí que o meu coração começava a doer.

Nas zonas de combate não há estrutura, a forma das coisas muda o tempo todo. Segurança, perigo, controle, pânico, esses e outros rótulos se grudam e se desgrudam constantemente dos lugares e pessoas. Quando você sai de um lugar desses, ele fica dentro de você, sua estranheza randomicamente se impõe à aparente estabilidade das ruas pacíficas da cidade em que moramos. *E-se* vira verdade, você imagina edifícios explodindo em Gramercy Park, você vê crateras aparecerem no meio de Washington Square, e mulheres carregando sacolas de compra caem mortas em Delancey Street, picadas por fogo de atiradores. Você tira fotos de seu pequeno retalho de Manhattan e imagens fantasmas começam a aparecer nelas, fantasmas negativos de mortos distantes. Dupla exposição: como fotografia Kirlian, se transforma num novo tipo de verdade.

Eu tinha começado a me meter em discussões, até em brigas. É, em bares, com estranhos também, brigas sobre nada. Eu. Me ouvi chato e agressivo com uma voz pastosa e bêbada que mal reconhecia, mas não conseguia me controlar. Como se a violência que eu havia visto tivesse detonado alguma reação violenta no fundo de mim. Os fogos de meu centro subindo pelas câmaras de minha personalidade para se despejar pelos vulcões de meus olhos, de meus lábios. Uma noite, há não muito tempo, depois do desaparecimento de Standish, acompanhei Vina até o Xenon, depois ao 54. Ormus detestava esses lugares, então eu podia agir como acompanhante de Vina sem levantar suas suspeitas. Ela, por outro lado, não podia ficar sem os clubes noturnos, era um vício, e, além disso, Vina jamais se importou com o que as pessoas podiam pensar. Ela vestiu preto, mas não parecia um vestido de luto; não havia vestido suficiente para isso. De qualquer forma, no 54 estava um sujeito de cabelo engomado que disse alguma gracinha, que a despedida de Mull ainda era muito recente... ah, não importa. Vina me puxou bem na hora. Disse que aquilo que eu estava sentindo era raiva masculina, causada por machismo, *porque você está perdendo o controle.* Querendo dizer que todos os homens estavam. O que pareceu um tiro tão longe do alvo que eu não sabia nem onde começar a procurar a flecha, de forma que comecei a falar de Ormus. Aquelas músicas do outromundo dele, eu disse, gritando por cima da música, o que ele pensa que está fazendo, oferecendo uma terra prometida para as pessoas, o quê? Fico louco da vida, eu disse, porque mesmo que você escute as letrinhas miúdas do que ele está dizendo, isso não muda nada, porque não é o que os meninos estão ouvindo. Quem é que escuta as letras direito?, você mesma disse isso. A porra desses malucos Novos Quakers, você acha que eles estão ouvindo direito? Eles estão loucos pelo juízo final, rezando pelo fim, que venha o *dies irae*, o dia da ira, porque então a porra do reino chegará. Eu não agüento essa merda. Você podiam parar, por favor?

Foi quando ela me contou. É isso que estamos fazendo, gritou. Vamos nos casar. Espero que você esfrie a cabeça a tempo de comparecer.

A música havia parado, e ela berrou no súbito silêncio. Foi um anúncio e tanto. Todo mundo presente começou a aplaudir e Vina sorriu apenas e curvou-se em agradecimento. No fim, como não tinha opção, aplaudi também.

Estava acontecendo algo inesperado no mundo musical: as bandas mais jovens estavam fracassando, os filhotes do holofote tinham perdido o brilho e a meninada voltou os olhos para os mais velhos. Como se a humanidade fosse desviar os olhos do momento evolucionário presente e começar a reverenciar os dinossauros que vieram antes. Era uma desgraça, de certa forma, mas ser mais velho estava virando uma vantagem. Ormus Cama estava com quarenta e cinco anos e isso estava funcionando a seu favor. A mesma idade da música, as pessoas repetiam, a mesma idade da música, como um mantra, como se isso quisesse dizer alguma coisa, como se a música não atravessasse as fronteiras do tempo além das fronteiras do espaço. Ser da mesma idade da música de repente queria dizer saber tudo, como os velhos *blues brothers* do Delta, como o Velho Adão em pessoa. Sabedoria era o produto quente do momento, e Ormus tinha isso, a sabedoria do recluso, do oráculo délfico, de, ah, digamos, Carl Wilson dos Beach Boys. E, além disso, aos olhos do público comprador de discos, ele possuía algo que não se encontrava nem em Delfos, nem nas ondas da Califórnia: ou seja, a sabedoria do Oriente.

O VTO fez um disco de sucesso de novo, e que disco!, uma mistura carnavalesca de disco, *Doctor Love and the Whole Catastrophe* [Doutor

Amor e a catástrofe toda]. Era uma frase de que Ormus gostava, que tinha lido ou ouvido em algum lugar e que pegou. Ele costumava dizer que a música podia ser ou sobre quase nada, um fiozinho de som arrancado como um fio de cabelo da cabeça da Musa, ou sobre tudo que existia, tudo, *tutti tutti*, vida, casamento, outrosmundos, terremotos, incertezas, alertas, críticas, viagens, sonhos, amor, tudo, tudinho, até o osso, a catástrofe toda. O novo álbum era um rico mosaico do seguinte: canções de amor e sermões, odes de parar o coração e visões da hecatombe final. Não tinha como não funcionar.

Na capa, ele e Vina posaram nus com folha de parreira, como estátuas clássicas, de óculos escuros. Como amantes míticos, Cupido e Psiquê, Orfeu e Eurídice, Vênus e Adônis. Ou um par moderno. Ele era o Doutor Amor e ela, nessa leitura, era a Catástrofe Toda. Essa capa foi depois considerada uma profecia de morte pela mesmas pessoas que acreditavam que Paul McCartney havia morrido porque era o único atravessando descalço a faixa de pedestres de *Abbey Road*, gente que insistia que, se você pusesse a agulha do toca-discos nos sulcos do automático de *Sgt. Pepper* e girasse o disco com o dedo em sentido anti-horário, ouviria John Lennon dizendo *I will fuck you like a superman* [Vou te foder como um super-homem]. O mundo da música popular — tanto os fãs quanto os artistas — parecia às vezes ser povoado exclusivamente por gente perturbada da cabeça.

Vina e Ormus finalmente se permitiam apenas estar apaixonados, e o desabrochar de sua felicidade era a coisa mais danada do mundo. Logo depois do casamento, eles compraram páginas inteiras de espaço de propaganda na imprensa de todo o mundo para contar como se sentiam: idéia que deve ter sido de Vina. Boa parte do texto parecia obra dela também. Foi isto que disseram ao mundo: que haviam aprendido a se amar completamente, confiando um no outro totalmente, por intermédio dos sonhos. Tinham descoberto que um sonhava com o outro toda noite, *e eram os mesmos sonhos. Na verdade, nós estávamos, sem saber, saindo dos nossos corpos para entrar no sonho do outro. Nossos espíritos faziam amor e ensinaram nossos corpos despertos a confiar.*

Então os sonhos eróticos é que os alimentaram durante dez anos, foi assim que entendi. Agora, porém, os dois tinham idéias mais elevadas sobre o poder do amor e da música, *que é o som do amor.*

Amor é a relação entre níveis de realidade.

O amor produz harmonia e é o condutor das artes. Como artistas queremos atingir, em nossa arte, um estado de amor.

O amor é a tentativa de impor ordem ao caos, quer dizer, ao absurdo.

Ele é inventivo, de dupla natureza, e contém as chaves de tudo.

Existe amor no cosmos.

O amor nasceu antes e é mais potente que as leis da natureza.

O amor nos eleva acima das limitações de nossos corpos e nos dá livre-arbítrio.

Afirmamos o amor do homem por seu próximo.

Afirmamos o amor como força cósmica, produzindo criação.

Nós transformamos constantemente e continuamos constantes. A música é a ponte entre nossos mundos. A música libera e unifica.

Estamos plenos da loucura do amor, que leva a mente para além do entendimento, para uma visão de beleza e alegria.

Canções são o encantamento do amor. São a mágica do dia-a-dia. O canto das sereias levava os homens para a morte. O canto de Calipso manteve Odisseu encantado a seu lado. Nenhum homem resiste ao canto de Afrodite, ou da Persuasão, sua bruxa cantora.

A música remove por encanto a nossa dor.

Que nós, que estamos cheios de desejo, possamos ter sempre a música, a doce música, mais doce que qualquer droga.

Amor é harmonia. Harmonia é amor.

(Dedicamos este disco à memória de nosso amigo e salvador, Mullens Standish, o pirata amoroso. Que seu crânio e ossos cruzados possam sempre tremular no alto.)

A música era o seu amor verdadeiro. Tanto se falou e escreveu sobre a atitude desbocada de Vina, mas o que eu quero ouvir é mais a maneira de ela usar sua boca grande na música, junto com aqueles pulmões, com aquela cabeça. Quero saber daquela voz-do-século. Como ela melhorou o fraseado estudando filmes de violinistas — Heifetz, Menuhin, Grapelli — e, impressionada com o arco que criava um som aparentemente contínuo — todo dentes, sem falhas, como ela dizia —, decidiu-se a cantar do mesmo jeito. Cantar como um violino. Para conseguir aquela sua famosa fluidez da frase longa, ela estudou também a respiração dos instrumentistas de sopro e passou horas aperfeiçoando os pulmões nadando debaixo da água em seu clube. Depois foi lá e deixou rolar (nos bons velhos tempos) com uma garrafa de Bourbon na mão e era como se tivesse nascido assim. A arte que esconde a arte: a estrela do rock mais solta do mundo era partidária da filosofia da discrição artística. Nunca deixe perceberem como é que você faz, era o lema dela. Uma vez me disse assim: O que eles querem saber, como? Eles não têm de saber disso. Meu trabalho é fazer, o deles é aplaudir.

Oppenheimer, o homem que partiu o átomo, ao ver o poder de sua criação, a Bomba, citou o Bhagavad Gita. *Eu me tornei Morte, o Destruidor de Mundos.* O cogumelo mágico da morte, nascido do casamento de matérias físseis. Nos oito anos entre o casamento de Ormus e Vina e a morte prematura dela, houve vozes ásperas, protestantes, principalmente aquelas de seus antigos admiradores Rémy Auxerre e Marco Sangria, que disseram que ambos os líderes do VTO eram personalidades altamente instáveis, permanentemente a ponto de se desagregar, e que se não fossem estrelas do rock super-ricas estariam no hospício. Eu diria apenas que se eles fossem físseis pelo menos a energia liberada por sua união — o Projeto Manhattan do próprio amor — seria luminoso mais do que escuro, uma fonte de prazer, não de dor, um aspecto da Vida Criadora mais do que do Destruidor, Morte.

Você pode me imaginar rangendo os dentes ao escrever isto.

O amor os tornava irresistíveis, inesquecíveis. Como intérpretes, como gente, o fim da espera e o alívio da consumação os deixava, se me permite o trocadilho, consumados. Quando entravam numa sala, de mãos dadas, rebrilhando, as pessoas faziam silêncio, assombradas. Eles se aperfeiçoaram por meio do amor. E havia muito a gastar. A torrente prolongadamente represada de sua alegria jorrava sobre qualquer um ao seu alcance, afogando os estranhos em inesperada felicidade. Sua apresentação no palco foi inteiramente reinventada. Ormus virou-se para encarar a platéia. Pernas muito separadas, guitarra dourada cintilando na mão, alto, magro, o rosto um monumento à sua longa espera e retardado triunfo, o tapa-olho dourado se somando ao poder de sua persona, emprestando-lhe um tom pirata, ele representava o perigo e o realismo da música, assim como a sua esperança subjacente. Infelizmente, por causa de seus tímpanos danificados que retiniam, ele precisava de proteção contra os decibéis que a banda produzia, e uma cabine de vidro à prova de som teve de ser construída para ele, completa, com ar-condicionado e pedais no chão que controlavam e variavam os sons que sua guitarra chorava. No ponto focal do palco, brilhantemente iluminado, ficava esse objeto saído de uma ópera espacial ou de um conto de fadas, e Ormus Cama, que um dia jazera em coma no esquife de vidro de um jardim-de-inverno, agora cantava e tocava, plenamente consciente, dentro de uma outra caixa de vidro.

Enquanto ele ficava imobilizado, envolto em vidro, Vina corria e pulava, empinava e rodopiava, uma super-em-forma, supercarregada Vina, uma Vina que estava cuidando dos negócios e de si mesma. Se ele era o Ser, ela era o Vir-a-Ser, e por trás deles o setor de percussão baixava uma sucessão de leis corretas; os tambores tocando sua mensagem para o céu.

E em volta deles e sobre eles — talvez para desviar a atenção de seu papel forçosamente estático — Ormus começou a inventar grandes espetáculos, feitos hiperbólicos de entretenimento que mostravam que ele continuava um garoto de Bombaim no coração, que se voltava naturalmente para a mítica vulgaridade do musical de Bollywood. É, *showtime*: desutopias de ficção científica, fabulosos dragãomundos, visões de serralho com batalhões de dançarinas de dança do ventre de calças bufantes, com pedras no umbigo, anéis de fogo da magia negra encimados por infláveis do Barão-Samedi, e todo o videorama de múltipla imagem que hoje é marca registrada do rock de estádios, mas que naqueles dias provocavam nas pessoas o mesmo choque que Bob Dylan provocou quando adotou o som elétrico. (O que antigamente se conseguia plugando uma guitarra na parede, hoje exige uma operação militar. Não somos mais tão fáceis de chocar, tão inocentes quanto éramos.)

O acréscimo do entretenimento, do espetáculo, conquistou novas legiões de admiradores para o VTO. Eles entraram para aquela zona da celebridade em que tudo, a não ser a própria celebridade, deixa de ser significativo. A Camamania, a Vinamania rolavam ruidosamente e agitadamente a todo vapor, mas alguns dos primeiros exegetas saltaram do ônibus. Sangria e Auxerre atacaram o VTO por ter traído seus velhos fãs, por se vender. Transpiração em vez de inspiração, show de luz em vez de iluminação, ambição em vez de compulsão, escreveu Marco Sangria, acusando a banda de ter se tornado pouco mais que o maior chiclete de bola da Terra. Ormus, aquele tapa-olho de ouro, aquele gigantesco aquário à prova de som, Sangria ridicularizou: por que não enfiar de uma vez uma porra de um saco na cabeça?

Depois, quando Vina e Ormus partiram para a "política", organizando os concertos beneficentes *Rock the World* [Embalar o Mundo], tendo encontros com líderes mundiais para pedir atitudes contra a fome mundial, protestando contra o cinismo das companhias internacionais de petróleo da África, participando da campanha pelo abatimento da dívida do Terceiro Mundo, fazendo manifestações contra os riscos à saúde das usinas nucleares, documentando a crescente invasão à privacidade pessoal na América com a expansão dos tentáculos do Estado secreto, denunciando o abuso aos direitos humanos na China, fazendo proselitismo da mensagem vegetariana, os mesmos críticos que haviam denunciado sua superficialidade passaram a desdenhar sua pompa, o seu pular para fora do cercadinho para discutir com os adultos.

O segundo anúncio de página inteira feito por Ormus Cama, *O que é a Catástrofe Toda*, em que ele expressava publicamente seu medo de que alguma espécie de apocalipse fosse iminente, alguma espécie de encontro de ficção científica entre as versões variantes e incompatíveis do mundo, foi a última gota.

Receber o mundo como brinquedo deve ser agradável, escreveu Rémy Auxerre. Mas aí o sujeito tem de ter certa aptidão para jogar os grandes jogos do mundo. Receber o mundo como palco é também um grande privilégio, continuou, mas no palco do mundo existem poucos heróis e muitos tolos tagarelas.

De certa forma, eles tinham deixado de ser reais. Para Auxerre e Sangria, os dois haviam se tornado pouco mais que sinais dos tempos, sem autonomia real, a serem decodificados segundo as inclinações e necessidades de cada um. Marco Sangria, cuja convicção mais profunda era de que a verdade do século XX é uma verdade secreta, a história do século uma história secreta de anticristos e renegados, anunciou que o superfenômeno VTO ficara *abertamente* unidimensional, vulgarmente *transparente*. Seu sucesso era, portanto, uma metáfora do raso, da unidimensionalidade da cultura. Era uma reprovação a seus próprios fãs. O martinicano Auxerre, defensor da mistura racial e cultural, da *crioulização do soul*, tomou como tarefa pessoal expor Ormus e Vina — Vina, a *Panther* honorária! — como desenraizados, até tomistas. Depois de longa pesquisa, ele publicou uma obra mortal de mil páginas expondo todos os podres da família de Ormus, a anglofilia colonialista e a fraude nos exames de sir Darius Xerxes Cama, a anormalidade de Ardaviraf, Cyrus, o assassino em série, Spenta posando de *milady* do Tâmisa; e de Vina também, sua mãe assassina e suicida, sua "disponibilidade" para viajar em ônibus escolares que proibiam a entrada de crianças negras, e assim por diante. Por meio desse trabalho ficamos sabendo que Marion Egiptus havia "morrido em pobreza" sem nem ao menos um telefonema da menina que havia criado, mas não ficávamos sabendo do sofrimento juvenil de Vina em Chickaboom, NY, nem que ela havia pago todas as contas de médicos de Marion nos últimos anos. Aprendíamos também que o pai de Vina, o infeliz advogado indiano e ex-açougueiro Shetty, tendo pedido falência muitos anos antes, vivia agora como vagabundo, pedinte, numa parte insalubre de Miami. *Que tipo de seres sem princípios são esses*, perguntava Auxerre, *esses grandes amantes que só amam a si mesmos e desprezam a própria família, a própria gente?*

Só um esqueleto não foi tirado do armário para dançar sua horrenda dança de ossos estalando aos olhos do público.

Um ano e um dia depois de seu casamento, Vina voltou para a minha cama. Não com freqüência, não por muito tempo, mas voltou. Ela voltou para mim.

Vou contar para você por que esses ataques venenosos não deram certo, Vina murmurou em meus braços. Porque todo mundo ama quem é amante. Eu sou amante; todo mundo me ama.

Então o que está fazendo aqui?, perguntei.

É igual ao mapa de dança de Amos, ela disse. Se você quer resolver o enigma tem de sair da moldura.

Mas isso é só uma resposta esperta. Havia outras. Uma delas era que Vina queria me salvar. Olhe a sua vida, Rai, aonde está indo, o que está fazendo. Você mergulha com a sua câmera no esgoto da humanidade, então evidentemente acha que todos somos feitos de merda. Aqui você fica com esses cabides de roupa sem peito e sem calcinha, o que não melhora nada, melhora? Essas meninas só abrem a boca para uma coisa e não é nem para comer nem para falar, porra. Olhe a bobagem da sua vida. Tinha aquela garota que amava você, que você deixou para trás, como era o nome dela. (Ela sabia o nome. O sermão era um ritual. Ela queria que eu falasse o nome.) Anita, eu disse. Anita Dharkar. Ela escolheu ficar.

Você perguntou para ela?, Vina questionou. Mesmo que tenha perguntado, não perguntou direito, não de coração. Agora eu vou dizer uma coisa sobre a sua vida. Sua vida é uma sujeira. Você é mais parecido com Ormus do que você pensa, só que ele é todo limpeza e luz e você é só lama e escuro. Se você é o melhor que existe, a gente devia desistir agora.

Obrigado, Vina, eu te amo também, murmurei, mais abalado do que estava disposto a demonstrar.

É, quando estou com você, sinto que você faz parte de alguma coisa, de uma corrente da vida?, ela continuou. Acho que é isso que cada um de nós é, uma parte de um rio maior, e por mais enlameado e envenenado que qualquer pedacinho do rio possa ser, você sempre percebe a sensação daquele fluxo maior, da água grande e generosa.

Estou falando é desse negócio de vida e morte, Rai. Você é um pagão, você finge que não existe outra vida, mas eu lhe digo que você é parte de alguma coisa aqui mesmo, agora, e essa coisa, seja o que for, é boa, é melhor que só você sozinho?, só que você está só rolando, não sabe nem o nome do rio de si mesmo.

Pode parar, eu disse, é quarta-feira, e quarta-feira é o meu dia de pôr o lixo para fora.

Pelo que entendi, o meu desinteresse por seu lado místico a provocava, ela tinha de vencer aquela resistência, e isso era uma das coisas que a faziam voltar. Mas no fim, as coisas físicas normais, as coisas homem-mulher são principais. Nós nos dávamos bem juntos, fim da história. Mesmo ela sendo agora uma velha casada, eu deixava que pensasse que não precisava ser. Não pedia nada, mas dava tudo o que ela precisava. Comigo, ela era solteira de novo. Era livre.

Ah, mais uma coisa: Ormus, seu único amor verdadeiro, estava começando a lhe dar medo.

Quanto à vitória do VTO diante do ataque Sangria-Auxerre, porém, ela foi perfeita. Naqueles dias, havia mais mulheres liderando bandas e fazendo carreira solo. Algumas eram zangadas porque os homens e o amor não tinham sido bons com elas, muitas tinham problemas alimentares, outras eram perturbadas por causa das coisas que lhes aconteceram em criança, *touch me daddy don't touch me, hug me momma don't hug me, love me daddy won't you leave me alone, love me momma wanna be on my own. You know that I remember too much. So I don't know what to do with your, Tender Touch.* [Me pegue papai não me pegue não, me abrace mamãe não me abrace não, me ame papai não me prenda assim, me ame mamãe sou eu que mando em mim. Sabe que eu me lembro de tudo, direitinho. Então não sei o que fazer com seu carinho.] Outras ainda eram operadoras superfrias com uma coisa vazia no olhar. A irmã furiosa de Marco Sangria, Madonna, era agora uma crítica importante também, e já estava dizendo que o corpo, que o masculino-feminino era tudo. Houve tempo em que as Crystals cantavam *he hit me and I'm glad* [ele me bateu e eu fiquei contente]. Agora era *hit me and I'll break your jaw* [me bata que eu te quebro o queixo]. (O que era um progresso, evidentemente.)

No meio de todo esse sofrimento, Vina, única, parecia — e *estava* — cantando de pura felicidade. Só esse fato já nos fazia bem ao coração, mesmo quando ela cantava as letras mais hostis de Ormus. A alegria de seu canto nos mostrava que não havia nada que não pudéssemos superar, nenhum rio era profundo demais, nenhuma montanha alta demais. Isso a tornava a querida do mundo.

(Nesta ocasião, uso as palavras *nós* e *nosso* para indicar uma coletividade da qual eu, sem dúvida, fazia parte, tão delirantemente apaixonado quanto qualquer fã de primeira fila.)

A banda começou a ser vista como dela. Ormus produzia os discos, imaginava os shows com a equipe de projeto, compunha as canções, e, no palco, parecia um deus áspero descido do Olimpo do rock, mas estava encerrado em vidro, o que o distanciava, tornava-o abstrato. Ele se tornou mais um conceito, um efeito especial animatrônico, do que um objeto de nossos sonhos e desejos. Além disso, dava para perceber que ele era louco por controle. Aqueles dez anos de espera, uma coisa dessas não era natural. Essa monogamia mítica dele, esse excesso de determinação, havia algo de dominador nisso tudo, algo impiedoso que não se podia negar. Dava para perceber como ela reagiria a um amor tão possessivo. Como, mesmo amando Ormus, mesmo o adorando, ela podia escapar para encontrar espaço para si mesma.

Então, para nós era principalmente Vina, Vina a Voz, Vina cuja incessante movimentação no palco era como uma mensagem dizendo Ormie, baby, Ormie, meu único homem, eu te amo, querido, mas você não pode me amarrar. Pode casar comigo, mas não pode me prender; se eu sou o espírito da liberdade, você é o gênio na garrafa. Você pode mandar no show, mas eu posso me mandar. É, era Vina que queríamos, a Vina da infância horrivelmente dolorosa que, em vez de chorar por isso em milhões de entrevistas, simplesmente dava de ombros desprezando o que passou, Vina que sem nunca pedir nem esperar nossa compaixão nos contava sobre seus abortos, sobre sua esterilidade e conseqüente tristeza, e portanto conquistava nosso amor; Vina que levava com ela livros tanto de Mary Daly quanto de Enyd Blyton quando estava em turnê, Vina das mil modas e manias que conseguia olhar cara a cara o futuro presidente e perguntar a ele como era ter como sobrenome a palavra para pêlo púbico de mulher.

Vou contar agora o que ainda não expressei o suficiente nesta longa saga: meu negócio com Vina, ser seu pau de reserva, levantando do banco uns poucos minutos por jogo, era difícil para mim. Minha imaginação tinha tempo e espaço demais para funcionar. Tantas vezes eu imaginava os dois fazendo amor, e numa variedade de Kama-sutra, que acabava explodindo. Explodindo de verdade: se de tesão ou de fúria, não sei dizer. Só uma guerra no estrangeiro, uma nova batelada de modelos fotográficos recém-saídos do avião do Texas, ou um banho frio conseguiam baixar minha temperatura, restaurar a normalidade das batidas do meu coração.

Tentei me forçar a acreditar que o casamento com Ormus não ia durar. Quando ela me disse que tinha chegado a um acordo com ele, que ele ia fingir que não via, ou pelo menos colocar um tapa-olho para os *amours* dela, contanto que ela não os exibisse de forma grosseira e óbvia, eu primeiro senti um jorro de quente alegria porque ela havia se arriscado para abrir espaço para mim em sua vida. Depois, no chuveiro, onde às vezes, quando sua ausência ficava dolorosa demais, eu pedia às minhas mãos ensaboadas que fizessem o papel dela, assim como as mãos dela substituíram Ormus durante a década em que ele não desempenhou, senti que minhas reações estavam ficando mais complexas. Era, pensei, como se eu fosse uma cláusula do casamento deles. Um sócio passivo na fusão dos dois. Isso me condenava a ser o segundo violino para sempre; estava no contrato. Minha raiva foi crescendo e me informou de uma verdade que eu havia suprimido completamente: ou seja, que ainda alimentava esperanças de ter Vina só para mim.

Pratiquei muitas vezes sentir desprezo pelo recluso Ormus encerrado em vidro. Que tipo de homem concordaria em se tornar um *mari complaisant* de uma beleza, de uma presença, como a de Vina Apsara? Ao que meu espelho respondeu: e que tipo aceitaria pegar as migalhas da mesa de outro homem, os restos de sua cama? Existe uma história maliciosa e provavelmente falsa sobre o romancista Graham Greene: o marido de sua amante se colocou na calçada diante do prédio de apartamentos onde morava o autor de *The Quiet American* [O americano tranqüilo] e no pico da voz gritava ofensas no ar quente da noite: *Salaud! Crapaud!* [Sujo! Monstro!] Ao que Greene, quando lhe perguntaram se era verdade, respondeu simplesmente que seu apartamento era muito alto e que não teria ouvido os gritos, portanto, infelizmente, não podia negar nem confirmar a história.

Salaud! Crapaud! No meu caso, era eu, o aperitivo de Vina, que sentia o impulso de berrar ofensas. Logo eu, que com meu chapéu cáqui de fotojornalista me orgulhava de minha habilidade de me dissolver na paisagem, de desaparecer, passei a detestar minha invisibilidade nessa história de Vina, nessa eliminação de qualquer registro público da grande questão de meu coração. Mas quanto mais Vina e eu éramos vistos em público juntos, nos escondendo a plena vista, menos as pessoas tendiam a fofocar. O descaramento da nossa associação comprovava a sua inocência, sim, até para Ormus. Ou pelo menos foi o que ele sempre disse.

Um dia, no orwelliano ano de 1984 — época de dispensar conversas cifradas, de demolir os horrendos Ministérios da Verdade e do Amor —, não agüentei mais a situação e corri para o Edifício Rhodopé, louco por uma certeza. Em minha mão levava um envelope com fotos de Vina, fotos de nu tiradas por mim logo depois da paixão. Ela, que achava tão difícil confiar ou merecer confiança, tinha confiado em mim e me deixado fazer e guardar imagens tão explosivas quanto essas; mas o que ela preferia às horas roubadas que passava comigo era o seu casamento sem confiança. E, conforme demonstrava amplamente meu comportamento, teria sido melhor ela não confiar em mim também.

A questão é que nem mesmo Ormus Cama tinha como deixar de entender o que as fotos proclamavam: que havia muitos anos eu gozava os favores de sua amada esposa. Ele ia ter de escolher as armas. Sabres prussianos, bastões de beisebol, pistolas ao amanhecer na fonte de Bethesda, estava pronto para tudo. Para, como diria Vina, a revelação. Entrei, numa nuvem vermelha, no saguão do Rhodopé, e fui detido por um porteiro uniformizado.

Era o pai de Vina, o ex-advogado, ex-açougueiro Shetty, agora com mais de setenta anos, mas parecendo dez anos mais moço. Sua vida horrível não havia deixado marcas. Animado, até jovial, ele aceitou o que veio e se manteve em pé. Vina havia contratado um pequeno exército para encontrá-lo depois do artigo de jornal sobre a sua desdita. Quando o desencavaram, ela tomou um avião até a Flórida para a grande cena da reconciliação e ofereceu a ele o que quisesse: aposentadoria, um lugar próprio em Keys, talvez, e evidentemente uma gorda mesada, mas ele recusou tudo. Eu sou do tipo trabalhador, disse. Me dê alguma coisa em que possa morrer em ação. Agora estava instalado nesse novo emprego, adorando o uniforme e rindo para o mundo. Fresco no verão, quente no inverno, cumprimentando o que de melhor tem a cidade, ele disse. Na minha idade e com o meu passado, é mais do que podia esperar. A Índia, esqueça. (Sua formação lingüística indiana, que enfatizava a importância da enunciação precisa, combinava-se estranhamente com os idiomatismos norte-americanos.) A Índia acabou para todos nós. Fico com Manhattan.

Na minha fúria de confronto, nem lembrei que podia ser o turno do Porteiro Shetty, mas ali estava ele, arrumado e disponível e pronto para agradar. Oi, mr. Rai, como vai indo, que tal, posso ajudar?

Fiquei ali, segurando o envelope, toda a determinação escorrendo para fora de mim. Quer que eu ligue para cima, mr. Rai? Vai subir de elevador? Ou só quer entregar essa carta para mr. Ormus ou para minha filha, quer que eu leve, sem problema. Claro, deixe comigo, é minha obrigação.

Pode deixar, eu disse, saindo. Me enganei.

Ele me chamou, levantando uma mão em saudação. Já está fazendo falta, mr. Rai, volte logo, está ouvindo?

Ouviu-se uma barulheira horrível na rua; uma banda *junk* tinha aparecido. A expressão de Shetty ficou sombria. Ele passou correndo por mim e confrontou o grupo de jovens que tocava uma pia de cozinha, um carrinho de compras, um balde de lixo, um carrinho de mão, baldes e, talvez em honra do VTO, uma estranha mistura quimérica de instrumento de cordas chamado *guisitarra*, feito com dois pedaços de instrumentos diferentes.

Que é isso?, Shetty perguntou. Aonde é que vão?

A gente é o Mall, disse um jovem de cavanhaque e olhos vermelhos, demonstrando sua liderança sobre a trêmula tribo de cabelos vermelhos. (Não só uma banda *junk*, mas uma banda em busca de *junk*, observei em silêncio.) Esta serenata, ele proclamou, é dedicada aos deuses do rock que moram no céu. Diante da incerteza radical da nossa era, fazemos odes ao materialismo, usando, paradoxalmente, objetos que não têm valor para a sociedade. Celebramos a cultura do *doughnut*, que é doce e gostoso mas é vazio no centro.

Saiam de debaixo do meu toldo, Shetty ordenou. Agora.

Não há como discutir com a autoridade de um porteiro de Nova York. O Mall obedientemente se voltou e foi embora zangado. Depois, como um avatar da Era da Ganância, o líder se virou, tremendo ligeiramente, e olhou mr. Shetty. Quando a gente for grande, mister, quer dizer, quando a gente for um monstro de grande, vou voltar aqui e comprar essa porra desse prédio, e aí você vai se foder, baby, pode esperar.

A minha ameaça, o envelope que eu trazia, entendi naquela hora, era tão vazio quanto. Vina tinha razão de confiar em mim afinal. Eu não conseguiria fazer aquilo. Não podia arriscar que saísse de minha vida. Estava viciado demais, tinha ido desesperadamente longe, e ela era o meu doce.

Ocorreu-me que no campo do amor e do desejo Vina estava se comportando como um homem; mostrando-se capaz, como a maioria dos homens, de amar com todo o coração, e simultaneamente — com meio coração — trair esse amor, sem culpa, sem nenhuma sensação de contradição. Ela não era tão capaz de uma divisão de atenção, mas sim de multiplicar-se, até haver Vina suficiente para dar conta. Nós, Ormus e eu, nós éramos suas mulheres: ele, a esposa leal ao lado do marido infiel, ficando com ele apesar de seu olho de caçador, de sua inconstância; e eu, a amante ao mesmo tempo devassa e sofredora, recebendo o que me desse. Assim, a coisa fazia perfeito sentido.

Lembro-me das mãos dela, de dedos longos, rápidas, cortando seus adorados vegetais como se fosse uma alta sacerdotisa de um culto pagão, separando com prática a cota diária das ofertas sacrificiais aos deuses. Lembro-me de sua fome de informação, da maneira como sua cabeça brilhante, semi-educada, atraía as muitas inteligências cheias de informação com que sua fama e beleza a punham em contato (chefões do jornalismo e da televisão, chefes de estúdio de Hollywood, cientistas de foguetes, figurões do jogo pesado de Morgan Guaranty e D. C.) e como ela sugava essas fontes com toda sua força, como se os fatos fossem salvar sua vida. Lembro-me de como tinha medo da doença e da morte prematura.

Vina aprendia depressa, e quando Mull Standish morreu ela não era mais a maluca arrogante que tinha se jogado junto com Ormus no Inferno Contratual. Sob a tutela dele, tornara-se uma mulher de negócios esperta, tão formidável quanto muitos dos figurões por cuja cabeça ela demonstrava exagerado respeito que em geral não mereciam. Ela controlava as ações e os títulos, os imóveis, a coleção de arte que não parava de crescer, as padarias, a vinhataria de Santa Barbara, o gado. O famoso amor de Ormus pelo pão levara Standish naturalmente para esse mercado; Vina agora cuidava para que o alto padrão da franquia *Camaloaf* fosse mantido de costa a costa. O pão já era uma marca estabelecida; mas poucas pessoas pensavam em Vina Apsara e Ormus Cama como dois dos melhores viticultores da Califórnia, sem falar das maiores fazendas de gado leiteiro do nordeste dos Estados Unidos, mas foi nisso que eles se transformaram. A vinícola prosperava e os rebanhos de Holstein, já enormes quando adquiridos por Standish das propriedades de Singh, ficaram ainda maiores, o leite e o queijo que produziam se encontravam em toda parte. De cabra para vaca, Vina me disse. Parece que não consigo escapar da teta.

Isso apesar do fato de ela, durante esse período, ter ido do vegetarianismo à macrobiótica total. Nada de vinho, definitivamente nenhum laticínio. Ocasionalmente, como brinde especial, ela se permitia comer um punhado daqueles peixinhos secos japoneses. Era sempre interessante ver como conseguia fazer essa separação: que os negócios, apesar de tudo, ainda eram os negócios. Mull Standish foi um professor influente.

Ela se transformara na mulher do mundo, enquanto a obsessão de Ormus com a catástrofe o tornou meditativo, interiorizado, estranho. Por exemplo, foi Vina que resolveu, por sólidas razões fiscais e também sentimentais, comprar a velha casa de Yul Singh em Tempe Harbor quando foi oferecida à banda, junto com o gado, por um preço baixo, pelos advogados inventariantes, que a informaram ser desejo do falecido que eles dois tivessem a primeira opção nos termos mais vantajosos. (Era a maneira de Yul fazer as pazes postumamente. Ele não os insultou deixando-lhes a propriedade como presente direto. Isso implicaria uma amizade que não existia fazia anos. Foi uma decisão muito equilibrada. Demonstrava respeito.)

Foi também Vina quem resolveu empregar os Singhs. A nova administração da Colchis ia dispensar seus serviços sem explicação, e um grupo de representantes que incluía o primeiro motorista de Ormus e Vina, Will, e Clea, a governanta de Tempe Harbor, que fez o primeiro tapa-olho de Ormus, veio ao escritório da VTO para defender a causa dos empregados. Despido de seu terno Valentino e dos óculos escuros, não mais obrigado a fazer papel de durão, Will, de jeans e camisa branca, revelou-se um jovem hesitantemente articulado. Clea era a mesma velhota pequena e correta que havia parecido em Tempe, só mais preocupada. Eram pessoas comuns absorvidas pelo reino do extraordinário, reagindo, jogando a sua única cartada. Disseram que tinham ouvido falar das atividades secretas de Yul, e, não sem certa justiça, concluíram que estavam sendo castigados pelos erros do antigo patrão. Assim como sikhs inocentes tinham sido massacrados na Índia depois do Quádruplo Assassinato — muitos sofrendo pelos atos de poucos —, também os Singhs da Colchis tinham se tornado vítimas da histeria norte-americana. Se Yul Singh havia financiado o terrorismo, então, diante desse rótulo, todos os outros sikhs são pintados com as mesmas cores. Mas nós não somos assim, madame, disse Clea com digna simplicidade. Somos pessoas de habilidade, empenhadas e capazes de servir, e pedimos à senhora que atenda nosso pedido.

Vina contratou a *entourage* toda na mesma hora.

Em 1987, Amos Voight morreu, o Sam's Pleasure Island fechou as portas para sempre, uma era parecia estar acabando, e Ormus Cama completou cinqüenta anos na Terra. Ormus aparentemente ficou abalado de fazer cinqüenta. Suas saídas do complexo Rhodopé tinham se tornado raras e espaçadas, embora de vez em quando Vina o arrastasse para algum local musical na cidade, acompanhados por um punhado de Singhs, para assistir a alguma novidade quente. Quase sempre eram decepções, embora ultimamente um jovem quarteto irlandês, Vox Pop, os tivesse impressionado como um possível número de abertura. Porém a maior parte dessas excursões ao Mundo Musical servia apenas para confirmar que a velha ordem, por mais improvável que parecesse, estava se recusando a morrer. Os tempos não estavam mudando. Lennon, Dylan, Phil Ramone, Richards, esses velhos ainda eram gigantes ao lado dos próprios VTO, enquanto outros como Trex, Sigue Spangell, Karmadogma e Glam não passaram de modas meteóricas.

Nem mesmo o Runt [Miúdo], o novo rejeicionismo, todo desdém e cuspidas, tinha interessado Ormus, e, depois de uma breve onda de fama e escândalo, não durou muito. Como poderia? Ormus dava de ombros, não se começa uma revolução em uma loja de roupas. O Runt era fruto do ressurgimento de Antoinette Corinth, Tommy Gin e Ela, as três Bruxas, como Ormus Cama os chamava. De volta a Londres, eles haviam de fato imaginado o novo *look* de ficção científica furiosa — borracha, tecidos cortados, faixas de bandagem, *body-piercing*, a maquiagem e a atitude de andróides replicantes fugindo de exterminadores *bladerunners* — em sua nova loja de Fulham Road, e depois inventado um grupo de rock para vendê-lo. Inevitavelmente apareceram em Nova York, agindo como se fossem os supremos formadores do gosto da sociedade londrina, vindo a Manhattan para trazer um pouco da devastação britânica. A pedido de Antoinette, Ela, aos quarenta e quatro anos, usando uma minissaia de couro sofrido, deu uma série de saltos para trás à maneira de Daryl Hannah atravessando todo o bar. Sem calcinha, claro, meus queridos, Antoinette apontou, redundante, no pico da voz. Chamamos o modelo de *Runt'n'Cunt* [Miúda e Peluda]. Nova York lhes deu seus quinze minutos e os esqueceu. Sua banda, os Swindlers, suposta tropa de choque da nova onda, fracassou diante do *pudeur* norte-americano e terminou quando um atirou fatalmente no outro — e em Corinth e em Gin — em uma suíte do Chelsea Hotel. Só Ela sobreviveu, tendo abandonado o barco cinco minutos antes da briga que acabou com a revolução. Ela atravessou correndo o saguão vestindo borracha e renda negra, desapareceu na noite da cidade e nunca se deu ao trabalho de voltar para buscar suas outras roupas.

Lembrei-me do horror que Ela tinha de Tommy Gin e imaginei se isso podia ter desempenhado um papel nos tiros. Mas Ela havia desaparecido para sempre, e a pergunta ficou sem resposta. A burrice violenta dos Swindlers foi considerada explicação suficiente.

Ormus mal reagiu à notícia da morte de Antoinette Corinth. Essa mulher havia muito provavelmente tentado matá-lo uma vez, causando o acidente de carro que o privou de anos de sua vida, mas ele parecia além do ressentimento. Estava pensando no cataclismo próximo.

Os dois se casaram no Edifício Rhodopé, com vista para a glória do parque. Passaram a lua-de-mel naquele mesmo universo particular e não precisavam de mais nada, nem de Veneza, nem do Templo de Hatshepsut, nem de uma ilha ao sol. E uma manhã depois do casamento, Ormus Cama acordou e abriu seu olho pálido e o outro mundo não estava lá. O olho escuro via o mundo como era, este alegre mundo novo no qual Vina estava deitada ao seu lado na cama, e o outro olho, traumatizado no acidente (*aberto* no acidente), não via nada, ou pouco mais que um borrão. A visão da duplicidade havia se apagado e ele não podia recuperá-la.

Os anos passaram e o outromundo não voltou, Maria não veio mais vê-lo, e com o passar do tempo ele começou a duvidar de sua existência; começou a parecer um truque da mente, um erro. Era como acordar de um sonho; para a felicidade.

Durante algum tempo, ele se sentiu tentado a deixar como estava, a atribuir aquilo ao reino da fantasia. A se acomodar na alegria, na longamente aguardada chegada da completitude, da perfeição: que tentação! *I once was lost, but now I'm found, was blind but now I see* [Eu estava perdido, mas me encontrei, estava cego, mas agora enxergo]. Mas a verdade o atormentava, nunca seria livre. É de verdade, dizia a si mesmo. Virou a cara para mim e se escondeu, mas o que é, é.

Se o outromundo fosse comparado a uma baleia, Ormus Cama seria o seu Ahab. Ele a perseguiu como um louco caça o seu fim. Em viagens de avião ele olhava para fora da janela em busca de fendas no real. Continuou usando tapa-olhos de várias cores e tecidos porque admitir que não eram necessários era também render-se à fantasia de que o outromundo não existia.

Sua música mudou. Nos anos 80, além do trabalho com o VTO, compunha longas peças abstratas que chamou de *Sounds of the Otherworld* [Sons do Outromundo], que de forma nenhuma podiam ser consideradas rock'n'roll. Ele alugou o Carnegie Hall e um grupo de músicos de formação clássica, e seus esforços foram recebidos com derrisão, mas ele insistiu, e umas poucas pessoas começaram a falar desses novos trabalhos com respeito.

Quanto mais o outromundo permanecia escondido, mas temeroso ele ficava.

Como Ahab, ele sabia que sua baleia havia *mergulhado*, mas estava decidido a estar por perto quando o grande cetáceo subisse de novo. Ao mergulhar, uma baleia pode afundar nas águas, braça após braça, em incrível velocidade. Lá nas profundezas da água negra ela pode esperar, depois lançar-se para cima e irromper da superfície do mar, explodindo no império do ar como se fosse o fim do mundo.

Esse era o maior medo de Ormus. Em 1984, ele publicou seus pensamentos na imprensa internacional e foi imediatamente rechaçado como mais um maluco do rock'n'roll.

Minha grande preocupação é que eu sinto a fragilidade do tecido de nosso espaço e tempo, escreveu. *Sinto sua progressiva atenuação. Talvez esteja ficando sem gás, chegando ao seu fim predestinado. Talvez caia como uma concha e a grande verdade granítica do outromundo fique revelada em seu lugar.*

Talvez o outromundo seja o próximo mundo, não no sentido sobrenatural, não no sentido de uma vida após a morte, mas simplesmente o mundo que virá depois do nosso. (Ainda estou convencido de que quando nosso conhecimento científico for maior, vamos ser capazes de explicar fenômenos como esse sem recorrer a superstições. Trata-se simplesmente de um novo aspecto do real.)

Talvez nosso mundo não seja mais que uma visão no olho defeituoso de algum outro indivíduo acidental.

Não sei o que estou dizendo. Mas sei que há o perigo de um fim, de um cessar de existir. Sei que não podemos confiar em nossa terra danificada. Existe um outro cosmos escondido de nós, ressoando. Quando ele explodir em nossa presença, poderá nos eliminar, como se nunca tivéssemos existido.

Estamos a bordo das baleeiras do Pequod, *esperando a última vinda da baleia. Como homem de paz, não estou gritando "Preparar arpões!". Mas afirmo, sim, que devemos nos preparar para o choque.*

Na verdade, havia um parse a bordo do navio da história de Melville, e seu papel era o mesmo das irmãs esquisitas em Macbeth: profetizar o fim de Ahab. *Nem caixão nem carro fúnebre terás*, disse ele. Na história que eu tenho de contar, a profecia não serve para Ormus. Mas serve como uma luva para Vina.

Pode me chamar de Ishmael.

Apesar de toda a sua assustadora competência, Vina não sabia como lidar com as obsessões cada vez mais profundas de Ormus. Eu era a sua válvula de escape, seu alívio. Dá para acreditar?, ela se desesperou, ele queria que o prefeito concordasse em nos dar um acre do parque, um campo para as vacas pastarem. Disse que assim, quando o terremoto chegar, a gente fica sabendo antes. Está dizendo que todo mundo tem de tocar música sem parar e que devia haver festivais do amor diários em todas as grandes cidades porque só temos a harmonia para nos sustentar, só temos o poder da música e do amor para nos proteger.

Isso e Ermintrude, a vaca, observei.

Não sei o que fazer, ela disse. Nem o que pensar, porra.

Lembro-me do seu desespero. Lembro-me de prometer a mim mesmo, naquele momento, que eu ia acabar com esse casamento maluco, nem que fosse a última coisa que eu fizesse. Mesmo que seja a última coisa, porra, vou libertar essa mulher maravilhosa.

Ela ainda lutava sua batalha diária contra a dúvida e a incerteza existencial, tormentos universais da época. Uma vez, ela me contou, quando era criança, sua mãe a levou à Feira Estadual. Havia uma espécie de roda-gigante com tela em volta dos banquinhos e uma alavanca que você podia puxar para que a sua cápsula ficasse rodando, virando de cabeça para baixo, enquanto a roda girava. Claro que se podia soltar a alavanca e rodar normalmente, mas o homenzinho entediado, de dentes de rato, que operava a máquina não se deu ao trabalho de esclarecer nada, de forma que, quando as duas começaram a virar, pensaram que alguma coisa estava errada e quase morreram. Aqueles cinco minutos na cabine em movimento ainda voltavam a atormentar Vina em sonhos. Eu sei muito bem como é estar dentro de uma máquina de lavar roupa, ela brincava, mas a questão de que falava não era nada engraçada. Falava de perder o controle de seu pedacinho de mundo, de ser traída por aquilo com que se conta. Falava do pânico e da fragilidade do ser e do crânio debaixo da pele. Falava que era mulher de um lunático e que o amava e que não agüentava mais e não sabia o que ia acontecer, como ia terminar. Estava com medo da morte: dele, dela mesma. Está sempre ali, a morte, como uma roda-gigante, num abrigo de cabras. Num quarto onde algo pesado gira lentamente pendurado do ventilador de teto. Como um *paparazzo* esperando escondido. Sorria, querida. Sorria para o Ceifeiro. Diga *Morte*.

Também em 1987, se você se lembra, o candidato democrata à presidência, Gary Stanton, retirou-se da disputa pela indicação quando tornou a vir à tona um velho escândalo envolvendo sexo e morte na praia Wasque, na ilha Martha's Vineyard. Muitos dos pequenos países da Europa ocidental — Ilíria, Arcádia, Midgard, Gramarye — votaram contra a união política e econômica, temendo que ela pudesse resultar em diminuição da particularidade, da idiossincrasia, do caráter nacional. Quem venceu os cem metros rasos da Olimpíada foi um homem canadense, que depois caiu em desgraça e foi apagado da história. Todas as fotografias oficiais do evento foram retocadas e todos os vídeos trucados em computador para mostrar apenas os corredores que terminaram em segundo, terceiro e quarto. Houve períodos de tempo excepcionalmente ruim — pelos quais os californianos mais versados em meteorologia colocaram a culpa num faz-tudo hispânico chamado Elvis Niño, espancado na rua pelos irados residentes do município de Orange — e houve também um grande problema no mercado financeiro do mundo, em que os grandes ficcionistas por trás da duradoura série cômica *Moeda corrente* estavam tendo problemas com seus processos criativos.

Mas para milhões de amantes da música, 1987 seria lembrado como o último grande ano do VTO. (Até o novo líder de Angkor, compositor de mais de oitenta canções, todas devidamente classificadas na parada de sucesso local, chamou Ormus e Vina de suas "Luzes Inspiradoras número 1" e os convidou para tocar em Phnom Penh, convite que tiveram de recusar devido à pressão de trabalho.) O ano culminou no gigantesco e gratuito Concerto no Parque no fim do verão. Depois disso eles desistiram de se apresentar em público — quer dizer, Ormus se retirou, foi para casa assar pães, e os outros não tiveram escolha senão acatar sua decisão.

Adeus, VTO, escreveu Madonna Sangria. Um dia você fez as luzes da cidade queimarem mais brilhantes, os carros irem mais depressa, o amor ser mais doce. Um dia você incendiou de violência nossas vielas como um Vermeer e transformou a metrópole em nosso sonho lírico. Depois, caras, vocês se transformaram num monte de lixo que eu não jogaria nem para um gato f★dido.

Vina ficou incomodada com a decisão unilateral de Ormus — aos quarenta e três anos ela não estava nem perto de se sentir pronta para parar —, mas para consumo externo manteve total solidariedade ao marido. Apesar de toda a minha insistência para que fugisse comigo, ela ficou com seu homem, declarando a quem quisesse ouvir que seu amor estava mais forte do que nunca, que ela esperava uma estimulante nova fase em suas carreiras que haveria de começar logo.

Os três outros membros da banda romperam todas as relações com os Cama e anunciaram a formação de uma banda-sombra dissidente chamada OTV, que não conseguiu impressionar o público comprador de discos, principalmente depois que Vina revelou cruelmente que em *Doctor Love and the Whole Catastrophe* e outros álbuns, inclusive gravações ao vivo, toda a parte do baixo tocada pela líder da banda dissidente, a loira com cara de pedra chamada Simone Bath, havia sido substituída em estúdio por músicos de aluguel, porque o desempenho da pobre Simone não estava à altura.

Enquanto isso, os quarenta anos estavam se mostrando uma carga tão pesada para mim quanto os cinqüenta eram para Ormus. Sem sucesso, tentei tudo que era imaginável para arrebatar Vina do seu parceiro cada vez mais críptico. Não comece, Rai, ela dizia. Não venho procurar você para ter problema. Isso já tenho bastante sem precisar sair de casa. Bem feito para o casal perfeito, pensei, mas calei a boca e voltei-me para outros prazeres. Que não conseguiam produzir em mim, nessa época, o antigo delírio de alegria. Eu havia cometido o pecado capital do homem da porta dos fundos: desejar mais do que me era devido. Eu queria a chave da porta da frente.

Para me consolar, e, claro, para provocar Vina, voltei-me para outras mulheres. Cheguei a entrar em contato com Anita Dharkar em Bombaim porque pensei que podia ser uma útil provocação a Vina eu aceitar sua dica e reaquecer essa velha chama; mas a televisão havia capturado Anita como eu jamais seria capaz. Os serviços de informação e música em vídeo na Índia, que foram os pioneiros da iminente invasão dos satélites, fizeram dela uma estrela. Tinha um programa semanal, "Lite News", e um show musical e, renascida como "Neata Darker", transformou-se em ícone da juventude urbana ocidentalizada — e rapidamente ocidentalizante — da Índia. Ela me mandou fotos promocionais vestida *à la* rock-chique e eu me vi lamentando o desaparecimento daquela jornalista séria e patriótica que eu conhecera.

A vida humana não tem mais continuidade, pensei. 1987 foi o ano de *O último imperador*, o filme de Bertolucci que propunha que um ser humano — Pu Yi, o epônimo Imperador — podia genuína e sinceramente transformar sua natureza tão completamente a ponto de, tendo nascido rei-deus da China, acabar aceitando alegria o seu destino como um humilde Chauncey-jardineiro, e se tornar uma pessoa melhor com isso. Um caso de lavagem cerebral comunista, talvez, observou Pauline Kael com secura, mas talvez não fosse. Talvez ele simplesmente mudasse de faixa com mais facilidade do que pensamos. E (voltando ao assunto de Anita) talvez o rock'n'roll ajude a fazer isso melhor.

Nesse ano, para colocar alguma distância entre mim e Vina, voltei à Indochina para tirar as fotos que foram depois publicadas em meu livro *O cavalo de Tróia*. Minha idéia era que a guerra na Indochina não havia terminado com a ignominiosa retirada dos Estados Unidos. Eles haviam deixado um cavalo de madeira diante dos portões, e, quando os indochineses aceitaram o presente, os verdadeiros guerreiros da América — as grandes corporações, a cultura esportiva do basquete e do beisebol e, é claro, o rock'n'roll — saíram em enxames de sua barriga e dominaram o lugar. Agora em Cidade Ho Chi Minh e Hanói também a América se revelava o verdadeiro vencedor. A Indochina transformou-se em apenas mais um servo-consumidor do Americanismo Internacional (e fornecedor de mão-de-obra barata). Quase todo jovem indochinês queria comer, vestir-se, dançar e lucrar no bom e velho estilo americano. MTV, Nike, McWorld. Onde os soldados falharam, os valores estadunidenses — quer dizer, as verdinhas, ao som de música — triunfaram. Isso, eu fotografei. Não preciso dizer que as fotos saíram fantásticas. Essas (com exceção da fábrica de trabalho barato) eram as notícias que muitos americanos queriam ouvir. Mesmo os antigos manifestantes antiguerra ficaram satisfeitos. Aos meus olhos, as fotos continham uma grande dose de ambigüidade, de tensão. Eram, acho, irônicas. A ironia, porém, passava despercebida para muita gente que as elogiava. O que é a ironia quando você pode celebrar essa nova Revolução Cultural? Que toque a música. Que a liberdade soe. Salve, salve, rock'n'roll.

Timeo Danaos et dona ferentes [Eu temo os gregos, mesmo quando trazem presentes]. Descontinuidade, o esquecimento do passado: esse é o cavalo de madeira nos portões de Tróia. Cujos ocupantes queimaram, estão queimando, sem dúvida queimarão, as torres sem fim de Ilium. No entanto, eu próprio sou um ser descontínuo, não o que eu deveria ser, não mais o que fui. Devo então acreditar — e nisso me tornei um verdadeiro americano, reinventando-me para fazer um mundo novo na companhia de outras vidas alteradas — que existe um emocionante ganho nesse destino metamórfico, além de uma perda dolorosa.

A respeito do esquecimento: depois de meu regresso, envolvi-me brevemente com Ifredis Wing, que agora estava tentando ser fotógrafa e chegou ao Orpheum como assistente de Johnny Chow. Chow morava no primeiro andar e Ifredis foi gradualmente conquistando seu caminho para cima, via Schnabel e Basquiat, até a cobertura e eu. Ela ainda tinha o apetite sexual de uma coelha ninfomaníaca — Vina, quem mais?, havia me dado um relato detalhado das aventuras em Tempe Harbor — e sua aparência tinha, no mínimo, melhorado. Usava o cabelo loiro curto e espetado como de menino, o corpo era ainda feminino e comprido. Mas como assistente de fotógrafo era um desastre total, por causa de sua terrível memória, que levava a inúmeros desastres na revelação de filmes, coisa que nenhum de nós achava engraçada. Uma coisa é rir de viver em uma cultura amnésica, outra muito diferente é ter uma amnésica identificando seus rolos de filme exposto.

Desculpe, não lembrança tenho, ela se desculpava quando eu berrava com ela querendo uma morte infravermelha no quarto escuro de revelação. Mas isso quer dizer também, ela acrescentava, se animando, que suas palavras grosseiras eu amanhã cedo não me lembrarei mais, depois que dormir no seu braço.

Otto havia mudado do budismo para o supercapitalismo, casado com uma bilionária quinze anos mais velha que ele e era agora figura proeminente tanto em Hollywood quanto no circuito de festas eurotrash. Não fazia mais filmes de arte, tinha voltado sua atenção para filmes de ação de setenta milhões de dólares. Tornou-se um mestre inquestionável do que no *show business* se chamava de *whammies*: cenários impressionantes, cheios de explosões e ações audaciosas. (Uma vez o vi na televisão, sendo entrevistado no festival de Cannes, rebatendo o desprezo da crítica e explicando sua nova filosofia cinematográfica: *Primeiro ato, muito whammy. Segundo ato, mais whammies. Terceiro ato, nada — só whammies!*)

Durante algum tempo me vi fortemente atraído pela desmemoriada Ifredis Wing, que não desejava o mal a nenhum mortal, reservando sua ira inteira para Deus. Depois de abandonada por Otto, ela havia perdido inteiramente a fé. Antes suprema Paladina de Deus, ela agora tinha o empenho de uma apóstata e se manifestava como um combatente ateu. Devotos de mahagurus indianos, estrelas de cinema cientologistas, membros de cultos japoneses, repórteres esportivos britânicos reembalados como Cristo Ressurgido, norte-americanos malucos lobistas de armamento enterrado no deserto junto com proféticos líderes carismáticos mandando que fizessem filhos e com que freqüência: Ifredis passava boa parte de seu tempo não sexual fazendo monólogos sobre loucuras assim. As grandes religiões do mundo também apanhavam, e devo dizer que eu achava isso tudo bem divertido. Não era sempre que encontrava alguém mais profundamente desencantado do que eu com a credulidade do mundo. Além disso, ela era realmente ótima na cama. Às vezes, brincava preguiçosa num sexo adolescente, todo dedos e chupadas; no mais das vezes simplesmente gozava como uma *octopussy*, toda braços e pernas e opa-lá-lá. De um jeito ou de outro, para mim estava bom.

A coisa murchou. Ela se afastou, como eu sabia que faria. Nada deu realmente errado entre nós, mas é porque não havia nada entre nós para dar errado. Estávamos ambos preenchendo o tempo vazio, e um dia ela acordou e olhou para mim e tinha esquecido quem eu era. Fui tomar uma ducha e não ouvi quando foi embora.

Depois que voltei da Indochina, comecei a repensar meu trabalho. O jornalismo e seu perverso companheiro, o cinismo, não me pareciam mais suficientes. De certa forma, eu tinha inveja da loucura de Ormus Cama. Aquela visão de um mundo literalmente se desintegrando que era salvo, redimido e mantido coeso pelos poderes gêmeos da música e do amor não era talvez tão facilmente risível. Eu tinha inveja de sua coerência maluca, sua visão controladora. Além disso, devo confessar, eu estava a fim de redenção. Alguma coisa tinha de me fazer parar de sonhar com a bota de um morto, com um salto que deslizava revelando um rolo de filme que transformaria a vida daquele que o encontrou. Eu havia superado muita coisa, mas essa lembrança parecia nunca se esgotar. Por menos coisas que eu conservasse do passado, ela sempre estava ali, nos bolsos de meus sonhos.

Havia dias de culpada incerteza. Ormus tinha achado a sua maneira de lidar com o espírito do tempo. Até mesmo aquela horrível banda-lixo, como é que eles se chamavam?, o Mall: eles tinham um mapa. Meu caminho parecia ter se esgotado em um beco sem saída. Com Vina, comigo, não estava levando a lugar nenhum.

Meus companheiros "órficos" da East Fifth Street tinham todos abandonado o fotojornalismo para sempre, e o empenho com que se dedicavam a outras atividades despertou minha inveja, sentimento que era sempre um guia confiável para o coração secreto, *le secret-coeur*, como dizia Bobby Flow, o companheiro de Hulot na Nebuchadnezzar, com seu franglês ianque: quer dizer, nossa necessidade mais profunda, o substituto, neste clima de ausência divina, para o sangrento coração de Jesus. Aimé-Césaire Basquiat, nosso belo e jovem francófilo de corpo depilado, estava usando uma velha câmera de chapas vinte por vinte e cinco, exposições prolongadas e uma bela iluminação de alta definição para atribuir uma sensação lapidar de classicismo renascentista a uma seqüência de retratos formais de cabeças e, mais controvertidamente, a cenas de composição clássica daquilo que, para mim, eram práticas sexuais inteiramente estupidificantes. O conteúdo dessas fotos extremas me fez sentir como um menino caipira e inocente que não sabia nada da verdadeira diversidade do mundo, que apesar de encarar a boca do horror não tinha nem começado a desconfiar quais impulsos antigos realmente nadavam em nossas profundidades ocultas, sem luz. A idéia simples de Basquiat foi tirar essas coisas do escuro e expô-las à sua luz suntuosa, transformando assim nossa idéia do que é a beleza.

Seu terceiro projeto era uma espécie de réplica fotográfica à celebrada afirmação de *négritude* de seu xará Césaire, os *Cahiers d'un retour au pays natal*. Basquiat, que havia deixado a Martinica bebê, e desafiadoramente ficara distante desde então, estava pouco a pouco criando um ensaio fotográfico — *Le cahier d'un exil* — sobre o exílio, sobre gente escorregadia como eu, fotografando-os como se fossem belos alienígenas flutuando a dois centímetros do chão, como se fossem tão abençoados quanto malditos. Às vezes, os três projetos se fundiam em um, e um dia fiquei perplexo de ver o poderoso retrato que Basquiat fez de seu conterrâneo martinicano Rémy Auxerre, com um halo de luz e engolindo, num extremo close-up, o que era muito evidentemente o pau do próprio Basquiat, um órgão que todos nós conhecíamos bem por causa do pendor de seu dono para o nudismo.

É fácil dizer — depois de sua morte prematura, corpo todo esgotado, pele sem vida e olhos assustados, muita gente se apressou em dizer — que Basquiat tinha tomado uma estrada que não levava a lugar nenhum. Mas o que eu me lembro é de uma exaltação diária em seu rosto. Essa era uma sala cuja chave eu também queria desesperadamente encontrar.

Johnny Chow e Mack Schnabel estavam mergulhados em carreiras menos intensas, mas também gratificantes: moda e propaganda para sustentar a vida social da alta Manhattan que ambos adoravam, e ensaios fotográficos mais pessoais para o bem da alma. Schnabel — um homem pequeno com uma imensa cabeça de falcão e uma grande cota de demônios noturnos — ia à Itália duas vezes por ano por causa das coleções de Milão. De onde foi a Roma uma vez e fez fotos incríveis de corpos mumificados, decompostos, esqueléticos, nas catacumbas. Daí, ele progrediu para fotografar cadáveres de civis regularmente, fascinado pela democracia da morte. A morte violenta não o interessava mais; só o fato em si, nossa herança comum, a coisa distinta de James. O jovem e o velho ficam da mesma idade quando morrem, ele dizia. Ficam *com a idade que têm*. Outras diferenças também desapareciam. Membro da Klan e membro do blues, fundamentalista da Hamas e colono judeu, afrikaner e sowetano, indiano e paquistanês, rato da cidade e rato do campo, fazendeiro e vaqueiro, mr. Tomeito e mr. Tomato, ali estavam todos, lado a lado nas suas fotografias, despidos de suas fronteiras, equalizados para todo o sempre. A esse portfólio contínuo ele deu o grandioso título de *Golden Lads and Girls*, que, como você deve se lembrar (*Cymbelline*, ato IV, cena 2), *all must,/As chimney sweepers, come to dust*. [Dourados moços e moças tornar-se-ão,/qual limpador de chaminés, pó do chão.]

Quanto ao louco por ação Chow, aquele estradeiro louco por jogos que se chamava de nova-iorquino ideal *porque sou como a cidade, cara, eu não durmo*: estava ocupado com seu estudo de quinze anos, *Queens*, um retrato do bairro poliglota. Mas tinha o mesmo orgulho das fotos de publicidade que fazia para a Heinz. A multicultura da vida da rua, cara, isso já é rico, ele me disse. Tem textura, profundidade, já faz metade do trabalho por você. Você faz idéia do que é fazer a superfície da sopa-creme de cogumelos parecer interessante? Isso é que é desafio.

Um dia, Basquiat (vestido) subiu para me ver e quis ficar e tocar um pouco de música. Olhando os meus discos de vinil ele descobriu uma relíquia, *Exile on Main Street*, e colocou no toca-discos. Rai, vôce já assistiu aquél film de estrrada *Cocksuckair Blues*, foi Robérr Fronk que fez e que fez também esta capa?, ele me perguntou. Senon, poss conseguirr, conhece um cara, poss passar para nós qualquerr noite, *que penses-tu?*

Ouvindo *Sweet Virginia*, a música-droga de uma outra era, estranha mistura saborosa de sul de Londres com sul dos Estados Unidos, eu me vi olhando a colagem da capa do álbum, suas faixas de filme mostrando um funeral (civis e soldados saudando um carro), instantâneos de rostos famosos ou não, uma página de jornal, um pedaço de letra escrito à mão, a imagem da estrada repetida. Os créditos mal escritos à mão: *Amyl Nitrate: marimbas. Clydie King, Vaneta, plus friend: back-*

ground vocal. Bill Plummer: uprite bass. A música só inspirava nostalgia, mas as fotos ainda tinham muito a dizer. Sim, Robert Frank, eu pensei. Esse era o sinal que eu estava esperando.

Cocksucker Blues [Blues do chupador] era legal, confuso e pertencia ao seu momento sem graça, mas eu ainda era primordialmente um homem da fotografia, e o que realmente falou a mim foi Mabou. Em 1970, depois de se separar de Mary Frank, Robert Frank comprou uma casa em Mabou, Nova Escócia, junto com a artista plástica June Leaf. O trabalho forte, cru, que ele fez ali é uma demonstração do quanto a fotografia é flexível, do quanto ela pode abranger, uma vez que se desista da idéia de tudo abranger, uma vez que se aceite que ela não vai desvendar nenhuma verdade universal. Um olho humano, sem corpo, flutuando contra uma paisagem marinha em alto contraste. Palavras assim como imagens dependuradas a secar num varal de roupas sopradas pelo vento. Há muitas fotografias tiradas através de um vidro em que foram rabiscadas palavras ou então há palavras escritas diretamente sobre a imagem. *No Fear* [Não tema] por cima de uma máquina de escrever, mais uma vez com o ubíquo mar. *Hold Still Keep Going* [Parado Siga]. Por cima de uma triste paisagem plana e enxuta articulada por postes emoldurando o nome apagado de sua filha morta. *For Andrea who died. I think of Andrea every day. Out for Hope.* [Para Andrea que morreu. Penso em Andrea todo dia. Atenção para a Esperança.] Carcaças de porcos. Hospitais. Frio. Gelo. Caixas de empacotamento. Nada podado, nada alinhado. Fotografias como imagens partidas em um vidro quebrado. Uma mulher, acho que é June Leaf, deitada na areia, cheia de alegria. Eu tinha olhado essas fotos antes, mas nunca as tinha visto. Então elas me levaram a descartar muito do que pensava, elas me deram o que eu procurava: um jeito de começar de novo.

Olhando as fotos de Mabou, lembrei-me deste trecho de Virginia Woolf: "Uma obra-prima não é resultado de uma súbita inspiração, mas produto de uma vida inteira de ponderação". Henri Hulot, meu primeiro mestre, que havia muito abandonara a fotografia e insistia para que todos levassem a sério suas esquálidas aquarelas, tinha acreditado profundamente na inspiração súbita, no momento decisivo que revela a harmonia subjacente. Frank não acreditava, e provavelmente tinha reunido seu *Black White and Things* [Preto branco e coisas] como uma resposta à tese de Hulot, assim como *Catch-18* é uma resposta a *The Naked and the Dead* [Os nus e os mortos]. Entendi que estava procurando o inatingível, olhando as atrocidades em busca de uma Atrocidade com A maiúsculo, buscando a Morte em tantas mortes. Decidi abandonar os universais e a harmonia para os absolutistas como Hulot e Ormus, e me concentrar na inexaurível acontecência da vida.

Resolvi que nada era proibido. Eu estava reaprendendo o alfabeto da imaginação, portanto tudo bem brincar com todos os brinquedos.

Por alguma razão (não acho que isso precise ser dito com todas as letras) fiquei interessado em dupla exposição. Construí seqüências de histórias em que belos jovens, homens e mulheres, quase sempre nus — a nudez perene de Basquiat tinha me afetado — eram servidos por fantasmas: uma mãe de pé, como o Cristo dos Andes, com os braços abertos em cima de um arranha-céu, um pai dependurado de um ventilador de teto, um amante de sonho, um segundo eu da mesma pessoa. Ao me abrir para a linguagem dos sonhos, descobri, e tentei recriar, imagens cujo significado era obscuro, cuja obscuridade me excitava. Um homem a uma mesa visitado por um cavalo fantasma que pousa os cascos sobre seus olhos. Um homem nu em uma sala vazia falando com uma versão mascarada de branco de si mesmo. (Isso com frases de textos rabiscadas por mim ao pé de cada *frame* da seqüência: *Sabe quem você é? Sabe o que você quer?*) Para minha surpresa descobri que grande parte da imagética que me vinha possuía tonalidades religiosas: uma seqüência de duplas exposições descrevendo a experiência fora do corpo de uma mulher moribunda, outra seqüência em que um homem de repente explode em luz pura: primeiro a cabeça, depois o corpo e as roupas. Permiti-me o sobrenatural, o transcendente, porque, eu dizia a mim mesmo, nosso amor pela metáfora é pré-religioso, nascido de nossa necessidade de expressar o que é inexprimível, nossos sonhos de estranheza, de mais. A religião veio e aprisionou os anjos em gelatina, amarrou nossa beleza alada a uma árvore, pregou nossa liberdade no chão. Nessas seqüências, eu tentava recuperar o senso do miraculoso sem ter de curvar os joelhos para nenhum deus. O deus da imaginação é a imaginação. A lei da imaginação é tudo o que funcionar. A lei da imaginação não é verdade universal, mas a verdade do trabalho, batalhada e conquistada.

Inventei um alter ego para mim, um enigmático fotógrafo *mittel*-europeu chamado Moosbrugger em honra ao assassino de Musil, que rondava as ruas de Nova York, buscando neste novo mundo ecos de Viena, de Budapeste, de Praga. Esse pseudofotógrafo fotografava os casos amorosos das gárgulas, as aventuras arturianas da grande população de estatuária que vive muito acima das ruas da cidade. Essa estatuária ganhava vida, lutava, vivia segundo seus códigos pessoais. Eram como os cavaleiros de Carlos Magno, assim como eram iguais aos pioneiros norte-americanos. O trabalho com as estátuas de Moosbrugger era o meu material preferido.

Trabalhei com reflexos, vidro, sombras. Usando espelhos, fiquei perito em distorcer escalas. Aprendi como fazer caber uma galáxia na palma da mão de um homem e aprendi o que acontecia quando você coloca imagens de espelho dentro de imagens de espelho e fotografias dentro de fotografias, deixando tonto o olho, até a última imagem ser esmagada por um punho. Primeiro criar uma ilusão, depois mostrar que *é* uma ilusão, e finalmente destruir a ilusão: isso, eu comecei a entender, era a honestidade.

Um dia, revelei um rolo de filme e havia a imagem fantasma de uma mulher que eu não conhecia sobreposta a várias fotos. Eu não consegui entender. Nessa ocasião, eu tinha certeza de que não havia colocado o filme duas vezes na máquina, e de qualquer forma não reconhecia a silhueta da mulher. É verdade que não era diferente do corpo de Vina, mas não era o corpo de Vina. Era uma estranha, deslocando-se por um espaço que era e não era meu.

Como se eu tivesse penetrado uma membrana e tocado um outro mundo.

Nessa noite, enquanto eu dormia, a mulher apareceu em meu sonho e me disse seu nome. Disse, um pouco desdenhosa para o meu gosto, que podia me ler como se eu fosse um livro. Disse que se quisesse podia me fechar e colocar de volta na estante, e então minha história nunca terminaria, seria interrompida no meio de uma frase. Eu estava nu, deitado na cama, e ela inclinada sobre mim, murmurando ameaças. Tentei argumentar. Disse a ela que o conteúdo de um livro está lá quer você leia ou não. Mesmo que ninguém o leia, ele está lá, cumprindo sua função. Chega, eu disse. Estar lá é o que conta.

Ela ciciou, Lembra quando fomos amantes? Lembra da nossa primeira noite deslumbrante de amor? Não, ela disse, você não se lembra de mim, lembra?, filho da puta. Foda-se. Vou embora. Talvez não volte nunca mais.

Acordei suado e sozinho. Maria, pensei. *I just met a girl called Maria*. [Acabei de conhecer uma moça chamada Maria.]

Comecei a tirar fotos de infidelidade: meu apartamento pouco antes de Vina entrar em quadro, ou logo depois de ela sair. A cama desarrumada de paixão culpada. A água no chão de ladrilhos ao lado do chuveiro. Copos usados. Pratos com restos de comida. Depois de algum tempo, Vina concordou em participar das seqüências. Seu rosto de máscara. Seu corpo nu, anônimo se deslocando depressa para fora de quadro. Seus braços estendidos, buscando o proibido. Essas fotos nos trouxeram uma nova espécie de proximidade, e à medida que ela se entregava mais e mais ao trabalho, tornando-se mais colaboradora do que modelo, comecei, supersticiosamente, a ter medo do poder do olho xamânico debaixo do tapa-olho do louco Ormus. Alguns dias, eu podia jurar que o sentia girando pelo cosmos como uma lanterna, como o olho de Robert Frank em Mabou, como a lua cortada por uma nuvem de *Um cão andaluz*. Como o olho do Senhor do Escuro Sauron buscando o Anel.

Assim me transformei num autobiógrafo, usando tudo que tinha à mão, desenhos, histórias, *crayons*, surrealismo, Vina, textos. O realismo não é um conjunto de regras, é uma intenção, eu pontificava para uma Vina divertida, excepcionalmente tolerante. O mundo não é mais realista, o que vamos fazer a respeito? Pense numa foto de gente que não muda nunca, levando suas vidas domadas com um pouquinho de psicodrama de quarto, se tiverem sorte: *isso* é fantasia. Um campo de batalha onde você não vê as correntes subjacentes da história não mostra o suficiente da verdade. Um campo de batalha em que você não vê, por assim dizer, anjos e demônios, os, por assim dizer, deuses com suas superarmas, e os, por assim dizer, fantasmas. De alguma forma, mostrar o metafórico por baixo do real, dirigir o que acontece, fazer as coisas serem assim.

E como você propõe fotografar uma corrente subjacente?, ela perguntou.

Não sei, ri. Acho que tenho de começar procurando nos lugares certos.

Você está mudando, ela me disse. Não pare?, eu gosto. Gosto muito mesmo.

Estávamos todos mudando. A mudança de Ormus, seu retiro em máscara de dormir para quartos escuros e trancados durante dias e dias, suas enxaquecas que pioravam, suas crises de choro, seus gritos, essas coisas provocavam uma grande turbulência dentro de Vina, dilaceravam-na, faziam-na sentir-se desamparada, alienada, faziam-na sentar do lado de fora da porta trancada, implorando para entrar. Quando ele a deixava entrar, ela ficava dias e dias ao lado de sua cama no escuro, segurando sua mão, cuidando dele enquanto se debatia como um grande peixe fora da água, gritando coisas sobre a catástrofe iminente. Vieram médicos, foram receitados sedativos. O estado de sua cabeça não era bom. Vina vinha à minha casa com maior freqüência agora, escapando do melodrama do Edifício Rhodopé, deixando Ormus aos cuidados da infinitamente paciente Clea e dos Singhs. Ela disse: O colapso dele está deixando um buraco no lugar da nossa relação. Eu ainda amo Ormus, sabe, o amor é misterioso, certo, mas não existe mais nada entre nós. Ele vive no espaço, ou na quinta dimensão, esperando o fim do mundo. Às vezes, acho que não vai voltar.

Ela sabia que tinha de retomar uma vida independente, encontrar seu próprio rumo. Gradualmente, foi se transformando numa participante entusiasmada do cenário artístico alternativo, trabalhando com cineastas indianos, artistas performáticos, bailarinos. Enquanto isso, foi escrevendo suas próprias canções pela primeira vez, experimentando comigo, infernizando seus muitos amigos classe A do mundo musical. Fazia aparições-surpresa em pequenos acontecimentos musicais da cidade com uma banda improvisada e ficava contente com a recepção que tinha. Por volta do outono de 1988, tinha um disco, *Vina*, e estava planejando sair em excursão. Não a América, nem a Europa, para começar, ela me disse. Acho que não estou pronta. Só uma turnê pequena pela América Latina, para começar?, a música é mesmo muito influenciada por eles. Brasil, México, só um pezinho na água.

Quero me lembrar dela do jeito que era nessa época, chegando aos meados de seus quarenta anos cheia de beleza e coragem, sozinha e morrendo de medo, mas partindo para a luta, cuidando de sua vida. Quero me lembrar de que naqueles dias, antes da turnê, ela finalmente admitiu o que eu havia esperado minha vida inteira para ouvir: que eu tinha me transformado num fator, num problema. Não era mais o aperitivo ocasional, o acompanhamento. Não mais controlável. Durante tempo demais tinha sido Ormus e Vina navegando, com Rai pendurado do lado do iate veloz. Tinha sido a história deles; agora, finalmente, era minha história também. Minha, afinal.

Ela disse que estava desorientada, confusa, que precisava de tempo para pensar tudo isso. Sim, ela estava pensando em deixá-lo. Não agüentava mais ficar lá. Não suportava deixá-lo. Não podia ficar.

Disse: Você não sabe como vocês dois são parecidos, só que ele está afundando pela terceira vez e você está subindo para respirar.

Disse: Eu tenho de sair. Vou fazer essa turnê. Preciso pensar.

Eu vou com você, por que não?, eu disse. Posso ser o fotógrafo oficial da viagem. Só o que peço é acesso total. Sabe? Total.

Não, não venha.

Não posso deixar você ir. Vina, depois de tudo isso. Estamos tão próximos. Tenho de ir.

Meu Deus, meu Deus. Não sei. OK, venha. Não, não venha. Venha. Não venha. Venha. Não venha. Não venha. Não venha. Venha.

Eu vou então.

Não. *Não venha.*

Devíamos ter dado ouvidos a Ormus. Não foi só o grande terremoto de São Francisco em 1984: os anos 80 foram uma década difícil para toda a Terra falhada. Em outubro de 1980, vinte mil pessoas foram mortas por um tremor de 7.3-Richter em El Asnam, Argélia, tão severo que quebrou muitos instrumentos de medição dos sismólogos locais. Três mil pessoas morreram no sul da Itália um mês depois. Em outubro de 1983, um terremoto atingiu a aldeia Hasankale na Turquia oriental (dois mil mortos); em setembro de 1985, as autoridades da Cidade do México foram forçadas a usar o estádio de beisebol como necrotério (mais de dois mil mortos). Um evento de força mediana destruiu San Salvador em agosto de 1986, e dois anos depois um misterioso ataque de terremotos irrompeu ao longo de diversas fronteiras internacionais. Um movimento de 6.7 na escala Richter sacudiu a fronteira entre a Índia e o Nepal em agosto de 1988 (mais de cinco mil mortos), e apenas três meses depois mil pessoas morreram, dessa vez na linha divisória China-Burma. Um mês depois disso, um tremor de 6.9 na escala Richter devastou a fronteira armeno-turca. A cidade de Spitak, com uma população de cinqüenta mil habitantes, foi totalmente destruída; oitenta por cento dos edifícios de Leninakan (cidade com uma população de trezentas mil almas) vieram abaixo; cem mil pessoas morreram, e Gorbachev fez uma visita ao local. Quando, em janeiro de 1989, duas aldeias na área fronteiriça do Tajiquistão foram soterradas por deslizamentos de terra e lama (mil pessoas mortas, além de muitos milhares de cabeças de gado), o fenômeno chamado "falha fronteiriça" começou a atrair atenção mundial. *O mundo estará se rompendo nas costuras?* era a pergunta que fazia a matéria de capa da *Time*, e mesmo a resposta oficial, sismológica, sendo um retumbante Não, eu comecei a imaginar, pela primeira vez, o que Ormus Cama estaria vendo em seu delírio. Se cães, porcos e vacas eram capazes de sentir os terremotos antes de nossos instrumentos de medição, seria possível que um ser humano fosse capaz de predizê-los meses, anos antes?

* * *

É, se tivéssemos dado ouvidos a Ormus, o quê? Como todas as Cassandras, ele não tinha as soluções. No fim, essas profecias são inúteis. Você tem só de viver sua vida, fazer suas escolhas, ir em frente até não poder mais.

Em fevereiro de 1989, Vina Apsara e sua nova banda voaram para o México para uma série de concertos em arena. Sem contar a ela, tomei um avião para a Cidade do México também. Eu sabia o itinerário dela, as listas de hotéis e tudo. Dessa vez, não ia deixar que me escapasse.

15

SOB SEUS PÉS

Quando apareço no Clube dos Vaqueiros, no centro da Cidade do México, ela me choca, me desmonta, começando instantaneamente, abundantemente, a chorar. Deixa-se cair na macia poltrona de braços e o nível do líquido na garrafa ao seu lado confirma o que já sei pelos jornais: que sua primeira apresentação não foi muito bem. A banda ainda está aprendendo a tocar junta, dizem os jornais, e ela parecia pouco à vontade no palco sem Ormus lá para garantir, Ormus Cama em sua caixa de vidro. Eles acham coisas para elogiar, a beleza dela, e tudo, mas ela sabe quando está sendo criticada. Chupa o nariz, ronca, as lágrimas impedem que eu julgue acuradamente a condição de seu nariz. Até onde tenho de ir para me livrar de você, Rai?, ela soluça, injusta, vá se foder, tenho de me enfiar num buraco. Homens grandes vêm vindo, ameaçadores, na minha direção, mas ela os dispensa com um gesto irritado.

Eu chamo o lugar de Clube dos Vaqueiros porque seu gordo ar de segurança é um eco latino-americano do estabelecimento de *Dallas*, a série, não a cidade, onde homens de chapéu grande seguram copos de *bourbon-and-branch* discutindo o preço do petróleo. Mas este lugar faz *Dallas* parecer os cafundós, parecer um lugar onde duas estradas se cruzam e depois correm para o horizonte. É uma poderosa pirâmide revestida de pedra situada nos andares superiores de um brilhante edifício perto do Zócalo e dá a impressão de que todos os povos extintos da região foram exumados para construí-la: olmecas, zapotecas, maias, toltecas, mixtecas, purépecas, astecas. É um templo, à sua maneira endinheirada: um lugar de poder, com sofás e garçons uniformizados. Você desconfia da presença encoberta de altares, de sacerdotes que manipulam facas. Vina, o sacrifício *du jour*, recebeu uma suíte de salas, de onde publicitários e jornalistas e fotógrafos e penetras e leões-de-chácara entram e saem. Para passar pela segurança, tenho de mandar meu cartão. Ela me deixa esperando o suficiente para eu ficar preocupado com a possibilidade de uma rejeição humilhante. Depois, sou levado à sua presença para ser recepcionado por seu show de águas, além do chocante cabelo vermelho, e o esquisito é que minha boca está seca, meu coração disparado, estou realmente apavorado. Entrei nu nessa câmara de entrevistas, com nada além, parafraseando James Caan em *O poderoso chefão*, nada além do pau na mão. Só tenho meu mudo amor para oferecer, este amor que é afinal o segundo violino há décadas insistindo em dominar a orquestra. É pegar ou largar, isso é o que eu vim dizer, sabendo que se ela não me quiser estou indefeso, um colegial com o boné na mão sem nem mesmo uma maçã para subornar.

Enquanto isso, como esta é uma das zonas mais cheias de insetos da Terra, estou sendo todo picado, coçando o pescoço como o desprezível samurai de Toshiro Mifune (mas sem sua habilidade com a espada). Estou dentro de um pesadelo. É o começo do último ato da peça, eu entrei no palco e não há falas na minha cabeça, nem ponto para soprar de sua caixa na ribalta. Vina, digo. Ela põe um dedo nos lábios, enxuga os olhos, me indica uma cadeira. Isso não, ela diz. Vamos falar de outra coisa. Nesses últimos dias mexicanos, é uma ordem que ela dá muitas vezes.

Ela quer me contar do escândalo político que está correndo, o irmão do presidente que fugiu depois de passar a mão no equivalente a oitenta e quatro milhões de dólares norte-americanos, nenhum país está disposto a lhe dar asilo, nem mesmo Cuba, então ele circula pelo mundo como um navio carregado de lixo nuclear, incapaz de achar um porto. *E este é para ser o novo regime limpo!* (O nome de Piloo Doodhwala está na ponta da língua de nós dois, então não é preciso dizer.) Ela quer falar também sobre o jogador de futebol argentino, Achilles Hector, que foi raptado por revolucionários no sul. Esse nome incrível, grego e troiano?, vencedor e derrotado?, um herói duplo, ela diz. Os seqüestradores deram prazo. Ameaçaram cortar os dedos dos pés dele um a um se não atenderem ao que estão pedindo. Mas o prazo venceu, e até agora não mandaram dedo nenhum pelo correio. Os revolucionários também são fanáticos por futebol. A questão é saber qual das paixões vai prevalecer.

Ela quer falar da villa na costa do Pacífico onde passou os três primeiros dias de sua excursão mexicana, para onde vai voltar logo. A Villa Huracán, nos arredores de Aparajitos, entre a selva e o mar. Da selva vem o canto dos obscenos pássaros noturnos, talvez o *trogon ambiguus*

ambiguus de Lowry, seu maravilhoso pássaro ambíguo. No fundo do oceano ecoa o rugir do *huracán*, o deus das tempestades. A villa é uma villa propriamente dita, um correr de casinhas cor-de-rosa — "quartos" — com *palapas*, altos cones de sapé na cobertura. É propriedade conjunta do novo jovem dono da Colchis, Mo Mallick, e de um figurão de Hollywood chamado Kahn. A morte de Yul Singh e a aposentadoria do VTO, seu maior cartaz, desequilibrou seriamente a Colchis, mas Mallick empurrou o seu barco furado para Vina nessa excursão, apostando que ela é capaz de fazer sucesso sem Ormus. Daí a oferta da Huracán. Daí, também, uma razão para a depressão de Vina. Ela recebeu apoio pesado para começar e parece que não vai ser capaz de entregar a mercadoria. Mallick, aos vinte e oito anos, já grande jogador em Vegas, agüenta um golpe se for preciso, como qualquer jogador das grandes mesas ele sabe que o problema não é o dinheiro, apenas a maneira de contar os pontos. Mas quem é que liga para os pontos. Vencer passa a ser uma questão de orgulho. Perder? Vamos falar de outra coisa.

Os outros hóspedes daqueles dias, ela quer me contar, eram um famoso escritor chileno e sua esposa irlandesa-americana muito mais jovem e incrivelmente atraente. Havia um terraço para o café da manhã a meio caminho encosta abaixo, onde as frutas, tortilhas e champanhe chegavam numa cesta de piquenique chacoalhando no ar, dependurada de cordas e roldanas. *El desayunismo magical*, batizou o escritor. A esposa irlandesa-americana falou de seu envolvimento com o movimento republicano "na minha Terra", ou seja, em Ulster, cujo chão amargo ela nunca pisara, contando de seu empenho no levantamento de fundos e no profundo compromisso com que a liderança republicana vinha trabalhando pela paz. Enquanto isso, o escritor comia e bebia com grande apetite, recusando-se a comentar a questão irlandesa e se pronunciando frágil demais para descer mais. *O nível do mar vai ter de passar sem mim.* Ele se sentou no terraço com sua velha camisa pólo e bermuda cáqui. Vina ficou lhe fazendo companhia, enquanto os executivos do entretenimento saracoteavam na beira do oceano lá embaixo, competindo pela atenção da jovem esposa aristocrata-revolucionária bostoniana-irlandesa, chapinhando em volta dela na água rasa como grandes cachorros desajeitados, todos ansiedade e línguas penduradas. Por falar em pendurado, no terraço Vina observou que as pernas do escritor estavam separadas e que ele não usava roupa de baixo. Seu saco era grande, liso e cor-de-rosa, o mesmo rosa das paredes da villa, e seu pau era grande e cinzento, o cinza-escuro da pedra em que estava sentado com o oceano por trás. Eu não conseguia parar de olhar,

Vina me conta, nada mau para setenta e cinco anos, pensei. Depois, perguntei para Mallick se o velho cavalheiro estava tentando me impressionar, quer dizer, será que isso era um flerte?, ou o quê?, mas Mallick disse que não, que ele faz isso o tempo todo, que é só exibicionismo inocente. É assim que eu penso na Huracán agora, ela brinca, alegre. Como um lugar sagrado, um lugar onde a inocência se exibe.

Ela não sabe como fazer a escolha que quero obrigá-la a fazer.

Está quebradiça, brilhante demais, retesada.

Quer falar sobre qualquer coisa, menos sobre amor.

Vina, digo de novo. Ela me fuzila com o olhar, já furiosa. Esta cidade tem sede, diz. Os níveis de água do subsolo estão caindo assustadoramente?, e a qualquer momento o lugar pode simplesmente afundar, simplesmente sumir. Isso é o que eu chamo de cair de bêbado. E tem também o papa, eu vou atrás das apresentações *dele*, que tal esse senso de oportunidade.

O papa tinha acabado de fazer a Cidade do México e havia até falado de rock'n'roll. *Sim, meus filhos, a resposta o vento sopra, não o vento da desolação sem Deus, mas a brisa harmoniosa que enche as velas do navio da fé e sopra os seus passageiros até o céu.* Vina, que não consegue competir com o seu público, mas sabe que o VTO provavelmente teria sido páreo para ele, tem de se consolar desdenhando a metáfora exagerada e espalhando a última fofoca papal. A brusca raiva dele com os padres operários, a teologia da libertação, essa coisa toda. E tem também uma história que anda correndo sobre o motorista dele, ela diz. Não, não o chofer do papamóvel. Estou falando do motorista do tempo em que ele era só o cardeal Wojtyla? Parece que esse motorista estava com ele fazia anos, e, quando foi na época de eleger um novo papa, os dois desceram da Cracóvia em algum velho carrinho polonês poluidor. Que filme de estrada, certo?, o futuro papa e seu companheiro trabalhador viajando para a glória. Bom, eles chegam ao Vaticano, o motorista espera, espera, a fumacinha sobe, *habemos Papam*, até que afinal ele ouve a notícia, seu velho parceiro, companheiro de estrada, seu chefe. Aí, vem um mensageiro falar com ele. Pode dirigir de volta para a Cracóvia e procurar outro emprego, diz o mensageiro. Está despedido.

Já a vi em todos os estados de espírito, mas nunca tão desesperada. Vai voar para Guadalajara de manhã — Guadalajara, onde Pancho Villa deu um tiro no relógio e fez o tempo parar, ela diz — e sabe que o show não está bom, que sua vida não está boa, e não sabe como arrumar nem uma coisa nem outra. Olha-me na cara e tudo o que vê é *deixe-o, Vina, venha viver comigo e seja o meu amor*, e ela não consegue lidar com isso no momento, *vamos falar de outra coisa*, ela começa a contar piadas de Orfeu. Esse é um velho estribilho, que usou pela primeira vez quando me mudei para o Orpheum: eu, Rai, herdeiro do clã das piores vozes da história musical da Índia. Você devia mudar o nome, ela disse, por respeito devia usar o nome de alguma outra porra de deus. Quem sabe Morfeu, o deus do sono. Eu entrei na brincadeira: Que tal Metamorfeu, deus da mudança. Daí, a coisa descambou. Inventamos Endomorfeu e Ectomorfeu, os deuses gêmeos da forma corporal. Waldorfey Astorfeu, deus dos hotéis. Motorfeu, deus da motocicleta. Hans Castorfeu, o alpinista mágico. Curtofeu, deus da raiva. Confeus, o deus confuso, que coça a cabeça.

Ela quer falar sobre deuses porque a adoração à morte do México a surpreendeu. Comparado às divindades que eles têm aqui, ela diz, Apolo é um teatro, Poseidon uma aventura, Hermes uma porra de uma echarpe de seda.

Ela se detém, olha para mim. Vina raramente implora, mas posso ver que agora precisa que eu pegue o bastão da conversa mole e saia correndo com ele. Ela precisa que eu não a force a encarar o que tem de ser encarado. Silenciosamente, implora compaixão; até misericórdia.

O negócio dos deuses é uma violência incrível, eu começo, portanto, atenciosamente a improvisar. Estupro, assassinato, vinganças terríveis. Você vai para eles de braços abertos, mas esses abraços são fatais. Os velhos deuses, hindus noruegueses gregos, não baixavam leis morais, exigiam de nós nada mais que veneração. A reverência, diz o deificado Héracles a Filocteto, na peça de Sófocles, é o que o Olimpo curte acima de tudo. Na superfície isso parece preferível aos caras mais novos, sem sermão da montanha, sem o manual do que fazer islâmico, mas cuidado, tem coisa aí. Reverenciar os deuses é temer a sua ira e portanto procurar constantemente propiciar aos deuses. Os desastres naturais são provas da insatisfação divina, porque o mundo é falha nossa. Daí as incessantes expiações. Daí o sacrifício humano, et cetera.

É isso o que eu adoro em você, Vina diz, alívio e gratidão escondidos debaixo do seu tom sardônico. É só dar corda e você bate boca durante uma boa meia hora; o que permite que a mulher desligue e descanse um pouco.

Nesse momento, eu menciono os terremotos.

O que não é de surpreender, dada a nossa localização no México, famoso por sua tendência aos tremores, sem falar do assunto do álbum de maior sucesso do VTO e dos recentes alertas de Ormus Cama sobre o apocalipse a caminho. Não sou homem supersticioso, nem, como já espero ter deixado claro, religioso. Não acredito que por falar em terremotos eu tenha atraído a ira dos deuses sobre as nossas cabeças. Mas à guisa de informação observo o fato de que falei sobre eles.

E para ser preciso: não sobre a minha cabeça. Sobre a de Vina.

Terremotos, observo, sempre fizeram o homem ficar ansioso para aplacar os deuses. Depois do grande terremoto de Lisboa em 1º de novembro de 1755 — aquela catástrofe que Voltaire viu como um irrefutável argumento da visão trágica da vida, contra o otimismo de Leibniz —, os moradores locais resolveram fazer um auto-da-fé propiciatório. O celebrado filósofo Pangloss foi enforcado (a fogueira, mais convencional, não acendeu). Seu associado, *herr* Candide de Trovãodez-tronc, nome que parece encantação oculta, capaz de provocar terremoto onde nunca ocorreu nenhum antes, foi açoitado ritmadamente e por muito tempo nas nádegas ensangüentadas. Imediatamente depois desse auto-da-fé ocorreu um terremoto ainda mais forte, e a parte da cidade que havia ficado em pé desmoronou imediatamente. É esse o problema dos sacrifícios humanos, a heroína dos deuses. Ele é viciante. E quem pode nos salvar das divindades com grande dependência a alimentar?

Então, Deus agora é *junkie*?, Vina perguntou.

Os deuses, corrijo. O monoteísmo é uma droga, como todos os despotismos. A espécie é naturalmente, democraticamente politeísta, a não ser por aquela elite evolucionária que dispensou por completo a necessidade de deuses. Você instintivamente quer que os deuses sejam muitos porque você é Um.

E as histórias?, ela diz, o humor melhorando. Está só brincando agora, perdendo tempo, esquecendo seus problemas. Consegui colocar um suave sorriso de volta em seu rosto. E as histórias?, ela repete. Um ateu danado como você não sente prazer nem nas histórias?

Quando paramos de acreditar nos deuses, começamos a acreditar em suas histórias, respondo. Claro que não existe essa coisa chamada milagre, mas se existisse e amanhã a gente acordasse e descobrisse que não existiam mais crentes na Terra, não mais devotos cristãos, muçulmanos, hindus, judeus, então, claro, a beleza das histórias seria uma coisa para se focalizar porque não seriam mais perigosas, elas teriam se tornado capazes de provocar a única crença que leva à verdade, isto é, a crença descrente, voluntária, do leitor na história bem contada.

Os mitos, como você já deve ter notado, exigem que seus protagonistas sejam burros. Que marchem alegremente para o perigo mortal, cegos às mais óbvias armadilhas.

(Tudo isso e provavelmente mais, eu me permiti dizer. Havia muito, muito tempo eu não falava assim tão exaustivamente, tão soltamente. E, repito, não acredito em *hubris*, o crime de torcer o nariz aos deuses, e portanto não acredito na vinda de Nêmesis. Mas jurei contar tudo e portanto devo dizer também que antes de acontecer o que aconteceu eu fiz essas observações, sem dúvida insensatas aos olhos dos crentes.)

Vamos para o meu hotel, foder, Vina propõe de repente. Uma cheirada de *soma*, um gole de *ambrosia*. Claro, isso eu topo. Em frente, minha rainha. Ocorre-me, não pela primeira vez, que estou na posição de homem mortal implorando amor a uma, digamos, deusa. Vina e Adônis: assim. Tenho consciência de que os humanos nem sempre se saem bem desses encontros.

Mas também os deuses não existentes podem cair.

Seu estilo, nessa época, era o ultraglamour do fim dos anos 80; não mais hippie (nem radical) chique. *Très* estrela de cinema, com um toque *shock'n'roll* de ousadia. Tyler, Gaultier, Alaïa, Wang, mas quase sempre Santo Medusa: seus *collants* de contas technicolor, seus smokings rosa-choque usados sobre o torso nu, seus minivestidos de malha de metal abertos até a cintura. Vina e Tina, as pessoas dizem, estão disputando a coroa da diva-sem-idade.

Eis o quarto de hotel. Eis a mulher que eu amo. Estes são alguns dos últimos momentos de sua vida na Terra, de sua vida acima do chão. Cada besteira que fala, cada risada que dá, cada coração que parte, são coisas que vou para sempre guardar comigo, para salvá-las do *barranco*, do abismo. O CD que ela toca é *Raindogs*, os *honky-tonk blues* reinventados e uivados por Lee Baby Simms. Ela começa a cantar junto com Simms, lento e roufenho, e sinto arrepios na nuca. *Will I see you again/ on a downtown train* [Será que torno a te encontrar/ no bonde a rolar]. As paredes parecem oscilar com a música. É igual Valéry, observo. *Le roc marche, et trébuche; et chaque pierre fée/ se sent un poids nouveau qui vers l'azur délire!* [A rocha marcha e tropeça; e a cada pedra encantada/ sente-se um peso novo que para o azul delira!] Valerie quem?, ela dá de ombros, descuidada, perdida em música e fumaça.

Está a caminho de Guadalajara, a cidade onde o tempo pára. A Guadalajara e além.

Eis-nos, fazendo amor. Ela sempre fez amor como se fosse a última vez, era assim que fazia tudo, assim que levava sua vida; mas para nós, embora nenhum de nós dois saiba disso, é de fato a última vez. A última vez desses seios. Os seios de Helena de Tróia eram tão deslumbrantes que, quando ela os desnudou para o marido na queda de Tróia, Menelau foi incapaz de lhe fazer mal. A espada caiu de suas mãos sem nervos. Esta é a mulher que eu amo e estes são seus seios. Passo essa fita incessantemente na minha cabeça. Você mostrou os seios para o terremoto, Vina?, mostrou para o deus das tempestades?, por que não?, se tivesse mostrado teria, sem dúvida teria sobrevivido.

Estes são os seios da mulher que eu amo. Coloco meu nariz entre eles e aspiro sua pungência, sua madurez. Coloco meu pau entre eles e sinto sua inchada carícia.

Eis Vina, falante como sempre depois do sexo. Ela quer falar sobre a idade das cantoras: Diana, Joni, Tina, Nina, ela própria. Veja Sinatra, ela diz. Mal fica de pé, tem notas com que nem sonha mais, e alguém devia matar aquele bicho enrolado em cima da cabeça dele, mas ele é homem, portanto não tem problema com a carreira. (Isso mesmo, ela se coloca ao lado da Voz. Ela é uma Voz também. Não tem falsa modéstia. Conhece seu valor artístico. Tina e eu, ela diz, estamos reescrevendo essa história. Não Desaparecer, esse é o novo título, meu bem. Nós é que dizemos como é que vai ser.)

Ela se zanga com as gerações mais novas, suas inadequações, suas reclamações. Olhe Madonna Sangria de novo, na *Rolling Stone*, ainda obcecada com o corpo feminino. Não com seus usos, mas com seus abusos. Não sexo, mas gênero. Alguém vai dar ouvidos à rabugice baixa dessa menina mal-humorada?, Vina grunhe, falando principalmente para si mesma. Cara, a gente tinha alta octanagem. A gente tinha *raiva*. Choramingar por causa de homem?, reclamar de papai-e-mamãe?, nada a ver. A gente tinha de brigar com os generais e com o universo. *Meu namorado me largou, os homens são uns babacas?* Vá se foder. Eu pego as meninas dos bons tempos qualquer dia. *Bop she bop. She bop she-waddywaddy*. (Ela está cantando agora.) *She's so fine*... [Ela é ótima...]

Merda, ela ruge de repente. Está fora do ar e pouco mais que dormindo, mas discute consigo mesma. Tem sempre um homem controlando. Ike Turner Berry Gordy Phil Spector Ormus Cama. Ike Spector Berry Turner. Homem é para o poder, mulher é para sofrer. Vou dizer de novo. Orfeu vive, Eurídice morre, certo?

É, mas você é Orfeu também, começo a dizer. É a sua voz que está fazendo as pedras encantadas da cidade subirem delirantemente para o azul, que faz dançarem os bancos de imagens elétricas da cidade. *Oraia phone*, a melhor voz, todos sabemos que é a sua, não a dele. E enquanto isso ele é que está afundando para o outromundo-submundo lá dele, e quem vai salvá-lo, eu mordo a língua porque essa linha é o oposto do que me levou a voar para o sul: *Quem a não ser você*. Em vez disso, digo, já é hora de homens como ele começarem a se salvar sozinhos.

E prossigo: E Orfeu também morre. E, tendo dito isso, quero arrancar minha língua. Errado, errado! Mas o que está dito está dito.

Vina agora está sentada na cama, completamente sóbria e repentinamente, ilogicamente, completamente louca. Você acha que pode tomar o lugar dele, ela diz. Acha que pode dormir na cama dele. Nem sonhando, Rai baby. Nunca jamais. Você viajou até aqui para me dizer que quer que ele morra?, vai ver quer que eu morra também, se não me curvar à sua vontade, à porra do seu *pau*. Você veio até aqui para matar o amor e chamar a morte de amor.

Não, nada disso, eu disse, inutilmente. A dionisíaca Vina tinha ascendido em ira, deusa do prazer e da destruição. Vá embora, ela ordena, e miseravelmente eu obedeço.

No dia seguinte, em Guadalajara — eu a segui até lá, sim, mas estou sozinho, proibido de subir no palco, incapaz de chegar até ela seja como for —, fico vagando, arrasado, com meus pensamentos *atirando para todo lado*, como diz Moses Herzog. Existe agora nos Estados Unidos uma mulher bispo, talvez eu pudesse telefonar para ela, ela podia, quem sabe, entrar em contato com Vina e, sei lá, como irmã interceder por mim. Stroessner no Paraguai, um golpe, mas o dia em que anunciarem uma escassez mundial de ditadores será um dia frio no Inferno. Vejo o lugar onde executaram os sikhs que cometeram o Quádruplo Assassinato. Diga alô a Yul Legal por mim, rapazes, quem sabe ele não seja mais tão legal, não onde está agora.

Você está mudando, ela me disse. Não pare.

A metamorfose, isso é que eu preciso explicar a ela, isso é o que suplanta sua necessidade do divino. Isso é o que podemos realizar com nossa mágica humana. Estou falando agora não das mudanças comuns, cotidianas, que são matéria da vida moderna (na qual, como disse alguém, só o instantâneo é contemporâneo); nem das naturezas adaptativas, camaleônicas que se tornaram tão comuns neste nosso século migrante; mas de uma capacidade mais profunda, mais chocante de mutação para uma outra forma, final, uma *forma além da metamorfose*. Uma nova coisa fixa.

Três de nós passamos através de uma membrana no céu e fomos transformados pela experiência. Isso é verdade. Mas o que também é verdade é que essas transformações não se completaram naquela época. Talvez fosse mais exato dizer que entramos em uma zona de trânsito: o estado de transformação. Uma fase transitória na qual podíamos ficar presos para sempre, que só a força imperativa do Imenso pode forçar chegar à completitude.

O Imenso mostrou sua face a Ormus Cama. Ele se tornou o agente dessa revelação. Para ele, sejam quais forem as conseqüências, não há volta atrás.

Para Vina e para mim — isso é que eu preciso que ela entenda — o Imenso tomou a forma de nosso amor de vida inteira, intermitente, mas inescapável. Assim, se ela simplesmente abandonar Ormus por mim, nossas vidas mudarão inteiramente, e ambos nos transformaremos de maneiras incríveis, mas as novas formas que então emergirem — ela e eu, juntos, no amor —, essas durarão para sempre. Para sempre e mais a porra de um dia.

Segurar as rédeas dela? Tem razão. Repito: só debaixo de extrema pressão podemos nos transformar naquilo em que devemos nos tornar em nossa mais profunda natureza. Licas, atirado nas águas por Héracles, a vida sugada pelo medo, transformou-se numa rocha. Transformou-se *para sempre* numa rocha, aonde você pode ir e se sentar em cima — dele — ainda hoje, no golfo de Eubo, não longe das Termópilas.

Isso é o que as pessoas entendem errado nas transformações. Não somos todos rasos protéicos, sempre mudando de forma. Não somos ficção científica. É como quando o carvão se transforma em diamante. Ele não retém a possibilidade de mudança. Pode apertar o quanto quiser, não vai se transformar em uma bola de borracha, nem numa pizza *quattro stagione*, nem num auto-retrato de Rembrandt. Está *feito*.

Os cientistas ficam furiosos quando leigos entendem errado, por exemplo, o princípio de incerteza. Em uma era de grandes incertezas, é fácil tomar ciência por banalidade, acreditar que Heisenberg está dizendo apenas xi, cara, a gente não pode ter certeza de nada, é tudo tão *incerto*, mas mesmo assim não é, meio assim, *bonito*? Enquanto na verdade ele está nos dizendo exatamente o oposto: que se você sabe o que está fazendo pode determinar exatamente o quantum de incerteza de cada experimento, de cada processo. Agora podemos atribuir pontos percentuais ao conhecimento e ao mistério. O princípio de incerteza é também uma medida de certeza. Não é lamento sobre as areias cambiantes, mas uma medida de solidez do chão.

By the same token [Da mesma forma], como dizemos em Hug-me, fico incomodado quando as pessoas entendem errado a mudança. Não estamos falando do bendito *I Ching* aqui, não. Estamos falando das inquietações mais profundas de nossas naturezas essenciais, de nossos corações secretos. Metamorfose não é um capricho. É revelação.

Em vários bares pela Plaza de Armas, pela Calzada Independencia Sur, pela Calle de Mariachis, estou aprendendo a perceber a diferença entre tequilas. Sauza, Ángel, Cuervo, as três grandes destilarias. Eu fico entre a Sauza e a Ángel, mas quem sabe eu ainda não experimentei o suficiente dos produtos dos outros caras, ei, *camarero*, mais uma aqui, *hombre, muy pronto*. A tequila branca é a bebida barata; depois, tem a *reposado*, de três meses de idade; mas a boa mesmo é a *tres generaciones*, o nome é um exagero, mas esperar de seis a doze anos de envelhecimento vale bem a pena. Em algum momento, vou conferir o mural de Orozco, *Homem em chamas*. Ele é uma instituição nacional agora, um nome importante, mas nos anos 30 teve de fugir para os Estados Unidos, onde fez a sua reputação, a história de sempre, você tem de sair de sua terra e fazer os gringos amarem você para ser amado na sua velha vizinhança. Cinco minutos depois, geralmente, você é dado por terminado, mas Orozco ainda tem aceitação, sujeito de sorte.

Ela fez sua escolha e não fui eu. Ela escolheu não mudar.

Com a ajuda das três gerações da destilaria Ángel fico imaginando como passar o resto de minha vida. Tenho só quarenta e dois anos. Merda, ela é mais velha que eu, que é isso?, será que todas as mulheres abaixo de quarenta anos do mundo inteiro me riscaram da lista? Não sei. Imagino que se você beber todas essas gerações acaba ficando incrivelmente velho. Mais três gerações, por favor, *camarero*. Vem vindo, *begat, begat, begat*. Melhor assim. As mulheres parecem mais jovens todo o tempo. As asas nascentes do ajudante de garçom.

Se eu tivesse alma, vendia agora para conquistar o desejo do meu coração. E mais três gerações, *sir* garçom, por favor.

Señor, acho que agora já basta. Onde fica seu hotel? Se quiser chamo um táxi para o senhor.

Em 13 de fevereiro de 1989, penúltima noite de sua vida (já estivemos nesse ponto antes), a legendária cantora popular Vina Apsara escolhe o inútil e brilhantinado playboy Raúl Páramo, um homem dado ao uso de jóias, para ser o agente de minha humilhação sexual. Estou esperando por ela no saguão do hotel quando entra, meio nua, já depois de uma trepada, nos braços dessa patética não-criatura que sorri estupidamente como o bobo da aldeia que ganhou na loteria e cujo fim, no final das contas, estava ainda mais próximo que o dela. Vina se detém na minha frente, rolando a língua, agarrada nele a menos de um metro de mim. Está declarando: *Você não é nada na minha vida, Rai, significa menos que este imbecil, portanto faça-me um favor, se mande e morra.*

Eu, porém, recebi dessa dama um treinamento para a vida inteira de que devo esperar seja qual for a migalha de si mesma que ela resolver jogar em minha direção. Domando os últimos farrapos de meu orgulho, dou uma propina ao inspetor de segurança do andar e consigo permissão para passar a noite no corredor da suíte dela, sentado num banquinho desdobrável — todo fotógrafo tem um, junto com o faro para confusão e uma escadinha portátil — preparando-me para me atirar aos pés dela e implorar que me deixe voltar para algum quartinho sujo nos fundos de sua vida.

Assim como Vina se sentou diante da porta trancada do atormentado Ormus, esperando que a deixasse entrar para poder tratar dele, também eu espero por ela. Nós somos o eco um do outro. Somos um o tinido no ouvido do outro.

Meio-dia do Dia dos Namorados. Já estivemos aqui antes. Eis Vina no corredor do hotel, em pânico e incerta, trancada para fora do próprio quarto, fugindo do amante moribundo; eis o canino Rai, seu fiel fornecedor, pronto como sempre para oferecer seus abjetos, ofegantes serviços.

Já estivemos aqui antes. Duas horas mais tarde e um helicóptero está sobrevoando o agave azul. Meu breve exílio terminou; com sentimentos ditados pela necessidade, Vina me vê de novo como um aliado essencial, presentemente seu único socorro e amparo. Sou uma rocha, como Licas atirado ao mar. E uma rocha não sente dor.

Passamos por sua criadagem na estrada lá embaixo. *De todos vocês, filhos da puta, ele é o único em que posso confiar.* Vina, que acha que confiança é uma prisão, declarou sua confiança em mim.

Está profundamente abalada pela história com Raúl Páramo. Em meus fones de ouvido escuto o som nostálgico do Hug-me, o argô da nossa juventude. Faz tanto tempo. Depois, lembrando, ficarei profundamente emocionado pela idéia de que perto do fim Vina fez uma volta para o nosso começo. Claro que a linguagem particular era útil, para proteger do piloto e do co-piloto a nossa conversa pelos fones de ouvido, mas só para isso até o inglês seria suficiente. Ela foi além do que precisava, ressuscitando a velha Bombaim no ar seco e quente do México.

Lembrando, não consigo deixar de pensar em sua decisão como um penhor de nossa intimidade; como uma promessa de futuro.

Já estivemos aqui antes. Sabemos que essa promessa não será, não poderá ser cumprida.

Ela é uma mulher preocupada: a polícia, Páramo, as drogas. Está até mesmo — surpreendentemente — preocupada comigo. Será que posso perdoar o comportamento horrível dela et cetera, às vezes ela simplesmente dispara e machuca as pessoas de que mais gosta, e como eu fui forte de ainda estar lá para ela?, de não ter ido embora?, de ter lhe dado mais uma chance. Mas será que por favor por favor ela não podia deixar para resolver a questão de amor depois, porque agora não está conseguindo pensar direito?, com a turnê, e tudo?, ela fica me devendo isso até a cabeça dela clarear. Rai, você já esperou tanto, meu bem, não pode esperar mais do que trocentos dias.

Na língua do amor infantil escuto as palavras que emocionam meu ainda apaixonado coração de adulto. Okay, eu espero, digo. Fico esperando, Vina, mas não por muito tempo.

Hug me honey honey hug me. Hang on Sloopy, come on come on [Me abrace, meu bem, meu bem, me abrace. Fique, Sloopy. Vamos, vamos].

O feroz calor do dia, a multidão gritando no campo de futebol, os dois Bentleys prateados de don Ángel Cruz, os animais assustados, os mariaches, e Vina cantando *Trionfi Amore*, última canção que qualquer um já a ouviu cantando.

... il cor tormenta
Al fin diventa
Felicità.

Depois o terremoto. Eu pego minhas câmeras, disparo, e para mim não há mais sons, só o silêncio do ocorrido, o silêncio da imagem fotográfica.

Tequila! Já estivemos aqui antes.

No tempo de Voltaire, acreditava-se que costuras subterrâneas de enxofre ligavam os pontos de terremotos. Enxofre, com seu fedor de Inferno.

Diante da flamejante magnificência do cotidiano, o artista fica ao mesmo tempo humilhado e provocado. Hoje existem fotos de acontecimentos em escala inimaginável: a morte de estrelas, o nascimento de galáxias, sopas primordiais perto do alvorecer do Tempo. Multidões de sóis reunidas nos confins do céu. Nebulosas de glória, torres pisanas celestes pousadas num celestial Campo dei Miracoli, inclinadas no enquadramento. Quando vemos essas imagens, sentimos, sim, um legítimo deslumbramento com nosso alcance e capacidade cada vez maiores. Mas seria realmente vaidoso louvar nossa minúscula obra — a mestria dos controladores do Hubble, os *enhancers* computadorizados, os colorizadores, todas as contrapartidas de fantasias da vida real dos tecnomagos e engenheiros de Hollywood — enquanto o universo está exibindo um show tão absolutamente insuperável. Diante da majestade do ser, que se pode fazer senão baixar a cabeça?

Isso é enfurecedor. Isso, naturalmente, nos deixa putos.

Existe dentro de nós algo que nos acredita dignos das estrelas. Vire à direita nessa encruzilhada e você encontra Deus; vire à esquerda e existe a arte, sua inquebrantável ambição, seu glorioso e irreverente alcance. Em nossos corações acreditamos — *sabemos* — que nossas imagens são capazes de ser iguais aos modelos. Nossas criações podem acompanhar a Criação; mais que isso, nossas imaginações — nosso fabrico de imagens — são parte indispensável da grande obra de *tornar real*. É, eu chego a afirmar isso. (Geralmente afirmo essas coisas quando estou sozinho na solidão isolada do banheiro, mas hoje todas as verdades de banheiro têm de entrar em ação.)

Por exemplo: ninguém ainda foi capaz de fotografar os rasgos no cosmos que, se Ormus Cama merece crédito, são responsáveis pela atual onda de catástrofes. Obter essa imagem significaria efetuar uma profunda mudança na realidade, uma mudança de primeira grandeza em nossa compreensão daquilo que é.

Temos, porém, uma nova foto de um terremoto no sol. Apareceu nas primeiras páginas de jornais de todo o mundo, em cores. O terremoto parece uma bolha de calor explodindo na superfície de um mingau dourado grosso e quente. Mas as ondulações sísmicas do mingau solar que vemos são, aparentemente, mais altas do que sete Himalaias — mais de 65 mil metros.

Se não tivéssemos a fotografia, a notícia do terremoto não teria realidade. Assim como está, cada leitor de jornal do planeta está agora fazendo a mesma trêmula pergunta.

Será que o sol também está com problemas?

Assim, uma foto pode criar o significado de um evento.

Às vezes, mesmo quando é falsificada.

Em minha última foto de Vina o chão que ela pisa está rachado como uma calçada maluca e há líquido por toda parte. Ela está em cima de uma placa de pavimentação da rua inclinada para a direita; ela inclinada para a esquerda para compensar. Seus braços estão abertos, os cabelos voando, a expressão de seu rosto entre raiva e medo. Atrás dela o mundo está fora de foco. Há uma sensação de erupções à volta de todo o seu corpo instável: grandes descargas de água, terror, fogo, tequila, poeira. Esta última Vina é a calamidade encarnada, uma mulher *in extremis*, que é também, por acaso, uma das mulheres mais famosas do mundo.

Depois do desaparecimento de Vina Apsara na Villa Huracán, minha foto do terremoto ficará ao lado daquela pequena coleção de imagens fotográficas — a saia esvoaçante de Monroe, a menina queimada na Indochina, o nascer da Terra — que realmente *se tornam experiências*, parte da memória coletiva da humanidade. Como todo fotógrafo, eu esperava terminar meus dias com meu nome ligado a algumas imagens poderosas, mas a foto de Vina supera até as minhas aspirações mais ambiciosas e autoglorificantes. *The Lady Vanishes* [A dama desaparece], como passará a ser conhecida, será certamente o meu mais amargo legado à posteridade. Se serei lembrado, será apenas por isso. Portanto, pelo menos em um sentido, Vina e eu estaremos juntos para sempre, a despeito de tudo, uma consumação que desejei minha vida inteira, ainda mais devotamente do que desejei o sucesso profissional. Sim, estaremos ligados para sempre, além da esperança, além da vida, metamorfoseados pelo Imenso em Eternos. Mas eu estava errado sobre a natureza da força metamórfica que opera suas maravilhas sobre nós. Em nosso caso, não foi o amor, mas a morte.

Cuidado com o que deseja.

No começo de minha vida na fotografia, fui culpado de uma vergonhosa fraude: as fotos de um homem morto passaram por minhas. Desde então — conforme admiti para mim mesmo algumas vezes, embora em outros momentos tenha conseguido temporariamente suprimir a lembrança daquele salto de bota girado, do outro enforcado em minha vida — precisei do que quer que fosse o equivalente não-teísta de redenção; chame de auto-respeito. Eis a ironia: quando afinal eu efetivamente crio uma das imagens icônicas da era, preferia não tê-lo feito, eu definitivamente concordo que ela, o assunto, valia muito mais do que qualquer foto que tirei dela; não suporto ser deixado com essa única reflexão muda de sua infinita variedade.

Podem ficar com a porra da foto. Eu quero Vina de volta.

Além disso, como a foto aparecerá pela primeira vez ao lado das notícias sobre o que se chamou de desaparecimento dela por falta de outra palavra, estará permanentemente associada, na mente do público, àquele momento final de terror. Gente é assim. Mesmo sabendo que não podia haver um fotógrafo presente no fim de Vina, aceitamos a autenticidade da imagem sem maiores problemas. Minha foto de Vina numa rua sacudida de tequila sofre uma mutação sob a pressão do mundo por últimas coisas, sob a pressão dessa manifestação global do Imenso, vira um retrato de uma estrela no momento, digamos, de sua morte.

É, portanto, uma espécie de falsificação não intencional. Mais uma fraude. E, embora eu tente colocar as coisas nos lugares, contando a história daquela foto insistentemente, ninguém escuta de fato. Todos já sabem o que precisam saber. *The Lady Vanishes*. O mundo resolveu.

Já estivemos aqui antes.

Eis um helicóptero, planando pouco acima do solo quebrado. Eis a mulher que eu amo, chamando-me pela porta aberta. *Então eu vou.* E eu grito de volta, Não posso ir. *O quê?* Vá. *Foda-se.* O quê? *Adeus, Esperança.*

Eis o que as pessoas dizem quando não estão dizendo o que querem dizer.

Então eu vou. (*Venha comigo, por favor, eu preciso de você, não acredito que não vai comigo.*) Não posso ir. (Minha querida. Nunca mais quero deixar você longe dos meus olhos de novo, mas, droga, você me chutou, sabia?, quer ver os hematomas?, e só desta vez eu não vou botar você em primeiro lugar. Eu vou logo, dessa vez você pode esperar por mim. Se me quiser, você espera. Isso mesmo, um teste. É. Talvez seja mesmo.) *O quê?* (*Seu filho da puta?, acha que pode me dizer não? Ah, meu Deus, Rai, não brinque assim, não agora, não hoje.*) Vá. (Tudo bem, sem brincadeira. Eu te amo para sempre e mais. Mas isto é o meu trabalho. Eu chego lá mais depressa que um piscar de olhos. Vá. Eu vou logo depois de você. Te amo. Vá.)

Foda-se. (*Eu não queria que você viesse para o México, nunca quis foda-se mas você veio assim mesmo foda-se e acho que isso prova alguma coisa é mas eu magôo você assim mesmo eu estava maluca eu estava errada foda-se e depois você me ajudou foda-se isso mexeu comigo foda-se então confiei em você confiei mesmo foda-se e aí a Terra mexeu e você me abandonou foda-se fica tirando suas fotografias eu podia estar morrendo podia estar toda quebrada morrendo mas você tem de trabalhar foda-se você e agora você foda-se não vem comigo foda-se agora quando eu finalmente resolvi que preciso de você foda-se quero você foda-se talvez te ame te amo mesmo foda-se Rai eu te amo foda-se. Amo.)*

O quê? (O quê???)

Adeus, Esperança. (Adeus por um momento, seu filho da puta, mas depois disto eu não vou mais deixar você ficar longe dos meus olhos. Da próxima vez que a gente se encontrar vai ser o começo do resto das nossas vidas.)

Toda noite, há anos, eu repasso o diálogo gritado na minha cabeça, e agora acho que é isso que ele deve significar. Talvez *Adeus* fosse de verdade o começo nunca completado de *Olá*. Eu espero que sim, espero que sim. Mesmo que esse sentido torne a carga mais difícil de carregar e a dor mais difícil de agüentar.

O que o piloto diz na Televisa: *Señora*, levamos a moça por cima das montanhas até o litoral e lá embaixo em todo lugar era uma destruição de partir o coração. A gente mais pensava era nas nossas famílias, verdade, mas cumprimos nosso dever até o fim. As chamadas para a Villa Huracán não completavam, o telefone estava quebrado, mas a moça famosa, ela insistiu em continuar com o combinado, estava sempre dizendo mais depressa, não dá para ir mais depressa? Por ela, nenhum homem conseguia dizer não para ela, a gente fez tudo o que podia, e quando chegamos em El Huracán parece que tinha sido abençoada pela sorte, tudo intacto, na nossa Terra mãe inteira quebrada aquele cantinho tinha ficado inteiro para receber a moça. Conforme o plano combinado a gente pousou na areia no pé do rochedo e ela ia subir até Huracán. Mas na praia não tinha ninguém para levar a bagagem dela, que vocês podem imaginar que era muita porque ela é moderna. Claro, a gente carrega as malas, sem problema, mas estava preocupado com a máquina, vocês entendem, e também, não vou negar, tinha muita vontade de ver de novo minha mulher e meus filhos em Acatlán. A moça também era insistente e era mulher de muita força de expressão, entende?, então para fazer o que ela queria a bagagem ficou no primeiro degrau da escada até lá em cima e a gente se despediu e acabou. — Desculpe, como é? — Mas claro que ficamos preocupados com a segurança dela. Foi por isso que a gente circulou duas vezes por cima do estabelecimento e não foi embora enquanto não viu o outro indivíduo que estava lá. — Não, infelizmente, além da moça distinta na areia não dá para identificar a outra pessoa. Mas a gente não abandonou ela, não. Isso é uma acusação muito suja. A situação em El Huracán naquele momento ainda era normal. Quando a gente foi embora nenhum incidente de tipo nenhum era observado.

O chefe da Colchis, Mo Mallick, conversa com Larry King na CNN. Seus cabelos loiros até os ombros, seus óculos honestos, seu perfil fabuloso. Excertos: Claro, Larry, ficamos apavorados, admito, quem não ficaria?... A casa tinha, ou acho que devia ter, ainda é difícil de dizer, *tinha* gerador próprio, portanto tínhamos alguma energia, mas os telefones, a água, estava tudo interrompido, no litoral inteiro, como se sabe, foram tremores muito fortes... E eu tinha convidados, Larry, o escritor talvez mais importante do Chile e sua linda esposa americana, eles também eram minha responsabilidade, e o que eu posso dizer, simplesmente nunca me ocorreu que ela faria a viagem, entende?, não era o momento para passar alguns superdias na costa do Pacífico. Olhe, os empregados tinham ido embora, sumiram, sem faltar ao respeito com eles, entendo como deviam estar se sentindo, eu provavelmente teria feito o mesmo, mas eles tinham ido *embora*. E eu, sabe, como posso levar meus hóspedes comigo para um lugar seguro o mais depressa possível, seja onde for, entende? Quer dizer, tínhamos tido sorte até ali, mas não dava para abusar... Não me ocorreu nem por um minuto que ela ia descer, sem nenhum plano para escapar, sem saída, entende? ali na po*bip* da praia, desculpe. — Como? — Ah, o piloto disse que viu...? — Não, Larry, não sei dizer quem poderia ser. Os empregados estão todos bem, acho, e os meus hóspedes e eu a mesma coisa. Se ficou alguém por lá, coitado, isso é novidade para mim. Quem sabe alguém querendo saquear a casa, não quero ser pejorativo, não, mas seria a mesma coisa na Califórnia, claro, mas nessas horas sempre aparecem ladrões. Mas ele pagou um alto preço, hein.

O momento sísmico de um terremoto é medido multiplicando-se sua área (o comprimento da falha vezes a largura), a quantidade de resvalamento e a resistência da rocha local. A força de um terremoto é geralmente caracterizada pelo uso do logaritmo de momento — conhecido como *magnitude* — mais do que o momento em si. Assim, todos os terremotos, de pequenos a grandes, são classificados de um a nove, cada unidade de magnitude representando um aumento de dez vezes a sua força. Um terremoto de magnitude nove é um bilhão de vezes mais poderoso do que um choque de primeira magnitude. Esse sistema de medida foi batizado com o nome do sismólogo norte-americano Charles Richter. Além disso, a intensidade de um terremoto, definida por um índice de seu efeito destrutivo, é classificada de I a XII na escala chamada Mercalli Modificada. O terremoto monstro que atingiu a costa pacífica do México na manhã de 14 de fevereiro, fazendo desaparecer Villa Huracán, o povoado vizinho de Aparajitos, as cidades de Puerto Vallarta ao sul e de Mazatlán ao norte, e muito mais, atingiu o nove da escala Richter, o que quer dizer: o pior que se pode imaginar. E também XII na Mercalli Modificada, indicando completa destruição. Os sismólogos revelaram o surgimento de uma gigantesca nova falha, com aproximadamente mil quilômetros de comprimento e cem quilômetros de largura, correndo mais ou menos exatamente ao longo do litoral. Os piores terremotos ocorrem em zonas de subducção, onde as placas tectônicas colidem e uma placa é empurrada para debaixo da outra. Em 1960, um terremoto de magnitude oito ponto cinco esmagou um bom pedaço do Chile. Para a comunidade sismológica internacional, o terremoto de Aparajitos em 1989 indica uma súbita e devastadora extensão para o norte dessa poderosa guerra subterrânea, o esmagador encontro de grandes placas. É um evento importante na história geológica da Terra. Uma fissura ao longo da eterna fronteira entre a terra seca e o mar.

Outra possibilidade, claro, é de que seja a primeira grande calamidade provocada pela colisão de mundos descrita por Ormus Cama em seu boletim mundial muito ridicularizado; o começo de um fim inimaginável.

Ela está sozinha quando acontece. Talvez esteja no terraço de café da manhã debaixo do freixo, bebendo uma margarita feita com tequila *tres generaciones*, pensando na genitália exposta do velho romancista, ou em Ormus Cama com seu tapa-olho, suas dores de cabeça, suas profecias. Ou no futuro; em mim. Ao imaginá-la, vejo-a de novo amortalhada em fotográfico silêncio. Se os pássaros cantam, se o vento de repente uiva entre as árvores, se, como na ilha de Próspero, a selva atrás de El Huracán está cheia de ruídos, eu nada sei deles. A tempestade está chegando, mas não estou interessado nem em encantamentos nem em usurpações.

Ou ela não está sozinha. Algum Calibã emerge da selva para reclamar seu direito de nascimento. Ela está ameaçada. Ou não está ameaçada. Ela luta. Não, não há luta. Não há Outro. O piloto mentiu para parecer mais responsável do que foi, para se safar, só isso. O Outro é um fantasma, uma fabricação. Ela está sozinha, com uma margarita na mão, e há um belo pôr-do-sol. Em seus últimos minutos ela está banhada pela beleza do mundo. Talvez esteja cantando. Quero pensar nela cantando, contra o roxo e laranja do céu.

Embora eu não ouça mais nada, posso ouvir sua voz heróica subindo em canto.

Então o chão simplesmente se abre e a devora, como uma boca.

Uma grande extensão do litoral do Pacífico é, da mesma forma, simultaneamente devorada. O resvalamento do terremoto é de onze metros: imenso. O oceano ferve e preenche o talho na Terra, o rasgo, de fato. Água, terra, fogo explodem no céu. As mortes, os *desaparecimentos*, são contados em dezenas, em centenas de milhares.

A Terra se fecha sobre o seu corpo, morde, mastiga, engole, ela se foi.

Não consigo organizar de fato os pensamentos. — *Temo não estar em meu juízo perfeito.* — Ah, ela é cascalho, e está no fundo do abismo! — Vina, a alegria da vida, o sinal para a nossa humanidade — desaparecida!, neste século de desaparecidos, de desaparecimentos — tanta gente não localizada — a raça humana oferece ao deus da terra seu maior prêmio, Vina!!, e a divindade, em vez de ficar satisfeita, sente seu apetite aumentar além do suportável e controlável, e engole mais cem mil — Ormus, ela está perdida para nós dois, esmagada naquele abraço lodoso — você disse isso, Ormus, são palavras suas, a Terra aprende rock'n'roll — Louco, devo culpá-lo ou abraçá-lo? — ao cantar isso você fez com que existisse? — Então consegue cantá-la de volta à vida, para você, para mim?

> *Esta é a mulher por cujo amor*
> *maior lamentação brotou de uma lira*
> *do que das vozes de todas as carpideiras*
> *desde o começo do mundo. Seu luto*
> fez *um mundo — trouxe tudo de volta,*
> *as florestas, vales, estrada e aldeias;*
> *seu gado, campos, rios; um mundo igual ao nosso*
> *cercado pelo sol, circundado de estrelas como o nosso...*
> *mas pousado de modo bem diferente*
> *naqueles outros céus. Tão amada era ela.*

A escala da emergência amesquinha as tragédias individuais. Tantos mortos, tantos danos estruturais e infra-estruturais, tamanho golpe na alma do país, e mais: na sensação de à vontade da raça humana sobre a Terra. Estradas, pontes, pistas de pouso, montanhas inteiras em ruínas, ou no fundo do voraz oceano. Uma gigantesca operação de socorro está em andamento, e o acesso à área devastada é negado, a não ser aos militares e ao pessoal das entidades de atendimento. Poucas equipes de televisão e fotógrafos são credenciados e levados por helicópteros do exército. A ajuda internacional exige imagens. Podemos ser úteis. Meu cartão da Agência Nebuchadnezzar — jamais consegui pedir demissão formal — garante-me a viagem.

Estou, portanto, mergulhado no coração da ruína quando a fotografia de Vina explode nas primeiras páginas do planeta; quando ela se transforma no rosto da catástrofe. Estou vendo cenas saídas de Bosch — cabeças de crianças decapitadas penduradas de galhos de árvores quebradas, pernas nuas de mulheres espetadas na vertical, como espadas gêmeas fincadas na rocha "sólida" —, cenas que reviram até o estômago de um fotógrafo de guerra. Não tenho a consciência de ter ajudado a criar um mito. Mesmo quando o coronel encarregado da operação da imprensa faz o impossível para sobrevoar o local da desaparecida Villa Huracán, eu não entendo. Ele está servindo de alcoviteiro para o culto à celebridade do mundo ocidental, penso. E provavelmente tem razão: garante uns centímetros de coluna a mais, o que, traduzido em dólares, torna esta parte do itinerário uma verdadeira fonte de dinheiro. Em termos de foto, esta não é diferente das outras: a terra dilacerada, o oceano invasor, as árvores arrancadas. Imagens normais de desastre, nenhuma *palapa*, nenhuma piscina, nenhuma *starlet* morta à vista. Estou remoendo esses duros pensamentos quando inesperadamente caio em pranto. Choro, amarrado em meu lugar, até um muco grosso escorrer de meu nariz. Choro como um cachorro que uiva no túmulo de sua dona morta. Afinal, um dos engenheiros de som da equipe de TV me manda calar a boca, estou fazendo mais barulho que a hélice do motor, meu sofrimento está estragando a tomada.

Esses rochedos tombados são sua lápide, essas ruínas, seu túmulo. Grito seu nome. Vina, Vina.

Quando pousamos, de volta à pista de pouso militar de Guadalajara, o coronel, um homem da minha idade, vem até mim. Você a conhecia, acho? — Conhecia, digo. — Então, esta foto é sua? Ele tira a carteira e ali, dobrada, está a oscilante Vina na rua inundada de tequila. Fico olhando a imagem mal reproduzida no recorte de jornal amassado e borrado, enquanto o vento tenta arrancá-lo de minhas mãos. *Señor*, é uma hora muito triste, diz o coronel, e é claro que respeito muito a sua dor, mas, por favor, será que podia gentilmente me dar seu autógrafo nesta foto?

Tonto, assino meu nome.

Ormus Cama chega a Guadalajara num terno preto de linho e tapa-olho de veludo combinando, apoiado no grande Will Singh, e na antiga, minúscula Clea, com uma falange de outros Singhs para defendê-lo do mundo. Ele alugou dois andares do gigantesco Hyatt na Plaza del Sol, na moderna Zona Rosa de estilo ianque: um andar inteiro para ele, o outro para os Singhs. Clea vem me procurar no meu quarto mais humilde da cidade velha. Venha, por favor, ela diz. Você é a única pessoa do mundo que ele quer ver.

O rosto estreito, grave, de Clea parece sobrecarregado com o que leva: um par de óculos imensos de armação de plástico transparente e lentes tão grossas que sem eles deve ser praticamente cega. Não consigo imaginar sua idade; ela pode ter qualquer idade entre sessenta e cem anos. Não é preciso adivinhar sua eficiência, sua férrea lealdade a Ormus, sua incansável dedicação a ele.

Faz muito tempo, digo. (Querendo dizer, como posso consolar esse coração perdido e machucado? Eu, dentre todos os homens. Devo contar a verdade? Onde termina a honestidade e começa a crueldade? O que interessa mais: minha necessidade de ser conhecido como seu amante, ou a necessidade dele de não saber? Que ele viva em ignorância. Já tem muito com que se preocupar, com a iminência do fim do mundo e tudo.)

Clea está de lábios cerrados, alisando sua saia comprida, cintada, sacudindo ligeiramente a cabeça. Minha resposta não merece sua aprovação.

Vocês eram amigos, ela diz, como se isso acertasse tudo. Mansamente, sigo-a até a limusine que espera.

O andar de Ormus no Hyatt é como o *Maria Celeste*: inquietantemente silencioso. Uma cidade fantasma de cinco estrelas no topo da cidade. Ele mandou redecorar de acordo com seu gosto minimalista. Quase toda a mobília foi retirada, todos os quadros e ornamentos, e muitas das portas. Lençóis brancos cobrem as paredes, e o carpete também. Um pequeno aviso ao lado do elevador pede que se tirem os sapatos. É um mundo descalço, à parte.

Passeio pela macia paisagem lunar com minhas meias, procurando o grande homem. Finalmente, escuto o som de um violão acústico vindo de um dos quartos que ainda exibe uma porta. É uma velha canção, mas reconheço-a de imediato, mesmo com a letra nova.

All my life, I worshipped her. Her golden voice, her beauty's beat. How she made us feel, how she made me real, and the ground beneath her feet.

And now I can't be sure of anything, black is white, and cold is heat; for what I worshipped stole my love away, it was the ground beneath her feet.

She was my ground, my favorite sound, my country road, my city street, my sky above, my only love, and the ground beneath my feet.

Go lightly down your darkened way, go lightly underground, I'll be down there in another day, I won't rest until you're found.

Let me love you true, let me rescue you, let me lead you to where two roads meet. O come back above, where there's only love, and the ground beneath her feet.

[A vida inteira, eu te adorei. A voz de ouro, a beleza que hipnotiza. O que nos fez sentir, como me fez existir, e o chão que ela pisa.

Agora não tenho mais certeza de nada, preto é branco, e o frio é lava; o que eu adorava roubou meu amor, que era o chão que ela pisava.

Ela era meu chão, minha melhor canção, minha estrada no campo, a rua em que eu morava, o céu superior, meu único amor, e o chão que eu pisava.

Pisa de leve essa estrada sombria, desce ao fundo devagar, que vou te seguir daqui a um dia, e não descanso até te encontrar.

Deixe eu te amar, deixe eu te salvar, para a encruzilhada deixe eu te levar, volte para cima, peço, por favor, volte para onde só existe amor, e o chão fica embaixo, pra você pisar.]

Talvez no outromundo ela não esteja morta, vou ter de procurar por ela lá, ele diz, ao me ver parado, perdido e trêmulo na porta. Então essa pretensa realidade alternativa dele se transformou em uma versão do mundo criado pelo luto de Rilke, um cosmos-lamentação *igual ao nosso, mas pousado de modo bem diferente naqueles outros céus*. Um mundo de dor tornado real pela canção, pela arte. Seja o que for. Espanto o encanto da canção. Ela está morta, essas fantasias não me servem de nada.

Ela tinha razão de não confiar em nada, digo em voz alta. Até o chão a traiu. Mas, mesmo não confiando em nada, ela estava preparada para apostar no amor, e isso foi heróico, nada menos. Aí me detenho, sem especificar: amor de quem?, ou quantos? *Let it be.* [Deixe estar.]

Ele está sentado de pernas cruzadas no chão do quarto vazio com uma guitarra country de doze cordas sobre os joelhos. Parece péssimo; o cabelo quase branco, ralo. Sua pele é cinzenta, doentia. Ele nunca pesou a mais, mas agora perdeu muitos quilos. Parece velho. Tem apenas cinqüenta e dois anos.

Era você?, ele pergunta, sem olhar para mim. Na villa, a outra pessoa, era você. A fotografia, et cetera. Preciso saber.

Não, digo. A foto foi antes. Eu só fui até lá depois, com a imprensa.

Um silêncio. Ele balança a cabeça, duas vezes. Okay. Isso ele aceita.

Eu sempre soube que havia outros, um outro, ele diz, com voz sem brilho, ainda olhando as cordas da guitarra. A meu pedido ela nunca me deu detalhes. Tudo o que dizia era que ele era completamente diferente de mim.

(Lembro-me de uma outra coisa que ela dizia. *Vocês dois são mais parecidos do que você pensa. Só que ele está afundando... e você está subindo.*)

Ela só me disse, Ormus continua, que era uma atração física, enquanto o que nós tínhamos era a coisa toda: amor. (A boca dele se retorce, amarga. E por acaso a minha também.) Isso era ao mesmo tempo dolorido, porque obviamente eu não estava dando o que ela precisava, e confortador porque garantia que ela ia ficar comigo. Mas agora estão dizendo nos jornais que a outra pessoa, fosse quem fosse, parecia muito comigo. Na verdade, durante um minuto lá eles pensaram que era eu, me telefonaram perguntando se eu tinha estado no México. Clea e o escritório tiveram de cuidar dessa parte. É engraçado, certo? Fiquei sabendo da morte dela porque as pessoas queriam saber se eu também tinha morrido.

É só especulação, digo. Pelo que sei não tem sinal de mais ninguém, muito menos uma descrição dele. Ou dela. É só lixo de jornal.

Quando ela estava viva eu conseguia não me importar com ele, Ormus diz. Agora preciso saber quem era. Ele é meu portal para ela, você entende. Para o outromundo dela, sua outra realidade. Ele, seja quem for, pode me ajudar a encontrar Vina. Pode trazer Vina de volta. Quer que eu diga quem eu acho que é?

Meu coração dispara. Quem?, pergunto.

Gayo, ele responde. Gayomart, meu gêmeo, que escapou de dentro da minha cabeça. Faz muito sentido, você entende? Ela estava trepando com os dois, ela precisava saber os dois lados da história. E talvez ele tenha morrido com ela, mas talvez ainda esteja lá. Tenho de saber se é uma coisa ou outra.

Percebo então que ele não está mesmo são. Sua consciência emerge intermitentemente, em meio a longas e danosas hibernações, e não é mais capaz de ver as coisas como são além de suas paredes amortalhadas. Você está errado, digo. Isso é inútil, bobo. Cante a sua música, Ormus, só cante e diga adeus.

Você não entende, ele diz, olhando-me nos olhos pela primeira vez. O mistério da vida dela agora é tão horrível quanto o fato da morte dela. Você era amigo dela, Rai. Sei que nós dois nos afastamos, mas ela sempre gostou de você. Me ajude.

É hora de ir embora. Dou de ombros e sacudo a cabeça.

Não.

Ele me chama quando estou saindo. *O local do terremoto*, quer saber. *Era frágil?* Isso me faz parar e virar. Era uma destruição, se é isso que você quer dizer, respondo. Como se você tirasse uma foto da beleza e depois, sistematicamente, quebrasse cada coisa da foto. Era assim.

Ele está sacudindo a cabeça. Está ficando mais fino em toda parte, diz. Acho que não vai sobreviver, não tem mais resistência. Então esses lugares em que simplesmente cede, em que se rasga, devem ser quase translúcidos. Você viu, não viu? A fragilidade. A fraqueza da coisa toda.

Vi uma catástrofe, digo. Vi o lugar onde ela morreu.

Ormus irá usar todos os seus consideráveis recursos para procurar o amante fantasma de Vina. Empregará agências de detetive e oferecerá recompensas. Quando souberem disso em Nova York, quer dizer, em toda parte, as pessoas vão começar a rir. Ele está se fazendo ridículo, e não se importa.

Em mais de uma ocasião (como fico sabendo depois por meio de Clea Singh), os detetives que ele contratou apontam o dedo em minha direção. Quando isso acontece, Ormus apenas ri, despede-os e contrata novos investigadores.

Ele acredita que pode enxergar através da superfície das coisas uma outra verdade abaixo, mas continua incapaz de ver o que está debaixo de seu nariz.

Ormus e eu temos uma coisa em comum. Estamos ambos tentando nos apegar à realidade da mulher que amamos, preservando e aprofundando a sua memória. E, sim, nós dois ansiamos pela ressurreição, por sua impossível volta de entre os mortos: nossa Vina, exatamente como era. Nossos desejos, porém, estão deixando de ter significado. Vina, na morte, é assaltada por uma segunda força sísmica, que a engole mais uma vez. Que a engole e a regurgita em mil lugares hediondos.

Essa força também atende pelo nome de amor.

16

VINA DIVINA

Que ela era amada, claro, eu sempre soube. Os fatos de sua persona pública não estão em dúvida: gente de países que ela nunca visitou a adorava pela beleza de sua voz; milhões de homens desejavam seu corpo e sonhavam com ele de noite; mulheres de todas as idades a admiravam e sentiam gratidão por sua franqueza, sua coragem, sua musicalidade; quando fez campanha contra a fome, ou pelo abatimento da dívida do terceiro mundo, ou em favor de várias entidades ambientalistas e vegetarianas, os líderes do mundo, achando que iam paternalizá-la, dar-lhe um tapinha na bunda e ignorar suas exigências, primeiro ficaram impressionados, depois seduzidos, e finalmente foram forçados a fazer significativas concessões devido à rapidez de seu intelecto, à sua determinação, à sua garra; ela era intensamente famosa, fabulosamente fotogênica, esmagadoramente sexy e muito divertida; e foi a primeira superestrela da idade da confissão, que por vontade própria desnudou as cicatrizes, viveu sua vida privada em público, falou sobre suas feridas, seus erros, suas faltas, abrindo uma linha direta com o coração desconfiado e envergonhado do mundo, de forma que, excepcional, poderosa e famosa como era, passou a ser vista como uma mulher comum que se expressava com largueza, cheia de falhas, mas valorosa, forte e fraca, autoconfiante e carente. Ela foi a deusa do rock da idade de ouro, mas era, também, improvavelmente, uma de nós.

Saber isso tudo significava estar mesmo assim despreparado para a escala da reação mundial à sua morte. Ela era, afinal, "só uma cantora", e nem mesmo uma Callas ou uma Sutherland, mas simplesmente uma intérprete popular da "baixa-cultura" cujo grupo de rock, o VTO, tinha se desfeito havia quase dois anos. Sua tentativa de volta estava longe de ser um triunfo, seu disco solo tinha tido vendas aceitáveis, mas não boas. Todos os sinais de uma estrela em decadência. Dada a sua fama, era previsível que a cobertura de seu declínio feita pela imprensa, rádio e televisão fosse pesada; que houvesse pequenas multidões de fãs tristes; que lágrimas, muitas de crocodilo, fossem derramadas com liberdade ou oportunismo; que houvesse algumas vozes decididamente invejosas, profissionalmente contra a corrente, tentando macular ou diminuir sua memória; que escândalos até então escondidos viessem à luz. Qualquer outra reação mais extrema seria inteiramente sem precedentes. Retrospectivas, álbuns de tributo, doações de caridade, uma onda de vendas de discos de volta-ao-catálogo, um ou dois concertos in memoriam, *e depois vamos em frente para o próximo negócio: esses eram os estágios característicos, os ritos ordenados de uma tal passagem.*

A morta Vina, porém, tinha uma surpresa na manga para todos nós.

Essa deusa póstuma, essa pós-Vina do underground, *rainha do submundo, suplantando a morta Perséfone em seu trono, transformou-se em algo simplesmente esmagador. Viva, e no auge, ela fora uma figura adorada, até mesmo um ícone, uma intérprete eletrizante e uma voz carismática, mas isso é o que era, não vamos além das medidas. Morrendo quando o mundo se agitou, ela com sua morte agitou o mundo, e foi alçada, como um César caído, ao grau de divina.*

Depois do grande terremoto de 1989, o jogador de futebol Achilles Hector foi imediatamente libertado incólume por seus raptores, tornando-se assim talvez a única pessoa a se beneficiar da horrenda tragédia. Ele conta na entrevista coletiva que sente como se estivesse começando uma nova vida, que tendo chegado tão perto da morte é como se essa reconquistada liberdade fosse a sua outra vida, e nossa Terra mortal o próprio Paraíso. Por essas palavras incautas ele é previsivelmente condenado pelos líderes da igreja e ignominiosamente obrigado a retirar suas alegres e hiperbólicas observações.

Enquanto isso, a surpreendente vida após a morte de Vina Apsara está crescendo além do poder de qualquer autoridade, espiritual ou temporal, de qualquer censura ou controle.

Em todo o mundo, quando chega a notícia de sua morte, as pessoas vão para as ruas, seja qual for a hora local, expulsas de suas casas por uma força que não sabem identificar. Não é a notícia do terremoto que as galvaniza, nem a miríade de mexicanos mortos que lamentam, é ela apenas. É difícil chorar por estranhos, exceto convencionalmente, rotineiramente; os que chorariam de verdade pelos cem mil mortos estão eles próprios entre os mortos. Mas Vina não é uma estranha. As multidões a conhecem, e com insistência, nas ruas de Yokohama, Darwin, Montevidéu, Calcutá, Estocolmo, Newcastle, Los Angeles, as pessoas descrevem sua morte como uma perda pessoal, como uma morte na família. Ao morrer, ela momentaneamente reinventou seu sentido de uma fraternidade maior, de uma participação na família da humanidade.

Nas linhas de frente dos conflitos armados do mundo, entre as fumaças nocivas de ódios antigos, homens e mulheres se reúnem em ruas esburacadas e vielas de atiradores, e se abraçam. Sempre foi uma esperança de Ormus Cama que fosse possível para os seres humanos — para si mesmo — transcender a fronteira da pele, não atravessar a linha da cor, mas apagá-la; Vina tinha sido cética, questionando essas premissas universalistas, mas na morte ela de fato transcendeu todas as fronteiras: de raça, pele, religião, linguagem, história, nação, classe. Em alguns países, há generais e clérigos que, alarmados pelo fenômeno Vina, por sua estranheza e globalidade, procuram reprimi-lo, emitindo ordens e ameaças. Que se mostram inúteis. Mulheres balofas de sociedades sexualmente segregadas arrancam seus véus, os soldados da opressão baixam suas armas, os membros de povos em desvantagem racial explodem de seus guetos, de seus bairros, de suas favelas, a enferrujada cortina de ferro é rasgada. Vina pôs abaixo as muralhas, e isso a tornou perigosa. O amor por sua turva radiação espalhou-se profundamente nos territórios dos reprimidos. Desafiando as autoridades, dançando na frente de seus tanques, dando-se os braços diante de rifles incertos, os pranteadores se deslocam ao ritmo fantasma dela, parecendo cada vez mais celebrantes, e até parecem preparados para abraçar o martírio em nome dela. Vina morta está mudando o mundo. As multidões do amor estão em movimento.

O modelo padrão do universo nos diz que, depois do *big bang*, a matéria foi irregularmente distribuída pelo novo cosmos. Houve aglomerações, e desses agregados de matéria nasceram as galáxias e estrelas. Da mesma forma, quando a raça humana explode ao ar livre, ela se aglomera. Os centros prediletos de aglomeração não são os altos lugares do mundo; nem palácios, nem parlamentos, nem casas de adoração ou grandes praças. De início, as pessoas procuram o meio baixo da música, as salas de baile, as lojas de discos, os clubes. Mas esses endereços se revelam inadequados: não têm espaço suficiente. As multidões começam, então, a gravitar em torno de estádios, arenas, parques, *maidans* — os grandes espaços. O Estádio Shea, o Parque Candlestick, o Campo do Soldado, San Siro, Bernabeu, Wembley, o Estádio Olímpico de Munique, o fabuloso Maracanã do Rio. Até a velha pista de corrida de Altamont é tomada. Em Bombaim, onde ela nunca se apresentou profissionalmente — foi só aquele momento no palco com os Five Pennies, mais de um quarto de século atrás —, o Wankhede fica cheio. Em Tóquio, Sydney, Johannesburgo, Pequim, Teerã, eles se reúnem em grandes números e simplesmente esperam.

Depois de um começo lento, até hostil, as autoridades do mundo são forçadas a ceder, resmungando. São anunciados dias de luto público, são propostos ritos fúnebres. As turbas reunidas não estão interessadas nessa reação atrasada dos grandes e poderosos. De seus governos pedem apenas comida, água e facilidades sanitárias, e isso começa a ser providenciado.

Nos estádios lotados, os sistemas de som tocam a música de Vina para as multidões. O presente é aceito. Onde possível, vídeos de suas apresentações são mostrados nos telões dos estádios. Em muitos países, os programas esportivos nacionais são suspensos, cinemas e teatros fechados, restaurantes ficam vazios. Em todo o mundo, ou pelo menos parece, existe apenas esse evento único, unificador: o milagre dos estádios, das pessoas reunidas para partilhar sua perda. Se a morte dela foi a morte da alegria de todo o mundo, essa vida após a morte é como se essa alegria renascesse e se multiplicasse.

Em muitos estádios, as multidões pedem que sejam construídos palcos, o que é feito prontamente. Indivíduos homens e mulheres sobem nesses palcos e começam a declamar. Eles contam com simplicidade, pessoalmente, mas sem individualismo, onde estavam quando ouviram sua música pela primeira vez, e o que isso significou em suas vidas, em seus casamentos, nos nascimentos de seus filhos, nas mortes de seus seres amados; em solidão e em companheirismo, em dias especiais e em dias comuns, em sua senilidade e em sua juventude.

E, como se fosse pela primeira vez, a importância dessa música — a música de Vina, e a música de que ela fazia parte — é manifestada, à medida que as pessoas, motivadas por sua memória viva-morta, encontram suas vozes e falam palavras desajeitadas ou eloqüentes, de amor. A música — a voz de Vina cantando as melodias de Ormus — rola ao redor do mundo, atravessando todas as fronteiras, fazendo parte de todos os lugares e de lugar nenhum e seu ritmo é o ritmo da vida. E Ormus cantando a sua *Canção para Vina* responde a ela. Desencarnado, ou melhor, encarnado em música, o amor dos dois paira no ar, sua história não mais limitada por prisões corporais ou temporais. Esse amor agora é música.

Imortal, eu penso. A história imortal dos dois, na qual a história mortal do meu amor não é ouvida em parte alguma.

Eis a charge de Gary Larson mostrando Vina e Jesse Garon Parker, o grotesco Gordo Jesse dos diamantes falsificados de Vegas dos seus últimos dias aburguesados, cheios de pílulas. Os dois estão sozinhos em um quarto de motel olhando o mundo através das lâminas de uma veneziana. O que será isso, o camarim dos mortos-vivos? Uma zona de trânsito zumbi do Lado de Lá? Ha ha ha.

Os senhores da informação foram pegos cochilando pelo inesperado gigantismo da morte e pós-morte de Vina Apsara, mas em questão de horas a maior operação de mídia do século já estava em ação, superando os Jogos Olímpicos, o Festival de Cinema de Cannes, a Entrega do Oscar, o Casamento Real, a Copa do Mundo. Pacotes de vídeo são fechados, frases de efeito são ditas. Começa um conflito mundial cujo prêmio é algo além do índice de audiência ou os ganhos com publicidade. O sentido em si é o prêmio. Da noite para o dia o significado da morte de Vina tornou-se o assunto mais importante da Terra.

Vina significat humanitatem.

Eis Madonna Sangria, dizendo que a dor da mulher é a única via de acesso que os homens podem ter para compreender a transcendência — *ela morreu para que os homens possam aprender a sentir* — alongando-se também sobre a sublimação. *Agora que ela está morta em segurança eles podem revelar o quanto a desejavam, sem perturbarem suas esposas.* (Madonna Sangria, que ultimamente atacava Vina e sua música, está agora, culpada, constituindo-se na mantenedora da chama.)

Eis uma fã musical do Japão, uma jovem beleza futurista numa roupa saída do Planeta dos Macacos, chamando Vina Apsara de grande amor de sua vida; nenhum homem, nem macaco, chegou tão perto quanto essa mulher que ela nunca encontrou pessoalmente.

Eis uma mulher italiana de fala rápida admitindo Vina no panteão das heroínas femininas do século, afirmando que ela era o verdadeiro gênio do VTO, cuja voz podia operar milagres. Ormus Cama? Bah! Um parasita. Um sanguessuga.

Eis uma gorda inglesa, última dos Runt, enfiada em sua anacrônica fantasia de couro preto, tachas e piercing na língua, gabando-se mentirosamente da época em que disse a Vina que ela era velha demais para o rock. Sai fora, vovó, e vá contar a novidade a vovô Cama.

Eis um ensaio de uma grande intelectual americana, *A morte como metáfora*, no qual ela argumenta que a vida de Vina, não a sua morte, foi a força liberadora; que a morte é simplesmente a morte e assim deve ser vista: como a vingança do inevitável sobre o novo.

Eis uma mulher recém-ordenada sacerdotisa, deduzindo que o fenômeno Vina revela a fome espiritual do mundo, sua necessidade de alimento para a alma. Ela convida as multidões do estádio a se congregarem todo domingo em sua igreja vizinha, *como Vina muito provavelmente gostaria.*

Eis mulheres islâmicas usando mantos-gaiola. Em sua enfática opinião, essa loucura sobre uma única mulher imoral revela a bancarrota moral e a aniquilação iminente do mundo ocidental decadente e sem deus.

Vina, que foi de lar em lar, é agora reclamada pelos lugares que a expulsaram, a Virgínia rural, o norte do estado de Nova York. A Índia a reclama, por causa da linha sanguínea paterna; a Inglaterra, porque foi onde sua carreira de cantora começou; Manhattan, porque tudo o que é mítico na Terra de hoje é cidadão de Nova York.

Eis um guru de estudos culturais, Primo Uomo, repetindo pela milionésima vez a mui reiterada idéia de que Vina tornou-se a patrona da idade da incerteza, a deusa com pés de barro.

Eis dois psicanalistas britânicos. Este, o jovem musculoso de olhos preguiçosos, autor de *Winking, Nibbling and Licking* [Piscando, mordiscando e lambendo] e *Sex: The Morning After* [Sexo: a manhã seguinte], fala em tons assombrados do monumental ato espontâneo de terapia em grupo. Aquele, o velhote mal-humorado da velha escola, é arrogantemente desdenhoso, criticando a maneira como o evento Vina privilegia a sentimentalidade crua sobre a razão, de forma que agora não podemos mais pensar, só sentir. Este chama o fenômeno de populista-democrático. Aquele teme que possa ser cripto-fascista, origem de um novo tipo de batalhão intolerante.

Eis críticos literários e teatrais. Os críticos literários estão divididos: o batalhador ciciante Alfred Fiedler Malcolm cita o Fausto de Marlowe — *Então correrei de cabeça para dentro da terra: Terra, abre! Oh, não, ela não me abrigará!* — e tenta construir uma teoria complexa sobre a grande celebridade como um roubo prometéico do fogo divino, cujo preço é este inferno-na-Terra póstumo em que uma mulher morta é efetivamente impossibilitada de morrer, constantemente renovada como o fígado de Prometeu, para ser devorada por abutres insaciáveis que se intitulam devotos. Este é o tormento eterno mascarado de amor eterno, ele diz. Que a dama descanse em paz. Ele é grosseiramente ridicularizado pelos opositores mais jovens da mesa, Nick Carraway e Jay Gatsby, que caçoam de seu elitismo absoluto e oferecem uma animada defesa do lugar do rock na sociedade, embora sejam também modernamente desdenhosos da baixa qualidade da linguagem utilizada pelos locutores dos estádios, sua repetitividade, o uso de versos de pé-quebrado e clichês de tablóides, a preocupante dominância de idéias preconcebidas sobre a outra vida (Vina vivendo para sempre, nas estrelas, em nossos corações, em cada flor, em todo recém-nascido). Essas idéias, Gatsby afirma, ríspido, não são muito afiadas; não muito rock'n'roll.

O debate teatral também se divide em dois. Há elogios pelo fenômeno de teatro de rua cru, espontâneo, improvisado, mas os participantes britânicos lamentam a duração desordenada da lamentação global, os franceses lamentam a ausência de uma direção de mão firme, os norte-americanos estão preocupados com a ausência de atores principais ou de um segundo ato viável. Toda a gente de teatro se reúne, porém, para reclamar que suas opiniões recebem pouca atenção, que eles, como sempre, estão sendo tratados como os parentes pobres, os mendigos de um festim.

Eis os produtores de filmes biográficos para televisão, anunciando a procura de sósias. Eis as convocações de elenco. Eis as filas dos esperançosos, dobrando quarteirões.

Eis Rémy Auxerre, dizendo que a dimensão do fenômeno é produto do *feedback loop* [auto-alimentação]. Ele argumenta que nos dias anteriores à comunicação de massa globalizada um evento podia ocorrer, passar seu pico e declinar antes que a maioria das pessoas da Terra sequer ficassem sabendo. Hoje, porém, a pureza inicial do que acontece é quase instantaneamente substituída por sua televisualização. Uma vez na televisão, as pessoas não estão mais agindo, estão representando. Não simplesmente lamentando, mas representando o lamento. Não criando um fenômeno com seus desejos crus e não mediados, mas correndo para fazer parte do fenômeno que viram na TV. Essa reflexividade é hoje tão justa que é quase impossível separar o som do eco, o evento da resposta da mídia a ele. Daquilo que Rémy insiste em chamar de *imediatização da história*.

Eis dois Novos Quakers de cabelos malucos, um paranóico e um místico, os dois prováveis fãs de Gary Larson, negando a morte dela... Onde está o corpo? Me mostre o corpo, okay? Ela não morreu, alguém queria tirar ela do caminho, só isso, a gente devia estar marchando para o Pentágono, para as Nações Unidas, sacou?... Não, ela está livre, cara, só que a gente não é digno dela, a gente tem de se purificar, e na hora da limpeza ela volta, saca?, quem sabe numa nave espacial?, quem sabe numa carruagem dos deuses?, para liberar a gente. Como Buda Jesus, cara, ela vive.

Televisão.

De volta ao Orpheum no inverno frio, sozinho e desolado, abraço meu próprio corpo e me arrepio enquanto meu hálito branco paira no ar. Estou sentado no telhado de chapéu e casaco, com as mãos em cima das orelhas mordidas pelo frio, tentando invocar Vina tomando banho de sol nua no pico do verão, Vina esticando o corpo e virando para mim com um preguiçoso sorriso descrente. Mas está frio demais, e de qualquer forma a loucura está em toda parte, não há como escapar da guerra de significados, o ar branco está cheio de palavras. *Diacronicamente falando, este é um evento na história que tem de ser entendido dentro do tempo como um fenômeno que tem certos antecedentes lineares, sociais, culturais, políticos. Sincronicamente, porém, todas as versões dele existem simultaneamente, formando coletivamente uma afirmação contemporânea sobre a arte e a vida... sua importância está na randômica falta de significado da morte... sua ausência radical é um vazio ou um abismo no qual se pode despejar uma maré de significados... ela se transformou num receptáculo vazio, uma arena de discurso, e podemos inventá-la à nossa própria imagem, como uma vez inventamos Deus... não há possibilidade de o fenômeno se esgotar logo porque a fase de exploração acabou de se instalar, as camisas com a última foto, as moedas comemorativas, as canecas, os adesivos, os velhos colegas de escola vendendo suas histórias, os exércitos de seus amantes ocasionais, sua* entourage, *seus amigos... tudo isso são efeitos multiplicadores, ela está presa em uma câmara de eco e o ruído fica girando e girando, ficando mais misturado, mais confuso, menos distinto... agora já é só barulho... e imagine, se ela tivesse vivido, a decadência de sua chama, sua lenta descida para a não-fama, para o nada... isso teria sido realmente um fim, um mergulho no submundo, e a pior parte é que ela ainda estaria viva. Talvez seja melhor assim.* Forever young [*Jovem para sempre*], *certo? Bom, com aparência de jovem pelo menos. Incrivelmente fantástica para uma mulher da idade dela.*

Vejo-me levantando, mugindo sem forma, sacudindo os braços para o céu cego, com lágrimas frias congelando no rosto. Como se o meu telhado fosse uma Torre de Silêncio e a memória viva de Vina ali estivesse, nua, debaixo dos abutres que circulam, desamparada e desprotegida a não ser por mim.

Depois de quarenta dias as multidões esvaziam os estádios, em resposta a um apelo direto de Ormus Cama, e lentamente a regularidade superficial da vida cotidiana do planeta é retomada. Em nome de Ormus, os Singh estão sempre nos tribunais, procurando proteger o "bem Vina" da exploração grosseira. A nova reprodução de Vina, Quakette, uma boneca que canta uma canção estúpida até que seu pedestal começa primeiro a vibrar, depois a se abrir e a engolir, é um alvo especial. Parece que toda a cascata de emoções do fenômeno Vina terminará no mercado de escravos do capital. Num minuto ela é uma deusa, no minuto seguinte é um *bem de consumo.*

Mais uma vez, eu a subestimo. É verdade que os interesses comerciais farão o impossível para possuí-la e usá-la, que seu rosto continuará a aparecer nas capas das revistas, que haverá videogames e CD-ROMS e biografias instantâneas e fitas contrabandeadas e cínica especulação sobre sua possível sobrevivência e todo tipo de besteira nos bate-papos da Internet. É verdade ainda que a sua "turma" — seu selo de gravação e, no papel de administrador e equipe de negócios, Ormus e os Singh — irá capitalizar o Efeito Vina também, colocando o rosto dela no leite, no pão, no vinho, assim como nas refeições vegetarianas e nos discos.

(Uma vez, li uma história sobre uma mulher que abominava seu marido vagabundo. Quando ele morreu, ela cremou seu corpo e colocou suas cinzas em uma ampulheta, que colocou sobre a lareira com os dizeres, *Afinal, maldito, você vai trabalhar.* O amor de Ormus por Vina não está em dúvida, mas ele também está mandando o fantasma dela fazer negócios para a empresa familiar.)

Tudo isso é verdade. Mas o que ficará evidente no curso do ano é que algo como um terremoto está se formando dentro das pessoas, que em países por todo o globo a legião de adoradores de Vina adquiriu um gosto pela ação coletiva e pela mudança radical. A instabilidade, condição moderna, não os assusta mais; ela agora parece possibilidade.

Esse é o verdadeiro legado de Vina, não os quilômetros de comentários sentimentais, nem as bonecas de mau gosto.

E a Terra movente também tem mais mudanças à espera.

É assim que eu me lembro.

O ano inteiro depois que ela morreu, fiquei completamente desequilibrado, sem saber o que fazer para melhorar, onde colocar minha própria dor, como continuar. Ficava me lembrando de um dia na praia Juhu, uma menina de maiô de listras e estrelas maldizendo tudo o que havia em volta. Foi nesse dia que eu fiz minha foto do mundo como eu queria que fosse, a foto em que habitei daquele dia em diante, até o dia em que ela morreu. Parecia que alguém tinha tirado a foto da minha mão e rasgado em pedacinhos.

Quando você não tem uma imagem do mundo, você não sabe como fazer escolhas — materiais, inconseqüentes ou morais. Você não sabe de que lado é em cima, ou se está indo ou vindo, ou quanto é dois mais dois.

(Mil novecentos e oitenta e nove é também o ano em que a imagem de todo mundo se quebrou, o ano em que fomos todos atirados num limbo sem moldura: o futuro sem forma. Tenho consciência desses fatos. Mas isso é política e sismologia, e fica para depois. Agora estou falando do que aconteceu comigo.)

Eu acordava achando que ela estava no quarto, e ficava no escuro, tremendo. Eu via sombras se mexendo com o rabo dos olhos e também eram ela. Uma vez, liguei para o telefone particular dela no Rhodopé e ela atendeu no primeiro toque. *Alô. Não posso atender agora. Por favor, deixe seu recado e eu ligo assim que puder.* Entendo que Ormus não tenha sido capaz de apagar a voz dela. Depois disso, liguei para o número dez vezes por dia, ou mais. Muitas vezes, quando eu ligava, a linha estava ocupada. Imagino quantas outras almas perdidas estavam apertando botões em seus telefones só para ouvir aquelas dezesseis palavras. Depois pensei que talvez houvesse apenas um outro chamando. Ormus Cama, como eu, precisava ouvir repetidamente a última gravação de sua mulher.

Eu ligo assim que puder, uma promessa que eu precisava que ela cumprisse. Mas que recado eu deveria deixar? Qual a comunicação que a traria de volta dos mortos?

Por um breve instante senti meu coração bater por Ormus Cama, meu rival no amor. Agora meu rival pela mão de ninguém. Em meio àquele oceano de "amor", aqui estavam estes dois amantes naufragados, Ormus e Rai, incapazes de abrir seus corações um para o outro, incapazes de se ajudarem, fazendo telefonemas idiotas à morta desde suas jangadas fétidas.

Um ano depois da morte dela, alguém apagou a fita — eu acho que foi Clea Singh, tentando arrancar Ormus de sua depressiva decadência — e nesse dia chorei de novo, como se só naquele momento Vina tivesse sido tragada pela terra faminta.

De todas as imagens escritas e faladas sobre ela, os comentários que para mim faziam mais sentido eram os que diziam que a morte era apenas morte, os argumentos contra interpretações. Não façam dela uma metáfora. Deixem apenas que descanse em paz. Eu queria lutar contra a trovejante tempestade de significados. Queria colocar meu chapéu de bombeiro e apontar uma mangueira para o incêndio. Significados choviam do céu crivado de satélites, significados como alienígenas amorfos, esticando seus pseudópodes de sucção e sugando o corpo dela. A certo momento, tentei construir um texto meu, alguma bobagem sobre o heroísmo de rejeitar interpretação, o abrasivo, mas desejável abraço do absurdo. Só que atolei na ética. Como viver uma vida moral em um universo absurdo, e por aí afora. Eu não queria optar pelo quietismo, dizer que era melhor simplesmente cultivar o jardim. Alguma coisa dentro de mim mantinha o desejo de compromisso com o mundo. Rasguei fora o pedaço e passei meus dias folheando meu portfólio com as fotos de Vina nua e, até que apagassem a fita, ligando para o telefone dela.

Durante aquele primeiro ano, vendo que eu havia praticamente parado de sair, que quando queria comer encomendava comida, que a maior parte dessa comida era líquida, e que a minha faxineira de muitos anos tinha ido embora porque o lugar estava parecendo uma favela, meus companheiros residentes do Orpheum assumiram a responsabilidade de "me salvar". Johnny Chow veio me aconselhar, sério, dizendo que eu estava prestando muita atenção à morte. Era engraçado. Sugar Ray Robinson, Lucille Ball, o aiatolá Khomeini, Laurence Olivier, R. D. Laing, Irving Berlin, Ferdinand Marcos, Bette Davis, Vladimir Horowitz, "La Pasionaria", Sakharov, Beckett *e* Vina, em um ano, observei, pastoso: é o Apocalipse. Chow, que não era de discutir, retirou-se, sacudindo sua elegante cabeça. Mack Schnabel sugeriu que eu selecionasse minhas fotos de Vina e fizesse uma exposição na galeria do nosso prédio. Essa era dura de roer. Será que uma exposição ia parecer um tributo digno ou só mais um caso de um idiota oportunista embarcando no incontrolável trem Vina? Não conseguia resolver. De qualquer forma, levaria algum tempo até eu conseguir terminar a seleção. A maior parte dos dias, eu sofria de visão borrada, ou até de visão dupla. A clareza não foi meu ponto forte naqueles meses infelizes.

Basquiat veio conversar comigo sobre mulheres, o que foi convencionalmente adorável da parte dele, considerando suas inacreditáveis preferências. Tem mulherres *fantastiques* que non acaba mais, ele queria que eu soubesse. Depois de tant temp não é mais bom ficarr sozinh com seus *fantômes.*

Fantômes, certo, eu disse a ele. Tem uma mulher linda que fica entrando nas minhas fotos. Não sei como. Tiro uma foto de uma sala vazia, do meu banheiro, por exemplo, ando passando muito tempo no banheiro, e, quando revelo o rolo de filme, lá está ela olhando para mim de um espelho. Não, não é Vina, é outra pessoa completamente diferente. Uma estranha assombrada. Veja você, agora são duas.

Esse sua *idée* de dupla exposicion, ele disse. Já foi lonj demais, ach.

Finalmente, os três se aproximaram como grupo para ler para mim uma versão amorosa dos meus direitos legais. Diga sim à vida, faça uma limpeza geral, tire um minuto para sentir o perfume das rosas, a fórmula de sempre. Devo admitir que eles fizeram um belo esforço. Deram uma arrumada no lugar, limparam o armário de bebidas e o armarinho do banheiro, me arrastaram para a rua para cortar o cabelo e fazer a barba, e fizeram uma festa em meu apartamento, com as mulheres disponíveis mais desejáveis que conheciam (e isso, dada a nossa profissão, queria dizer muitas e muitas). Entendi o que estava sendo feito por mim e por quê. Amizade, sobretudo, sim, e eu fiquei profundamente agradecido. Mas havia também o outro lado da moeda. As pessoas não gostam de ficar perto do desespero, nossa tolerância pelos desamparados de verdade, por aqueles que foram irremediavelmente quebrados pela vida, é estritamente limitada. As histórias tristes de que gostamos são as que terminam antes de ficarmos entediados. Compreendi que tinha bons amigos naqueles três homens, que era um por todos e todos por um e que aqueles eram meus mosqueteiros. Entendi também que eu precisava me comportar melhor, por eles. Para eles eu tinha me transformado em uma dor de dentes chata, na sua dose de bebida vagabunda, na sua úlcera. Precisava melhorar antes que eles resolvessem se curar de mim.

Se a amizade é um combustível, seu fornecimento não é ilimitado.

No meio da minha festa do despertar, procurei Aimé-Césaire e vi a marca da morte nele, e a festa começou de repente a parecer a trilha daquele belo homem que, como o Finnegan da canção, estava alegremente gozando a própria despedida. Eu sabia de Schnabel também que, desde o seu torturante divórcio, ele estava em guerra contínua com a ex-mulher Molly, que havia conseguido obter ordens judiciais para impedi-lo de chegar a menos de dois quilômetros dos filhos, e que visitou o pai de Mack em seu leito de morte para lhe contar mentiras, que Mack era viciado em heroína, e que era violento e abusava sexualmente dos meninos. Johnny Chow tinha a sua própria saga de catástrofes, principalmente relacionadas ao jogo. Eram essas as pessoas cujos conselhos eu estava disposto a ouvir?

Sim, eu disse a mim mesmo. Melhor uma puta do que uma freira, melhor um soldado ferido do que alguém que nunca ouviu o rugir das armas.

Naquele momento, vi Johnny Chow forçando passagem na multidão de celebrantes, sorrindo demoniacamente, com Vina Apsara pelo braço.

Eu tinha ouvido falar da febre de imitação, das sósias de Vina nos cabarés e clubes de jantar, das Vinas *underground*, *heavy-metal* e *reggae*, das Vinas *rap*, das Vina *drag queens*, das Vinas transexuais, das Vinas prostitutas em Vegas Strip, das Vinas *strippers* superando as Marilyns e as *Long Tall Texans* na noite amadora destes Estados Unidos infinitamente variados, das porno-Vinas nos canais adultos de TV a cabo e circuitos fechados de hotéis, das Vinas *hardcore* por baixo do pano dos vídeos pornôs e das inocentes reuniões bienais das bobas Vinas dos karaokês, cujos números rivalizavam até com os infatigáveis congressistas da *Star Trek*. Na verdade, Vina havia sido uma vez a estrela convidada da série de televisão *Next Generation*, convocada pela luz holográfica para cantar para um enamorado Worf. Ele a ensinou a falar klingon e ela o ensinou a falar Hug-me ou alguma outra língua semelhante. Quando os Trekkies se lembraram disso, convidaram Vina para juntar forças com eles, mas Vina era maior que a *Enterprise*, ela era um continuum próprio, talvez até o fabuloso Q.

Havia uma famosa produção de *Hamlet* em que Jonathan Pryce, o ator que fazia o papel do príncipe da Dinamarca, "produzia" o Fantasma de dentro de si próprio, como um médium espírita, em uma notável demonstração de controle vocal e corporal. As imitadoras de Vina faziam a coisa do jeito mais fácil, usando fantasias e gravações, mas a idéia era a mesma. Elas invocavam dos mortos, nos próprios corpos, sua fantasia amada.

Isso ia alguns passos além de Mizoguchi também. Em *Ugetsu*, o pobre rústico escolhido pela misteriosa beldade aristocrática estava apaixonado por um fantasma apenas. Mas essas pessoas não estão meramente sob o encanto de uma morta, estão efetivamente tentando ser ela, vestindo seus quimonos, empoando seus rostos, andando com o andar dela. É uma nova forma de auto-erotismo. Disfarçadas de Vina, essas mulheres mímicas estão fazendo amor consigo mesmas.

Havia alguma discordância sobre qual Vina merecia maiores comemorações, se a fogosa afro-Vina de seus dias de juventude, de cabelo grande, voz grande, boca grande e sexualmente desmedida, ou a mexi-Vina de cabelos vermelhos, mais velha, mas ainda quente, a voz melhor do que nunca, a aura um pouco mais sábia, ou a morte-Vina, a mulher de olhos tristes das terras quebradas. No final, predominou o pragmatismo. As imitadoras jovens faziam a primeira Vina, os homens mais velhos (é, e as mulheres também) faziam sua a Vina dos últimos dias.

Esta Vina, de braço dado com Chow, era indiscutivelmente um sujeito mais velho. E chinês, o que inevitavelmente tornava a imitação imperfeita, mas ele havia dedicado longas horas na frente do espelho de maquiagem, escurecendo a pele, se esforçando com a forma dos olhos. Havia estudado seu andar gingado, os movimentos da boca, a atitude. E a peruca vermelha era muito boa. Agora me diga se não é boa idéia?, Johnny perguntou ao chegar perto de mim, só que nós pensamos que podia, ah, merda, detonar alguma coisa se ela estivesse aqui de alguma forma. Como os Filhos Adultos de Alcoólicos, você conhece esse grupo, pode ser bom você saber que não está sozinho.

Não quero de jeito nenhum ofender, essa china-Vina disse, desconcertante, com uma bela voz de barítono, e fez uma reverência. Não é nada disso. Ela eu honrava muito, há bastante tempo já, assim é que eu demonstro respeito por ela.

É ótimo, eu disse a Johnny. É, sim. Legal. Você é ótimo, acrescentei ao travesti. Vai querer cantar depois, ou o quê?

Eu dublo, ele disse, abrindo um grande sorriso orgulhoso. Trouxe gravador também, se tudo bem.

Vá em frente, aconselhei, forçando um sorriso brilhante em retribuição. O ar de alívio no rosto de Chow revelou que eu havia feito certo. Meus amigos iam se sentir melhor comigo agora e — todos aliviados — estariam mais dispostos a me deixar sozinho.

* * *

Durante longos períodos, no segundo ano depois de Vina, morei sozinho perto do mar na América. *Do que você gosta?*, eu havia perguntado a ela em Juhu, e ela respondeu *Gosto do mar.* Isso, ao menos, eu reconquistei, embora ela tenha ido embora: a brisa do mar onde sinto seu perfume perdido, pungente; a praia. Esta longa faixa dourada estava muito longe da graça urbana de Cuffe Parade, da agitação de Apollo Bunder, mas me preenchia com mais de um tipo de nostalgia. Viajando para o mar, passando por campos de batatas, campos de milho, batalhões de girassóis, lustrosos cavalos de pólo, doces pássaros da juventude e veados cheios de percevejos; passando pelos ricos americanos exoticamente casuais em seus shorts de jeans cortados, suas frentes-únicas, suas calças esporte, suas camisas pólo, seus conversíveis clássicos, seus Range Rovers, sua velhice endinheirada, sua infância dourada e juventude potente; passando pelos índios shinnecock podando os arbustos e limpando as piscinas e mantendo as quadras de tênis e cortando a grama e tratando em geral da terra roubada e valorizada; passando pelo ronco da estrada de ferro e pelos gritos dos gansos e pelo chiado dos gramados de verão, eu me voltei, depois de muito tempo, às lembranças de minha terra. Minha terra como uma jóia perdida, como alguma outra coisa engolida, pelo tempo, pelas escolhas. Como alguma coisa agora inatingível, rebrilhando através da água como ouro afundado, respirando dolorosamente debaixo da terra arada como um amante que desceu aos Infernos.

Eu realmente consegui me compor o suficiente para fazer aquela exposição de fotos, *Depois de Vina*, que foi bem recebida, com seriedade. Não nego que fiquei satisfeito com isso. A verdade é que afinal de contas eu não era imune à doença de fazer Vina significar alguma coisa, e o que ela significava para mim era amor, decerto, mas também mistério, uma mulher definitivamente impossível de definir, de captar, minha janela para o inexplicável.

O mistério no coração do significado. Isso era ela.

Convidei Ormus para a inauguração, mas ele não apareceu. Eu não esperava mesmo que viesse. Houve um pequeno incidente: em determinado momento um grupo de Novos Quakers irrompeu na galeria do Orpheum para ruidosamente me denunciar por dizer que Vina estava morta, e esses chatos desses motoqueiros deram trabalho para ser expulsos. Quando foram embora, eu me vi ao lado de um velho cavalheiro indiano, magro, com camisa xadrez J. Crew e calça jeans, que a princípio eu não reconheci em sua manifestação fora do horário de serviço.

Quero lhe agradecer, ele disse à sua maneira curiosa, com sotaque marcado, por partilhar minha filha comigo. Sem dúvida, é uma experiência muito positiva e terapêutica estar aqui. É, sim, senhor, com certeza.

Era o porteiro do Rhodopé, Shetty. Nas profundezas de minha própria dor, eu havia grosseiramente esquecido que o pai de Vina ainda estava vivo.

Meu encontro com o Porteiro Shetty é como uma chicotada de água fria na cara. Ele me desperta de meu longo devaneio doentio, de minha introspecção de saudade, e renova a minha consciência do imediato, do presente das coisas, que é a essência da arte do fotógrafo. Ao final de seu expediente no dia seguinte, vou me encontrar com Shetty, que está de uniforme de novo, e tomamos um café na lojinha orgânico-budista em frente ao Orpheum, a sala perfumada de Oriente com sua tranqüilizadora mistura de ótimo café preto, madeira escura despojada e pálidas garçonetes descalças em vestidos brancos que arrastam pelo chão, abotoados até o pescoço. Shetty parece calmo, embora a jovialidade que eu lembrava não esteja evidente. Ele está feliz, diz, por Vina tê-lo encontrado na velhice e a distância entre eles ser, afinal, um pouco reduzida. Isso ele me conta no novo vocabulário de autoconsideração. *Nós processamos algumas questões. Nós enfrentamos a raiva que tinha de ser encarada e fizemos um bom trabalho terapêutico. Nós nos abraçamos. Ficamos confortáveis um com o outro. Ficamos juntos pela qualidade, não pela quantidade.*

Chegaram a fazer terapia juntos, ele revela. A terapeuta, uma indo-chinesa antes radical rebatizada de Honey e casada com um bem-sucedido árbitro de câmbio de Wall Street de origem nicaragüense conservadora, um dia dependurou do ventilador do teto em seu consultório uma gigantesca *piñata* cor-de-rosa em forma de coelho e entregou um bastão a Vina. Enquanto Vina tentava atingir a *piñata*, a terapeuta a encorajava a dizer quem ela estava realmente atingindo e por quê. Ela se atirou à coisa como a uma vingança, e Shetty ouviu muitas reclamações doloridas sobre si próprio, mas o espetáculo de sua famosa filha malhando um coelho de *papier mâché* cor de salmão, como se fosse uma rainha sadomasoquista retardada, era tão absurdo que ele riu. Riu até chorar, principalmente quando a *piñata* se quebrou com os golpes de Vina e de dentro caíram os costumeiros doces e brinquedos macios de criança, presentes que ele não havia dado à filha quando ela era criança.

O que o senhor está sentindo?, perguntou Honey, a terapeuta. Ele enxugou os olhos, mas o riso não parava.

Deixe eu contar o que eu penso, ele começou, e caiu na gargalhada.

Não interessa o que o senhor pensa, ela interrompeu. Vamos ficar com o que o senhor sente.

Incapaz de conter a idiotice hilária diante dessa observação, Shetty levantou-se e saiu, ainda chorando.

O problema, ele me conta, pesaroso, é que Vina achou que a *piñata* era uma grande idéia, e sentiu que eu estava rindo dela. Depois disso nós, hã, revivenciamos nossa negatividade relacional não resolvida de antes. Continuamos com uma relação amigável, mas não nos aproximamos mais. Foi um comportamento de evitação clássico. Não nos confrontamos. Contornamos. Nada de coração-para-coração.

Havia muito mais que ele queria confessar: como o seu longo declínio de bem-sucedido açougueiro a simples vagabundo começou um dia depois de levar a jovem Vina para jantar no Rainbow Room e depois a despachar para viver com os Doodhwala em Bombaim. Ele quer falar de destino, de maldição auto-imposta, das conseqüências que sofreu, profundamente e prolongadamente, por causa de seus erros como pai. Ele está se preparando para me pedir a expiação que nunca recebeu plenamente da filha morta. O Porteiro Shetty está buscando uma Vina morta também, como todo o resto de nós ele precisa que ela levante dos mortos para lhe dar paz.

Ainda muito incerto para ser capaz de carregar também sua carga, eu o interrompo no meio da conversa. Para não parecer rude demais, pergunto de seu genro, Ormus. Como a lenda do rock está lidando com sua perda? Para minha surpresa, minha pergunta pro forma provoca uma tirada furiosa.

Escute aqui, isso tudo saiu no *National Enquirer*! Na revista *People*! O quê?, você não ouviu, estava fora da cidade?, na lua?

Quase, respondo, pensando no mar do esquecimento, no mar das tormentas, na areia branca branca e no mar.

Shetty dá um ronco e solta o verbo.

Ormus Cama, o notório recluso, acrescentou à sua lista de obsessões bizarras a indústria florescente das Vinas de imitação, juntando uma coleção completa de todos os filmes e vídeos pornográficos disponíveis e aparecendo sem avisar e cercado de truculentos guarda-costas sikh em clubes noturnos e bares de strip-tease, para conferir a qualidade das imitações. Acredita-se que ele seja cliente de certos bordéis e "serviços em domicílio" de elite especializados em sósias de celebridades. Em uma ocasião, ele chegou a ser pego em flagrante com uma Vina falsificada no banco de trás de um carrão, mas, quando o policial de olhos atentos que viu a prostituta respondendo a um sinal e entrando na limusine entendeu o que estava acontecendo, qual substituto estava fazendo o que para quem, não teve coragem de levar o caso adiante e deixou os participantes irem embora sem maiores problemas. (A prostituta em questão, Celeste Blue, depois tentou transformar o incidente em um escândalo financeiramente lucrativo, mas foi derrotada pela ausência de qualquer registro policial. Clea Singh, comentando a entrevista de Blue no *Enquirer*, disse apenas: Parece que a moça tem a boca grande.)

Durante muitos anos o mais discreto dos homens, Ormus — de tapa-olho e tampões nos ouvidos — é agora, diz o Porteiro, freqüentador assíduo das florescentes convenções sobre Vina, aceitando muitas vezes ser júri dos concursos de beleza das sósias, estipulando apenas que ele seja o único juiz. A Vina vencedora, se considerada de padrão suficientemente alto, é mandada para a sua suíte depois do concurso e em seguida escoltada para fora por uma Clea Singh de queixo firme, e recompensada tão generosamente que até agora não houve reclamações.

Alterando uma atitude de vida inteira, Ormus tem também visitado um guru. Seu nome é Deusa-Ma, e, à medida que os acontecimentos da época se tornam mais numerosos e dramáticos, sua popularidade na elite da sociedade de Nova York, que sempre se alarmou com facilidade diante da instabilidade global e de muito barulho, aumentou disparadamente. Deusa-Ma é da Índia, pretensamente analfabeta, fez o seu nome em Düsseldorf e chegou aos Estados Unidos "por milagre". O que se diz é que não existe nenhum registro de sua viagem a Nova York nos arquivos de nenhuma companhia aérea ou de navegação. Seu status de imigração, porém, nunca foi investigado, o que pode indicar ao observador descrente que a verdade é mais convencional do que está se querendo fazer parecer, mas é tratada pelos seguidores de Deusa-Ma como mais uma prova de sua existência dentro de uma aura inexpugnável de bênçãos e segurança. Deusa-Ma é muito miúda, mas suficientemente jovem e bonita para ser uma estrela de cinema, e tem poderosos — e anônimos — patrocinadores que a instalaram justamente no Edifício Rhodopé, três andares abaixo de Ormus. Dessa esplêndida residência, ela expediu certo número de "Dizeres Divinos" que reverberaram no ar rarefeito dos melhores pontos da cidade. O blablablá indiano, a conversa fiada *bharat*, a chamada sabedoria do Oriente, definitivamente voltou à moda. Na verdade, a Índia em geral está mais quente do que nunca: sua comida, seus tecidos, suas mulheres de olhos de corça, sua linha direta com o Espírito Central, seus tambores, suas praias, seus santos. (Quando a Índia explode uma bomba nuclear, a idéia da Sagrada Mãe Índia fica meio desbeiçada, mas *le tout* Manhattan logo concorda que nessa questão os pouco sábios líderes políticos traíram o verdadeiro espírito da terra. O valioso conceito de Sabedoria Oriental sofre poucos danos, ao contrário do planeta muito abalado.)

Não é de surpreender que Deusa-Ma venha fazendo comentários sobre o fenômeno Vina. Debaixo da terra instável, ela Diz, sempre houve uma mulher que mantinha as coisas no lugar, em todas as culturas. Nossa deusa-mãe indiana entreabriu os lábios para receber a pura Sita, injustamente acusada de ter sido maculada por Ravana, depois que o Senhor Ram a rejeitou a conselho de seu médico de fachada. Nossa mãe grega Perséfone está sentada ao lado de Hades em seu reino subterrâneo.

Agora Vina, a nossa amada Vina, juntou-se a essas mulheres, as maiores mulheres, que seguram a terra por baixo assim como o poderoso Atlas a sustenta no céu.

Oh, Terra dançarina, diz Deusa-Ma. Em nossos puranas indianos aprendemos que o Senhor Shiva criou-A com sua dança. Ele, o Senhor da Dança. Enquanto os gregos têm Eurynome, a deusa de tudo, que adorava dançar, e criou o céu e a terra para ter algum lugar onde se divertir. Digo que assim também somos Nós!, Homens e Mulheres!, criando o nosso mundo pela dança. Eu digo, Dance! E se a Terra tremer, pense que Vina dança também, e veja quais novos milagres Ela desvenda.

À medida que cresce a popularidade de Deusa-Ma, que seu belo rosto e seus dizeres de sentir-deus operam sua obra irresistível nessa cidade em que a beleza e as congratulações são os caminhos mais certos para o sucesso, surgem vozes discordantes, de seguidores de Caminhos espirituais mais antigos e de setores mais amplos da comunidade indiana nova-iorquina. Quando lhe perguntam sobre as críticas, Deusa-Ma responde com firmeza. O meu é o verdadeiro caminho da Índia, diz ela com total segurança. Esses convertidos e velhos expatriados ficam mais contentes comercializando e engolindo o seu exotismo glamourizado.

(Deusa-Ma já aprendeu as leis da virada. Pegue a pior coisa que dizem de você, acuse seus acusadores da mesmíssima falta, seja mais bonita e mais chegada à mídia do que eles, e você conquistará a todos, como uma tempestade.)

Ao escrever isto, penso em Darius Cama. Penso em William Methwold. Lembro-me de suas tentativas de construir pontes entre as mitologias do Ocidente e do Oriente. Lembro-me de minhas horas na biblioteca de Darius, minha sedução por seu depósito de histórias antigas. Imagino o que os dois velhos cavalheiros, com seu amor pelo academismo e desinteresse por bobagens, achariam de Deusa-Ma e sua dourada tentativa de divindade transcultural, que inclui uma desavergonhada tentativa de cooptar a falecida Vina, de seqüestrar a sua tragédia popular. Nova York, aonde você vai para vencer, não tem problemas com a técnica comercial de Deusa-Ma, que é, na verdade, admirada e multiplica os seus seguidores. Além disso, os eventos de dança da cidade registram um significativo aumento. A jovem Manhattan está seguindo os conselhos terpsicóreos da vidente tamanho meio litro.

Shetty desdenha igualmente tanto a bonita e ambiciosa Deusa-Ma quanto os seus seguidores. O fato de Ormus Cama estar descendo três andares para visitá-la algumas vezes por semana simplesmente comprova que ele pirou de vez, na decidida opinião expressa pelo Porteiro.

E o pior ainda não veio. Ormus está, ao que parece, procurando a falecida Vina em todo buraco que encontra. Na opinião de Shetty, o deus do rock é agora um usuário pesado dos principais narcóticos, buscando a esposa morta em trilhas de pó, lendo sinais de fumaça, sentindo a agulhada dela em suas veias. Os Singh gerenciam tudo, os negócios, os *royalties*, as mulheres, as drogas, eles o encerraram em uma feroz lealdade, é cada vez mais difícil chegar perto dele. É provável que sua devota criadagem — decidida a realizar todos os caprichos dele, a saciar todas as sedes, a oferecer qualquer compensação parcial que possa aplacar momentaneamente sua perda irredutível — esteja na verdade matando-o de amor.

É o caminho do covarde, Shetty me diz, e fico surpreso com a súbita brutalidade de suas palavras. Se ele quer tanto estar com a minha pobre menina, então por que não é homem e dá um tiro na boca? É. Por que simplesmente não explode a cabeça de uma vez e manda tudo para o inferno? Aí eles ficam juntos até o fim dos tempos.

Eu gostava mais de você quando era alegre, digo a ele. Quando agüentava o tranco, eu gostava bem de você.

Digo o mesmo para você, ele diz, saindo. Não pense que é o único f. da p. que ainda lembra.

O Porteiro Shetty não sabe, mas está refletindo Platão. Isto é o que o grande filósofo faz Fedro dizer no primeiro discurso sobre o amor em *O Banquete*: *Os deuses prezam o zelo e a excelência heróica pelo amor. Mas Orfeu... eles mandaram de volta insatisfeito do Hades, mostrando-lhe o fantasma da mulher... porque ele lhes pareceu um covarde...* [*que*] *não se aventurou a morrer por amor, como fez Alceste, mas sim inventou um meio de entrar no Hades ainda vivo.* Orfeu, o desprezado *citharode* — o cantor com a lira ou, digamos, o guitarrista —, o malandro que usa sua música e seus truques para atravessar fronteiras, entre Apolo e Dioniso, homem e natureza, verdade e ilusão, realidade e imaginação, até mesmo entre vida e morte, não era evidentemente do gosto do austero Platão. Platão, que preferia o martírio à lamentação, Platão, o aiatolá do amor.

A busca do amor além da morte é uma caçada áspera e sem alegria. Eu julgo Ormus com menos rigor do que julgaria o platônico Fedro, ou aquele outro pensador, menos eminente, seu porteiro pessoal e pai de sua esposa morta. Eu sei o que ele está passando, porque também desci pelo túnel. Eu *estou* lá.

Ei-lo, Ormus: incapaz de trabalhar, sucumbindo às fraquezas de Vina — bebida, drogas —, esperando encontrá-la em suas faltas, apossando-se delas. E essas são as visões químicas que tem dela, de Vina em muitas faces. Ei-la usando as mil faces das mulheres em quem a buscou quando ela fugiu de Bombaim, e também as mil faces de todas as mulheres que recusou por ela durante os dez anos de celibato. Elas são todas Vina agora.

Ei-la, ela própria. Ele olha para ela e se sente transformar em pedra.

À medida que cresce o fenômeno Vina, ele sente que está perdendo o domínio da verdade dela; sua Vina está escapando para sempre, morrendo uma segunda vez. O terremoto já a reclamou para si, mas depois do terremoto vem a onda do mar, afogando Vina no *tsumani* de seus eus.

À medida que ela se transforma em todas as coisas para todo mundo, ela se torna nada para ele — nada que ele conheça ou ame. E há uma idéia pior: à medida que desliza cada vez mais fundo no abismo, enterrada debaixo de uma avalanche de versões, à medida que penetra os salões do submundo para tomar lugar em seu trono escuro, será possível que esteja se esquecendo dele?

A Eurídice de Rilke, ao penetrar o reino do nada, rapidamente se esquece da luz. A escuridão mancha seus olhos, seu coração. Quando Hermes fala de Orfeu, essa Eurídice responde, terrível: *Quem?*.

O nome Eurídice-Eurídike significa "governante amplo". O primeiro uso registrado desse nome na história de Orfeu ocorre no século I a.C. Pode, portanto, ser um acréscimo recente à história. No século III a.C. ela era chamada Agriope, "observadora selvagem". Esse é também um dos nomes da deusa-bruxa Hécate; e da governante ampla, a própria rainha Perséfone.

O que precipita uma avalanche de perguntas: Será que Eurídice — de cujas origens conhecemos pouco, embora a versão oficial seja a de que ela era uma ninfa da floresta, uma dríade — realmente borbulhou do submundo para capturar o coração de Orfeu? Seria ela um avatar da própria Rainha das Trevas, caçando amor no mundo iluminado de cima? E, portanto, ao ser engolida pela terra, estava meramente voltando para casa?

Será que o fracasso de Orfeu em resgatá-la é uma prova do destino inevitável do amor (ele morre); ou da fragilidade da arte (ela não é capaz de levantar os mortos); ou da covardia platônica (Orfeu não morre para estar com ela; não é nenhum Romeu, ele); ou da dureza dos, digamos, deuses (eles enrijecem o coração contra os amantes)?

Ou — ainda mais surpreendente — será uma conseqüência da reafirmação por Eurídice de sua verdadeira identidade, seu lado escuro, sua cidadania da noite? E Gayomart, o gêmeo morto de Ormus, seu eu noturno, seu Outro: será ele o seu verdadeiro marido, que senta ao seu lado no trono de obsidiana?

Eis minha resposta. Na contemplação obsessiva da morte podemos começar a ouvir, dos mortos, murmúrios de como viviam. Hades, Perséfone, tudo isso, para mim, pertence ao reino do digamos-assim. Mas o eu secreto de Vina *durante a sua vida* não era nenhuma metáfora. A pessoa com quem ela se escondia era eu, o eu que ela escondia do marido ela revelava para mim. Esqueça Gayomart; eu era o Outro em carne e osso ao lado dela. Eu era seu outro amor.

Talvez seja isso que Ormus não consegue admitir para si mesmo: que a Vina que ele não conhece não é uma fabricação de sua morte ou de outra vida. O que ele não consegue suportar é o mistério de suas horas terrenas. Suas noites em cima do chão.

Esse é um enigma que eu posso resolver, mas não quero. *Sim, era eu*, eu podia dizer, *ela ia deixar você, maluco filho da puta, ela estava a ponto de largar você e suas visões caolhas e seus ouvidos retinindo e seus grandes gestos de dez anos e sua famosa grande paixão, para vir direto para a minha grande cama de latão.*

Eu sou o Rei do Submundo, eu podia lhe dizer. *Ela pertence a mim.* Não posso lhe dizer isso porque também eu a perdi, e agora estamos os dois queimando no mesmo fogo. Oh, Ormus, meu irmão, meu eu. Quando você grita, o som explode é da minha garganta. Quando eu choro, as lágrimas escorrem dos seus olhos. Não vou magoar você mais.

E como não posso, não vou, ele desliza mais para o fundo de seu abismo sem fundo: não o abismo de Vina, mas o dele próprio. Ele não pode acreditar na decomposição dela, embora ela esteja lá no fundo da Terra. Ele a vê refulgindo através da bruma de terra e pedra. Ele imagina seu corpo como uma vela queimando, fosforescente, forte. Seu amor a ilumina. Ele a busca na noite.

Toda noite ele espera acordar e ver a figura familiar de pé à sua janela, olhando para o parque escuro lá fora, o parque antes do amanhecer. Quantas vezes ele se vê saindo da cama para ficar silenciosamente ao lado de sua doce sombra, olhando os dedos da primeira luz deslizarem sobre as altas casas e árvores.

Conheço todos os medos dele, todas as suas esperanças, todos os seus sonhos, porque são meus também.

Terremotos, dizem os cientistas, são fenômenos comuns. Globalmente falando, ocorrem cerca de quinze mil tremores em uma década. Rara é a estabilidade. O anormal, o extremo, o operático, o antinatural: esses são a regra. Não existe a assim chamada vida normal. No entanto, é do cotidiano que nós precisamos, é a casa que construímos para nos defender contra o lobo mau da mudança. Se o lobo é a realidade, afinal, a casa é a nossa melhor defesa contra a tempestade: chamemo-la de civilização. Construímos nossas paredes de palha ou de tijolo não só contra a instabilidade vulpina dos tempos, mas contra nossas próprias naturezas predatórias também: contra o lobo interno.

Esse é um ponto de vista. A casa pode ser também prisão. Lobos grandes (pergunte a Mowgli, pergunte a Remo e Rômulo, pergunte a Kevin Costner, não precisamos depender dos Três Porquinhos) não são necessariamente maus. E, de qualquer forma, este novo tempo de choques e rachaduras é fora do comum, como até um sismólogo concordaria. O número de tremores subiu para mais de quinze mil *por ano.*

Todo mundo lê jornal, certo, portanto não tenho de explicar com muitos detalhes como o mundo mudou nestes últimos anos, a súbita perda de altura do Himalaia, a fenda ao longo da fronteira Hong Kong-China que transformou os Novos Territórios em uma ilha, o afundamento da ilha Robben, a emergência da Atlântida em Santorina-Thera nas Cíclades do extremo sul, a transformação do rock'n'roll em uma arma que expulsou de seu esconderijo o ditador fugitivo do Panamá, e por aí afora. Todo mundo recebe as novas estações de notícias permanentes, de forma que todos assistimos juntos aos terremotos, à velha ordem desmoronando, ao vivo, por sinal, temos visto cadeias sendo abertas, o rompimento do, por assim dizer, sétimo selo é um grande furo de noticiário, e ficamos todos imaginando quem são aqueles quatro cavaleiros. Como Butch Cassidy e Sundance Kid quando os homens de Pinkerton vêm atrás deles, nós nos viramos um para o outro e perguntamos, estranhando, *Quem são esses caras?*.

Por assim dizer.

Esses terremotos de fronteira são a maravilha da era, não são? Você viu a falha que simplesmente rasgou toda a cortina de ferro? "Inesquecível" não chega nem perto de descrever. E depois que os chineses abriram fogo em Tiananmen, você viu o penhasco que se abriu ao longo de *toda a extensão da Grande Muralha da China*? Portanto, não há nada na China (mas há um grande aeroporto novo no Japão) que dê para ver da superfície da Lua, isso vai dar uma lição neles, certo? Certo.

Ô, cara, as coisas que esses tremores estão jogando para cima. Poetas candidatos a presidente, o fim do *apartheid*, o ouro nazista enterrado durante cinqüenta anos em contas de bancos suíços, Arnold Schwarzenegger, o *Titanic*, e adivinhamos que o comunismo simplesmente acabou enterrado no cascalho lá em algum lugar. E aqueles dois Ceausescu? *Tão* pouco saudosos.

Quando as mudanças são desse porte, pode ter certeza de que haverá políticos fazendo fila para levar os créditos. Parece que os tremores da cortina de ferro foram resultado de anos de secreta atividade subterrânea ocidental. Parece que descobrimos onde ficam os pontos de pressão e fizemos nossos melhores esforços para aumentar essa pressão até que todo o castelo de cartas desmoronasse. Parece que os terremotos, arma última da destruição de massa, estão agora à nossa disposição. Alguém nos causa problema, nós literalmente puxamos o tapete de debaixo de seus pés. Isso é o que acabou de acontecer com Saddam Hussein naquilo que está rapidamente se tornando conhecido como o *Shake*/xeique da Arábia. Não, é isso mesmo, você pode estar dizendo que não foi cem por cento bem-sucedido, que ele sobreviveu, et cetera, mas *você viu que coisa?* A gente tem de reconhecer que os nossos meninos deram um show e tanto. Ã-hã! Uma boa sacudida. E, como esperamos que você tenha notado, nenhum dano a todas as superestruturas e infra-estruturas daquele petróleo saudita superimportante. Nada. *Nothing. Zilcho. Zip.*

O quê?, agora o México quer saber se agentes dos Estados Unidos ou da União Européia estiveram envolvidos em seu grande terremoto? Será que se tratava de um treino, de uma demonstração tipo Menininho versus Fortão de força extrema? Xi, sempre tem um desmancha-prazer. Entenda o que estou dizendo. *Claro que não.* Acha que íamos deixar Vina Apsara morrer em algum tipo de megaconspiração militar-industrial? Isso é loucura. Nós adorávamos aquela mulher. O que não daríamos para tê-la aqui, viva, e cantando, agora mesmo. O terremoto mexicano foi um fenômeno natural que estamos fazendo o máximo possível para entender. Colocamos nosso melhor pessoal nesse problema. A Mãe Natureza tem seus maus humores e temos de estar em contato com isso, conviver bem com a Terra, nosso lar. Precisamos aumentar nosso conhecimento de forma que possamos trabalhar estabelecendo sistemas e tecnologias que minimizem o risco de outro desastre desses. Nossos corações sangram pela triste perda do povo mexicano.

Okay? Estamos okay a esse respeito? Okay, então. *Okay.*

O fim da União Soviética foi uma coisa boa. A vitória do mundo livre foi uma coisa boa. Nós somos do bem. Os chapéus pretos perderam. O novo negócio do mundo é os negócios. Alegrai-vos.

Paz.

Eu? Não pergunte para mim. Como eu estava dizendo, minha cabeça está girando desde que Vina morreu. Se você quer saber (não me pergunte), o fenômeno Vina inspirou as pessoas e elas se levantaram e mudaram suas vidas. Se você quer saber, você só precisa de amor. A Terra tremendo, não me pergunte. Talvez seja coisa da Mãe Natureza ou da OTAN ou do Pentágono. Eu, eu ando vendo fantasmas. Depois de uma vida inteira me recusando a aceitar o irracional, ei-lo aqui, no meu trabalho. O milagre da não-razão: a imagem fantasma de uma mulher em minhas fotografias. Mundos em colisão. Estou pensando coisas loucas; fazendo hipóteses de que — apesar de toda a gabolice e bater no peito, toda a retórica do fim da história — o atual ciclo de catástrofes pode ter pouco a ver com vitória ou derrota, os terremotos podem estar além do nosso controle, podem ser pequenos alertas indicando a proximidade do evento máximo: que é o fim do mundo. Ou o fim de um mundo. O nosso, o de outrem, não me pergunte qual.

Repito: a biblioteca de mitos de Darius Cama é o mais perto que já precisei chegar da fantasia. O legado de histórias vivas das velhas religiões — a Árvore Yggdrasil, a Vaca Audumla, Urano-Varuna, a excursão indiana de Dionísio, os vaidosos olímpicos, os monstros fabulosos, as legiões de mulheres sacrificadas, arruinadas, as metamorfoses — continua a me chamar a atenção; enquanto judaísmo, cristianismo, islamismo, marxismo, o mercado, não conseguem absolutamente me cativar. São crenças para as manchetes, para a CNN, não para mim. Que elas batalhem por suas antigas e novas Jerusaléns! Prometeu e os Nibelungo, Indra e Cadmo é que me trazem o meu tipo de notícia.

Além disso, desde meus dias de juventude, Ormus e Vina serviram em meu prato dois bons bocados extras de mito vivo. Isso já foi mais do que suficiente para mim.

Ao me apaixonar por Vina, eu sabia que estava saindo de minha turma. Mesmo assim, dei o passo e não caí de cara. Isso é heroísmo humano. Disso, e de muito pouco mais, sinto orgulho. O amor másculo é uma espécie de auto-avaliação. Nós nos permitimos amar apenas as mulheres a quem sentimos que temos o direito de cortejar, que ousamos aspirar. O jovem Ormus, um jovem diabo, podia legitimamente sonhar com deusas. Ele se deu permissão de imaginar-se com elas, de perseguir e (neste caso) geralmente realizar os seus sonhos. Então Vina, sua verdadeira divindade, veio e foi. A primeira vez em que ela foi embora, ele a procurou nos corpos de outras mulheres, buscou seu beijo em outros lábios. Agora isso não funciona. É a própria Vina ou ninguém. — Só que ela não está mais neste mundo. — Há que encontrá-la então, onde quer que esteja.

Coisa que é, devo confessar, também a minha atitude no momento. Pois, com menos razão que Ormus Cama, eu também ousei aspirar a Vina; e ela sorriu para mim também; e me deixou com um coração vazio.

Uma palavra mais sobre Ormus: seu primeiro dom de pré-conhecimento, de ouvir a música do futuro tocando dentro de sua cabeça, foi o primeiro teste severo dos meus instintos antifantásticos. Nesse caso, eu me refugiei na proteção do conhecimento parcial do homem razoável: admitir que não entendemos um fenômeno não é admitir a presença do miraculoso, mas simplesmente, razoavelmente, aceitar as limitações do conhecimento humano. Deus foi inventado para exprimir o que nossos ancestrais não conseguiam compreender, o mistério radiante de ser. A existência do incompreensível, porém, não é prova de Deus... Escute, se estou requentando a sopa de ontem, é porque estou a ponto de tocar em assuntos que me são estranhos; estranhos porque pertencem ao reino do "mágico", do inexplicável. Tenho de falar de "Maria" e sua "professora", e em minha idade adulta conceder o que é mais difícil para um homem adulto conceder, a mesma verdade que Hamlet, ao ver o fantasma, obriga o estudioso Horácio a aceitar: que pode haver mais coisas entre o céu e a terra do que pode sonhar sua — minha — filosofia.

Voltando ao trabalho depois de longo tempo parado — no outono de 1991, algum tempo depois da exposição sobre Vina no Orpheum —, resolvo fazer uma seqüência de fotos sobre Vina relembrada, sobre a memória e a maneira parcial, eivada de erros, como a memória se apossa do passado. Volto ao litoral, à casa de Mack Schnabel, perto de Montauk Point, um lugar espalhado à beira do penhasco, ao qual as ondas do oceano emprestam um ar de perpétua tempestade, mesmo quando o céu está claro. Para produzir a seqüência, arranjo duas cadeiras duras, de encosto reto, dois espelhos, duas bonecas tamanho natural, alguns outros objetos. Devia ser assim. Um homem mascarado — a máscara é na verdade dois tapa-olhos, cujas tiras se cruzam na testa formando um X — deve estar sentado em uma das cadeiras, diante de uma parede na qual há molduras ovais contendo imagens indistintas de mulheres dos primeiros dias da fotografia: Niépces, Daguerres. No colo do homem, um espelho circular. Na primeira foto da seqüência, um espelho retangular contendo a imagem refletida do corpo nu de uma mulher será visto refletido no espelho circular, seu contorno proclamando a feminilidade, o próprio corpo cheio de luz.

Nas fotos subseqüentes da seqüência, o espelho circular que contém o retângulo refletido ocupa maior área da moldura, e a cabeça da mulher gradualmente vai se tornando distinta e ocupando maior área do espelho retangular. Em determinado ponto, será claramente a cabeça de Vina. Depois se transformará e será a cabeça de uma mulher muito parecida com Vina, mas não ela. (Tenho de encontrar essa mulher de alguma forma.) À medida que se desenrola a seqüência, os espelhos que emolduram a imagem se "perderão", um a um, e a não-Vina será lentamente empurrada para plano médio e depois plano aberto. E se verá que está sentada em uma cadeira dura, de encosto reto como a do homem de tapa-olhos da primeira foto — é semelhante, mas não a mesma cadeira; ela estará segurando um espelho retangular, e nele haverá o reflexo de um espelho circular que por sua vez refletirá a imagem do corpo do homem nu, seu contorno cheio de luz. A não-Vina ganhará tapa-olhos. O homem será primeiro eu, depois outra pessoa, menos sósia do que o duplo de Vina; simplesmente um não-eu. Evidentemente a seqüência pode ser estendida ao infinito, mas planejo terminá-la fundindo as imagens para o branco. Nós transformamos o que lembramos, depois isso nos transforma, e assim por diante, até nos dissolvermos ambos, nossas lembranças e nós mesmos. Algo assim.

Para preparar a foto, coloco uma boneca na cadeira. Depois armo o ziguezague de reflexos, boneca 1 no espelho retangular, espelho retangular no espelho circular apoiado no colo da segunda boneca sentada, boneca 2 dentro da câmera.

Estou sozinho na casa. Depois de armar a foto, sirvo-me de um copo de vinho e me sento, olhando o arranjo. Devo estar cansado, porque o vinho me faz dormir. Satisfeito, cochilo.

Desperto com o ruído inconfundível do diafragma da câmera disparando. Duas vezes. Dou um pulo, tonto de sono e de vinho, e chamo, mas ninguém responde. O arranjo não foi tocado. Examino a Leica no tripé. As duas primeiras chapas do filme foram expostas.

Vina, sussurro, jogando fora toda a razão. *Vina, é você?*

Quando revelo o filme, Vina não está nele. Mas alguém mais está. É a jovem que apareceu antes, de quando em quando, como uma imagem fantasma em vários rolos de filme. O foto-fantasma. Mas desta vez ela está sentada onde a boneca material devia estar — onde, no arranjo, a boneca material *ainda está* — e segura um cartão escrito.

Na primeira foto está escrito *AJUDE*.

Na segunda foto, a mulher parece exausta, mais que exausta, como se o esforço que fez a tivesse esgotado completamente. Está caída na cadeira como uma boneca de brinquedo. O cartão pendurado da mão.

AJUDE SENÃO

Quem é você?, pergunto às fotos penduradas para secar. O que você quer dizer? Ajudar como? Ajudar senão o quê?

Mas as fotos já disseram o que têm a dizer.

Levo um dia inteiro para ter a idéia da câmera de vídeo, mais um dia para ir de carro até a cidade, pegar o equipamento de que preciso e voltar à casa da tempestade perpétua. Quando acabo de preparar tudo a noite já vai em meio, e de qualquer forma tenho a impressão de que nada vai acontecer comigo olhando. Deixo a câmera rodando e vou para a cama.

De manhã, entro cedo na sala, tremendo de entusiasmo, mas o contador do videoteipe está no 0000, parece não ter rodado nada. A decepção bate duro. Sento-me no chão, e minha autopiedade é tamanha que se passam cinco minutos antes de me ocorrer que, se a fita foi gravada até o final, o auto-rebobinamento deve ter funcionado e rodado tudo de volta ao começo. Levanto depressa e fico meio de cócoras. É essa a sensação de um daqueles filmes de primeiros contatos de ficção científica. Alienígenas no vídeo. Extraterrestres que caíram na Terra. Viemos em paz, et cetera. Rendam-se, terráqueos, seu planeta está cercado. Não entrem em pânico. Por alguma razão começo a rir.

A câmera tem um recurso de reprodução interna. Encosto o olho no visor e aperto o botão de *Play*. A fita começa a rodar.

A mulher sentada na cadeira onde a boneca material devia estar não é a jovem fantasma do dia anterior. Essa mulher é mais velha, nos seus cinqüenta e tantos anos, de ar preocupado, com um rosto gentil e os cabelos grisalhos torcidos num coque. Ela parece e soa indiana, mas tenho certeza de nunca tê-la encontrado na vida.

Ela tosse, uma tossinha envergonhada, e fala.

Sabe, um dos nossos antigos filósofos diz: olhe os humildes morcegos. Sabe do que estou falando, não sabe? Que devemos procurar sentir a realidade como um morcego sente. O propósito do exercício é explorar a idéia do outro, de uma alienação radical daquilo com que não podemos ter contato real, muito menos nos relacionarmos. Entende? Está claro?

Os morcegos vivem no mesmo espaço e tempo que nós, mas seu mundo é absolutamente diferente do nosso. Então é assim: nosso mundo é tão diferente do seu quanto o de um morcego. E existem muitos assim, acredite. Todos esses morcegos, todos nós, voejando uns em volta da cabeça dos outros. Não estou explicando direito.

Bom, nós somos uns os morcegos dos outros, é isso.

Me desculpe pela Maria. A menina é brilhante, mas, como vê, não está bem. É também caprichosa por natureza, vaidosa, intrometida, um pouco ninfomaníaca, okay?, a família não consegue controlar. Acho que ela talvez tenha estado em seus, como é que eu vou dizer, *sonhos?*

Em seus sonhos, isso. Esqueça ela. Ela é, vamos dizer assim, frágil. Temo que não vá sobreviver ao que está por vir. Não tem força de caráter. Talvez nem eu tenha. Nenhum de nós sabe como ela vai responder à pergunta até ela ser feita. Estou falando da grande pergunta, okay? Vida ou morte.

Você não está me acompanhando. Claro que não. Bobagem minha. (Pausa.)

Não sei como dizer para você entender. Vamos supor que um dia você vira uma esquina e tem lá uma loja de vídeo que você nunca soube que existia, e lá dentro paredes inteiras de vídeos de que você nunca ouviu falar. Okay? Imagine que alguns de vocês, poucos, bem poucos, descobrem essa loja, não todo mundo, porque muita gente, quando você manda que vá até a rua, volta e diz que não está lá. A loja. A porta da loja. Não é bem assim, mas estou fazendo o melhor que posso.

Você não deve ter notado, como poderia?, mas quando vimos visitar nós não envelhecemos, okay? Como quando você assiste a um vídeo, podem se passar cem anos na história, mas para vocês são cem minutos, e vocês podem saltar em pedaços também. *Fast-forward, freeze-frame, reverse*, o que quiserem. O tempo de vocês não é igual ao tempo das pessoas da fita.

Mas isso está errado, porque o que nós descobrimos — poucos de nós, ou melhor, não tão poucos, mas não tantos — é que se nós, ah, nossa!, se nós passamos pela porta podemos ir para dentro do vídeo, entende? Claro que a minha metáfora não está se sustentando, porque eu disse que a porta era a porta da loja, e que o vídeo estava dentro da loja, mas na verdade não existe nem loja, nem vídeo, só essas portas, é, essas aberturas, você é fotógrafo então entende essa palavra, a abertura que faz a luz passar voando, a luz como um milagre, manchando uma outra realidade, deixando sua imagem para trás.

Não consigo explicar melhor. Somos a luz de outro lugar.

Acho que uma parte do resto você já adivinhou. As linhas de tempo acidentalmente emaranhadas, como as linhas de pipas. Os mundos em vias de colidir, já colidindo, os terremotos, você já percebeu o significado deles, acho. Seu amigo Ormus temia pelo pior há muito tempo, foi prejudicado por isso, sinto muito. Ele viu o fim da linha de vocês. Mas a verdade é que a linha de vocês é mais forte do que pensávamos, e o dano à nossa linha é terrível, completamente terrível. Áreas inteiras são simplesmente devastadas, rasgadas e esfarrapadas, simplesmente não existem mais. Onde elas existiam existe agora um não-ser que enlouquece as pessoas. O nada incompreensível. Pense só.

Consegue imaginar um tal dano ao real? O que era verdade ontem — um ataque terrorista com antraz no metrô de Nova York — não é mais verdade hoje: parece que não houve nenhum ataque de antraz. O *seguro* de ontem é o *perigo* de hoje. Não há onde se apegar. Nada é mais, com alguma margem de certeza, *assim*.

Entende? A linha de vocês é forte, como o cordão *kala manja*. Parece que vocês podem nos cortar e não nós a vocês. Vocês vão continuar e nós vamos chegar a um fim, a um limite, à dor. Nós seremos o seu, como é mesmo a palavra?, sonho que se apaga.

O dano já é tão grande; não podemos escapar. A porta, sabe?, a abertura está emperrada. Podemos olhar pelo vidro, por um breve momento ainda podemos gritar mensagens, deste jeito, mas não podemos mais deslizar e ir aí para o seu lado. Que loucos fomos de pensar que a nossa época de livre exploração, de alegre viagem entre universos não iria terminar! Quem sabe poderíamos ter ido a vocês como refugiados, alguns de nós falam disso agora, mas outros dizem que, quando a linha termina, terminam também todos os momentos dela. Tudo tem de se perder. Nós estamos perdidos.

Isto é tudo o que restará de nós: nossa luz em seu olho. Nossa sombra em suas imagens. Nossas formas flutuantes, caindo através do nada, depois que o chão sumir, o chão sólido que pisamos.

(A imagem do vídeo começa a se deteriorar. A qualidade de som e imagem vai ficando enevoada. A imagem pula, se distorce, o áudio chia e estala. A mulher levanta a voz.)

Há muito tempo... em um avião... conversei com seu amigo... estou falando de mr. Cama!... Ormus!... Quando ela, Maria, se aproximou dele pensei que ele podia ser também um de nós... Está me ouvindo? Pensei que ele vinha do nosso lado!... Mas não vinha... *não vinha*... era só loucura dela... estou dizendo que ela vive em um mundo de faz-de-conta... fantasia!... mentira!... pobre menina.

Snap. Crac. Pop.

Ah, Deus!... Ah, meu Deus!... Está rasgando, está esfarrapando!... Tão fino, tão frágil!... Não tem força suficiente.... Logo nós seremos apenas o seu mundo de faz-de-conta.

(Vai ficando difícil enxergar a mulher no meio do "chuvisco" ou ouvir o que diz por baixo do chiado, que aumenta. Ela está gritando; aparecendo e sumindo e gritando o mais alto que pode. Sua voz some, volta, some de novo, lembrando uma ligação ruim de telefone celular.)

Escute!... ela ficou caída por ele!... de verdade!... não é má menina, okay?... não somos maus... nosso mundo é tão bonito quanto o seu...

mas o amor dele... de Ormus!... *por aquela mulher, quero dizer!*... isso foi difícil para Maria enfrentar... Está me ouvindo?... Era isso que Maria queria que eu dissesse para você... Este é o último pedido dela... Meu também... Cuide dele... Estamos acabando... Está me ouvindo?... Não deixe ele morrer.

...AJUDE ORMUS...

Nesse ponto a transmissão se interrompe pela última vez. O chuvisco cobre a imagem. Eu imagino que estou assistindo ao fim de um mundo. Nas bolhas oscilantes do vídeo parece que vejo torres desmoronarem e oceanos subirem e engolirem a terra estranha. No chiado e no rugido do barulho branco é fácil ouvir os gritos moribundos de uma espécie inteira, o chacoalhar da morte de uma outra Terra.

Há uma mudança na fita. O chuvisco desaparece. Em seu lugar está a imagem de uma boneca na cadeira, segurando um espelho circular, no qual se reflete um espelho retangular, que por sua vez contém o reflexo de uma outra boneca.

Fico ali a maior parte do dia, sozinho com minhas bonecas e suas imagens em vídeo, pensando em Maria e em sua professora e em sua história e tudo se dissolve no ar. O que vem à mente, absurdamente, ou não tão absurdamente, é uma cena de filme: Super-homem em seu palácio de gelo polar, encaixando cristais e invocando seus pais há muito falecidos, um casal condenado e sereno oferecendo a sabedoria de um mundo desaparecido além do arco do tempo. A fugidia, perturbada Maria com suas mensagens escritas, e minha outra visitante, sem nome, composta, encarando o desaparecimento com grande dignidade: eu mal as conheço — são alienígenas, afinal, visitantes de um outro lugar que soa familiar, escorregando para dentro da nossa consciência por uma rota inimaginável — e, no entanto, fico profundamente comovido com sua perda. Estou tentando entender o porquê disso. No fim, decido que é porque embora eu, nós, não os conhecêssemos, eles conheciam a gente, e, sempre que alguém que conhece você desaparece, você perde uma versão de si mesmo. De si mesmo como você era visto, como achavam que você era. Amante ou inimigo, mãe ou amigo, aqueles que nos conhecem nos constroem, e seus vários conheceres desenham diferentes facetas de nossas personalidades como as ferramentas de um cortador de diamantes. Cada perda dessas é um passo na direção do túmulo, onde todas as versões se misturam e terminam.

Essa idéia faz meus pensamentos voltarem para Vina, todas as minhas trilhas mentais ainda levam a ela. Seu conhecimento de mim era tão profundo, sua versão tão atraente, que sustentava a miscelânea de minhas identidades. Para sermos sãos, escolhemos entre as diversas descrições conflitantes de nossos eus; eu escolho a dela. Assumi o nome que ela me deu, e a crítica, e o amor, e chamei a esse discurso de *eu*.

Desde a morte de Vina e a perda de sua visão incisiva, do Rai dela, venho me sentindo separar mais e mais em momentos disparatados, contraditórios: venho deixando, entendo agora, de ter coerência. O "milagre do videoteipe" me mostrou o que eu próprio devia ter percebido sozinho faz tempo: que somos dois de nós a lamentar a perda de seus juízos redentores; e que já é hora de fazermos uma ponte sobre a fenda que serpenteou entre nós ao longo dos anos, alargando-se lentamente. Agora que ela se foi, talvez tenhamos um a salvação do outro nas mãos.

Ajude Ormus. Sim. E talvez ele me ajude.

Estou carregando o jipe para voltar para a cidade, pensando nos velhos dias de Bombaim com Ormus, em seu quarto ou no telhado de Apollo Bunder. Na verdade estou bem animado, sentindo voltar a velha afeição, dos tempos mais felizes de criança. Mas eis que surge Molly Schnabel de cáqui e saia branca, a combativa ex de Mack, subindo, com as mãos nos bolsos, pelo caminho do jardim, sorrindo seu sorriso de lado.

Ah, mas é o inconsolável moço indiano, chorando o passamento da mulher do outro. *You great girl, Rai, will you look at you*. Como Niobe, todo lágrimas.

Eu procuro manter as coisas neutras. Oi, Molly, *quelle surprise*.

Ela muda de sotaque, do irlandês para o Hug-me.

Ô, *baba*, sabe que acontece? Weículo quebrou pertinho aqui. Eu penso, posso usar telefone e chamar mecânico? Desculpe incoweniente.

Ela passou algum tempo na Índia — é uma boneca conglomerada multinacional, seu pai era importante na Union Carbide até o acidente de envenenamento do ar, a nuvem de metil-isocianato que devorou os olhos e pulmões de Bhopal; o velho Molony foi um dos executivos que caíram por causa desse desastre —, e se orgulha de sua imitação de idioleto indiano. Uma vez, em alguma grande festa da Colchis, ela conseguiu distrair Yul Singh com isso, até que ele finalmente se deu conta, Pelo amor de Deus, Molly, estamos na América. Fale americano.

Se ela aparecer não deixe entrar na casa sob hipótese alguma, Mack me prevenira. *Não interessa que ela esteja baleada, sangrando. Se tranque lá dentro e resista a um sítio se necessário. Estou falando sério. Uma vez, quando Chow estava lá, ela apareceu com uma caminhonete que tentou limpar a casa*. E ela chega com a cabeça inclinada de lado de forma que seus longos cabelos dourados de Veronica Lake caem em ondas sobre um olho enorme, com sua desculpa esfarrapada e seu sedutor sotaque Hug-me. Escute, Molly, você sabe que não posso deixar você fazer isso. Se quer telefonar, claro, pode usar meu celular.

Celular uma ova, esse instrumento eu também tenho, ela diz, desistindo instantaneamente da mentira com um encolher de ombros, a voz subindo alguns pontos. Você acha que tem direito de me impedir de entrar na minha própria residência? Porque esse é o desejo daquele que enfia pênis na mão do próprio filho?

Pare com isso, eu digo. Pare agora, Molly.

Porque recebeu instrução daquele que enfia tóxico narcótico no nariz de próprios rebentos? Aquele que se permite dentro e fora de leito conjugal perwersão sexual, bestialismo e coprofilia? Aquele sepulcro caiado, em que só eu enxerguei os vermes da corrupção?

Além da versão que lhe dá suporte, existe também a versão que o desmancha. Esta é a do meu companheiro Mack, essa mulher de trinta e três anos, berrando com sotaque fingido no gramado de seu próprio passado, difamando aquele que uma vez amou, fazendo acusações que, para a cabeça de muita gente, trazem em si o veredicto de culpado e usando a autoridade de sua beleza e das palavras "esposa" e "mãe" para adquirir o apoio da própria lei para as suas mentiras. Essa adversária brilhante que já arrancou de Schnabel o seu bom nome, mas que quer tudo o que ele tem. Não importa o que Mack faça pelo resto de sua vida. Essa versão foi gravada em sua testa. É uma letra costurada em seu casaco com linha escarlate.

Eu levo você até seu carro, digo. Ou, se ele está mesmo quebrado, vamos até o mecânico.

Você seria o perfeito cortesão submisso para qualquer déspota do terceiro mundo, Rai, ela diz, desistindo da voz indiana. Ou o lacaio puxa-saco e obediente do presidente. Ou o soldadinho que os grandes *dons* usam para fazer o trabalho sujo. Tem uma mulher para humilhar, para, como é a palavra?, pisar, para expulsar da sua própria terra? Mande chamar o esperto Rai. Ligue para ele na porra do celular.

Suba, Molly, eu digo. E ela entra no carro; e imediatamente põe a mão no meu colo. Ah, é só isso, o velho Adão, é?, ela diz, sentindo o movimento que não sou capaz de controlar. Então é aí que você guarda as chaves agora?, por que não disse de uma vez, meu benzinho?, espere só até eu dar um jeito em você, Molly sabe a combinação do seu cofrinho.

Tiro a mão dela e ligo o motor.

Fica para depois, certo?, eu digo acalorado demais, e saio rodando.

Quando chego ao Orpheum, Clea Singh está esperando no saguão, debaixo da frase latina sobre o amor, segurando um envelope endereçado a mim, com a caligrafia — bastante instável — do próprio Ormus Cama. Ele precisa do senhor de novo, Clea diz. O senhor tem de ir.

O recado dentro do envelope tem quatro palavras apenas.

Encontrei. Ela está viva.

17

ESPELHO, ESPELHO MEU

O Porteiro Shetty não está de serviço no saguão quando chegamos ao Edifício Rhodopé. Minúscula, com os lábios apertados, Clea me conta que ele afinal foi aposentado. Ela própria uma antiguidade sem idade, diz com algum desdém e nenhuma ironia que ele, Shetty, já havia ultrapassado havia muito a data de se retirar. *Ele só ficou como um favor para madame*, diz, *mas agora é melhor ele descansar.* Ele está em Mineola, N.Y., há um excelente asilo naquela vizinhança, conveniente por seu crematório, e recebe, na descrição de Clea, uma *mesada generosa, apesar de ninguém ter obrigação, ele era pai dela afinal.* Nunca houve muita demonstração amorosa entre Shetty e os Singh, e, uma vez perdida a proteção de Vina, o destino dele estava traçado. Depois de um período de respeito adequado Clea fez o seu jogo final. Ele não tinha como combatê-la. Xeque-mate em um.

Eu faço uma despedida silenciosa. Meu velho, você queria morrer trabalhando, mas na velhice nosso poder de escrever nossos próprios roteiros perde a força, e a forma de nossos últimos atos é decidida pelos comerciantes da reescrita. Adeus, Porteiro. Aproveite os pores-do-sol, se puder.

Na questão do Porteiro Shetty, Clea agiu com suas costumeiras dureza e clareza, o que torna ainda mais surpreendente o fato de em nossa viagem pela cidade na limusine essa senhora normalmente imperturbável ter estado profundamente agitada. Eu me dou conta de que poucas pessoas fora do círculo fechado dos Singh já estiveram onde estou a ponto de entrar: o coração do silêncio e da sombra que agora envolvem Ormus Cama completamente. Ormus está invisível desde que fui levado à sua presença pela última vez, no Hyatt de Guadalajara. Tudo que tenho é o relato de suas atividades feito por Shetty — suas visitas a Deusa-Ma, etc. —, mas é possível que ninguém de fora o tenha visitado em seu covil fortemente defendido durante todo esse tempo. Sem dúvida a aguda preocupação de Clea é um indício da natureza excepcional do evento. Nada de câmeras, ela insiste, antes de sairmos. Eu não tinha planejado levar nenhuma, mas fico interessado na proibição. Até onde irá o mau aspecto de Ormus hoje? O que será que ele, ou seus assistentes, não querem que o mundo veja?

As pessoas no meu campo de trabalho sempre pensam assim, censuro a mim mesmo. Não há lei que diga que um homem tem de concordar em ser fotografado só porque quer falar com um fotógrafo. Deixe o cara sossegado.

Clea fala sem parar durante todo o trajeto do Orpheum até o Rhodopé. Mr. Rai, as pessoas têm a língua negra, como o senhor sabe, e quem sabe o senhor ouviu dizer que não estamos tomando conta do *sir*. É possível que o senhor tenha escutado algum comentário maldoso sobre a saúde física e mental dele, e quem sabe também alguma avaliação cruel do nosso trabalho cuidando dos bens dele. Mr. Rai, eu suplico que o senhor não fique tirando conclusões. Se quiser posso mostrar para o senhor todos os livros, todas as contas, o senhor vai ver que cada centavo está documentado e todas as empresas estão com tudo em cima. Se quiser posso apresentar o médico particular dele, que vai confirmar que obedecemos a todas as suas ordens. Se o senhor quiser tudo isso pode ser esclarecido.

Ele está morrendo, entendo de repente. Estes são os seus últimos momentos e Clea e sua gente estão morrendo de medo.

Não sei por que está me dizendo tudo isso, digo.

Sabe, mr. Rai, o *sir* é um homem muito solitário. Vinte e quatro horas por dia, sete dias por semana, ele só pensa na querida madame. Para ele, como o senhor era velho amigo de madame, o senhor é como um irmão. Ele sente tristeza de o senhor ter ficado longe tanto tempo.

Decido não questionar essa surpreendente afirmação. *Ajude Ormus.* Essa é a minha nova decisão e não há tempo para mesquinharias, velhos ressentimentos ou má vontade.

Na limusine, Clea tem mais confissões a fazer. Mr. Rai, o *sir* está muito mal. Ele depende demais de coisas erradas para ajudar a suportar a perda. Estou preocupada com ele, mr. Rai.

Coisas erradas, repito. Ela parece perturbada, e chega a retorcer as mãos. Depois, em voz grave, diz os nomes das drogas ilegais. O motorista é Will Singh. Ele olha para a frente e dirige, rígido, obscuro.

Quanto ele está tomando?, pergunto e, quando ela responde, entendo que o desastre não pode estar longe. Pergunto: Como ele consegue essas substâncias?

Clea parece desafiante. Eu posso comprar tudo o que *sir* exige, ela diz simplesmente. É meu dever, como eu fazia para mr. Yul e madame, antes.

Imagino a minúscula Clea, com seu sari, negociando nos quartos dos fundos da Drogalândia com sujeitos como Harry the Horse e Candymaster C, conquistando o respeito deles com sua calma, sua atenção para os detalhes, sua insistência na melhor qualidade. Sabe, Clea, digo, mantendo o tom amigável, muita gente não ia entender que quando você alimentou o hábito de Ormus e deixou que ficasse tão grande, estava agindo como uma verdadeira amiga. Muita gente ia questionar seus motivos.

Na limusine, Clea Singh endireita o corpo orgulhosa, as costas rígidas, quase chocada. Mas, mr. Rai, eu não sou amiga dele, como o senhor pode pensar uma coisa dessas? Sou empregada. Desde que madame e o *sir* salvaram a gente, somos servidores jurados deles. Não questiono nem discuto as vontades dele, mr. Rai, eu cumpro. Obedeço.

E esse médico?, pergunto. Ele não tem reservas quanto ao que está acontecendo?

Ele conhece bem o mundo da música, Clea Singh responde, e a dureza de ferro volta à sua voz. Mr. Rai, o senhor é um homem do mundo, tenho certeza. Para que todo esse interrogatório inocente? O mundo é o que é.

Mesmo depois de toda essa preparação, Ormus, esperando por mim na porta do elevador, é um choque. Está em pé, mas a duras penas. E tenho a sensação de que até essa pouco convincente demonstração de bem-estar foi puramente encenada para mim. Se eu não estivesse ali, ele estaria apoiado em um dos Singh. Jovens fortes, vestidos com roupas brancas de kung-fu, esperam ansiosos nos cantos de meus olhos, parecendo preocupados.

Ele estava magro em Guadalajara; agora está decididamente emaciado. É provável que eu pudesse a levantá-lo até a altura do ombro com uma mão. Perdeu quase todo o cabelo, e, embora o que sobrou esteja raspado rente ao crânio, o que se vê é todo branco. Seu nariz parece perigosamente estreitado, e, embora tenha um fino xale de *pashmina* nos ombros, está tremendo na noite quente. Anda apoiado em uma bengala, aos cinqüenta e quatro parece ter noventa. Pode ser tarde demais para ajudá-lo.

Sem tapa-olho. Eu me dou conta de que ele também sabe sobre o fim do outromundo. Sobre o qual ele estava certo — porque efetivamente havia dois mundos em rota de colisão, agora sei disso — e errado porque o outromundo não era de forma alguma intrinsecamente superior ao nosso. Afinal, foi a versão que fracassou. O nosso se deu bem — ou digamos que sobreviveu.

Era essa a natureza da loucura de Ormus: em sua cabeça ele privilegiava uma outra versão do mundo em detrimento da sua. Talvez agora, se conseguir se manter vivo, tenha uma chance de retomar seu equilíbrio mental, de reentrar no mundo existente de fato. O nosso.

Obrigado por vir, ele sussurra. Tem uma coisa que só quero que você veja: para, ah, confirmar. E com isso ele se volta e afasta-se pelo seu vazio universo branco.

O tamanho do apartamento é assombroso, apequenando até a sua suíte no Hyatt mexicano: os espaços albinos sem fim, os batentes sem porta abertos, o vazio, o *cômodo.* Num canto distante de uma enorme zona vazia percebo um colchão *futon* branco e um abajur de leitura branco sobre uma mesa baixa branca; em outra área gigantesca há apenas um piano de cauda branco, de concerto, e o banquinho. Nem um grão de poeira, nem um copo usado, nenhuma peça de roupa suja à vista. Posso imaginar quantos Singhs são necessários para ir atrás de Ormus, criando esse vazio arcaico.

Ele sussurra enquanto caminha. Tenho de ficar perto para ouvir o que diz.

Curtis Mayfield está paralisado, Rai. Uma vara de refletores caiu em cima dele. E *depois* sua casa pegou fogo. É. Steve Marriott queimou até morrer, você sabe disso. Em outro incêndio. Certo. E Doc Pomus morreu. David Ruffin foi-se. Tentação demais, quem sabe, hã? Will Sinott dos Shamen? Afogado. Leo Fender, Uncle Meat, Johnny Thunders, Professor Longhair, Stan Getz, *RIP* [*Resquiescat in Pace*], *baby.* O menininho que caiu da janela da cobertura também. Terrível. E dizem que Mercury não dura muito, e Brian Jones foi assassinado. *Brian Jones*, eles têm provas. O que está acontecendo?, Rai, eu não sei o que está acontecendo. Estão nos eliminando.

Entendo que esse é o seu discurso, estranho, isolado, livre-associativo. Não o julgo. Não esqueci minha própria lista de mortos, que desfiei para Johnny Chow não faz muito tempo. Nomes diferentes, mesma obsessão. São os novos companheiros de Vina, o primeiro círculo social de seu céu ou inferno.

Acompanho Ormus pelos hectares brancos até que viramos uma esquina, uma porta macia acolchoada de branco se abre e se fecha, e inesperadamente estamos no que parece uma versão minimalista do Controle de Missões de Houston: monitores de TV do chão ao teto em todas as quatro paredes do estúdio, cobrindo mais de trezentos metros quadrados e, no centro, um complexo de controle, estilo odisséia espacial: computadores, consoles de mixagem e efeitos de áudio e vídeo, equipamentos Yamaha, Korg, Hammond, MIDI-B e Kurzweil e duas cadeiras giratórias.

Em cada tela — deve haver mais de trezentas — uma falsa Vina diferente gira e faz caras. O som está desligado; trezentas não-Vinas mudas loucamente fazendo caras e bocas. Se estou querendo uma modelo para fazer a quase-Vina da minha inacabada seqüência de fotos — e acho que quero —, vim ao lugar certo.

Depois de todos esses anos, o dinheiro gerado pelo rock ainda me assombra. Os recursos necessários para possuir todo este espaço e construir em seu centro esta instalação audiovisual de última geração exibindo capacidades morfotécnicas muito além de PizelPixie e potentes musicomputadores de *floating point*, capazes, se reprogramados, de controlar com eficiência um sistema de orientação de mísseis de médio porte; e depois contratar um pequeno exército de equipes de vídeo para localizar e gravar centenas e centenas de Vinas substitutas: inimaginável. Inimaginável também é o luxo de poder pedir tudo o que quiser, sabendo que as pessoas o atenderão, e você não vai nem notar o custo.

Receber o mundo como um brinquedo.

Quando minha cabeça pára de girar, meu coração começa a doer, não só por mim, mas por Ormus também. A obsessão é a encenação de uma dor oculta. Percebo que até agora não levei seu bilhete a sério. Eu o interpretei, despreocupadamente demais, como um pedido de ajuda de um homem que está afundando; nunca me ocorreu fazer uma leitura literal. Com os olhos nadando em Vinas falsas, me dou conta de que ele realmente acredita que uma dessas patéticas imitações é de verdade, a pobre Vina, esmagada, que nós amamos, levantando de seu túmulo-abismo e cantando seus velhos sucessos para caubóis, milicianos, possíveis Unabombers e bêbados em Grand Island, Nebraska, ou em algum centro cantarolante da música mundial.

Então Ormus se senta na mesa de controle, diz *Veja isto*, gira uma porção de botões, e lá está ela, trezentas vezes repetida ou mais, brilhando em todos os monitores. Ele empurra um conjunto de controladores de áudio e a sua voz maravilhosa — inimitável — sobe e me inunda.

Vina. É Vina, retornada dos mortos.

It's not up to you [Não depende de você], ela canta. E repete e repete à medida que a velha canção se aproxima da conclusão, *no, it's not up to it's not up to it's not up to it's not up to you.* Sua voz vai fazendo coisas extraordinárias — novas e já conhecidas — com a linha melódica da canção, esticando e dobrando o som, colocando nele uma sensação jazzística, do jeito que Vina costumava fazer quando estava se sentindo em férias. Ela chega a fazer um momento climático estilo Ella, com um *scat.*

Be-bop! Re-bop! Rreee!
Skeedley-ooh!
Oh, mam'! Rama-lam'!
There's nothing you can do...
Wo, pop! De-dop!
Mop! A-lop-a-doo!
Oh it's not, no no not, whoo whoo
Not up to you.
...O, yeah...

A multidão invisível fica louca. Ela sorri: o sorriso de Vina, que é capaz de iluminar a sala mais escura. Oh, Vina, Vina, eu penso. De onde você saiu, isto não é possível, você está morta. Trezentas Vinas me cercam, riem e agradecem.

Eu não reconheço a interpretação, gaguejo. O que é?, alguma coisa contrabandeada, alguma gravação *gonzo* de algum lugar.

Mas eu mesmo me dou conta de que a fita tem uma data de identificação. Foi feita menos de uma semana antes. E vejo também que, embora seja Vina, seja ela viva, é também um estranho compósito de Vina, uma Vina que nunca existiu de verdade. Ela usa o cabelo tingido de vermelho preso no alto da cabeça, naquele chafariz que conheço tão bem, aquela crista de Pica-pau, e um bustiê dourado brilhando de lantejoulas e as calças de couro da última apresentação de Vina, mas não se trata de uma mulher de seus quarenta e tantos anos, não é a artista solo madura em seu retorno à estrada. Essa Vina não tem mais de vinte anos. Mas está usando um anel de pedra da lua.

Quando me volto para Ormus, ele tem lágrimas nos olhos leitosos.

Eu também achei, ele sussurra. Sabia que não era só minha imaginação.

Como é o nome dela?, pergunto. E percebo que também estou sussurrando.

Ele me estende uma pasta branca, magra.

Mira, diz, tossindo. Esse é o nome que usa agora.

Mira Celano, daqui mesmo de Manhattan, diz o arquivo. Nascida no Lenox Hill Hospital em janeiro de 1971, portanto eu adivinhei a idade dela. Mil novecentos e setenta e um, o ano do voto de celibato de Ormus, *essa* é a idade da juventude dela. Filha única. O pai, Tomaso, tinha sessenta e um anos quando ela nasceu. Ela se lembra dele (aqui estou embelezando o relatório da agência de detetives com detalhes colhidos em meu conhecimento posterior dela) como um homem baixo, de peito largo, cabelos espessos, um leão de homem, que ficava sem jeito na presença da filha de sua velhice, que o adorava, e dava à menina rápidos abraços ásperos, entregando-a depressa a qualquer membro feminino da família que estivesse por perto. Era um homem de honra, um advogado empresarial de alta classe, com endereço no Upper East Side, mas que mesmo assim mantinha laços estreitos com sua comunidade e prezava as raízes de sua família em Assis, Itália. Era também herói condecorado da Segunda Guerra Mundial, com uma medalha de distinção em serviço por seus feitos como o mais velho dos azes bombardeiros norte-americanos que afundaram o porta-aviões japonês *Hiryu* na batalha de Midway.

Além disso, havia falecido recentemente, com a idade de oitenta e um anos.

A mãe de Mira não era italiana. De forma surpreendente para um homem tão conservador, Celano, que ficou solteiro tempo suficiente para decepcionar mais de uma geração de mulheres ítalo-americanas, no fim de sua sexta década de vida ficou caído por uma médica indiana que o "impressionou", como dizem nos filmes, quando o motorista ibo do táxi dela abalroou deliberadamente o chofer hausa do táxi dele em Central Park South. Os dois motoristas de táxi, apaixonados defensores de lados opostos do crescente e sangrento conflito sobre a tentativa de secessão de Biafra da Nigéria, identificaram-se como inimigos por causa dos decalques expostos com destaque nas janelas de trás e laterais, e pelos agressivos colantes dos pára-choques. Os dois baixaram os vidros das janelas e lançaram-se a uma troca de insultos —

Trepador de árvore! Lama de petróleo! Valentão gowon! Idiota ojukwu! — enquanto seus táxis avançavam e paravam, centímetros de cada vez, no trânsito pesado da hora do rush; até que finalmente o jovem ibo, acalorado pela secessão, ou simplesmente fervendo com o calor daquela tarde de verão, girou as rodas e colidiu com o veículo do hausa desafiante numa chuva de vidro quebrado. Os motoristas saíram ilesos, mas os passageiros dos dois bancos de trás ficaram se batendo em seus espaços confinados, de forma que sofreram alguns golpes.

Tomaso Celano, sempre um galante cavalheiro, insistiu em se certificar de que a dama do outro táxi não tinha sido ferida, mas depois confessou que ele próprio estava com visão dupla e sentou-se na sarjeta com um ataque agudo, como disse ele, de chiadeira. Felizmente a dama era médica qualificada. Mehra Umrigar Celano nasceu em Bombaim (não dá para escapar desses parses de Bombaim), veio para o Ocidente para estudar medicina, ficou, casou-se com Tommy apenas nove semanas depois da guerra de táxis biafrenses, chamou a filha de Mira porque é nome tanto indiano quanto italiano, além de ser fácil de dizer, e, apesar de chegar a oncologista consultora no New York Hospital, morreu de um tipo agressivo de câncer no seio antes de completar quarenta anos, quando a filha ainda tinha apenas quatro anos de idade. O velho Celano, declarando-se velho demais para cuidar do bebê, entregou Mira a uma série de parentes que a menininha logo descobriu serem italianos muito pouco típicos: isto é, ressentidos com as obrigações familiares em relação a ela, deficientes na provisão de amor, e nada dispostos a ficar com ela por muito tempo. Apesar desse ambiente doméstico peripatético, e da difícil descontinuidade de uma educação distribuída entre as escolas de três bairros, Mira revelou-se uma estudante que só tirava A, modelo de dedicação, que foi aceita na Escola de Jornalismo da Columbia University e imediatamente pirou, como se todo o seu esforço e bom comportamento até aquele momento fossem um estratagema de prisioneira, um jeito de apressar a data de sua liberação. Ela escondera as asas toda a vida, e agora pretendia voar.

Em seu ano de caloura, Mira desfraldou uma voz cantante que a transformou em estrela instantânea do campus, passou a andar com uma turma agitada e ficou grávida, tudo em um único semestre. Resolveu ficar com o bebê, largou a faculdade e foi imediatamente deserdada pelo pai, depois do que ele, desconsideradamente, caiu morto quando jogava tênis em Cape Porpoise, Maine, impossibilitando assim a reconciliação. Ele estava agachado para receber um saque quando foi morto — num *ace* — por um gigantesco ataque cardíaco, e caiu de cara na quadra de cimento duro, ainda segurando a raquete, mas infelizmente furando o jogo. Morreu antes que seus braços tivessem tido tempo de subir e defender-lhe o rosto, que conseqüentemente sofreu uma fratura de nariz que comprometeu seriamente sua *gravitas*, fazendo-o parecer, na morte, muito mais rústico do que fora em vida. Com aquele nariz proeminente amassado para a direita ele não era mais o sujeito importante, mas um boxeador feio que perdera a última de uma série de batalhas derrotadas. Foi um final rápido, mas não veio com a velocidade suficiente para manter Mira em seu testamento. *Nem um centavo para minha filha Mira, que foi a decepção de minha velhice.*

O dinheiro foi dividido. Parte foi para projetos comunitários caritativos da comunidade italiana de Manhattan, Brooklyn e Bronx, o resto para os mesmos parentes que haviam maltratado a infância de Mira. Os felizardos herdeiros não mexeram um dedo para ajudar sua parente deserdada e chegaram a esnobá-la no funeral do pai, como se dissessem esqueça, querida, não telefone, não escreva, agora você está por sua conta. Mira aceitou o desafio. Depois de não conseguir entrar no jornalismo, nem o da espécie mais baixa, ela começou a cantar para pagar o jantar em esquálidos *piano bars*, levando com ela a filha bebê num carrinho que escondia atrás das cortinas do palco, ou debaixo do piano, ou no banheiro feminino, ou em qualquer lugar, rezando para ela ficar dormindo durante a apresentação, dando gorjetas aos garçons e garçonetes para cuidarem dela caso acordasse.

A menina tem agora pouco mais de um ano de idade. Seu nome é Tara, que significa — em Hug-me — *estrela.*

Enquanto estou lendo o relatório, Ormus cambaleia para o banheiro e demora lá dentro. Eu devia intervir, mas não sei como, não ainda, pelo menos. Além disso, estou lendo. Além disso, não tenho certeza de onde fica o banheiro.

É fácil perceber de onde vem o interesse por Vina dessa Mira Celano, reflito. Apesar de todas as diferenças de comunidade, oportunidade e classe, ela tem muito em comum com seu ídolo: a mistura de raças da família, a orfandade em tenra idade, os anos de infância sem amor, o profundo sentido de rejeição e exílio do renegado. Aquela coisa de se sentir na linha do perímetro e ser empurrada, por uma poderosa força centrípeta, para o coração do jogo. E ela agora está sem vintém, exatamente como Vina quando começou.

E tem a voz dela, claro, a voz que ela manteve debaixo do pano por tanto tempo. Talvez, como Vina, ela tivesse lugares secretos aonde ia para cantar. Seu próprio Jefferson Lick em algum ponto do parque.

Posso logo imaginar que quando ela começou a cantar, durante seu semestre solitário em Columbia, foi imediatamente cercada de admiradores chamando-a de a nova Vina Apsara, ou até mais do que isso, dizendo que ela devia gravar um *demo*, esquecer o jornalismo e partir para as estrelas. Mas então, de repente, ela estava pobre, os amigos de faculdade dos bons dias sumiram, e *demos*, produtores e estrelato pareceram muito distantes. Porém o negócio de repro-Vina estava florescendo. Então, conforme ela me contou depois: *Se eu não podia ser a nova Vina, seria a velha. Foi assim que pensei na coisa. Preguei a foto que você tirou — sabe, Vina no terremoto — na parede do meu quarto e decidi, okay, por ora eu sou ela.*

Ormus volta do banheiro parecendo ao mesmo tempo melhor e pior. Tenho outras fitas, diz, e começa a apertar botões.

Ali em trezentos monitores está Mira Celano com seu bebê adormecido, vigiada por uma câmera secreta do alto de um canto. Ela está em um camarim minúsculo, infeliz, usando um fino roupão estilo quimono, preparando-se para tirar a maquiagem de cena. Quando arranca a peruca vermelha, e a rede de cabelo que usa por baixo, eu deixo escapar um pequeno grito. Os cabelos escuros despencam por suas costas até a cintura. Ela o sacode, pega um pente, curva-se para a frente de forma que o cabelo caia sobre seu rosto até o chão, e desembaraça os nós. Depois, no espelho, começa a cuidar do rosto. Mais uma vez fico perplexo. Boa parte da cor escura da pele está saindo nos lenços de papel. Essa menina está se escurecendo para representar o papel da morena Vina, atravessando, à sua maneira, a fronteira fortemente minada da cor. Sua própria compleição — embora a qualidade da fita torne difícil ter certeza — parece ser de um oliva-claro.

Ela termina. Agora, no espelho, há uma moça jovem, bonita, mesmo que um tanto vulgar, mais latina do que indiana, uma jovem mãe solteira lutando para sobreviver na maldade da cidade, e realmente bem diferente da estéril Vina, que lhe vale o jantar, mrs. Ormus Cama, meu amor morto. Entender isso é como acordar de um sonho.

Você não devia ter feito isso, digo a Ormus, tentando calcular o número de pessoas do centro da cidade que teve de ser comprado para nos permitir nosso voyeurismo de bairro elegante. Está errado, digo.

Olhe, ele sussurra, ignorando meus escrúpulos. Nos monitores, Mira Celano está tirando o quimono. Por baixo está o corpo nu de Vina. Vina com pele mais clara, mas Vina mesmo assim, em cada detalhe, o peso e o ângulo dos seios, o movimento solto dos quadris, a bunda solta, incomparável de Vina, os pêlos cerrados sem cortar. Estou de pé atrás de Ormus, enfio o punho na boca e mordo forte. Se eu suspirasse revelaria meu segredo, e agora, mais do que nunca, quero manter esse segredo comigo.

Agora que ela está de volta, vejo-me pensando loucamente. Agora que voltou do túmulo.

Ormus mexe em mais botões. Ali está Mira Celano indo a pé para casa, sozinha com a pequena Tara em um carrinho. Meu coração salta outra vez quando reconheço a Bowery, Cooper Union, St. Mark. Essa menina está praticamente no meu bairro. Ela acena para os vadios traficantes de drogas, sobe meia dúzia de degraus com o carrinho, destranca uma porta. Está dizendo alguma coisa ao entrar, mas a qualidade de som é baixa, não consigo ouvir o que está dizendo.

Okay, espere um pouco, Ormus murmura, e me dou conta de que falei em voz alta. Nos trinta minutos seguintes, ele realiza um milagre de áudio-engenharia, isolando a voz dela, limpando o fundo, compensando as distorções da ampliação de suas palavras fracas. Okay, vamos lá, ele murmura. Isso é tão bom.

Ó de casa! Já cheguei! Ó ó ó de casaa!

Se houver um homem lá, penso, se ela está chamando um amante em vez de uma ou duas amigas, é possível que eu tenha de matá-lo.

Você entende o que ela está nos dizendo, Ormus pergunta, congelando o quadro, aprisionando Mira Celano no meio do seu ó da porta. Ela está dizendo que voltou. Está dizendo oi, meu bem, estou em casa.

Isso é uma loucura, digo, escapando da coisa mais uma vez. Ormus, você tem de parar com isso. É como se você estivesse vigiando a moça. Você *está* vigiando a moça.

Maria Virgem tem um perseguidor que diz isso, ele murmura distraído. Dá para acreditar? O cara vai até a casa dela toda noite e chama no porteiro eletrônico, fazendo de conta que é o maridinho dela voltando do expediente. *Oi, bem, já voltei.*

É, digo, enxugando o suor frio da testa, posso acreditar, e desta vez o maluco é você.

Mais obstinada apertação de botões. Então, com teleobjetiva, vemos Mira Celano em seu quarto, num terceiro andar sem escada de frente, ela está com a luz acesa, mas a persiana abaixada. Anda de um lado para outro com uma combinação cor de creme por cima do sutiã de amamentação, telefonando, colocando na boca coisas que não são nem chocolates nem *nachos*, umedecidos com goles de uma garrafa que não é nem de Evian nem de Pellegrino, caindo na cama — ela tem uma cama de latão! —, dando um *zap* na TV, assistindo basquete ou quem sabe apenas olhando, viajando na Lua, nas estrelas, enquanto Tara, a estrelinha em seus braços, mama satisfeita. Se Mira ainda não estivesse cheia de leite, devaneio, seu peito seria menos amplo que o de Vina. Ela ia ter de usar enchimento no bustiê para conseguir o efeito certo. Por outro lado, Vina também gostava de assistir esportes, principalmente basquete, portanto elas têm isso em comum. Vina sabia distinguir o Magic de Lareem e de Bird e quando o menino novo chegou no bairro ela me disse, meio séria: Vamos mudar para Chicago para a gente poder assistir ao Mike.

Penso: não tem homem naquele quarto. Isso me deixa desordenadamente contente.

E reflito: estou pensando nessa moça como se fosse minha amante.

Repentinamente, Ormus desliga o sistema. Mira Celano desaparece e sinto falta dela, juro, sinto. Essa estranha, cuja intimidade eu espionei. Essa ninguém com o único corpo — mesmo que temporário — que amei de verdade. Estou sendo ridículo, digo a mim mesmo, e Ormus é pior que isso. Ormus Cama é um velhote maluco.

Ormus, você precisa se cuidar, eu me forço a dizer. Agora que você me chamou aqui, tenho de dizer. Se não tomar alguma providência vai morrer dentro de um ano, no máximo.

Ele ainda está olhando os monitores escuros. Se for ela, sussurra, então tudo é possível. Se for ela, há esperança.

Não é ela, digo. A semelhança é incrível, mas é outra pessoa. Essa é Mira Celano, seja ela quem for. Uma pessoa que você não conhece, cuja privacidade invadiu criminosamente. Uma pessoa que tem menos da metade da idade de Vina e que pode ter filhos. Você viu a fita da maquiagem. Faça o favor.

Ele diz, baixinho: Se ela resolveu voltar assim, discreta, em segredo, incógnita, passo a passo, eu entendo, diga para ela. Diga para ela, eu estou esperando.

Minha excitação inesperada me deixa exasperado. Você quer que eu entre na vida dessa mulher e diga o quê?, pergunto. O quê?, que um moribundo viciado do céu do rock está vigiando cada passo dela, que quer que ela faça o papel da mulher dele que morreu, não só no palco, por dinheiro, mas na cama dele para o resto da vida? ou devo dizer da vida *dele*?, isso é doença, Ormus, não me peça uma coisa dessas.

Você tem de ir, ele sussurra, implorando abertamente. Tem de ser você. Eu não posso ir. Olhe para mim. Eu não posso.

Skeedley-ooh, eu me lembro. *Mop! A-lop-a-doo!*

Mesmo que eu vá, digo, e nós dois sabemos que estou me rendendo, nós dois sabemos que Mira Celano — é *Seleino*, por sinal, americanizado do italiano *Tchelâno* — é alguém que eu também tenho de encontrar, mesmo apenas supondo que eu irei até lá para esse encontro louco, para que seria, porra? Me diga por que eu deveria ir, o que você quer que eu ofereça a ela? Qual é a proposta?

Só, volte para casa, ele sussurra, tão suavemente que tenho de chegar perto de seus lábios rachados de *junkie* moribundo. Só, Vina, minha querida, volte para casa.

Os lugares da moda são o Izvestia, uns dois quarteirões acima do Orpheum na Bowery, que toca quase que só *trance music*, *techno* ambiental para os novos adeptos do ácido (o LSD está de volta), o Soundgarten *grunge* no bairro da carne, e o pós-CBGE Voodoo Dollhouse em East Tenth Street com Avenida A, onde bandas independentes prontas para estourar tocam para uma platéia de espertos farejadores da indústria em busca da próxima grande tendência. Nenhum desses lugares apresentaria normalmente uma atração de homenagem como a Vina de Mira, mas as espirais da ironia pós-moderna giram forte e depressa, e durante cinco minutos nesse ano viraram a favor de Mira. Alguém no Dolls decide que uma noite "necro" — tanto os freqüentadores quanto os *performers* encarnando seu ícone morto favorito — seria um evento único *kitsch-camp*, e talvez até mesmo uma celebração da vida na música naquele que o pessoal da indústria musical está chamando de ano da morte. É, portanto, no Voodoo Dollhouse, transformado para a ocasião numa espécie de cemitério de néon, uma necrópole com ritmo, e na noite da maior conquista de sua vida musical, que pela primeira vez vejo Mira em pessoa.

Esperando a vez dela assisto a uma série de intérpretes absolutamente esquecíveis — pelo menos para mim — como uma releitura eletrônica dos Beach Boys fazendo o *Monster Mash*, um grupo de clones do Temptations sincronizado, mas sem alma, uma competente Mama Cass Elliot vestindo uma barraca e bebendo chá, até um liberado, mas inteiramente desprovido de ironia Liberace. Então entra Mira, e, no momento em que ela abre a boca, o clima da noite se transforma. Não é mais um baile a fantasia. As pessoas estão ouvindo. Ela é *boa.*

Eu não pus fantasia, mas uma palavrinha do pessoal de Ormus — de Clea — garante minha entrada. Escolho ficar perto do bar, e enquanto tomo minha terceira margarita — a tequila é minha homenagem particular à memória de Vina —, surpreendo-me com a facilidade com que retomei uma velha rotina. Mais uma vez, sou o obediente "irmão mais novo" de Ormus. Mais uma vez, estou fazendo o papel de Joe Cotten ao Cidadão Welles dele, fazendo seu trabalho sujo. *Ajude Ormus.* Vim para defender a causa dele junto a essa mulher desconhecida, porque acho que isso pode salvar sua vida.

Lá no palco do Dollhouse, a Vina de Mira Celano está cravando facas no meu coração. Uso as margaritas para abrandar a dor.

Sucesso gera excesso. Depois do show, leva algum tempo para chegar até Mira. Há uma multidão que quer cumprimentar e os arranjadores e agentes e pretensos sedutores no caminho. Encosto-me num corredor estreito na frente da porta do camarim feminino, esperando o fã-clube e outros intérpretes saírem: a Lady Day, a Bessie, a Judy, a Janis, a Patsy Cline, a Tammi Terrell, a Mama Cass e Thornton, a perturbadoramente magra Karen Carpenter, o pseudo-ícone cuja *I'll be your mirror* [Serei seu espelho] foi a única performance que chegou perto da de Mira. Quando chega a minha vez, Mira Celano está querendo ir embora. A peruca e a maquiagem já foram removidas, ela está cansada e tensa — parece confusa, incomodada — e a pequena Tara está para lá de exausta e mal-humorada. Então, qual é a sua proposta, seu Costa?, Mira pergunta baixo, esgotada demais para ser gentil. Não sou do ramo, respondo, mas você estava ótima, ótima. (As margaritas me deixaram emocional.) Nem precisa dizer, ela encolhe os ombros, você era um grande fã de Vina, ela era a coisa mais importante da sua vida, deixou um buraco em forma de coração no seu peito, até que eu toquei a sua alma. Ela vira as costas para mim e acende um cigarro com um cinismo cansado, costumeiro, ignorando a menininha que grita e começou a jogar coisas no chão, inclusive um cinzeiro de vidro cheio. Ele se quebra e os cacos de vidro e pontas de cigarro se espalham por toda parte. Mira Celano não dá um pulo. Está melhor agora? Então sossegue, diz, e acho interessante ver que a menininha entende, vai se sentar numa almofada no canto, suspira resignada, se acalma. A mãe se vira para mim. O quê?, pergunta, você acha alguma coisa? Não acho nada, digo. Ela acena com a cabeça, sem se importar de fato, depois franze a testa. Você quer um autógrafo, certo? Não, digo, não quero autógrafo. É importante. Preciso que você se recupere do barato, seja o que for que você tomou, e preste atenção.

Falo com intensidade, e a assustei um pouco. Ela se coloca entre a filha e mim, Dois minutos, e você se manda. Aponto por cima do ombro dela, onde Vina oscilando em Tequila está pregada na parede. Eu sou Rai, digo, um fotógrafo. Ela é uma jornalista aspirante que desistiu e estudante de Vina também, de forma que sabe meu nome. Seus olhos se abrem e de repente a casca de dureza se rompe, ela é de novo uma menina, ainda começando e capaz de ficar impressionada.

Você é *o Rai*? *Você é* o Rai? Meu Deus, é verdade. Você é mesmo Rai.

Essa que você está representando hoje, digo, desnecessariamente, era a minha vida, o amor da... eu amava ela, abraçava, ela ia, ela teria, nós teríamos, deixa pra lá, ela entrou num helicóptero e eu nunca... ninguém nunca. Pisquei os olhos e ela sumiu.

Su-u-umiu. Nesse ponto, para meu grande incômodo, começo a chorar. Outra vez as lágrimas! O que ela vai pensar de mim, este homem com o dobro de sua idade, que tirou Aquela Foto, está agora em prantos na frente dela cobrindo a cara com a mão. Tento me controlar. A menina e a mãe estão olhando para mim, genuinamente atônitas. Quero ver você, digo, preciso ver você de novo, e até eu mesmo posso ouvir como estou soando ridículo, nu, prematuro. Segundos depois estamos todos rindo, quebrou-se o gelo, e a menininha ri mais alto do que todos.

Okay, eu estava resolvendo se você era um assassino em série ou só um estuprador, mas concluí que é legal, Mira Celano diz, enxugando os olhos. Agora vamos, você me leva até em casa?, a menina tem de dormir.

Um velho me seguiu um dia, ela me conta enquanto vamos caminhando (eu empurrando Tara dormindo no carrinho cor de laranja), disse que era Ormus Cama, às suas ordens. É incrível como até alguém como eu acaba sendo seguido. Esta cidade, certo.

Certo, digo. Estou pensando: errado, errado, esta coisa está fora dos eixos, eu devia estar ajudando o velho O, falando em nome dele. Mas estou sentindo renascerem sensações que achei que haviam morrido com Vina: atração, desejos. O interessante é que não é mais por causa da semelhança, da imitação. É a própria Mira Celano, Mira *qua* Mira, a responsável por essas excitações. Seu cabelo comprido, tão macio quanto o de Vina, era armado, o balanço de seu andar, a felicidade que explode em seu sorriso, traindo a personagem de durona. Esta moça está permanentemente cheia de esperança, com uma grande reserva desse sentimento tão raro.

Começo a sentir minha idade, o que me inibe. Se eu disser o que estou pensando, ela provavelmente vai apenas rir. É, certo, vovô, vá sonhando.

Está falando de si mesma, e eu não estou prestando atenção, ela fala depressa e às vezes você fica para trás; mas, quando consigo me situar, entendo que está me contando sobre o falso personagem que resolveu encarnar desde que foi deserdada: Nesse concerto de hoje, ela está dizendo, metade dos que iam se apresentar era gente de classe média alta, de escola particular, entende?, passeando no bairro pobre, quer dizer, não entendo essa gente, que vem do planeta Branco Pobre e tudo?, eu tenho tatuagens, eu sou subcultura. Uma espécie de mendiga pós-adolescente, isso que eu sou.

É hora de contar para ela que não me deixo enganar por isso tudo. Mira, digo, isso tudo é bobagem. Eu sei quem você é.

Então lhe conto a breve versão que li no relatório de Ormus Cama. Pensando o tempo todo que debaixo daquela armadura existe uma pessoa muito frágil. Não brinque com a moça, Rai. Não mexa com o coração dela se não for a sério. Ela já apanhou demais.

Estamos virando na rua dela. Ela pára e arranca o carrinho da minha mão, coloca-o atrás do corpo e começa a gritar. O que é isso? O que você quer de mim, seu espião de merda, tarado fodido, ela berra, pegando a bolsa. Okay, okay, fique sabendo que eu sei mexer com *armas*.

O grito de alerta com um pequeno silvo no fim: *armass*.

As pessoas estão olhando. Eu não recuo.

Mira, alguém me mandou falar com você, digo. Ormus Cama, o verdadeiro. Ele gosta da sua apresentação, mandou investigar você, o que é que eu vou dizer?, quer encontrar com você, só isso, só isso.

Ela está se acalmando, mas ainda zangada. Eu entendo. É enfurecedor ser apontado como a pessoa que você está lutando para não ser mais. Aprender aos vinte anos que o passado continua grudado na gente, que explode do túmulo quando menos se espera e agarra nosso pé com uma garra podre e fétida. Ela ainda fica distante, em postura de alta-tensão, as pernas separadas, a mão direita dentro da bolsa, ligeiramente inclinada da cintura para cima, o braço esquerdo esticado para mim, a palma para a frente, dedos abertos. *Fique longe, tarado*, diz o seu corpo. Está definitivamente tentando me convencer de que tem uma arma ali dentro.

Levanto os braços, como um caubói que se rende. Não atire no mensageiro, digo, sem originalidade, sorrindo.

Ormus Cama?, ela pergunta, ainda gritando. Qual é o problema? É disso que ele gosta agora, tem tesão na indústria da imitação? Manda buscar imitadores? Uma pizza, uma Vina vermelha, quem sabe uns *jalapeños* para acompanhar, e o senhor o que é nessa história, mister, *Domino's delivery*? Ou o cafetão dele.

Estamos em Nova York, tarde da noite. Ninguém dá um passo em nossa direção; a cena de Mira Celano esvaziou a rua. Só estamos nós ali, e o bebê dormindo, e a platéia por trás das janelas escuras.

Quase, mas sem charuto, digo baixo, Mira se acalma. Não se trata de sexo. É que ele está morrendo, desde que Vina faleceu ele está se matando com drogas, e na minha opinião precisa urgentemente de uma razão para viver.

E você quer o quê?, ela pergunta, acalmando-se, o corpo relaxando, seu estado de espírito se distanciando rapidamente da raiva. Não estou entendendo direito. O que você quer que eu faça?

Ele acha que você é ela, digo. Ele acha de verdade que ela voltou. Ou, digamos, não de verdade. É como se ele mais ou menos pensasse, ou acreditasse inteiramente quando está mais ou menos pensando na coisa, e outras vezes não. A questão é que ele precisa se enganar e precisa que todo mundo embarque com ele no engano, e se a gente fizer isso — se você fizer isso — pode ser que ele se sinta motivado a se limpar, a sobreviver. Faça isso por ele. Vá vê-lo, caracterizada. Dê uma esperança para ele.

Para mim parece uma coisa sexual, ela diz, de novo controlada, intrigada. Trata-se de uma mulher cujo clima interno é excepcionalmente sujeito a mudança.

Neste momento, ele não tem força nem para gozar, digo. Sabe, eu e Ormus não nos aproximamos faz muito tempo. Eu estou em missão de misericórdia. Um favor que prometi a um amigo comum que já morreu. Fazer Ormus tirar os olhos das portas da morte.

Ela vai andando, até que chegamos à escada de sua casa.

Então isso é uma espécie de incrível generosidade, diz com uma nova voz: brincalhona, quase terna. Você foi ver aquele show horrível, esperou no corredor, e passou todo esse tempo comigo só para falar de outro homem.

Não, não sou nenhum santo, digo, não é isso. Quer dizer, ajudar Ormus é parte da coisa, mas eu nunca teria vindo se, se...

Se o quê?, ela pergunta, começando a sorrir, mas não é um sorriso de caçoada, é feliz demais para isso, e quer que eu diga o que quase tenho medo demais para articular.

Se eu não quisesse, consigo falar, torto.

E o seu desejo qual é, o que você queria, ela diz, chegando mais perto. Também é uma coisa necro? Você quer Vina, mas não aquela velha de quarenta e cinco: você quer a Vina de vinte anos de novo, não é? Quer que ela volte do túmulo, só que mais jovem?

Talvez, no começo, digo, baixando a cabeça. Mas agora é você, só você.

Você já leu Longfellow?, ela pergunta de repente, ignorando completamente minha pretensa ignorância de pobre branco, muito perto de mim, seu hálito enchendo minhas narinas. Não, acho que não. Mas tem um poema sobre um soldado tímido, Miles Standish, que pede ao companheiro John Alden para ir em nome dele pedir a mão de miss Priscilla, sem saber que John Alden gosta dela também. E o bom John Alden, por amizade, faz o que o amigo lhe pede, mas miss Priscilla não cai na história. Lembra agora?

... E então, de repente, invocado por essa miraculosa jovem, o fantasma de John Mullens Standish XII está ao meu lado, me animando. Mas estou pisando território desconhecido, não sei como avançar, onde pôr o pé. A calçada não é mais confiável, cede. Não posso me mexer...

Por que não fala por si, John?, Mira Celano cita, baixinho. Foi isso que a moça falou.

É, eu me lembro, digo. (O que eu me lembro de fato é de Vina em minha cama, Vina no meio de um de seus intermináveis solilóquios, suas ormusíadas, me contando o primeiro encontro de Ormus com Mull Standish no avião para Londres.)

Então, volte amanhã, Rai, Mira Celano diz, me beijando. Volte não como mensageiro, mas para falar por si mesmo.

Quando a levo para conhecer Ormus, já sei alguns de seus segredos e ela sabe todos os meus. Ela fica em meus braços, ou eu nos dela, e eu falo demais por longos períodos (a duração depende dos instáveis padrões de sono de Tara). Vejo-me contando a Mira tudo sobre Vina, assim como Vina um dia me contava tudo sobre Ormus. Assim repetimos em nós mesmos os defeitos daqueles que amamos. Também fotografo Mira de cem maneiras diferentes, descobrindo-a através do olho ciclópico, e ela se entrega à câmera com abertura e liberdade chocantes. Na conversa, porém, ela se expressa com concisão e cautela. Logo fica claro que vou ter de prestar atenção, porque ela diz as coisas uma vez e se recusa a repetir. Se esqueço um detalhe de sua biografia, ela me ataca com um olhar traído, arregalado. *Você não se deu ao trabalho de ouvir.*

Já de saída me diz que só está interessada no mais raro dos contratos emocionais entre homens e mulheres: compromisso total, fidelidade total, instantânea. Tudo ou nada direto, o coração inteiro ou melhor esquecer. Isso é o que está pronta a oferecer e se eu não puder retribuir, se não estiver ali para o longo prazo, então adeus, foi muito bom te conhecer, sem ressentimentos, até logo. A filha dela, diz, merece um pouco de continuidade na vida, não uma procissão de homens inadequados passando pelo quarto da mãe; e, acrescenta, ela também.

Nisso, Mira se revela o extremo oposto de Vina.

Quanto mais aprendo sobre ela, mais começo a pensar que seu absolutismo é heróico. A coragem destemida dos inocentes — a criança que estende a mão confiante para o fogo, o estudante brincalhão que coloca um chapéu de palhaço na estátua de um tirano, a juventude em seu novo uniforme sonhando brilhantes sonhos de audácia, ou a Bela no momento de seu primeiro mergulho do poço do amor —, isso nunca me impressionou. Os recrutas crus da vida vão até o limiar e além dele por causa da cegante imensidão de tudo o que não sabem. Mas a coragem de Mira é a coragem da Experiência, de olhos abertos, contundida e temerosa. Rejeitada pelo pai e pela família, abandonada pelo pai de sua filha, mostrando as feridas de seus amores rompidos, mesmo assim ela está preparada a arriscar o coração mais uma vez. A tentar encontrar o melhor, mesmo apavorada pelo pior. *Isso* é valente.

Mira também perdeu um amante. Ela também tem um fantasma na cabeça, embora esteja tentando com empenho não parecer desolada, fingindo não estar de luto. O pai de Tara, Luis Heinrich, se matou, deu um tiro na cabeça e levou três dias para morrer, ele deu trabalho até nisso, Mira desdenha, o tom de durona sintonizado outra vez. Luis era músico também, um espírito perturbado, líder de uma banda *grunge* da costa Leste chamada Wallstreet. Nova York influenciada por Seattle: como os tempos mudam. Toda a idéia de periferia e centro, de música como bilhete de passagem do campo para as luzes, aparentemente não vale mais. Luis tinha sido músico de rua e de metrô durante anos, começara tarde, mas foi o começo do sucesso que acabou com ele, o aplauso no Soundgarten, o primeiro disco, tudo isso. Quanto mais perto chegava a data de lançamento do disco, mais ele falava em se matar. Eu disse para você que nós gostávamos de armas, ela disse, tínhamos cinco ou seis, revólveres, rifles, ele cuidava bem delas. Quando começou o papo de morte, pedi para alguém levar todas embora, mas aí um dos velhos *compadres* de rua dele trouxe outra, já viu, não é?, dois dias depois ele se matou, bem no saguão da companhia de discos, por isso acho que ele estava querendo provar alguma coisa, seja lá o que for.

Revólveres. Rifles. Compadres.

Eu me lembro mais ou menos do incidente. Saiu discretamente nos jornais na época. Ela então me mostra a fotografia dele e me dou conta de que o conheci. A banda de rua era o The Mall naquela época, entendo por que mudaram de nome, por que viraram o M de ponta-cabeça. Lembro-me de Luis, olhos vermelhos e cavanhaque ralo, tocando a *guisitarra* híbrida e xingando o Porteiro Shetty ao ser enxotado do Rhodopé. *Um dia quando a gente for grande, quer dizer, quando a gente for um monstro de grande, vou voltar aqui e comprar essa porra desse prédio.* O quê?, Mira pergunta. Não, nada, digo, é que eu ouvi falar da morte dele, mas não sabia de você e dele, que ele era o pai de Tara, então ela se chama Tara Heinrich, certo?

Não, ela retruca, os lábios finos e brancos de raiva. Tara Celano, e nunca mais esqueça, porra, quer dizer, foda-se aquela cobra do Luis, okay?, aquele covarde com essa porra desse nome latino-teutônico. Ele agora faz parte do clube dos idiotas junto com Del Shannon e Gram Parsons e Johnny Ace e o Singing Nun. Eu sou o pai que ficou.

Quando ele morreu ela desmoronou por um tempo, tomou todas as drogas que já inventaram, fez lavagem estomacal uma vez, por isso eu sei como Ormus se sente, ela me diz, eu já estive lá; quase fiquei. Na ambulância, dois paramédicos resolveram brincar de durão e bonzinho, um dizendo *vamos lá menina fique acordada você consegue olha só você uma boneca assim tão bonita tem de ficar acordada baby você consegue baby baby a gente precisa que você viva faça isso por mim oh yeah yeah* como se fosse a porra de um telefonema pornô, e o outro cara bronqueando *que se foda puta de merda vaca só está querendo chamar atenção porra conseguiu tem gente nesta cidade levando tiro e ficando doente de verdade e a gente tem de vir aqui e cuidar de você sua puta fudida egoísta a gente devia era te deixar bem aí na rua e deixar você morrer porra.* Foi ele que me salvou, o do mal, ela confessa. Eu pensava assim, *cara, eu vou viver para dar um tiro na boca desse filho da puta nem que seja a última coisa que eu faça.*

Depois da lavagem estomacal, ela descobriu que estava grávida e aí foi deserdada et cetera. Dose tripla, mas dessa vez, em vez de pirar, foi trabalhar. Você não me viu quando eu fazia Vina Grávida, ela diz, deixando escapar de repente uma risada. Cara, *aquilo* era uma loucura.

Ela não fala muito da família. Consigo as informações básicas e o assunto fica permanentemente proibido. Lembro-me do longo silêncio de Vina sobre os maus dias da infância em Chickaboom, e sinto vontade de dizer, Mira, meu bem, você não sabe o quanto é parecida com Vina, mas intuo que isso não cairia bem. Desde que começamos a dormir juntos passou a ser importante para ela dissociar-se de sua predecessora. Ela enumera todas as coisas de que Vina gostava e que ela não tolera. *Odeio Tolkien, sabe?, e aquela porra daquela Árvore Distante, deviam cortar ela fora, e odeio vegetais de verdade, eu sou das carnes, me dê carne.* Ouvindo-a falar tenho de fazer um esforço para não sorrir porque ela soa exatamente como Vina naquela praia de Juhu, nos dias em que estava odiando a Índia, antes de descobrir seus pontos bons, o que incluía Ormus Cama e eu.

Um dia, Mira começa a falar sobre música sacra. Parece que, embora fosse original de Assis, a família do pai dela não era totalmente pacífica, tipo são Francisco. O primeiro Tomaso di Celano (morto *circa* 1255) foi, Mira conta, provavelmente o primeiro biógrafo de são Francisco, mas ele compôs também um dos grandes hinos de sangue e trovão do Apocalipse, o *Dies Irae.* Nada de muito amor e paz e animais e passarinhos, não é?, penso comigo. Onde houver discórdia que eu traga harmonia, se não me engano essa era a atitude de são Francisco, mas esse Tomaso di Celano ao que parece estava mais interessado na ira divina do que no amor divino.

Ela ignora minhas brincadeiras. Posso cantar a coisa toda em latim, diz ela, orgulhosa, e eu deixo que o faça. Amor novo é assim.

Rex tremendae maiestatis
quei salvandos salvas gratis,
salva me, fons pietatis.

O texto acaba com essa notável explosão financeira de elogio ao rei de tremenda majestade, que salva os que merecem ser salvos, grátis. Os olhos de Mira estão brilhando. Está havendo um interesse mundial pelo lado religioso, ela prega, acho que por causa de todos esses terremotos e catástrofes, da sensação de fim, as pessoas estão em busca de sentido, sabe o que quero dizer?

Pense um pouco, digo, sardônico, deve haver um amor superior. (Estou pensando, espero que ela não esteja a ponto de arrancar a máscara e se revelar igual à Ifredis Wing dos velhos tempos.)

Isso aí, ela diz, sem entender absolutamente o que eu quis dizer — a ironia é o que faz falta às pessoas — e de repente, ela é qualquer uma de vinte anos, brilhante, superintensa, é isso aí *mesmo*, ela repete, e você já *ouviu* isto aqui? Música sufi, por exemplo, pode ser do Azerbaijão, do Uzbequistão, do Marrocos, quer dizer, eu não estou a par do sistema de crença, okay?, mas tem esses tambores incríveis, e uma síncopa incrível, em camadas, e trompetes, e eles dançam como se estivessem possuídos. Mas não é só sufi, tem muito mais músicas atravessando fronteiras agora, música de toda parte, tambores de Yorubá, velhas canções dos judeus expulsos da Espanha, concertos *maqam* persa-iraquianos que usam poemas místicos, tambores shinto, *gospel*, cantos budistas, e você conhece o trabalho de Arvo Pärt, uma espécie de cruzamento de minimalismo com New Age? Já ouviu Fatty Ahmed, ele tocou com o Ruby Goo?

É, desse já ouvi falar, digo, rindo abertamente agora. Morreu pesando duzentos e vinte quilos, o que foi péssima notícia para os malandros da criadagem dele, que agarravam todos os dólares que podiam enquanto o coitado, desprendido, sem saber de nada, continuava cantando suas canções devocionais no Hollywood Bowl como uma aranha presa na própria teia. Isso é que é música sagrada.

Engraçado, ela quer saber, as pessoas querem mesmo isso, querem a mágica e a segurança, a idéia de que existe alguma coisa além, alguma coisa mais. Meditação, celebração, suplicação, isso... que merda, Rai, por que isso tudo está fazendo você rir?

Nada, tudo bem, digo. Desculpe, é só nostalgia. Eu conheci alguém que falava assim.

Ah, merda, ela diz. Minha família já estava fazendo essa porra no século XII, mas eu devia ter adivinhado que mesmo assim ela teria chegado lá primeiro.

Eis Tara Celano, aos dezessete meses, no terraço sobre meu telhado, usando um casaco de bombeiro cor-de-rosa felpudo e meia-calça verde-limão, cantarolando para os vigilantes Edifício Chrysler e World Trade Center uma versão livre do que acho que é *Da Doo Ron Ron*. Mira enquanto isso está deitada em um tapete, fumando, aparentemente ignorando a filha completamente. Deixada à própria sorte, Tara está se transformando em uma curiosa mistura de adulto precoce e sobrevivente de sorte. Por um lado, ela agora consegue esperar na coxia durante as apresentações da mãe, sem reclamar; sabe dançar *twist*, *stomp* e *mashed potato* também, e o *wah-ewatusi* e o *hitchhiker* e o *locomotion*, e, se você não souber dançar essas coisas, ela pode ensinar você a *passear com o cachorro*; e ela já se localiza nas áreas de trás do palco e nos banheiros femininos de dezenas de clubes noturnos e bares de Manhattan, tanto salubres quanto insalubres. Por outro lado, pega pedrinhas dos vasos de cáctus e tenta engoli-las. As tomadas elétricas de meu apartamento exercem sobre ela uma potente atração. A impressão que tenho é que salvo a vida dela dezenas de vezes por dia, mas ela conseguiu chegar até aqui sem mim, portanto Mira devia estar de olho nela enquanto fingia deixá-la solta. Isso é o que eu escolho acreditar, de alguma forma, enquanto continuo a cuidar para que Tara não consiga trepar na mureta da beirada do terraço e mergulhar para uma morte prematura na East Fifth Street lá embaixo.

É interessante que o tópico espiritual nunca ocorre de novo. Mira, sempre rápida de percepção, já entendeu duas coisas: uma, que eu não reajo bem a essas conversas, e dois, que é um caminho de volta a Vina, com cujo fantasma ela está se sentindo, pela primeira vez em sua curta vida, um tanto competitiva. Portanto não fica claro se ela é genuinamente religiosa ou se é só um resto de catolicismo misturado com o que ficou do misticismo adolescente. Ou, para lhe fazer justiça, talvez ela veja a música sacra simplesmente como algo para usar, não é preciso, como disse, estar a par, é só um jeito de fazer as pessoas ouvirem, um repositório a saquear para seus próprios fins, como Picasso uma vez saqueou a herança visual africana, como os impérios do Ocidente uma vez saquearam o mundo.

Essa é a sensação do conflito de gerações, entendo. Sob certos aspectos, eu simplesmente não entendo o funcionamento de uma mente tão jovem e fresca.

Sobre as *armass*, formulei uma teoria particular. Acho que elas estão relacionadas com as *tatuagens* (uma borboleta no tornozelo e um pequeno dragão debaixo da omoplata esquerda), com as roupas vulgares, com o exibicionismo (apesar de meus insistentes pedidos, ela não abaixa as venezianas da janela quando está andando pela casa seminua) —, em resumo, com toda a sua pose de *trash*. É tudo uma rebeldia de classe, uma maneira de se definir contra aqueles que a rejeitaram. As armas são pantomima. Quando revisto a bolsa de Mira, encontro de fato uma pequena Giuliani&Koch .09mm, mas não está carregada, e ela não leva nenhuma munição. A cidade é o teatro de Mira e a arma é seu objeto de cena.

Na manhã de nosso encontro com Ormus, ela está mais nervosa que uma adolescente antes do primeiro encontro. Tara, por outro lado, está completamente tranqüila, a não ser por uma tendência a gritar para todo mundo a seu alcance: *Vô vê velho!*. Johnny Chow subiu para tomar café da manhã conosco e ela grita a novidade para ele. Falante, hein, Chow sorri, mordendo um pãozinho de amora. Cuidado, menina, nada é mais perigoso que a boca. Então Mira sai do quarto em sua Vina que acabou de levantar e ele engasga. Tenho de bater várias vezes em suas costas e quando se recupera, enxugando os olhos, olha para Tara, fazendo força para respirar: Está vendo o que eu disse?.

Para Mira ele diz, surpreendentemente: Rai me disse que você era boa, mas nunca imaginei, nunca podia imaginar, porra! E canta igual a ela também. Incrível. Quero que saiba que isso me deixa louco.

Ele vai embora sacudindo a cabeça, ainda limpando a garganta. Nossa, nada como uma boa notícia para aumentar a confiança, Mira exclama, com um sorriso incerto.

No táxi — Ormus se ofereceu para mandar Will Singh com um carro, mas achei melhor chegar independentemente — Mira checa a sua lista de Ormus. Biografia, discografia, influências, pontos fracos, isto é, o tinido que o condenou a tocar dentro de uma caixa de vidro. Coisa que não parece incomodá-lo muito na vida diária, digo. Lembro-me de como ele limpou o som da fita secreta para que eu ouvisse a voz dela. Mesmo com seus chiados e estalos internos, ele ainda é capaz de ouvir suficientemente bem para operar uma mesa de mixagem. Meu Deus, penso de repente, ele não vai ser louco de mostrar para ela as fitas da investigação, vai? Se ela se vir naqueles trezentos monitores, vai sair de nossas vidas e nunca mais voltar e não vou dizer que posso censurá-la, não.

De forma que eu também estou nervoso.

Suas tendências heterotópicas, seus avanços para realidades alternativas, ao mesmo tempo a atraem e alarmam. Ela cresceu ouvindo as músicas de Ormus e seus pronunciamentos sobre o outromundo, mas não gosta da idéia de que não era um lugar melhor, só diferente, nada mais que uma variação que não funcionou direito, e não gosta nada da idéia de que acabou, de que Ormus não precisa mais do tapa-olho.

Informei-a também sobre Gayomart, que afinal de contas foi a descoberta heterotópica original de Ormus. Sobre a fuga de Gayomart de dentro da cabeça de Ormus em um desastre de carro, muito tempo atrás. Sobre o fato de Ormus acreditar um pouco que foi com Gayo que Vina passou seus últimos momentos, que talvez tenha sido com Gayo que ela ficava aqui. Ainda é difícil para mim fornecer essa informação com neutralidade, sem fazer julgamentos, mas Mira fica fascinada. Adoro uma boa história de gêmeos, diz. A coisa toda tem a ver com os lados diferentes do cérebro, quer dizer, a gente realmente não faz idéia do potencial não liberado, de nossos próprios poderes, okay? Esse cara realmente penetrou no lado escuro dele. É incrível. Rai?

Acho que vocês dois vão se dar muito bem, digo. (Estou começando a me sentir, e portanto a soar, não só um pouco irritado, mas também mais do que azedo.)

Está com ciúmes?, ela pergunta, extremamente satisfeita. Achei que ele era velho e todo fodido e com os ouvidos zumbindo. Sem competição, certo? Você está com ciúmes, ela diz, me dando um soco no braço, sorrindo de orelha a orelha. *Agora* ela está relaxada.

Ouvido zumbindo, Tara diz de um canto do táxi. Ouvido zumbindo fodido.

Clea está esperando no saguão do Rhodopé, com seus óculos de lentes grossas, parecendo mais do que nunca uma minúscula e velha mrs. Toupeira de sari. Quando vê Mira, ela perde o fôlego. Ah, madame, graças a Deus! Treme um pouco, como se fizesse um enorme esforço para dominar os sentimentos, e volta-se para Tara, cumprimentando-a como se fossem velhas conhecidas, batendo as mãos nas mãos dela, conquistando imediatamente seu jovem-velho coração. No elevador, Tara e Clea fazem o *swim* (está tocando VTO nos alto-falantes) enquanto eu me olho no espelho. Não estou em mau estado, mas perto de Mira pareço a essência do quadrado. Até uso palavras como quadrado. Ormus, em sua decrepitude, ainda é, desconfio, legal. Pessoalmente, eu diria que ele está mais para gotoso do que para gostoso, mas eu não sou nenhuma menina de vinte anos sendo admitida ao coração do santuário de um dos monstros sagrados do rock.

Ele está esperando na porta do elevador, parecendo frágil, mas cheio de expectativa, vestindo o branco das artes marciais japonesas e apoiado em Will Singh. Quando ele pousa os olhos nela, seus dedos apertam o braço de Will, afundando dolorosamente. Will fica impassível; impassividade é o forte desse homem grande.

É, Ormus Cama diz. Essa palavra apenas. Ele e Mira se olham cara a cara por uma eternidade silenciosa: quinze segundos, dez anos, algo assim. Observo com alguma satisfação que a expressão no rosto dela é de disfarçada descrença. Ela está agindo como se visse um fantasma, como se Ormus, essa entidade esgotada que era Ormus Cama, fosse o retornado, aquele que voltou dos mortos. Coisa que é, claro, o papel que ela tem de desempenhar no pequeno drama de hoje.

Por favor, Ormus diz, e mostra o caminho, ainda apoiado em Will, na direção do branco piano de concerto Yamaha. Depois de alguns passos, Mira toca o ombro de Will Singh. Deixe que eu faço isso, diz, e oferece o próprio braço a Ormus. Ele balança a cabeça duas vezes, os olhos cheios de emoção, e eles avançam de novo. Will vai para o fim do grupo. Tara pegou a mão de Clea Singh. Todo mundo silenciado pelo momento.

Quando chegamos ao piano, Ormus se senta e começa a tocar uma lenta, assombrosa melodia tipo gospel. Mira fica de pé ao lado dele, um pouco atrás. O resto de nós espera, sem jeito, todos se sentindo intrusos. Durante alguns minutos, deixa que ele toque apenas, deixa a música ir tomando conta de seu corpo, fecha os olhos, balança. Uma de suas mãos pousou no ombro de Ormus e ela a deixa ali, até a desliza um pouco e as pontas dos dedos tocam a base do pescoço dele. Sinto meu rosto esquentando, mas não intervenho.

Então Mira canta e a sala se enche de sua voz ridiculamente forte com seu grande alcance de fundo-do-rio-alto-da-montanha. A voz de Vina. Ormus Cama escuta e é forçado a parar de tocar porque seus dedos começaram a tremer, mas ela continua sozinha, como um raio de sol em uma igreja em ruínas.

Lead me to your light, ela canta, *oh sweetheart lead me to your day, I'm down at the bottom in the endless night, won't you please show me the way. If you don't lead me baby then I guess I'm down here to stay* [Me leva pra tua luz tão linda, meu amor, me leva pro teu dia. Estou no fundo desta noite infinda, por favor me mostra a via. Se você não me levar, baby, daqui a uma eternidade vou estar aqui ainda].

É uma velha canção do VTO, o apelo de uma alma perdida a seu amante, mas agora é Mira quem leva Ormus para fora da escuridão, ela que o salva do fosso. Ele está naquela funda prisão e é a voz dela que vai libertá-lo.

As mãos dele voltam ao piano, o ritmo se apressa e a voz dela sobe respondendo com alegria. Clea e Tara batem palmas. Até Will Singh, com sua cara de pedra, participa. Eu? Não bato palmas. Não sou do tipo musical.

Depois, durante o jantar em casa, com Tara dormindo contente em minha cama, olho para Mira por cima do *fettuccine* e *chianti* que coloquei diante dela e vejo uma estranha: uma jovem dura, desencantada, que é também esperta o bastante para agarrar sua grande oportunidade e, debaixo dos olhos de seu amante, flertar com outro homem. Uma mulher que ainda não tem certeza se acaba de ter o mais importante encontro de sua vida musical ou não. Talvez haja um futuro se abrindo para ela, ou talvez seja apenas uma fantasia maluca que vai se desmanchar com a aurora. Vejo que ela está imaginando esse futuro, que não pode deixar de visualizar o renascimento de uma das bandas legendárias, com ela no lugar deixado vazio por Vina.

Não vá depressa demais, digo, muito áspero. Viu o estado dele. Ele pode deixar do vício, como pode também não deixar. As chances não são grandes, você sabe disso, sabe a força da dependência daquilo que ele toma, pode ser mais forte até do que você. Seja como for, é um longo caminho de hoje até um show em estádio.

Merda, escute o que você está dizendo, ela diz, projetando o queixo. Pensei que essa coisa toda era idéia sua, afinal. Foi você que disse que ele não devia saber de nós. *Ajude Ormus*, sei, certo, mas não vamos ajudar Mira, não vamos nos animar.

Não consigo pensar em nada para dizer. Simplesmente fico sentado e como.

Você não confia em mim, é isso?, ela pergunta. Não acredita no que prometi a você. Acha que sou uma puta.

Não, digo depois de uma pausa longa demais, tudo bem, acredito em você, sim, acredito de verdade.

De fato estou meio confiante no amor dela, na surpresa inesperada disso tudo. Quero confiar nela cegamente, mas também tenho consciência de que avaliei muito mal o poder daquilo que Ormus Cama ainda tem a oferecer. Sua música, seu status legendário e, sim, também sua beleza, Mira fala claro sobre isso. Você é tão cego, me diz, ele é um homem muito bonito. Aqueles olhos, aquela voz macia, macia, ele é irresistível, porra. Claro, está castigado, mas você não pode ser *tão* homem a ponto de pensar que isso faz ele ficar menos atraente.

E a idade dele?, pergunto, tentando soar leve. É um cara que tem lembranças dos anos 40, da Segunda Guerra Mundial, "*White Christmas*", os Conflitos da *Partition*, o *New Look*, *Oklahoma*. É isso o que a juventude de hoje prefere?

Isso é só a casca dele, é só o lampião protegendo a chama, okay?, ela me dispensa com um gesto. Seu espírito ainda é jovem, a chama ainda é jovem, e é isso que conta. Como o seu espírito, ela acrescenta, consoladora, vindo para o meu lado da mesa, e, p.s., gosto da sua casca também.

À noite, quando mudo Tara para o quarto vizinho e ela e Mira estão dormindo, fico olhando o teto e refletindo como o destino costuma virar a mesa. Com Vina eu era sempre o amante secreto, o homem da porta dos fundos. Desta vez é Mira e eu que estamos juntos, um caso, uma paixão, o que for, e é minha vez de ficar inquieto com a vida secreta dela com Ormus. Portanto, somos rivais outra vez, Ormus e eu, e nesse aspecto Mira já tomou o lugar de Vina. E, mesmo que o fluxo de energia deste novo triângulo tenha sido invertido, algumas coisas continuam as mesmas: fala-se de novo de confiança; e Ormus Cama ainda não tem idéia da minha real importância na história de sua vida.

A existência das fitas gravadas secretamente são o segredo que Ormus e eu ocultamos de Mira, e que teremos de ocultar para sempre. Sermos amantes é o segredo que Mira e eu resolvemos ocultar de Ormus. Esse segredo eu agora preferia contar, mas a permissão me é negada pela mulher que amo, sob risco de terrível revide. Quanto a Mira e Ormus, a música é sua linguagem secreta, na qual eles podem se comunicar de maneiras que não se dão ao trabalho de me explicar.

Eis a última imagem de minha foto-seqüência sobre Vina. Estou sentado em uma cadeira com um espelho circular no colo. Refletido no espelho circular está um espelho retangular contendo uma imagem de Vina Apsara. Não, não Vina, mas a maior das não-Vinas, Mira Celano, meu novo tormento, meu amor.

Mira, Mira, quem é o mais belo de todos?

No quarto aniversário da morte de Vina, Mo Mallick convocou a imprensa musical na Colchis com um sorriso parecido com o primeiro acorde de um sucesso garantido para anunciar o imediato ressurgimento de Ormus Cama e o relançamento do supergrupo VTO com formação de fase dois. O lugar da baixista Simone Bath será preenchido pelo ícone gay emergente lil dagover, que insiste em minúsculas nas iniciais, usa ternos de homem, monóculo, cabelo cortado à Louise Brooks, e toca como um sonho expressionista. (Mesmo Bath, envenenada pelo antigo ataque de Vina à sua competência, está ameaçando processar Ormus pelos direitos do nome VTO, lance que não alarma ninguém e acabará dando em nada.) A banda será liderada, como antes, por Ormus Cama no vocal e guitarra, Mallick conclui, e como cantora estamos apresentando a nova sensação Mira Celano, a coisa mais próxima de nossa querida Vina que qualquer um de vocês já viu.

É a mesma coisa que anunciar uma reunião dos Beatles, só que maior. O catálogo antigo do VTO ainda vende mais do que a maior parte das bandas em atividade, e o CD do clássico *Quakershaker*, relançado com a versão revisada de *Beneath her feet* como faixa brinde extra, não sai das três primeiras posições da *Billboard* desde o dia em que Vina morreu. A contratação de dagover é muito aplaudida como reconhecimento da necessidade que a banda tinha de mudar com os tempos. Diamond lil traz consigo um formidável currículo: aos dezessete anos andava com os misteriosos do Kraftwerk inventando música para a companhia de dança internacional japonesa-ocidental só de mulheres chamada Takarazuka, na qual metade das mulheres se vestia de homem e todas eram veneradas por legiões de fãs femininas, e nunca olhou para trás. Ela é tida em alta conta por gurus da produção tão diferentes quanto os Gêmeos Glimmer, Mutt Lange e o parceiro do DJ Jellybean, e pelo produtor de Whitney e Debbie, Tony C. Um ou dois anos com o VTO deverá impelir dagover para as alturas, de forma que é uma atitude inteligente tanto para ela quanto para a banda.

Mira Celano, porém, é mantida escondida — nada de entrevistas, nada de fotos, nada de vídeos —, e essa estratégia não é popular. Sempre se disse que o VTO era Ormus e Vina e qualquer um, mas as condições do declínio de Ormus são bem conhecidas, sua recuperação é incerta, e na falta de uma grande prova em contrário considera-se pouco provável que Mira possa ser digna de ocupar o lugar de Vina Apsara. Ela é objeto de intensa especulação e muito ceticismo, e, quando se descobre que começou como uma pobre imitadora, a coisa fica feia. Como sempre, os irmãos Sangria lideram o ataque, acusando Ormus de vandalizar sua própria lenda e transformar o nome VTO em uma piada, uma versão vulgar de si mesmo. (De Rémy Auxerre não se ouvirão mais pretensiosas francofonias. Ele morreu da Doença, é só um retalho na colcha agora. Rémy se foi, e seu amante ocasional, meu amigo Aimé-Césaire Basquiat, está Doente.)

Quanto à operação VTO, estamos em ensaios, trancados em um hangar fora de uso em Nassau County, cercados por um manto de segurança que parece um exército. Isso é também um aspecto do rock contemporâneo: o uso de escala e precisão militares por nenhuma outra razão além de deitar e rolar. Houve tempo em que Jerry Apple e sua guitarra podiam chegar à entrada de artistas cinco minutos antes da apresentação, receber seus dez mil dólares em dinheiro da mão do gerente, entrar no palco, mal perceber a presença da banda da casa, fornecida para acompanhá-lo. Se alguém da banda ousava perguntar qual seria o repertório, ele respondia, *meu filho, hoje nós vamos tocar umas músicas de Jerry Apple.* Agora é diferente. Os mambembeiros de antigamente eram paus-para-toda-obra itinerantes. Estes músicos são industriais.

Eis os seqüenciadores, os sintetizadores, os *samplers* — Fairlights, Synclaviers. Eis os músicos, planejando como tocar suas partes por cima dos giros e rodeios, do colchão sonoro tecnológico em que estarão pulando durante todo o show. Ormus e lil dagover, particularmente, estão agora em profunda comunhão musical, trocando incompreensões com o *Gandalf techno*, Eno Barber. (Isso mesmo, o Eno da Rádio Freddie; hoje ele é o rei absoluto do *loop*, o rei da textura, King Ear. Nossas vidas se conectam e desconectam à medida que avançamos, e mais tarde poderemos estar de novo em contato um com o outro, mais uma vez nos afastarmos. Essa é a forma da vida humana, nem simplesmente linear, nem inteiramente disjuntiva, nem infinitamente bifurcativa, mas sim essa seqüência oscilante como um castelo de cartas de encontrões e separações.) Ormus trouxe Eno para trabalhar no novo show e no álbum que sairá junto, e eles vivem nessas pequenas conferências particulares agora. Mira detesta isso. Como cantora, é em grande parte excluída do clube particular dos instrumentistas. Essa parte de Ormus não é para ela; quando ele está com dagover, ela se sente do jeito que eu me sinto quando ele está com ela.

Hoje Mira está irritada, incerta, não consegue parar de se mexer, dois passos para cá, dois passos para lá, apertando as palmas das mãos abertas uma contra a outra, estalando os dedos, falando depressa, os olhos escondidos por trás de alarmantes óculos negros como a noite que acompanham a curvatura do rosto. Tara está em algum lugar na zona particular do trailer de Mira, cuidada por Clea Singh. Ela é esperta o suficiente para saber que, quando Mamãe está assim, é melhor manter distância. Ainda não estou preparado para tanto. Estou aqui, tentando ser uma presença confortadora, servindo mais como saco de pancadas quando ela precisa de alguém com quem gritar. Eu sou a esposa.

Ela está falando sozinha, e quando Mira está assim você tem só é de esperar para ver. A especulação negativa da mídia a abalou, a decisão de poupá-la da exposição prematura provou ser mais estressante do que ela esperava. Não é fácil ficar na sua quando metade da imprensa do país está na sua cola, calar a boca quando o que estão dizendo é cruel e você quer defender seu território. Mas Mallick disse: se você ficar exposta agora vamos simplesmente mostrar para eles o alvo antes de estarmos prontos para nos defender do ataque. No palco você vai calar a boca desses bostas, portanto espere, só espere, por favor. E Ormus concordou com Mallick e eles eram os profissionais, portanto ela concordou, mas está cheia de dúvidas, sentindo que não devia mais se apresentar para as platéias vestida como Vina, sentindo-se presa pela imitação e querendo ser ela mesma.

Qual é?, não foi Vina que tirou ele do coma dessa vez, ela grunhe, fui eu, Mira, eu que arranquei ele dos mortos, eu que despedi aquele médico charlatão com hálito de cebola que tentou me cantar quando mostrei a porta da rua, eu que consegui que ele fosse para a reabilitação junto com os outros caras de dentes pontudos e olhos girando, e que cuidei depois para ele ficar no programa e se formar *summa cum lauda*, porra. Quando ele precisa de alguém de noite, era eu que ele chamava e, baby, eu levantava e ia para o lado dele toda vez, bom, pelo menos até uma da manhã seis noites por semana, não digo no meio da noite quando nós dois, quando, escute, você sabe do que eu estou falando, deixei minha própria filha com você, okay, com você e mais a *babysitter*, okay, e às vezes Clea Singh também, quando ele mandava ela ficar com a gente, mas puta merda ninguém ficou com ele mais do que eu, joguei todos os jogos malucos dele, deixei que ficasse pendurado em Vina através de mim até ter força suficiente para pisar com os próprios pés, é só olhar para ele agora, um homem que renasceu, okay, bravo, vivas para ele, o que eu digo é que ele deve isso a mim, eu que fico com o marcador dele, já está na hora de ele largar de mim. Fui eu que trouxe ele de volta do Inferno, mas isso não quer dizer que eu tenho de ficar queimando no fogo no lugar dele. Essa história de Vina, eu sei que é um erro, mas não consigo fazer eles me escutarem, e quando a gente estiver lá debaixo das luzes, sou eu que vou ter de levar as porradas.

O que eu não ouso dizer nessa situação é que eu estou escorregando para o Inferno também. Quanto mais mergulhamos nos ensaios, mais longe de mim ela fica, mais ela se ressente com lil dagover, mais terrível é o que diz de Ormus. Continuo descobrindo que não há limites para o pragmatismo de Mira. Tudo o que funcionar, esse é o lema dela. Fico pensando na porta do quarto de Ormus. Será que é uma fronteira inviolável? Ou será que ela atravessa isso também para descobrir o que funciona?

(*Confie em mim. Você não confia em mim?*)

(*Confio, meu bem, confio em você, baby, de verdade. Mas talvez seja um louco de confiar, mais um louco de amor. Mais uma esposa do rock'n'roll.*)

Chegam ao mundo exterior notícias dos desentendimentos dentro do hangar. Mira desconfia que a fonte dos vazamentos é dagover. As duas mulheres cada vez mais se desentendem; as duas são opiniáticas, impondo as próprias idéias com determinação, competindo pelo respeito de Ormus Cama. Mira diz a Ormus que ele está deixando a tecnologia virar sua cabeça, colocando o carro adiante dos bois, você é igual ao general com suas bombas, ela diz, igual a meninos com seus brinquedos. Sou eu que conheço os clubes noturnos, ela acrescenta, passei mais tempo dentro deles do que vocês todos juntos, vocês só ficam falando de ciência para parecer espertos, mas não sabem porra nenhuma. Nas pistas esse negócio já era, não deu conta. As pessoas estão com fome, okay?, máquina não alimenta, o que eu digo é que depende da gente dar alguma coisa para eles morderem, que seja comida espiritual para eles.

Ormus está ouvindo.

Mas lil dagover contra-ataca com uma teoria bem desenvolvida de que a tecnologia é que levou a música de volta às suas raízes, à sua origem nos ritmos atonais de pergunta-e-resposta do norte da África. Quando os escravos vieram nos navios e foram proibidos de usar seus tambores, os tambores falantes, eles ouviram a música dos comerciantes de escravos irlandeses, as canções folclóricas celtas de três acordes e as transformaram no blues. E quando terminou a escravidão eles pegaram de volta seus tambores e isso deu o r&b, e a garotada branca pegou isso deles *e acrescentou a amplificação*, e assim nasceu o rock'n'roll. Que voltou pelo mar até a Inglaterra e a Europa e foi transformado pelos Beatles, o primeiro grande grupo de rock a usar tecnologia estéreo, e essa mutação estéreo voltou para a América e se transformou no VTO et cetera. Mas a tecnologia continua mudando, e com a invenção do *sampler* dá para juntar a música mais antiga com o som mais novo e aí, shazam!, no hip-hop, no disco manipulado, você volta direto para pergunta-e-resposta, de volta para o futuro. A tecnologia não é um inimigo, lil argumenta, é o meio.

O que é isso?, Mira pergunta a Ormus, um seminário de história ou uma banda de rock? Se ela estiver certa a música é um círculo fechado, está morta, vamos voltar para casa. Tem de ir em frente, quebrar o círculo, continuar levando em frente o que o VTO começou, o que eu sempre achei que era a causa de Vina. Atravessar fronteiras. Atrair o resto do mundo, porra.

É um impasse, e o interessante é que Ormus não parece nem disposto, nem capaz de liderar, de ver uma direção a seguir. A solução vem de Eno Barber, que faz tudo parecer surpreendentemente fácil. Eno ainda parece o "irmão" de outro planeta, imaculadamente arrumado a todas as horas do dia e da noite, que nunca foi visto comendo ou bebendo ou mijando, a encarnação do imperturbável. Ele chama Mira e lil para a mesa de mixagem e diz, baixo: Eu estava pensando que a gente podia fazer as duas coisas. E, quando elas ouvem seus *loops*, seus ritmos de tabla e cítara e, sim, os *vina riffs* atravessando as seqüências junto com o som do sintetizador puro, quando ele faz *fades* e equilibra e mixa sua borbulhante poção aural, alguma coisa começa a acontecer, lil pega o baixo e começa a tocar junto, descobrindo ritmos ou deixando que os ritmos a descubram, montando as ondas, e Mira canta *scats* misturados com as letras e *bóls* indianos de Ormus, e Ormus Cama começa realmente a sorrir. Em todo o cavernoso hangar eletricistas e técnicos e frentistas de viagem e cartolas da gravadora interrompem o que estão fazendo para ouvir. É o som de um bebê nascendo. Esse é o ritmo da nova vida.

Temos uma banda.

Aparecem cartas ofensivas. Bem, sempre aparecem cartas ofensivas quando se chama atenção, sempre as fanáticas mensagens *morram pervertidos comunistas*, as ameaças maníacas de religiosos como biscoitos da sorte *você pode escapar de mim, mas não escapa de deus*, os fantasistas sexuais desapontados, os fãs de cultos rivais, os malucos secretos que ocupam empregos comuns e fazem churrascos no quintal aos domingos e enchem os armários do quarto com recortes de revistas sobre os quais despejam seus epítetos de abominação existencial. E se o volume desse material escrito pelo ódio é maior que o normal, isso se deve em parte ao fato de a banda ter se mantido afastada durante tanto tempo, e a água suja ter se acumulado do outro lado do dique. Há muita correspondência de apoio dos fãs também, é claro, mas essa não tem o mesmo peso, não vira uma parte do que nos influencia quando fazemos nossas tarefas diárias. E dessa vez a hostilidade está afetando a banda mais do que o normal porque, sim, o seu silêncio foi longo, e é uma nova formação, de modo que há incertezas. Além disso, as cartas ofensivas não trazem só os horrores de sempre. Há um novo traço de virulência em boa parte dela, um amargor extra na bile.

Imitadoras de Vina escrevem para protestar contra a escolha de Mira e não de uma delas, puristas escrevem para expressar seu desgosto com a exumação da banda, que devia ter tido o direito de ficar no passado de ouro ao qual pertence em vez de ser sujeita a esse retorno zumbificado, gente que odeia lésbicas manda suas opiniões cheias de palavrões sobre lil dagover e sua irmandade sáfica, e isso são só as polidas. Muitos correspondentes enviam rabiscos quase ilegíveis dizendo que as canções *quake* do VTO podem ter sido responsáveis pela atual onda de catástrofes sísmicas, exortando a banda a não tocar no material perigoso. *Não inventem confuzão otra veiz, já ganharam muinto dinheiro com a desgrassa humana.*

Outra facção culpa Ormus pelo longo silêncio da banda, qualificando isso de traição. Seus membros sugerem que a inveja que ele sentia do gênio de Vina foi a razão real para desmanchar o grupo e que ele deve portanto ser responsabilizado pelo que ocorreu depois. Se o VTO não tivesse parado de tocar, Vina não teria de começar uma carreira solo e, portanto, muito provavelmente não teria ido ao México naquele fatídico Dia dos Namorados, e ainda estaria viva, seu assassino filho da puta, Ormus Cama, não pense que vamos esquecer, nem perdoar.

Outros correspondentes, porém, seguem uma linha mais positiva, elogiando a profética exatidão das velhas canções de Ormus, expressando a crença do remetente de que sua música pode literalmente transformar o mundo, implorando a Ormus que volte seus poderes mágicos para o bem. *Cure o planeta quebrado. Cante para nós e aplaque a dor da Terra.*

De todas as pessoas que esperam o *début* de Mira, cinco pessoas desejam, por várias razões, que ela fracasse.

A certo momento, durante os meses de gestação — antes de irmos para o hangar —, eu próprio me deixo levar um pouco. Mira me conta que o plano de Ormus é fazer do novo show uma expedição pela dualidade nossomundo/outromundo com que lutou a maior parte de sua vida. O que interessa a ele é dissolver as fronteiras entre os mundos, e está desenvolvendo uma narrativa sobre uma história de amor sobremundo/submundo, talvez um resgate... Quando me dou conta de que ele não conhece a música feita antes dele — o quanto ele ainda se ressente, inconscientemente, de seu pai acadêmico, o quanto deve estar suprimindo! —, fico nervoso demais, e incomodado, saio e compro uma pilha das primeiras óperas, *Euridice* (1600) de Jacopo Peri, com o libreto de Ottavio Rinuccini, o *Orfeo*, que Monteverdi compôs em 1607, com libreto de Alessandro Striggio, e, é claro, aquele Gluck de onde saiu a última música que Vina cantou, em Tequila. Não consigo encontrar a versão de Giulio Caccini, para o libreto de Rinuccini, mas não me importo porque não é mesmo muito bom.

Na primeira vez que Mira volta ao Rhodopé, vou junto e levo os CDs para Ormus. Ele aceita meu presente e coloca o Peri e até escuta pacientemente o que tenho a dizer, que não só toda a história da ópera começa com essas obras, como ela é um mito que atravessa todas as fronteiras culturais, você ouve ecos dele na história de Odin, na história celta, e até, creio, em certas lendas nativas norte-americanas, e todas essas versões também têm suas canções próprias, você devia mandar alguém procurar. Conto a ele sobre o nascimento do novo estilo de canção solo acompanhada — a própria forma de arte dele! — na Florença do século XVI, na corte do conde Giovanni Bardi, em fins dos anos 1570: uma canção destinada a expressar o sentido do texto. Esse abandono radical do princípio madrigal da ornamentação por divisão de vozes possibilitou a ópera, a ária, toda a moderna tradição da canção até o sucesso do *single* de três minutos de Tin Pan Alley com seu duplo sentido. Isso é parte da história dele também, digo, e ele deve saber disso.

Tento evocar para ele a primeira apresentação da ópera de Peri no Palácio Pitti, por ocasião do casamento de Maria de Médici com Henrique IV da França, e a première posterior da ópera de Monteverdi na Accademia degli Invaghiti, na época de carnaval, em Mântua, cujo duque Gonzaga era patrono tanto de Monteverdi quanto de Striggio... Mas antes que eu possa começar a falar das tecnicalidades, da variação estrófica, do *stile concertato* etc., ele me interrompe, muito gentilmente. Entendo, é uma velha história, já foi cantada antes, principalmente em italiano, ele sussurra, sem aspereza. Acho que é sempre assim com qualquer história. Mas o que estou tentando fazer aqui ainda é meu, e vou continuar nesse caminho se você não se importa.

Okay, desculpe, gaguejei, envergonhado, eu só queria dizer que o problema que todo mundo tem é com o final, porque ela não pode se salvar, entende? Todo mundo resolve fazer um *happy end* de um jeito ou de outro, mas isso não está certo, só isso que eu queria dizer. Afinal, Vina não... e aí parei e mordi a língua.

Bom, disse Ormus sem dar sinal de ter ouvido as última palavras. Final infeliz. Certo. Obrigado por ter vindo.

Vina conhecia isso tudo, gaguejo bobamente, talvez um tanto rebelde, e vou embora.

(Já que estamos nos clássicos, devo dizer que Ormus colocou música no *Dies Irae.* Mira deve ter recitado o poema para ele também, e evidentemente ele não lhe deu tapinhas na cabeça mandando-a ficar quietinha. *O Angry Day* [Ó dia da ira] talvez seja a primeira letra de rock a ser traduzida de um original latino escrito por um monge do *duecento.*)

Continuando: a idéia é fazer uma primeira excursão anglo-americana em praças menores, Roseland, o United Center, o Cambridge Corn Exchange, o Labatt's Apollo, não mais que meia dúzia de apresentações no total, para a banda se acomodar antes de disparar, seis meses depois, em um programa completo de apresentações em estádio, de dezoito meses de duração, em seis continentes. O cenógrafo de shows de rock em estádio Mark McWilliam está criando um ambiente que é uma grande fantasia para esse grande tour. Contrastantemente, essas primeiras apresentações vão ser despojadas, cruas, básicas. Vamos acertar a música, Ormus murmura, antes de partir para o show.

Sua voz está de novo em boas condições, embora seja menor do que era antes, precisando de mais amplificação. Porém seu desempenho na guitarra, segundo Eno, de cujo ouvido não pretendo discordar, está talvez melhor do que nunca, mais emocional do que antes. Ele está de volta mesmo e o som da banda é gordo e quente. Em nosso último dia no hangar há um concerto completo, como se fosse ao vivo, para uma platéia de convidados, sem economizar nada, só não usando figurinos. Mas, mesmo de jeans e camiseta, eles soam perfeitos. O aplauso é prolongado e sincero. O VTO está vivo.

Estamos em Roseland, setembro de 1993, uma semana apenas depois do concerto no hangar, e há uns duzentos mil fãs em estado de alta excitação, varridos por holofotes que os levam a um frenesi ainda maior de expectativa, e então a sala de máquinas do VTO dá a partida.

Um-dois-três-quatro!

A baterista, Patti LaBeef, o original da texana alta, uma das primeiras mulheres bateristas a chegar a uma grande banda, é, à sua própria maneira monossilábica, um monstro sagrado tanto quanto Ormus e Vina. Antigamente, jovens da platéia gritavam para ela *Meu Deus, como é gostosa*, e ela os ignorava, cuspia de lado e continuava tocando. O baixista do VTO, Bobby Bath, é de Montserrat, ilha de terremotos e estúdios de som, e toca como se a ambição de sua vida fosse a estabilidade, nada mais. *Tem um monte de baixistas que conhecem mais truques*, ele diz, *mas eu sempre gostei do básico, sólido feito uma rocha, yeah?, soltar a linha do baixo e deixar os caras lá na frente dançarem em cima dela.* Bobby Bath foi casado brevemente com a expulsa Simone, mas não tem nenhum problema de ter voltado à formação. *Tudo que ela é contra, eu sou a favor, baby* é a posição dele. *Aquilo é rum do ruim e eu bebi tudo que tinha de beber.*

E eis aqui dagover, um grande aplauso para diamond lil, seu fã-clube pessoal compareceu em peso esta noite, e então a fumaça se dissipa e Ormus Cama está na sua bolha com sua guitarra metálica de pedal, mergulhando na introdução da primeira música, uma versão incrementada da velha e pesada *Ooh Tar Baby*. Ele mesmo canta a primeira estrofe e é como nos velhos tempos, só que melhor, porque lil dagover está se encaixando bem e preenchendo o antigo buraco que Bath deixara na banda, então Mira aparece e começa a dar tudo errado.

Estou sentado ao lado de Mo Mallick e ambos percebemos o problema imediatamente, vemos que Mira estava cem por cento certa e que Ormus, cego por sua necessidade de acreditar que Vina Apsara havia voltado dos mortos, estava muito, muito errado. A platéia não fica satisfeita. *O quê?, vocês estão mostrando uma mulher fantasiada de Vina e a gente tem de engolir?* No momento em que vemos a reação, sabemos que a noite vai ser um fracasso, e o VTO pode morrer de novo hoje. Parece que aqui neste velho salão de bailes, Ormus Cama vai dançar pela última vez.

Ou não dançar, porque a garotada da primeira fila não está se mexendo, está simplesmente parada com cara de pedra, olhando para o palco, vertendo sua muda hostilidade sobre Mira. Quanto tempo até começarem a vaiar? Quanto tempo até irem embora?

Nesse momento, Mira Celano faz uma coisa incrível. Ela levanta a mão e a banda pára de tocar. Ela então fala com a platéia.

Okay, vão se foder vocês também. Vocês não gostam deste modelo e na verdade eu também não, mas agora vamos todos ter de engolir isto aqui, vocês e eu, então que tal pelo menos ver se a música é boa, okay?, quer dizer, se a música não for legal podem me matar, certo, vocês têm todo o direito, mas se é música que vocês querem aqui, nós temos música para dar para vocês, e se não gostam da minha roupa, querem uma dica?, abram os ouvidos e fechem os olhos, porra.

Patti LaBeef entra aí: um trovão nos tambores, um prato forte. Patti está do lado da moça, e Patti tem um bom saldo na conta com o público pagante, Patti tem credibilidade. A multidão assenta, murmurando, semiconvencida. Então é lil, é dagover que brigou com Mira quase todo o tempo até esta noite, mandando ver no famoso *riff* de *Tar Baby*. É o que basta. *Cinco-seis-sete-oito. Ooh Tar Baby won't you hold me tight. We can stick together all thru the nite.* [Oh Boneca de Piche, me abrace apertado,vamos passar a noite toda abraçados.]

Ormus e Mira discutiram sobre mergulhar do palco. Ele não pode — tem cinqüenta e seis anos e está preso em um cubículo à prova de som —, mas ela acha que pode. Se vamos falar de botar abaixo as fronteiras, ela argumenta, então temos de apagar a linha entre eles e nós.

Eu sou contra, mas o fato de eu ser protetor apenas faz Mira arriscar mais, e então fica decidido que ela vai saltar do palco, mais ou menos na metade da apresentação, no meio da seqüência das músicas de *Quakershaker.* Mas agora que o show teve um começo tão difícil, e embora tocando brilhantemente, a banda só consegue que oitenta por cento da multidão se entregue, ela não vai até o fim, penso, claro que ela vai ser esperta e vai se conter.

Ela mergulha.

Por um instante penso *eles não vão pegar Mira*, imagino seu corpo quebrado e pisado pelos pés coléricos e mortais da multidão, penso em Tara. Mas os braços se levantam, eles a pegam, ela vai nadando sobre um mar de mãos, está segura.

É o que eu penso, mas não vejo o que ela vê — raiva em muitos rostos debaixo de seu corpo indefeso —, não posso sentir as mãos que começam a agarrar seu corpo. Só quando alguém arranca a sua peruca vermelha de Vina é que a coisa fica clara. Estou de pé agora, Mallick está gritando em seu *walkie-talkie*, é um tumulto, tirem ela daí, mas, antes que os guardas de segurança consigam passar, ela de alguma forma voltou ao palco, e quando fica de pé vemos todos os cortes na barriga, nas costas, até no rosto, o cabelo comprido e escuro se agitando loucamente às suas costas e o bustiê sumiu, mas ela não pára de cantar, não perde um compasso, fica ali na frente, no centro, com as calças de couro rasgadas e canta, sangrando e de seios nus bem naquelas caras assassinas e ingratas e é nesse momento que entendo, que todos nós que estamos no concerto de Roseland entendemos, que Mira Celano vai ser com certeza uma grande, grande estrela.

Depois, atrás do palco, quero abraçá-la e confortá-la e Ormus que vá para o inferno com suas ilusões. Mas ela está pegando fogo e não precisa da força de homem nenhum. Ela saiu do palco para baixar a lei. O camarim não é grande, estamos todos amontoados ali e sabemos o que tem de ser dito e que uma mulher com a coragem de mergulhar do palco em cima de uma platéia em que não pode confiar deve ter coragem também para enfrentar Ormus Cama e arrancar a casca até de sua ferida mais profunda.

Chega de Vina, ela diz. Está frente a frente com ele, é a mais alta e mais forte dos dois e não tem nenhuma intenção de deixar que ele se safe dessa. Okay, Ormus? Ou fazemos do meu jeito ou é melhor esquecer a coisa toda já. Está ouvindo? Você agüenta essa? Ninguém volta do outro mundo. Ninguém nunca voltou. Vina Apsara morreu.

Mas Ormus Cama está longe, em Bombaim, em uma loja de discos, conversando com uma menina linda e alta, menor de idade, sobre a autoria de *Heartbreak Hotel.*

Mira está gritando. Ormus? Ouviu o que eu disse?

Yeah, Ormus sussurra. Ele está cantarolando a canção.

Não banque o louco comigo, Ormus. Você não está mais louco, não. Quero que me responda já.

O que foi?, Ormus Cama responde, baixo. Vina Apsara? Ah, desculpe, ela morreu.

18
"DIES IRAE"

O angry day, O angry day, When Time, like ash, will blow away. That's what King David and the Sibyl say. [Oh dia da ira, Oh dia da ira, Quando o Tempo como cinza no vento gira. É o que dizem o rei Davi e a Sibila.]

No Ocidente, os terremotos pararam e as equipes de construção se instalaram. Bancos e companhias de seguros estão construindo seus novos palácios em cima das falhas, como para afirmar o primado de sua autoridade, até sobre o mau comportamento da própria terra. As cicatrizes deixadas pelos tremores estão sendo transformadas em zonas de regeneração, jardins, prédios de escritórios, complexos de cinemas, aeroportos, shopping centers. As pessoas já começaram a esquecer e assim, inevitavelmente, a se ressentir daqueles que se lembram. Ormus Cama e o VTO, entre outros, são acusados de negatividade e de espalhar o terror, porque continuam a tocar as canções do *Quakershaker* e o seu novo arranjo influenciado pelo *gospel* dos versos antigos e ameaçadores de Tomaso di Celano.

No sul, porém, as devastações continuam. É como se a terra estivesse discriminando seus filhos menos favorecidos. Na Índia, onde as casas são construídas com barro e sonhos, onde as estruturas da vida são frágeis, os alicerces enfraquecidos por corrupção, pobreza, fanatismo e negligência, o dano é imenso. Isso não agrada àqueles que afirmam que a Índia não é diferente de nenhum outro lugar, que negam aquela particularidade de circunstância que faz um lugar ser ele mesmo. O fato é que o chão da América não está tremendo, mas um trecho ou outro do solo indiano, uma rua ou outra de cidades indianas são abalados por tremores subterrâneos quase todos os dias.

Para muitos observadores do terceiro mundo, parece evidente por si que os terremotos são a nova geopolítica hegemônica, o instrumento com o qual os superpoderes fazedores de terremotos pretendem sacudir e quebrar as economias emergentes do Sul, do Sudeste, da Borda. O vão triunfalismo do Ocidente durante os levantes revolucionários de 1989-90 voltou para assombrá-lo. Agora todos os tremores de terra são percebidos como armas euroamericanas, o que antes era classificado pelos corretores de seguro como atos de deus é agora tratado por estados inteiros quase como atos de guerra, e o altruísmo com que os cidadãos comuns do Ocidente contribuem para os fundos de assistência às vítimas dos desastres, e mesmo os infatigáveis esforços das entidades de ajuda internacional parecem tentativas *post-facto* de salvaguardar as consciências pesadas dos poderosos depois que o mal foi feito. Índia, Paquistão, Israel, Síria, Irã, Iraque e China anunciam a dotação de gigantescos orçamentos para as "guerras tectônicas". Começou um novo tipo de corrida armamentista.

Os exaustivos esforços dos céticos jornalistas e políticos ocidentais no sentido de investigar e enfrentar as alegações de responsabilidade feitas por seu próprio complexo industrial-militar sobre a maratona transglobal de terremotos de 1989-90 são tratados como desinformação pelos participantes da nova corrida terremotista, e as intervenções dos movimentos de paz internacionais são amplamente ignoradas. Os apelos dos líderes mundiais aos participantes da corrida terremotista para que interrompam a construção da nova "bomba de falha", perigosamente desestabilizadora, são considerados arrogantes e hipócritas. É ineficaz a iniciativa do secretário-geral da ONU de tentar estabelecer manobras diplomáticas para convencer todos os partidos relevantes a comparecerem em convocação de urgência ao simpósio HARF (*Hands Across the Rifts and Faults* [Mãos Estendidas Sobre as Falhas e Fendas]), em que podem entabular discussões construtivas para resolver o conflito. Ocorrem maciças demonstrações populares de apoio às decisões tomadas pelos líderes de todos os Sete Sísmicos. Invocam-se o auto-respeito e o orgulho nacional e as pessoas se declaram prontas a deixar que seus filhos morram de fome a fim de adquirir a capacidade de abalar o mundo, coisa que parecem equacionar com a vitória em outros prestigiosos concursos como o de miss Mundo e a Copa do Mundo de Futebol. As próprias muralhas de Delhi, Islamabad e outras capitais sísmicas gritam slogans pró-tecnologia terremotista. *Fora as medidas da HARF. Quando a gente tremer o chão, pode apertar a mão.*

Como os terremotos indianos continuam, os políticos locais continuam a colocar a culpa nos tradicionais inimigos ao norte e noroeste (além do Ocidente), e isso gera um clima popular febril em que a guerra é uma possibilidade constante. Golmatol Doodhwala, viúva do assassinado Piloo, beneficia-se especialmente com esse sacudir de punhos. Em um século marcado pela freqüente ascensão ao poder das viúvas de homens assassinados, a esférica e analfabeta Golmatol, com seus incessantes pedidos de vingança, é talvez a última da linhagem — se seus modos ameaçadores triunfarem e o mundo acabar. Não com um *bang*, mas com um arrepio.

Todo mundo é Now Quaker agora.

Muita coisa que ficou escondida durante anos é trazida à luz de novo pelos tremores incessantes. Quando se anuncia que o renascido supergrupo de rock VTO pretende acrescentar à sua turnê-maratona datas de concertos em Bombaim e Delhi, e que nessas datas *O Angry Day* e as canções do *Quakershaker* serão tocadas como parte do esforço da banda em apoio às iniciativas de paz ocidentais, a oposição ao retorno de Ormus Cama é orquestrada por uma mão inesperada. Da Prisão Tihar, seu irmão mais velho, Cyrus Cama, dá a público uma declaração que recebe amplo apoio popular.

Cyrus está com sessenta e um anos, ainda é classificado como perigosamente insano, e em nenhuma ocasião requisitou liberdade condicional. É sua opinião, expressa com firmeza, que ele deve permanecer em "minha amada Tihar" até o dia de sua morte, pois só na prisão pode estar a salvo do medo de que o Travesseiro-Man, talvez ainda adormecido dentro dele, volte a emergir para cometer outros crimes hediondos. Ele é um assassino múltiplo, isso ainda é verdade, claro; mas dentro da prisão sua personalidade branda continua a conquistar-lhe muitos amigos. Não importa a freqüência com que são trocados seus carcereiros, todos saem como seus discípulos, pois Cyrus tornou-se um homem sábio, depois de passar os anos em quietude, estudando, aprendendo as línguas antigas e dominando os velhos livros, muito na tradição de Darius Cama. Seu *Meditation on Kalki* [Meditações sobre Kalki] — Kalki, a última manifestação de Vishnu, que virá apenas para anunciar o fim do mundo — foi publicado em jornais reconhecidos e reimpresso como folheto e brochura por várias pequenas editoras filosóficas, e diversos professores universitários e empolgados alunos o consideram um dos mais profundos pensadores da Terra, uma voz a falar aos nossos tempos perturbados e compreensivelmente terminais. Como autor publicado de cultura e importância, e homem cuja vida decididamente simples (mesmo que por razões um tanto inevitáveis) e bem fundamentada renúncia são notáveis, Cyrus tornou-se um emblema daquilo que um homem pode fazer com sua passagem pela Terra, uma vez que aceite o que lhe cabe. Seu corpo está na prisão, mas seu espírito, como formulam admiravelmente bem os seus fãs, seu espírito é como a canção alegre de um pássaro, ressoando no céu aberto.

Para Ormus Cama, Cyrus escolhe escrever uma carta aberta, mais de tristeza que de ira: Meu irmão, lamento muito dizer que você se tornou um homem que odeia sua própria gente. Esta frase de abertura garante a ampla publicação do polêmico texto de lamentação de Cyrus na mídia indiana e depois na de todo o mundo. Até a recente declaração de Ormus contra as guerras terremotistas é voltada contra ele. Ormus começava ironicamente assim: *Quanto a mim, não controlo nenhuma arma de destruição de massa, portanto espero ser eximido da acusação de hipocrisia quando digo...* ah, Cyrus refutou, tristonho, mas meu irmão é muito modesto; pois quem foi que escreveu as lamentáveis cantigas que se tornaram hinos totêmicos da nova Era Quake? Não devemos tomar Ormus Cama por sua própria baixa estima, como um mero trovador ou estrela popular; pois sua música auto-odiosa, desenraizada, há muito se encontra a serviço, eu diria mesmo no próprio coração, da arrogância do Ocidente, onde a tragédia do mundo é reembalada como divertimento para a juventude, ganhando um ritmo contagiante, batido com os pés.

O que Cyrus iniciou, outros assumiram com toda a disposição. Os santos favoritos do governo no momento, Ulurishi e o Aurhum Baba, anunciam que o ex-indiano e relapso zoroastriano "sismopropagandista" Ormus Cama deve realmente assumir uma pesada responsabilidade pelo "panorama de juízo final" que induz aos terremotos, obra do Ocidente; que suas canções e performances não devem sob hipótese alguma ser admitidas em solo indiano. Dias depois desse comunicado conjunto sem precedentes de Rishi e Baba, a ministra do Interior, Golmatol Doodhwala (cuja facção pilooísta acabou de concordar em apoiar a abalada coalizão governista, sendo o ministério do Interior o preço do apoio de Golmatol), confirma que todo o pessoal da turnê do VTO, inclusive os membros da banda, não receberá vistos de entrada, no interesse público, e também no deles mesmos, porque no atual clima acalorado sua segurança pessoal não poderia ser garantida.

Assim o passado estende sua garra a Ormus, agarra seu tornozelo e procura arrastá-lo para baixo. Depois que a carta de Cyrus é publicada, as cartas ofensivas vindas da Índia se multiplicam. Há ameaças de violência, mas isso não é novidade. Há anos uma dúzia de imitadoras de Vina por semana ameaça matar Ormus e/ou se matar porque ele não as ama, por ele se restringir, de maneira que consideram pouco saudável, à dieta de fome de memória da mulher falecida, negando a si mesmo a oportunidade de partilhar dos banquetes de amor que estão em oferta por toda parte. Ormus nunca levou a sério essas ameaças, e, apesar da preocupação de Clea Singh, este novo Ormus, Ormus em seu casulo, Ormus no estranho humor ausente em que se encontra desde que Mira o fez encarar os fatos a respeito de Vina, esse vago, flutuante Ormus é também imune às novas setas enraivecidas dos correspondentes do subcontinente. Os Singh, por insistência de Clea, estão sempre em alerta para o caso de problemas.

Quando a notícia do banimento indiano chega aos Sangria em Nova York, eles decidem que Cyrus Cama é o quente da história não escrita do fenômeno VTO e fazem arranjos para viajar até Delhi no primeiro vôo.

O angry days, O angry nights [Oh dias da ira, oh noites da ira]. É assim que eu penso nos dois longos anos de encerramento que se seguiram às três mortes de Vina Apsara: como as noites e dias da ira. Oh, tempos que se foram, tempos finais.

Acho que Vina morreu a primeira vez no abismo em El Huracán, a segunda vez muito devagar à medida que o mundo a transformava em sua icônica Vina Divina e perdia o controle de sua peculiar humanidade, até que finalmente Clea Singh apagou sua voz de sua própria secretária eletrônica, e a terceira morte, final, quando minha adorada Mira Celano forçou Ormus Cama, que mais amava Vina, a dizer as palavras que a mataram para todo o sempre. Depois de dizer as palavras, Ormus sabia que havia cortado os últimos laços que o prendiam à Terra, e, tendo perdido toda a alegria de viver, começou a procurar a morte, a olhar nos rostos de todos que encontrava como se estivesse perguntando É você? Por favor, amigo, estranho, que seja você a me trazer o presente que estou esperando.

A turnê de *Into the Underworld* [No submundo] foi concebida como um gigantesco tributo viajante a Vina, cujo simulacro-Mira não aparecia mais no palco, mas com cuja imagem silenciosa, em câmara lenta, dançando na gigantesca Vidiwall no fundo do palco, o show começava e acabava. Essa decisão também foi criticada em alguns lugares por supercomercializar a memória de uma santa moderna e até descrita como uma descarada tentativa de capitalizar um casamento terminal, mas Ormus continuou impermeável à crítica, sorrindo seu sorriso calado, seguindo seu próprio caminho. Um homem tem de estar vinculado a alguma coisa, nem que seja só a um clube de golfe ou a um cachorro de estimação, e Ormus estava preso a uma lembrança agora. Só o que havia perdido podia magoá-lo; ele pertencia a ela, e à música.

Durante a maior parte de 1994 e 1995, ele viveu exclusivamente no mundo da turnê, um ambiente sucedâneo de submundo em camadas como os círculos do Inferno, encerrado dentro de um arco gigantesco pela maior Vidiwall já construída, que toda noite bombardeava a platéia com imagens incessantes do céu e do inferno, ambos concebidos como locais da Terra, motéis nupciais e bares de hambúrguer grelhado, galerias de videogames e escolas de balé, torcidas de futebol e zonas de guerra, sobremesas geladas e convenções políticas, praias de surfe e bibliotecas, e cada indivíduo que resolvesse quais imagens eram celestiais, quais infernais. Esse inferno tecnológico foi projetado para ele pela equipe de McWilliams, mas o conceito essencial era de Ormus. Depois de criar sua ficção, ele mergulhou nela e não saiu durante dois anos. O universo ficcional do show dava a impressão de flutuar independente do mundo real, de ser uma realidade separada que fazia contato com a Terra de vez em quando, durante uma ou duas noites por vez, para que as pessoas pudessem fazer-lhe uma visita e sacudir suas belezas. Encerrando-se voluntariamente dentro do continuum privado do rock'n'roll, Ormus Cama também se transformou em uma entidade flutuante, mais alienígena do outromundo que ser humano, mais show que O.

Ele se deslocava de andares de hotel despidos de todo supérfluo, transformados em espaços brancos e supridos de pianos brancos, suítes de edição de áudio e vídeo e velhos fornos de pão toscanos, por meio de limusines com vidros escuros cujo propósito não era tanto impedir que as pessoas olhassem para dentro, mas impossibilitar que se visse lá fora, para aquele ambiente de estádio que era sempre o mesmo, fosse qual fosse o lugar do mundo onde estivesse, e nessa ilusão de continuidade ele achava possível sobreviver no momento. Quando era hora de viajar no 727 especialmente adaptado que pertencia à banda, ele tomava comprimidos para dormir e não acordava enquanto não fosse hora de entrar de novo no mundo fechado de limusine, hotel branco e cenário de submundo que era agora o único lugar do mundo onde precisava estar ou que precisava enxergar.

Era como se o show estivesse parado enquanto o mundo passava depressa por fora do estádio, como se o show fosse a permanência e a vida humana a coisa transitória, como se o estádio fosse sempre o mesmo estádio, e a limusine sempre o mesmo carro, sempre dirigido por Will Singh com Clea Singh ao lado de Ormus, e o andar de hotel em que ele passava todo o seu tempo fora de cena assando e comendo pão era sempre o mesmo andar de hotel, mas as cidades fora de suas janelas iam e vinham como as terras no topo da Árvore Distante.

Rio, Sydney, Londres, Hong Kong, Los Angeles, Pequim: esses lugares não eram reais. A proibição indiana não era importante, porque a Índia não era real, era apenas mais uma zona de trânsito. A mudança de cores e raças nos rostos da multidão, o desfile de celebridades que vinha atrás do palco para beber com ele e comer o pão feito em casa que ele insistia em oferecer, os heróis locais e patrocinadores da turnê e as beldades de capas de revista que mascavam polidamente suas baguetes e mentiam que ele estava com muito boa aparência, nada disso importava, porque eram apenas ilusões também. Só o show era real. O show, a música, isso era lar. Fora dessa ficção, o cosmos era uma falsificação.

Ele vivia em sua imaginação, naquilo que invocara do nada, que não existia, não podia, jamais poderia existir sem ele. Agora que estava feito, ele só existia dentro daquilo. Tendo criado esse território, ele não confiava em nenhum outro chão.

Durante o show, o peso das luzes que atingiam o palco era tão grande que na verdade ele mal conseguia enxergar a multidão, só as primeiras filas, e além delas ficava a grande fera rugidora que ele veio domar, que veio tocar como se fosse um instrumento, mas isso era uma coisa que ele sabia fazer, isso era a sua vida real. O domador de leões na jaula dos leões põe a cabeça dentro da boca da fera, sabendo que essa é a sua verdadeira realidade, e que o mundo de aplauso, colorido, brilhante, de balões-e-pipoca que fica além das barras é trivial, é um telão pintado, um cenário. Assim também Ormus na bolha do show ficava perfeitamente confortável, perfeitamente em casa, e o consenso geral é que a sua performance era excepcional, sua guitarra nunca antes tão dolorosamente clara, como o poço de água do sonho de um homem perdido no deserto, seu canto jamais tão sutil, ou tão forte. A voz fraca de tempos recentes desaparecera e em seu lugar havia aquele instrumento poderoso, mais forte do que jamais antes, quando a própria Vina despejava sua coloratura musical sobre o mundo.

Ao final de cada show, os outros membros da banda murmuravam entre si, deslumbrados, quase temerosos do que saía dele. Até LaBeef e Bath tiveram de admitir que nunca o haviam visto tão incrível durante tanto tempo. *Parece um jato com as turbinas ligadas,* disse Patti LaBeef uma noite, *ele pode queimar o dobro de combustível porque sabe que não tem de guardar nada para a viagem de volta*. Quando ela disse isso, todos os membros da banda entenderam que ele estava morrendo, que o combustível que estava usando no palco era a própria vida. Ele estava se queimando no fogo de sua arte, o show de cada noite era não apenas um presente para Vina, mas um passo na direção do esquecimento, do não-ser, onde ela jazia, com a alegria dele sob seus cuidados; ele sabia que quando o show terminasse não precisaria mais cantar nem falar nem mover-se nem respirar nem ser. Depois disso, os músicos começaram a vê-lo como uma criatura de outro mundo, porque viam o empenho com que estava tentando chegar lá, talvez a algum mundo através de um rasgo no ar, alguma dimensão variante onde Vina ainda estaria viva. Mas não havia mais nenhum rasgo desses para ele, nem para ninguém, enxergar. lil dagover disse a Mira: Desde que me conheço por gente sou fã dele, isso é tão difícil de assistir, mas sabe?, pelo menos ele não está se apagando e falhando como uma vela barata, está se queimando como uma supernova, um fim de estrela mesmo.

(*Na verdade, a continuidade do show era mantida fazendo-se tudo em triplicata. Como levava uma semana para montar o palco, havia três diferentes equipes de estruturas pulando pelo mundo, montando e desmontando. Havia sempre um palco sendo desmontado na última parada, enquanto um segundo já estava pronto para entrar em ação, e um terceiro sendo construído na próxima parada do trajeto.*

E havia o equipamento de energia. Into the Underworld *puxava quatro milhões de watts de força, produzidos por geradores de seis mil cavalos. Os trezentos e cinqüenta racks do sistema de som usavam um milhão e meio desses watts. Havia também duas mil luzes, o que significa que dava para ver o show da Lua.*

Seis milhões de pessoas pagaram ingresso para assistir. Vinte milhões de CDs e cassetes foram vendidos. Centenas de milhões de dólares foram gerados. Se Ormus Cama imaginava que estava parado enquanto o mundo girava à sua volta, talvez não estivesse tão errado. Tal era o poder da imaginação.)

Na extremidade de um longo "dedo" que terminava em uma grande cavidade — que pretendia sugerir o Portal do Inferno, guardado pelas três cabeças de um Cérbero animatrônico — ficava um palco secundário onde Ormus era visto inicialmente, sozinho, como Orfeu em Aornum de Tesprotis, pensando em sua terrível descida. Nesse momento, Ormus tocava o solo de abertura, uma versão acústica de *Beneath Her Feet*, enquanto a imagem de Vina dominava o estádio no Vidiwall. (Como era um solo acústico, ele podia se apresentar ao ar livre, sem a proteção do vidro, não correndo o risco de prejudicar sua audição). Ao fim da canção, o cachorro mecânico deitava e dormia, enquanto Ormus entrava numa bolha transparente que avançava por um trilho e era "engolida" pela cavidade. Então, pela ponte que ligava os palcos, era transportado ao palco principal em alta velocidade, usando o maquinário mais rápido que existia, e irrompia no Hades fantasioso de McWilliam, onde os outros membros da banda o esperavam, junto com um zoológico de demônios vomitadores de fogo, infláveis gigantescos e cidadãos de Pandemonium que eram tanto máquinas quanto mímicos vestindo figurinos. Embutido no chão do palco havia um complexo sistema de trilhos e cruzamentos, de forma que Ormus podia se deslocar por todo o imenso cenário sem sair de sua bolha; em determinado ponto, em um efeito tremendo, a bolha era apanhada por braços metálicos e se transformava em um elevador de vidro que lançava Ormus muito alto no ar acima da multidão aos gritos. Dessa forma, Ormus em sua bolha não parecia mais separado da ação; a bolha se transformava em metáfora da vida, de que ele ainda pertencia ao mundo dos vivos durante sua aventura pelo reino dos mortos.

E Mira estava lá, claro, a mulher que ele viera resgatar do Príncipe das Trevas. Mira, vestida como ela mesma, cantando com todo o coração, subindo dia a dia na direção do estrelato, que era seu destino, libertando-se da sombra de Vina, fazendo o papel do Amor aprisionado no Inferno e ansiando por liberdade.

Olhe, não importa mais, não é mais importante a maneira como se comportavam no palco, entendo isso. Eu tinha ciúmes, certo?, admito abertamente, fiquei meio louco de ciúme, e estava errado. Mas, rapaz, ela acabou se revelando uma intérprete e tanto, a minha Mira, o que se via no jeito como deitava em cima da bolha redonda de Ormus, apertando o corpo contra ela, primeiro os seios e coxas, depois as costas arqueadas e a bunda, rolando em cima dela como se estivesse fazendo amor com a coisa. Eu não olhava. E no fim ela entrava na bolha, ficava presa lá dentro com Ormus, e a bolha se incendiava de luz e desaparecia, para, de repente, aparecerem só Mira e Ormus, de novo no palco secundário, saídos do Inferno, livres da bolha, e Ormus tocava sua guitarra como se fosse sexo puro e Mira se derramava em cima dele como uma bebida, ah!, eu não agüentava!, tinha de virar as costas. Tinha de sair, porra.

Parei de ir às apresentações. Deixei a turnê e voltei a Nova York para continuar com meu trabalho, cheguei a retomar o fotojornalismo pela primeira vez em anos e acabei fugindo de balas em lugares cujos nomes nem conseguia pronunciar, Urgench-Turtkul em Amu Darya, Târgul-Sacuesc na Transilvânia, e os novos pontos quentes pós-soviéticos de Antynaï-Asylmuratova e a longínqua Nadezhda-Mandelstán; mas, mesmo assim, de noite eu sonhava sonhos pornográficos com Mira e Ormus. Às vezes, meu inconsciente trazia também lil dagover e alguns Singh para apimentar as coisas, e acordava com uma ereção, suando, em algum buraco de pulgas sujo, criminoso, rabiscado em escrita cirílica, e entendia que todo ser humano é capaz de escapar da violência se for suficientemente excitado pelo estupro de seu país, por exemplo, ou pela sedução real ou imaginária de sua mulher.

Sei que não é a mesma coisa, droga, sei qual é a porra da diferença entre infidelidade e genocídio, mas quando você se vê num saco de dormir cheio de baratas num fim de mundo dormindo num jipe sendo picado por insetos eslavos e asiáticos, pelos bichos católicos romanos e russos ortodoxos e sionistas e islâmicos, enquanto à sua volta explode um universo de fronteiras que se desintegram e realidades que desmoronam, quando você está no meio daquela anarquia e instabilidade, e sonha estar de volta à East Fifth Street, em Nova York, lendo a página seis do *Post*, só mais uma vez, enquanto uma loira budista alta e descalça lhe serve um pãozinho de amora e uma xícara de café orgânico fumegante, ah, sim, só mais uma vez, por favor, e você jura que *nunca mais vai fazer nem uma única piada sobre o budismo chique, você deseja aquele Buda amante da paz imediatamente, me dê, oh Rinpoche Ginsberg, oh Richard Lama, oh Steven Seagal, sou seu*, e acorda com a cabeça cheia de sexo imaginado de que você não participa, no qual atos indizíveis são praticados no e pelo corpo que você reconhece como sendo o de sua amada... pode acreditar, nesse momento você não pensa *così fan tutte*, assobia uma alegre melodia, vira para o outro lado e retorna à terra dos sonhos. Você se senta, pronto para matar não apenas sua pequena Fiordiligi, sua amada Dorabella, mas quem quer que seja o porco sujo que a seduziu para fora do caminho da retidão, tragam o filho da puta que eu vou arrancar o coração podre dele.

E eu estava errado, certo? Errado, errado.

Mais uma vez, entendi errado Ormus Cama. Permiti-me esquecer que havia algo por assim dizer inumano no amor dele por Vina, algo além da capacidade humana de amor. Era um amor que ia até o fim dos tempos, e quando ele não conseguiu trazê-la de volta dos mortos —

quando Mira o fez entender que Vina não podia ser trazida de volta à vida — então não existiam mais mulheres para ele nunca mais. Agora que Mira era só Mira, ele não queria mais que ela tomasse o lugar de Vina; mesmo que fosse até ele untada de óleo e nua e fumegando de desejo, ele teria simplesmente dado uma palmadinha em sua cabeça, aconselhando-a a vestir uma roupa para não se resfriar.

Portanto, admito também que o amor de Ormus por Vina Apsara era maior que o meu, porque, ao sofrer por Vina como jamais sofri por nenhuma outra perda, eu havia começado, afinal, a amar de novo. O amor dele, porém, era tal que nenhum outro amor podia substituir, e depois das três mortes de Vina ele finalmente entrou em seu último celibato, do qual só o abraço carnal da morte iria libertá-lo. A morte era a única amante que podia aceitar agora, a única amante que repartiria com Vina, porque essa amante iria reuni-los para sempre, nas florestas de absinto dos mortos eternos.

E finalmente admito — e me desculpo com ela agora, aos olhos do mundo — que eu devia ter confiado em Mira. Eu não podia nem imaginar a sorte que tinha: um novo amor nascera das cinzas do anterior. Mira não estava interessada em Ormus, ou só profissionalmente, e talvez um pouquinho como um jeito de me manter fiel. Eu fui burro demais para acreditar, mas, no fim dessa longa e triste saga, eu era o menino do pote de ouro.

Quatrocentos anos atrás, Francis Bacon acreditava que Orfeu tinha de fracassar em sua busca ao submundo, que Eurídice não podia ser salva e que o próprio Orfeu tinha de ser despedaçado, porque, para ele, o mito de Orfeu era a história do fracasso não só da arte, mas da própria civilização. Orfeu tinha de morrer, porque a cultura tem de morrer. Os bárbaros estão nos portões e não há como resistir a eles. A Grécia tem de cair; Roma se incendeia; a claridade despenca do ar.

Ao chegarem a Delhi, a inoportuna realidade odorífica e ruidosa horrorizou Marco e Madonna Sangria, que tinham imaginado o país talvez um ou dois passos abaixo de Queens. A Índia pode ser um país duro para norte-americanos, que são vistos como símbolos ambulantes do dólar e, o que é pior, como inocentes no estrangeiro: alvos legítimos, carne fácil. Horas depois de se instalarem no hotel cinco estrelas South Delhi, os dois já haviam sido importunados, sem sair do prédio, por cambistas que ofereciam a melhor taxa do mercado negro de toda a cidade por suas verdinhas, por vendedores de pedras semipreciosas que podiam ser cascalho polido, por choferes de táxi cujos primos tinham uma fábrica de mármore pertinho, por quiromantes do saguão do hotel, por jovens homens e mulheres de qualidade oferecendo dinheiro de verdade por suas câmeras e roupas, por homens mais velhos perguntando a Marco se Madonna era, em primeiro lugar, educada e, em segundo lugar, disponível, e, se afirmativo, por qual preço; e por um batedor de carteiras no elevador, ao mesmo tempo tão incompetente e imperturbável que, quando Marco indicou que a mão dele estava no bolso errado, o sujeito simplesmente tirou o membro ofensor, abriu um sorriso e disse com um desconcertante encolher de ombros: O país é superpopuloso, fazer o quê?, a gente está acostumado a tratar o bolso do vizinho como se fosse nosso.

A Prisão Tihar, nada surpreendentemente, foi muito pior. Simplesmente o prédio, sem falar das celas nem dos funcionários, e nem mencionemos os presos, o prédio apenas já era como um filme de horror, *O grito do Oriente*, talvez, ou *Pesadelo em Delhi Street*, a sujeira, meu deus, e os insetos então, não é de Dona Baratinha que estamos falando aqui. De forma alguma um lugar para um dândi de alta extração usando calças de Narciso pisar com seus sapatos Jimmy, ou uma garota de classe com o pedigree de Madonna arriscar arrastar sua saia de gaze Isaac ou suas novas sandálias Manolo. E, nossa!, Madonna observou, as pessoas parecem falar altíssimo o tempo todo, e nem sempre em inglês, o que você me diz?

Mas quando Cyrus entrou na sala de visitas, algemado de pés e mãos, Madonna de repente começou a gostar de verdade. Conforme ela revelou depois ao seu círculo, eu simplesmente me senti em presença da *sabedoria*, ele tinha uma... tipo *aura*, e eu fiquei, não sei, *pirei*.

Para Cyrus, ela disse: Bom, *you're the sweetest jailbird I ever did see* [Você é o preso mais doce que eu já vi].

Quando saíram da Prisão Tihar, os Sangria já haviam jurado dar início a uma campanha internacional — celebridades angariando fundos, passeatas diante de embaixadas, lobista em Washington, o circo todo — para assegurar a libertação imediata de um ser humano excepcional. Marco voltou imediatamente para a América para estabelecer o quartel-general do grupo de pressão. Madonna ficou na Índia, vestiu roupas tecidas em casa e sandálias de corda, limpou a maquiagem do rosto, removeu os apliques de cabelo, fez tatuagens de henna nas mãos e nas solas dos pés como se fosse uma noiva, e ia visitar Cyrus duas vezes por semana, que era o máximo permitido. Ela se desculpou com ele por sua aparência no primeiro encontro — xi, acho que eu estava parecendo uma *prostituta, hã*, mas isso é a minha *cultura*, mas eu não quero, não, ficar mergulhada naquele... tipo *erro*, gostaria de aprender o seu, como é a palavra?, claro, claro, já lembrei, *caminho*.

Estivemos ouvindo o Cama errado, ela escreveu, para lançar a campanha Liberdade para Cyrus na primeira de suas colunas de música a ser publicada depois da chegada à Índia. Agora vamos nos voltar da efêmera simplicidade do rock já-era de Ormus para a profunda contemplação da filosofia perene de seu irmão mais velho. Se ainda não somos velhos demais para aprender, Cyrus Cama tem muito a ensinar. P.S. Ele é uma gracinha, não que a gente goste de um homem por seu bumbum de aço, certo? *Yeah*, certo.

Durante a longa turnê do VTO pelo mundo, a campanha de Cyrus ganhou força. Em Nova York, a Deusa-Ma, sempre alerta para as tendências em voga, mudou-se do Edifício Rhodopé e denunciou Ormus Cama em termos nitidamente cyrusianos. *A abolição que faz das modalidades de raça e pele no interesse de um inatingível dogma ocidental de universalidade é, de fato, uma fuga do eu para os braços do desejado, admirado Outro.* Importantes advogados tanto em Nova York como na Índia assumiram o caso de Cyrus; as autoridades indianas, embaraçadas pela notoriedade, indicaram seu desejo de ser flexíveis; e Madonna Sangria acabou propondo um caminho atraente. Escute o que vou dizer, okay, ela disse a Cyrus, numa excitação nada usual. Sei que isto soa *avançado* demais e que as mulheres na sua cultura simplesmente não agem assim, mas acho que eu só, não, não, estou falando tudo errado, o que eu quero dizer é que se eu casasse com você, *certo, Cyrus?*, então você poderia conseguir um *passaporte americano*, que tal?, e poderíamos botar você num avião e cuidar de você na nossa terra.

Foi no fim de 1995, a turnê do VTO estava na América do Sul, completando sua última parte quando, depois de cinco meses de ponderação, Cyrus Cama deu sua resposta.

Miss Madonna, quando você e seu irmão se ofereceram para ajudar, eu aceitei, por razões que agora vejo que eram fraqueza. Você era tão bonita e convincente que eu pensei, muito bem, se eles acreditam em mim, então estou pronto, vou me colocar sob os cuidados deles e abandonar minha querida Tihar. Mas o tempo todo eu sabia também que se fosse com você logo iria me sentir obrigado a matar você, sim, e seu irmão também, e quem sabe também minha mãe, que me deserdou, e meu irmão gêmeo Ardaviraf e muitas outras pessoas pelo caminho, e, no fim de minha jornada, o único destino e propósitos reais estariam no doce assassinato de meu irmão mais novo Ormus, por ódio a quem eu destruí minha vida.

Veja, portanto, que isso era muito tentador. Porém, depois de muita reflexão, considerei que devo recusar. Agradeço mais uma vez por seu interesse, sua declaração de amor, sua generosa oferta de casamento, seus presentes. Mais particularmente, agradeço por providenciar o solicitado equipamento de vídeo e a fita do concerto de meu irmão e por convencer as autoridades carcerárias a me permitirem manter os mesmos em minha humilde cela, fugindo ao regulamento. No vídeo observei atentamente meu irmão, e vi que ele já deixou esta vida. Olhe nos olhos dele. Ele está morto e no inferno. Entenda, portanto, que não há mais nenhuma necessidade de que eu o mate, estou livre desse imperativo de vida inteira. Cometer outros assassinatos nessas novas circunstâncias seria de imenso mau gosto, e assim permanecerei alegremente aqui na cadeia. Muito grato por tudo, miss Madonna, adeus.

Agora, estou me lembrando das últimas coisas.

Aquele inverno depois do fim da turnê *Underworld* foi o mais cruel de que qualquer um de nós se lembra. Mira e eu não víamos Ormus nunca, ele se enfurnara no Rhodopé como sempre, não demonstrando nenhuma vontade de entrar em contato. Quando eu pensava nele, via-o como um chefe indígena que resolveu que chegou o dia de morrer, e vai para o local escolhido, e ali fica, esperando a chegada do anjo. Mas a maior parte do tempo eu pensava em outras coisas. Tinha um relacionamento a restaurar. Mesmo nas melhores épocas, é difícil para músicos voltar para casa depois de uma turnê. Eles se acostumam à companhia do grupo, a horários massacrantes, a noites sem dormir e a se acabar em agitados clubes noturnos por todo o mundo, a ser o centro viajante da atenção mundial, à tensão massacrante antes do show, ao arrebatamento da performance, ao abandono e exaustão depois, ao enjôo com a música, à redescoberta da música, aos altos e baixos com os outros membros da banda, à carga sexual onipresente, aos romances a bordo, à sensação de vadiagem, de ser um fora-da-lei com *raindrops falling on your head* [gotas de chuva caindo em sua cabeça].

É ainda mais difícil para músicos que levam filhos pequenos na turnê. Tara Celano já tinha idade para ir à escola, com uma vaga na Little Red, mas enquanto outras meninas de sua idade nem sabiam a forma exata de Manhattan, Tara já havia circunavegado o mundo mais de uma vez e visto mais ação do que estava disposta a revelar, para não ofender as sensibilidades liberais idealistas das professoras.

E a volta mais difícil de todas é a volta para uma relação estável, porque, depois de anos sem raízes, a simples idéia de estabilidade parece uma fantasia, e neste caso particular eu tinha riscado meu caderninho e Mira sabia disso. Eu não havia confiado nela (ah!) com outro homem. Em meio ao torvelinho de infidelidade eu não acreditei que ela pudesse ser fiel. Havia dificuldade aí, um problema que tínhamos de resolver.

Lembro-me de um domingo no parque. Tinha começado a nevar perto do Natal e não parava mais. Tara adorou a brancura, o espaço e a calma depois de dois anos de ambientes estridentes, traileres detrás do palco e movimento constante. Naquele domingo, fazendo bolas de neve, ela estava feliz de voltar para casa, feliz conosco, e sua felicidade ajudou a nos aproximar, tomamos consciência de nossa importância conjunta na vida dela, de que éramos indispensáveis. Assim são as famílias da época moderna: alianças eletivas contra o terror e o desespero. Essa menina, essa filha de um estranho morto, era a coisa mais próxima de um futuro que eu encontrara para mim em todo o mundo.

Mira pegou minha mão enluvada entre as suas e depois disso as coisas melhoraram entre nós. Fomos a um cinema, alguns monstros ou aliens estavam destruindo Nova York como sempre (essa é a maneira de L. A. dizer a Manhattan que se preocupa com ela), e quando voltamos para casa havia uma mensagem de Clea na secretária eletrônica.

Spenta tinha morrido. Estava frio na Inglaterra também e, em uma casa branca em cima de uma colina com vista para o Tâmisa, a velha octogenária se recolhera a suas salas com seus "meninos" em volta de um antiquado aquecimento a gás. (Virus estava com sessenta e três anos, Waldo com quarenta e tantos, e, embora tivessem esquecido havia muito que não eram irmãos de sangue, ali, na verdade, estava outra relação familiar forjada mais pelo acaso que pela biologia.) O sistema de aquecimento não recebia manutenção fazia anos e nessa noite surgiu um lento vazamento debaixo das tábuas expostas e falhadas do assoalho, liberando um fluxo de gás que primeiro adormeceu pacificamente os três residentes e depois pegou fogo, incendiando a grande mansão até os alicerces, queimando também muitos belos carvalhos que viviam naqueles jardins fazia duzentos anos. Desde que Spenta se retirara, deixando os detalhes da vida diária a Waldo e Virus, a casa começara a declinar, e nas aldeias próximas, depois do incêndio, as pessoas sacudiam a cabeça e viravam a boca para baixo, reprovando. *Esse acidente estava pronto para acontecer*, era o consenso geral. *Aqueles filhos dela nunca deram conta. Ela devia ter mais juízo.* Todos concordavam que a perda das árvores era uma verdadeira tragédia campestre.

A mensagem de Clea não falava nada de se reunir para prantear os mortos, nada sobre nenhum tipo de reunião. Ele achou que você gostaria de saber, ela concluiu, pelos velhos tempos. Foi a última mensagem de Ormus que eu recebi.

Ele não foi à Inglaterra para os funerais. Mandou alguns Singh entendidos em lei para a leitura do testamento de Spenta. Quando se descobriu que os únicos herdeiros nomeados por Spenta haviam perecido com ela, os primos de Methwold reuniram-se em pé de guerra. A casa não existia mais, mas as terras e as ações valiam uma briga. Os Methwold olharam os advogados Singh norte-americanos com medo e má vontade indisfarçados: mais indianos! Será que eles não acabam nunca? Então os Singh anunciaram gravemente que Ormus Cama desejava renunciar a todos os direitos sobre as propriedades Methwold, levantaram-se, fizeram uma reverência cortês e deixaram os outros pretendentes de boca aberta, livres para lutar sua guerra provinciana, irrelevante, sangrenta, selvagem.

Embora mantivesse distância do túmulo da mãe, Ormus ficou abalado com a morte dela. No dia seguinte à leitura do testamento, disse a Clea que ia dar um passeio sozinho no parque gelado. Quando ela percebeu que seria impossível dissuadi-lo, obrigou-o a calçar um par de boas botas de neve, vestiu nele o casaco mais quente, um *cashmere* azul-marinho, enrolou o xale de *pashmina* macio em volta de seu pescoço, vestiu luvas em suas mãos de velho humildemente estendidas e coroou sua cabeça com seu chapéu de frio favorito, um boné chinês de pele de coelho de dezesseis dólares, com protetores de orelhas, que Vina havia comprado para ele na Canal Street muito tempo antes. Clea fechou os protetores com um laço debaixo do queixo, ficou nas pontas dos pés e beijou-o nas duas bochechas. Você é um homem bom, disse. Sua mãe ficaria orgulhosa de você. Querendo dizer que ela se considerava mãe dele, e que assim se sentia fazia anos, mas nunca fora capaz de falar enquanto Spenta estava viva. Querendo dizer que o amava e tinha orgulho dele como qualquer mãe.

Ele sorriu de leve, foi para o elevador, atravessou a rua e entrou no parque.

Claro que ela mandou Will acompanhá-lo, mas a distância, instruiu, não ouse deixar que ele veja você. O que não era fácil, especialmente naquele dia em que a neve e o gelo impediram todos os automóveis de circular e as pessoas esquiavam pelas avenidas vazias da cidade a caminho do trabalho. Nova York estava como a mais adorável das cidades fantasmas naquele dia e nós éramos seus trêmulos fantasmas. Parecia um cenário de filme e nós apenas os atores. A realidade parecia ter se mudado para algum lugar não abençoado com essa neve das fadas.

Ele não andou muito. Estava frio demais, dava para sentir o ar congelando por dentro os pulmões. Depois de, talvez, vinte minutos, virou-se para voltar para casa, andando depressa, e trinta e cinco minutos depois de ter saído chegou à entrada em arco do Edifício Rhodopé. Fazia tanto frio que não havia porteiro do lado de fora, debaixo do toldo. Todo mundo estava abrigado dentro de casa.

Quando Ormus chegou à entrada, Will Singh, que estava aparecendo na calçada do parque do outro lado do Rhodopé, escorregou no gelo, caiu e torceu o tornozelo direito. Nesse exato momento, uma mulher alta, de pele escura, com cabelo vermelho preso no alto da cabeça como um chafariz, apareceu saída do nada e aproximou-se de Ormus. Inacreditavelmente, dadas as condições de tempo, ela estava vestida apenas com um bustiê dourado de lantejoulas, calças justas de couro e saltos agulha. Seus ombros e barriga estavam nus.

Ormus Cama virou-se para ela e parou. Tenho certeza de que seus olhos devem ter se arregalado quando perceberam como ela era, portanto deve ter visto o pequeno revólver que apontou para ele, disparando à queima-roupa em seu peito. Quando terminou de atirar, ela largou a arma, uma automática.09mm Giuliani&Koch, deixou cair ali mesmo na neve ao lado do corpo dele e saiu andando depressa, demonstrando surpreendente velocidade com os saltos agulha, virou à direita numa ruela e desapareceu. Quando Will Singh conseguiu manquejar, lenta e dolorosamente, até a esquina, não a viu mais em parte alguma. Havia uma linha de pegadas femininas na neve. No ponto onde terminavam as pegadas estava uma peruca vermelha, as calças de couro, um bustiê de lantejoulas e um par de sapatos de salto agulha. E nada mais. Nenhuma trilha de automóvel. Nada, nenhuma testemunha, nada naquele momento nem depois. Era como se a mulher nua tivesse voado no ar do Upper West Side de Manhattan e desaparecido sem ninguém ver nada.

A arma não tinha impressões digitais também, embora Will Singh se lembrasse (mas não podia jurar) de que a assassina não usava luvas.

Era o crime perfeito.

Ormus morreu ali na neve poucos minutos depois, com a cabeça no colo de Clea. Clea tinha ficado para lá e para cá no saguão, preocupada, e quando ouviu os tiros não precisou que ninguém lhe contasse quem era o alvo. Correu a tempo de ver as costas da mulher desaparecendo na esquina, e gritou para Will ir atrás dela, enquanto ficava com seu Ormus, sabendo que num dia tão brutal os veículos de emergência jamais chegariam a tempo; mesmo com suas correntes de neve eles derrapariam e deslizariam nas superfícies geladas se tentassem correr, e de qualquer forma os buracos no lindo casaco de Ormus revelavam tudo o que precisava saber. Eram tão próximos uns dos outros que era óbvio que não havia nada a fazer.

Ormus, ela disse, soluçando, e ele abriu os olhos para olhar para ela. Ah, meu Ormus, ela chorou, meu camarãozinho de menino, o que fazer com você? Você sabe o que quer? O que precisa?

Ele parecia vago e não respondeu. Desesperada, ela perguntou ainda: Ormus, sabe quem você é? Ainda sabe isso, não sabe? Sabe quem é você?

Sei, ele disse. Sei, mãe, sei, sim.

Como a arma do crime era da mesma marca daquela que se sabia que Mira possuía, ela foi brevemente interrogada por dois envergonhados detetives. Como se comentou muito que eu tinha demonstrado ciúmes loucos pela proximidade de Ormus com Mira durante a temporada de *Into the Underworld*, eu também fui interrogado, com bem menos vergonha. Mas nós éramos álibis um do outro, e Tara podia falar por nós dois, e quando fizeram os testes com a arma de Mira descobriram que não era usada havia anos. A polícia acabou resolvendo que a assassina devia ser uma louca qualquer, desvairada, talvez uma das muitas inconformadas imitadoras de Vina que mandavam cartas ofensivas, e nesse caso o uso da arma seria ou uma coincidência ou uma tentativa deliberada de colocar os detetives numa pista falsa. Quando essa teoria veio a público, várias Vinas de ambos os sexos imediatamente confessaram o crime, mas suas confissões não correspondiam aos fatos.

Os investigadores não conseguiram solucionar o enigma do desaparecimento da assassina. Sua melhor hipótese é de que tivesse um cúmplice em um dos prédios de apartamento da rua onde desapareceu, tendo entrado de alguma forma sem deixar pegadas, para vestir outras roupas e ir embora mais tarde. Talvez o cúmplice estivesse esperando com uma vassoura para apagar as pegadas. Era tudo bastante especulativo, até os próprios detetives concordavam. Mas escute aqui, eles acabaram dizendo, são cometidos muitos crimes sem solução. Este é um deles.

Se me perguntarem, acho que foi Vina, a Vina de verdade, a própria Vina Apsara. Minha Vina. Não: tenho de aceitar isto também, que ela ainda era a Vina de Ormus, sempre e para sempre dele. Acho que ela veio e o levou porque sabia o quanto ele queria morrer. Como ele não podia trazê-la de volta dos mortos, ela o levou consigo, para estar com ela, que era o lugar dele.

Essa é a minha opinião. Ah, claro, quase esqueci de acrescentar: por assim dizer.

Assim foi que, num dia gelado de janeiro, Mira Celano, sua filha Tara, Clea Singh e eu saímos do Heliporto West Side no helicóptero particular de Mo Mallick, com as cinzas de Ormus Cama em uma urna no colo de Clea, para celebrar os últimos ritos de uma vida começada do outro lado do mundo, uma vida que na verdade não foi vivida em um ou outro lugar, mas na música.

(Clea e os Singh foram muito bem tratados no testamento; jamais passariam fome na vida. Mas, além dos generosos pagamentos a eles, todo o dinheiro de Ormus, mais os enormes rendimentos futuros dos royalties de suas músicas em catálogo e os direitos da música impressa, assim como as padarias, a vinhataria, as propriedades, o gado, em resumo, a totalidade dos bens multimilionários dos Cama foi destinada a estabelecer uma fundação de assistência às crianças carentes por todo o mundo. O testamento foi o único indício que Ormus deu de que lamentava não ter tido filhos por causa da esterilidade de Vina. O tamanho imenso da doação dava a medida da profundidade de sua dor silenciosa.)

Tara havia trazido seu aparelho de som. Ela colocou o volume no máximo, por causa do barulho do motor, tocando o último CD do VTO, aquele que trazia o desempenho estelar de sua mãe, e eu não consegui dizer a ela que não era uma boa escolha, porque era Vina que devia estar conosco nesta hora. Lá embaixo, a cidade hirsuta e gelada e tão majestosa quanto qualquer Himalaia. O parque estava vazio, a não ser por um ou outro esquiador e uns poucos transeuntes embrulhados feito ursos. As fontes e o reservatório estavam congelados, e, olhando Manhattan do céu, eu via que a cidade ainda parecia embrulhada em inverno, como um presente.

O piloto insistiu em verter as cinzas. Relutante, Clea entregou a urna, e Ormus voou para longe de nós, espalhando-se sobre a cidade que amou, como uma pequena nuvem escura se dispersando sobre a grande metrópole branca, perdendo-se em toda aquela brancura; ele se fundiu a ela e desapareceu. Que suas cinzas caiam sobre a cidade como beijos, pensei. Que canções brotem das calçadas e arbustos onde ele jazer. Que haja música. Da máquina musical de Tara vinha a voz de Mira cantando o final do *Dies Irae*, e Mira ao meu lado cantou junto.

O King of tremendous majesty
who saves the saveable for free
O fount of piety, please save me.
[Oh, rei de tremenda majestade
que salva quem merece com generosidade,
salva-me a mim, oh, fonte de piedade.]

Sem nenhuma razão, eu de repente pensei em Persis Kalamanja, Persis, a moça mais linda do mundo, que se salvou de Ormus e se perdeu inteiramente. Eu a revi, ainda jovem e adorável, ainda de pé sobre o telhado de sua casa havia muito demolida, "Dil Kush", em Malabar Hill, Bombaim, enquanto acima dela as pipas policrômicas da Índia voavam e mergulhavam, ao mesmo tempo brincando e guerreando. Fique onde está, Persis, pensei, não mova um músculo. Não envelheça, não mude. Vamos todos nos tornar cinzas e nos desmanchar no vento, mas fique em seu velho telhado, Persis, para sempre silente no vento da tarde, olhando os dançarinos no céu. Quero pensar em você assim: eterna, imutável, imortal. Faça isso por mim, Persis. Olhe essas pipas festivas.

Vejo no jornal de hoje que mataram com um tiro mais um cantor *rai*. Hoje existem mais e mais partes do mundo onde tentam eliminar completamente o canto, onde você pode morrer por cantarolar uma canção. Esse cantor *rai* em especial tinha tomado a precaução de se exilar, deixando sua terra na África do Norte por uma cela escura em Marselha. Os assassinos o encontraram lá e o mataram mesmo assim. *Pã! Pã!* Agora estou lendo seu obituário no *Times* e *I think to myself, what a wonderful world* [Penso comigo, que mundo maravilhoso].

Rai é música. Rai é o proibido som profano da alegria.

Há não muito tempo ocorreu um poderoso terremoto na Itália, e Assis, a cidade dos antepassados de Mira, foi seriamente danificada. Quando soube da notícia, não pensei na guerra de terremotos nem nas bombas de falha. Pensei na Maria do outromundo, e em sua professora falando calmamente para a minha câmera de vídeo, enquanto o mundo desmoronava à sua volta. Talvez esteja começando de novo, pensei. Outra versão variante está em rota de colisão com a nossa, e estamos começando a sentir os primeiros tremores, as vibrações do pré-impacto. Talvez desta vez seja o *Big Crunch* [Grande Esmagar], e nós os que não vamos sobreviver, por mais resistentes que tenhamos nos mostrado, por mais tempo que tenhamos sobrevivido. Ou talvez não seja preciso fazer a hipótese de uma outra realidade se lançando sobre a nossa. Imagine que a Terra simplesmente se enjoou de nossa ganância e crueldade e vaidade e fanatismo e incompetência e ódio, nossos assassinatos de cantores e outros inocentes. Imagine que a própria Terra ficou insegura conosco, ou simplesmente resolveu abrir a boca e nos engolir, a triste totalidade de nós. Assim como Zeus uma vez destruiu a raça humana com um dilúvio, e só Deucalion sobreviveu para repovoar a superfície da Terra com seres nem melhores nem piores do que os mortos.

Hoje levantei muito cedo, o café está no fogo e espremi as laranjas e os pãezinhos estão esquentando. É fim de semana. Escuto Mira e Tara ao fundo, discutindo, rindo, brincando com o cachorro de Tara, Cérbero, um vira-lata agradecido que parece que adotamos. Elas vão entrar logo. Moramos todos juntos no Orpheum agora — quando Basquiat morreu, Mira comprou seu andar, então temos bastante espaço —, e as coisas vão bem, muito bem. Não estou dizendo que não existam problemas, porque existem, principalmente na tradicional área de mais um filho, mas de um jeito especial. Neste caso sou eu que quero o filho. Mira, ela já tem a sua, e tem uma carreira florescendo, seu primeiro álbum solo *After* [Depois] ganhou o disco de platina em poucas semanas, ela acaba de trabalhar em mais um filme, as propostas são muitas. Não é um bom momento para ficar grávida, pelo menos é o que ela diz. Mas estamos conversando. Não é uma coisa fora de cogitação. Está nos planos.

Existe também o meu passado. Na opinião de Mira, eu não eliminei Vina inteiramente de dentro de mim. Ela acha que em silêncio ainda faço comparações, físicas, psicológicas, vocais. Digo a ela que, se estou fazendo isso, é sem intenção, e me esforço ao máximo para parar. Ela é paciente, e espera que chegue esse dia.

E Tara: Tara, eu amo. Como ela está crescendo com o cabelo armado e crespo de Vina, com uma cor de pele muitas vezes mais escura que a da mãe, eu não faço idéia. Talvez Luis Heinrich tivesse uma avó que não sabíamos. Tara e eu temos um importante traço em comum: cercados como estamos, e sempre estaremos, por cantores, não conseguimos cantar uma nota. Isso nos torna aliados, mosqueteiros jurados de morte, em um mundo de incessante caçoada da parte da auto-satisfeita elite cantarolante.

After, a canção-título do álbum de Mira, é uma elegia a Ormus. *You were the stranger that I needed*, ela canta, *the wanderer who came to call. You were the changer that I heeded. Now you're just a picture on my wall. And everything is stranger after you* [Você era o estranho de que eu precisava, o vagabundo à minha procura. Era o transformador que eu escutava. Agora é só uma foto na moldura. Está tudo estranho depois de você].

Em todas as velhas histórias, de maneiras diferentes, sempre chega um ponto em que os deuses não partilham mais suas vidas com os homens e mulheres mortais. Eles morrem ou desaparecem ou se retiram. Eles esvaziam o palco e nos deixam nele sozinhos, tropeçando em nossas falas. Isto, indicam os mitos, é uma civilização madura: um lugar onde os deuses param de brincar e jogar conosco, param de seduzir nossas mulheres e de usar nossos exércitos para lavar suas questões surradas no sangue de nossos filhos; um tempo em que eles recuam, ainda desejando, ainda priápicos, ainda caprichosos, mas recuam do reino do real para a terra do "por assim dizer" — Olimpo, Valhalla —, deixando-nos livres para fazer o melhor ou o pior sem sua interferência autocrática.

Durante minha vida, o amor de Ormus e Vina foi o mais perto que cheguei de um conhecimento do mítico, do imoderado, do divino. Agora que eles se foram, o alto drama acabou. O que resta é apenas a vida humana comum.

Estou olhando para Mira e Tara, minhas ilhas na tormenta, e sinto vontade de discutir com a terra zangada a sua decisão de nos eliminar, se efetivamente essa decisão foi tomada. Eis aqui a bondade, certo? A tormenta continua, não nego, mas somos capazes também disso. A bondade tomando suco de laranja e mordendo pãezinhos. Eis o amor humano comum sob os meus pés. Afunde, se precisar, terra desdenhosa; derretam, rochas, e tremam, pedras. Eu defendo meu chão bem aqui. Isto eu descobri e por isto batalhei e isto conquistei. Isto é meu.

Tara pegou o controle remoto. Nunca me acostumei com a televisão ligada durante o café da manhã, mas trata-se de uma menina americana, ninguém segura. E hoje, por algum acaso, aonde quer que ela vá na multiplicidade do cabo, acaba sempre em Ormus e Vina. Talvez seja uma espécie de fim de semana VTO e a gente nem saiba. Não acredito, Tara diz, mudando de canal insistentemente. Não a-cre-di-to. Ah, por fa-vor. É isso que vai passar agora para *sempre*? Achei que eles tinham *morrido*, mas na vida real eles simplesmente vão continuar cantando.

CRÉDITOS

1. "RUBBER BALL": Letra e música de Aaron Schroeder e Anne Orlowski. Publicado por Rachel's Ows Music and Dandy Dittys. Utilizado por permissão, Internacional Copyright assegurado.

2. "JAILHOUSE ROCK" (Leiber/Stoller): © Elvis Presley Music/ Peermusic do Brasil Edições Musicais Ltda.

3. "THE GREAT PRETENDER", escrita e composta por Buck Ram. © 1955 Panther Music Corpo. USA/Irmãos Vitale S.A. Indústria e Comércio.

4. "WHAT A WONDERFUL WORLD" (Weiss/Thiele): Warner/ Chappell Edições Musicais Ltda. Todos os direitos reservados. Memory Lane Music/Abilene Music. BMG Music Publishing Brasil.

ESTA OBRA FOI COMPOSTA PELA HELVÉTICA EDITORIAL EM GARAMOND E IMPRESSA PELA GEOGRÁFICA EM OFF-SET SOBRE PAPEL PÓLEN SOFT DA COMPANHIA SUZANO PARA A EDITORA SCHWARCZ EM MAIO DE 1999.